HEYNE BÜCHER

SCIENCE FICTION

Herausgegeben
von Wolfgang Jeschke

Von **Norman Spinrad** erschien in der Reihe
HEYNE SCIENCE FICTION & FANTASY:

Der stählerne Traum · 06/3783
Eine Welt dazwischen · 06/3963
Russischer Frühling · 06/4944
Bilder um 11 · 06/5664
Deus X · 06/5917

Als HIGH 8000:

Champion Jack Barron · 06/8008

HIGH 8000

Eine Auswahl guter Science Fiction
herausgegeben von
WOLFGANG JESCHKE

NORMAN SPINRAD

CHAMPION JACK BARRON

Roman

Aus dem Amerikanischen von
JOACHIM KÖRBER

Mit Originalillustrationen und Faksimiles
des Vorabdrucks in der Zeitschrift
›New Worlds‹

WILHELM HEYNE VERLAG
MÜNCHEN

HEYNE SCIENCE FICTION & FANTASY
Band 06/8008

Titel der amerikanischen Originalausgabe
BUG JACK BARRON
Deutsche Übersetzung von Joachim Körber
Das Umschlagbild ist von Gary Ruddell

Umwelthinweis:
Dieses Buch wurde auf chlor- und
säurefreiem Papier gedruckt

Redaktion: Wolfgang Jeschke

Erstmals erschienen in: ›*New Worlds*‹ # 178 ff. (1968)
Mit freundlicher Genehmigung des Autors
und der Liepman AG, Literarische Agentur, Zürich

(Der Roman erschien in einer leicht veränderten Fassung
1982 im Moewig Verlag, München, # 3562)

Printed in Germany Oktober 1998
Umschlaggestaltung: Nele Schütz Design, München
Technische Betreuung: M. Spinola
Satz: Schaber Satz- und Datentechnik, Wels
Druck und Bindung: Ebner Ulm

ISBN 3-453-14889-4

Vorwort zu Norman Spinrad
Champion Jack Barron

1946 gründete Edward John Carnell die englische Zeitschrift *›New Worlds‹*, die zu einem Meilenstein der Science Fiction-Literatur werden sollte und die in die Literaturgeschichte einging als *das* Forum der Erneuerung des Genres. Carnell war in den vierziger und fünfziger Jahren in England so etwas wie ein Science Fiction-Papst: er war zugleich Autor, SF-Fan, Herausgeber und literarischer Agent, und in dieser Funktion vertrat er fast alle englischen und eine Vielzahl von amerikanischen SF-Autoren, mit deren Werken er u.a. auch den deutschen Markt belieferte (Walter Ernsting war sein Repräsendant in Deutschland, später Thomas Schlück). Unter seiner Ägide war ›New Worlds‹ ein Blättchen wie so viele andere auch, das die herkömmliche SF pflegte. Das änderte sich grundlegend, als Carnell dem jungen Michael Moorcock die Herausgeberschaft des heruntergewirtschafteten Magazins anbot, das 1963 von dem Verlag Robert & Vintner aufgekauft wurde, nachdem seine Einstellung bereits angekündigt worden war. Michael Moorcock, der nicht viel von der üblichen traditionellen SF hielt, obwohl er selbst sich schon mit einigen (allerdings vor allem Fantasy-) Erzählungen hervorgetan hatte, sondern mehr zu der klassischen Phantastik (Mervyn Peake, Franz Kafka) hingezogen fühlte, ging auf das Angebot ein. Es bot sich ihm plötzlich die Chance, seine Vorstellungen von einer modernen, literarisch anspruchsvollen, am Mainstream orientierten Science Fiction zu verwirklichen, um auszubrechen aus dem Getto der sattsam bekannten, stilistisch anspruchslosen und – wie

er meinte – langweiligen Ideen-SF, wie sie John W. Campbell in seinem einflußreichen Magazin *›Astounding‹* (später *›Analog – Science Fact / Science Fiction‹*) pflegte und von seinen Autoren (nach dem Vorbild von Robert A. Heinlein und Isaac Asimov) forderte.
Im Sommer 1964 übernahm Moorcock (mit No. 142) die Herausgeberschaft von *›New Worlds‹*. Er brachte

damit eine literarische Bewegung ins Rollen: die ›**New Wave**‹, eine Bewegung, die für die Science Fiction neue Maßstäbe setzte, das Genre unendlich bereicherte und talentierte, literarisch ambitionierte Autoren anzog. Moorcock ließ sich allerdings Zeit mit seinem programmatischen Konzept; was er zunächst pu-

BUGGED? Then go –

BUG JACK BARRON BY NORMAN SPINRAD

part one

CHAPTER ONE

"DIG, SO I say, man, why ain't there a check for me?" the cat Sara Westerfeld knew only as the Wolfman said, pulling at his scraggly muttonchops. "I'm a human being, ain't I?"

"Know what the fucker says?" the Wolfman whined with a great display of wounded dignity Sara could not tell was put on or not. "Says, 'Jim, you're too young for Social Security, too old for A.I.D., you ain't a nigger and you ain't a spic and you ain't never worked ten weeks in a row to qualify for Unemployment. You're not a student, and you're not sick and you ain't no veteran, and in fact you're a dirty old beatnik, is what you are. There ain't no Social Beatnik Administration, and there ain't no Crusade for Beatnik Justice, and there ain't even gonna be no quick Frozen beatnik when you buzz off.' "

The Wolfman paused, and now Sara saw a strange thing happen to his face as the supercilious mood left it, revealed as superciliousness by its passing, and she saw, and saw that the others in the pseudo-Japanese room saw, that the Wolfman for once was grotesquely, pitiably earnest.

"What kind of shit is that?" the Wolfman said stridently, and the joint he was holding slid from his fingers and fell, unheededly burning, to the black-lacquered coffee table.

"Screw it, will you, Wolfman, and pick up that Pall Mall you dropped on the table," Don said, trying to act like the Defender of Hearth and Home in front of Sara, make his dumb little points with her in her own apartment.

"Screw yourself, Sime," the Wolfman said. "I'm talking about like real injustice. People like you, people like me, we're the only ones left gotta make it on our own or go down for the count, make it or we croak, no Government check like the rest of this faggoty country. We—"

"Aw—" Don began to say—and the moment stood still for Sara, knowing what he was going to say, the three words, the exact cynical intonation, having been flayed by those words dozens of times a week for years, wincing, dying a little each time she heard those three last syllables, knowing that Don Sime would now never ball her, not with a billion screaming Chinese holding her down, not ever. Sooner would she make it with a gila monster or Benedict Howards than give herself to a man who said those three words on a Wednesday night between 8 and 9 p.m., and by the little death induce the grand mal deja vu, images of his face on the television screen carefully tousselled over his face on the long-ago blue-flowered pillow carelessly neat his beard blue and stubbly. . . .

Don Sime, unheeding, and, she saw, an unheeding, rotten swine by his thoughtless reflex reaction, nevertheless said the three magic words, the outsider's inside expression, that shrivelled to death for an instant the insides of Sara.

"Aw," said Don Sime, "bug Jack Barron."

"SPLIT, BOYS, WILL you?" drawled Lukas Greene, waving his black hand (and for that nasty little moment for some reason thinking of it as black) at the two men (perversely seeing them for the tired moment as niggers) in the Mississippi State Police (coon to the right) and Mississippi National Guard (schvug to the left) uniforms.

"Yessur, Governor Greene," the two men said in unison. (And Greene's ear, caught in what he could outside viewpoint see as the dumb, mindless masochistic moment, heard it as "Yassah, Massah".)

"Tote dat barge," Governor Greene said to the door when it had closed behind them. What the hell's wrong with me today? Green thought irritably. That damned Shabazz, that dumb, trouble-making nig—

There was that word again, and that was where the whole thing was at. Malcolm Shabazz, Prophet of the United Black Muslim Movement, Chairman of the National Council of Black Nationalist Leaders, Recipient of the Mao Peace Prize, and Kingfish of the Mystic Knights of the Sea, was neither more nor less than a nigger. He was everything the shades saw when they heard the word nigger: Peking-loving ignorant dick-dragging black oozing ape-like savage. And that cunning son of a bitch Malcolm knew it and played on it, making himself a focus of mad white hate, the purposeful prime target of garbage-throwing screaming Rockwell loonies, feeding on the hate, grow-

blizierte, unterschied sich in nichts von dem, was in den vergangenen Heften erschienen war, nur Rezensionen und literarische Beiträge, u.a. von J. G. Ballard und Brian W. Aldiss, ließen erkennen, in welche Richtung es gehen sollte, vor allem wurde gefordert, die

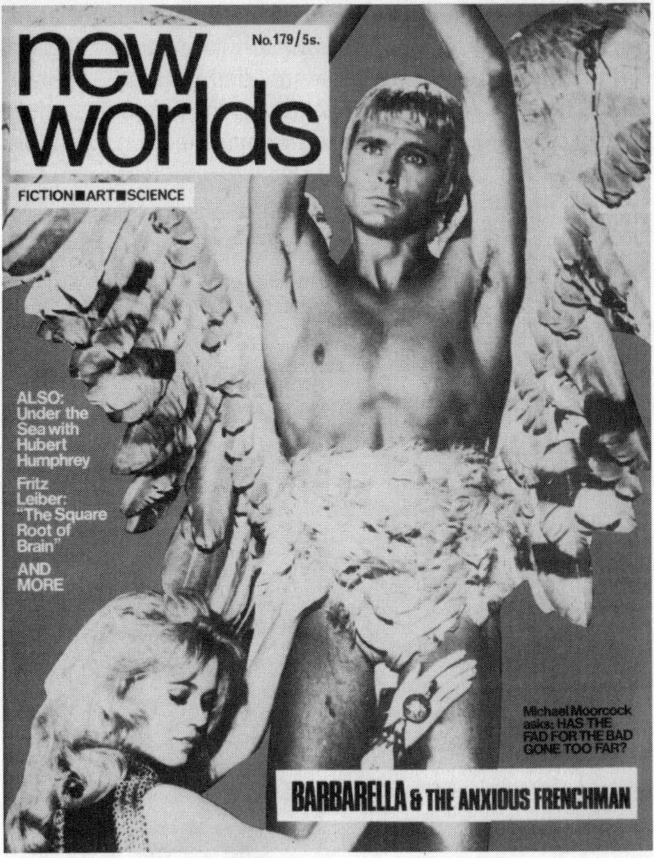

Grenzen zwischen SF und Mainstream zu öffnen, um das Genre inhaltlich und formal zu bereichern.

Drei Jahre später verwirklichte er das neue Konzept, und das Magazin wurde zum Forum avantgardistischer Autoren aus England, aber auch aus Amerika, die in ihrer Heimat Schwierigkeiten hatten, ihre (meist äußerst sozialkritischen) Texte zu publizieren.

Die ›New Wave‹ wurde in der Juli-Nummer 1967 begründet mit dem Serienabdruck von *Camp Concentration,* dem berühmten Roman des jungen Amerikaners Thomas M. Disch. Es folgten regelmäßig satirische Stories von John Sladek und weitere Romane, u. a. *An Age* von Brian W. Aldiss (1967), *Stand on Zan-*

zibar von John Brunner (1967), *Entropy* von Thomas Pynchon (1969), *The Boy and His Dog* von Harlan Ellison (1969) und – mit No. 178 (Januar 1968) beginnend ein Serienabdruck des vorliegenden Romans *Bug Jack Barron* von Norman Spinrad (er lief über fünf Fortsetzungen bis Mai 1968).

Spinrad hatte über diesen Roman einen Vertrag mit Lawrence P. Ashmead vom Verlag Doubleday in New York abgeschlossen. Dieser war jedoch entsetzt über die kritische, ja zynische Haltung des Autors der US-Regierung und ihrer Repräsentanten gegenüber und über die rüde, bisweilen obszöne Sprache, die der Autor unter anderem auch Regierungsvertretern in den Mund legte, und lehnte eine Publikation ab. Moorcock bot dem Autor einen Vorabdruck in seiner Zeitschrift an und vermittelte ihm darüber hinaus einen Buchvertrag mit Avon Books, einem Taschenbuch-Verlag in New York.

Die Veröffentlichung führte indes selbst in England zu einem Eklat. Die traditionelle Science Fiction-Leserschaft, schon immer nicht sonderlich kritikbegeistert, sprachlichen Experimenten abhold und vom geistigen Zuschnitt her eher konservativ und prüde, hatte dem avantgardistischen Publikationsforum nichts abgewinnen können und es weitgehend ignoriert. Hinzu kam der Widerstand einer mächtigen Buchhandelskette wie W. H. Smith, die es als subversiv aus ihren Läden verbannte, sowie zahlungsunwillige und -säumige Kunden. Es war allein Brian W. Aldiss und seinen guten Kontakten zum britischen Arts Council zu verdanken, daß das ständig vom finanziellen Ruin bedrohte Magazin (magere) Zuschüsse aus dem staatlichen Kulturtopf erhielt, damit es sich von Monat zu Monat über Wasser halten konnte. Mit *Bug Jack Barron* war auch dies vorbei; im britischen Unterhaus wurde eine Anfrage eingebracht, aus welchen Gründen man derart subversive, regierungsfeindliche Pamphlete mit Steuergeldern unterstütze.

Dabei wurde des Autors Weitsicht durch die Watergate-Affaire sechs Jahre später drastisch bestätigt, und es stellte sich heraus, daß Nixons Sprache der von Bug Jack Barron in nichts nachstand. Der Filz aus Geld und Macht, die Winkelzüge der Verunglimpfung, Bestechung und Einschüchterung, das üble Verbandeln von Showbusiness und Regierungsamt, das der Autor mit treffsicherem Gespür aufs Korn nimmt – all das gehört heute zum politischen Alltag in den USA. Tatsächlich sah Spinrad die Ehe der beiden mächtigsten Institutionen der Nation in einem Präsidenten Ronald Reagan

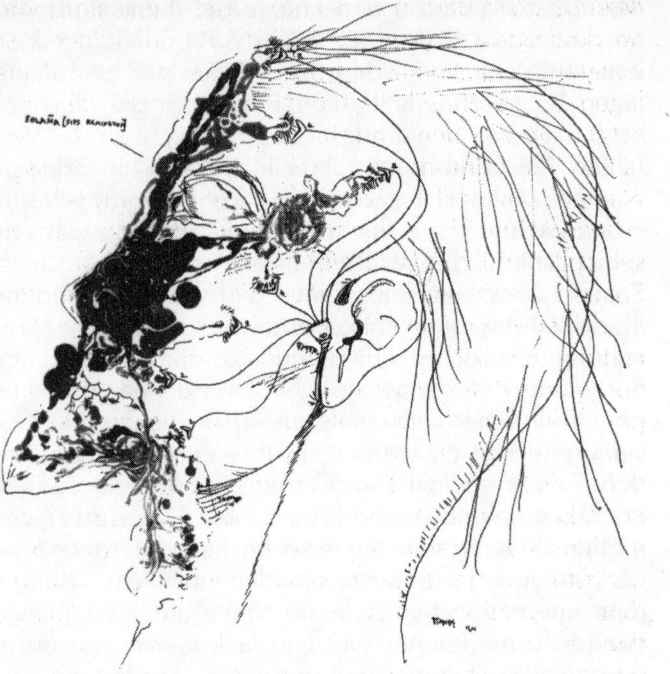

voraus. Zitat: »Jede Woche sehen Sie hundert Millionen Leute, von heute bis zum Wahltag. Wir können mit Ihnen das machen, was wir mit Reagan geschafft haben, wir können uns auf unser Programm stützen, und zu dem Zeitpunkt, an dem Sie nominiert werden, haben Sie bereits eine größere Gefolgschaft als jeder andere mögliche demokratische Kandidat.«

Dazu braucht man kein Visionär zu sein, man braucht nur die Zeichen der Zeit richtig zu deuten, und Norman Spinrad war darin schon immer ein Meister.

Es bedarf auch keiner großen Vorstellungskraft, was die sexuellen Affairen betrifft... Zitat: »Komm schon,

Mann«, sagte Barron und kratzte sich herausfordernd an den Eiern, »sogar der nächste Präsident der Vereinigten Staaten muß hin und wieder mal eine flachlegen ...« – Kennedy hatte da bereits Maßstäbe gesetzt. Und wer denkt an dieser Stelle nicht an das Verhältnis Bill Clintons mit ... (nein, ich erwähne diesen Namen nicht, will ihn hier auch nicht gedruckt sehen)?

Inzwischen hat die amerikanische Wirklichkeit selbst die kritische Weitsicht eines Autors wie Norman Spinrad übertroffen: die Möglichkeit, daß ein bigotter Heuchler unter dem Deckmäntelchen moralischer Entrüstung, juristischer Pflichterfüllung und vorgeblicher Sorge ums Präsidentenamt auf Staatskosten Pornographie im Internet verbreitet, um seinen politischen Gesinnungsgenossen einen Dienst zu erweisen, der ihm sicher nicht nur mit Handschlag entgolten wird. Daß er dabei kaltblütig nicht nur einen Menschen demütigt, ja zu vernichten trachtet, sondern auch das höchste Amt im Staat beschädigt und seine Nation dem internationalen Gelächter preisgibt, sagt genug darüber aus, welcher Geist in Teilen der amerikanischen Politik Einzug gehalten hat.

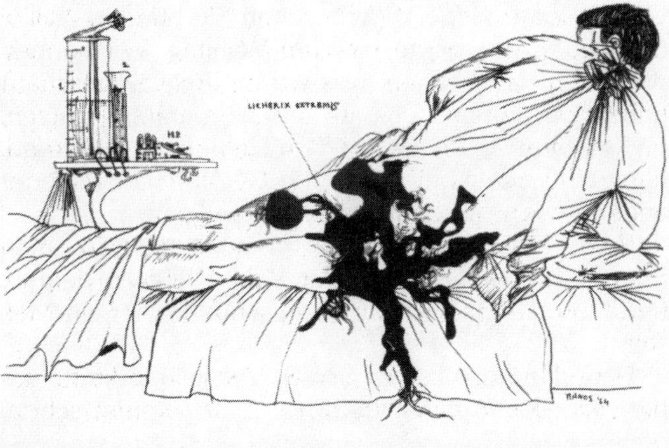

Oder um es mit Jack Barron zu sagen: »Der Star-Wichser der Nation hat sich ein paar Paragraphen zurechtgebogen und hat damit unseren Billyboy so hart an den Eiern, daß er vor der ganzen Welt die Hosen runterlassen muß. Alle sind sie eingeladen zur großen Peepshow aus dem Oval Room. Hört Ihr sie grunzen, die Schlaffies im Biblebelt? Sie alle spielen jetzt Mister Fucking President. Sind wir nicht der beschissenste Arsch der Welt, Leute? Sollten wir nicht alle ex und happy sein, einen kraft- und saftspritzenden Sonnyboy im Weißen Haus zu haben, anstatt einem Alzie, dem sie den Füller richtigrum zwischen die Finger schieben müssen, damit er nicht sich und seine Praktikantinnen mit Tinte bekleckert? Das sagt Euch Jack Barron, und glaubt mir, der weiß Bescheid.«

Norman Spinrad wurde am 15. September 1940 in New York als Nachfahre von Einwanderern aus Deutschland (aus der Gegend von Nürnberg) geboren. Er studierte an der New York University und veröffentlichte 1963 seine erste Story (›The Last of Romany‹). Zwei Romane folgten: *The Solarians* (1966) und *Agent of Chaos* (1967) – beides keine spektakulären Werke, sondern Weltraumabenteuer der üblichen Machart. Mit *The Men in the Jungle* (1967) zeigte er, daß er ein Gespür für brisante gesellschaftspolitische Themen hatte und sie kritisch aufzubereiten wußte (hier die Eskalation von Gewalt); stilistisch zu überzeugen vermochte er allerdings nicht.

Den großen Wurf landete er 1969 mit dem vorliegenden Roman *Bug Jack Barron*, einer ebenso brillanten wie schonungslosen Analyse korrupter politischer Macht und ihr Zusammenspiel mit Showgeschäft und Kapital. Das Werk wurde als Provokation empfunden und als obszön und widerlich gebrandmarkt, zeugt aber rückblickend nur für die Hellsicht des Autors und seine außerordentliche Fähigkeit, die Tendenzen der Gegenwart zu erkennen und sie konsequent zu Ende zu denken.

Spinrad galt fortan als das *Enfant terrible* der Science Fiction-Literatur, wurde von dem nicht unbeträchtlichen konservativen und ›patriotischen‹ Teil der SF-Leserschaft abgelehnt und hat bis heute Mühe, Verleger für die kritischeren seiner Werke zu finden.

Mit *The Iron Dream* (1972) eckte er von neuem an – diesmal in Deutschland, wo der Roman 1981 unter dem Titel *Der stählerne Traum* erschien. Spinrad wurde der ›Verherrlichung nationalsozialistischen Gedankenguts‹ verdächtigt und das Buch von der Bundesprüfstelle für jugendgefährdende Schriften verboten. Ein völlig absurder Vorwurf, denn das Gegenteil war der Fall. Spinrad wollte zeigen, daß von vielen Fantasy-Epen faschistoides Gedankengut transportiert und Rassismus und Herrenmenschentum verherrlicht wird. Um das zu veranschaulichen, konstruierte Spinrad eine kühne historische Fiktion: eine Parallelwelt, in der Adolf Hitler, enttäuscht und politisch erfolglos, in die USA auswandert und dort seinen Unterhalt als Coverzeichner für Pulp-Magazine verdient. Zu posthumen Ehren gelangt er durch die Publikation seines Romans, eben *The Iron Dream* (dem ehrenhalber sogar der Hugo verliehen wird), in dem sich Hitler seine verblasenen Ideen in einer Orgie von Kampf um die Reinheit einer Herrenrasse von der Seele schrieb. Beigefügt ist das Nachwort eines Literaturwissenschaftlers (in dieser glücklichen Parallelwelt), der sich darin Gedanken darüber macht, wie die Geschichte wohl verlaufen sein könnte, wenn Hitler in Europa geblieben und politisch erfolgreich gewesen wäre. Sein Fazit: Die Ideen seien so hirnrissig, daß er keine Chance gehabt hätte, ernst genommen zu werden und an die Macht zu kommen.

Die Revision bestätigte das Urteil der Bundesprüfstelle: Ein Jugendlicher sei außerstande, den satirischen Charakter des Buches zu erkennen. Fünf Jahre lang kämpfte der Wilhelm Heyne Verlag, bis er den Roman durch ein Urteil des Bundesverwaltungsgerichts frei bekam.

Zwischendurch schrieb Spinrad immer wieder auch ›unpolitische‹ Romane, um sich seinen Lebensunterhalt zu verdienen, wie *Songs from the Stars* (1967), *A World between* (1979), *The Void Captain's Tale* (1983), *Russian Spring* (1991) und *Deus X* (1991/92), doch auch in ihnen stellt er, meist auf frappierende Weise, wichtige soziale, religiöse und weltanschauliche Probleme, die für die Menschheit von vitalem Interesse sind, in den Mittelpunkt seiner Darstellung.

Doch mit *Pictures at 11* (1994), einer ätzenden Satire über die Welt der Medien, zeigte Spinrad, daß er nichts von seinem gefürchteten Biß eingebüßt hat. Es ist nie ein kritischeres und treffenderes Bild der Medienlandschaft mit ihren bizarren Riten und gnadenlosen Mechanismen gezeichnet worden.

Doch auch damit war ihm leider kein großer Erfolg beschieden, hat er den gewünschten Durchbruch nicht geschafft. Die Phalanx seiner Gegner ist fest geschlossen. Er hat ihnen zu viele schmerzhafte Blessuren zugefügt, zu viele ihrer heiligen Kühe geschlachtet, als daß sie ihm noch eine Chance geben würden, sie erfolgreich und auf breiter Front zu attackieren. Dabei hätte jede Demokratie, die etwas auf sich hält, ein Dutzend solcher kritischer Autoren nötig.

Norman Spinrad lebt und arbeitet seit mehr als einem Jahrzehnt in Paris.

1

»ZIEHT EUCH ZURÜCK, JUNGS, JA?« sagte Lukas Greene gedehnt und winkte mit seiner schwarzen Hand (die er, aus einem unerfindlichen Grund, einen häßlichen, kurzen Moment lang tatsächlich als schwarz sah) den beiden Männern (die er in diesem Augenblick der Übermüdung perverserweise als Nigger betrachtete) in den Uniformen der Mississippi State Police (Nicken nach rechts) und der Mississippi National Guard (Verbeugung nach links) zu.

»Ja Sör, Gouverneur Greene«, antworteten die beiden Männer einstimmig. (Und Greenes Ohren hörten, in einer Zeitspanne, die er aus einer überlegenen Warte als dummen, hirnlosen, masochistischen Augenblick betrachten konnte, so etwas wie »Jassah, Massah«.)

»Zieht Leine«, sagte Gouverneur Greene zu der Tür, nachdem sie sich hinter ihm geschlossen hatte. Was, zum Teufel, ist heute bloß los mit mir, dachte Greene ärgerlich. Dieser verdammte Shabazz. Dieser verdammte aufmüpfige Nig...

Da war das Wort wieder, und gleichzeitig auch die Ursache für das Ganze. Malcolm Shabazz, Prophet der Vereinigten Schwarzen Muslimbewegung, Vorsitzender des Nationalen Konzils der Schwarzen Nationalistischen Führer, Träger des Mao-Friedenspreises und Kingfisch der Mystischen Ritter der Meere, war weder mehr noch weniger als eben ein Nigger. Er war all das, was die Weißen sich vorstellten, wenn sie das Wort Nigger hörten: pekinghörig, ignorant, monsterschwänzig, schweißnaß, affenähnlich wild. Und dieser

Hurensohn Malcolm wußte es und spielte damit, er machte sich selbst zur Zielscheibe irrsinnigen weißen Hasses, zum zweckdienlichen Mittelpunkt unratwerfender schreiender Weißer, nährte sich von ihrem Haß, wuchs daraus, absorbierte ihn und sagte zu den Bleichen: »Ich bin eine große schwarze Mutter, und ich hasse euer verdammtes Benehmen, und die Zukunft liegt in China, und mein Schwanz ist länger als eurer, ihr bleichen Bastarde, und so wie mich gibt es zwanzig Millionen in diesem Land, eine Milliarde in China und vier Milliarden in der ganzen Welt, und sie alle hassen euch so, wie ich euch hasse, geht zum Teufel, ihr elenden Bleichärsche!«

Und so wie der bohemienische Speichellecker sich an die Klunte wendet, die ihm ins Gesicht gefurzt hat, dachte Greene: Es sind Leute wie du, Malcolm, die diesen Job so abstoßend machen.

Greene warf sich in seinen Sessel und betrachtete den kleinen Bildschirm auf dem Schreibtisch, neben den beiden Postkörbchen. Instinktiv griff er nach der Packung Acapulco Gold, die auf dem makellosen Schreibtisch lag, doch dann überlegte er es sich anders. So sehr er auch in diesem Augenblick des Tages eine gute Lunge voll Pot brauchte – es war kein kluger Zug von einem, der sich irgendwo befand, wo alles unter dem Einfluß von allem in einer Mittwochnacht war. Er betrachtete verstohlen den toten Schirm seines Vidphons. Es war gut möglich, daß dieser Schirm in den nächsten paar Stunden zum Leben erwachte und das sardonisch lächelnde Gesicht des guten alten Jack Barron zeigte.

»Jack Barron«, seufzte Greene laut. Nicht mal ein Freund konnte es sich leisten, stoned zu sein, wenn er einen öffentlichen Anruf von Jack bekam. Nein, im Angesicht von hundert Millionen Menschen konnte er das keineswegs.

Aber es hatte sich auch noch niemals ausgezahlt, auch nicht in den vergangenen Jack-und-Sara-Tagen, irgendwie zu versuchen, Jack Barron zu bestechen. Wie-war-doch-gleich-sein-Name – wer erinnert sich noch daran? – hatte einst den Fehler gemacht, Jack Barron zu einer Birch-Grillpartie einzuladen, und dann hatte Jack ihn überwuchert wie ein verdammter Pilz.

Und dann – gab es keinen Wie-war-doch-gleich-sein-Name mehr. Nur eine Kamera, ein paar Vidphone und den guten alten Jack Barron.

Wenn doch nur ..., dachte Greene, die altvertrauten Mittwoch-Nacht-»Wenn-doch-nur«-Gedanken ..., wenn doch Jack nur noch bei uns wäre. Mit Jack auf ihrer Seite hätte die K.S.G. eine echte Chance zum Durchbruch, könnte den Anwärter schlagen. Wenn doch nur ...

Wenn Jack bloß nicht so ein Ausflipper wäre. Wenn er nur etwas von dem behalten hätte, was wir anscheinend alle in den Siebzigern verloren haben. Aber was hatte Jack gesagt (und oh, wie recht er doch hatte, und wußte ich es nicht schon immer!): »Luke«, hatte Jack Barron gesagt, und Greene erinnerte sich an jedes Wort. Jack hatte immer die Gabe gehabt, eine Phrase wie eine Lanze ins Gehirn zu bohren, »es ist bestimmt ein häßlicher Moment, wenn man sich zum Ausverkauf entschließt. Aber ein noch häßlicherer Moment, der *häßlichste* Moment überhaupt, ist es, wenn man sich zum Ausverkauf entschließt, und niemand kauft etwas.«

Und was sollte man darauf antworten, dachte Greene. Was soll man darauf antworten, wenn man gerade mit einem großen Maul und einer schwarzen Haut ins Gouverneursgebäude in Evers, Mississippi eingezogen ist? Was würdest du antworten, Jack, du schwarzer Bleicharsch, du weißer Nigger du?

Lukas Greene stieß ein kurzes, bitteres Lachen aus. Der Name der Show mußte ein Insiderwitz sein, ein *echter* Insiderwitz, dem Innern von Jacks haarigem kleinen Kopf entsprungen...

Denn (seit er Sara zum Abschied gewinkt hatte) wer, zum Teufel, konnte schon diesem *Champion Jack Barron* etwas anhaben?

Keine Nacht zum Alleinsein. Bei solchen Gedanken ertappte sich Sara Westerfeld ungewollt, während sie unter dem sardonisch blinzelnden Blick des toten Glasauges von ihrem portablen Fernsehgerät, das sich plötzlich irgendwie in ihre Gedanken infiltriert zu haben schien, in ihrem Wohnzimmer saß, wo Don und Linda und Mike und der Wolfmann unwissentlich als Wächter gegen die Einsamkeit standen – Geister einer vergangenen Mittwochnacht –, und gegen ihren Willen erkannte sie (und erkannte gegen ihren Willen, daß sie das immer erkannte), daß es eine lange Zeit her war (denk nicht an das exakte Datum, du kennst das exakte Datum, aber denk nicht daran), seit sie zum letzten Mal eine Mittwochnacht mit weniger als drei Leuten verbracht hatte.

Dann lieber noch Spiele mit Don Sime spielen (werde ich – oder nicht – ist heute die Nacht – oder werde ich jemals?), als so wie ich heute nacht hier die ganze Nacht herumsitzen, wie ich es mir vielleicht insgeheim wünsche, während das tote Glasauge mich anfleht, es einzuschalten. Nein, doch lieber nur hier sitzen und mit halbem Ohr dem Gelaber des Wolfmannes zuhören und den Verstand von seinem idiotischen Reden-nur-um-mich-selbst-reden-zu-hören umnebeln zu lassen und dabei abzudriften in die vergangene Nicht-wirklich-Mittwochnacht...

»Kapier doch, sag ich, Mann, warum gibt's keinen Scheck für mich?« sagte der Wolfmann gerade und zupfte an seinen fransigen Koteletten. »Ich bin schließlich 'n menschliches Wesen, oder etwa nicht?«

»Und wißt ihr, was mir der Wichser darauf geantwortet hat?« heulte der Wolfmann mit einem gewaltigen Unterton gekränkter Eitelkeit, bei dem Sara nicht entscheiden konnte, ob sie echt oder gespielt war. »Sagt: ›Jim, Sie sind zu jung für die Sozialversicherung und zu alt für die Fürsorge, und Sie haben noch nie länger als zehn Wochen am Stück gearbeitet, was Sie für Arbeitslosenhilfe qualifizieren würde. Sie sind ein Schmarotzer in aufgemotzten Klamotten, *das* sind Sie!‹«

Der Wolfmann schwieg. Und jetzt konnte Sara eine seltsame Veränderung sehen, die mit seinem Gesicht vonstatten ging, während die herablassende Stimmung von ihm abfiel – die sich nur im Augenblick des Entschwindens als Herablassung offenbarte –, und sie sah, was die anderen in dem pseudojapanischen Raum ebenfalls sahen, daß der Wolfmann mit einem Mal grotesk und schuldbewußt ernst war.

»Was ist'n das für eine Scheiße?« fragte der Wolfmann ungehalten, und der Joint, den er zwischen den Fingern hielt, entglitt ihm und fiel auf die schwarzlackierte Oberfläche des Kaffeetischchens.

»Laß das, Wolfmann, und heb die Pall Mall auf, die du auf den Tisch hast fallen lassen«, sagte Don, bemüht, sich vor Sara wie der Hüter von Heim und Herd aufzuspielen. Sogar in ihrem eigenen Apartment spielte er seine dummen Spielchen mit ihr.

»Halt doch's Maul, Sime«, konterte der Wolfmann. »Ich rede hier von echten Ungerechtigkeiten. Menschen wie du und ich ...«

»Oh ...«, begann Don, und die Zeit stand still für Sara, denn sie wußte, was er sagen würde, die drei Worte, die exakte zynische Betonung, schon Dutzende Male in den vergangenen Wochen und Jahren war sie durch diese Worte aufgeschreckt worden, und jedesmal, wenn sie sie hörte, starb sie ein klein wenig und erkannte gleichzeitig, daß Don Sime niemals würde bei ihr landen können, auch dann nicht, wenn eine Milliarde schreiender Chinesen sie festhalten würde. Da würde sie es sogar mit einer Gilaechse noch lieber treiben – oder gar mit Benedict Howards –, als sich einem Mann hinzugeben, der in einer Mittwochnacht zwischen acht und neun Uhr diese drei Worte so aussprechen konnte, und der kleine Tod, der das *grand mal déjà vu* herbeiführte, zauberte Bilder seines Gesichts auf den Bildschirm, zerzaust auf dem lang vergessenen blaugeblümten Kissen, sein Bart blau und struppig...

Don Sime sagte dessenungeachtet achtlos (und sie sah ein achtloses, verkommenes Schwein in seiner hirnlosen, reflexhaften Reaktion) die drei Zauberworte, den Insiderausdruck des Außenseiters, der einen Augenblick des Todes in Sara auslöste.

»Oh«, sagte Don Sime, »Champion Jack Barron.«

Kalt war die nächtliche Brise in Benedict Howards Kehle, der auf einem straffen, weißen Leintuch in einem Hospitalbett lag, sicher und gut aufgehoben in der monolithischen Zitadelle des Rocky Mountain Gefrierkomplexes. Draußen vor dem halbdurchlässigen Hitzevorhang vor der Balkontür (sie hatten aufgeschrien als er verlangt hatte, die Brise zu spüren, wenn er daraus erwachte, und sie sagten ihm, es schien funktioniert zu haben, aber Benedict Howards würde sich von keinem halbgaren Geschwätz beeindrucken lassen) waren die Berge vage Silhouetten in der Dunkelheit, die Sterne wurden ausgelöscht von dem zwielichtigen, verwaschenen Glühen der Lampen des Gefrierkomplexes, jetzt endlich *seines* Komplexes, jetzt endlich, nun und...

In Ewigkeit?

Er kostete den Geschmack der Ewigkeit in der Pinienbrise aus, die von den Bergen und von New York und Dallas und Los Angeles und Vegas und all den anderen Orten, wo Männer wie Ameisen im Licht dem Geld hinterherjagten, herüberwehte, er kostete den Geschmack der Ewigkeit aus, während er ruhig und wärmend, vor der kühlen Brise geschützt, von postoperativer Schwäche befallen, in den Kissen lag, die dem Komplex gehörten, der nun ihm gehörte, in einem Land, in dem Senatoren und Gouverneure und der Präsident ihn *Mister* Howards nannten...

Kostete den Geschmack der Ewigkeit im schmierigen Grinsen Palaccis aus, als dieser gesagt hatte: »Wir wissen, es wurde durchgeführt, und wir wissen auch, es müßte funktionieren. In Ewigkeit, Mister Howards? Ewig ist eine lange Zeit. Und wir können erst wissen, ob in alle Ewigkeit, wenn eine lange Zeit verstrichen ist, nicht wahr, Mister Howards? Fünf Jahrhunderte, ein Jahrtausend... wer weiß? Vielleicht können Sie sich auch auf eine Million Jahre vorbereiten. Wird Ihnen das genügen, Mister Howards?«

Und Howards hatte gelächelt und dem Doktor seinen dummen kleinen Todesscherz durchgehen lassen, obwohl er schon Männer aus geringeren Anlässen zerbrochen hatte, weil er von nun an ja jeden dieser blöden, kleinen Wichtigmacher bis in alle Ewigkeit zerschmettern konnte, nicht wahr? Schwer, sich auf die lange Sicht einzustellen, überkommene Begriffe über Bord zu werfen.

In Ewigkeit, dachte Howards.

Tatsächlich, dieses Mal konnte er sie im Schweiß des Doktors auskosten, in einem dämlichen, speichelleckerischen Lächeln. Die Bastarde glauben, dieses Mal haben sie es geschafft. Obwohl sie es schon mehrmals zuvor durchgeführt haben. Aber dieses Mal fühle ich es, schmecke ich es. Es schmerzt an den richtigen Stellen.

In Ewigkeit... Stoß es für immer zurück, dachte Howards. Verblassender schwarzer Lichtkreis, großäugige Krankenschwester, Nachtschwester, Taghure, mit ihrer plastikhaften, professionellen Zuversicht damals in den anderen Kissen in dem anderen Hospital in der anderen Jahresröhre, wurmartig, seine Nase hinauf, seine Kehle hinab und in seine Eingeweide, Membranen klebten an Polyäthylen wie Flechten am Gestein, jeder flache Atemzug ein Bemühen, nicht zu husten, nicht hochzugreifen mit was auch immer noch übrig war, um die schmerzende Röhre aus Nase-Kehle zu ziehen, um die Bluttropfnadel aus dem linkem Arm zu reißen, den Glukosetropf aus dem rechtem, stirb sauber wie ein Mann, sauber wie die Pfadfinder in den Panhandle Plains, scharfgeschnittene Messersschneide zwischen Leben und Tod, nicht dieses Wegpissen von Lebenssäften in Plastikröhrchen und Glaskanülen Bettpfannen Klistierspritzen Kathetern Nadeln Krankenschwestern Vasen mit verblaßten Blumen...

Aber der kontraktierende schwarze Lichtkreis... Hurensohn, kein kontraktierender, verblassender schwarzer Lichtkreis macht Benedict Howards fertig! Kauf den Bastard, bluff ihn, droh ihm, kill ihn! Kein beschissener Reifen, der von 'ner Limey Limousine wegfliegt, kann Benedict Howards unterkriegen. Haß den Bastard, bekämpf ihn, brenn ihn aus, kauf ihn, bluff ihn, droh ihm, kill ihn, öffne den schwarzen Lichtkreis... weiter, *weiter!* Haßröhren Haßschwestern Haßnadeln Plastikblumen. Zeig's ihnen! Zeig's ihnen allen, daß 'se Benedict Howards nicht abmurksen können.

»Niemand kann Benedict Howards abmurksen!« Howards stieß die Worte hervor, die Brise jetzt kalt, die warme Schwäche jetzt verschwunden, Kampfreflexe pochten in seinen Arterien, kalter Schweiß auf seinen Wangen.

Erschauernd streifte Howards den Alptraum ab. Dies war ein anderes Hospital, ein anderes Jahr, Leben pulsierte in ihm, das ihm eingepflanzt war, genährt vom Tiefschlaf, nicht ausfließend in Röhren und Flaschen. Ja, ja, jetzt hast du's unter Kontrolle. Das Notwendige gezahlt. Kein Mann sollte zweimal sterben müssen, nicht zweimal zusehen müssen, wie das Leben entweicht die Jugend entweicht das Blut entweicht alles entweicht Muskeln schlaff werden, die Eier zu Dörrpflaumen zusammenschrumpeln, die Gliedmaßen zu Besenstielen werden, nicht Benedict Howards. Schieb es raus, stoß es zurück, eine Million Jahre. Stoß es zurück ... *in Ewigkeit.*

Howards seufzte, fühlte Drüsen sich entspannen, überließ sich wieder der erfreulichen, gesunden warmen Schwäche, wissend, was es bedeutete, Wärme stieß die Kälte zurück, Licht öffnete den verblassenden schwarzen Kreis, hielt ihn offen, stieß ihn auf – *in Ewigkeit.*

Immer ein Kampf, dachte Benedict Howards. Kampf von den Tagen der Panhandle Plains bis zur Öl-Geld-Macht Dallas, Houston, L.A., New York, wo alles reine *Action* war, Ölgeschäfte, Bodenspekulation, Elektronik, NASA, Lyndon Senatoren Gouverneure, Speichellecker ... *Mister* Howards. Kampf von totenstillen, staubigen Wüsten bis zu ruhigen, kühlen Arenen der Macht, kühlen, ruhigen Frauen, deren Haut unberührt war von Sonne und Wind und ohne Schweiß unter den Achselhöhlen ...

Kampf von der Röhre hoch Nase hinab Kehle verblassender schwarzer Kreis zur Stiftung für Menschliche Unsterblichkeit, Körper in flüssigem Helium eingefroren, eingefrorene Vermögen, flüssige Vermögen mit ihnen eingefroren in kühlen, trockenen, ruhigen heliumgekühlten Grüften der Macht – Macht, meiner Macht, Geldmacht, Angstmacht Unsterblichkeitsmacht –, Macht des Lebens über den Tod verblassender schwarzer Lichtkreise.

Kampf von trockenen, verkommenen Panhandle-Frauen, im zerschmetterten Auto liegen, Blut im Mund Schmerz im Innern verblassender schwarzer Kreis, bis zu diesem Augenblick, dem ersten Augenblick der *Ewigkeit*.

Yeah, immer ein Kampf, dachte Benedict Howards. Kampf ums Entkommen ums Überleben ums *Be*kommen. Und nun der große Kampf: Kampf, um alles behalten zu können: Geldmacht, junge Frauen mit zarter Haut, Stiftung, das ganze verdammte Land, Senatoren, Gouverneure, den Präsidenten, kühle Stätten der Macht, *Mister* Howards. In Ewigkeit, *Mister* Howards, *in Ewigkeit*.

Howards sah zum Hitzevorhang hinaus, sah die geschäftigen Lichter des Gefrierkomplexes, Komplexe in Colorado, New York, Cicero, Los Angeles, Oakland, Washington ... Washington Monument, Weißes Haus, Capitol, wo sie wartend lagen, Männer gegen ihn, gegen seine Zitadelle gegen die Stiftung gegen Gefrierlagerung gegen die Ewigkeit, Männer an den Rändern des verblassenden schwarzen Kreises ...

Kaum mehr als ein Jahr, dachte Benedict Howards. Kaum mehr als ein Jahr bis zum Konvent der Demokraten – vernichte Teddy den Anwärter, Anwärter auf das Amt des Präsidenten, Stiftungsmann, mein Mann mein Land. Senatoren, Gouverneure ... *Präsident*, Mister Howards. Einen Monat zwei Monate und dann stimmen sie ab, gewinn Wahl mit Geldmacht, Angstmacht Macht des Lebens über den Tod – und dann laß die Bastarde herausfinden, wie! Dann soll'n sie wählen. Ausverkauf an das Leben die Stiftung an die Ewigkeit – oder übergib sie dem verblassenden schwarzen Kreis. Macht des Lebens über den Tod und was Senator Gouverneur Präsident wählt der Tod, *Mister* Howards?

Howards Blick fiel auf die Wanduhr: 9:57, Mountain Time. Unwillkürlich glitt sein Blick weiter zu dem winzigen, schlafenden Schirm des Vidphons (Mister Howards darf heute nacht von nichts und niemandem gestört werden, nicht mal von Jack Barron) auf dem Nachttisch neben dem kleinen Fernsehempfänger. Sein Magen krampfte sich zusammen aus Furcht vor dem Unbekannten, dem Unausweichlichen.

Nur Reflexe, dachte Benedict Howards. Konditionierte Mittwochnachtreaktionen. Mehr nicht. Jack Barron kann mich heute nacht nicht erreichen. Strikte Anweisungen, Hinhaltetaktik, Männer mit Anweisungen. (»Mister Howards ist auf seiner Yacht im Golf ist in einem Flugzeug nach Las Vegas Entenjagen Angeln in Kanada, ist hundert Meilen vom nächsten Vidphon entfernt, Mister Barron. Mister DeSilva, Dr. Bruce, Mister Yarborough werden gerne mit Ihnen sprechen, Mister Barron. Voll autorisiert, für die Stiftung zu sprechen, im Grund genommen wesentlich vertrauter mit den Angelegenheiten als Mister Howards, Mister Barron. Mister DeSilva, Dr. Bruce, Mister Yarborough werden Ihnen alles mitteilen, was Sie wissen wollen, Mister Barron.«) Jack Barron würde keine Erlaubnis bekommen, ihn heute zu belästigen, am ersten Tag der Ewigkeit.

Im Grunde genommen nur ein Tanzbär, sagte sich Howards. Jack Barron, eine Perle vor den Säuen den Massen den Abweichlern Nonkonformisten Acid-Dope-Drogen-Freaks den Underdogs den Niggern. Nützliches Ventil am Druckkessel. Bild der Macht auf hundert Millionen Bildschirmen, Bild nicht Wirklichkeit, keine Geldmacht, keine Angstmacht, keine Macht des Lebens über den Tod, Senatoren, Gouverneure, Präsident, *Mister* Howards.

Gratwanderung zwischen Gesellschaftern, Sponsoren, Massen, F.C.C.* (zwei Kommissionäre in der Hand der Stiftung) das macht Jack Barron. Brot-und-Spiele-Gladiator mit einem Pappschwert der Macht, Scheißdreck Jack Barron.

Nichtsdestotrotz schaltete Benedict Howards das Fernsehgerät ein und wartete mit zusammengeknotetem Magen, während Farbbilder von Autos, das Logo der Fernsehgesellschaft, tanzende Colaflaschen, Plastikstarlet das Kools Supreme raucht, Sendersymbol vorüberzogen, wartete stirnrunzelnd in der kühlen Brise, wußte, daß auch andere warteten, deren Mägen sich wie seiner in gekühlten, vollklimatisierten Zentren der Macht zusammenzogen – in New York, Chicago, Dallas, Houston, Los Angeles, Washington –, warteten auf drei Worte (scharlachrot auf mitternachtsblauem Grund), die die Stunde des Wartens einleiteten, tote Vidphone anstarrend, Eitergeschwür Harlems, Watts, Mississippi, Strip City, Dorfnigger, Streuner, Verlierer – hundert Millionen Kretins, vornübergebeugt, blutdürstend, blaues venöses Blut aus Zentren der Macht:

»CHAMPION JACK BARRON.«

»CHAMPION JACK BARRON« – rote Buchstaben (zweckdienliche Nachbildung der traditionellen Sprüche »Amis raus!« an Wänden in Mexiko, Kuba, Kairo, Bangkok, Paris) vor einem blauen Hintergrund.

Rauchige Barkeeperstimme aus dem Off ruft: »Probleme?«

Und dann als Antwort eine Toncollage, während die Kamera den Titel festhält: Protestierende Studenten, Agitatoren des Amerikanischen Volkes, Amen eines Baptistenpriesters zu Hardrockklängen, weinende Mütter, Soldaten knüppeln protestierende Zivilisten

---

* Federal Communications Commission = Bundeskommission für das Nachrichtenwesen. – *Anm. d. Übers.*

nieder. Barkeeperstimme in zynischem, hoffnungsvollem Tonfall: »Dann kommen Sie zu Champion Jack Barron!«

Titel verwandelt sich in Kopf und Schultern eines Mannes vor einem unkomfortablen dunklen Hintergrund (halbsublimierte wirbelnde moirierte Muster, Blitze scheinen gerade am Rand der Wahrnehmung zu zucken wie schwarze Chinatusche, unterschwelliger Effekt). Der Mann trägt eine blaßgelbe kragenlose Sportjacke über einem knopflosen Hemd aus weichem, rotem Velour. Er sieht aus wie vierzig? dreißig? fünfundzwanzig? – egal, jedenfalls über einundzwanzig. Seine Gesichtsfarbe irgendwo zwischen blaß und grau, wie die eines zurückgezogenen, romantischen Poeten. Sein Gesicht gleicht einer Komposition seltsam hartkantiger Weichheit, Gobelin eines stagnierenden Kampfes. Sein Haar erinnert an einen Toten: sandfarbener JFK-Schnitt, gerade im Begriff, in den Nacken zu wuchern, flankiert die Ohren und wuchert lockig, dylanähnlich nach oben hin aus, zerzaust wie ein ungemachtes Bett. Seine Augen (wissende Augen) funkeln amüsiert, während seine vollen Lippen lächeln, er schafft es, aus dem Lächeln tatsächlich eine fast private Angelegenheit zu machen, dieses Ich-kenne-euch-ich-kenne-euch-ich-kenne-euch-doch-gut-Ding vor einem Publikum, das sich nach neuesten Schätzungen auf hundert Millionen Menschen beläuft.

Jack Barron lächelt, nickt, wird zum Werbespot von Acapulco Gold:

Mexikanischer Patron führt Esel windenden Bergpfad zu dschungelbedecktem vulkanischen Berg hoch, eine fruchtig-autoritäre Encyclopedia-Britannica-Stimme kommentiert: »In den Hochlanden Mexikos wächst eine besonders ausgereifte Sorte Marihuana, die seit den Tagen des organisierten Handels als Acapulco Gold bekannt ist.«

Schnitt zu demselben Patron, der eine Marihuanastaude mit einer Sichel abschneidet und zum Esel trägt: »Gepriesen wird der ausgewogene Geschmack und die Ergiebigkeit. Acapulco Gold war zu Anfang nur einigen wenigen Bevorzugten zugänglich, da sehr selten ...«

Kamera gleitet zu Grenzstreife, die unrasierten Mexikaner, Typ Pancho Villa, festhält: »... die Beschaffung zudem nur mit Schwierigkeiten möglich.«

Luftbild eines riesigen Feldes mit Marihuanapflanzen in geometrischer Anordnung: »Doch inzwischen bringen die feinsten mexikanischen Pflanzen in Verbindung mit dem landwirtschaftlichen Knowhow der USA und den sorgfältig kontrollierten Wachstumsbedingungen eine reine Marihuanasorte hervor, die der ursprünglichen an Aroma und vollem Geschmack in nichts nachsteht. Entspannungswirkung garantiert. Sie erhalten Acapulco Gold inzwischen in siebenunddreißig Staaten: (Schnitt zu rotgoldener Acapulco Gold Packung in Großaufnahme) Acapulco Gold, Amerikas führende Marihuanazigarette von erlesenster Qualität – und selbstverständlich ausgezeichnet verträglich.«

Jack Barron erscheint wieder auf dem Schirm, sitzt an einem alten, volksschulähnlichen Schreibtisch, auf dem zwei standardweiße Bell-Vidphone stehen; weiße Vidphone und weiße Stühle vor dunklem, moiriertem Hintergrund lassen Barron wie Ritter vor Hintergrund tanzender Schattenwesen erscheinen.

»Was plagt uns denn heute?« fragt Barron mit einer Stimme, die alles kennt – Harlem kennt, Alabama, Berkeley, Northside, Strip City, kennt alles kennt sauber bemalte Betonwände von tausend Projekten des Goldenen Zeitalters Urin in Gefängniszellen kennt zweimal monatlich Scheck gerade ausreichend um nicht zu sterben (Sozialversicherung, Fürsorge, Arbeitslosenhilfe, garantierte Jahresrente glatten cyanid-blaßblauen Regierungsscheck), kennt alles und weiß was zum Teufel, aber kann nicht aufhören sich darum zu kümmern, der Außenseiterinsider.

»Was Sie plagt, plagt Jack Barron.« Barron pausiert, lächelt Basiliskenlächeln, dunkle Augen scheinen bewegliche Schatten von Hintergrund zu saugen, kinestop-durch-schwarzen Hintergrund, Dylan-JFK-Bobby-Punk-Buddha. »Und wir alle wissen, was passiert, wenn etwas Jack Barron plagt. Anruf genügt. Die Nummer ist Area Code 212, 969-6969 (sechs Monate Kampf mit Bell-F.C.C. um einprägsame Nummer), und wir nehmen den ersten Anruf genau ... *jetzt!* entgegen.«

Jack Barron schaltet Ton von Vidphon ein (Vidphonkamera und Schirm sind von Studiokamera abgewendet). Hundert Millionen Fernsehschirme explodieren. Bildteilung zeigt im unteren Viertel Standard-schwarz-und-weiß-Vidphon von weißbehemdetem, weißhaarigem Neger, vager, grau-verwaschener Vidphonhintergrund; die verbleibenden drei Viertel okkupiert in lebenden Farben: Jack Barron.

»Hier ist *Champion Jack Barron*, und Sie sind auf Sendung, alter Freund. Alles gehört Ihnen, bis ich Stop sage. Hundert Millionen Amerikaner brennen darauf zu hören, wer Sie sind und was Sie plagt und woher Sie kommen, Mann. Dies ist Ihr Augenblick im Rampenlicht – Ihre Gelegenheit, sich über den zu beschweren, der Ihnen Beschwernis bringt, der sie piesackt, sie plagt, sie ungerecht behandelt. Sie sind mit mir verbunden, und ich bin verbunden mit dem ganzen Land. Also los, Mann, frisch von der Leber weg, und ab geht die Post – zu *Champion Jack Barron*«, sagt Jack Barron und beschließt das Ganze mit einem gewaltigen Wir-werden-das-Kind-schon-schaukeln-Lächeln.

»Mein Name ist Rufus W. Johnson, Jack«, sagte der alte Neger, »und wie du siehst und das ganze Land sehen kann, bin ich *schwarz*. Ich meine, da gibt's kein Vertun, Jack. Ich bin *schwarz:* Kapiert? Ich bin nicht farbig, nicht von dunkler Hautfarbe, kein Mulatte, kein Quadroon, Oktoroon, Bassoon oder Baboon. Rufus W. Johnson ist ein schwarzer Nig...«

»Ruhig«, unterbricht ihn die Stimme Jack Barrons autoritär wie ein Messer, aber nur ein schwaches Achselzucken und ein kleines Lächeln beruhigen *tatsächlich*, Rufus W. Johnson entspannt sich und lehnt sich zurück.

»Yeah«, sagt Rufus W. Johnson, »wir müssen dieses Wort nicht aussprechen, Mann. Schimpfwort für alle *Afro*-Amerikaner, Farbige, Amerikanische Neger, wie nennt ihr es? Aber wir wissen, *wie* ihr sie nennt... Nicht du, Jack. (Rufus W. Johnson lacht kurz.) Du bist ein Bleicharsch, aber ein *schwarzer* Bleicharsch.«

»Nun, meinetwegen, nennen wir's so«, sagt Jack Barron. »Will mich nicht mit Haarspaltereien abgeben. Aber was liegt an, Mister Johnson? Ich hoffe, Sie haben mich nicht nur angerufen, um Hautfarben zu vergleichen.«

»Aber darum geht's doch, oder etwa nicht, Mann?« antwortet Rufus W. Johnson, nun nicht mehr lächelnd. »Mir jedenfalls geht's darum. Uns allen *Afro-Amerikanern* geht's darum. Man ist schwarz, sogar hier unten in Mississippi, was als schwarzes Land gilt, darum geht's im Leben. Nicht mehr als – wie hast du's genannt? – einen Vergleich von Hautfarben. Wünschte, du könntest in Farbe übertragen, dann könnte ich mal'n bißchen mit den Knöpfen meines Fernsehers rumspielen und mich wenigstens einmal rot oder grün oder purpur sehen – *farbig,* verstehst du?«

»Wann kommen wir zum Wesentlichen, Mister

Johnson?« fragt Jack Barron nun eine Spur kälter. »Was plagt Sie?«

»*Wir* sind das Wesentliche«, antwortet Rufus W. Johnson, grau-auf-grau-Bild von schwarzem Gesicht – zerfurcht, verletzt, stirnrunzelnd –, expandiert und füllt drei Viertel des Bildschirms aus, und Jack Barron verbleibt im oberen Viertel.

»Wenn man schwarz ist, plagt einem nur eines und das vierundzwanzig Stunden am Tag, sieben Tage in der Woche, von Geburt bis Tod. Jedenfalls, gab mal 'ne Zeit, da war Schwarzsein mit dem Tod vorbei. Jetzt nicht mehr. Jetzt haben wir die *Medizin*. Wir haben die Stiftung für Menschliche Unsterblichkeit. Friert die Körper ein wie Instantpizza, bis die Mediziner klug genug sind, sie wieder aufzutauen und sie herzurichten bis zum Tag des Jüngsten Gerichts. Das sagen sie, diese Ratte Howards und seine Bande: ›Eines Tages werden alle Menschen durch die Stiftung für Menschliche Unsterblichkeit ewig leben können!‹

Yeah, wir sind die führende Nation der Welt, wir haben unsere Stiftung für Menschliche Unsterblichkeit. Machen wir daraus lieber die Stiftung für *Bleicharsch*unsterblichkeit. Weil wir jede Menge Leute wie den ollen George und Bennie Howards haben, und alles läuft auf dasselbe raus. Lösen wir das Negerproblem auf die einfache Weise – schaffen wir uns die Neger vom Hals. Kein Problem – einfach dafür sorgen, daß die Bleichen ewig leben. Sollen die Schwarzen doch weiter ihr Leben haben – wen kümmert das noch, wenn ein Bleicher ewig leben kann, solange er die 50000 Mäuse berappt.«

Winzige, kalte Spannungsfältchen erscheinen in Jack Barrons Augenwinkeln, während der Schirm sich ein weiteres Mal teilt und eine Hälfte das Schwarzweißbild von Rufus W. Johnson dem Farbbild von Jack Barron der anderen Hälfte gegenüberstellt und Barron hart aber bestimmt sagt: »Sie reden um etwas herum, das Sie plagt, Mister Johnson. Wollen Sie nicht endlich die Katze aus dem Sack lassen? Spucken Sie's aus. Und solange Sie sich über irgendwelche intimen Teile der menschlichen Anatomie unterhalten wollen, gebrauchen Sie keine Worte mit fünf Buchstaben, wir sind immer noch auf Sendung, egal was Sie sagen. Darum geht es schließlich Ihrem *Champion Jack Barron*. Zeit zum Zurückschlagen, Zeit zum Sich-Wehren, und wenn Sie mit irgendwem wirklich gar nicht einverstanden sind – dies ist die Zeit, wo sie dasitzen und sich Ihre Beschwerden anhören müssen, die Sie vom Stapel lassen!«

»Yeah, Mann«, sagt Rufus W. Johnson. »Ich spreche von dieser Stiftung für *Menschliche* Unsterblichkeit. He, Mann, Rufus W. Johnson *ist* ein Mensch. Bleicht mich, verändert meine Nase operativ, und jeder Mann wird sagen: ›Da geht dieser Rufus W. Johnson, reguläres Mitglied der Gemeinschaft. Hat'n erfolgreiches Fuhrunternehmen, neues Auto, eigenes Haus und drei Kinder, die das College besuchen. Richtiger Musterbürger.‹ Wäre Rufus W. Johnson weiß und nicht schwarz, dann wäre Benedict Howards mehr als erfreut, ihm den Vertrag zu geben, ihn einzufrieren, und gleichzeitig jeden roten Heller zu nehmen, den Rufus W. Johnson hat, bis der Tag des Großen Auftauens kommt – *wenn* Rufus W. Johnson eben ein ... ah ... Bleicher wäre. Weißt du, was man hier unten in Mississippi, in Watts, sagt? Man sagt: ›Weiß mußt du sein, dann ist die Ewigkeit dein. Doch bist du schwarz, hast du kein Glück: Wenn du gehst, dann kommst du nie zurück.‹«

Oben, in der rechten Ecke im Sessel, sitzt Jack Barron in lebenden Farben. »Klagen Sie die Stiftung für Menschliche Unsterblichkeit der Rassendiskriminierung an?« fragt er, tanzende, schwarze, kaum sichtbare moirierte Muster flackern, vom Hintergrund widergespiegelt, in seinen nach unten gerichteten dunklen Augen und verwandeln sein Gesicht in eine Maske flammenden Zorns, plötzlich bedrohlich und ernst.

»Ich klage sie nicht an wegen Überfahrens einer roten Ampel«, poltert Rufus W. Johnson. »Schau mein Haar an – das ist der einzige weiße Teil von mir. Ich bin siebenundsechzig Jahre alt und habe mein Leben fast verbraucht. Und selbst wenn ich weiter als Schwarzer im Land des weißen Mannes leben müßte, ich will ewig leben. Mag schon schlimm genug sein, zu leben und schwarz zu sein, Mann, aber wenn man tot ist, dann ist man unwiederbringlich *tot.*

Daher geh ich zu diesen... ah... Bleichen vonner Stiftung und sag: ›Gem'se mir einen von den Gefrierverträgen. Rufus W. Johnson ist bereit, für die Ewigkeit zu unterzeichnen.‹ Zwei Wochen vergehn, und sie schnüffeln um mein Haus rum, um mein Geschäft, mein Bankkonto. Dann krieg ich'n echt feinen Brief auf'm echt feinen Papier, fast drei Meter lang, und da steht drauf: ›Mann wir können Sie nicht nehmen.‹

Und jetzt stell dir vor, Mister Jack Barron. Mein Haus hat mich fünfzehntausend Dollar gekostet. Fünftausend habe ich auf der Bank. Und, Mann, allein meine Lastwagen sind fast fünfzig Riesen wert. Und Bennie Howards kann alles solange haben, wie ich auf Eis bin. Aber die Stiftung für *Menschliche* Unsterblichkeit sagt, ich habe nicht genügend flüssige Mittel zur Verfügung, als daß man mir derzeit einen Vertrag anbieten könnte. Mein Geld hat dieselbe Farbe wie das anderer Leute auch, Mister Barron. Glauben Sie, es ist die Farbe meines Geldes, die ihnen nicht gefällt – oder die Farbe von meiner *wasweißich*?«

Der Schirm schnappt zurück zu einem vollen Farbbild des mitfühlenden Gesichts vom kantigkiefrigen Tritt-sie-in'n-Arsch Jack Barron. »Nun, das ist sicher ein

Grund, sich aufzuregen – wenn wir Ihre Fakten ordentlich dargelegt bekommen haben. Jedenfalls haben Sie damit Jack Barron überzeugt.«

Barron blickt in die Kamera, mit Augen wie Seen ohne Grund, die Ernst, Donner-und-Blitz zeigen – bösartiger, pflastersteinwerfender Jack Barron. »Und was meinen *Sie* dort draußen dazu, die alles mit anhören konnten? Was meinen Sie dazu, Benedict Howards? Wie ist die Meinung der Verantwortlichen? Und da wir gerade von den Verantwortlichen sprechen (abrupter Wechsel zu sardonischem-nach-innen-achselzuckendem-gewitzten Lächeln) – es ist an der Zeit zu sehen, was unsere Sponsoren plagt. Legen Sie auf, Mister Johnson, und warten Sie alle zusammen ab, wir werden bald wieder hier sein, wo die *Action* ist – direkt hier, ohne Zeitverzug, live, direkt im Anschluß an diesen Spot von wem auch immer, der gerade den Fehler macht, unser Sponsor zu sein.«

2

VERDAMMT TOLLEN HECHT HAST DU DA, Vince, du Klugscheißer, dachte Jack Barron, während er zusah, wie sein Bild auf dem Studiomonitor von dem eines brandneuen Chevy verdrängt wurde.

In dem Augenblick, als er nicht mehr auf Sendung war, schnellte Jack Barron von der Kante seines Stuhls hoch und drückte den Knopf vom Vidphon Nummer eins. »Spiel und Spaß heute abend, was, *Paisan*?«

Hinter dem dicken Glas der Kontrollkabine sah er Vince Gelardi lächeln, schmierig und zynisch, dann erklang Vinces Stimme in dem kleinen Studio: »Willst du Bennie Howards über den heißen Draht?«

»Wen sonst?« konterte Jack Barron und nahm wieder seine ursprüngliche Position im Sessel ein. »Als Nummer zwo Teddy Hennering und Luke Greene auf der Reservebank.« Barron schaltete den Interkom wieder ab und las ›60 Sekunden‹ blitzend auf der Tafel der Studiokontrollen, danach genoß er die kurze Pause.

Klugscheißer Vince hatte mal wieder 'ne Niete wie diesen Johnson durchgeschaltet (aber hin und wieder wird auch aus einer Niete ein Fisch, so wie heute). Professionelle Tränendrüsendrücker rufen jede verdammte Woche einmal an und laden Schluchzstories ab, ohne jemals auch nur über den ersten Fangschirm für solche Affen rauszukommen. Aber fügt man den letzten Dummbeutel, dieses Mal gegen die Stiftung, der Gefrierdebatte auf dem Hügel zu, dann hat man auf einmal einen wirklich großen Fisch (... Weiß mußt du sein, dann ist die Ewigkeit dein ... frage mich, ob

Malcolm Shabazz & Co. das verbreiten?) Aber zu heißes Eisen, wo Howards zwei zahme Spitzel bei F.C.C. sitzen. Kann's mir nicht leisten, wegen einer einzigen Show solche Wellen zu machen, und Vince hätte das wissen müssen, ist sein Job, deswegen lasse ich ihn ja schließlich die Affensperre aufbauen.

Aber Scheiße, dachte Jack Barron, während die Anzeige auf ›30 Sekunden‹ sprang. Vince wußte ganz genau, was er tat, er sah hinter die Kulissen, sah, daß Howards sich nicht bepißt fühlen würde, da die Stiftung jeden Neger einfror, der 50000 Dollar flüssig machen konnte (*flüssig*, das ist der springende Punkt, nicht verfallende Häuser und rostende Lastwagen – flüssige Mittel, Barzahlung Sicherheiten). Stiftung hat schon genug Sorgen mit den Republikanern, K.S.G., Shabazz & Co., ohne auch noch Rassenärger provozieren zu müssen. Stiftung kümmert sich nur um eine Farbe – grüne Geldfarbe, Scheißkerl Howards ist noch nicht so weit entrückt. Yeah, Vince hat alles vorhergesehen, sah Rufus W. Johnson voll damit, sah Zungen des ganzen Landes raushängen, nach der Gefrierdebatte lechzen, sah gute, heiße Show, aber ohne Komplikationen, sah Howards erfreut über freie Publicity mit seinen großen Kastanien im Kongreßfeuer, sah Schema für nächste vierzig Minuten: Howards, ein wenig schwitzend, am heißen Draht, genug um zu kräuseln, ohne wirklich aufzuwühlen, weil bezüglich der Rassenfrage (der *einzigen* Frage) die Stiftung unangreifbar ist. Jeder seinen Standpunkt – Howards verteidigt seine Gefrierverträge, der Große Unbekannte bekommt Jack Barron in Top-Spiel-und-Spaß-Form, ich steh wieder als Champion da, nur Fleischwunden, und keiner wird so sehr verletzt, daß er versuchen wird zurückzuschlagen. Guter alter Vince, weiß, wie man so was aufziehen muß!

›Leitung zur Rocky Gefrieranstalt steht‹, blitzte es

auf der Kontrolltafel, dann: ›Greene am Apparat, Teddy H?‹ Dann: ›Auf Sendung‹, und Barron sah Gesicht und Schultern auf dem Monitor unter der Anzeige, sah das Bild von Rufus W. Johnson grau in grau in der unteren Ecke links unten und auf dem Bildschirm von Vidphon Nummer eins; harte, verkniffene, aber gutaussehende Züge von 'ner Scheißsekretärin auf Nummer zwo, und schon geht die Post wieder ab, dachte Jack Barron.

»Okay, Mister Johnson« (du blöder Wichser, du), sagte Jack Barron. »Wir sind wieder auf Sendung. Sie stehen in Verbindung mit mir, und ich stehe in Verbindung mit dem ganzen Land und hundert Millionen, die Sie direkt am Vidphon sehen können, und wir haben einen direkten Draht zum Hauptsitz der Stiftung in den Rocky Mountains, dem Gefrierkomplex außerhalb von Boulder, Colorado. Wir werden herausfinden, ob die Stiftung mit zweierlei Maßstäben mißt, hier und jetzt, ohne Zeitverzögerung, live von Mann zu Mann, der Präsident und Vorsitzende des Aufsichtsrates der Stiftung für Menschliche Unsterblichkeit, der Barnum der Körperfresser*, unser gemeinsamer Freund, Mister Benedict Howards.«

Barron stellte die Verbindung am Vidphon Nummer zwei her und sah die finster blickende (würd' ich gern mal rannehmen) Sekretärin unter seinem Bild erscheinen (ideale Position). Er bedachte sie mit einem gefährlichen Miezekatzelächeln (Krallen hinter Samtpfötchen) und sagte: »Hier ist Jack Barron, der Mister Benedict Howards ruft. Hundert Millionen Amerikaner erfreuen sich gerade an deinem Gorgonenhaupt, Schätzchen, aber wen sie wirklich sehen wollen, das

---

* Barnum war Mitinhaber des größten Zirkusunternehmens der USA (Barnum, Bailey & Co.) und galt zu seiner Zeit als einer der Größten im Geschäft. – *Anm. d. Übers.*

ist Bennie Howards. Also geben Sie uns den Boss.« Barron zuckte grinsend die Achseln. »Tut mir leid. Aber keine Sorge, Baby, du kannst deine private Telefonnummer bei meinem Kollegen Vince Gelardi hinterlassen.« (Wer weiß?)

Die Sekretärin starrte durch sein Lächeln hindurch wie eine Lemurin, ihre automatische Anrufbeantworterstimme sagte: »Mister Howards befindet sich mit seinem Privatflugzeug auf dem Flug nach Kanada, um zu jagen und zu angeln, und kann nicht erreicht werden. Darf ich Sie mit unserem Finanzdirektor, Mister DeSilva verbinden. Oder unserem ...«

»Hier ist *Jack Barron*, der Benedict Howards sprechen will«, unterbrach Barron sie (was geht hier vor?). »*Champion Jack Barron*. Sie haben doch einen Fernseher, oder? Und ich habe hier einen Mister Rufus W. Johnson in der Leitung, der stinksauer auf die Stiftung ist, wie ich auch, wie hundert Millionen Amerikaner, und wir alle wollen mit Benedict Howards sprechen und nicht mit irgend einem seiner Ladenschwengel. Daher schlagen wir vor, Sie bewegen so schnell wie möglich ihr hübsches Dingelchen und schaffen ihn herbei, und zwar *muy pronto*, sonst muß ich wohl Mister Johnsons öffentlicher Anklage stattgeben, daß die Stiftung Neger diskriminiert, die das wahrscheinlich ein *klein wenig* anders sehen als die Herren der Stiftung selbst, kapiert?«

»Tut mir leid, Mister Barron, Mister Howards ist Hunderte von Meilen vom nächsten Vidphon entfernt«, antwortete die Sekretärin. »Mister DeSilva oder Dr. Bruce oder Mister Yarborough stehen in engstem Kontakt mit den Details der Stiftung und werden alle Ihre Fragen gerne beantworten.«

Festgefahren, dachte Jack Barron. Hühnchen hat keine Ahnung, was abgeht (wie man sieht), gibt nur Howards Scheiße wieder, mehr nicht. Zeig dem Bastard, was passiert, wenn er versucht, sich vor mir zu verbergen. Schreckliches Exempel, Mister Howards. Der weitere Verlauf der Show lag plötzlich minuziös vor ihm: Verheize Howards Handlanger (Yarborough ist der größte Hasenfuß), zweiter Werbespot, Zwischenspiel mit Luke, dritter Werbespot und dann noch ein Geplänkel mit Ted Hennering, zehn Minuten, um die Spannung wieder zu lösen, dann ab durch die Mitte.

»Okay«, sagte Barron und aus seinem Lächeln wurde eine Natternmiene. »Wenn Bennie es so haben will, dann soll er es auch so bekommen. Geben Sie mir John Yarborough.« Er kreuzte die Beine übereinander und gab Gelardi das Signal, das Bild der Sekretärin vom Bildschirm auszublenden, dann teilte sich der Bildschirm zwischen Barron und Johnson, als Barron zweimal mit dem Fuß auf den Knopf unter sich trat. Barron freute sich flüchtig, während er tot in die Kamera lächelte und sich nach Kräften bemühte, eine Aura galoppierender Boshaftigkeit um sich herum aufzubauen. »Ich hoffe, Bennie Howards fängt einen großen Fisch, was? Und ich bin sicher, all die hundert Millionen dort draußen, mit denen Mister Howards nicht sprechen will, weil er zu beschäftigt ist, wünschen ihm ebenfalls recht viel Glück – und wissen wir nicht alle, daß er das auch brauchen kann?«

Barron sah die Schrift an der Anzeige: ›Leitung zu Luke steht. Zu Teddy.‹ Jasör, zeig dem verdammten Howards, daß es sich nicht auszahlt, Katz und Maus mit mir zu spielen – ich werde ihnen heute nacht wahrlich eine Show zeigen.

»Nun, Mister Johnson, wir werden heute abend auch ein wenig jagen«, sagte er. »Lassen wir Mister Howards seinen Elch schießen, wir jagen der Wahrheit hinterher.«

»Wer ist dieser Yarborough?« fragte Rufus W. Johnson.

»John Yarborough ist der Verantwortliche für Öffentlichkeitsarbeit der Stiftung«, antwortete Barron. »Wir sind die Öffentlichkeit, und wir werden ihm heute abend ganz bestimmt ein wenig Arbeit machen.« Barrons Vidphon Nummer zwei zeigte einen bläßlichen, kahlköpfigen Mann. Barron gab ein Fußsignal, und nun teilten sich Johnson (oben) und Yarborough (unten) die linke Hälfte des Schirms, während Barron doppelt so groß rechts neben ihnen aufragte, farbecht, großer Bruder. »Und hier haben wir Mister John Yarborough. – Mister Yarborough, hier spricht Jack Barron, und ich möchte Ihnen gerne Mister Rufus W. Johnson vorstellen. Mister Johnson ist, um das Offensichtliche auszusprechen, Neger. Er behauptet, die Stiftung verweigere ihm einen Gefriervertrag.« (Spiel getrost dein non sequitur Spiel, Jack, Baby.) »Hundert Millionen Amerikaner wüßten gerne, ob das stimmt. Sie wüßten gerne, weshalb die Stiftung für Menschliche Unsterblichkeit, die Steuererleichterungen als Institut der öffentlichen Wohlfahrt genießt, einem amerikanischen Bürger das Recht auf ein ewiges Leben absprechen will, nur weil dieser Jemand nun eben mal ein Neger ist.« (Haben Sie inzwischen schon damit aufgehört, Ihre Frau zu verprügeln, Mister Yarborough?)

»Ich bin sicher, es handelt sich hier um ein Mißverständnis, das wir mit Leichtigkeit aus der Welt schaffen können«, antwortete Yarborough aalglatt. »Wie Sie sicher wissen …«

»Ich weiß überhaupt nichts, Mister Yarborough«, unterbrach ihn Barron. »Nur das, was die Leute mir sagen. Ich glaube nicht an das Zeug, das uns im Fernsehen gezeigt wird. Ich weiß lediglich, was mir Mister Johnson gesagt hat, und hundert Millionen Amerikaner wissen es auch. Mister Johnson, haben Sie einen Gefriervertrag beantragt?«

»Das habe ich, Jack.«

»Haben Sie zugestimmt, alle Ihre irdischen Güter bis zu Ihrem klinischen Tod der Stiftung zu überschreiben?«

»Sie wissen, daß ich das getan habe.«

»Haben diese Güter einen Wert von 50000 Dollar?«

»Mit Leichtigkeit sogar sechzig oder siebzigtausend«, antwortete Rufus W. Johnson.

»Und trotzdem bekamen Sie keinen Gefriervertrag, Mister Johnson?«

»Gewiß nicht!«

Barron schwieg, senkte den Kopf, um reflektierte, ominöse Blitze vom Hintergrund in den schimmernden Sessellehnen zu erhaschen. »Und Sie *sind* Neger, Mister Johnson, nicht wahr? Nun, Mister Yarborough, da erzählen Sie uns etwas von einem Mißverständnis – etwas, das mit Leichtigkeit aus der Welt geschafft werden kann? Würde vorschlagen, Sie erklären uns mal die nackten Tatsachen. Würde vorschlagen, Sie erklären dem amerikanischen Volk, warum Mister Johnson der Gefriervertrag verweigert wurde.«

Und jetzt kannst du von außen zu graben beginnen, Dad, dachte Barron, während er mit seinem rechten Fuß einen Werbespot in drei Minuten anforderte (nur ein paar Schaufeln voll, damit ich noch mehr aufwerfen kann).

»Aber es *ist* alles ganz einfach, Mister Barron«, antwortete Yarborough mit ausdruckslosem Gesicht und Stimme, während er visuell niedergeknüppelt wurde, als Gelardi Johnsons Bild ausblendete und er somit von drei Seiten, winzig schwarz, von dem farbigen Riesenbild Barrons umrahmt wurde (Nahaufnahme mit dunklem, wirbelndem Hintergrund).

»Das grundlegende, langfristige Ziel der Stiftung ist es, Forschungen zu finanzieren, die zu einer Zeit führen sollen, in der alle Menschen ewig leben können. Dazu braucht man Geld, viel Geld. Und je mehr Geld wir für die Forschung zur Verfügung haben, desto früher wird dieser Tag kommen. Die Stiftung für Menschliche Unsterblichkeit hat nur eine Geldquelle: Das Nationale Gefrierprogramm. Die Körper einer begrenzten Anzahl Amerikaner sind eingefroren und werden in flüssigem Helium vor dem sicheren Tod bewahrt, damit sie wiedererweckt werden können, wenn die Forschung, die *Stiftungs*forschung, eine Methode gefunden hat...«

»Ach, das Geschwätz kennen wir schon!« protestierte Rufus W. Johnson (immer noch außerhalb des Bildschirms). »Ihr friert fette Katzen ein, *bleiche* fette Katzen, und solange sie eingefroren sind, habt ihr denen ihr ganzes Geld und alles, was ihnen gehört, und sie bekommen es nicht zurück, bevor sie nicht wieder zum Leben erweckt werden, wenn das jemals der Fall sein sollte. Das ist cool, Mann, ich meine, ihr habt schließlich nichts zu verlieren, also könnt ihr auch hohe Einsätze spielen, endet höchstens innem feierlichen Begräbnis.« (Mit verdrossenem, düsterem Gesicht ließ Barron die unsichtbare Stimme weiter und weiter poltern und wartete den besten Augenblick ab, sie zu unterbrechen.) »Okay, das verkauft ihr, und Rufus W. Johnson will es kaufen. Nur ihr verkauft eben nichts an Nig...«

»Obacht, Mister Johnson!« warf Barron ein, und Vince, der mitdachte, schaltete Johnson den Ton ab, als die Uhr ›2 Minuten‹ anzeigte. »Sie sehen, Mister Yarborough, Mister Johnson ist aufgebracht, und das aus gutem Grund. Er hat ein Haus, das ihn fünfzehntausend Dollar kostete, er hat fünftausend Dollar auf der Bank und einen LKW-Fuhrpark mit einem Gesamtwert von mehr als fünfzigtausend Dollar, und ich bin kein Einstein, aber nach meiner Rechnung ist fünfzigtausend und zwanzigtausend zusammen mehr als fünfzigtausend. Stimmt es nicht, daß der Minimalbetrag für eine Einlagerung in der Stiftung bei fünfzigtausend Dollar liegt?«

»Das ist richtig, Mister Barron. Aber sehen Sie, die fünfzigtausend müssen flüs...«

»Bitte beantworten Sie vorläufig nur meine Fragen«, unterbrach ihn Barron mit lauter Stimme. Nur nichts erklären lassen, erst mal niederhalten, dachte er und nahm gekränkt wahr, daß Vince dem Grau-in-grau-Bild Yarboroughs drei Viertel des Schirms gewährte, bleicher-unrealer-Goliath-gegen-vierfarbigen David-Effekt. »Für mich scheint alles recht einfach. 50000 Dollar kaufen jedem Amerikaner seinen Platz in der Tiefkühltruhe. Mister Johnson hat Ihnen sein ganzes Hab und Gut angeboten, was den Wert von 50000 Dollar weit überschreitet. Mister Johnson ist amerikanischer Staatsbürger. Mister Johnson wurde der Gefriervertrag verweigert. Mister Johnson ist ein Neger. Was für Schlußfolgerungen wird das amerikanische Volk Ihrer Ansicht nach daraus ziehen? Tatsachen sind Tatsachen.«

»Aber die Rasse hat damit überhaupt nichts zu tun!« antwortete Yarborough schrill, und Barron runzelte öffentlich die Stirn, kicherte aber innerlich in sich hinein, als er sah, wie Yarborough endlich sein unterkühltes Verhalten vergaß. »Die 50000 müssen flüssig sein – Bargeld. Jeder Mann, ungeachtet der Rasse, der 50000 Dollar *flüssig* hat...«

Barron überkreuzte die Beine, das Signal, Yarborough vom Sender zu nehmen, als die Anzeige ›60 Sekunden‹ verkündete. Sagte: »Und selbstverständlich wissen wir alle, es ist die *Stiftung,* die entscheidet, ob das Vermögen eines Mannes *flüssig* genug ist. Einfachste Sache der Welt, was Leute? Die Stiftung will einen Mann nicht einfrieren und sagt ihm daher einfach, seine Güter sind eingefroren. Ich frage mich, wie viele

Neger eingefrorene *Vermögen* und wie viele eingefrorene *Körper* haben? Nun, vielleicht können wir darüber mehr erfahren von einem Mann, der wie kein anderer Bescheid weiß über die gegenwärtig im Kongreß vorherrschende Meinung, was diese – sagen wir mal *launische*? – Stiftung für *Menschliche* Unsterblichkeit und ihr Monopol auf alle kryonischen Gefrierprozesse in den Vereinigten Staaten anbelangt – den Gouverneur von Mississippi, Lukas Greene. Also bleiben Sie dran, Mister Johnson, und auch ihr, liebe Leute. Wir werden uns direkt im Anschluß an diesen Versuch unseres Sponsors, Ihre eingefrorenen Sparkonten *aufzutauen*, mit dem Gouverneur Ihres Heimatstaates unterhalten.«

Hoffe, du siehst dir das an, Howards, du Schmendrick, du, dachte Barron, während sie den Werbespot einspielten. Paßt auf was geschieht, wenn man Barron zum Hanswurst machen will! Er drückte den Interkomknopf und sagte: »Laßt mich mal'n paar Augenblicke mit Luke privat reden.«

»Heh, was willst'n von 'nem armen schwatten Jungen, du großer, böser Bleicher, du?« fragte Lukas Greene (ein Auge auf dem Werbespot für Acapulco Gold, den anderen auf dem Interkomschirm mit Jack Barron). »Genügt es nicht in einer Nacht, Bennie Howards an die Karre zu fahren? Müssen auch noch wir Kreuzritter für Soziale Gerechtigkeit dran glauben?«

»Sachte, Lothar«, sagte Jack Barron. »Das ist die Du-und-ich-machen-die-Stiftung-runter-Nacht. Dieses Mal will der liebe, gute Jack Barron Ball mit dir spielen, kapiert?«

Nun, das ist eine Erleichterung, vorausgesetzt, ich kann Jack trauen, dachte Greene. Aber was soll dieses ganze Rassenhickhack mit der Stiftung? »Kapiert«, antwortete Greene. »Aber wir beide wissen, Howards würde den Großen Vorsitzenden Wang persönlich einfrieren, wenn die Katze 'n Brocken Brot kosten würde, ganz zu schweigen von 'nen paar Mäusen. Warum die Tortur? Kommste rüber zur K.S.G.?«

»Halt die Luft an«, wies ihn Jack Barron zurecht. »Ich zeige Howards gerade, was 'nem VIP zustoßen kann, der glaubt, er kann Jack Barron verarschen. Beobachten und lernen, Amos. Falls du dich jemals entschließen solltest, dich in einer Mittwochnacht von deinem Vidphon zu entfernen. Aber ruhig jetzt, wir sind gleich wieder auf Sendung.«

Derselbe gottverdammte Jack Barron, dachte Greene, während Barron einführende Worte sprach. (»... Gouverneur Greene ist Gouverneur von Mississippi und die führende Gestalt der Koalition für Soziale Gerechtigkeit ...«) Würde seine eigene Mutter für drei Punkte bei der Beurteilung verkaufen, Howards könnte kleine Kinder roh verspeisen und 's würd' keinen stören, zuviel Macht, aber beantworte diesen Anruf nicht und du wirst das Messer zu spüren bekommen, Bennie Boy. (»... Ihr Abgeordneter hat sich bereit erklärt ...«) Okay, spielen wir Jacks Spiel heute nacht mit, vielleicht hilft's Howards' Gesetzentwurf zur Einfrierung zu Fall zu bringen, und wenn Jack Barron Scheißgründe hat, na und?

»... und es ist wohl bekannt, daß der Stiftung der Bau eines Gefrierkomplexes in Mississippi verweigert wurde, Gouverneur Greene«, sagte Jack Barron gerade. »Liegt das daran, daß die Stiftung, wie Mister Johnson behauptet, Neger diskriminiert?«

Nun, da geht nichts, dachte Greene. Mal sehen, wieviel K.S.G.-Lobhudelei er mir durchgehen läßt. »Lassen wir die Rassenfrage einen Moment außer acht, Mister Barron«, sagte Greene und nahm zur Kenntnis, daß Der Wohltätige Jack ihm augenblicklich die Hälfte des Bildschirms gewährte, kantiges schwarzes Gesicht, scharfgeschnitten und stattlich in Schwarzweiß, »wir würden Mister Howards und der Stiftung auch dann nicht erlauben, einen Gefrierkomplex hier zu bauen, wenn alle Mitglieder so rabenschwarz wären wie das proverbielle Pikas. Die Koalition für Soziale Gerechtigkeit tritt unnachgiebig für eine Freie Öffentliche Gefrierpolitik ein. Wir sind der Meinung, daß kein Individuum, keine Korporation und auch keine sogenannte nichtprofitorientierte Stiftung das Recht haben darf, darüber zu bestimmen, wer leben darf und wer nicht. Wir sind der Meinung, alle Gefriereinrichtungen sollten in öffentlicher Hand sein, und die Entscheidung über Leben und Tod sollte nach dem Losverfahren gehoffen werden. Wir glauben ...«

»Ihre Meinung zum Gesetzentwurf für Einfrierung ist nur zu gut bekannt«, unterbrach ihn Jack Barron trocken, und Greenes Bildschirm zeigte ihn nun zusammengeschrumpft in der unteren, linken Ecke (dezente Erinnerung daran, wer sich im alten Berkeley um alles kümmerte, Kumpel Jack Barron).

»Was Mister Johnson plagt, was mich plagt und was hundert Millionen Amerikaner heute nacht plagt, ist nicht die theoretische Frage, ob öffentliche oder private Gefrieranstalten, sondern die praktische Frage: Diskriminiert die Stiftung die Neger? Mißbraucht Benedict Howards seine ökonomische und soziale Macht?«

Alte Collegeart, dachte Greene. »Darauf wollte ich gerade zu sprechen kommen, *Mister* Barron«, sagte er mit vorsätzlicher Überlegener-Mann-Miene. »Wenn eine private Gesellschaft oder Stiftung über eine solche Machtfülle verfügt wie die Stiftung für Menschliche Unsterblichkeit, dann wird sich Mißbrauch in der einen oder anderen Form zwangsläufig einstellen. Sollte die Stiftung ihren Gesetzentwurf für Einfrierung erfolgreich durch den Kongreß bekommen, und sollte der Präsident ihn tatsächlich unterzeichnen, dann wird diese Macht über Leben und Tod zum Gesetz werden, gestützt von der Bundesregierung, und an diesem Punkt kann die Stiftung willkürlich diskriminieren, wen sie will – Neger, Republikaner, Blei ... äh ... *Kaukasier* oder wer auch sonst immer sich weigern sollte, Howards Spiel mitzuspielen. Daher ...«

»Bitte, Gouverneur Greene«, sagte Barron mit aufgesetzter Grimasse, »wir alle stehen auf seiten der Engelchen. Aber Sie kennen die strengen Zeitgesetze so gut wie ich, und Sie können in dieser Show keine politischen Reden halten.« Jack Barron machte eine Kunstpause und legte ein Nur-für-ihn-um-Himmels-willen-Luke-Lächeln auf, was Greene nicht entging. »Ich würde bestimmt mein tolles Sportjäckchen hier ruinieren, wenn ich gefeuert werden würde und hinausgehen müßte, um Straßen zu bauen. Die Frage lautet immer noch: Diskriminiert die Stiftung Neger?«

Ach so, da liegt der Hund also begraben, dachte Greene. Ich will Howards eins auswischen und kann doch nur dazu beitragen, es aussehen zu lassen, als würde er sich an die Spielregeln halten, Jacks Steckenpferd für heute nacht, und wir wissen beide, so sauber ist seine Weste nicht. Aber diese hundert Millionen Wähler, die Jack in jedem zweiten Satz erwähnt, können wahrscheinlich genügend Kongreßmänner plagen, damit sie anders stimmen, Howards killen, wenn wir genügend Wellen machen. Daher, Bennie Howards, wirste jetzt zu 'nem großen bösen Niggerhasser abgestempelt, tut mir leid, Chef.

»Nun«, antwortete Greene, »die Unterlagen beweisen, daß, obwohl zwanzig Prozent der amerikanischen Bevölkerung Neger sind, weniger als zwei Prozent der Körper in der Stiftung der schwarzen Rasse angehören ...«

»Und die Stiftung hat diese Diskrepanz niemals zu

erklären versucht?« fragte Jack dazwischen und gab Greene wieder den halben Schirm für seine Antwort zurück.

Du kennst den Grund, du hinterfotziger, bleicher Scheißkerl, dachte Greene. Wie viele von uns in den guten alten V. S. von A. können schon fünfzig Schmacks zusammenbringen? Die Stiftung diskriminiert mehr als nur die Neger. Warum sollte es einen Unterschied machen, ob ein schwarzer Mann lebt oder stirbt – »Weiß mußt du sein, dann ist die Ewigkeit dein. Doch bist du schwarz, hast du kein Glück: Wenn du gehst, dann kommst du nie zurück.« Auch wenn Malcolm diese Parole verbreitet, das ändert nichts daran, daß sie lautere Wahrheit ist, Bleichkumpel Jack. Stiftung ist sauberer als G.M., Union, Bossmann VIP Bastard – einzige Farbe, die Howards gelten läßt, ist Grün –, aber trete den Bastard wie eine Wanze, wo immer du kannst...

»Nie einen gehört«, sagte Greene. »Ich meine – was sollen sie auch sagen, das sind die Zahlen, schwarz auf weiß« (er lächelte sarkastisch), »*tut mir leid*. Selbst wenn es keine bewußte Rassendiskriminierung gibt, die Stiftung, die ja nun mal auf der Basis des Kapitals errichtet ist, *muß* zwangsläufig diskriminieren, da, wie wir alle wissen, das Durchschnittseinkommen eines Schwarzen in diesem Land um etwa die Hälfte niederer liegt als das eines Weißen. Die Stiftung hilft allein durch ihre Existenz, die unterlegene Position der Neger aufrechtzuerhalten – sogar über das Grab hinaus. Tatsächlich wird es bald soweit kommen, daß ein Grabstein anstelle eines Gefriervertrages zu einem typisch schwarzen Attribut wird, wie vor nicht allzu langer Zeit noch das Kraushaar.

Ich will hier niemanden beschuldigen. Aber ich klage die Gesellschaft an – und die Stiftung hat ein beachtliches Gewicht innerhalb der Gesellschaft. Und wenn Howards nicht über die soziale Verantwortung verfügt, die mit sozialer Macht immer Hand in Hand gehen sollte... nun, dann ist er eben ein Aussteiger. Und wir beide wissen, Mister Barron« (bittersüßes Lächeln für den Aussteiger Jack), »daß ein Aussteiger genauso schuldig ist wie die Wallaciten und Withers und daß seine unverantwortliche Indifferenz zur Korrumpierung der Macht beiträgt.« Zwei Punkte für Howards, dachte Greene, und zwei Punkte für dich, Jack.

Jack Barron lächelte sein bekanntes Red-du-nur-Lächeln. Und, wie Greene bemerkte, gewährte er ihm nun sogar drei Viertel des Schirms: Proleten sehen Luke Greene und hören Worte von Jack Barron, Schmendrick, und warum verwendest du dein bleiches Gehirn nicht für etwas, das wirklich zählt, du verdammter Aussteiger, du?

»Was Sie also zusammenfassend aussagen, Gouverneur Greene«, sagte Jack, und Greene erkannte es als Auflisten-Abschiedskuß-hier-kommt-der-Werbespot-Ansage, »ist, daß der Charakter der Stiftung für Menschliche Unsterblichkeit in sich selbst de facto eine Politik der Rassendiskriminierung aufbaut, ob das nun *offizielle* Stiftungspolitik ist oder nicht, richtig? Daß, ob nun Mister Johnson ein Gefriervertrag verweigert wurde, weil er Neger ist, oder ob seine Mittel tatsächlich nach Stiftungsstandards unzulänglich sind, die finanziellen Standards, die Benedict Howards gesetzt hat, in sich eine Form von eingebauter Rassendiskriminierung enthalten? Ferner, daß ...«

»Hundert Prozent richtig«, stimmte Gouverneur Greene zu. (Du kannst das letzte Wort gerne haben, aber du wirst es nicht in diesen schwarzen Mund legen, Jack!) »Soweit Sie es ausgesprochen haben.« (Und der eitle Jack Barron staucht mich zurück auf Viertelschirm, läßt mich aber weiterlabern, hat'n Extragehirn dort, wo andere Leute Eier haben.) »Aber nicht nur Diskriminierung der Neger. Allein die Existenz einer privaten Gefrieranstalt mit so hohen Preisen diskriminiert Schwarze, Weiße, die Armen, Besitzlosen, die sechs Millionen Arbeitslosen. Sie bemißt die Unsterblichkeit nach Dollarmaßstäben, wie auch das menschliche Leben – als würde Sankt Peter plötzlich ein Kartenhäuschen vor der Himmelpforte aufbauen und Eintritt verlangen. Welches Recht hat jemand, in jemandes Finanzangelegenheiten herumzuspionieren und dann zu sagen: ›Sie, Sir, bekommen das ewige Leben. Aber du armer Hund, du mußt unwiederbringlich sterben‹? Jeder Amerikaner...«

Plötzlich erkannte Greene, daß sein Gesicht und seine Stimme vom Schirm verschwunden waren. Sein Fernseher zeigte nun ein Bild des verschlagen mit verkniffenen Lippen dreinblickenden Fuchses Jack Barron. (Nun gut, wenigstens konnten wir ein paar Punkte loswerden.)

»Danke, Gouverneur Greene«, sagte Barron. »Wir wissen jetzt ganz *sicher,* was *Sie* plagt. Und Sie haben uns mit genügend Gedankenfutter versorgt. Und da wir gerade von Futter sprechen – es ist an der Zeit für ein paar Worte von denen, die an meinen Lebensmitteln verdienen. Aber: Dranbleiben, Amerika, wir werden gleich wieder dran sein und die Gegenseite am heißen Draht haben. Senator Theodore Hennering, Co-Autor des Hennering-Bernsteinschen Gesetzentwurfs für Einfrierung, der der Meinung ist, die Stiftung für Menschliche Unsterblichkeit sei fein und in Ordnung, und der es gerne sehen würde, würde man der Stiftung ein legales Monopol sichern. Wir werden dem guten Senator mal etwas auf den Zahn fühlen – aber erst nach diesem Wort von unserem Sponsor.«

Heh, dachte Greene verzückt, während er den Chevy-Spot ansah, wenn er Hennering wegen dem

Gesetzentwurf das Messer an die Kehle setzt, das könnte ein dickes Ding werden! Jack könnte Henny Hoffnung zu Hackfleisch machen, wenn er wollte, zehn Stimmen im Senat oder dreißig im Haus verschieben, und die Sache ist gelaufen.

»Was, zum Teufel, versuchst du zu tun, Luke?« fragte Jack Barrons Vidphonbild. »Mich bei der F.C.C. anschwärzen? Howards hat zwei Kommissionäre in der Tasche, das wissen wir beide.«

»Ich versuche den Gesetzentwurf für Einfrierung zu kippen, und das wissen wir *auch* beide, Percy«, sagte ihm Greene. »*Du* hast doch schließlich den Entschluß gefaßt, Bennie eine reinzuknallen, oder nicht? Und du kannst es, Jack, du kannst das Gesetz im Augenblick kippen, indem du Teddy Hennering abschlachtest. Nagle ihn an die Wand, Mann, und nimm noch'n paar Extranägel von mir dazu!«

»Ihn an die Wand nageln?« brüllte Barron. »Du hast nicht mehr alle Tassen im Schrank, Rastus! Ich will, daß Howards ein paar Federn läßt, ich will ihm eine Lektion erteilen, aber ich will ihn nicht abstechen, Kingfisch, nur ein paar Fleischwunden. Howards kann mich umbringen, wenn ich ihn zu sehr verletze. Ich muß mit Hennering Miezekatze spielen, ihn ein paar Punkte zurückgewinnen lassen, die die Stiftung verloren hat, sonst werde ich in die gottverdammte *Politik* verstrickt. Lieber freß ich 'ne Dose Schusternägel als 'ne Dose *davon*!«

»Erinnerst du dich eigentlich niemals daran, was du einst warst, Jack?« seufzte Greene.

»Immer dann, wenn meine Eingeweide vor Hunger knurren, Mann!«

»Einen gewinnen, einen verlieren, eh, Jack? Damals hattest du Eier, aber keine Macht. Jetzt hast du Macht, aber keine ...«

»Leg 'ne andere Platte auf, Luke«, sagte Jack Barron.

»Du hast selber 'nen hübschen kleinen Sack dort unten in Schwarzmannsland, laß mir meinen hier.«

»Fick dich selbst, Jack«, sagte Greene und unterbrach die Verbindung. Fick dich selbst, Jack Barron, guter alter Jack Barron, was um alles in der Welt ist nur aus dem guten alten Berkeley-Jack-und-Sara-Montgomery-Meridan-schilderschwenkenden-fürsorglichen-schwarzen Bleicharsch Jack Barron geworden?

Greene seufzte, da er wußte, was aus ihm geworden war, was geschehen war... was geschehen war mit all den nie wieder Krieg niggerliebenden friedensliebenden glücklichen haben nichts brauchen nichts lieben-das-Wahre-und-Schöne gegen Unterdrückung Babybolschewikischen Galahads. Jahre waren geschehen, Hunger war geschehen, Lyndon war geschehen, und eines Tages waren dreißig Jahre geschehen, keine Kinder mehr, Zeit-sich-was-anzuschaffen war geschehen und die, die konnten, gingen und taten.

Jack wurde *Champion Jack Barron* (verlor dabei Sara, die arme konnte-es-nicht-übers-Herz-bringen großherzige gutfickende Peter Pan Reliquie all dessen was wir verloren und alles zu einer verdammten stinkenden Lüge machende Sara), und du hast deinen Teil vom Kuchen in Evers, Mississippi, bekommen, du weißer Nigger du. Schmendrick bist du zu denken, jedermann könnte das zurückbringen, Jugend zurückbringen Tugend zurückbringen und keinen Scheiß mehr auf die guten alten Tage geben als wir *wußten* wir konnten alles vollbringen wenn wir nur die *Macht* gehabt hätten. Jetzt haben wir die Macht, ich habe die Macht, Jack hat die Macht, und jetzt haben wir unseren Idealismus verkauft, so ist das.

Wer bist du, von Jack zu erwarten, den Helden zu spielen, alles hinzuschmeißen, um eines dummen unerfüllbaren Traumes willen? Würdest *du* das tun, Mann, würdest *du*?

Ich würde, wenn ich könnte, dachte Lukas Greene, wäre ich weiß und würde es eine Rolle spielen. Und er ließ, masochistisch, den Fernseher an, lehnte sich zurück, um zu warten und zu hoffen und an den Mann zu glauben, der eine Rolle spielen *konnte*, wenn er es zurückbekommen würde, der Mann, der sein Katz-und-Maus-Spiel mit Howards trieb und mit seinem Handlanger Hennering – der gute alte Jack Barron.

Abgeblitzt, was, Kingfisch, dachte Jack Barron, während er auf das Ende des Werbespots wartete. Versucht, meinen Stuhl abzusägen, he? Vollgefressenen Bastard Hennering zu grillen – *deinen* Fisch zu grillen, während Howards mit blutunterlaufenen Augen nach meinem Skalp lechzt – Gesetzentwurf auf der Stelle abwürgen, aber auf Kosten der TV-Karriere des gute alten Tritt-ihn-eben-in-den-Arsch Jack Barron. Oder glaubst du tatsächlich noch an die alten Berkeley Wahrheit-Gerechtigkeit-Mut-bannt-die-Torpedos-Tage, um einen Kamikazeangriff durchzuführen? Auf jeden Fall ein Schmendrick, Lothar. Niemand gibt Jack Barron das Harakirimesser in die Hand. Hab' mein Lehrgeld schon vor vielen Jahren bezahlt, mein Spiel heißt nicht mehr Don Quichotte.

Der Werbespot endete, und das zu fünfzigjährige, zu blauäugige, zu 1930-F.D.R.-stattliche Verlierergesicht von Senator Theodore Hennering (D-I11.) teilte sich den Schirm mit Jack Barron. Sieht aus, als habe er ein Jahr plastische Chirurgie und Schönheitssälbchen hinter sich, um die weisen Falten zu bekommen, dachte Jack. Zu denken, daß dieser Dum-Dum im weißen Haus was zu melden hat. Teddy und sein Geist würden ihn in Stücke reißen, also Vorsicht, Jack Barron, Baby, warnte er sich selbst grimmig.

»Ich hoffe, ich kann voraussetzen, daß Sie die Show heute nacht verfolgt haben, Senator Hennering«, sagte

Barron und bedachte ihn mit einem vorsichtigen, geheuchelt-feindseligen Nimm-dich-in-acht-Teddy-Boy-Lächeln.

»Äh ... ja ... äh ... Mister Barron. Sehr interessant ... äh ... recht faszinierend.« Hennering zögerte, dann verstummte seine vollfruchtige Stimme. Jesses, dachte Jack Barron, muß ich diesem Tölpel etwa auch noch jedes Wort ins Maul legen? Sieht heute nacht aus wie Wer-war's-und-lauf-schnell-weg.

»Nun, dann bin ich ziemlich sicher, daß Sie nach Gouverneur Greenes Meinung dem amerikanischen Volk auch noch ein paar Worte zu sagen haben, Senator, Sie als Co-Sponsor des Gesetzentwurfs für Einfrierung, der der Stiftung das Einfriermonopol sichern würde. Ich meine, Mister Johnson und Gouverneur Greene haben sehr schwerwiegende Vorwürfe vorgebracht ...?«

»Ich ... äh ... kann nicht für die Stiftung für Menschliche Unsterblichkeit sprechen«, sagte Hennering, dessen Augen unsicher hin und her blinzelten. »Ich will sagen, ich glaube kaum, daß die Stiftung tatsächlich Diskriminierung praktiziert. Meine ... äh ... Rede über Zivilrechte, glaube ich, spricht für sich selbst, und ich würde ... äh ... mich persönlich auf der Stelle von jeder Organisation distanzieren, die wiederholt rassistische ... äh ... Politik betreibt.«

Achjemine, der alte Jammerlappen scheint vor Angst in die Hosen zu scheißen, dachte Barron. Was tun? Er sah, daß Gelardi weise dem aschfahlen Gesicht des Senators nun nur noch einen Viertelschirm gewährte. Ich könnte ihn in Stücke schlagen und an die Fische verfüttern, und würde Luke *das* nicht ausgezeichnet gefallen, dachte Barron plötzlich kämpferisch. Paß auf dich auf, Mann, du hast bereits zu viele Messer, die in Bennie Howards Rücken pieksen ...

»Sie *sind* doch der Co-Sponsor des Gesetzentwurfes, oder nicht?« fragte Barron und zwang sich zur Ruhe. »Unterstützen Sie diesen Gesetzentwurf immer noch? Glauben Sie immer noch, daß er verabschiedet werden wird?«

»Ich bin nicht dafür, die Möglichkeiten der bevorstehenden Abstimmung zu diskutieren«, antwortete Hennering und fingerte an seinem Kragen.

Mut-*ter*! dachte Barron. Er sieht aus, als wollte er jeden Augenblick in Tränen ausbrechen. Ich muß dieses Bübchen dazu bringen, ein paar nette Worte über Bennie Howards zu sagen, sonst habe ich die Stiftung am Hals. Führ den Arsch an der Nase, Jack, Baby.

»Nun, da Sie ja einer der Mitverfasser des Gesetzentwurfs sind, können Sie uns doch sicher sagen, warum *Sie* der Meinung sind, die Stiftung für Menschliche Unsterblichkeit sollte die einzige Organisation sein, der in diesem Land erlaubt wird, Körper einzufrieren?«

»Warum ... äh ... ja, Mister Barron. Das ist eine Frage der Verantwortung, Verantwortung für ... äh ... die in den Gefriersärgen und die Öffentlichkeit im allgemeinen. Die Stiftung muß unbedingt finanziell gesund bleiben, damit die Versorgung der Eingefrorenen gewährleistet ist und gleichzeitig die ... äh ... Unsterblichkeitsforschungen weitergehen können, damit das Versprechen der Unsterblichkeit nicht zu einer schrecklichen Farce ... schrecklichen Farce wird ...« (Hennerings Geist schien zu wandern, er faßte sich jedoch wieder und fuhr grimassenschneidend fort.) »Die Satzung der Stiftung verankert, daß jegliches Einkommen, das nicht den Eingefrorenen zugute kommt, der Forschung zufließen muß, während andere Institutionen, die ... äh ... Ähnliches versuchen, diese Bestimmungen nicht haben.

Sicherheit für die Eingefrorenen, finanzieller Rückhalt, die Möglichkeit, große Summen der Unsterblichkeitsforschung zufließen zu lassen, das sind die Gründe, warum ich glaube... äh... glaube, daß die Stiftung für Menschliche Unsterblichkeit ein Gefriermonopol bekommen muß. Es ist eine logische, moralische und ökonomische Politik, daß diejenigen, die für ihr Einfrieren bezahlt haben, auch für die Forschung bezahlen, die letztlich einst ihre Wiedererweckung sichert. Ja... äh... daher unterstütze ich den Gesetzentwurf.«

»Würde ein Föderalistisches Gefrierprogramm nicht denselben Zweck erfüllen?« schoß Barron ohne nachzudenken zurück und winselte noch in dem Augenblick, als die Worte ausgesprochen waren. (Sachte, Mann, *sachte*!)

»Ah... ich vermute schon«, gestand Hennering, »aber... äh... die Kosten, ja, die Kosten. Die Einrichtungen der Stiftung nachzubauen oder gar aufzukaufen, würde den Steuerzahler Milliarden kosten und die Forschung weitere Milliarden. Praktisch nicht durchführbar, wissen Sie. Die Sowjetunion und China haben keine Gefrierprogramme, weil nur die freie Marktwirtschaft die erforderlichen Kosten aufbringen kann.«

Du vergißt Gott, Mutterschaft und die Grundordnung, dachte Barron. Steht dieser Kretin unter einer Art von Schock? Ich wußte, daß er dumm ist, aber daß er so dumm ist. Howards hat ihn völlig in der Hand, er ist Bennies Präsidentschaftskandidat. Howards wird jetzt wahrscheinlich schon vor Wut in den Teppich beißen. Und Hurensohn Luke hat einen Orgasmus. Muß *unbedingt* was tun, um abzukühlen, ich brauch Bennie Howards im Rücken wie einen zusätzlichen Arsch.

»Damit wollen Sie also ausdrücken, Senator Hennering, daß die Stiftung für Menschliche Unsterblichkeit einen essentiellen Service bietet, einen Service, den andere Einrichtungen ganz einfach nicht bieten können, auch nicht die Bundesregierung?« fragte Barron als die Signalscheibe ›3 Minuten‹ verkündete, gleichzeitig gab er Gelardi hektische Zeichen, Hennering drei Viertel des Schirms zu geben, ich leg' ihm die Worte in den Mund (auch wenn er im Augenblick aussieht wie ein seit Wochen toter Stockfisch), dem alten Schmul.

»Äh ... ja«, sagte Hennering aufgeregt. (Sein Kopf ist weiter von hier entfernt als die Marsexpedition, dachte Barron.) »Ich glaube, das kann man durchaus so sagen, ohne die Stiftung gäbe es einfach kein Gefrierprogramm in den Vereinigten Staaten, das auch nur im entferntesten finanzierbar wäre. Tatsächlich haben jetzt mehr als eine Million Menschen eine Chance auf Unsterblichkeit, die andernfalls begraben und für immer tot sein würden ... äh ... ein Dank an die Stiftung. Äh ... natürlich sterben immer noch Jahr für Jahr Millionen, die nicht zurückgebracht werden können, die unwiederbringlich tot sind ... äh ... Glauben Sie nicht auch, daß es besser ist, wenn *einige* Leute eine Chance auf das ewige Leben haben, wenn auch nicht in den kommenden Jahren, oder fänden Sie es besser, wenn alle sterben müßten, bis *alle* eingefroren werden können, wie die Befürworter des Öffentlichen Einfrierens es wollen ...? Halten Sie das nicht auch für vernünftig, Mister Barron, halten Sie das ...«

Die letzten Worte waren schon fast ein Winseln, ein klägliches Betteln nach einer Art Absolution. Was, um alles in der Welt, ist denn mit Hennering los? wunderte sich Jack Barron. Die K.S.G. kann ihn doch nicht so fertiggemacht haben, oder? Der scheißt nicht nur vor Angst in die Hose, der suhlt sich geradezu in Schuldgefühlen. Warum muß so was immer *mir* passieren? Er läßt sich so hängen, und Howards tritt *mich* dafür mit hochhackigen Nagelstiefeln!

»Wenn Sie es so überzeugend vorbringen, klingt es

vernünftig«, antwortete Barron. (Wenigstens genauso kohärent wie die Gettysburg Adress drüben in Albanien.) »*Offensichtlich* kann nicht jeder eingefroren werden. Die Frage bleibt: Ist die Basis, aufgrund derer die Stiftung entscheidet, wer eingefroren wird, fair oder nicht? Ist sie frei von Rassen ...«

»Fair?« kreischte Hennering schrill, als die Tafel ›2 Minuten‹ signalisierte. »*Fair?* Mensch, natürlich kann sie nicht fair sein! Was ist schon fair am Tod? Manche Menschen können ewig leben, und andere müssen sterben und verschwinden für immer, und daran kann überhaupt nichts *fair* sein. Wenn die Nation angegriffen wird, dann werden einige Männer eingezogen und sterben an der Front, und andere können zu Hause bleiben und Geld damit scheffeln. Das ist auch nicht *fair*. Aber es muß getan werden, denn wenn es nicht geschieht, geht das ganze Land unter. Das Leben ist nicht *fair*. Wenn Sie jedem gegenüber fair sein wollen, dann sterben alle, und keiner überlebt – das wäre *ganz fair*, aber es wäre auch verrückt. Der Tod war fair, er war das einzig Faire, das existierte. Sollen wir die Uhr zurückdrehen und es wieder so sein lassen?«

Barrons Herz schien einen Augenblick stillzustehen. Der Mann flippt aus, dachte er. Er ist im Schock, wovon labert er überhaupt? Stell dem Wichser eine simple Frage, die er mit Nein beantworten und alles wieder einrenken kann, und du bekommst Sartres existentielle Krankheit zurückgedonnert – warum kann er sich nicht auf das Problem konzentrieren und muß es zerreden? Er sah die Anzeige aufleuchten: ›60 Sekunden‹. Christus, nur noch eine Minute, alles abzukühlen.

»Gut gesprochen«, sagte Barron, »aber die Kernfrage ist so philosophisch nicht, Senator. Diskriminiert die Stiftung für Menschliche Unsterblichkeit finanziell gutgestellte Neger?«

»Neger?« murmelte Hennering. Dann, wie ein verschwommenes Bild, das plötzlich wieder in den Fokus zurückklickt, wurde sein Gesicht wieder ernst und gesetzt und autoritär. »Natürlich nicht! Die Stiftung ist nicht an der Rasse eines Klienten interessiert. Amerika kann diesbezüglich vollkommen beruhigt sein – die Stiftung diskriminiert niemanden. Und ich stehe mit meiner dreißigjährigen Erfahrung im Zivilrecht hinter dieser Aussage, eine Erfahrung, die einige Männer zwar erreicht haben, aber die noch keiner übertroffen hat. Die Stiftung ist farbenblind.« Hennerings Augen schienen wieder zu verschwimmen. »Wenn Sie *das* mit fair meinen ...«, fügte er hinzu. »Aber ...«

Barron schlug die Beine übereinander, als die Anzeige ›30 Sekunden‹ vermeldete, worauf sein Gesicht wieder den ganzen Bildschirm einnahm. Genug von der Scheiße, Teddy Boy, endlich hast du's ausgespuckt und damit die Show für Gott, Mutterschaft und das F.C.C. gerettet (ganz zu schweigen von Bennie Howards). Alle können ihre gewetzten Messer wieder weglegen und den Rest mit deinem Kadaver ausmachen.

»Vielen Dank, Senator Hennering«, sagte Barron. »Nun, Amerika, Sie haben alle Seiten des Problems vernommen, und nun müssen Sie sich Ihre eigene Meinung bilden, weder ich, noch der Gouverneur, noch der Senator können Ihnen das abnehmen. Denkt nach, Leute, und schaltet nächsten Mittwoch wieder ein für Desaster, epochemachend, keine Zeitverzögerung, live vor euren Augen, Geschichte von Ihnen und für Sie gemacht, wöchentlich, jährlich von Ihrem ... *Champion Jack Barron!*«

3

Jack Barron verliess die geschlossene Umwelt des Studios – mit seiner Kamera, den Vidphonen, Anzeigentafeln, Fußpedalen, Monitoren, alles zusammengepreßt in ein sechs-mal-fünf-mal-zweieinhalb-Meter-Taschenuniversum – wie ein Mann, der plötzlich aus einem Alkoholrausch oder einer großen Adrenalin-Stress-Situation für einen Augenblick der Adjustierung in eine noch nicht ganz so lebhafte Realität tritt.

Barron wußte das, wußte es so gut, daß er bereits ein Phantasiebild erschaffen hatte, um diesen essentiellen nonverbalen Mittwochnacht-psychedelischen-Moment in den normalen Strom der Erinnerung zu konkretisieren: Das Innere des Studios *war* tatsächlich das Innere von hundert Millionen Fernsehgeräten. Und es gab eine Kreatur seines Namens, die dort drinnen lebte (die aus Monitoraugen sah, durch Vidphonohren hörte, und die ihre inneren Gefühle mittels kinästhetischen Sinnen ausdrückte, Bilder mit Fußpedalen erzeugte, befahl, bedrohte, gewährte – und das alles durch die Kreise und Satelliten der großen Gestalt elektronischer Integration, das Netzwerk, in das er eingesponnen war, der Hauptschalter im Kreis), eine Stunde pro Woche, wahrlich eine *Kreatur*, von ihm entworfen und gebaut wie der Android Frankensteins, eine Kreatur seines Willens, aber nur ein Segment seiner ganzen Persönlichkeit.

Aus dem Studio herauszukommen war Geburt und Tod zugleich: Tritt-sie-in-den-Arsch, Elektronisch-übermitteltes-Bild-der-Macht, Phosphorpünktchen-Jack Barron starb dann, von seinen elektronischen Sinnen abgeschnitten und losgelöst von seinen Stromkreisen der Macht; und der weichfleischene, hungrigbäuchige, frauenhungrige, kratzbürstige Jack Barron the Kid, der Boy Desperado, Jack-und-Sara (sachte!) wurde neu geboren.

Barron verließ das Studio, ging einen Korridor hinab, öffnete eine Tür und betrat die Kontrollkabinen. Er nickte den Jungs zu, die ihre Muskeln streckten und sich hinter den drei Reihen mit Vidphonen vollgepackter Schreibtische Horrorstories erzählten. Er war gerade im Begriff, die Tür zur Regiekabine zu öffnen, als Vince Gelardi von selbst herauskam.

»Voll den alten Schwung drauf heute abend«, sagte Gelardi. »In Peoria und den anderen traditionellen Showbizflecken* kam es ausgezeichnet an.«

»Den alten Schwung?« schnappte Barron mit einstudiertem Zorn, wissend, daß er bei allem Schwung gerade noch die Kamikazeklippe hatte verfehlen können. »Den alten Schwung? Du irrsinniger Kanake, du hast mich fast meine Stellung gekostet, mehr nicht! Wäre ich nicht der brillante, gewiefte Wunderknabe Jack Barron, dann würden du und ich und die ganze verdammte Crew hier wahrscheinlich ab morgen draußen rumlaufen und Straßenpflaster fegen.«

»Ich stand eben unter dem Eindruck, *Champion Jack Barron* zu machen, die Show, die jeden aus der Reserve locken kann, nicht nur alte, verknöcherte Priesterheinis«, bellte Gelardi. »Man erwartet schließlich von uns, kontrovers zu erscheinen, oder etwa nicht?«

»Du hast das Stichwort gegeben, Vince, und es lautet, kontrovers zu erscheinen«, antwortete Barron, jetzt nur noch halb so ernst. »Wir kümmern uns um Krüppel und um herzlose Tyrannen auf tönernen Füßen,

---

* Slang für Showbusiness. – *Anm. d. Übers.*

und wenn wir mal richtig loslegen wollen, dann eben um großmäulige Dum-Dums wie Shabazz oder Withers. Wir bohren keine glühenden Nadeln in die Flanken von Tigern mit gewaltigen F.C.C.-Sponsorzähnen wie Howards. Wir fassen den Tiger auch hin und wieder mal am Schwanz und kneifen ihn, damit er etwas brüllt, aber auf keinen Fall dürfen wir den Schwanz um unsere Hüften wickeln und besagten Tiger mit einer Pferdepeitsche verprügeln.«

»Ach, Scheißdreck. Ich wußte, wie du's hinbiegen würdest, und ich wußte, wie's hinterher aussehen würde, und ich wußte auch, daß du es wußtest«, antwortete Gelardi gutmütig. »Will sagen, Bennie Howards wird nichts weiter als ein winziges Magengeschwürchen bekommen, und daher habe ich dir Johnson durchgegeben. Ich wußte, du würdest Wunden schlagen, aber keine ernsten Wunden. Du bist mein Idol, Jack, das weißt du genau.«

Barron lachte. »Und ich nehme an, du wußtest auch, daß Teddy Hennering plötzlich galoppierenden Gehirnschwund bekommen hatte, nehme ich an?« fragte Jack Barron, im nachhinein sehr zufrieden mit seiner Fußarbeit.

Gelardi zuckte die Achseln. »Also ist sogar der große Vince Gelardi nicht unfehlbar«, sagte er. »Schien mir aber eher ein plötzlicher Anfall von Gewissensbissen zu sein.«

»Gibt's da einen Unterschied?« fragte Barron ätzend. »Wenn ja, spielt es keine Rolle, weil die Resultate sowieso dieselben sind. Und da wir gerade von Resultaten sprechen – hat Howards' Sekretärin ihre Nummer bei dir hinterlassen?«

»Du hast wohl'n Arsch offen«, antwortete Gelardi, und Barron sah (ah, gut!), daß es ihm ernst war.

»Vince, mein Junge«, sagte Barron in bester W.C.-Fields-Manier, »ein Bekannter von mir testete, nachdem er in einem Magazin gelesen hatte, daß eine von fünfzig Frauen, die an Straßenecken posieren, tatsächlich auch will, diese Theorie an der Zweiundvierzigsten Straße und Fifth Avenue. Als Belohnung erntete er Prügel mit Schirmen, Einkaufstaschen und anderen schmerzerzeugenden Gegenständen – aber er konnte auch'n paar flachlegen, mein Junge.«

Spontanes Gelächter der Jungs vom Vorzimmer beleidigte Barrons Ohren. »Was?« bellte er, immer noch voll auf Fields, »ich höre sie meine weisen Worte verhöhnen? O Schande, o Schande. Zweifelsohne waren's Lümmel wie jene, die Sokrates den Schierlingsbecher leeren ließen.«

»Wie ich sehe, bist du, abgesehen von deiner üblichen Mittwochnachteuphorie, ausgesprochen übermütig«, sagte Gelardi.

»Übermütig?« entgegnete Barron, ohne die Fieldsmiene abzulegen. »Wer ist das Luder, und ist sie meiner Gefühle *wert*?« Und endlich Fields wieder ablegend, sagte Barron noch: »Und mit diesen Worten verläßt er die Bühne und verschwindet in der Nacht.« Er nickte Gelardi zu, verbeugte sich vor den Jungs im Vorzimmer und dann – verschwand er in der Nacht.

»Sie sind *wirklich* Jack Barron«, sagte sie, kühle, wasserstoffblonde Upper-East-Side-27-jährige Chefsekretärin mit hartem, *Lower*-East-Side-Vergangenheit abweisenden Tonfall.* »Ihre überhebliche Arroganz erkennt man auf den ersten Blick, Mister Barron.«

»Nennen Sie mich Jack«, bat er und bedachte sie mit einem umwerfenden Reisender-Vertreter-Lächeln. »Machen alle meine Feinde.« Er sah ihre Grimasse, her-

* Stadtviertel in New York, Upper East Side ist ein vornehmlich ›gehobenes‹ Viertel, während Lower East Side hauptsächlich aus Slums und Elendsquartieren besteht. – *Anm. d. Übers.*

ablassend, wachsam, sah hochgeschnallten BH die Titten halten, doch nicht ganz *so* gut, erspähte flüchtig winzige Härchen aus Bikini hervorstehen (die Art trägt Unterwäsche), verräterische, blondgefärbte *schwarze* Härchen, fühlte stramme, hungrige Beine und wußte augenblicklich, daß Jack Barron es geschafft hatte.

Er stemmte sich auf den Ellbogen über den Bartisch, bot ihr seine Packung Acapulco Gold an, sah ihr verschwörerisches Kleinmädchengrinsen, als sie eine nahm und rasch mit ihrem eigenen Feuerzeug anzündete – was bedeutete, sie war ein Pothead aus vergangenen Prohibitionstagen, als Shit noch den Beigeschmack von Gefahr und von manilagebürtigen-verstohlenen-verschlagenen Teilzeit-Nachbarschaftsdealern hatte. Warum, fragte er sich, bevorzugen alle Old Time Heads nur Acapulco (mein Sponsor) Gold?

»Ich wette, Sie haben alle Arten von Feinden ... Jack« (zwei Punkte), sagte sie inhalierend, um dann süßen Rauch auszustoßen, der sich über der Theke kräuselte und ihn in der Nase kitzelte. »Mächtige Feinde, bedeutende Feinde ... wie Benedict Howards.«

»Ah!« sagte er, »kapisko. Sie haben die Show heute nacht gesehen!« (Scharfes Hühnchen, aber *so* scharf nun auch wieder nicht.) »Sagen Sie mir nicht, sie wären ein alter, loyaler Fan von mir.«

Winziges, zorniges Augenflackern sagte ihm (was sie selbst nie zugegeben hätte), daß sie das tatsächlich war, während sie einen weiteren Zug nahm. »Ich bin kein Fan von Ihnen. Ich mag nur ...«

»Den Geruch von Blut?« schlug er vor. Sie belohnte ihn mit einem sanften, etwas wilden Lächeln, als das Gras seine Wirkung tat, begann Beine zu spreizen, begann Zentren des Hungers zu aktivieren Wirklichkeitshunger Mach's-mir-Hunger Pack-auch-ein-Stück-von-der-Action-Hunger Ersatzmachthunger Fick-michin-den-mystischen-Zirkel-wo-alles-abgeht-Hunger Besorg's-mir-voll-mit-deinem-dicken-Schwanz-Hunger.

»Yeah, wir alle mögen den Geruch von Blut«, sagte Barron und sah sich in dem sorgfältig abgedunkelten Raum um, sauberer, Upper East Side Schmendrick-Barraum, zum Bersten voll mit einer typischen alternden jungen wir schaffen es wir sind nur noch einen Schritt vom Gipfel entfernt bald wird's klappen Menge, Hühnchen, die keine Kinder mehr sind und nie Frauen werden. »Ich mag Leute mit genug Saft in den Eiern, das auch zuzugeben.« (Du kapierst den verbalen Besitz männlicher Organe, was, Baby?) »Wie Sie vielleicht bemerkt haben, bin ich auch ein kleiner Wilder.« Er beugte den Kopf, das Licht der schummerigen Barbeleuchtung spiegelte sich in seinen Augen, öffnete den Mund, um flüchtig lässige Zunge hinter weißen Zähnen zu zeigen – bewußter *Champion Jack Barron*-Trick.

Gefesselt von seinem Blick, blitzten ihre glänzenden Augen nun ihrerseits den bekannten Mädchen-hat-Blick-erkannt-Verlegenheits-Blick, große braune Augen, Zentren unverhohlenen Hungers, sie machte ein Kannst-dieses-Kätzchen-nicht-verarschen-Achselzucken, ihre Schultern sackten in sich zusammen, Ellbogen sanken auf die Theke, Hände umklammerten Gesicht, Augen noch immer in seinen versunken, lächelte sie ein Rosa-Zunge-befeuchtet-Lippen-Lächeln.

»Ich glaube, eigentlich sind Sie ein verdammtes Schwein«, sagte sie leise. »Sie spielen gerne mit den Köpfen der Leute, und Sie spielen augenblicklich auch mit meinem, und ich würde aufstehen und weglaufen, wenn Sie nicht so verdammt gut darin wären.«

Mit dem Wissen, daß er sie nun definitiv in der Hand hatte, sagte Jack Barron: »Auf diese Weise bringe ich mein Essen auf den Tisch. Soll ich ehrlich sein? Oder wollen Sie lieber: ›Ich mag eigentlich Ihren Verstand‹ hören? Oder wollen Sie mich lieber mit

Ihrem ... Kopf spielen lassen? So schlecht ist es auch nicht, wenn man sich dabei zurücklehnt und entspannt und es genießt.«

»Ich kann Sie nicht riechen, Jack Barron«, sagte sie. Aber während sie es sagte, fühlte er ihre Fingernägel durch seinen Hosenstoff.

»Aber du bist verdammt sicher, daß dir das gefällt, was ich mit dir machen werde, was, Baby?«

»Ich mag den Geruch von Blut, wie Sie schon sagten«, antwortete sie (flehendes, Verlorenes-kleines-Mädchen-Lächeln sandte ein Peng durch seinen Körper, *déjà vu* peng *déjà vu* Lächeln *déjà vu* wasserstoffblondes Mädchen, harter Rückenpanzer über sanfterer Weichheit), »sogar wenn es mein eigenes ist. Ein Mann wie Sie kann das an einem Mädchen riechen, nicht wahr? Okay, Monster, führen Sie mich zur Schlachtbank.«

So einfach ist das, dachte Jack Barron. Reiß dich bloß am Riemen, wenn du'n Stück von der *Action* willst – hier drinnen sind Dutzende genauso hungrig wie du, Dutzende anderer Bars, Dutzende anderer wasserstoffblonder ... (Sachte!)

»Gehen wir zu Sie-wissen-schon-wohin«, sagte er und nahm ihre trockene, kühle Hand. »Ich werd' Ihnen was verpassen, von dem Sie noch Ihren Enkelkindern erzählen können.«

Geile Pussy von der Straße auflesen war etwas Altbekanntes bei Jack Barron, speziell ein Mittwochnacht-nach-der-Show-Ritual, und Claude, der gewöhnliche klugscheißerische Türsteher konnte sich nicht mal mehr zu einem kleinen Hinter-dem-Rücken-des-Hühnchens-Lächeln aufraffen, als Jack Barron die Wasserstoffblonde durch die Tür stieß, durch die Lobby und in den Fahrstuhl zum Penthouse, und das plagte Jack Barron.

Wichser Claude ist daran gewöhnt, nicht mal

mehr'n Insiderwitz zwischen uns, dachte Barron, während der Fahrstuhl sie leise aufwärts trug. Fühle mich wie'n gottverdammter Fetischist. Wie lange läuft dieses Mittwochnacht-Ding eigentlich schon, wie viele Mittwochnacht-Saras...? (Sachte – aber schon zu spät zum Abkühlen, Mann, nichts draus machen!)

Als der Fahrstuhl stoppte, betrachtete Barron das namenlose Mädchen an seiner Hand, sah wasserstoffblond gefärbtes Haar große braune Augen künstlich wirkenden zum-Rammeln-aufgetakelten Körper, sah die letzte in der nicht mehr überschaubaren Reihe wasserstoffblonder großäugiger Nicht-Saras, fühlte Unausweichlichkeit ihn umgarnen, wie Kreatur zwischengeschaltet in Kismetstromkreis, fühlte stärker-als-Lust weniger-als-Liebe für das namenlose Mädchen, Mädchen hungrig nach vierfarbigem Imageschwanz vom weltberühmten Jack Barron. Fairer Handel, dachte er, Wert und Gegenwert. Gib mir dein Image, Baby, ich geb' dir meins.

Die Fahrstuhltür hatte sich geöffnet, und Barron führte das Mädchen in das private Eingangsfoyer mit dem dicken Teppichboden, Kinestop-Wandgemälde (großes summendes retinaumkehrendes Bild-um-Bild kalkulierter Instabilität, gelb-auf-blaue Spiralen) gegenüber vom Fahrstuhl, dann geleitete er sie schweigend in den schmalen dunklen Korridor gebärmutterartig zwischen zwei verschlossenen Türen hindurch weiter ins Büro in die Küche und dann ins unvermeidbare Wohnzimmer.

Im dreiundzwanzigsten Stock eines New Yorker Appartementhauses in den East Sixties lebte Jack Barron in Südkalifornien. Der Flur öffnete sich zu einer kleinen Frühstücksbar, die den Blick auf ein versunkenes, mit roten Teppichen ausgelegtes Wohnzimmer freigab, die gegenüberliegende Wand bestand zur Gänze aus beweglichen Glasscheiben, die sich zu einem grünen, pflanzenbewachsenen Dachgarten öffneten. Im Hintergrund: der Lichterdschungel des East River in der ewigen Dämmerung Brooklyns. Das Dach des Penthouses war eine enorme, durchsichtige, facettenreiche Plexiglaskuppel. Die Möbel im Wohnzimmer: eine ganze Wand mit eingebautem elektronischem Hick-und-Hack – Fernsehschirme, Videorecorder, Tonbänder, AM-FM-Stereoempfänger, Lichtorgelkomplex, Vidphone, meterweise ineinander übergehende Kontrollkonsolen –, Sofas in Orange, Rostrot, blaues Polster, schwarze Ledersessel, Rotholzbänke mit einem Dutzend dazu passender Tischchen, Kamelsattel, sechs Stapel verschiedenfarbiger Kissen, orientalischer Stil, alles arrangiert um einen drei Meter im Quadrat messenden, versunkenen offenen Kamin (automatisch mit unfallsicherem Gasbetrieb) mit flackernden, orangeroten Schatten von dem bereits-im-Foyer-heruntergeschalteten Ersatzfeuer.

Barron aktivierte die Fernsteuerungskonsole an der Bar (Fernsteuerung aller Dingelinge im ganzen Appartement), und eine Barron-gewählte aufgezeichnete Musikkollage dröhnte durch das Zimmer und elektrisierte die Luft, und die Lichtorgel szintillierte die Kuppelfacetten mit immer wechselnden Spektrumsblitzen passend zur Musik.

Die Wasserstoffblonde stöhnte, wandte ihm große Augen (Berkeleyaugen für Campushelden im *Hip*stil Baby Bolschewik Kreuzritter zieht Augen auf sich immer dieselben Augen bevor sie ihn wegblies) verwundert zu, und sagte benommen: »Mister Barron ...«

Barron blinzelte *déjà vu* Spannungsbilder weg, verhärtete Züge, erstrahlte in Lichtblitzen von Lichtorgel, Kaminwärme, im Haar, im halboffenen Mund, in Augenhöhlen, sagte, genau abgemessen, sardonisch: »Und dabei hast du noch nicht das *Schlafzimmer* gesehen.«

»Ich glaube, das würde ich gerne«, sagte sie mit Kleinmädchensüße in der Stimme. »Ich habe das Gefühl, als ob es ein echtes Erlebnis werden würde.«

Barron lachte, ertappte sich plötzlich mit *diesem* Mädchen, hier und jetzt, wie auch immer ihr Name war, nahm aber immer noch den mehr als nur verwehten Imagegeruch von Sara wahr. Nur ein ganz normaler Fick, dachte er, während er sie die Rotholzstufen zur Schlafzimmertür hinabführte. Mach's mit ihr, nicht mit Sara.

Als er die Tür öffnete, fühlte er sich wie ein geiles, gesundes, hirnloses, phallisches Tier, und trat nach drinnen ins Draußen.

Eine klare, späte New Yorker Mainacht, die gegenüberliegende Wand des Schlafzimmers war offen vom Boden bis zur Decke, von Wand zu Wand, die Gummibäume des Dachgartens hoben sich gegen das Dämmerlicht der Stadt ab die matte Schwärze der Decke war eine durchgehende Glasplatte mit sternenlosem Stadthimmel der Wand-zu-Wand-Teppich bestand aus sensitivem grünen Plastikgras das in der sanften Brise die vom Dachgarten hereinwehte wogte und das große kreisförmige Bett im Zentrum des Raumes wurde erleuchtet von goldenem Licht projiziert von dem halbkreisförmigen von lebendem Efeu umrankten Kopfteil aus wettergegerbtem Echtholz (mit eingebauten Bücherregalen und Kontrollkonsole) der es halb umgab. Bandaufgezeichnetes fernes Meeresrauschen Insektengeräusche Geräusche tropischer Nächte erfüllten das Zimmer und verdrängten das Zimmer, als Barron Einstellungen an einer Wandkonsole vornahm.

»Es ist... Mann, es ist...«, stammelte das Mädchen und betrachtete ihn nun aus nicht länger sicheren Augen, die in Tiefen blickte, die sie, wie sie wußte (und er wußte, sie wußte), niemals würde ergründen können, erkannte blitzartig, daß das hier (kein Glück, kein Unfall, kein Trick) der Grund war, warum sie eine realitätshungrige Chefsekretärin und er Jack Barron war.

Barron lächelte sein warmes, stolzes Kleinjungenlächeln, nahm ihre beiden Hände in seine, pausierte in der alten Schlafzimmerroutine, um einen Augenblick in offenem, nicht verführungsorientiertem Stolz zu verharren und die Art zu genießen, wie das Schlafzimmer ihre Augen glättete, sein Bild darin glättete, ihr Bild glättete und aus ihnen zwei simple menschliche Gestalten machte, die in einer warmen Frühlingsnacht vor einem Bett Händchen hielten. Das Wohnzimmer war ganz bewußt eine Tour-de-force-Widerspiegelung des vierfarbigen Jack Barron, aber das Schlafzimmer war Jack, war Berkeley Jack-und-Sara auf dem Hügel aneinandergeschmiegt war kleines Los Angeles Haus in der warmen Sommernacht des Cañon war Wochenendhaus in Acapulco und Sara nach Meerwasser und Schweiß riechend war draußen-drinnen-draußen Sehnsucht (New York-Kalifornien-New York) war ausgebürgertes Image war glückliches Science Fiction Kalifornien des Geistes.

Sie durchbrach den Augenblick, ließ sich nach vorne kippen, umschlang seinen Nacken mit den Armen, er sah ihren offenen Mund mit bereits hungrig vorgestreckter Zunge in dem kurzen Blick, bevor ihre Lippen seinen Mund berührten, ebenfalls offen, aber wartend, sardonischer Rollentausch.

Ihre Zunge lebend verzweifelt lebend wollend lebend mach-mich-real lebend in seinem Mund, preßte sie ihren Körper fest an ihn, zuerst Schultern dann Brüste schließlich Magen und dann das harte Becken preßte alles schwer gegen ihn harter Körper harte Zunge harten Mund hart sein Kiefer keuchend sich eng an ihn pressend an allen Punkten von ihm – ihre unterschwelligen pathetischen wilden Versuche zu Versprechen und ihr vages Körper-Image-Selbst mit der hartkantigen vierfarbigen von-Küste-zu-Küste elektrischen Realität von Jack Barron zu messen.

Durch seine Lichtjahre entfernten offenen Augen sah er sie eng an sich geklammert, fühlte forderndes saugendes energetisch-reales-lebendes Vakuum ihres Hungers nach ihm, ihr Mund atmete seinen magischen Atem Realitätsatem in vollkommenem Wunsch von ihm erfüllt zu werden, verschlungen zu werden, durchdrungen zu werden, umgestaltet zu werden (in sein Körperimage, von drinnen nach draußen zu blikken, das elektrische-Stromkreis-Satellitennetzwerk mit ihm zu teilen, seine öffentliche Hyperexistenz).

Abscheu-Gier projizierend preßte er sich an sie, begann seine Zunge zu bewegen, schob sie auf das Bett zurück, fühlte sie seufzend schlaff werden, als sie ihn endlich als den aktiven Prinzipal spürte – Weichesfrauenfleisch, das nur genommen werden wollte, aufgesogen und inkorporiert in seine Fleisch-Image-Macht.

Er entspannte sich, als sie ihm die Jacke auszog, er half ihr ein wenig dabei, dann zog sie ihn zurück aufs Bett, scharfe Fingernägel rissen sein Hemd von ihm und gruben sich in nacktes Fleisch während er Reißverschlüsse öffnete und sie sich schlangengleich aus hautengem Anzug wand und an seinen Hosen fummelte während er zog und sie schließlich zusammen mit seinen Unterhosen wegschob linkshändig hinuntergriff und Socken auszog während er stützenden BH öffnete und roten Bikini abstreifte (gelockte blondgefärbte schwarze Härchen wie er vermutet hatte) und sie gemeinsam nackt auf dem Bett lagen, die Brise strich über ihre Körper dahin.

Plötzlich ein seltsamer Moment der Pause, während die Schlafzimmer-Entkleidungsszene hungrig an ihnen vorüberzog und Fleisch-an-Fleisch die jungfräuliche Brise eine neue Art der Realität ankündigte: nackte Körper, elementare Realität. Barron sah hinab, Blick gesenkt, Hände sanft und ruhig, sah Brustwarzen-Brüste-Bauch-Nabel-Schenkel, simplen direkt-hier-und-jetzt-Frauenkörper, warmen, sanften, ordentlich angeheizten Frauenkörper, mehr nicht. Das Mädchen hielt den Atem an, lächelte ihm simples menschliches Lächeln entgegen, Augen versprühten Freude, reine Mach's-mir-Augen, simples Du-Tarzan-ich-Jane-Jedermannslächeln. Er lächelte zurück. Glückliche sanfte Pause bevor...

Sie klammerte beide Beine um ihn bewegte sich unter ihm sog ihn willkommen ein ihre Augen waren geschlossen leise Seufzer Fingernägel in seinen Arschbacken er stöhnte bewegte sich über ihr in sie hinein spürte sie mit Händen Brustmuskeln Mund und seinem Organ, sein Bewußtsein war konzentriert in Händen in Muskeln in seinem langsam aus und ein gleitenden Organ, taktile kinesthätische rhythmische Er-Sie-Freude machte sich wild breit, unabhängig von beiden...

Er schloß die Augen und öffnete sich selbst, selbst, spürte Wogen der Lust crescendohaft durch sein Organ und seine Hüftmuskeln pulsieren und wellenreitend stieg stieg stieg er fühlte sie unter sich winden – *ich*-du *ich*-du – jede von ihnen hingegeben an den wechselwirkenden flüssig-gleitenden pumpenden organischen Mechanismus der Stöße seiner eigenen Schmerz-Freude-Er-Sie-Synapse-ohne-Entkommen-von-den-zuckenden-Spasmen und sie...

Kam. Keuchte schrie grub Nägel in sein Fleisch. »Jack, Jack, Jack«, schrie ihr Mund, preßte sich auf sein Ohr und Zunge darin zog ihn über den Rand des zeitlosen Moments des allesbegrabenden Orgasmus: Lust verkehrt sich ins Gegenteil unerträgliches *déjà vu* harmonische Zuckungen, berühr-sieh-hör-Erinnerung an Bilder der Ekstase ...

Zunge in seinem Ohr »Jack, Jack, Jack«-Rufe aus Berkeley L.A. Kalifornien aus Häusern und vom Strand von Acapulco ihr Haar Lippen Körper naß und meersalzig, fordernde Sara-Zunge in Jack-und-Sara Ohren, teilte Atem Seufzen Gerüche Schweiß Kommen von Angesicht zu Angesicht (er öffnete die Augen und sah große Blonde braune Augen ekstatische Grimasse) gemeinsam kommen, gemeinsam kommen, gemeinsam kommen ... gemeinsam.

»Sara, Sara, Sara«, schrie er sich hingebend, sich den Lustwogen hingebend, die ihn durchpulsten, und in einem Augenblick von Reflex-Wärme-Spannung-Entleeren gipfelten; mit zusammengepreßten Lippen bewegte er sich auf ihren Mund zu, hielt plötzlich inne und war wieder zurück in der New Yorker Mittwochnacht, Abscheu-Ekel, und der Wind, der von der Dachterrasse hineinblies, wurde plötzlich kalt, wirklich kalt kalt.

»Mein Name ist Elaine«, sagte die Blondine aus einer kontinentalen teilnahmslosen-Anrufbeantworter verschlossenen Chefsekretärinnen siebenundzwanzigjährigen gleichgültigen Entfernung.

»Ohne Scheiß?« fragte Jack Barron.

4

»BENEDICT HOWARDS?« wiederholte Jack Barron ungläubig in sein Schreibtischinterkom, als könne er mit diesem Unglauben die Geistererscheinung in einer Wolke von Ektoplasma verschwinden lassen. Sollte von diesem gottverdammten Büro wegbleiben, dachte er, und den Sender meine wöchentliche Stunde vorbereiten lassen, um dann wieder auf der faulen Haut zu liegen, wenn Ärger wie Howards auf mich zukommt, soll's wenigstens auf meiner eigenen Scholle sein. Aber so hab ich meinen Stuhl direkt unter den Nasen des Senders, um freitags Zornesausbrüche nach abkühlenden Donnerstagen, montags dann neue Mittwochsschreie empörter VIPs planen, die's dann an Freitagen wieder zu beruhigen gilt – sadomasochistische Kette.

»Schicken Sie Howards rein«, knurrte Barron fast und hoffte, Carrie würde das Interkomvolumen voll aufgedreht haben, damit Howards gleich erfuhr, wie sehr Barron sich freute, ihn zu sehen, wußte aber doch gleichzeitig, daß sie sich strikt an die Senderverordnungen hielt (versuchen Sie um Himmels willen Barron davon abzuhalten, VIPs vor den Kopf zu stoßen, Miss Donaldson, kühle, kompetente Carrie, sogar im Bett effizient und auf Distanz. [Auch auf Senderanordnung? fragte er sich manchmal]).

Die Bürotür ging auf, gehalten von der gertenschlanken, dunklen, ihre-Abscheu-vor-Faulpelzen-unterdrückenden (ich bin hier nur geduldet) Carrie, während der '70er-elegante (schwarzer knopfloser Seidenanzug, weißes Westchen über rotem Rüschenkragenhemd), große, rosahäutige, dünnhaarige halbschwabbelige Benedict Howards an ihr vorübereilte und wortlos vor dem unordentlichen Schreibtisch stehenblieb.

»Danke, Carrie«, sagte Barron mit dem Wissen, es würde Howards plagen, der niemals seine Sekretärin in aller Öffentlichkeit beim Vornamen nennen würde, mit der er schon seit fünf Jahren bumste. (Frage mich, ob der seinen Eisberg *tatsächlich* bumst?) Nachdem Carrie gegangen war, bat Barron Howards in den uralten lederbezogenen Sessel vor seinem Schreibtisch und grinste, als Howards seinen Arsch verlegen auf die Kante pflanzte, wie ein Mann, der völlig davon überzeugt ist, daß man sich auf einer Toilettenschüssel den Tripper holen kann.

»Nun, Howards«, begann Barron, »welchem Umstand verdanke ich den irgendwie dubiosen Genuß Ihres Besuches?«

»Sie sind nicht auf Sendung, Barron, also vergeuden Sie Ihre klugscheißerische Cleverness bei mir«, antwortete Howards. »Und Sie wissen verdammt gut, weswegen ich hier bin. Ich mag keine Messer im Rücken, und ich warne Sie – niemand macht so was dreimal mit Benedict Howards. Beim ersten Mal bekommen Sie eine Warnung, beim zweiten Mal werden Sie zertreten wie eine Wanze.«

»Wenn Sie nicht so verdammt charmant wären, Howards, dann würde ich das als Drohung auffassen«, sagte Barron. »Glücklicherweise, für Sie, habe ich ein verzeihendes Wesen. Weil ich Drohungen verdammt nicht leiden kann, Mann, die plagen mich. Und an diesem Mittwoch haben Sie einen leichten Vorgeschmack davon bekommen, was es heißt, Jack Barron zu plagen. Aber es war nur ein Vorgeschmack, Howards, niemand wurde ernstlich verletzt, und das wissen wir beide. Ich habe ein paar Stiche plaziert, das ist schließlich Sinn und Zweck der Übung, aber Sie hatten die Chance, sich aus der Affäre zu ziehen. Ist nicht meine Schuld, wenn Sie das nicht gemacht haben. Ich hoffe, Sie haben einen großen Fisch gefangen.«

Barron lächelte, als er Howards' Gesicht einen Augenblick ausdruckslos werden sah. (Mister Howards befindet sich mit seinem Privatflugzeug auf dem Flug nach Kanada, um zu jagen und zu angeln, Mister Barron.) »Das dachte ich mir«, sagte Barron. »Ich weiß nicht, warum Sie es für klug hielten, aus dem Weg zu sein, als ich meine Sendung hatte, aber es gefiel mir nicht. Sie haben ein paar Hiebe hinnehmen müssen, aber das war einzig und allein Ihre Schuld. Sie hätten Punkte für Ihren gottverdammten Gesetzentwurf sammeln können, aber Sie haben die Chance verspielt. Ich leite eine einfache Show, Howards. Wenn Sie mich für dumm verkaufen wollen, dann gebe ich das mit Freuden zurück. Daher habe ich Yarborough abgesägt und Luke Greene das Feld überlassen.«

»Ich glaube mich zu erinnern, daß Sie und Luke Greene mal eine Zeitlang dicke Freunde waren«, sagte Howards. »Soweit ich weiß, stehen Sie sogar heute noch in Kontakt mit der Koalition für Soziale Gerechtigkeit. Wie Sie Yarborough als Arschloch hingestellt haben und dann diesen verdammten Scheißkerl seine kommunistischen Parolen ...«

»Lassen Sie uns ein paar Kleinigkeiten von vorneherein klären«, versetzte Barron knapp. »Erstens: John Yarborough ist schon von sich aus ein Arschloch. Zweitens: Ich bin im Showbusiness, Howards, ich bin kein Politiker. Ich gab der K.S.G. den Abschiedskuß, als ich diese Show bekam, und das sehe ich noch heute als guten Tausch an. Ich interessiere mich für meine Sehbeteiligung und Zuschauerwertung und für das Verkaufen von Dope und Autos und sonst nichts. Sie mögen mich nicht, gut, aber Sie dürfen mir glauben, verrückt bin ich nicht. Ich nutze meine Show, um *jeder* Partei die Möglichkeit zu geben, ihr kleines Wägelchen ins Rollen zu bringen. Sonst bekomme ich nämlich mit der F.C.C. schneller Ärger, als Sie Ihren zwei gekauften Männern dort Signal geben können, und dann kann ich wirklich zurückgehen und wieder Spruchbänder schwingen. Aber bei dem Job kommt verdammt wenig rüber, und mir gefällt mein derzeitiger Lebenswandel verdammt besser, als der damals in Berkeley und Los Angeles.

Und schließlich noch, Howards, obwohl ich einen Scheiß auf Lukes verdammte Politik gebe, er *ist* ein Freund von mir, und wenn Sie ihn hier vor meinen Augen noch mal einen Scheißkerl oder einen Nigger nennen, dann werde ich Ihren fetten Arsch aus diesem Büro hier hinaustreten.«

»Wissen Sie eigentlich, wen Sie vor sich haben? Keiner darf bei Benedict Howards eine dicke Lippe riskieren! Ich erpresse Ihre Sponsoren und den Sender und übe Druck auf das F.C.C. aus, und ich habe mehr als genug Muskeln, das zu tun. Wenn Sie mir in die Quere kommen, verarbeite ich Sie zu Hackfleisch und verfüttere Sie an die Fische.«

»Und wie lange brauchen Sie dazu? Was meinen Sie?« fragte Barron milde lächelnd.

»Ich kann Sie innerhalb eines Monats vom Sender blasen, das können Sie mir glauben.«

»Vier Wochen, vier Shows«, sagte Barron. »Denken Sie mal darüber nach. Stellen Sie sich vor, was ich Ihnen alles antun könnte, wenn ich nichts zu verlieren hätte, da Sie meine Show ohnehin abmurksen wollen. Vier Wochen purer Boshaftigkeit. Vier Stunden vor hundert Millionen Amerikanern, und ich habe nichts Besseres zu tun, als an Ihnen und der Stiftung Rache zu nehmen.

Klar, Sie können mich vernichten – aber, was das betrifft, nur dann, wenn Sie gleichzeitig Harakiri begehen wollen. Wir sind beide große Jungs, Bennie, zu groß, als daß wir uns gegenseitig an die Wäsche könnten, ohne uns gegenseitig zu vernichten. Ich mag Sie nicht, und Sie mögen mich nicht, aber Sie brauchen sich keine Sorgen zu machen, ich werde Ihnen nichts tun, es sei denn, Sie drängen mich in die Ecke. Aber wenn ich gehe, dann gehen Sie auch, vergessen Sie das nicht.«

Plötzlich und unvorhergesehen wurde Howards schmeichlerisch. »Sehen Sie«, sagte er mit kriecherischer Vernunft, »ich bin nicht hergekommen, um Drohungen mit Ihnen auszutauschen. Sie haben meinen Gesetzentwurf attackiert, kostet mich ein paar Stimmen, aber ...«

»Machen Sie mich nicht dafür verantwortlich«, sagte Barron. »Das geht auf Konto von Schmendrick Hennering. Er ist Ihr Junge, und nur deshalb habe ich ihn angerufen, damit Ihre Seite ein paar Argumente vorbringen und alles wieder hinbiegen kann. Ist nicht meine Schuld, wenn dieser Dum-Dum ...«

»Das sind doch alles alte Hüte, Barron«, sagte Howards. »Mich interessiert die Zukunft. Männer wie ich sehen alles auf lange Sicht. (Howards lächelte ein unheilschwangeres Verschwörerlächeln. *Was soll das?* dachte Barron.) Auf *wirklich* lange Sicht ... Und der Gesetzentwurf für Einfrierung ist verdammt wichtig für meine Zukunft, für die Zukunft der menschlichen ...«

»Oh, ersparen Sie mir diesen Kack, ja?« grollte Barron. »Sie wollen, daß der Gesetzentwurf verabschiedet wird und Sie damit ein Monopol bekommen, das ist Ihr Ziel, aber versuchen Sie nicht, mir das Gewäsch über die Zukunft der menschlichen Rasse andrehen zu wollen. Sie streben die Nummer eins an. Lassen

Sie's auf dieser Ebene, dann werde ich Ihnen vielleicht zuhören.«

»Okay, Barron, reden wir Fraktur. Sie haben etwas, das ich brauche – *Champion Jack Barron*. Sie haben eine Pipeline zu hundert Millionen Amerikanern, und was die über den Gesetzentwurf denken, kann die Meinungen im Kongreß entscheidend beeinflussen, nicht so viele Stimmen, wie Sie selbst vielleicht glauben, aber ein paar. Ich will diese Stimmen. Ich will von Ihnen die Art von Show, die mir diese Stimmen sichert – nicht jede Woche, wir dürfen nicht zu offensichtlich werden, aber hier und da eine richtige Sendung. Sie haben die Gefolgschaft und das Wissen, mit dem Sie es schaffen könnten. Das können Sie für mich tun, Barron, und als Gegenleistung...«

»Sie sind verrückt, wissen Sie das?« japste Jack Barron. »Sie erwarten von mir, daß ich die Show riskiere, indem ich Ihre private Axt schwinge? Wo bleibt da die Vernunft, Howards? Ich hol in 'nem Jahr vierhunderttausend rein, und ich habe noch viele Jahre mit *Champion Jack Barron*. Das Showbiz verschafft mir genügend Geld, um genau so zu leben, wie ich es will, und das kapier ich genau. Vergessen Sie's, Mann, Sie können mich nicht kaufen, nicht so, wie Sie Schwachköpfe wie Teddy Hennering kaufen. Sie haben ganz einfach nichts, das ich dringend brauchen würde.«

Benedict Howards lächelte ein verschmitztes Lächeln. »Nein.« sagte er. »Ich habe etwas, das jeder will, etwas, das man sich mit Geld nicht kaufen kann ... das *Leben*, Barron, das Leben selbst. Unsterblichkeit. Denken Sie darüber nach, Mann, ein Leben, das immer weiter und weiter geht, nicht ein lausiges Jahrhundert lang, sondern Jahrtausend um Jahrtausend, jung, stark, gesund – für immer. Denken Sie darüber nach, was das jeden Morgen beim Aufstehen bedeutet, es ist immer da – der Geschmack von Essen, das Gefühl eines Frauenkörpers, der Geschmack der Luft – alles für Sie... in alle Ewigkeit. Würden Sie dafür nicht Ihre Seele verkaufen? Würde das nicht jeder? Weil Sie keine Seele brauchen, um irgendwo Harfe zu spielen, wenn Sie heiser sind. Sie könnten das alles direkt hier haben, auf *terra firma*. In Ewigkeit... in Ewigkeit...«

»Das klingt, als würden Sie jeden Augenblick Feuer und Schwefel ausatmen und mich einen Vertrag mit Blut unterschreiben lassen«, kommentierte Barron trocken.

Das schien Howards zu verblüffen, und seine glühenden Augen zogen sich plötzlich zusammen wie erkaltete Kohlen – als hätte er plötzlich erkannt, über etwas geredet zu haben, das er besser verschwiegen hätte. Oder, überlegte Jack Barron, als hätte der olle Bennie gerade erkannt, wie lächerlich er klingt.

»Ich spreche von einem Gefriervertrag«, sagte Howards. »Eine *freie* Einfrierung. Keine Überschreibung von Gütern. Ich habe Tentakel, Barron, und ich weiß, Sie blasen das Geld so schnell raus, wie Sie es verdienen. Sie werden niemals genug für eine Einfrierung zusammensparen können. Und speziell zwischen uns beiden – ich würde Ihnen auch nie erlauben, eine zu kaufen. Weil ich Ihr Geld nicht will, wenn Sie sterben, Barron. Ich will *Sie*, Barron, lebend, hier und jetzt. Das ist der Handel – Sie spielen mein Spiel mit und bekommen dafür eine Chance auf Unsterblichkeit, ansonsten sind Sie Wurmfutter, wenn Sie sterben. Die Ewigkeit ist eine lange Zeit, wenn man tot ist, Barron.«

Was geht hier vor, überlegte Barron. Bennies Gesetzentwurf führt mit zehn Stimmen im Senat und dreißig im Haus, alles vorbei außer der Anhörung. Warum ist er so scharf auf mich? Freie Einfrierung ist eine fette Senator-Kabinett-Oberster-Gerichtshof-Bestechung und viel zuviel für den alten Tritt-sie-in-den-Arsch Jack Barron. Er geht sogar soweit, sich selbst zu vergessen und vor mir zuzugeben, daß man Gefrierverträge auch für was anderes als Geld kaufen kann. Was drückt den Schmul, von dem ich nichts weiß, warum ist der gute Hab-schon-alles-in-der-Tasche Howards so verängstigt. Warum hat er Angst vor *mir*...?

Aber, Scheiße, Einfrieren ist immer noch besser als 'n normales lausiges Begräbnis. Unsterblichkeit... wer weiß, was das nächste Jahrhundert bringen wird? Ewiges Leben, jung, gesund, stark...? Nichts zu verlieren bei 'ner kostenlosen Einfrierung. Schlimmstenfalls ist alles Hokuspokus, und dann biste auch nicht toter als normal. Könnte ich es schaffen? Howards Spiel mitspielen, aber so subtil, daß ich die Show nicht verliere? Ohne Angstschweiß, wenn der Gefriervertrag erst mal dreifach unterzeichnet ist, kann Bennie sich nicht mehr rauswinden. Aber der ehrbare Jack Barron hat nichts, worauf man ihn festnageln kann, könnte Bennie jederzeit eins auswischen. Scheint, als hätte ich Bennie an den Eiern. Aber warum? Warum? Spiel und Spaß außerhalb meiner Reichweite? Ruhig bleiben, Jack, spiel ganz ruhig mit ihm.

»Ich kann den Brandgeruch schon wahrnehmen«, sagte Howards. »Und Sie riechen's auch, nicht wahr, Barron. Ewig, Millionen Jahre leben, und das alles für ein paar Monate Mitspielen. Jeder Mann hat seinen Preis, altes Sprichwort, eh? Aber ich bin etwas Neues. Die Münze, mit der ich zahle, die nimmt *jeder*.«

»Nicht so hastig, Bennie-Boy«, wandte Barron ein, »das riecht verdammt nach einem toten Fisch. Okay, ich geb's zu, ein Gefriervertrag klingt interessant, ich verkauf meine Haut zum Höchstpreis und vielleicht... aber nur *vielleicht*, werde ich Sie beim Wort nehmen. Aber warum bieten Sie so hoch, um mich zu bekommen? Sie haben Ihren Gesetzentwurf in der Tasche, das wissen wir beide, und Sie haben auch die Muskeln und das Gehirnschmalz, ihn durch den Kongreß zu bekommen. Und nebenbei, wenn Sie schon Gefrierverträge als Schmiergelder verteilen, warum dann an mich und nicht an die Großköpfe direkt? Jesses, ich bin achtunddreißig, und der Gedanke ans Einfrieren interessiert mich, 'n Senator oder Kongreßabgeordneter mit noch mal dreißig Jährchen auf'm Buckel sollte noch interessierter sein. Es *hat den Anschein*, als würde ich Sie mehr brauchen als Sie mich, und Sie sind nur großzügig mir gegenüber. Aber ich halte Sie eigentlich nicht für den spendablen Typ. Hüte dich vor Griechen und Freaks, die Geschenke bringen, lautet meine Devise, sie könnten tödlich sein. Sie wollen was von mir, Howards, und Sie spielen verdammt hoch. Ich halte das für eine paranoide Situation. Sie haben Angst, versuchen Sie nicht, *mich* zu täuschen. Sie haben Angst wegen der Chancen Ihres Gesetzentwurfs, obwohl Sie eigentlich keine haben müßten. Das bedeutet aber wiederum, ich weiß nicht alles, aber das will ich, verdammt noch mal, bevor wir die Hosen runterlassen.«

»Es ist wegen der Rassenfrage, die Ihre gottverdammte Show aufgewirbelt hat«, fuhr Howards ihn mit einer offensichtlich aufgesetzten Vehemenz an, die Barron sofort innerlich in Habachtstellung schnellen ließ. »Das ganze Gelaber von Greene, das jeden Nigger im Land ...«

»Sachte, Howards!« erwiderte Barron außer sich, aber gleichzeitig eiskalt kalkulierend. »Ich habe Ihnen schon mal gesagt, ich will das Wort ›Nigger‹ hier drinnen nicht hören, ganz abgesehen davon, daß das alles Scheiße ist. Achtzig Prozent der Neger in diesem Land stimmen trotzdem für die K.S.G., und die K.S.G. hat keine Möglichkeit, etwas gegen Ihren Gesetzentwurf zu unternehmen – wie können Sie daher behaupten, ich koste Sie Stimmen, die Sie überhaupt nicht hatten? Sie haben die K.S.G. und die Republikaner aus verschiedenen Gründen gegen sich, aber das sollte Ihnen doch eigentlich nichts ausmachen, mit Teddy Hennering, Teddy dem Bewerber, und dem Gewicht, das Sie in der Demokratischen Partei haben. Die Demokraten kontrollieren was... fast zwei Drittel des Kongresses? Und die anderen Fraktionen sind zu unbedeutend, als daß sie große Wellen schlagen könnten, und Hennering & Co. sind in Ihrer Tasche. Also was...?«

»Sie meinen, Sie haben's noch nicht gehört?« fragte Howards.

»Was gehört?«

»Wegen Hennering.« Howards griff in seine Innentasche, holte einen ausgerissenen Zeitungsausschnitt hervor, den er über den Schreibtisch schob. Barron las:

TED HENNERING
KOMMT BEI FLUGZEUGUNGLÜCK UMS LEBEN
Privatflugzeug in der Luft explodiert.

»Geschah gestern abend«, sagte Howards. »Vielleicht verstehen Sie jetzt, weshalb ich etwas nervös bin. Hennering war unser größter Befürworter des Gesetzentwurfs. Nun, da er tot ist, sind wir bestimmt nicht weg vom Fenster, aber wir haben etwas von dem gewonnenen Terrain wieder verloren, und ich bin nicht der Mann, der gerne Risiken eingeht. Sie können mir dieses Land wieder zurückerobern und gleichzeitig die Nig... ähem... die Neger beruhigen. Daher biete ich Ihnen das Einfrieren an, Barron. Auch ohne Sie wird der Gesetzentwurf mit ziemlicher Sicherheit durchgehen. Aber das Wort *ziemlich* gefällt mir dabei nicht. Ich will alles mit Bestimmtheit. Ich will Sicherheit.«

Hennering tot, dachte Barron, das ist es also, Bennie-Boy, du hast deine Chef-Präsidenten-Marionette verloren, was bedeutet, der nächste Präsident ist

Teddy der Anwärter, und der ist noch nicht in deiner Tasche. Yeah, das erklärt natürlich einiges, aber...

Aber nicht wegen des Gesetzentwurfs, erkannte er plötzlich. Da wurde eigentlich nichts verloren, abgesehen von Hennerings lausiger Stimme, und du hast immer noch verdammt viele Stimmen in der Rückhand. Also warum ...?

Eiskalte Gefahrensignale von irgendwoher, geschärft in langen Jahren des Spiels mit mächtigen Männern, schossen plötzlich in Jack Barrons Kopf und kribbelten in den Nervenenden und blitzten: Groß! Groß! Groß! Alles zu wirr, zu viele lose Enden: Hennering benimmt sich Mittwochabend wie ein lebender Leichnam und ist dann Freitagmorgen wirklich tot, vorbereitete Tatsachen, vorbereitete Antworten von Howards, jede noch aberwitziger als die andere, wie unter Druck zusammengefaselt. Kauf Jack Barron, um alles dreifach zu sichern? Nicht zusammenzählen, ergibt etwas Größeres hinter der Bühne, das sogar Howards Angst einjagt...

Spiel deine Trümpfe richtig aus, Jack, Baby! Spielerinstinkt: Du hast alle hohen Karten in der Hand, das weiß Bennie, weiß auch, was für welche, aber du nicht, daher reizen, reizen und noch mal reizen, bis du genau weißt, wie viele Asse du hast.

»Passen Sie auf, Howards«, sagte er. »Ich habe noch nichts gegessen, und ich habe es langsam satt, mich an der Nase herumführen zu lassen. Sie halten mich hin. Ich weiß nicht genau, was Sie ausbrüten, aber so sicher wie das Amen in der Kirche brüten Sie etwas aus. Hennering oder nicht, Sie haben den Gesetzentwurf für Einfrierung durch, und verplempern Sie nicht unser beider Zeit mit dem Versuch, mir etwas anderes einreden zu wollen. Sagen wir mal, ich bin daran interessiert, Ihr Spielchen mitzuspielen, warum nicht, aber Sie werfen einen Gefriervertrag nicht nur so dahin, weil Sie ein so großmütiges Herz haben. Aber ich stolpere nicht *blind* in alles hinein, und genau das verlangen Sie von mir.«

Howards zögerte, schürzte die Lippen, atmete schwer, kratzte sich an der Nase, öffnete den Mund, schloß ihn, pausierte, öffnete ihn wieder und sagte: »Ich will, daß Sie einen Job für mich erledigen. Sie stellen Partnerfragen, die Sie nichts angehen. Ich will Sie nicht zu meinem gottverdammten Partner machen. Ich zahle Ihnen mehr, als der Job eigentlich wert ist, und ich tue das, weil ich es mir mit Leichtigkeit leisten kann. Wenn Sie nicht zugreifen, Pech gehabt. Ich bin weit außerhalb Ihrer Reichweite, Barron, weisen Sie Ihr Glück nicht von sich.«

Und genau da haben wir es, dachte Barron. Bennie-Boy braucht noch eine Marionette, und zwar verdammt dringend. *Zu* dringend. Ich bin außerhalb deiner Reichweite, Bennie? Macht- und brotmäßig vielleicht schon. Denk weiter so, Howards, dann gehst du in einem Faß nach Hause. Vielleicht ist meine Position falsch, aber du bist dafür im falschen Spiel. Zuviel Macht, zu lange Bluff mit mir gespielt. Viel zu weit von mir entfernt, kannst deine Beinarbeit nicht mehr auf'n guten alten Jack Barron einstellen, der schon lange mit fetteren Katzen zu tun hat, Mister Howards.

»Weisen Sie *Ihres* nicht von sich, Howards«, sagte er. »Sie können mich nicht kaufen, höchstens als freien Agenten mieten. Sie kaufen mich nicht als Marionette, sonst kommen wir nicht ins Geschäft. Sie sagen mir jetzt die Wahrheit, die ganze Wahrheit, dann können Sie vielleicht einen Verbündeten gewinnen. Wenn Sie mich noch länger hinhalten, dann schaffen Sie sich einen Feind. Und mich als Feind – ich glaube kaum, daß Sie sich das leisten können, sonst wären Sie nicht so scharf auf mich.«

»Nehmen Sie mein Wort darauf, daß Sie sie nicht kennen wollen, obwohl Sie glauben, es zu wollen«, sagte Howards. »Ich handle nicht mit Autos oder Dope, und ich bin auch kein Alleinunterhalter. Ich spiele um ... um Blut. Lassen Sie's dabei bewenden, Barron, Sie haben Ihr Pulver verschossen. Das ist zu groß ... es geht Sie nichts an. Sie bekommen eine Chance, ewig zu leben – lassen Sie sie nicht sausen, indem Sie Ihre Nase in einen Fleischwolf stecken. Ja oder nein, Barron, hier und jetzt. Keine Spielereien mehr.«

»Sie haben mein letztes Wort gehört«, entgegnete Barron, »und jetzt ist es an *Ihnen*, zuzugreifen oder abzulehnen.«

»Moment, nicht so hastig«, lenkte Howards ein, und wieder legte er aus unerfindlichen Gründen einen sanfteren Gang ein. »Ich gebe Ihnen eine Woche Zeit. Denken Sie darüber nach. Denken Sie an Wurmfutter ... und an das ewige Leben.«

Schmendrick, dachte Barron. Bennie-Boy, jetzt hast du verspielt. Bennie Howards schreckt nicht vor einer Zugreifen-oder-Ablehnen-Alternative zurück, wenn er nicht der Meinung ist, die Antwort lautet Ablehnen, und er sich genau das nicht leisten kann. Du bist zu gierig nach meiner Person, Baby, und bevor du die bekommst, steht dir noch einiges bevor!

»Okay«, sagte er. »Eine Woche. Damit wir beide darüber nachdenken können.« Und Sie werden am Mittwochabend bestimmt Stoff zum Nachdenken bekommen, Mister Benedict Howards!

»Genau das will ich, Vince«, sagte Jack Barron, während Gelardis graues Basiliskengesicht verwundert auf dem Vidphonschirm blinzelte. »Das will ich, und es ist meine Show, und daher werde ich es auch bekommen.«

»Versteh ich nicht«, konterte Gelardi. »Diese Woche verpaßt du mir'n Anpfiff, weil ich dir 'n Ruf durchschalte, der ein wenig hart mit Howards umspringt, und jetzt willst du ihm selbst mit 'nem Stiefel in die Eier treten. Was ist zwischen Mittwoch und heute geschehen, Mann?«

Barron schwieg, dachte nach, fühlte Vidphon-Stromkreis-Kamera seine Bildworte zu Gelardi tragen, Kamera-zu-Kamera, Bildschirm-zu-Bildschirm, Phosphorpünktchenmuster, die miteinander sprachen. Ganz ruhig bleiben, Jack, Baby, wo das kostenlose Einfrieren vielleicht schon vor der Haustür wartet. Nur mal nachsehen, was Howards in der Hinterhand hat, wie viele Karten er nimmt. Spiel dein eigenes Spiel in dieser Angelegenheit. Tut mir leid, Vince, keine Zuschauer erlaubt.

»Bennie Howards ist geschehen«, antwortete Jack. »Es ist geschehen, daß er vor einer Stunde hier in diesem Büro stand.«

»Also *hat* ihn die Show erzürnt?«

»Erzürnt?« fragte Barron. »Bennie war so erzürnt wie Shabazz schwarz ist. Ich soll das Bild wieder geradehängen, dabei habe ich jetzt noch die Spuren seiner Zähne an der Kehle. Howards hat Gift und Galle gespuckt. Er drohte, Druck auf den Sender auszuüben, unsere Sponsoren abzuwerben und dafür zu sorgen, daß seine Püppchen beim Sender mich auf die schwarze Liste setzen, mehr nicht.«

»Hast du ihn beruhigt?« fragte Gelardi nervös. Aufsicht über Show und Regiekabine ist der verdammt beste Job, den du jemals gehabt hast, was Vince, dachte Jack Barron. Macht in die Hose, wenn ich 'n paar Wellen mache.

»Beruhigt?« fragte Barron. »*Ihn beruhigt?* Ich hab ihn fürwahr beruhigt, ich hab ihm gesagt, er soll die Mücke machen.«

Gelardi gab ein Stöhnen von sich und rollte mit den Augen. Barron lächelte dünn. Brauch 'nen verdammt guten falschen Grund, das Richtige zu tun, dachte er, muß Bennie zu der Überzeugung bringen, daß die Show immer noch das beste Zugpferd im Programm ist. Brauch 'nen *Champion Jack Barron*-orientierten Grund, Bennie das Knie in die Eier rammen zu können.

»Du bist verrückt, weißt du das, Jack?« fragte Gelardi todernst. »Du erzählst mir noch großartig, daß wir keinen Tiger in den Schwanz kneifen, und dann kommt der aufgebrachte Howards, und anstatt ihn zu beruhigen, jagst du ihn davon und sagst ihm, er soll sich ins Knie ficken. Und als hätten wir damit noch nicht genug Ärger am Hals, willst du jetzt auch noch eine Show, die mitten in Howards Herz zielt. Bist du auf was Stärkerem als dem Gras deiner Sponsoren?«

»Um es kurz zu machen, Vince«, sagte Jack Barron, »wir haben Ärger. Howards war davon überzeugt, daß ich ihm ans Leder will, und ich konnte ihn nicht vom Gegenteil überzeugen. Statt dessen hat er mich davon überzeugt, daß er jetzt *mir* ans Leder geht, und wir beide wissen, das kann er, wenn er die nötige Zeit dazu hat. An dieser Stelle, da schöne Worte keine Wirkung mehr hatten, bat ich Bennie, sich zu verpissen und bedrohte *ihn*. Ich sagte ihm, das, was diese Woche passiert ist, sei nur ein kleines Scherzchen verglichen mit dem, was ihm zustoßen könnte, wenn er sich mit mir anlegt. Und genau aus diesem Grunde werden wir ihm in der nächsten Show an die Karre fahren – damit er einen eindeutigen Beweis bekommt, daß es mir mit meiner Drohung ernst ist, daß es keinen Zweck hat, Jack Barron aufs Korn zu nehmen, auch nicht mit Bennies Muskeln. Beim nächsten Mal werden wir Bennie an der Lunte riechen lassen, und dann wird er schon den Schwanz einklemmen. Er glaubt, er hat seinen Gesetzentwurf für Einfrierung unter Dach und Fach – ich will ihm demonstrieren, daß das gar nicht so sicher ist, wenn er mir Grund gibt, ihn unter Beschuß zu nehmen. Wir zeigen ihm unsere Krallen, dann wird er seine einziehen. *Comprende, paisan?*«

»Oh, mein blutendes Magengeschwür!« stöhnte Gelardi. »Jetzt versteh ich die Notwendigkeit, aber der Sender wird überschäumen.«

»Vergiß den Sender«, sagte Barron. »Es gibt noch drei andere Sendeanstalten, die *Champion Jack Barron* liebend gerne übernehmen würden, und das wissen sie. Solange wir Howards einschüchtern, werden sie zwar brüllen und toben, aber sie werden uns nicht feuern. Und dasselbe in Grün gilt für die Sponsoren. Um des Brotes willen, das bei der Show rausspringt, können sie sich die Milch leisten, mit der sie ihre Magengeschwüre wieder beruhigen. Die Frage ist nur, auf was für einen Anruf kann ich nächste Woche zählen, den ich gegen Howards verwenden kann? Wir können einen Anruf türken, sollte es nötig sein, aber die Idee behagt mir nicht besonders. Wenn Howards oder die F.C.C. oder gar der Sender herausbekommen, daß wir Anrufe fingieren ...«

»Wie wär's mit einer Totenbettszene?« fragte Vince unverzüglich. Guter alter Vince, dachte Barron, gib ihm einen Startblock, und schon sprintet er los.

»Totenbettszene?« fragte Barron.

»Klar«, sagte Gelardi. »Wir bekommen mindestens ein halbes Dutzend jede Woche. Ich hab strikte Anweisungen gegeben, keine auch nur über den ersten Schirm rauszulassen. So Typen, die nach langer Krankheit ihren letzten Schnaufer tun, meistens Sozialversicherungs- oder Fürsorgefälle, du weißt schon, und die ganze verdammte Familie hat sich um das Sterbebett versammelt und besteht darauf, daß die Stiftung dem alten Kadaver einen kostenlosen Gefriervertrag anbietet. Tränendrüsendrücker. Die Chancen sind sehr groß, daß wir sogar noch eine bekommen, wo der alte Mann selbst noch was sagen kann. Und es ist auch verdammt sicher, daß wir wieder die Rassenfrage anschneiden können, wenn wir wollen.«

Yeah, dachte Jack Barron, das wäre genau das richtige. Das Ganze vielleicht zehn, fünfzehn Minuten ausschlachten, 'n paar heiße Zornestränen, dann Bennie anrufen (und dieses Mal wird er ganz bestimmt da sein, um den Anruf persönlich entgegenzunehmen) und den Rest der Show ausquetschen. Laß ihn die Peitsche spüren, dann seine Meinung, dann wieder das Messer, dann verteidigt er sich und dann wieder eine in die Eier - Katz und Maus. Zeig ihm einfach, wo der Hund begraben liegt. Zeig ihm, daß du ihn mausetot machen kannst, aber murks ihn nicht gleich ab. Laß die Gans bluten, aber laß ihr auch die Chance, doch noch das goldene Ei zu legen - und das wird eine verdammt gute Show werden!

»Gefällt mir, gefällt mir!« sagte Barron. »Aber lassen wir diesmal das Rassending, der Schmul wird darauf vorbereitet sein, und ich möchte ihn gerne dort erwischen, wo er nicht damit rechnet. Laß die Jungs an den Eingangsschirmen alle Sterbebettszenen direkt zu dir durchgeben, und gib mir die beste durch, die du bekommen kannst.«

»Du bist der Boss, Jack«, sagte Gelardi. »Aber mich persönlich läßt das ganze Geschmuddel zittern. Verletzt du Howards *zu* sehr, dann wirst du ihn nicht einschüchtern, sondern einen Kamikaze aus ihm machen. Du wirbelst wirklich verdammt hohe Wellen auf - und unser beider Job reitet auf ihnen mit.«

»So ist eben das Spiel, Vince«, sagte Barron zu ihm. »Du katapultierst mich aufs Drahtseil, und ich tanze dann dort oben. Nur dem guten alten Onkel Jack Barron vertrauen.«

»Ich vertraue dir wie meinem Bruder«, versicherte ihm Vince.

»Ich wußte gar nicht, daß du einen Bruder hast.«

»Yeah«, sagte Gelardi grinsend. »Er sitzt zehn Jährchen wegen Betrugs in Sing Sing ab. Wir treffen uns in der Pfanne wieder, Jack.«

5

»SAUBER?« FRAGTE BENEDICT HOWARDS, der an dem gesichtslosen, buchhalterischen Mann vorbei, zum Panoramafenster hinaussah, wo er die beruhigenden weißen Wände des Hauptgebäudes des Gefrierkomplexes von Long Island betrachtete, Monolith der Unsterblichkeitsmacht, geschützt vor kriecherischen Tölpeln der Inkompetenz, wie diesem Wintergreen hier, und beiläufigen Dienern des verblassenden schwarzen Kreises des Todes, wie Jack Barron.

»Kein Mann ist sauber, Wintergreen, und ganz bestimmt keiner mit einer Vergangenheit wie Jack Barron – Mitbegründer der Koalition für Soziale Gerechtigkeit, Ex-Berkeley-Unruhestifter, Kumpel von jedem pekingliebenden Kommunistenaas, Hurensohn, und Sie wollen mir weismachen, daß Barron *sauber* ist? Er dürfte etwa so sauber wie eine Kohlengrube sein.«

Wintergreen schob den dicken Aktenordner, in dem er blätterte, von seinem Schoß zum Schreibtisch und wieder zurück, er zitterte und zappelte wie ein gottverdammtes verängstigtes Känguruh. »Nun, natürlich nicht *so*, Mister Howards, so ist er nicht«, sagte er. (Beschissener Jasagerbastard, dachte Howards.) »Aber das hier ist ein vollständiges Dossier über Barron, und hier steht nichts drinnen, was wir gegen ihn verwenden könnten. Nichts. Darauf gebe ich mein Wort, Sir.«

»Sie können auch noch verdammt mehr draufgeben als nur Ihr wertloses Wort«, erklärte ihm Howards. »Ihr Job steht auf dem Spiel und auch Ihr Platz in der Gefriertruhe. Ich halte keinen Personalchef hier, damit er

Berge sinnlosen Papiers produziert, wenn ich den Betreffenden an die Wand nageln will. Ich bezahle Sie dafür, daß Sie mir Material gegen Leute verschaffen, die ich nicht mag. Jeder Mann hat Dreck am Stecken, und ich bezahle Sie dafür, den zu finden.«

»Aber ich kann nichts beischaffen, wo nichts zu finden ist, Mister Howards«, winselte Wintergreen. »Barron war nie Mitglied einer Gruppe, die auf der Liste des Generalbundesanwalts steht, obwohl das für viele seiner Freunde gilt. Man kann ihm überhaupt nichts anhängen, abgesehen vielleicht von der Teilnahme an einigen illegalen Demonstrationen, aber das macht heutzutage eher einen Helden aus einem Mann, keinen Verbrecher. Er ist nicht mal mehr Mitglied der K.S.G., seit dem Tag nicht mehr, an dem er seine Fernsehshow bekam. Er verdient jede Menge Geld, das er freigiebig wieder ausgibt, hält sich aber ansonsten von allem Illegalen fern. Er schläft mit einer großen Zahl unverheirateter Frauen, frönt aber keinerlei ungesetzlichen Perversionen und nimmt auch keinerlei verbotene Drogen. Es gibt überhaupt nichts, was wir gegen ihn verwenden könnten, und in diesem Sinne, den ich als Ihren Sinn interpretiere, ist er vollkommen sauber.« Wintergreen nahm wieder den Ordner zur Hand und drückte die Ecken nieder.

»Hören Sie auf, mit diesem verdammten Ding zu spielen!« fuhr ihn Howards an. (Gottverdammter Kretin, das ganze Land ist voller Kretins, die nicht mal ihren eigenen Arsch ohne Landkarte finden können!) »Wir können Barron also nicht erpressen«, fuhr er fort und sah Wintergreen bei der bloßen Erwähnung des Wortes ›erpressen‹ zusammenzucken. Stell dir *ihn* ewig lebend vor, ewig Beamter, ewig Kriecher, ewig Feigling. Unsterblichkeit ist was für Männer mit Rückgrat, die sie sich erkämpfen können, der Rest kann man getrost dem Müllschlucker überantworten – das verdienen Kriecher wie der verdammte Feigling Hennering.

»Also, manche Leute können eben nicht erpreßt werden«, sagte Howards. »Aber man kann jeden Mann kaufen, wenn man erst seinen Preis kennt. Also kaufen wir Jack Barron.«

»Aber Sie haben ihm bereits das größtmögliche Schmiergeld angeboten, einen Platz im Gefrierkomplex«, sagte Wintergreen. »Und er hat ihn nicht angenommen.«

»Aber er hat ihn auch nicht abgelehnt«, konterte Howards. »Ich kenne Männer seines Schlages, was bedeutet, ich habe auch ein Gespür für ihren Preis. Daher bin ich heute hier an diesem Platz. Weil ich die Preise von Männern auf den Dollar genau kenne – mehr Geld, als man ausgeben kann –, dazu ein Platz im Gefrierkomplex, und schon gehören sie mir, weil ich mir über den Preis im klaren bin und weil ich es mir leisten kann, ihn zu bezahlen. In dieser Hinsicht ist Barron nicht anders als Sie oder ich. Er will einen kostenlosen Vertrag, darauf können Sie Gift nehmen. Das will er so sehr, daß er sich dafür von mir benutzen läßt. Damit kann ich mir seine Dienste so lange kaufen, bis er glaubt, er könnte mich übers Ohr hauen – natürlich ohne Risiko für ihn selbst. Und wenn die Verträge erst unterzeichnet sind, dann besteht für ihn kein Risiko mehr. Man kann nicht einfach nur so mit einem Mann herumspielen, man muß ihn bis zu den Schuhsohlen kennen. Ein kostenloser Gefriervertrag reicht da nicht aus. Für den Preis wird er mein Spiel mitspielen, solange ich seine Fragen beantworte und ihm die Antworten gefallen.

Aber solche Geschäfte macht Benedict Howards nicht. Es ist aber trotzdem lohnender, einen Jack Barron zu kaufen, anstatt ihn zu vernichten. Ich will etwas von Ihnen, was es mir ermöglicht, dem weiteren Preis zu begegnen, den er fordern wird. Es *muß* ganz einfach etwas geben, wonach der Mann lechzt, und das er nicht bekommen kann.«

»Nun ... da ist seine Ex-Frau«, sagte Wintergreen zögernd. »Aber wir haben keine Möglichkeit, sie auszuspielen.«

»Ex-Frau?« zischte Howards. (Du verblödeter, stumpfsinniger nicht-für-drei-Cent-Grips-habender Bastard, der die ganze Zeit vor meinen Augen sitzt, ein Egomane wie Barron braucht 'ne Frau, die ihm auf jeden Fall mehr bedeutet als nur 'ne gute Nummer. Wie nannten sie das, Hirnficker, ja, klar, Hippie-Bolschewiken-Hirnficker, muß mittem Verstand von 'ner Frau spielen können, bedeutet, *sie* weiß, wo man Barron packen muß.)

»Nun, was ist mit seiner Ex-Frau, Sie Idiot? Wie heißt Sie? Warum sind sie auseinandergegangen, wenn Barron sie immer noch will? Danach suchte ich schon von Anfang an, Mann! Muß ich denn hier das *ganze* Denken übernehmen?«

»Ich befürchte, das ist hoffnungslos, Mister Howards«, antwortete Wintergreen, der bereits wieder mit dem Ordner spielte. Howards wollte schon wieder losbrüllen, doch dann dachte er – ach, zum Teufel, vergiß es, sieh es längerfristig, Geduld, Geduld, ist doch einfach, wenn man alle Zeit der Welt hat.

»Ihr Name ist Sara Westerfeld. Sie lebt hier in New York, im Village. Macht Kinestopeffekte. Barron lernte sie kennen, als er noch Student in Berkeley war. Sie haben mehrere Jahre zusammengelebt, bevor sie geheiratet haben. Sie wurden etwa zwei Jahre, nachdem er die Show bekommen hatte, geschieden. Ich habe all das vorhergesehen, Mister Howards, und habe Nachforschungen angestellt. Sieht schlecht aus, Sir. Sie ist Mitglied der Koalition für Soziale Gerechtigkeit und gehört zu den öffentlichen Befürwortern eines öffentlichen Gefrierwesens, und Sie wissen ja, wie *die* über uns denken. Und nach allem, was wir erfahren konnten, scheint sie Barron ebenso zu hassen wie uns. Scheint etwas damit zu tun zu haben, daß er Fernsehstar geworden ist. Sie ist schon sechs Monate, nachdem er die Show bekommen hat, aus der gemeinsamen Wohnung ausgezogen.«

»Klingt nach einem der letzten verbliebenen knallroten Hippies«, sagte Howards. Verdammich, dachte er. Dachte doch gleich, daß Barron der Typ für ein stiftungshassendes Techtelmechtel ist, nämlich diese verdammte Haare-bis-runter-zum-Arsch-Berkeleybolschewikin und verdammte Hure! Aber sie haßt ihn, gut. Kauf sie, dann hast du Jack Barron gekauft. Frage ist nur, wie kauft man die verdrehte, abgefahrene Sara Westerfeld?

»Und mit wem fickt die?« fragte Howards aus einem plötzlichen, unwillkürlichen Impuls heraus.

»Einfacher zu beantworten wäre die Frage«, sagte Wintergreen gespreizt, »mit wem sie *nicht* fickt. Sie scheint mit wirklich rein jedem Taugenichts des Village im Bett gewesen zu sein – und ohne allzu häufige Wiederholungen. Offensichtlich eine Nymphomanin.«

Klick! Howards bemerkte, wie sich die Teile des Puzzles in seinem Verstand zusammenfügten: Jack Barron nahm die Weiber dutzendweise her, während seine Ex-Frau dasselbe mit den Männern machte, dabei waren sie lange Zeit zusammengewesen, und es war daher unwahrscheinlich, daß sie ohne Grund nun plötzlich nur noch Eintagsfliegen durchzogen, niemand macht was ohne Grund. Vielleicht hatten beide *denselben* Grund. Barron ist immer noch scharf auf sie, kann sie aber nicht kriegen, daher seine Exzesse, während sie ...

»Wintergreen«, sagte er, »es ist offensichtlich, daß Sie überhaupt nichts von Frauen verstehen. Sie ist offensichtlich immer noch scharf auf Barron, ob sie sein

Benehmen nun mag oder nicht, und eben daher dieses Durcheinandervögeln, das beweist, daß sie's immer noch braucht, aber sie braucht's mit Barron – will aber ihn selbst nicht bei sich haben. Und die Art von Frau kann man am leichtesten kaufen, weil sie schon halb gekauft ist. Halb liebt sie Barron, halb haßt sie ihn. Verschaff ihr einen zusätzlichen Grund, zu ihm zurückzukehren, dann wird sie's innerhalb einer Minute tun, weil sie nur auf eine Entschuldigung *wartet*, um wieder zu Barron ins Bett hüpfen zu dürfen. Das bedeutet, sie will gekauft werden, auch wenn sie's nicht bewußt weiß.«

Howards lächelte, denn das Beste daran ist, wenn ich sie erst mal bei Barron im Bett habe, dann habe ich sie bereits gekauft, denn das Schlimmste für Miss Sara Westerfeld wäre dann, wenn Barron herausfinden würde, daß ich sie gekauft habe, sie eine Hure ist, meine Hure, sie wird machen, was sie gesagt bekommt, kauf sie, und du hast Jack Barron gekauft.

»Ich will Sara Westerfeld innerhalb von fünf Stunden in diesem Büro haben«, sagte Howards. »Und es ist mir vollkommen egal, wie Sie das schaffen. Entführen Sie sie, wenn's nötig sein sollte. Keine Bange. Sie wird nicht das Maul aufreißen. Wenn ich mit ihr fertig bin, wird sie nichts mehr gegen uns vorbringen.«

»Aber Mister Howards, so eine Frau, wie können Sie...?«

»Das lassen Sie meine Sorge sein. Offensichtlich ist sie ein Mädchen, das Würmer dort hat, wo bei anderen Leuten das Gehirn sitzt, und die Sorte kann man immer kaufen. An die Arbeit, Mann! – und hören Sie endlich auf, mit diesem verdammten Ordner zu spielen!«

Christus, bin ich müde, dachte Benedict Howards. Ich habe es satt, immer alles allein erledigen zu müssen, habe diese blöden Politikerärsche mit ihren Anfällen von Gewissensbissen satt, wie Hennering, bin müde von all den Kämpfen, von kalten, verlassenen Wüsten zu Ölfeldern in Houston, Los Angeles, New York, Washington, Zirkel der Macht, mit Ärzten kämpfen, deren Köpfe nicken, mit Krankenschwestern, Nadeln, Plastikröhren, hoch Nase, hinab Kehle, Wegpissen von Lebenssäften in Plastikröhren und Glaskanülen, müde vom Kämpfen mit schwarzem verblassenden Kreis mit Geldfurcht Macht des Lebens über den Tod, kämpfen, immer nur kämpfen, überall Idioten überall inkompetente närrische Nullen nutzlose schwerfällige Werkzeuge Hirnamputierte Dummheit steht auf der Seite des Todes, Seite des verblassenden schwarzen Kreises des Nichts immer näher, näher, näher...

Wird Benedict Howards nicht bekommen! Stoß dich zurück, breche dich auf, hab dich jetzt, zum Teufel mit dir! Palacci, Bruce, Ärzte, Endokrinologen, Chirurgen, Internisten, Stiftungsmoneten, alles gegen dich, alles gehört Benedict Howards, würd sagen diesmal hab ich dich, es funktioniert, endokrine Balance stabilisierte Homöostatische endokrine Balance, jung, stark, gesund – ich fühl's wenn ich aufstehe und pisse und Frauen berühre, heiße schnelle starke wie in Dallas-Los-Angeles-Ölfeldtagen, die ganze Nacht, und am Morgen hungrig und stark, in Ewigkeit, Mister Howards, Anabolismus balanciert Katabolismus, Mister Howards, Unsterblichkeit, Mister Howards.

Kämpfen, kämpfen, kämpfen, und nun hab ich alles. Hab Geldmacht, Leben-gegen-den-Tod-Macht, Senatoren (der verdammte Hennering!), Gouverneure, Präsident...? (Der verdammte Bastard Hennering!), Mister Howards, in Ewigkeit, Mister Howards.

Und keiner wird Benedict Howards die Ewigkeit jemals wieder wegnehmen!

Nicht Teddy Hennering, nicht Teddy der Anwärter

nicht der Nigger Bastard Bolschewik Greene nicht der klugscheißerische grinsende Affe Jack Barron... Kauf sie, kill sie, du mußt sie alle besitzen, Männer auf der Seite des Todes, bis nur noch zwei Arten von Männern übrig sind: Stiftungsmänner und tote Männer, Wurmfuttermänner, Mister Howards.

Ein letzter Kampf um in Ewigkeit sicher zu sein in Ewigkeit alles unter Kontrolle in Ewigkeit. Erledige Gesetzentwurf und kauf neuen Speichellecker (Hundesohn Hennering!), mach ihn zum Präsidenten, kontrolliere alles, kontrolliere den Kongreß, Weißes Haus, Gefriersärge, Macht des Lebens über den Tod, Unsterblichkeitsmacht, alle Macht gegen verblassenden schwarzen Kreis, halt ihn zurück, stoß ihn zurück, brich ihn auf – in Ewigkeit...

Dann ausruhen, zehntausend Jahre lang ausruhen bei sanften, kühlen Frauen in vollklimatisierten Arenen der Macht, jung, schnell, stark, zehn Millionen Jahre, in Ewigkeit ausruhen vom Kampf, meine Frauen meine Macht mein Land in Ewigkeit...

Klugscheißer Bolschewik Wortkünstler Jack Barron glaubt, er kann gegen mich standhalten, mich übertölpeln, mich melken, Machtspiele, Drohspiele, Todesspiele mit Benedict Howards spielen aber niemand spielt mit Benedict Howards. Mit seinen eigenen Waffen, zertrete ihn wie eine Wanze, kauf ihn, besitz ihn, benutze ihn um den Gesetzentwurf durchzubringen, auch ohne Feigling Hennering. Gehört dir Barron gehören dir auch hundert Millionen Schlappschwänze. Gehört dir Barron gehören sie dir, gehören dir ihre Ängste Gehirne Stimmen Körper Kongreß Weißes Haus Land, sicher, wenn sie's herausfinden, sicher in Ewigkeit...

Letztes Teilstück im Puzzle der Macht, Jack Barron, mehr bist du nicht, Klugscheißer. Nur letztes Teilstück im Puzzle von Stiftung Leben gegen Tod Senatoren, Gouverneure, Präsident, Sicherheitsmacht, kleines Rädchen in der großen Maschinerie der Ewigkeit, kleines Zahnrädchen Barron.

Tritt mich, tret ich dich, hä, Barron? *Sauberer* Jack Barron, vorwitziger Fragesteller Jack Barron, Bastard. Glaubst Stiftungsmacht Geldmacht Macht des Lebens über den Tod kann dich nicht berühren, was? Niemand sagt nein zu Benedict Howards. Ich hab dich im Griff, Barron, krieg früher oder später jeden in den Griff.

Sara Westerfeld. Howards ließ den Namen auf der Zunge zergehen, kostete jede Silbe mit der Zunge aus. Verdammte nichtsnutzige stinkende Hure, aber sie hat dich an den Eiern, oder etwa nicht, Jack Barron? Hältst dich für stark, Barron, stark genug, mit Benedict Howards zu spielen...

Howards lächelte, lehnte sich in seinem Sessel zurück, wartete, wartete auf Sara Westerfeld, Sara Westerfeld, den Griff, an dem er Jack Barron festhalten konnte. Kein Mann ist stark, der für einen Schwächling Schwächen zeigt, das wußte er. Kommandokette: Benedict Howards an Sara Westerfeld an Jack Barron an hundert Millionen törichter Nullen an Senatoren, Kongreßabgeordnete, den Präsidenten...

Und alle Glieder der Kette waren bereits ordnungsgemäß fixiert, bis auf das erste, das einfachste – Sara Westerfeld. Sara Westerfeld – einfache Sache. Haßt die Stiftung, hä? Mitglied der Öffentlichen Gefrierliga...?

»Yeah«, stieß Howards laut aus. Das war es, das mußte es sein! Liganutte will öffentliches Gefrierprogramm, um sich selbst einen Platz in der Tiefkühltruhe zu sichern (verdammte nutzlose Nullen). Biete der Nutte einen Platz an, und sie wird schneller ausverkaufen, als du zahlen kannst. Preisschild auf Sara Westerfeld: Jack Barron und die Ewigkeit. Und das eine ist ihre Entschuldigung, um an das andere ranzukommen!

Barron ist in meiner Tasche, so gut wie gekauft, dachte Howards. Sara Westerfeld, der Preis von Jack Barron – glückliche Sara Westerfeld!

Neugier, Furcht, Faszination und Abscheu bildeten einen Knoten in ihrem Magen ... leichtsinnige Visionen drangen aus ihrem Kopf, anstatt in ihn hinein, ein stoned-elektrisierendes Skalpkitzeln, als Sara Westerfeld aus dem Auto ausstieg und vor der bösartigen weißen Sterbeortkahlheit des Hauptgebäudes des Gefrierkomplexes von Long Island stand.

Ein Tempel, dachte sie, wie ein aztekisch-ägyptischer Tempel, mit Priestern, die den Göttern der Häßlichkeit huldigen und um den Beistand schlangenköpfiger Götzen flehten, um den Gott ohne Gesicht zu verdrängen, den sie doch die ganze Zeit hindurch mit ihrer Furcht verehren. Gesichtsloser Todesgott, wie ein großes weißes Gebäude ohne Fenster; und drinnen Mumien in kalten, kalten Bandagen, die in flüssigem Helium schlafen und auf ihre Wiedergeburt warten.

Sie erzitterte, als der kahlköpfige Mann stumm ihren Ellbogen berührte, zitterte, als könnte sie das flüssige Helium spüren, die weltraumkalte Magie der Stiftung in seiner Berührung, die verrottete, echsenhafte, tote Berührung von Benedict Howards, der auf sie wartete, dort drinnen in seinem knochenweißen und fensterlosen Loch ... Warum? Warum?

Sie folgte dem Mann, der mit seiner zu freundlichen Einladung an ihre Wohnungstür gekommen war – Freundlichkeit von Diktatoren von den Los-Angeles-Bullen bedrohliche Peter-Lorre-Geheimpolizeifreundlichkeit mit Knastwagen Schlagstockbullen Zellen Gewehren Stiefeln die hinter dem Krokodilslächeln lauerten – über einen weiten, grünen, irgendwie plastikhaften Rasen, dachte, hier kann so was nicht passieren, wir haben Menschenrechte, Gesetze, *habeas corpus*...

Sara zitterte. Ein in einem der Gefriersärge eingesperrter Körper konnte von allen Gerichten der Welt nicht befreit werden. Nicht bevor die Stiftung einen Weg gefunden hatte, die gefrorenen Körper wieder aufzutauen...

Laß dich nicht so gehen! Niemand wird dich einfrieren, wie es dieser Blödschwätzer, diese schleimige Kreatur, gesagt hat, nur ein kleiner Plausch. Mit Benedict Howards. Kleine Unterhaltung zwischen einer Ameise und einem Elefanten. Ich habe Angst, dachte sie, ich weiß nicht wovor, aber oh, oh, ich habe solche Angst. Macht, das wird *er* sagen, die Arena, wo alles abgeht, essentieller Marktplatz der Macht, Baby.

Das wird *er* sagen, dieser abgewichste Bastard. Zwei von einer Sorte, Jack und Howards. Jack wüßte genau, was er sagen und was er nicht sagen dürfte, um diese verdammte, schleimige Echse binnen fünfzehn Minuten in ein Netz zu verstricken. Jack schon.

Jack...

Über den Rasen, einen Pfad an der Seite des Gebäudes hinab, hinein in ein kleineres Vorgebäude mit Fenstern; kalte, pastellblaue Hallen mit roten Plüschteppichen, Walnußtüren, Gerüchen nach Sekretärinnen, Kaffee, sanftes Klicken gedämpfter elektrischer Schreibmaschinen, menschliche Stimmen – ein Bürogebäude, nicht die Hauptbühne, keine gurgelnden Pumpen, Blutkonserven, chemische Gerüche des Gefriergebäudes mit Lage um Lage gefrorener toter Körper, kalter, aufragender Friedhof (kälter als jeder andere Friedhof) lagen schwer in der Luft des Korridors. Nur ein Bürogebäude, lausige Büros, texanische, industrieentworfene Geschmacklosigkeit des Designs, Benedict Howards' Bürogebäude.

Aber das vertiefte ihre Furcht nur noch. Gesichtsloses Gebäude wie fensterloser Gefrierkomplex gesichtsloser Todesgott Howards gesichtslose freundliche Botschaft gesichtsloser freundlicher Botschaftsüberbringer Gesichtslosigkeit von Jacks *verdammt* realer Welt, der Machtwelt wo Menschen gesichtslose Bilder füreinander sind und nur Bauern auf dem Schachbrett des gesichtslosen Spiels um Leben und Tod.

Niemals meine Welt, dachte sie. Wie eine Überdosis von niederschmetternder Realität, übles Acid Freak-out, A-Headwelt, überall nur scharfkantige Paranoia. Fühle mich wie weichfleischernes Geschöpf in stählernem Wald, Welt der Messer, der Schwänze wie stählerne Streben.

Jack ... Jack, du Hurensohn, warum bist du nicht hier bei mir? Jack würd's dir schon geben, Benedict Howards! Warmer, liebender Mut, um die Welt zu erleuchten, Handschuhe, ins Gesicht von Berkeleybullen geschleudert, von Los-Angeles-Bullen, Alabamabullen, Spießern mit ihrem Faustrecht, ich und mein Mann gegen alle, vögeln im Freien, Gefühl seines Körpers neben mir, im Bett, auf einem Ellbogen, am Telefon im Gespräch mit Luke, dabei, die Welt in Ordnung zu bringen, unsere Freunde lauschen alle mit strahlenden Gesichtern der Stimme der Hoffnung in meinem Bett, die das Unmögliche möglich zu machen scheint. Ein *Mann*, darauf kommt's an, Benedict Howards, keine umherziehende Echsenkreatur, süßer Mast aus Fleisch, stärker und ausdauernder als stählerne Strebe.

O Jack, wo hast du es verloren wo ist es wo bist du ich brauche dich jetzt mein Ritter in weicher Fleischrüstung mit deinen Armen um meine Taille, Gesicht nach unten, gegen einen heulenden Mob, und nur deine Stimme als Schwert, unsere Liebe als Schild ...

Sie erschauerte, als der Kahle eine Tür öffnete und sie durch ein verlassenes Vorzimmer führte – eine halbvolle Kaffeetasse stand immer noch auf dem

Schreibtisch, als wären alle Zeugen hastig entfernt worden vom schauerlichen Schauplatz der gräßlichen Zusammenkunft von Echse/Mensch, Fleisch/Stahl. Und sie erinnerte sich daran, wie allein sie war, wie vollkommen allein, wie weit entfernt von ihrem Ritter von der rostigen Rüstung – nur der Schmerz der Erinnerung erinnerte sie noch an Jack.

Und sie erinnerte sich auch an seine letzten Worte, traurige, mutlose Worte, sogar ohne die Wärme des Zorns: »Die Zeit der Kindereien ist vorüber, Baby. Such dir einen hübsch idealistischen Burschen mit einem schön dicken Schwanz, vielleicht wirst du glücklich. Das paßt nicht mehr in meine Welt, paßt nicht mehr zu mir. Ich habe meinen Teil der *Action*, und ich will kein Verlierer mehr sein, nicht mal für dich, Sara.« Und er hatte sie nicht mal zum Abschied geküßt.

Die Kälte der Erinnerung schmiedete eine Art Stahl in ihr. Sie behielt die Erinnerung an Jack in sich, um sich zu wärmen, sein Bild, um zornig zu werden. Als der kahle Mann beiseite trat, betrat sie das Büro. Er hielt ihr die Tür und sagte: »Mister Howards, dies ist Sara Westerfeld.«

Und schloß die Tür hinter ihr.

Der Mann hinter dem wuchtigen, kahlen Teakholzschreibtisch (nicht *sein* Schreibtisch, dachte sie, er benutzt dieses Büro nicht oft, der Tisch ist überhaupt nicht benutzt) sah mehr aus wie jemandes guter Onkel Bill – rosa, altbacken angezogen in einem losen, veralteten kastanienbraunen Anzug mit Westchen aus den Siebzigern – und gar nicht wie Benedict Howards, der haiähnlich in den Gewässern von Tod-Irrsinn-Macht schwamm.

Er winkte sie zu einem teuren, schlecht entworfenen, unkomfortablen Teak-und-Roßpolstersessel vor dem Schreibtisch – eine sanfte Bewegung seiner weichen, schweren Hand – und sagte: »Miss Westerfeld, ich bin Benedict Howards.« Und betrachtete sie aus Augen, so unergründlich wie Black Holes barbarische wilde Augen Kinestopaugen glänzende blitzende Macht-Furcht-Augen drogenintensive Augen die sagten Vorsicht in mir steckt ein Tiger.

»Was wollen Sie von *mir?*« fragte sie und ließ sich in den Sessel fallen, in dessen Unbequemlichkeit sie plötzlich Absicht erkannte, vorsätzlich entworfen, um den Arsch zu quälen, heißer Verhörstuhl, Fokus eines paranoiden A-Head-Musters der Macht.

Howards lächelte ein falsches, onkelhaftes Krokodilslächeln, sein Gesicht schnappte in eine rosa, basiliskenhafte Form, wie totes Fleisch um seine glühenden Augen, er sagte: »Was ich von Ihnen will, Miss Westerfeld? Nicht mehr, als Ihnen etwas anbieten.«

»Es gibt nichts, das ich von Ihnen wollte«, sagte sie, »und ich kann mir ebensowenig vorstellen, daß Sie etwas von mir wollen könnten. Es sei denn (konnte es wirklich so läppisch einfach sein?), Sie wollen ein paar Kinestoparbeiten für dieses Büro von mir. Vielleicht Entwürfe für das ganze Gebäude? Ich habe schon einige Bürohäuser verschönt, und das hier könnte es wirklich gut ver…«

Howards unterbrach sie mit einem pseudokichernden Laut. »Mich interessiert das Leben weitaus mehr als die Kunst. *Sie* nicht auch, Sara? Ist das nicht bei jedem so?«

»Ich habe keine Ahnung, wovon Sie sprechen«, sagte sie. Dann, mit einer grimmigen Kleinmädchenbösartigkeit: »Außerdem habe ich Ihnen nie erlaubt, mich Sara zu nennen.«

Howards ignorierte das alles, als spräche er zu einem einseitig geschalteten Vidphon. »Sie sind im Kinestopgeschäft«, sagte er, »wogegen mein Geschäft das Leben ist. Das ewige Leben. Finden Sie das nicht wenigstens ein kleines bißchen interessant?«

»Ich finde weder Sie noch Ihre schreckliche Stiftung interessant«, entgegnete sie. »Sie sind ein abscheulicher Kerl, und was Sie tun, ist zum Kotzen, Sie bemessen das... das Leben selbst mit einem Preis. Die einzig interessante Frage bezüglich Ihrer Person, Mister Howards, ist, wie Sie noch in einen Spiegel sehen können, ohne dabei Ekel zu empfinden. Was wollen Sie von mir, weshalb haben Sie mich hergezerrt?«

»Niemand hat Sie hergezerrt«, korrigierte Howards sanft. »Sie sind aus freien Stücken gekommen. Sie wurden nicht... gezwungen.«

»Und wenn ich nicht freiwillig mitgekommen wäre, dann wäre ich bestimmt gezwungen worden, oder etwa nicht?« Diese Worte aussprechend fühlte sie Zorn und Wut ihre Furcht verdrängen. »Ficken Sie sich doch selbst mit Ihrem rostfreien Edelstahlschwanz, Benedict Howards!«

»Ich werde Ihnen sagen, weshalb Sie freiwillig mitgekommen sind«, sagte Benedict Howards. »Mich können Sie mit dieser Abscheunummer nicht reinlegen, niemand kann Benedict Howards reinlegen. Sie sind gekommen, weil Sie fasziniert sind, wie jeder andere auch, Sie kamen her, um einen Hauch der Ewigkeit zu spüren. Versuchen Sie nicht, mich zum Narren zu halten, ich kenne den Sachverhalt. Es gibt keinen – weder Mann noch Frau –, der nicht einen Platz in der Tiefkühltruhe ersehnen würde, wenn sein Stündlein schlägt, der nicht gerne wissen würde, wenn der verdammte schwarze Kreis ihn einschließt und das Lebenslicht auspustet, daß es nicht in alle Ewigkeit so ist, daß die Schwärze nicht ewig dauert, daß sie einen nicht in Formaldehyd baden und an die Würmer verfüttern, es niemanden mehr gibt, keine Sara Westerfeld mehr, nie mehr. Ist doch besser, wenn man dieses letzte Mal die Augen schließt, zu wissen, es ist *nicht* das letzte Mal, muß nicht das letzte Mal sein, in einem Jahrhundert oder einem Jahrtausend – spielt keine Rolle, denn Sie schlafen ja dabei – werden Sie wieder aufgetaut und wieder hergestellt, so gut wie neu, besser als früher, jung, stark und gesund, in Ewigkeit. Daher sind Sie gekommen, und niemand zwingt Sie hierzubleiben, Sie können jederzeit gehen, wenn Sie wollen.«

Und die ganze Zeit über musterten sie seine Augen wie ein köstliches Gericht, kalte Wieselaugen, Schwefelsatansaugen, sahen seine eigenen Worte von ihrem Gesicht abprallen und zu ihm zurückkehren, sein eigenes ruhiges, sicheres Basiliskenlächeln nähernd, das besagte, ich weiß alles, kenne die nächsten Worte die sie sagen wird warum sie sie sagen wird kenne ihr Inneres besser als sie selbst, und aus ureigensten Gründen, die sie niemals begreifen konnte, schien er sie noch dazu zu provozieren.

»Ich... ich nehme kaum an, Sie haben mich herkommen lassen, um sich mit mir über existentielle Philosophie zu unterhalten«, sagte sie lauernd.

»Philosophie?« konterte Benedict Howards, und das Wort wurde in seinem Mund zu Scheiße. »Ich werde Ihnen keinen akademischen Berkeleyscheißdreck erzählen, ich spreche von der harten Wirklichkeit – vom Tod, der härtesten Wirklichkeit, die es gibt. Oder kennen Sie eine härtere? Ich nicht, und ich habe dem Tod schon mitten in sein häßliches Gesicht gesehen, und Sie glauben mir besser, dieser verblassende schwarze Kreis, während das Leben in Röhren und Kanülen wegtropft, ist der häßlichste Anblick, den es gibt. Und genau das wird Ihnen widerfahren, Sara Westerfeld, und Sie können nichts dagegen tun. Nächste Woche oder nächstes Jahr oder sechzig Jahre später, irgendwann einmal werden Sie in diese Grube hinunterschauen, in diese grundlose Grube, und Ihr letzter Gedanke wird sein, daß Sie nun nie mehr denken werden. Haben Sie das in Ihren Philosophievorlesungen in Berkeley gehört, Miss Westerfeld?«

»Worauf wollen Sie hinaus?« schrie Sara vom Rand des dunklen häßlichen Kraters mit der grundlosen Grube des Nichts der Ausgeburt des Bösen dem geifernden Echsenmann zu, der unaussprechliche Bilder der Furcht über die verfluchten Wände ihres Geistes krabbeln ließ.

»Ich versuche, Sie zu kaufen, Miss Westerfeld«, antwortete er leise. »Und glauben Sie mir, Sie werden verkaufen. Niemand sagt *nein* zu Benedict Howards. Weil ich mit harter Münze zahle; ich kaufe Sie total, aber ich zahle auch total. Ich zahle mit etwas, das jeder haben will.«

»Sie sind wahnsinnig!« sagte Sara. »Ich will nichts mit Ihnen zu tun haben, um keinen Preis der Welt.«

»Stellen Sie sich vor, was es heißt, tot zu sein«, zischelte Benedict Howards fast hypnotisierend. »Tot ... nichts weiter als ein Haufen wurmzerfressenen Fleisches, das unterirdisch verrottet. Das ist das Ende, Sara, das Ende all Ihrer gottverdammten Prinzipien, das Ende von allem, was Sie je waren oder sein wollten. Sie können den Tod nicht schlagen, Miss Westerfeld, alles, was Sie tun oder getan haben, führt unweigerlich zu einem faulenden Fleischklumpen. Früher oder später. Meistens früher.«

»Warum ... warum ...?« murmelte Sara. Niemand spricht über so etwas, dachte sie. Man lebt damit, indem man es ignoriert und es vergißt, sonst zerren sie einen mal schreiend von irgendeiner Wand weg. Warum schreist du nicht, wenn du dir selbst zuhörst, Benedict Howards?

»Ich erzähle Ihnen vom Tod, damit Sie das Leben schätzen lernen«, fuhr Howards fort, »Ihr unsterbliches

Leben. Denn Sie *müssen* nicht sterben, Miss Westerfeld, niemals. Ein Platz in einem Gefriersarg gibt Ihnen Sicherheit, wenn Sie sterben – aber Sie müssen niemals richtig sterben. Sie legen sich einfach an einem Tag schlafen und wachen am nächsten wieder auf. Schlägt das dem Tod nicht ein Schnippchen, Miss Westerfeld?«

»Ein Platz in der Gefrieranlage – aber wofür? Soviel Geld habe ich nicht. Außerdem ist es nicht fair – ein paar Leute, die etwas für Sie Brauchbares haben, leben immer weiter, und die anderen müssen einfach so sterben. Das ist so furchtbar an Ihnen und Ihrer Stiftung – die Leute sterben zu Millionen, während ein paar reiche Bastarde wie Sie das ewige Leben bekommen! Ein öffentliches Gefrierprogramm würde ...«

»Wer ist jetzt der gottverdammte Philosoph?« schnob Benedict Howards wütend. »Sicher, niemand sollte sterben. Aber da ich nicht jeden einfrieren kann, friere ich eben diejenigen ein, die mir auch etwas dafür bieten können. Bin ich ein Monster, weil ich nicht jedem einen Gefallen tun kann? Öffentliche Einfrierung ist Scheiße! Ich habe das einzig verläßliche Gefriersystem, das existiert oder jemals existieren wird; Sie kommen mit mir ins Geschäft, oder Sie werden von den Würmern gefressen. Man fühlt sich verdammt wertvoll, wenn man stirbt, aber deswegen ist man auch nicht weniger tot. Was meinen Sie, können Sie nun noch aufstehen und gehen und mich nie mehr wiedersehen?«

Sich nur ihres Fleisches, ihrer Lippen, ihrer blutvollen Zunge bewußt, als sie die Worte formte, begleitet vom Speichelgeschmack und Zahngefühl der Unsterblichkeit, sagte Sara: »Okay, ich sitze also immer noch hier. Klar, ich will nicht sterben, aber Sie haben mich noch nicht. Es gibt immer noch ein paar Dinge, die ich niemals tun würde, nicht mal um des ewigen Lebens willen.«

Schreckensvisionen von Schicksalen weit schlimmer als der Tod funkelten über den Bildschirm ihres Verstandes: Jacks Lenden mit ihren Zähnen verstümmelnd lebendes Püppchen zerfleischend tausend Jahre im eigenen Kot verrottend ihre Mutter ermordend Howards fickend... Hungrige hektische Suche nach Preisen zu hoch, als daß man sie dem frettchenäugigen allwissenden A-Head-Satan zahlen könnte, gleichzeitig fühlte sie sich machtlos in der scharfkantigen monströsen Realität gefangen, kannte die unausweichliche Wahrheit – Tod *ist* das Ende, welches noch so schreckliche Verbrechen konnte sie dazu bringen, ihn zu umarmen? *Bitte*, betete sie zu ihrem Verstand, laß es etwas zu Schreckliches sein, etwas, das ich unmöglich schlucken kann!

»Ruhig«, sagte Benedict Howards. »Sie sollen niemanden für mich umbringen, und auf Ihren Körper bin ich auch nicht scharf. Für das ewige Leben müssen Sie mir nur einen klitzekleinen Gefallen tun. Ich möchte, daß Sie wieder mit Jack Barron pennen.«

Es traf sie völlig unvorbereitet, wo keine Schutzwälle das samtweiche frauliche Fleisch ihres Verstandes schützten. Kein unaussprechliches Blutsverbrechen, nur Jacks Mund wieder auf meinem sein kantiger Körper über mir während er mich ausfüllt und in Stücke reißt oder unsere sanften lachenden Zungen an unaussprechlichen Stellen die Säfte vermischen – Jack! Jack!

Aber dann sah sie die kalten und abwägenden Augen von Benedict Howards, und nun ergab plötzlich alles einen scharfkantigen Machtsinn. Wieviel weiß dieses schleimige Ding, dachte sie und wußte, daß Howards alles wissen mußte, alles, das sich in sein Machtmuster einfügte. Jack ist inzwischen ein

Wesen mit beachtlicher Macht, einer beachtenswerten Menge an A-Head-Wirklichkeitsmacht, geschätzt von Howards, gewollt von Howards, vielleicht auch von Howards gefürchtet, und ich bin lediglich der Preis, den Jack für eine Übergabe verlangt: Sara Westerfeld wieder im Bett, liebend wie in alten Berkeleyzeiten, nur heute nach den abgewichsten Bedingungen des neuen Jack. Geh zurück zu Jack, und dann leb in Ewigkeit mit dem seit Jahren toten Geist des alten Jack, der inzwischen so tief gesunken ist, daß er den Echsenmann Howards zu seinem Zuhälter machen muß...

»Also ist Jack *so tief* gesunken?« fragte sie zynisch. »Und was soll er für Sie tun, wenn Sie ihm meinen Körper übergeben haben?«

Benedict Howards lachte. »Sie mißverstehen alles. Barron hat von alledem keine Ahnung, und er wird es auch niemals erfahren. Von mir nicht... und von Ihnen auch nicht, eh? Ich verkaufe nicht *Sie* an Barron. Ich will, daß Barron einen Gefriervertrag unterzeichnet, wie ich Ihnen einen angeboten habe. Das ist der ganze Handel. An dem Tag, an dem Sie Barron dazu gebracht haben, den Gefriervertrag der Stiftung zu unterzeichnen, werde ich Ihren unterschreiben. Das ist alles, mehr werden Sie nicht mit mir zu tun haben, wenn wir beide quitt sind. Danach können Sie bei Barron bleiben oder ihn verlassen, Sie können ihm alles sagen, das wird dann nicht mehr meine Sache sein. Was meinen Sie, ist das kein fairer Preis für ein Leben? Ein langes, langes Leben...?«

»Aber ich liebe Jack nicht«, beharrte sie. »Ich verachte ihn fast genauso sehr, wie ich Sie verachte.«

»Ihre Liebe interessiert mich nicht«, sagte Howards, »obwohl ich verdammt sicher bin, daß Sie lügen. Reden wir nicht um den heißen Brei herum, Sie sind nicht die kleine Sophie Tugendhaft. Sie vögeln doch mit jedem, den Sie kriegen können. Und erzählen Sie mir nicht, Sie würden *die alle* lieben. Also können Sie auch noch ein paar Wochen mit einem weiteren Mann bumsen, der Ihnen *nichts* bedeutet, lange genug, bis er den Vertrag unterzeichnet hat, und dann bekommen Sie die Unsterblichkeit dafür, und das ist bestimmt mehr, als Sie für das Ficken mit all diesen Rammelschwänzen bekommen. Und wir beide wissen, Sie können ihn dazu bringen, den Vertrag zu unterzeichnen, denn *er* liebt *Sie* immer noch, eh? Und, wer weiß, vielleicht gefällt es Ihnen sogar, das wissen wir auch beide, oder nicht, Miss Westerfeld?«

»Sie sind ein verkommener, verrotteter Kerl!« winselte Sara. »Ich hasse Sie!« Kehr ihm den Rücken, sagte sie zu sich. Geh weg geh weg von der Ewigkeit geh weg von der schrecklichen Realität der Macht geh weg von Jack und von Howards und laß die beiden sich gegenseitig zerfleischen, denn mehr verdienen sie nicht.

Aber Jack... Jack ist in Gefahr, er taumelt schlafwandelnd durch einen Wald scharfer Messer, armer, blinder Jack, umgeben von... *blind*? Ja! Ja! Blind! O du Narr, Benedict Howards, du törichter, blinder Narr! Und plötzlich breitete sich alles wie ein Kinestopbild vor ihrem geistigen Auge aus: Jack, der arme, blinde, ausgeklinkte Jack, der schlafwandlerische Träumer mit seinem Plastikerfolg und der gesichtslose Todesgott Howards, Spinnwebenfalle um sein knochenweißes Wurmloch herumgesponnen. Ich, letzte Bedrohung in dem Netz des Bösen; Liebe, meine Liebe, Jacks Liebe, benützt wie spinnenseidene Fangschnur im Spiel der Macht.

Konnte es wirklich sein, daß Benedict Howards ein solcher Narr ist? Ein Narr, jawoll! Blind gegenüber der Liebe, unfähig, die Macht der Liebe zu erkennen, der fatale Fehler im knochenweißen Echsenplan. Denn der angestachelte Jack, der zornige Jack, der liebende Berkeley-Jack-und-Sara-Jack wird zum apokalyptischen Engel werden, der Howards zerstört und die Stiftung zerstört, Liebende sind stark in der Nacht, gegen die kein gesichtsloser Echsenmann Todesgott ankommen kann, auch nicht gegen den alten Jack Barron, der nur wieder geweckt werden muß ...

Ich geb dir Jack Barron, dachte sie, aber ich gebe dir *meinen* Jack Barron. Sei mutig. Ja, ja, geh auf den Handel ein, geh zu Jack, bring ihn dazu, den Vertrag zu unterschreiben ...

»Diese Verträge«, sagte sie argwöhnisch und lauernd, »werden das die üblichen öffentlichen Verträge sein, irreversibel? Müssen wir beide unsere Durchschläge aufbewahren?«

Howards lächelte ein wissendes Lächeln. »Ich erwarte nicht, daß mir einer von Ihnen vertraut«, sagte er. »Sie werden beide Standardverträge in dreifacher Ausfertigung bekommen.«

»Sie sind ein gerissener, ruchloser, häßlicher Mensch«, sagte Sara. »Sie wußten, Sie würden letztendlich gewinnen. Und das haben Sie auch. Abgemacht.«

Ja, dachte sie, abgemacht. Nach deiner Pfeife tanzen, bis die Verträge unter Dach und Fach und Jack und ich wieder beisammen sind, dieses Mal für immer. *Für immer ...!* Und nicht der neue, abgewichste Jack, sondern der alte Berkeley-Jack-und-Sara-Jack. Ja! Tritt Barron nieder, reib seine Nase in deiner Echsenmannscheiße, dann sag ihm alles, jedes Wort, wie Howards mich benützt, ihn benützt, jeden benützt ...

Dann ein zorniger Jack, apokalyptischer Engel dich zu vernichten, Benedict Howards, Jack, mein Jack, erwacht und wieder am Leben, Jack und Sara wieder zusammen, wie es sein sollte. Und dieses Mal für immer. *In Ewigkeit!*

»Es macht Spaß, mit einem Mädchen wie Ihnen Geschäfte zu machen«, bemerkte Benedict Howards mit einem verschlagenen Lächeln und blitzenden Frettchenaugen, die in ihr Innerstes sahen und kalte Schauer durch ihre frischgebackenen Alles-in-der-Tasche-Pläne sandten – wieviel weiß der Echsenmann, wohin können seine Wieselaugen sehen?

Sei mutig, sei mutig, ermahnte sie sich. Echsenmann Todesgott ist blind vor der Macht der Liebe, eine Wellenlänge, die er einfach nicht wahrnehmen kann. Er kann Liebe nicht ins Netz der Macht mit einweben. Was für ein Mann könnte annehmen, er könnte sanfte warme Liebe in ein kaltes, scharfkantiges Mittel der paranoiden Macht verwandeln?

6

»HEIRATE MICH, CARRIE BABY«, sagte Jack Barron im warmen Nachgefühl der überstandenen Nacht, während die Morgensonne durch die Kuppel des Daches hereinschien und die efeuumrankte, plastikrasenumwucherte Gummibaumbettstatt mit dem rosa Fleisch von Carrie Donaldson beleuchtete, womit sie eine Adam-und-Eva-Szene im Penthouseschlafzimmer schuf.

Carrie Donaldson murmelte unverständlich Sarkastisches in das Kissen neben ihm. Immer wacht sie so mürrisch auf, dachte Barron, kann Weiber nicht aushalten, die am nächsten Morgen immer die Schwache-ausgepumpte-und-geknickte-Orchidee-Nummer abziehen; Sara wachte immer urplötzlich auf, und dann zack-wumm auf mich drauf und weckte so mich und nicht *vice versa*. Du hast's so gewollt, Miss Donaldson, behalten Sie ein hautnahes Auge auf dem unberechenbaren Jack Barron, klugscheißerisches, senderbeauftragtes Kindchen.

Er griff hinter sich, tastete durch reptilienwarmes Bettstattefeu, flippte einen Schalter der Konsole um, wartete auf die Reaktion, während die Glaswand zum Dachgarten beiseiteglitt und der nackte Maimorgenwind des dreiundzwanzigsten Stockwerkes das Rasenmeer aufwühlte, mit seinen Zehen spielte und auf den entblößten Arsch von Carrie Donaldson eine Gänsehaut zauberte. Sie quietschte und rollte sich reflexhaft fötal gegen ihn, sah von ihrem Kissen zu ihm auf und sagte: »Fick dich selber, du verdammter Sadist. Ich friere!«

Barron schob einen Regler an der Konsole in mittlere Stellung, woraufhin in die Matratzen eingebaute Heizspulen wohlige Wärme durch ihre Körper sandten, bluttemperaturwarmes Bett in der kühlen Brise von draußen. »Ich hoffe, du meinst das nicht wörtlich; war 'ne verdammt heiße Nacht, und ich glaube, daß ich's noch mal bring. Laß mich wenigstens zu Atem kommen.«

»So wörtlich wie deinen Vorschlag«, sagte sie und rollte sich auf den Rücken und weg von ihm, schmale Brüste vorstehende Arschbacken trommelfellähnlich gespannter Bauch unter deutlich sichtbarem Brustkorb, lange und muskulöse Beine, immer noch gerötet, konsternierte Barron mit maskuliner Ich-Tarzan-Zufriedenheit. »Ich glaube, ich weiß, wie Benedict Howards zumute sein muß.«

Barron hob eine fragende Augenbraue.

»Vollkommen ausgebufft«, sagte Carrie Donaldson mit pointiertem ausdruckslosem perfekt getrimmten Lächeln.

Barron stieß ein knappes Pro-forma-Lachen aus. Gute alte Carrie, dachte er, großartiger, mit allen Wassern gewaschener unfehlbarer Sendeanstaltwachhund von all-amerikanischem Schrot und Korn. Er betrachtete ihr kühles, verkniffenes, kantiges Gesicht, ausdruckslos unter dem Rattennest der Am-morgen-danach-Frisur und fragte sich, was in ihrem senderhörigen Köpfchen vor sich gehen mochte. Ein zu guter Fick, dachte er, als daß man ihn nachträglich herabwürdigen dürfte, aber wo ist eigentlich die Verbindung zwischen ihrem Kopf und ihrer Fotze? Was hat sie wirklich von mir? Bestimmt keinen besseren Fick als von jedem anderen auch, der sich mit ihr einlassen könnte, aber dafür alle Emotionen einer Anakonda. Den Kopf voller offen geheimer Senderanweisungen und den Schlitz voller Hitze für jeden, der rankann, aber keinerlei Verbindung dazwischen. Nur einmal, Miss Donaldson, würde ich gerne *wirklich* mit dir fikken, mit deinem sogenannten Verstand oder Gehirn ficken, das ist's. Aber wie hirnfickt man einen senderprogrammierten elektrischen Computer mit sexy schwarzem Haar?

Du machst mir verdammt zu schaffen, Carrie, dachte er, ich vögle Woche für Woche mit dir, verdammt viel Körpereinsatz, aber überhaupt nichts mit deinem Kopf. Ist die Senderkalkulation wirklich *so* gut? Sind die Mächtigen wirklich so darauf bedacht, daß der gute olle Jack Barron dauernd kühle Beschäftigung ohne Nachdenken hat, statisches Sexleben, oder kommt damit einfach nur mehr Schotter für die Sendergroßkopfeten rüber?

»Was geht nur in deinem Wuschelkopf vor?« fragte Carrie und spielte mit Fingern, die kühl an seinem Ohr lagen, an seinen Locken.

»Da hätte ich nun *wirklich* eine Gegenfrage, wenn ich je...« Barron wurde vom Klingeln des Schlafzimmervidphons unterbrochen. Er stützte sich auf einen Ellbogen und drehte sich zur Kontrollkonsole, drückte einen Knopf, mit dem er das Gespräch ins Wohnzimmer legte, aktivierte das Warmluftgebläse dort mittels Fernbedienung, sprang aus dem Bett, trottete nacktärschig ins Wohnzimmer, nahm mit trockener Amüsiertheit zur Kenntnis, daß Carrie, vom Kopfprogramm der Sendeanstalt auf einen womöglich dienstlichen Charakter des Gesprächs hingewiesen, ihm, ebenfalls splitterfasernackt, hinterherkam.

Barron ging zum Wandkomplex, nahm das Standardvidphon aus seiner Nische neben dem automatischen Vidphonrecorder, fläzte sich auf den dichten roten Teppich, stellte das Vidphon so hin, daß es nur seinen Kopf zeigte, stellte die Verbindung her, schaltete impulsiv den Recorder ein und sagte: »Hier Jack

Barron«, während Carrie sich links neben ihn legte, sorgsam darauf bedacht, nicht in den Aufnahmebereich der Vidphonkamera zu kommen.

Barron fuhr auf, als der Vidphonschirm den kahlen Eierkopf und das breite, neoslawische Gesicht von Gregor Morris zeigte, Republikanerheini (fiepste irgendwo zwischen der K.S.G. und den Demokratischen Kandidaten rum), Gouverneur von Kalifornien, de facto Vorstand der halbverkümmerten Republikanischen Partei, sah, daß auch Carrie ihn erkannte – die kalten Sekretärinnenaugen weiteten sich etwas –, er gewann seine Beherrschung wieder, während er seine Begutachtung weiter fortsetzte, wie Morris auch.

»Guten Morgen, Mister Barron«, sagte Morris mit beruhigender Stimme-der-Macht, armselige Macht, dachte Barron, ohne den geringsten Rückhalt. »Und meinen Glückwunsch.«

Was, zum Teufel, soll denn nun das, fragte sich Barron und warf Carrie einen flüchtigen Blick zu, deren Augen noch weiter wurden, ihre feuchten Lippen waren halb offen, bohrender Bossmann, senderangestellter Satansbraten und Liebhaber, fletschte hier Zähne mit wirklichem Gouverneur, rein privat, er wußte, was auch immer Morris wollte, er bot ihm jetzt endlich die Gelegenheit, mal ein wenig mit Carries Kopf zu spielen, er wußte schon jetzt genau, wie und wofür er dieses Telefonat einsetzen würde, um an sein einköpfiges Publikum, nämlich Carrie Donaldson, heranzukommen.

»Glückwünsche wofür, *Morris*?« fragte er, den Namen häßlich akzentuierend, und ja, jetzt fraßen ihn Carries Augen beinahe auf.

»Für Ihre letzte Show«, antwortete Morris. »Erstklassige Arbeit. Sie haben Howards' Gesetzentwurf bestimmt fünf Stimmen im Senat, vielleicht ein Dutzend im Haus, gekostet. Sie sind dabei, Geschichte zu machen, Mister Barron. Diese Show hat eine Menge Leute beeindruckt, bedeutende Leute. Sie wissen, die Republikanische Partei ist gegen den Gesetzentwurf, weil er einen freien Markt besei ...«

»*Scheißdreck*«, sagte Barron und genoß die Wirkung des Wortes beim notorisch prüden Morris wie auch bei Carrie, während Morris vorgab, der Bruch der beschissenen Gentlemenetikette habe überhaupt nicht stattgefunden. »Sie sind gegen den Gesetzentwurf, weil schweres Stiftungsgeld hinter einigen Demokraten steht, und Sie würden verdammt schnell auch ausverkaufen, das Dumme ist nur, Howards nimmt Ihnen nichts ab. Bißchen früh am Tag fürs Vergackeiern, Morris. Was wollen Sie wirklich?«

»Nun gut, Mister Barron«, sagte Morris und schien, einem vorgegebenen Plan gemäß, verdammt viel Abscheu hinunterzuschlucken. »Ich komme gleich zum Wesentlichen. Wie würde es Ihnen gefallen, Präsident der Vereinigten Staaten zu werden?«

Barron erstarrte, während eine klugscheißerische, überkandidelte Antwort sich weigerte, hinter seinen Augen Form anzunehmen, erstarrte im *déjà vu* Berkeleyspeicher anderes Mädchen sitzt auf anderem Boden große Augen honigblondes Haar neben ihm beobachtet Luke Greene, Woody Kaplan, Markowitz, das Mädchen mit dem Geschlechtsorgan, dunkle andere Augen glühen düster, sehen ihn an – Geburtsstätte der Koalition für Soziale Gerechtigkeit, die heute zwei Südstaaten kontrolliert, achtundzwanzig Kongreßabgeordnete, anziehende Muß-gekauft-werden-Macht in New York, jedem südlichen Staat, Illinois, Kalifornien. Geschlossener Kreis von babybolschewistischen Messiasträumen von Macht im Berkeleyspeicher Sara starrt verehrend hoch zum Anführer der dritten Partei – bis zum Jack Barron der elektronisch verstärkt in die Herzen von hundert Millionen Amerikanern programmiert ist und zum Zuhören von pathetisch-überkommenem Gewäsch unmöglicher und verzweifelter Träume der Rückkehr (jetzt von der verdammten dritten Partei) der Macht der G.O.P.* selbst.

»Kann ich Luke Greene als meinen Mitläufer küren?« schoß Barron mit einer vollkommenen Unmöglichkeit zurück.

»Schon möglich«, entgegnete Morris. Nun war es wieder an Barron, über diese unmögliche Antwort verblüfft zu sein. Die K.S.G. und die Republikanische Partei waren in *allem* entgegengesetzte Extreme, abgesehen vom Widerstand gegen die monolitische, zentrumsdominierende Demokratische Einparteienregierungspartei. Morris mußte wirklich ausgeklinkt sein oder... was?

Barron betrachtete Carrie, die nun vollkommen vom Dialog zwischen den beiden Männern gefesselt war, den sie als Gratwanderung zwischen zwei Mächtigen sah und nicht als private, nur-für-sie-spezielle Sendung von *Champion Jack Barron* – endlich eine Szene, um dieses Senderprogramm in ihrem Kopf zum Kochen zu bringen, ihre Sekretärin-Sender-Wachhund-Kühle zum Brutzeln zu bringen. Wenigstens *Carrie* schluckt den Köder, den Morris ausgeworfen hat.

»Okay, Morris«, sagte Barron. »Sie haben also einen Vorschlag zu machen, nur zu, dann machen Sie ihn auch.«

»Ganz einfach, Barron«, sagte Morris. (Barron spürte, wie er nun in ein einstudiertes Verhaltensmuster hineinglitt.) »Die Republikanische Partei hatte seit Roosevelt nur zwei Präsidenten, und wir *müssen* nächstes Jahr gewinnen, wenn man uns auch weiterhin ernst nehmen soll. Wir können es uns nicht mehr lei-

---

* G.O.P. Abkürzung für ›Good Old Party‹, scherzhafte amerikanische Ausdrucksweise für die Republikanische Partei. – *Anm. d. Übers.*

sten, wählerisch zu sein. Die einzige Möglichkeit, die Wahl zu gewinnen, wäre als eine Art Koalition mit der K.S.G. hinter einem gemeinsamen Präsidentschaftskandidaten und auf der Basis eines übergeordneten gemeinsamen Programms.

Das einzige, was wir mit der Koalition gemeinsam haben, ist die Opposition gegenüber dem Gefriergesetzentwurf. Sie wollen öffentliche Gefrieranstalten, und wir wollen kontrollierte private. Aber wir können gemeinsam gegen die Demokratische Partei antreten, die auf der Seite der Stiftung steht. Und dabei können wir nur einen einzigen Mann als Präsidentschaftskandidaten nominieren, der uns Zugang zur K.S.G. verschafft, und das sind Sie. Sie sind Gründungsmitglied der K.S.G., Sie haben Benedict Howards gerade mit dem Messer gepiekst, Sie sind ein enger Freund von Luke Greene, und Sie haben *Champion Jack Barron*. Jede Woche sehen Sie hundert Millionen Leute, von heute bis zum Wahltag. Wir können mit Ihnen das machen, was wir mit Reagan* geschafft haben, wir können uns auf unser Programm stützen, und zu dem Zeitpunkt, an dem Sie nominiert werden, haben Sie bereits eine größere Gefolgschaft als jeder andere mögliche demokratische Kandidat. Ich bin todernst, Barron. Spielen Sie unser Spiel mit, dann machen wir Sie zum Präsidenten der Vereinigten Staaten.«

Präsident der Vereinigten Staaten. Die Worte dröhnten wie eine ausgeflippte Acidmusik (›Heil dem Führer‹, mit dem Beat einer elektrischen Gitarre im Hintergrund), selbst aus dem Mund so eines Heinis. Bar-

* Der Roman wurde 1969 veröffentlicht und berücksichtigt nicht die republikanischen Präsidenten Nixon und Ford. Spinrad geht jedoch visionär davon aus, daß es einen Präsidenten Reagan gegeben hat. Der andere hier gemeinte republikanische Präsident ist Eisenhower. – *Anm. d. Hersg.*

ron war außerordentlich amüsiert über die Reaktion in sich selbst, dachte an den feierlichen Moment der Amtseinführung von J.F.K., war noch viel amüsierter über Carrie Donaldson, die axial vor ihm dalag und ihn mit verwunderten, aufgerissenen Augen ansah, größer selbst als die Saras in Berkeley jemals gewesen waren. Hast nicht gewußt, daß du mit dem zukünftigen Präsidenten der Vereinigten Staaten gevögelt hast, was, Baby? Jesus H. Christus auf einer Harley Davidson!

Barron lehnte sich absichtlich versehentlich zurück, trat gegen das Vidphon, kippte es seitwärts und nach oben, womit er Morris einen hübschen Blick auf Carries Titten gönnte, fummelte dann lächelnd genug daran herum, um Morris zu zeigen, daß er mit einem total nacktärschigen Jack Barron sprach, und sah Morris erbleichen.

»Komm schon, Mann«, sagte Barron und kratzte sich herausfordernd an den Eiern, »sogar der nächste Präsident der Vereinigten Staaten muß hin und wieder mal eine flachlegen.« (Mal sehen, wieviel davon dieser aufgeblasene Scheißkerl hinnehmen kann.)

»Nun«, stieß Morris unter zusammengekniffenen Abscheulippen hervor, »was sagen Sie, Barron?«

»Was ich sage?« brauste Jack Barron auf. »Ich sage, Sie haben Ihren verdammten Verstand verloren, mehr nicht. Für den Anfang... *Anfang?* Das ist alles so verdammt lausig, daß es überhaupt keinen Anfang geben wird, das muß ich Ihnen sagen, Sie sind ein Irrer, aber wenigstens ein Irrer mit Stil. Zunächst einmal verabscheue ich alles, wofür Sie eintreten. Die Republikanische Partei ist heutzutage nichts weiter als ein heruntergekommener Altherrenverein aus Pasadena, Wallacitendummköpfe und paranoide, fettwanstige Mieslinge, deren Vorstellung von einem guten Präsidenten noch gute zehntausend Lichtjahre rechts von Adolf

Hitler steht. Sie könnten die Wahl auch mit Jesus Christus und John Fitzgerald Kennedy auf dem Plakat nicht gewinnen. Warum scheren Sie sich nicht wieder dahin, wo Sie hingehören? Meiner Ansicht nach entspricht die Zugehörigkeit zur Republikanischen Partei einer politischen tertiären Syphilis. Habe ich Ihnen damit den Eindruck vermittelt, daß mich Ihre Partei einen Scheißdreck interessiert, Gouverneur Morris?«

»Ich hätte nicht gedacht, daß Sie derart naiv sind, Barron«, sagte Morris, und nun konnte Barron den brutalen, nackten Ohne-Scheiß-Ausdruck in seinem Gesicht sehen, und seine Stimme erinnerte daran, Waschlappen oder nicht, daß er der Gouverneur des größten Staates der Gemeinschaft war, daß die hoffnungslose, lahmarschige ewige Verliererpartei, die G.O.P., immer noch größere Summen industriellen Madison-Avenue-Wall-Street-Versicherungsgesellschafts-Banken-GELDES hinter sich hatte, und genau daran erinnerte ihn Morris nun mit Gesicht, Stimme, Mimik. »Meinen Sie wirklich, wir wissen nicht genau, wer Sie sind, was Sie waren und was Sie von uns halten? Schätzen Sie uns wirklich so dumm ein, Barron?«

»Und Sie versuchen immer noch, mir die Nominierung der Republikaner zu verkaufen?« fragte Barron. In einem plötzlichen *déjà vu* wurde Morris' Gesicht zu Howards' Gesicht, Morris' Angebot wurde Howards' Angebot, Vorstellung von Rad im Rad im Rad, Räder der Macht, mahlend und zermalmend, ein unsichtbares Frankensteinmonster, aber Morris und Howards zwei sichtbare Aspekte desselben Eisbergs.

»Ja«, sagte Morris. »Aber nicht, weil Sie uns so sympathisch sind. Ich verabscheue Sie so sehr, wie Sie mich verabscheuen, aber wir beide wissen, hat man einmal die oberen Machtgipfel erreicht, gibt es Augenblicke, wo man das alles aus strategischen Gründen beiseite schieben muß. Sie sind eine beachtliche

Partie, Barron, wie ein hübscher, reifer Limburger, ein Abbild, hinter dem wir uns mit der K.S.G. vereinigen können, um die Präsidentschaft zu gewinnen, das einzige Abbild, das eine Republikaner-K.S.G.-Koalition herbeiführen kann, um gegen die Demokraten und Howards anzutreten. *Image*, Barron, das Image zählt – wie bei Eisenhower und Reagan – nicht der Mann. Wir brauchen Ihr Image und *Champion Jack Barron*, um es zu verkaufen, und es kümmert uns nicht, wie der echte Mann hinter dem Bild aussieht. Das gewinnt keine Wahl. Der Wähler kümmert sich nur um das *Image*.«

Einen heißen Augenblick lang vergaß Barron die großäugige, nackte, machtbewundernde Carrie neben sich; vergaß die ökonomische Sendersponsormacht der G.O.P., vergaß *Champion Jack Barron* und war wieder zurück in den alten Berkeley-Los-Angeles-rotglühenden-Babybolschewikentagen, Sara an seiner Seite, echtes Bild jener blutigen-unschuldigen-wahnsinnigen Tage.

»Und wenn ich akzeptiere – und wenn ich gewählt werden sollte«, sagte er kalt, »meinen Sie, ich würde wirklich einen netten, kleinen, republikanischen Präsidenten abgeben?«

»Das ist unser Problem«, sagte Morris. »Wir wissen beide, daß Sie kein Politiker sind – aber das war Eisenhower auch nicht. Sie werden verdammt viele Berater haben, von der rechten Sorte, Männer mit Erfahrung, die das Regieren für Sie übernehmen könnten. Sie werden sich keine Gedanken wegen ...«

»Ich bin niemandes Hure, vergessen Sie das nicht!« brüllte Barron. »Man verkauft Jack Barron nicht wie ein Stück Seife und wirft ihn dann beiseite wie einen gebrauchten Kondom, wenn man bekommen hat, was man wollte. Sie können sich Ihre verdammte Nominierung in den Arsch schieben! Sie haben recht, ich bin kein Politiker, und wenn Sie den Grund wissen wollen, dann sehen Sie nur mal in den Spiegel, wenn Ihr Magen stark genug ist, es auszuhalten. Sie sind noch schäbiger als ein mexikanischer Vorstadtzuhälter, Sie sind so klein, daß Sie sich auf die Spitze des Empire State Buildings stellen müßten, um einer Küchenschabe an den Eiern kitzeln zu können. Sie und Ihre Sorte sind Auswurf, Abschaum, Geschwüre im Blutkreislauf der Menschheit. Sie sind es nicht wert, meine Kloschüssel auszubürsten. Ich bin Showmaster, keine Nutte, um Gleiches mit Gleichem zu vergelten. Sie sind der letzte Dinosaurier, Morris, und es wird mir eine Freude sein zuzusehen, wie Sie in den Pfuhlen versinken, in die Sie gehören.«

»Für wen halten Sie sich eigentlich?« zischte Morris wie eine Schlange. »Man spricht nicht so mit *mir* und kommt ungeschoren davon! Sie spielen mein Spiel mit, oder ich vernichte Sie, ich werde Druck auf Ihre Sponsoren ausüben, ich werde ...«

Jack Barron lachte ein barsches, falsches Entspannungslachen. Jeder *Schmuck* im Land glaubt, er hat mehr laufen als der arme alte Jack Barron, dachte er. Howards, Morris – passen gut zusammen, die beiden Kretins.

»Sie sind pathetisch, wissen Sie das, Morris?« fragte er. »Wissen Sie auch, warum? Weil ich dieses ganze Gespräch auf Band aufgezeichnet habe, darum. Ihr fettes Gesicht und ihr großes Maul, und alles wartet nur darauf in *Champion Jack Barron* gezeigt zu werden, sollte ich Sie einmal ... sagen wir, *ermüdend* finden. Sie haben vor der Kamera die Hosen runtergelassen, und ich kann das hundert Millionen Zuschauern vorspielen, wenn ich will. Sie sind nackt, Morris, splitterfasernackt! Wenn ich einen Hinweis bekomme, nur die kleinste Vibration, daß Sie in meine Richtung winken, Baby, dann werd ich das Knöpfchen drücken. Strecken

Sie kleinen Kindern die Zunge raus, Morris, mich können Sie nicht beeindrucken.«

»Denken Sie darüber nach«, sagte Morris, der sich plötzlich wieder zu besonnener, kriecherischer Vernunft zwang. »Sie lassen die Chance Ihres Lebens sausen ...«

»Ach, verpiß dich!« sagte Barron und schaltete den Recorder ab.

»Jack ...«, seufzte Carrie Donaldson, umklammerte mit den Armen seine Hüften, sank auf die Knie und saugte ihn mit ihren Lippen ein, nackte Wunscherfüllungsphantasie von Carrie, die ihm einen bläst, ihr Verstand hat endlich Senderbefehle abgeworfen, hat Kühle abgeworfen und geht auf Bossmann ein, vergewaltigt von simpler *Champion Jack Barron*-Großkopf-Niedermachszene. Aber nun sah Barron es als die gottverdammte verdrehte Saraphantasie, die es war: Carrie-Sara angetörnt von der *Champion Jack Barron*-Szene, was die Nummer zunichte machte. Das letzte, was ich jetzt wollte, dachte er, und schob sie von sich weg, ist, vom Geist eines feuchten Traums einen geblasen zu bekommen.

»Später, Baby«, sagte er, »dieser Trottel hat mir jede Lust genommen.« Und aus einem Impuls heraus (*Champion Jack Barron*-unterbewußter Mach-weiter-so-Impuls, dachte er trocken beim Wählen) wählte er die Privatnummer von Lukas Greene.

Greenes rechteckiges schwarzes Gesicht starrte ihn vom Schirm über eine Tasse Kaffee hinweg an, im Hintergrund sah man undeutlich das Schlafzimmer des Gouverneurswohnsitzes. »So, du bist's, Claude, was?« sagte Greene und blickte beiseite. »Jack Barron – um *diese* Zeit?«

»Komm schon, Lothar«, sagte Barron, »du weißt, ich führe einen sauberen Lebenswandel.«

»Percy«, sagte Greene, »ich habe schon Leute mit

saubererem Lebenswandel in den schmierigsten Kneipen Harlems gesehen. Und da wir gerade davon sprechen, wo, zum Teufel, bleibt mein Frühstück?« Und fast gleichzeitig huschte ein weißlivrierter Neger über den Bildschirm und brachte ein Frühstückstablett, das er aufs Bett stellte, wonach er stumm wieder verschwand.

»Beauregard«, sagte Barron grinsend, »eins muß man euch Südstaatengentlemen lassen. Ihr habt die Schwarzen wirklich sauber abgerichtet, nicht wahr?«

Greene knabberte an einem Stück Speck, tauchte ein Stück Brot in einen halbflüssigen Eidotter, sagte: »Ihr kommunistischen, niggerliebenden liberalen Nordhanseln seid nur neidisch auf unseren generösen südlichen Lebensstil. Wir lieben unsere Schwarzen hier. Wir *lieben* sie, un' sie liem'm uns, und wer das nicht tut, nun, den knüpfen wir einfach annen nächsten Baum. Heh, warum plagst du 'nen bedeutenden Mann wie mich um diese Zeit, Bleicharsch? 's ist nicht Mittwochnacht, und wir sind nicht auf Sendung – *hoffe ich!*«

»Rat mal, wer mich gerade angerufen hat«, meinte Barron, der zufrieden bemerkte, wie Carrie bei dem freundschaftlichen Rassengeplänkel zwischen dem Bleicharsch Jack Barron und dem schwarzen Gouverneur noch mehr abflippte.

»Der Geist von Dylan? Teddy der Anwärter?«

»Würdest du Vatter Kriegstreiber für möglich halten?«

»Hä?«

»Greg Morris«, erklärte Barron. »Läuft doch auf dasselbe hinaus, oder? Glaubst du, daß du mit dem zukünftigen Präsidenten der Vereinigten Staaten sprichst?«

Greene trank einen großen Schluck Kaffee. »'n bißchen früh, um stoned zu sein, was?« fragte er ernst.

»Ohne Scheiß«, antwortete Barron. »Morris hat mir

eben die Nominierung zum Präsidentschaftskandidaten der Republikaner angeboten.«

»Mann, hör auf, mich zu vergackeiern, und komm zur Sache.«

»Ohne Flachs«, sagte Barron, »es stimmt, Luke. Der Schmuck glaubt, ich könnte die K.S.G. dazu bringen, mich ebenfalls zu nominieren, eine Koalition einzugehen und den Anwärter ausstechen.«

»Ich glaub immer noch, daß du mich verarschst«, sagte Greene. »Du, ein Republikaner, und die K.S.G. im Bett mit diesen Neandertalern? Entweder du verarschst mich, oder der Gouverneur von Kalifornien ist endgültig übergeschnappt. Wie könnten die K.S.G. und die Republikanische Partei aber auch nur die geringste Gemeinsamkeit entdecken?«

»Morris ist der Meinung, Opposition gegen den Gefriergesetzentwurf ist genügend Gemeinsames, um alles andere unter den Teppich zu kehren«, sagte Barron. »Das Koalitionsangebot soll keine gemeinsame Plattform, lediglich eine starke Kraft gegen Bennie Howards schaffen. Kapisko, Rastus?«

Barron fühlte eine lange, donnernde Stille, während Greene Kaffee nippte, seine Augen wurden hart und berechnend, Carrie sah ihn immer noch hungrig an, wandte dann ihre Augen zum Vidphonbild von Luke, Barron lebendes Fleisch von Carrie, übertragenes Fleisch von Luke. Hat denn niemand mehr einen Sinn für Humor außer mir?

»Das war dein Ernst, nicht wahr, Jack?« fragte Lukas Greene schließlich leise.

»Um Himmels willen, Luke ...«

»Sachte, Wladimir«, sagte Greene. »Ich hab 'ne Erleuchtung. Du. *Champion Jack Barron.* Republikanischer Kandidat – aber die sind immer noch Nullen. Weißt du, es könnte funktionieren. Bennie Howards als Zielscheibe. Um Teddy müßten wir uns überhaupt nicht kümmern. Yeah, wir ignorieren den Anwärter ganz einfach, bringen die Demokraten direkt mit Howards in Verbindung und ziehen dann unsere Show ab. Ein Präsident der Koalition für Soziale Gerechtigkeit...«

»Hör auf, Mann, von welchem Planeten, sagtest du, kommst du?« unterbrach ihn Barron, der den Witz nun überhaupt nicht mehr komisch fand. Luke, der Spinner, glaubt, er ist wieder in Berkeley, großartige Illusion und Machtphantasie Marke ›Feuchter Traum‹. »Du kannst doch nicht im Ernst so dumm sein. Morris will die K.S.G. nur, um einen republikanischen Präsidenten gewählt zu bekommen. Wenn er das geschafft hat, wird er sämtliche zu groß gewordene Babybolschewiken an die Fische verfüttern. Er braucht nur ein großes Bild, hinter dem er sich verstecken kann, ein Image.«

»Schon«, stimmte Greene zu, »Aber dieses Image ist der gute alte Jack Barron. Sogar Morris weiß, was für ein ausgeflippter Vogel du bist, daher meint er, du solltest besser ein zahmer Flunkie sein. Aber ich kenne dich besser, Adolf. Wenn die Zeit kommt, wirst du dich erinnern, was du mal warst. Ich mag verrückt sein, aber ich bin bereit, dir soweit zu vertrauen. Und ich glaube, der Nationalrat auch, nachdem ich ihn entsprechend bearbeitet habe. Wenn du die Nominierung der Republikaner annimmst, kann ich dir die der K.S.G. verschaffen. Vielleicht spreche ich *tatsächlich* mit dem zukünftigen Präsidenten. Was hast du Morris gesagt?«

»Was meinst du, was ich ihm gesagt habe?« schnappte Barron. »Ich hab ihm gesagt, er soll sich selber ins Knie ficken. Bist du etwa auch übergeschnappt, Rastus?«

Greene runzelte die Stirn. »Du und dein großes Maul«, sagte er. »Hmmm... Morris kennt dich und deine Art, daher hast du vielleicht noch nicht alles versaut. Hast du das Gespräch auf Band?« Greene lächelte wissend. »Klar hast du das, Claude, ich weiß doch, wie dein Kopf arbeitet. Wie wär's, wenn du mir die Kopie rüberpiepsen würdest?«

»Vergiß es, Luke«, sagte Barron. »Das ist deine Angelegenheit, nicht meine, nicht mehr. Ich werde weder an Morris noch an dich verkaufen. Wenn ich an jemanden verkaufe, dann an ...« Barron unterbrach sich hastig. An Bennie Howards, hatte er sagen wollen. Yeah, dachte er, da machst du Totalausverkauf, riskierst sogar die Show, das tust du für die Ewigkeit, nicht für einen halbgaren Pfeifentraum ... He, warte mal ... Diese ganzen dämlichen Politiker können mir vielleicht noch einen Extratrumpf für das Spiel mit Howards in den Ärmel schieben. Warum nicht?

»Komm schon, Mann«, bettelte Greene, »erheitere mich. Pieps mir das Gespräch rüber. Du hast deinen Spaß gehabt, gönn mir meinen auch. Wir können ihn vielleicht gegen alles mögliche verwenden, mit dem die Republikaner ankommen. Das macht dir doch nichts aus, o nobler Held Jack Barron? Könnte vielleicht sogar deinen Punktestand etwas verbessern.«

»Da du mir schon das Messer an die Kehle gesetzt, übermittle ich es dir – unter einer Bedingung«, sagte Barron. »Du behältst alles strikt für dich, es sei denn, ich gebe dir grünes Licht – was ich nicht tun werde. Es bleibt zwischen uns beiden, okay?«

»Bettler können nicht wählerisch sein«, meinte Greene. »Ich schalt meinen Recorder ein.« Er nestelte an etwas außerhalb der Kamera herum. »Schieß los, Gridley.«

Barron nahm die Bandspule vom Recorder, befestigte sie an der Eingabespule des Senders, der in den Wandkomplex eingebaut war, und aktivierte dann den Sender. »Hier soweit alles klar«, meldete er.

»Pieps los«, befahl Luke Greene.

Barron drückte den Sendeknopf; der Sender komprimierte das ganze Gespräch zu einem etwa neunzigsekündigen Signal, das über die Vidphonleitung zu Greenes Haus in Mississippi übermittelt wurde, um dort von Lukes Recorder wieder decodiert zu werden, damit Luke seinen machiavellistischen Spaß daran haben konnte.

»Hab ihn«, sagte Greene. »Es sei denn, du hättest noch andere, erderschütternde Mitteilungen, Claude. Sonst widme ich mich lieber den Staatsgeschäften von Mississippi. Bis später.«

So scharf drauf, es zu hören, was, Rastus, dachte Barron. »Ich will dir nichts von deiner einseitigen Freude nehmen. Auf bald, Lothar«, sagte er und unterbrach die Verbindung.

»Jack...« Carrie schlängelte sich über den Teppich und schlang die Arme um seine Brust großäugige Vision von überlebensgroßen Früchten der Macht Fahrkarte zu Kreisen wo alles abgeht, magischer Imagemoschus, die gottverdammten Augen warum nur immerzu diese gottverdammten fiebrigen Augen dieselben Augen wie bei jedem Luder das meinen Namen kennt und meinen Schwanz sieht, alle bekommen Augen wie Staubsauger Stielaugen nach dem (nach jüngsten Umfragen) Hundert-Millionen-Amerikaner Jack Barron. Und nun du auch, Carrie Donaldson, kühler, senderprogrammierter Sekretärinnenroboter mit rotglühender Fotze, kauft mir *Champion Jack Barron* Image-Scheißdreck daheim nie ab, aber kaum kommen Morris und der wahnsinnige Luke daher und winseln ›Heil dem Boss‹, da ist alles vergessen und vorüber, Carrie, Baby.

He, was ist los mit dir, Mann, fragte sich Barron, während Carrie seine Lippen mit ihrer wilden, feuchten Zunge kitzelte. Vor zehn Minuten wolltest du noch die Action, die du jetzt bekommst – Carries Verstand total über Bord gekippt, abgeschaltet, ausgeklinkt –, darum hast du dein Spielchen durchgezogen, und darum hast du Morris in erster Linie so eine Abfuhr erteilt, oder etwa nicht?

Eine plötzliche blendende Einsicht, als Carrie ihre Bemühungen auf das primäre Glied und schlaffe Organ richtete, das sie mit ihren kühlen, sanften Händen zu einem Eigenleben kitzelte, schlenkerte und schließlich kalte Versteifungsreflexe aktivierte, während er Blut, Aufmerksamkeit und Begierde mechanisch mit einfließen spürte – kein Hühnchen seit Sara hatte ihn so oft am Sack gehabt wie Carrie Donaldson, regelmäßige Nummern, mehrmals die Woche, seit Monaten, statische, strikte Bauch-an-Bauch-Beziehung, hatte ihm von wegen Senderbefehl schwer zu schaffen gemacht, Kopf ohne Verbindung zum heißen Schlitz. Aber nun, da Carries Kühle weggeblasen war, wie er es gewollt hatte, sah Barron, daß es gerade diese Kühle war, warum er dauernd mit Carrie Donaldson vögelte – vernünftiger Kontrast zu all den imageftickenden, honighaarigen Mittwochnachtsaras. Und jetzt war auch sie ein Mitglied des gottverdammten, gierigäugigen *Champion Jack Barron*-Fanclubs, verschaffte ihm ein mittwochnachtmäßiges *déjà vu*-Erlebnis, feuchter Traum mit Sara Traum auf ihren Knien Traum lutscht den Schwanz des berühmten Tritt-sie-in-den-Arsch-Präsidenten dumme Göre denkt Jack Barron, Feuchter-Traum-wunscherfüllende-*déjà-vu*-Carrie, wie all die anderen *déjà vu*-Masturbationsgeister, nicht die echte Sache, nur ein weiterer Fleisch-und-Haar-Ersatz, nicht Sara, nicht mehr Carrie. Und nicht Sara. Niemals Sara.

Mit seinem verräterischen steifen und harten Organ, aber mit kaltem, kaltem, Lichtjahre entfernten Verstand, stand Jack Barron auf, eine ironische Großer-Mann-Statue mit Händen in die Hüften gestemmt, behielt diese unbewegliche, spöttisch-heroische Haltung bei, während warme, suchende Lippen ihn liebkosten, eine zärtliche Zunge und halbgeschlossene, wild rollende Augen Wogen der Lust heiß durch Lenden, Eier und das pulsierende Organ senden: Wogen der Lust, die das steinkalte tote Gefühl unterhalb seiner Hüften verdrängten.

Genieß es, genieß es, Carrie Baby, dachte er und fühlte, wie sich die Spasmen durch einen zehntausend Meilen langen elektrischen Stromkreis aufbauten. Mach's gut, Carrie, mit deinem heißen Mund, denn es ist das letzte Mal, daß du so was mit dem guten Jack Barron erlebst.

Während er in die nackten, orangefarbenen Flammen des Kamins starrte, nacktes Fleisch, Carrie Donaldson, gleichfalls nackt, erschöpft und im Halbschlaf auf dem Teppich zusammengerollt neben ihm, fühlte Jack Barron eine Landschaft von Bildern/Geschichten um sich herum paradieren, die ihn umgab wie die Stahlwände eines Fernsehgeräts, ein Geschöpf, gefangen in den elektrischen Kreisen seines eigenen Kopfes, die durch fleischlose elektronische Ersatzsinne sah und fühlte, von dem Mädchen nebenan getrennt durch den undurchdringlichen Phosphorpünktchenfernsehschirm und die Chinesische Mauer seines eigenen Images.

Als man ihm das erste Mal einen geblasen hatte, erinnerte er sich, fühlte es sich an wie die feuchte, niederträchtige Häßlichkeit selbst. Häßlichkeit, sagte er dann zu sich selbst, ist etwas, das man fühlt – Wahrheit ist häßlich, wenn man sie als Waffe einsetzt, aber die Lüge ist wunderbar als Akt der Liebe, häßlich als einseitiger Fick, aber wunderbar als einfaches, ehrliches, aufrichtiges Vögeln, häßlich, wenn das Mädchen sich was von dir verspricht, was eigentlich gar nicht da ist, drum kommst du dir manchmal vor wie'n verrottetes Stück Scheiße, Mann. Vonner Frau wie Sara geblasen zu werden ist das reinste Vergnügen; aber gelutscht zu werden, als Image-Statue einer lebenden Lüge (Laß mich dich lutschen, komm, laß mich dich lutschen!) ist ein dreckiger Akt von Plastikkannibalismus, *ihr* Dreck, nicht meiner.

Die ganze Welt ist voller Plastikkannibalen, die sich an meinem Image sattfressen, die einen Jack-Barron-Geist fressen, der überhaupt nicht da ist. Und jetzt sind Morris und mein sogenannter Freund Luke scharf darauf, meinen vierfarbigen Körper in mundgerechte Fernsehportionen abzupacken, die sie an hundert Millionen Zuschauer/Wähler für dreißig Machtsilberlinge verkaufen würden.

Wenn jemand meinen Körper verkauft, dachte er, bin ich das, und zwar an Howards für das ewige Leben des Fleisches, und nicht an Luke oder Morris für einen Grabeskandidaten auf verlorenem Posten in irgendeinem Geschichtsbuch, das sowieso keiner je lesen wird. Aber irgendwas geht hier sonst noch vor, und Sie wissen noch nicht, was es ist, nicht wahr, Mister Jones? Howards-Morris-Luke, Gänseblumenkette von Mächtigen-Hehlern-Machern, jeder an des anderen Kehle und alle mit den Augen auf Jack Barron im Hintergrund als Ersatzset falscher Fänge. Zuviel *Action* in einem zu kleinen Kreis, als daß man alles als reinen Zufall abtun könnte, etwas liegt in der Luft, großer Brocken Scheiße, der ins Nationale Getriebe geworfen werden soll, und keiner da, der Jack Barron 'n guten Tip geben kann.

Nun, Mittwochnacht werden wir's ja sehen, Bennie Howards, sehen, wie kühl du im Fragestuhl von *Champion Jack Barron* bleiben kannst, denn schließlich, Mann, pokerst du ja jetzt mit dem gottverdammten Präsidentschaftskandidaten, du mußt schon alle Trümpfe auf den Tisch legen, um in dem verdammten

Spiel zu bleiben, Bennie-Baby. Yeah, du bist im Spottdrosselstuhl, Mann, wie der Bischof im Luxuspuff, du bist ...

Das Klingeln des Vidphons unterbrach seinen Gedankengang, seine germanische Selbstanklage, und welche Erlösung, dachte Jack Barron, als der vertraute Stimulus den ironischen Jack, den Vidphon-Jack Barron zu zynischer Antwort anstachelte. Wetten, daß es Teddy der Anwärter höchstpersönlich ist, dachte er trocken, denn jeder andere Machthai im Umfeld hat heute schon versucht, sich an Jack Barron ranzumachen.

Aber das honigblonde, dunkle, braunäugige (das geistige Auge belebte das Schwarzweißvidphonbild mit lebensechten Farben) Gesicht auf dem Schirm hauchte seinen kühlen Kopf bis zur dunklen Seite des Mondes, als er die Verbindung hergestellt hatte, und er konnte nur noch stammeln: »Sara ...«

»Hallo, Jack«, sagte Sara Westerfeld.

Barron spürte einen Augenblick der Sich-seiner-eigenen-Nacktheit-bewußt-werden-Benommenheit, spürte dasselbe hilflose Vakuum hinter Saras furchtsamen/zuversichtlichen Augen, suchte nach einem Hinweis für ein bestimmtes Reaktionsmuster auf der blanken Anzeigentafel seines Geistes, während er seine eigene Stimme hinter einem Panzer der Ironie sagen hörte: »Sadismus oder Masochismus, was geht in deinem acidgesättigten Hirn vor sich?«

»Es war eine lange Zeit«, begann Sara, und Barron, der verzweifelt nach einem protokollarischen Reaktionsmuster suchte, mit dem er dem Geist von Tausenden von Körper-an-Körper schmerzenden Erinnerungen begegnen konnte, stürzte sich wieder auf den Zynismus wie ein verhungernder Wilder auf ein Stück verschimmeltes Brot.

»Tatsächlich?« konterte er. »Ich dachte, du wärst vor

sechs Jahren nur mal eben weggegangen, um ein wenig Pot zu kaufen. Bist du in einem Stau steckengeblieben, Sara?«

»Müssen wir das tun, Jack?« fragte sie hilflos mit flehenden Augen. »Müssen wir uns gegenseitig zerfleischen?«

»Wir *müssen* gar nichts«, sagte er mit aufsteigender Bitterkeit. »Du hast mich angerufen, nicht ich dich. Ich hätte dich niemals angerufen, also was, zum Teufel, sollte ich zu dir sagen? Was kannst du mir sagen? Bist du stoned? Ausgeflippt? Mit welchem Kopf spielst du gerade, deinem oder meinem?«

»Tut mir leid«, sagte sie. »Mir tut alles so leid. Leg auf, wenn du möchtest. Wer sollte dir einen Vorwurf machen? Ich... ich möchte dich sehen, Jack, ich will mit dir reden. Ich...«

»Du hast ein Fernsehgerät, schalt's Mittwochabend ein, dann kannst du mich sehen. Ruf an, mach deine Sache gut, dann wird Vince dich auf Sendung geben. Was soll das alles? Sechs Jahre sind vergangen, Sara, sechs verdammte Jahre, und nun kommst du daher, sagst ›Hallo, Jack‹ und erwartest, daß ich angerannt komme? Wo hast du deinen Verstand gelassen, Sara?«

»Bitte«, sagte sie mit der eisernen Verteidigung einer Schwache-Frau-Hilflosigkeit. »Meinst du, das wäre einfach für mich? Ich...« (Eine Leere, eine Panik schien wie eine Wolke über den Himmel ihrer Augen zu ziehen, sie zögerte, dann begann sie, schneller und schneller zu sprechen.) »Ich habe deine letzte Show gesehen, nur zufällig, das gebe ich zu, aber da habe ich etwas gesehen, das ich schon lange für tot hielt. Ich sah Blitze, nur Blitze in dieser ganzen Scheiße, aber diese Blitze gingen von *dir* aus. Ich meine, vom *echten* Jack Barron, nur ein kurzes Flackern, aber es war da, es stammte von dir, und bei jedem solchen Blitz fühlte ich mich wie von einem Messer durchbohrt. Und Gott helfe mir, ich konnte nicht anders, ich liebte dich dort in deinem Fernsehgerät, ganz allein, hin und her gerissen zwischen dem wahren und dem abgewichsten Jack, ohne zu wissen, welcher nun real war – der Jack, den ich liebe, oder der Jack, den ich hasse und ich liebte dich, und ich haßte dich, aber ich wußte, ich habe immer noch etwas von dir in mir, ich kann mich nicht davon befreien und ... und ...«

»Du warst stoned, nicht wahr?« fragte Barron mit absichtlicher zynischer Gemeinheit. »Acid, ja?«

Wieder das Zögern hinter ihren Augen, wie bei einer Maschine mit Münzeinwurf, bevor sie weitersprach: »Ich ... ja, es *war* ein Trip. Vielleicht ... vielleicht lag es daran, ich sah deine Show mit neuen Augen, alten Augen, altneuen Augen, ich meine, ein Teil von mir war wieder in Berkeley, ein Teil von mir war dieses letzte Mal bei dir, und ein anderer Teil war bei dir in diesem Fernsehgerät und ... Ich muß dich sehen, ich muß wissen, ob es an dem Acid lag oder ...«

»Also bin ich jetzt ein gottverdammter Zonk*!« schnappte Barron. »Wie ein Kaleidoskop oder eine von deinen alten Dylan-Platten, was zum Ausflippen. Hast du abgehoben? Haste farbige Lichter gesehen? Ich will nicht zum Teil deiner miesen Trips werden, nicht mal versehentlich. Du drehst mir den Magen um, wenn du mich hier so stoned anrufst. Vergiß es, Baby. Geh zur Staten Island-Fähre, angle dir 'nen bulligen Seemann und fick mit dem, denn ich werd deine Acidspielchen nicht mitspielen, nicht mehr. Nie mehr.«

»Ich bin jetzt nicht stoned, Jack«, sagte sie leise. »Ich bin klar, vielleicht so klar wie noch nie in meinem

* Slangausdruck ohne deutsche Entsprechung. *Zonk* oder *Zonker* bedeutet immer, daß Drogen bei etwas im Spiel sind, und zwar meist abwertend. *Zonked out* ist eine ›verschärfte‹ Form von ›stoned‹. – *Anm. d. Übers.*

Leben. Wir alle verändern uns. Ich sah deine Veränderung, und ich wurde nicht damit fertig. Und jetzt habe ich selbst eine Veränderung durchgemacht, eine große. So was passiert manchmal, sechs Jahre gehen so an einem vorüber, ohne eigentlich den Kopf zu berühren, und dann passiert etwas, etwas und Acid, vielleicht etwas Unbedeutendes und Dummes, und löst die große Erleuchtung aus, und plötzlich hauen diese sechs Jahre voll durch und man *fühlt* sie, fühlt auch die Jahre davor und alle möglichen Zukünfte, alles in einem einzigen Augenblick, und in diesem Augenblick passiert nichts, was ein anderer sehen könnte, aber man ist einfach nicht mehr derselbe. Da ist eine Kluft, eine Diskontinuität, und man weiß, man kann nicht mehr zurück und wieder das sein, was man vorher war, aber man weiß immer noch nicht, was man jetzt ist.

Und das kannst nur du mir sagen, Jack. Ich habe keine Gegenwart, und du bist meine Vergangenheit und vielleicht – wenn ich nicht endgültig ausflippe –, wenn du mich immer noch willst, meine Zukunft. Ich sehe jetzt eine andere Seite von dir. Ich verstehe, daß du Dinge siehst, die mir verborgen bleiben, und ich bin nicht mehr so sicher, ob sie alle schlecht sind. Hilf mir, Jack. Wenn du mich je geliebt hast – bitte hilf mir jetzt.«

»Sara ...« Sara, du verrücktes Weibsbild, tu mir das nicht an, mach mich nicht an, streck mich aus wie eine Pianosaite, spiel keine Arpeggien auf meinem Schädel, Pingpong mit meinen Eiern, dachte Barron, verzweifelt bemüht, seinen Zynismusschild aufrechtzuerhalten, der ihn vor dieser Woge beschützen sollte, dieser Woge von kühlen Laken in Berkeley-Zunge in seinem Ohr anheimelnde Stundenglasgestalt unsichtbar von seiner Seite in der warmen Brise kühle bougainvillea-riechende kalifornische Nächte in Los Angeles Berkeley Acapulco Potrauch inhalierend Mund an Mund in zerwühlten Bettlaken nahe an den blutigen Jahren den unschuldigen Und-morgen-die-Welt-Jahren, sechs Jahre vergangen und vergessen und begraben in den Körpern von mittwochnächtlichen imagefickenden Blondinen, und das Lied, das sie mit ihrer wunderbaren Kinderstimme sang, damals, in den glücklichen Zeiten des Lachens, vorausschauende Traurigkeit des zukünftigen Weihnachtsliedes:

»Where have all the flowers gone,
long time passing...?
When will they ever learn?
*When will they ever learn...?«**

Und wann wirst *du* jemals lernen, Jack Barron? Tief in deinem Innern weißt du, sie ist verrückt; aber in deinem Herzen... In deinem Herzen ist ein einsames, saragroßes Loch, nicht Carrie, nicht mittwochnächtliches *déjà vu*, nur Sara allein kann es ausfüllen, wenn du die Millionen geologischer Jahre lebst, die Benedict Howards dir verspricht... Du bist ein Sara-Süchtiger, kannst nichts dagegen machen, Baby, sie ist der einzige Dealer in der ganzen Stadt, der dir deinen Stoff verschaffen kann.

»Jack... sag doch was, Jack...«

»Muß ich das?« fragte er – sanftes Nachgeben vor dem Geist der unsterblichen Hoffnung. Ich kann es. *Ich kann es,* sagte er zu sich selbst. Ich, Tritt-sie-in-den-Arsch Jack Barron, kann mit Senatoren, VIPs, Howards', Morissens, Lukes und großmäuligen Künstlern fertig werden; aber der große Jack Barron fürchtet sich davor, das große Spiel der Liebe zu spielen (ist nur ein

* *Sag mir wo die Blumen sind, wo sind sie geblieben...?*
Wann wird man je verstehn? Wann wird man je verstehn...?

Spiel!), um die einzige Frau, die ihm je etwas bedeutet hat! Ich helf dir, Baby, geb dir den Schubs, der dich wieder in die Realität zurückbringt. Du und ich im *Champion Jack Barron*-Appartement im dreiundzwanzigsten Stock im Penthouse, im Zimmer unser Geruch, Geruch-Geschmack-Atmosphäre von Zuhause. Alles für dich, Sara, wo du all die Jahre über hättest sein sollen. Und wenn dir tatsächlich Acid die Augen geöffnet hat, dann hundert Punkte für den verrückten Tim Leary.

»Wann treffen wir uns?« fragte er.

»Sobald du herkommen kannst.«

»Ich bin in fünfundvierzig Minuten da«, sagte Jack Barron. »Gott, o mein Gott, wie ich dich vermißt habe!«

»Ich habe dich auch vermißt«, sagte sie, und er glaubte zu sehen, wie Nebel ihre Augen beschlug.

»Fünfundvierzig Minuten«, sagte er und unterbrach die Verbindung, erhob sich und eilte ins Schlafzimmer, um Kleider, Schuhe und Autoschlüssel zu holen.

Und stand dann Auge in Auge mit der nackten, bleichen Carrie Donaldson, deren Brüste schlaff und runzlig herunterhingen, wie welke Krankenhausblumen.

»Sag es nicht«, bat sie mit ihrer offiziellen Sekretärinnenstimme. »Sag überhaupt nichts, Mister Barron. Es ist alles gesagt, nicht wahr? Alles hübsch und fein erklärt. Und ich glaubte, du wärst nur zu... zu groß und wichtig und von deiner Arbeit eingenommen, um dich darum zu kümmern... Ich dachte, wenn ich es dir behaglich mache, es dir einfach mache, ohne Fisimatenten, ohne Scheiß, ruf mich an, wenn du mich brauchst, ich wärm dein Bett, wenn's kalt ist, vielleicht wachst du dann eines Morgens fröhlich und unbeschwert auf und... und... Aber ich hatte mich getäuscht, ich habe dich falsch eingeschätzt... ich frage mich, wie das ist, so geliebt zu werden, wie du sie liebst. So ist das eben, ich frage mich, ob ich's je rausbekommen werde ...«

»Carrie, ich wußte nicht ... ich konnte nicht ... ich dachte, der Sender ...«

»Der Sender! Ich mag viele häßliche Dinge sein, Jack Barron, aber eines bin ich gewiß nicht, ich bin niemandes Hure!« brüllte sie. »Klar, ich sollte dich im Auge behalten, aber du glaubst doch wohl selbst nicht ...« Sie begann zu zittern, Tränen traten ihr in die Augen, und sie warf den Kopf zurück, um sie zu verbergen. Ihr Blick wurde stolz und ekelerfüllt.

O Christus, was für ein blinder Scheißkerl du doch bist, Jack Barron, dachte er, während er vor ihr stand. Sie war in seinen Augen größer, als sie es jemals gewesen war, und doch empfand er nichts für sie, hatte noch nie etwas für sie empfunden und konnte es nun nicht mal einen Augenblick lang heucheln. »Warum hast du nie etwas gesagt?« war alles, was er hervorbringen konnte.

»Hätte es eine Rolle gespielt? Du weißt, das hätte es nicht. Du warst immer schon zu sehr hinter ihr her, als daß du mich oder eine andere Frau hättest zur Kenntnis nehmen können. Aber wenigstens eines ... du warst ein großartiger Liebhaber, Jack Barron. Zu dumm ... zu dumm, daß ich es nicht über mich bringen werde, dich jemals wieder zu berühren.«

Und er konnte ihr nur einen winzigen, allerletzten Gefallen tun, indem er zum Ankleiden ins Schlafzimmer ging und sie allein weinen ließ.

7

Das Überqueren der Fourteenth Street ist wie das Überqueren der Bildteiler zwischen verschieden gezeichneten Comic Strips, dachte Jack Barron, während er mit dem Jag zentimeterweise die samstagabendüberfüllte Seventh Avenue hinabfuhr. Wie das Überwechseln vom *Mary Worth Rex Moragen Mann ohne Furcht*-Stil in einen *Terry and the Pirates* (altmodischer Prä-Mao Chopstick Joe, Dragon Lady, chinesischer Flußpiratenschmant) *Krazy Kat Captain Cool* surrealen Freakout-Dali-Comic Strip vom Village, breit angelegtes, istanbulbeeinflußtes (Fluß zu Fluß, Fourteenth zu Kanal) Barbary-Coast-Getto des Geistes.

Bei der Fourth Street angekommen, lenkte Barron impulsiv aus dem Verkehrsstrom heraus und bog rechts ab in den gurgelnden Fluß der Autos, die berstende MacDougals – Geldstraße Alles Geht Sündenstadt Touristenausnehmstraße, Hauptkloake für die gärende Hefe von außerhalb, Lebenslinie der ökonomischen Saat in das abgeschlossene Fluß-zu-Fluß Getto, das die Mächtigen, die das Village aus dem Boden gestampft hatten, erschaffen hatten.

Und wieder einmal sehen wir die schweißnasse Hand der Siebziger schwer auf dem Land liegen, dachte Barron, während der Verkehr sich im Schritttempo auf Bleeker zubewegte, vorbei an Souvenirläden, Striplokalen, staatlich genehmigten Acidpavillons, verstohlenen Schmeckdealern an Straßenecken, örtlichen Slumschönheits-Touristenhuren, durch ein solides Miasma aus Fett-Braten-Soßen-Gerüchen, Potrauch, Matrosenpisse, Toilettenaroma abgepackten Desasters... Die pathetische, heruntergekommene Grand Old Lady Greenwich Village reduziert auf das Feilbieten von Tand an vorübereilende Fremde.

Konnt 'se nich' ertragen, mußte 'se verschlagen (unausgesprochenes Motto der Tage nach Lyndon). Hübsches klimatisiertes Reservat eines jeden Stammes in Amerika: Gib den Niggern Mississippi und den langhaarigen, potrauchenden Acidfreaks das Village und Fulton und Strip City und den alten Wichsern Sun-City-St.-Petersburg-subventionierte-Friedhofswarteräume. Alles in Reservaten, sicher unter sich und weit weg vom Schuß.

Beim Linksabbiegen nach Bleeker wurde Barron von Traurigkeit übermannt – seine Jugendliebe in einem mexikanischen Puff zu treffen, wo sie für ein paar Kupfermünzen einen bläst und bettelt Bruder haste nich'n Zehner über.

»Where have all the flowers gone
Long time passing...«

Sara... Sara... Eine weitere Nutte am Faden von Imagezuhältervampiren, eine Hure im Open-air Altweibersilo, im Disneyland-Hippyland-Wahnsinn...

»Hier ist Jack Barron.«

»He, Jack.«

Scheiße, man hat mich erkannt, dachte Barron, gefesselt von dem ironischen Paradoxon aus Abscheu-Zufriedenheit in ihm, während ein rotschopfiges, hübsch aussehendes Hühnchen in einem gemusterten Kinestopanzug (elektrischblaue Schlangen blitzten/glitten andauernd fotzenwärts – Design von Sara?) mit banal-verehrungsvollen Augen seinen Namen rief, Augen wandten sich um, Gesichter wandten sich um, der ganze Straßenverkehr kam einen verknotenden Moment starrend ins Stocken.

»Yeah, das *ist er!* Es ist Jack Barron!«

Ein Augenblick der Panik, als Gehwege auf beiden Seiten sich unter dem Menschenansturm den Gullys entgegenzubeugen schienen, Touristen und Nichtstuer, winkende Arme, Rufe, Wellen, die sich über die Ecke von MacDougal ausbreiteten, hinter ihm bis Bleeker und auch vor ihm, Einwohner und Touristen, hergekommen wegen der *Action*, von ihrer verzweifelten Langeweile zum Schreien getrieben, in das Winken einfallend, im Schreien harmonisierend, indifferent, vergessen die Ursache von allem – einfach nur hungrig nach dem Zentrum von was auch immer abgehen mag.

Aber während der Jag durch den gefrorenen Verkehr ostwärts tastete, sah Barron Buchstaben über Jacken unter Bärten – Rot-auf-Blau-Kinestopblitzmuster wie heiße Vakuumaugen von Mittwochnachtsaras auf seinem Körper wie Hände die Bilder zum Leben erweckten Bilder von Berkeley, Los Angeles, Friedensmarsch-Babybolschewikaugen, die nicht mehr jung waren, starrten ihn an wie eine Art Plastikjesus, glühend, Held von etwas, an das er selbst seit langem nicht mehr glaubte. Sein eigener Name verspottete ihn von der Werbung einer Freakshow: »Champion Jack Barron«, sagten die Kinestopbuchstaben.

Yeah, Baby, kapier dein immerliebendes Publikum! »Champion Jack Barron« – sprichwörtliche Bekanntheit startete direkt mittenmang hier in der Heimat, zu der es kein Zurück mehr gibt; Straßen der Vergangenheit, dein Jugendtraum, aber alles nur Scheiße, und nichts davon real.

Aber gefangen vom Rhythmus von Hitze warmen Körpern Klanggeruch seines eigenen Namens, winkte Barron zurück, lächelte, pries sich selber an wie ein verdammter abgewichster Hollywoodschauspieler.

Der Verkehr beschleunigte schließlich wieder, als der Jag an Thompson vorbeifuhr und aus den Gesichtern verschleierte Phosphorpünktchen auf einem Fernsehschirm wurden, die Schreie sanken zu gedämpften Hintergrundgeräuschen herab. Und als er in den West Broadway einbog, Richtung Houston, die meistbefahrene ostwestliche Durchgangsstraße, da schwitzte er heftig – wie aufrecht im Bett sitzend, am Ende eines wahnsinnigen, feuchten Traums.

Warum *tue* ich das, fragte sich Jack Barron, den der Fahrtwind des offenen Jag langsam abzukühlen begann, während er ostwärts auf die First Avenue zusteuerte. Wer spielt *nun* mit Jack Barrons Kopf – der Hirnfickermeister höchstpersönlich, kein Geringerer. Wen machst du an, Mann? Hättest direkt die Seventh nach Houston fahren sollen und nicht abseits durch Clown Alley, mit dem idiotischen Verkehr, du *wußtest*, daß man dich sehen würde, das war's. Jack Barron-Fanclub: jeder Verlierer im Village, Junkies im San Fran, unglückliche Weiber, wo immer du auch bist in Berkeley, Strip City, Straßenszene, die sich von Block zu Block erstreckt, aber nur eine große, wo alles abgeht, von Commercial Street bis MacDougal bis Haight bis Sunset, hinterherjagen, den beschissenen Geist des Ruhms verfolgen, Mittwochnachttechtelmechtel mit dem Burschen, der aus Dreck Geld gemacht hat.

An der First Avenue bog Barron nach links ab, und mit der Straße änderte sich auch seine Stimmung: First Avenue: Hauptanziehungspunkt der Insider. Nepper-Schlepper-Bars, Kaffeehäuser, Discos, Galerien, Zonkshops in den Kellern halbverfallener Polackenhäuser, Straße und Straßenstimmung, wo die Geister der Zukunft sich ihre blanken Neonärsche an denen von untergehenden Slawisch-Jüdischen-P.R.-Gettogespenstern der Vergangenheit reiben.

Yeah, dachte Barron, hier ist die *Action*, Grenzstadt, Paranoiasville, halbbillige Apartments, Folkshops des neuen stoneden Gettos im Aufbau, Aufbau von Guerillakriegen gegen den altmodischen mietenkontrollierenden Elendsviertelfürsten, High-society-Slumszene einer sterbenden Vergangenheit – Blumenkinder drängen so sehr hinein, wie eine Woge von Einwanderern schon weiß Gott wie lange drängelt, um herauszukommen.

Dem Arsch ist Jacke nicht näher als Hose, dachte Barron. Villagetage, Berkeley war der Ort; Berkeleytage, Strip City, und dann wieder hierher zurück in der gottverdammten von Küste zu Küste reichenden Gänseblümchenkette. He, wo geht's lang zur *Action*, Mann? Und Baby, wenn'de zu'n Verlierern gehörst, dann ist die *Action* immer anderswo. Warum also nicht die Rückseite des Spiegels, *Champion Jack Barron*-Land in elektrischen Kontakten mit Orten der Macht, Acidträume von der Revolution, hundert Millionen (nach neuesten Schätzungen) Insidergeheimnisse: Tritt-sie-in-den-Arsch Jack Barron nimmt die VIPs hoch, einer von uns, Mann. Der Vogel ist auf *unserer* Seite.

Stimmt, oder etwa nicht, dachte Barron. Eigene Gründe, Kreditfähigkeitsgründe, ich *bin* auf ihrer Seite, auf der Seite eines jeden problembeladenen Geschöpfes im Universum, phosphorpunktiertes Bild der leuchtenden Glocken der Freiheit, die verkünden: Feind dessen, der sich ihn zum Feind macht, Freund derer, die sonst keine Freunde haben.

Was also plagt dich so sehr an diesen Buchstaben?

Wer, warum, woher kommen sie? Das ist die Itzibitzifrage. Luke oder Morris oder beide hantieren bereits herum mit Proben von prospektivem Imagefleisch für TV-Dinner – oder am Ende doch nur Zonk?

Scheiße, Mann, du weißt genau, was dich plagt.

Sara zerrt deinen Millionen-Dollar-Arsch herunter. Ein lausiger Telefonanruf und ab in den Wagen und ab ins Village und ab in die Vergangenheit, so schnell dich deine fetten Michelins tragen; Perlentauchen in Gülle, tumber Song der 60er, aber sehr treffend, immer noch:

»Slum Goddess from the Lower East Side
Slum Goddess, gonna make her my bride...
The first time that I balled her I went outa
*my mind...«**

Oh, du hast ja so recht, Baby! Also bin ich hier und schleife meinen Schwanz die First Avenue entlang, mittenmang zurück in die ganze verblödete Szene, der ich vor sechs Jahren den Rücken gekehrt habe. Sara, wenn du stoned bist, wenn ich ankomme, werd ich die Scheiße aus dir rausprügeln, so wahr mir Gott helfe.

Aber als er den Jaguar an der Ecke First Avenue Ninth Street parkte, fragte er sich, wer wirklich die Scheiße aus wem prügeln würde.

Saras Appartement befand sich im dritten Stock eines fünfstöckigen Altbaus (was für ein Fortschritt! Früher hatte *jeder*, den man im East Village hatte besuchen wollen, *immer* im fünften Stock gewohnt), und man konnte ihre Eingangstür schon von weitem erkennen: Die Tür selbst und die darumliegende Wand war mit

---

* Slumgöttin von der Lower East Side
Slumgöttin, ich werd sie zu meiner Braut machen ...
Als ich sie das erste Mal gevögelt hab, hab ich beinahe den Verstand verloren ...
Aus dem Stück ›Slum Goddess‹ der Gruppe *The Fugs*, zu hören auf der LP *The Fugs First Album* (ESP 1018). – *Anm. d. Übers.*

einem andauernd den Türumriß verschleiernden, beweglichen Kinestopmuster bemalt – wellenförmige, frei konstruierte konzentrische Streifen in Schwarz und Chartreuse, die die Illusion eines Tunnels erzeugten, der über den Türrahmen hinausragte und sich in konzentrischen, unregelmäßigen Kreis-im-Kreis-Spiralen auf einen bemerkenswert ungewöhnlich angebrachten schreiendgelben Türknopf zubewegten, der Fokus des Musters, der sich seltsamerweise fast ganz oben an der Tür befand.

Barron blieb stehen und starrte den Türknopf an, er fühlte sich in dem Muster gefangen, schreiende hellgrüne Flecken hoben sich von dem dunklen Hintergrund ab und umschlichen ihn wie ein elektrisch geladener Neontunnel, sogen ihn ein wie Saras glatte Beine um seine Lenden und lenkten seine ganze Aufmerksamkeit auf den goldenen Knauf – ›Öffne mich! Öffne mich! Laß mich dich einsaugen, Baby!‹ schien das Kinestopmuster zu sagen.

Barron konnte ein Lächeln nicht unterdrücken, er wußte, das war nicht exakt seine Wunscherfüllungsphantasie, aber die gute Sara wußte verdammt gut, was man mit dem Material anfangen konnte – macht aus dem Eingang zu ihrer Behausung eine Fotze für die Welt. Die Farbe beachten, Mann, ist alt, beginnt an den Rändern bereits abzublättern, dieses Ding war schon lange hier, bevor sie dich anrief. Vergiß nicht, was *das* bedeutet, und benimm dich entsprechend.

Er drückte den Elfenbeinknopf im Zentrum des Knaufs, hörte die Bandaufzeichnung eines chinesischen J.-Arthur-Rank-Gongs im Innern, Schritte, von einem Teppich gedämpft – und dann öffnete Sara die Tür. Sie stand unter der Tür, von einem einzigen weinroten Scheinwerfer grob umrissen, die dunkle Diele hinter sich, ihr langes goldenes Haar fiel über ihre Schulter, ein schwarzer Seidenkimono, der wie Öl über ihre nackten Brüste floß, ihre Hüften, harte und spitze Brustwarzen unter dem Stoff, Bauch-Bein-Konvergenz, das Dreieck aus zartem, weichem Fleisch konnte man hinter dem schwarzen Stoff nur vermuten.

Déjà vu-Ironie des Eintretens in sein Penthouse, erinnerte an sein eigenes Komm-in-mein-Schloß, komm schon, seine eigene erlesene Erinnerung und von *wem* er die hypnotische Kinestoptechnik gelernt hatte. Daher lachte Barron und sagte: »Der Weg zum Herzen eines Mannes führt durch den Magen, der zwischen die Beine durch die Augen, was, Sara?«

»Immer noch der alte Jack«, sagte sie mit einem unerwartet verlegenen Lächeln, das ihn aus dem Gleichgewicht brachte und einsog in diese fröhlich-lachenden-traurig-pathetischen-mutigen Augen, quer durch alle Ebenen der Illusion, Insiderscherz des Universums zwischen ihnen, Funke von altem Liebe-Jack-und-Sara-Schicksals-Berkeley-Los-Angeles-Mythos, ihr unschuldiger Zynismus ein Schwert gegen die Finsternis. »Magie ist bei dir zwecklos; ich vergaß die Rune, die du gegen Zauberei anwendest.«

»Vielen Dank, J.R.R. Tolkien«, sagte er, trat ein und schloß die Tür hinter sich mit einer kontrollierten Protokollgeste. »Können wir uns in dieser Höhle der Winde auch irgendwo hinsetzen?« fragte er und unterdrückte heftige Drüsenreaktionen. Ruhig bleiben, sagte er zu sich.

Sie lächelte, führte ihn durch die tanzenden samtschwarzen Korridorschatten (schwarze Schlieren über Kinestopmuster, dachte er, Bild von *Champion Jack Barron*-Hintergrund; wir spielen dasselbe Spiel, nur die Farben sind anders) in ein Atelier, dessen Fußboden mit Strohmatten ausgelegt war, es enthielt niedere, einfarbige, geometrisch präzise japanische Möbel, scharfkantig im neutralen Licht der Pseudolaterne an der Decke, tausend Jahre entfernt von den itzibitzineonbarocken Villagestraßen, kühl, kantig, rechteckig. Er setzte sich auf ein rosa Plüschkissen vor einem schwarzen Tischchen und lächelte dem Fernsehgerät zu, das arrogant wie ein Yankeeimperialismo in orientalischer Umgebung darauf thronte.

Sie setzte sich neben ihn, öffnete ein blaues Kästchen auf dem Tisch, nahm zwei Zigaretten heraus und gab ihm eine. Er betrachtete das Markenzeichen, schnappte: »Kein Gras, Baby. Nüchternes Gespräch, und damit meine ich, wir *beide* sollen nüchtern sein, sonst gehe ich wieder.«

»Dein Sponsor, Acapulco Gold«, sagte sie und befingerte unschlüssig den Joint. »Was würde wohl der Sender dazu sagen?«

»Laß den Quatsch, Sara.«

»Schon gut, Jack«, gehorchte sie, plötzlich hilflos und mit unverhüllter Kleinmädchenverwirrung (als wäre *ich* derjenige, der alles begonnen hat). »Ich ... ich hatte gehofft, du würdest das Skript für diese Szene schreiben. Das war immer schon dein Bier, nicht meines.«

»*Mein* Bier? Paß auf, Baby, das war deine Sache, von Anfang an. Du hast mich angerufen, erinnerst du dich? Du hast um dieses Treffen gebeten, ich habe meinen Schwanz nicht hierher geschleppt, um ...«

»Nein, Jack?« fragte sie leise.

Und er sah in ihre tiefen, dunklen Augen, die bodenlosen Löchern glichen, seine gefesselt an ihre gefesselt an seine wie Röntgenkameras, die einander endlos in einem Feedbackkreis fixieren, Pupille in Pupille, Iris in Iris, sie verschlangen ihn und sagten: Ich weiß, du weißt ich weiß wir wissen wir wissen wir wissen – endloses Feedback gnadenloser Skalpells des Wissens.

»Also gut, Sara«, sagte er, sanft der Grammatik der endlich verstandenen Feedbackwahrheiten nachgebend. »Ich vergaß, mit wem ich spreche. Lange Zeit her; ich vergaß, daß jemals jemand so tief in mich reingesehen hat. Wollte es. Wollte vergessen, daß ich wußte, was ich immer noch für dich empfinde. Ist'n Horrortrip, daran zu denken, wie du mich damals verlassen hast, wo ich dich doch immer noch liebte, als du gingst.«

»Was soll der Scheiß?« erwiderte sie mit defensivem Zorn, aber mit verletzter Realität in den Augen. »Ich bin nicht gegangen, du hast mich rausgeworfen.«

»Ich habe dich hinausgeworfen...?« brüllte Barron und hörte, wie seine Stimme anschwoll zu einem alten, sechs Jahre alten Streit, zu einer sinnlosen, nutzlosen Backsteinmauer der Nichtkommunikation ... endlose, endlose Aufreibereien. Er beruhigte sich wieder. »Du hast niemals verstanden, Sara, du konntest niemals etwas in deinen Kopf hineinbekommen. Niemand hat dich hinausgeworfen. Du hast nur andauernd blöde Ultimaten gestellt, und ich hatte schließlich die Schnauze so voll, daß ich dich beim Wort genommen habe, und da bist du gegangen.«

»Nur deinetwegen«, beharrte sie. »Du hast es mir unmöglich gemacht zu bleiben. Ich konnte es nicht mehr aushalten, und du wolltest dich nicht ändern. Du hast mich rausgeworfen wie einen benutzten Kondom.«

»Jetzt werden wir aber wischiwaschi«, sagte er, »und das aus deinem Mund. Du wolltest nicht mein wahres Ich, wie ich wirklich war. Und als ich mich weigerte, Babybolschewikenspielchen zu spielen, und anfing, in der wirklichen Welt zu leben, da konntest du es nicht begreifen und aus deinem Grasloch herauskommen, und da ich mich weigerte, zu dir hineinzukommen, bist du gegangen. Und das heißt bei dir, hinausgeworfen zu werden.«

Während er auf die erwartete Endlosargumentantwort wartete, sah Barron die vertrauten, zutiefst verletzten, schmerzerfüllten Augen und zitternden Lippen ihr Gesicht entstellen... und plötzlich verschwand alles, und sie brach beinahe in Tränen aus.

»Nein«, sagte sie, als würde sie sich selbst an eine Neujahrsresolution erinnern. »Wir haben *jetzt* und nicht vor sechs Jahren. Und ich will nicht streiten, ich will keine Streitigkeiten gewinnen. Letztes Mal glaubte ich, ich hätte gewonnen, und du dachtest, du hättest gewonnen... dabei haben wir im Grunde genommen beide verloren. Siehst du das nicht ein, Jack? Du hast mich rausgeworfen, ich habe dich verlassen... Worte, Worte, Worte. Wann haben wir aufgehört, einander verstehen zu wollen, und nur noch Argumente ausgetauscht? Das fühlte ich, als...«

Sie zögerte seltsam, etwas unheimlich Kaltes schien über ihre Augen zu flackern, bevor sie fortfuhr. »Als ich deine Show auf Acid gesehen habe, war das Du, das ich liebte, immer noch da, es war immer da. Aber dieses andere Du – das immerzu diskutiert, immerzu argumentiert, immerzu... mit Luke und Hennering und Yarborough, wie du am Ende immer mit mir argumentiert hast... Das bist du auch, Jack. Das war immer schon so und wird immer so sein, und dieses andere Du habe ich einst auch geliebt, als deine Feinde noch unser aller Feinde waren... erinnerst du dich? Erinnerst du dich an Berkeley und die Nacht, als *du* die K.S.G. gegründet hast? Nicht Luke, nicht die anderen, *du* hast alles arrangiert, du hast *aus gutem Grund* argumentiert, und du hast alle Streitigkeiten nur mit deinem Gesicht und deiner Stimme gelöst. Und zuzusehen, wie du die Stiftung auseinandergenommen hast, so wie du später mich auseinandergenommen hast und damals diesen Faschistenbastard, und hast trotzdem die Show bekommen, oh, das war Jack Barron, der ganze Kerl Jack Barron, der Champion, der Meister aller Klassen, der Jack Barron, den ich meinte. Und da dachte ich mir, vielleicht hast du dich gar nicht verändert, vielleicht war ich es, vielleicht habe ich aufgehört, verstehen zu wollen, aus Furcht vor der Macht, aus Angst vor bösen Träumen, die Realität werden könnten, aus Furcht vor der Verantwortung, die Frau eines Siegers zu sein, aus Furcht vor den echten Haien in den echten Ozeanen. Wenn du ein Ausgeklinkter warst, dann war ich ein Feigling, als ich dich runtergemacht hatte, ohne mir die Mühe zu machen zu verstehen.

O Jack, du bist der einzige Mann, den ich jemals wirklich geliebt habe, den ich jemals respektiert habe, und ich verstehe dich immer noch nicht, vielleicht wird mir das niemals gelingen. Aber wenn du mich nimmst, dann werde ich es den Rest meines Lebens wenigstens versuchen. Ich liebe dich, ich liebe dich doch. Sag kein Wort, Liebling, fick mich, fick mich, Liebling, fick mir das Hirn aus dem Schädel, ich will nicht mehr denken, ich will nur noch *fühlen.*« Und damit sank sie gegen ihn, umschlang ihn mit den Armen, ihre Brüste waren warm und weich, und bohrte ihre Zunge drängend zwischen seine immer noch zusammengepreßten Lippen.

Er erschauerte unter dem prickelnden Er/Sie-Rollentausch, während umgekehrte *déjà vu*-Blitze ihn verspotteten, ihre Augen waren beim Küssen bodenlos tief, lechzende Mittwochnachtvakuumaugen einer endlosen Reihe von Surrogatsaras wurden zur echten und einzigen Jack-und-Sara-Sara, Berkeley, Los Angeles, Nächtliche-Brise-Sara wurde zur Feuchten-Traum-Kalifornien-des-Geistes-Sara wurde zu jeder Sara die noch niemals weiter vorgedrungen waren als zu den Erinnerungsbänken flüchtiger Begierde, wurden Saras Vergangenheit, Saras Zukunft, blitzend, positiv-negativ weiß-aus schwarz-aus Realität/Phantasie in und aus der Vergangenheit und Feuchter-Traum-Zukunft immer im Rhythmus ihrer feuchten, suchenden Zunge.

Vakuum im Persönlichkeitszentrum hinter den Fenstern seiner Augen, seine Hände bewegten sich wie ungläubige Roboter und zogen den Kimono aus, ihr nackter Körper preßte sich an ihn – braune Flecken in Kontakt mit linker Brustwarze Muttermal über dem rotgoldenen Dreieck verborgener zweiter Nabel, ihre Zunge glitt prickelnd speichelnd die uralten Spuren seines Nackens entlang, heiße Feuchtigkeit drang in sein Ohr ein, Lippen knabberten daran, Hauch von Bougainvilleaaromaatem, Finger tanzten seinen Bauch hinab und liebkosten die Lenden in aufreizendem Rhythmus – füllten die Leere mit sarafleischener Realität, Imagegeister flohen hinweg, als seine Hand sich um die massive Brust schloß. Sara! Sara!

Ich bin Jack und du bist Sara, das alleine zählt – und er zog ihr Gesicht zu seinem, während sie ihn vom Kissen stieß und auf dem Rohrmattenfußboden nackt unter ihn glitt. Stöhnend, während er sie Zunge-an-Zunge küßte, ihre Münder bewegten sich in einem langsamen, lendenkreisenden Rhythmus, ihre Hände auf seinem Arsch knetend und fordernd, so schob sie ihn zwischen ihre gespreizten Beine, ihr liebkosender Mund nun wieder frei, schrie in orgiastischem Rhythmus: »*Fick* mich, *fick* mich, *fick* mich ...« Und ...

Und ...

Und es ging einfach nichts. Alles in der mit Carrie verbrachten Nacht verbraucht, im Morgen-danach-Ereignis – sechs Jahre Begierde/Verlangen werden in einem einzigen Augenblick Wirklichkeit, im Augenblick Wirklichkeit, im Augenblick aller Augenblicke, und dann geht einfach nichts!

Er spürte den kalten Schock Super-Freudschen Desasters um sich herumkreiseln – und dann sah Jack sich selbst wie von Sinnen lachen. Was, zum Teufel, spielt es schon für eine Rolle, *ich* bin es, der zählt, nicht mein Schwanz, mit dem *Schwanz* muß ich in dieser Arena überhaupt nichts beweisen. Ich liebe sie, das zählt, und sie ist hier.

Er glitt mit dem Gesicht an ihrem Bauch hinab, Haut an Kinnstoppeln, und vergrub es im Geruch der haarigen Feuchtigkeit, seine Lippen an ihren feuchten Lippen, er kostete den Geschmack ihres Körpers, während sie mit ihren Schenkeln seine Wangen einzwängte und seine Zunge in sie eindrang und mit einer Mischung aus Liebe und schwacher Frustration leckte, er drang in simulierten Schüben des Geschlechtsaktes hinein und wieder heraus, und sie drängte sich im asymptotischen Rhythmus gegen ihn und verging schließlich in Schreien und spasmischen Zuckungen.

Er legte den Kopf auf ihren Hüftknochen und lächelte ihr zu, ihr Gesicht ragte hinter dem flachen Segel ihres Bauches auf: die Brüste waren rosa Berge, ihre Augen begegneten seinen über das fleischfarbene, wogende Gebirge der Lust hinweg.

»Jack ...«, seufzte sie, »oh, danke, danke ...« Und dann sah sie mit einem listig-wissenden Lächeln zu ihm herab. »Ist das das Beste, was du mir so früh am Morgen bieten kannst? Aus reiner Neugier, wie war ihr Name?«

»Wessen Name?« entgegnete er mit gespielter Unschuld.

»Miss Gesternnacht. Ich hoffe doch sehr, daß es *tatsächlich* eine gab. Ich will doch nicht glauben, du bist ...«

»Laß mir etwa eine Stunde Zeit, mich zu erholen, dann werde ich deine Frage beantworten«, sagte er und glitt wieder hoch, um ihr ins Gesicht zu sehen.

Sie lachte und küßte ihn rasch, trockene Lippen, doch er spürte immer noch den Hunger, spürte ihren

Geschmack in seinem Mund, spürte die Bewegung durch seine bleierne Müdigkeit hindurch, als sie hinabgriff, um ihn zu streicheln.

»Immer noch kämpfend da drinnen, wo ich ihn zurückgelassen habe«, sagte sie. Und die Jahre schmolzen dahin, und er wußte, sie war wieder da. »Langsam, immer nur langsam, wir haben Zeit«, fuhr sie fort und zog ihn an sich. Und dann, mit einem seltsamen Achselzucken, das er noch niemals zuvor gesehen hatte, noch: »Alle Zeit der Welt.«

Das hab ich nicht mehr getan, seit das Gras legalisiert wurde, dachte Jack Barron, während der handgerollte Wie-in-alten-Strasseneckendealertagen-Joint in dem mystischen Kreis rumgereicht wurde – er selbst, Sara, so'n Vogel namens Sime, der offensichtlich auf Sara scharf war, ein Hühnchen, das sich Leeta oder so ähnlich nannte (metallicblonde Anhängerin der Psychedelischen Kirche), und ein haariger Typ, der nur der Wolfmann genannt wurde. Barron sog tief und genoß die anachronistische Nostalgie, inhalierte sorgfältig und tief, als wäre der Stoff immer noch verboten und würde an der Ecke zwanzig Dollar je Unze kosten.

»Puh«, sagte er und überdehnte das Wort im affektierten Stil der frühen 60er. »Nicht weitersagen, aber das Zeug hier haut verdammt mehr rein als Acapulco Gold.«

Sara lachte. »Sollte man annehmen. Ist auch'n wenig Opium mit drin.«

Barron lachte und fühlte eine sardonische Trennung von den anderen, die auf dem Boden saßen. Aus seinen alten Kiffertagen wußte er, es konnte kaum mehr als ein Hauch Opium in dem Shit sein, man mußte schätzungsweise ein Pfund Gras rauchen, um auch nur im Ansatz an O. ranzukommen. Aber darum geht's nicht, dachte er, nur die *Präsenz* des Opiums zählt, weil das immer noch illegal ist; Pot kann man in jedem Süßwarenladen kaufen. Daher muß man eben den Hauch der Gefahr mit'n paar Quentchen O zurückbringen – die Pusher auf der Straße kennen den Polizistennervenkitzel, Gute Alte Schlechte Alte Zeiten, dafür steht der Geschmack von Opium ...

»He«, sagte der Wolfmann, »stehste auch auf Acapulco Gold? Komisch, wie jeder Head von früher darauf abfährt. Und wir alle wissen, wie lange *du* schon drauf bist, Jack.« Der letzte Satz war eine gefährliche Gratwanderung zwischen aufrichtiger, ehrlicher Unschuld und affektierter Blasiertheit.

Während er der Frage des Wolfmanns lauschte, die er sich immer und immer wieder selbst gestellt hatte, wußte er plötzlich, weswegen Acapulco Gold der überragende Bestseller im Village, in Fulton, Strip City und in den Gettos, bei den altmodischen, nostalgischen Potheads war: *mein* Sponsor, daran liegt's. Ganz bestimmt kriegen sie bei *Champion Jack Barron* was für ihr Geld geboten; raucht Acapulco Gold, und ihr raucht Jack Barron, patriotischer Akt für den Wolfmann, für die psychedelischen Gettotypen, Wahre Gläubige an den dylanhaarigen (muß mal die Haare schneiden lassen, fangen an zu jucken) bösen Berkeleybuben, *unseren* Buben, Tritt-sie-in-den-Arsch-Mythos.

Er reichte Sara den Joint, sah sie tief inhalieren, fragte sich auf einmal, warum er nicht gegen diese Pot-Party-Szene rebelliert hatte, so offensichtlich ein Hißt-die-Flagge-Jack-Barron-kehrt-zum-Volk-zurück-Schmus, statt dessen hatte er darauf hingearbeitet, benötigte ... benötigte ...?

»He, Mann«, sagte der Wolfmann, »stimmt das, was man sich über dich und die Stiftung erzählt?«

»Was erzählt man sich denn?« fragte Barron, und plötzlich hing der Luftzug der Gerüchtemühle (bereits *Lukes* Gerüchtemühle?) schwer in der Luft.

Der Wolfmann nahm den Joint von Sara, zog, hielt den Rauch in seiner Lunge und sprach dann nach alter, krächzender Potheadart weiter: »Man sagt, du wärst hinter Bennie Howards her. Bis aufs Messer. Letzte Show war wirklich stark. Öffentliche Gefrieranstalten. Mann, du ...« Der Wolfmann krümmte sich, hustete, Lösung des Beim-Sprechen-Rauch-in-der-Lunge-Konflikts, dann fuhr er unverwandt und mit plötzlich wiedergewonnener Lungenfreiheit fort: »Yeah, man sagt, du wärst mit den Öffentlichen Gefrierheinis zusammen, spielst den Coolen, bis du die Stiftung ans Messer geliefert hast, und dann – peng! – mit beiden Beinen drauf auf die Wichser, alles einreißen, und dann hat jeder 'ne Chance aufs ewige Leben, und nicht nur die fetten Faschistenbastarde, sondern *das Volk*, kapiert! Wir alle sind *das Volk*, kapiert? Von der Geburt an, egal, was man später macht, ob man Moneten stapelt oder nicht, ob man die Haare lang trägt oder nicht, ob man 'ne Riesenlatte hat oder's nur so macht, ob man schwarz oder weiß oder rosa ist, kapiert? Yeah, der Tod wird *jedem* schon bei der Geburt auferlegt. Ich meine, wir sitzen alle im selben Boot – *das Volk*, kapiert? 's gibt ja auch medizinische Vorsorge für alle, weil man endlich eingesehen hat, daß keiner sterben sollte, nur weil er eben verbraucht ist. Nun, ist das Einfrieren nicht auch nur 'ne medizinische Vorsorgemaßnahme gegen den Tod? Also sollte es auch allen freistehen, wie alles andere auch. Dem Volk. Ich bin das Volk, du bist das Volk, Bennie Howards ist das Volk. Wir alle sind das Volk, und wir sollten auch alle dasselbe Anrecht auf Leben haben, kapiert?«

Barron fühlte den Schwung des Rades. Der Bursche steuert direkten K.S.G.-Kurs mit 'ner hübschen kleinen Jack Barron-Einlage, *zu* hübsch. Muß ihn wirklich profimäßig umstimmen, aber er darf's nich' merken, muß denken, er sei von ganz alleine draufgekommen, so sieht's aus. Gerüchtemühlenstoff, na gut: Flüstern betrunkener Stammtischstimmen, an Straßenecken, in Discos, echt spontan, nur Zeug, das jeder hier hört. Und zehn zu eins, das kommt alles aus Evers, Mississippi... Und gerade ich sollt's wissen, ich hab den Schmus damals ja erfunden.

Yeah, dachte Jack Barron, der den Augenblick in der Luft zerdehnte, die vier sahen ihn mit Tot-oder-lebendig-Verzweiflung in den Augen an, Vakuumaugen von (nach neuesten Schätzungen) hundert Millionen Amerikanern, müßige Geschichte, aber 'ne gute, weil sie den Nerv trifft, Luke und Morris haben recht, der Tod ist wirklich *das Letzte*. Im Angesicht des Todes sind wir alle nur Menschen, *das* Volk, und tun alles (lügen, töten, gründen Stiftungen für Menschliche Unsterblichkeit, verkaufen uns an Bennie Howards), nur um überleben zu können, nur noch eine weitere Sekunde, denn wenn man tot ist, stirbt auch die ganze Moralscheiße mit einem. Bei dem Geschäft gibt's nur'n Zwei-Parteien-System: Lebenspartei und Todespartei. Wohlausgewogene Präsidentschaftskampagne: K.S.G.-Republikanische-Jack-Barron-Partei und des ewigen Lebens kontra Howards-Demokratische-Partei und sterben wie die Fliegen.

Jesus H. Christus auf 'ner Harley, dachte Barron, als ihm das zum ersten Mal richtig bewußt wurde – ich könnte tatsächlich den Versuch der Präsidentschaftskandidatur wagen!

»Nun, so sehr ich prinzipiell euch auch zustimme«, sagte Barron, sich schrecklich bewußt, daß seine Worte möglicherweise ein projizierendes Instrument der Geschichte (Scheißgeschichte!) waren, öffentliche Bekanntgabe des Mannes, der ungewollt hineingeriet in Elektrische-Kontakt-Realität, Soziales-Bewußtsein-Realität (gottverdammter dummer Berkeleyschmant, mehr nicht!), die er so sehr benötigte wie ein zweites Rektum. »Aber von meiner Position aus ist die ganze Öffentliche-Gefrieranstalten-Angelegenheit null und nichtig. Seht ihr denn nicht, gegen wen ihr antretet? Gegen Bennie Howards und seine Milliarden, gegen die Demokratische Partei, die seit einem halben Jahrhundert jeden Präsidenten gestellt hat, mit Ausnahme von zweien, gegen Teddy den Anwärter und sein Gesindel, gegen die Republikanische Partei, die wollen auch kein Öffentliches Gefrierprogramm, die wollen nur ihren Teil vom Kuchen für ihre eigenen Fettsäcke, mehr nicht, und die mischen immer noch mit. Und was bleibt auf der anderen Seite? Die K.S.G. und mein großes Maul und ein paar hundert Eierköpfe, die mit Spruchbändern herummarschieren! Verdammt ungleicher Handel!«

»He, du bist ein wunderbarer Kerl!« sagte der Wolfmann überzeugt. »Dir hören mehr Leute zu als jedem anderen Vogel im Land, und du hast keine Ahnung von deiner eigenen Macht, irre! Du bist hier der kühlste Kopf, das bist du, und du sitzt da mit diesen Hurensöhnen, überragst sie alle noch dabei und spielst *das* Spiel nicht mit und bleibst kühl. Dir können wir vertrauen. Ach, Scheiße, du bist ein wunderbarer Kerl.«

»Er hat recht«, sagte das blonde Mädchen. »Kapierst du denn nicht? Du hast mehr Macht als diese anderen Bastarde, aber du bist der einzige, der sich nicht auf unzählige tote Körper verteilt hat. Daher kannst du noch damit umgehen und sie für die einsetzen, für die sie auch eingesetzt werden sollte, für *das Volk*...«

»Verstehst du nicht, Jack?« fragte Sara und starrte ihn hungrig mit diesen alten Berkeleyaugen an. »Macht... erinnere dich, wie wir damals immer über Macht geredet haben, was wir tun wollten, wenn wir sie haben, erinnerst du dich? Klar erinnerst du dich an den ganzen Scheiß! Aber versteh doch, es muß kein Scheiß mehr sein. Wir haben *dich*, und *du* hast die Macht. Du hast dich in den alten Tagen auch nicht davor gefürchtet, ins Kreuzfeuer zu geraten, als es um nichts ging und zu nichts führte. Jetzt kannst du es wieder tun, aber dieses Mal mit *Erfolg*!«

»Macht!« schnappte Barron. »Keiner von euch weiß was über Macht! Schaut euch um, seht genau hin, dann seht ihr Morris und Howards und Teddy – *das* ist Macht. Sie sind das Volk, sie sind Menschen, kapiert das, aber, weiß Gott, sie sind *Junkies*. Alle sind sie Machtjunkies. Das tut einem die Macht an, wie ein Alpdruck auf dem Rücken – wie Junk.* Der erste Schuß ist umsonst, Kinder, aber hinterher könnt ihr dann rumlaufen und mehr und mehr zusammentragen, um den gierigen Mund zu stopfen. Ich bin ein wunderbarer Kerl, soso? Ich kann euch mit rausnehmen und euch fünfzig andere wunderbare Kerle zeigen, die ihr heute nicht mal anpissen würdet, weil sie *Junkies* sind. Alles Machtjunkies. Und ein Junkie sieht nichts anderes mehr als nur Junk. Macht oder Schnee – alles dasselbe.«

»Ist Luke Greene auch ein Junkie?« fragte Sara leise.

»Darauf kannst du deinen süßen Arsch verwetten! Er sitzt dort unten, eingesperrt in Mississippi, der arme, einsame Wichser, umgeben von Feinden und ganz gewöhnlichen Schmucks, haßt jede Minute davon, haßt sich selbst, haßt es, die Leute zu manipulieren ... Diese ganze Rassenaffäre – nur das ist real. Er haßt sich selbst, weil er ein Nigger ist, er betrachtet sich als Nigger, der von Niggern umgeben ist. Luke Greene – der war ein wunderbarer Kerl, mein bester Freund, und nun seht ihn euch an, haßt sich selbst, haßt alles und jeden, für ihn zählt nichts mehr als nur

* Heroin

die fette, pulsierende Leitung, mit der er den gierigen Alpdruck der Macht auf seinem Rücken füttern kann. Willst du mich etwa *so* haben, Sara?«

Die Stille war so dicht, daß man sie mit einem Messer hätte schneiden können. Was ist denn *nun* los, fragte sich Jack Barron. Jesses, was ist in diesem Gras, vielleicht ist es tatsächlich mit Opium vermengt ... oder mit Junk ... Yeah, vielleicht liegt es daran, Mann, einst warst du wirklich ein Machtjunkie, nur hin und wieder mal ein bißchen, um den Alp auf dem Rücken zu beruhigen. War das nicht der Grund, weshalb du dir die Show geangelt hast, größte Anhäufung von Macht, die du jemals hattest? Komisch, was? Und jetzt hängt jeder hier rum und winkt dir mit dem Stoff unter der Nase, und jeder sagt dir, mach weiter, immer feste druff, niemand kann dir mehr was anhaben, Bürschchen, du bist ein *wunderbarer Kerl*!

Und das ist nun wirklich alles, das wußte er. Das ganze Village ist ein Machtsupermarkt für Jack Barron, und deshalb hast du dich auf diese Party eingelassen, Baby, du hast den Shit gerochen wie ein alter Junkie und konntest nicht wegbleiben. Ein Schuß, und schon bist du wieder drauf.

Dieses Mal nicht, Sara. Zuviel zu verlieren, *Champion Jack Barron* könnte die Startrampe in die Ewigkeit werden. Und soll ich das etwa wegwerfen für ein bißchen Präsidentenschnickschnack? Würdest du? Würde irgend jemand? Wenn schon ein Junkie, dann ein Unsterblichkeitsjunkie – wenigstens wirft dieser Alpdruck soviel ab, wie er frißt.

Scheiß auf die ganze Szene, dachte Jack Barron bitter. Wahrheit, Gerechtigkeit, und du bist nur ein wunderbarer Scheißkerl, mehr nicht – kein Unterschied zu den anderen, alle wollen mich für ihre eigenen Ziele schlachten.

Ich habe das alles satt, machiavellistische Arschficker, Howards, Luke, Morris, alle Verlierer; du vielleicht auch, Sara, wer weiß? Gottverdammter paranoider Alptraum! Werd allen zeigen, daß Jack Barron sein eigener Herr ist! Niemandes Marionette. Ich bekomme, was *ich* will, egal auf welche Art, aber zu *meinen* Bedingungen!

Ich frage mich, wer das gemacht hat, dachte Sara Westerfeld hinter ihrem zweckdienlichen Zweckzynismusschild, das sie gegen die Realität Jacks anstemmte, während die Fahrstuhltür beiseite glitt und das Eingangsfoyer zu seinem kleinjungenhaften Baumhaus/Penthouse freigab, sie betrachtete das hölzerne, nicht-ganz-perfekte Kinestopfresko an der Wand (sollte eine ganze Kinestop-Wand sein und wirklich alle Weiber einsaugen, die er hier oben vögelt, dachte sie professionell).

Jack lächelte ein Kleinjungenlächeln, sein Haar war zerzaust wie frisch vom Kissen, die Jahre flogen dahin, Babylächeln der ersten Begegnung, der ersten Liebe und der ersten Nummer auf dem staubigen Speicher in Berkeley. Sie holte aus und kniff ihn in den Arsch – immer noch straffes, festes Arschfleisch – und verspürte das Zum-ersten-Mal-gefickt-werden-Kribbeln des herannahenden Unbekannten.

Er legte einen Arm um ihre Taille und führte sie durch Türen, einen Korridor hinab und auf einen großen Raum zu, den sie kinästhetisch dahinter spüren konnte, riß sie plötzlich von den Beinen, Arme um ihre Schultern, eine Hand stützend unter ihrem Arsch, und sie spielte mit, eine Hand um seinen Nacken, das Gesicht in der wilden Mähne verborgen, während er lachend sagte: »Ich hatte noch nie die Gelegenheit, dich über eine Schwelle zu tragen, Baby, aber lieber spät als nie.«

Sie kicherte mit halbechter Spiel-mit-das-macht-ihm-

Spaß-Freude und antwortete: »Liebling, es gibt Augenblicke, da bist du so herrlich brutal.«

Er trug sie weiter (sie spürte seine Muskeln herrlich nahe an ihrem Körper), blieb am Rand von etwas stehen (sie konnte Sterne, schattenhafte Baumriesen in der Ferne sehen), fummelte an einer Konsole an der Wand und ...

Flammen züngelten aus einem riesigen offenen Kamin im Zentrum des mit einem scharlachroten Teppich ausgelegten Raumes auf, rubinrote Schatten tanzten über die Sessel, Kissen, die Möbel und die überdimensionierte Gizmokonsole, die eine ganze Wand einnahm, bis hinaus auf den kalifornischen Dachgarten, Gummibäume hoben sich gegen den nächtlichen Himmel ab, szintillierendes Licht wurde von den Facetten der Kuppel reflektiert und schleuderte Blitze in die New Yorker Nacht, sie sah, daß sie sich auf einem Balkon über dem gewaltigen Wohnzimmer befanden, als Rockmusik loszudröhnen begann und Spektralblitze einer Lichtorgel im Rhythmus der Musik aufloderten und Acidmagie in die Luft woben, sie fühlte ihn gegen sich sinken, auf eine Reaktion auf seinen externen Trip wartend, den er entfesselt hatte – der aber auch nur dummer, nutzloser Hollywoodprotz sein konnte.

Sie streichelte ihn sanft, ihrer eigenen Reaktionen unsicher, so sehr wie Jack: Magisch, ausgeflippt, sinnlos, extravagant, beschissen, und doch ... und doch ...

Und doch ist es *Wirklichkeit*, Wirklichkeit gewordene Phantasie, kein verzierter gewöhnlicher Balkon, direkt aus Jacks Kopf in die Wirklichkeit, ohne was dazwischen.

Er ist es, sein Traum – Berkeley, Los Angeles, Kalifornien –, überall dasselbe zauberhafte Süßwarenladenfenster, furchtloser, unwissender bewußt-unbewußter Jack-Barron-Traum, Lebkuchenhäuschenrealität, die nur das Geld real gemacht hatte.

Sara fühlte, wie sie am Rande eines gefährlichen Abgrundes dahintaumelte: Wer war nun wirklich der Ausgeflippte, der Aussteiger? Jack, der ging und bekam, was er hatte haben wollen, um seinen Traum Wirklichkeit werden zu lassen, indem er eine Jack-Barron-Realität nach seinen Träumen geformt hatte; oder *ich*, indem ich Träume zur Größe einer überwältigenden Realität aufgebauscht habe (Prunk erfordert Mut, und Prunk ist deine Sache)? Ein Held ist ein Mann, der den Mut hat, in seinen Träumen zu leben.

»Wie gefällt dir *das*, Baby?« fragte er und trug sie über den Plüschteppich, stellte sie wieder auf die Füße, sah ihr in die Augen und verlieh damit der Frage eine kaum glaubliche egomanische Intensität.

Ich weiß nicht, wie mir das gefällt, dachte sie unentschlossen. Dein Kram, nicht meiner, Kleinjungenspielzeug, wie Zinnsoldaten, dummer Hollywoodmüll. Aber du magst es, und ich mag dich, und, Jack, das ist die reine Wahrheit. »Typisch du«, sagte sie wahrheitsgemäß.

»Du hältst es für eine große Ansammlung von dummem Plunder«, klagte er. »Ich sehe es in deinen Augen.«

»Nein!« sagte sie impulsiv und laut, und erst danach wurde ihr bewußt, daß sie es auch so meinte. »Es ist nur... ich habe so etwas noch niemals gesehen. Als würde man... als würde man in deinen Kopf sehen, ich meine das *Innere* deines Kopfes dort draußen. Es ist so... *nackt*, ich meine, das ist der nackteste, kahlste Raum, den ich je gesehen habe. Als hätte man einen Zauberstab, mit dem man nur winken muß, damit sich alle Wünsche im Kopf erfüllen. Ich will dich nicht verletzen, Jack, ich weiß, das da draußen ist deine Sache, und wenn ich den Zauberstab nehmen dürfte, dann würde alles ganz anders aussehen. Aber allein die Vorstellung, mit dem Zauberstab zu winken, das ist so irre! Ich mag diesen Ort, weil er *dein* ist, und genau das, was du dir immer gewünscht hast. Für mich ist das alles völlig neu – so etwas zu wollen, einen Traum, und dann auch noch die Macht zu haben, es tatsächlich zu bekommen. Ich ... ich weiß nicht, was ich fühle.«

Er lächelte ein wissendes Lächeln, küßte sie sanft und sagte: »Es besteht immer noch Hoffnung für dich, Sara. Du bekommst eben einen Geschmack davon, wo die große *Action* sich abspielt. Dort draußen ist alles, jeder Traum, alles, was jeder haben will. Aber man bekommt es nicht, indem man darüber redet oder Acid schluckt und es sich wünscht. Man muß schon selbst rausgehen und es sich holen, nimm dir soviel von dem da draußen, wie du in dich reinraffeln kannst. *Das* ist die Wirklichkeit. Nicht was drinnen und was draußen ist, sondern was drinnen ist und was davon du *real* machen kannst. Und wenn das Aussteigen ist, nun, dann bin ich lieber ein Aussteiger als eine hungrige Katze, die den ganzen Tag ins Schaufenster eines Fleischerladens starrt. Du etwa nicht? Ist es wirklich Aufrichtigkeit vor einem selbst, wenn man sein *ganzes* Leben lang hungrig bleibt?«

Jack Barron, dachte sie. Jack Barron. Jack Barron. JACK BARRON Jesus Christus, es fällt schwer, ihn sich als etwas anderes als JACK BARRON vorzustellen, in großen roten Buchstaben. Hasse ihn, liebe ihn, dieses abgewichste Comicmonster, diesen Heldenliebhaber, was auch immer er ist, aber kühl bleiben ist in seiner Gegenwart unmöglich. Jack ist Jack, der macht sich seine eigenen Regeln, denen kein anderer folgen kann, Lüge wird Wahrheit wird Ausflippen wird psychedelische Realitätsvision wird Liebe wird Macht wird steinharte Aufrichtigkeit, kommt rüber wie die weißflammenden Bilder eines Acidtrips; Vordergrund, Hintergrund, indeterminierbare Schnittstelle dynamischer Instabilität, und was er ist, ist die paradoxe Schnittstelle selbst – weder Schrift noch Hintergrund, sondern das stehende Wellenmuster dazwischen: JACK BARRON.

Und sie fürchtete sich, denn sie erkannte, er war soviel größer als sie, etwas Hyperreales, das ihre eigene Realität als Facette seiner eigenen verschlang, aber nur *eine* Facette, fürchtete, er könnte durch sie hindurchsehen wie durch Glas, sah den Echsenmann Howards sie beide herumschubsen wie Spielsteine auf einem Brett im Spiel um seinen knochenbleichen Tempel der Macht. Und sie empfand Schuld angesichts ihrer eigenen schlechten Absichten, nach denen sie Howards Pläne in ihre eigenen Pläne eingeflochten hatte und exakt dasselbe Spiel spielte, für das sie Howards haßte. Aber Jack selbst hatte ihr den Pfad von Schuld zu Resolutheit gewiesen – Realität, Wahrheit ist das, was in einem ist und was man davon Wirklichkeit werden lassen kann. Und sie kannte den Hunger nach ihm, seiner wirklichen, körperlichen Liebe, seinen Träumen, die Wirklichkeit geworden waren, nicht für eine Sekunde oder ein Jahr oder ein Jahrhundert, sondern für immer. *Für immer.* Sie kannte den Hunger, und sie war noch niemals zuvor so hungrig gewesen.

Aber sie kannte auch ein Gefühl, das sie mit seelenpeinigender Qual erfüllte: *Tücke*. Sie fühlte das schlangengleiche Wort in ihrem Innern dahinschleichen und einen Teil von ihr reptilienhaft zurückhalten, es wartete basiliskisch kalte Jahrhunderte lang auf sein Erscheinen; sie wußte, sie wurde augenblicklich mit einem Stapel von Entscheidungsrealität konfrontiert, von dessen Existenz sie bisher nicht die leiseste Ahnung gehabt hatte – ewiges Leben mit Jack für immer, Ritter in weichfleischener Rüstung gegen eine Million Jahre wurmzerfressenen Nichts. Wußte, in ihren Händen hielt sie die Macht der Dunkelheit über Leben und Tod für sie, für Jack... für wie viele Millionen? Mit einem

Anflug ungeheurer Traurigkeit mußte sie erkennen, daß sie im Alter von fünfunddreißig Jahren nicht mehr das kleine Mädchen Sara Westerfeld war, sondern die Frau Sara Westerfeld, die tödliche Erwachsenenspiele um höchste Einsätze mit dem Mann Jack Barron spielte, um den Einsatz, sich selbst wirklich als Sara *Barron* zu betrachten – für immer. Sara BARRON. SARA BARRON.

»Laß mich dir etwas zeigen, was *uns* gehört«, sagte er und nahm sie bei der Hand. »Ein Realität gewordener Traum, den wir beide teilen können.« Damit führte er sie über den roten Teppich auf eine kleine Tür zu. »Erinnerst du dich, Sara?« Er öffnete die Tür zum Schlafzimmer, und sie trat ein – und sah und fühlte. Und erinnerte sich.

Oh, und wie sie sich erinnerte! Sie erinnerte sich an sonnenwarmes Gras in ihrem Rücken, von ihm hinabgedrückt bis ins feuchte Erdreich an Seufzen und an funkelnde Sterne am nachtblauen Himmel über dem Bett im Freien an tropische Nachtgerüche und an die Bandaufzeichnung die ablief während er sie mit seinen Händen berührte; Dachgarten vor dem Hintergrund Brooklyns vor dem Sonnenlicht hinter efeuumrankten Fenstern des Schlafzimmers in Los Angeles an sein blaues Gesicht und seine haarigen Arme um ihren Körper. Elfenbeinfarbenes Bett des Berkeleyspeichers, Ort der ersten Liebe, aber auch an die monotonen Wände des verflixten College in Berkeley. Sie sah den Plastikgrasteppich, die Konsole am Bett, bandaufgezeichnete Surfmusik, bewegliche Glastüren, malerische Szenerien – die Rückseite eines Traums.

Ihres Traums.

Sie wandte sich ihm zu. Und er lächelte, listige wissende Buddhaaugen wie Skalpelle, der bewußte Erschaffer ihrer verbeulten mitternächtlichen Träume.

Liebe ich ihn, oder hasse ich ihn? Sie fragte sich, ob

sie das jemals wissen würde und ob es eine Rolle spielte, denn kein anderer Mann, das wußte sie genau, strahlte so eine gefährliche Hitze ab. Sie konnte ihn in der tiefsten Tiefe ihres Wesens hassen oder lieben (wo Liebe und Haß ein und dasselbe sein mochten) – wer sonst konnte neben Jack Barron (in flammend roten Buchstaben) noch real sein?

»Jack«, krächzte sie, lachend und weinend zugleich, und warf sich auf ihn, ihr *Selbst* – Bündel aus Haß, Liebe, fünfunddreißigjähriger Mädchenschaft – offen, alle Ressentiments vergessen. Armer, närrischer Echsenmann Howards, glaubt, er könnte mich gegen Jack Barron einsetzen – eine Handvoll Sand, die man in den Ozean schüttet.

Sie lag auf dem Bett und unter ihm, ohne sich an eine einzige Bewegung erinnern zu können, und schwamm in den Wogen vollkommener Lust, ein Ballon übersensibilisierter Nervenenden, der ganz die Empfindungen genoß, die seine Haut wahrnahm. Und er ...

Explodierte in ihr, implodierte um sie herum, erfüllte sie ganz, peitschte sie mit seinem elektrischen Wesen, aufragende Lanze der Wollust, die sie umfing, liebkoste, fühlte und genießerisch in sich aufnahm. Sie fühlte ihn in spiralförmigen Spasmen, zuckend und stöhnend, fühlte Molekül um Molekül der feuchten Osmose, er-sie, seine/ihre symbiotischen Zuckungen, wo Haut Haut berührte, sie schrie mit seiner Kehle, während er herein- und hinausglitt, und die Zeit tat einen gewaltigen Sprung schier unerträglicher Lust, und sie raste in einen islamischen Traum vom Himmel hinein – ein langsamer Orgasmus, der sich zu zehn Millionen Jahren dehnte.

Als sie ihre Augen öffnete, sah sie die seinen geschlossen und träumend. Jack! Jack! dachte sie. Ich bin ein Miststück, eine Lügnerin. Ich kam hierher wie eine verdammte mexikanische Hure. Und sie taumelte, nahe daran, ihm alles zu gestehen – wie Benedict Howards sie benützte und sie ihn.

Aber dann spürte sie sein Gewicht auf ihr, die Berührung seiner Haut, sein Haar kitzelte ihre Brustwarzen, und der Gedanke an seinen Körper, in Humus liegend und vermodernd, tot und vergessen, krampfte ihr Magen und Zunge zusammen. Sie erinnerte sich daran, daß sie zwischen ihm und dem Vergessen stand. Wenn sie nur noch ein klein wenig länger mutig war, es noch eine Weile für sich behielt, dann mußte Jack – und damit alles, was zwischen ihnen existierte – niemals sterben.

O Jack, Jack! wollte sie schreien, tat es dann aber doch nicht, jemand wie du sollte niemals sterben!

8

›VORSPANN LÄUFT‹, verkündete die Anzeige, und Barron, der auf Vinces klugscheißerisches sizilianisches Grinsen achtete, war sich sicher, daß Gelardi Mafiosiblut in sich haben mußte, obwohl er ständig behauptete, reinrassiger *Neapolitaner* zu sein. Dann verkündete die Anzeige ›45 Sekunden‹, Barron erschauerte, während die letzten Sekunden des eröffnenden Werbespots verstrichen – zeigte ein paar Diplomaten, die sich um einen Tisch herum bei Acapulco Gold entspannten. Gar nicht so komisch, wie's aussieht, dachte er, die Großköpfe regieren die Welt dauernd, als wären sie die halbe Zeit stoned, und in der anderen Hälfte liegen die Dinge *noch schlimmer*. Frage mich, wie Bennie Howards sich wohl *high* anstellt? Nun, vielleicht können das heute nacht alle hundert Millionen (nach neuesten Schätzungen) live miterleben, man sagt ja schließlich, Adrenalin ist auch eine Art Droge, und wenn ich heute abend fertig bin, wird Bennie einen Adrenalinstoß hinter sich haben, den er kaum aushalten wird.

Während der Werbespot verschwand und sein eigenes Gesicht auf dem Bildschirm auftauchte, fühlte Barron einen seltsamen psychedelischen Blitz durch sein Innerstes zucken, die Realität der vergangenen Woche wurde zu einem Augenblick komprimiert, der wie ein gellendes Bild durch die Tiefen seines Verstandes hallte: So dasitzend in seinem Studiosessel, das elektrische Stromkreissystem verband ihn direkt mit dem System der Macht – Stiftungsmacht, K.S.G.-Republikaner-Demokraten-Macht, Nach-neuesten-Schätzungen-hundert-Millionen-Macht –, fühlte er sich wie der Haupttransistor in einem Satellitennetzwerk der Macht, andere fütterten geballte Macht in seinem Kopf ein, keine davon seine eigene, aber alle in ihn eingespeist, um einen mikrokosmischen Augenblick von ihm kontrolliert zu werden; eine Stunde lang, von acht bis neun Uhr abends, Eastern Standard Time, gehörte diese Macht *de facto* ihm.

Er fühlte, wie seine subjektive Kopf-Zeit sich beschleunigte, wie eine fremde Droge in seinem Blutkreislauf, um auf einen Fokus weit außerhalb seiner Reichweite zuzusteuern, der doch seinem Befehl unterstand, während gleichzeitig Buchstaben auf der Anzeige aufflammten und sich zu einer elektrisierenden Botschaft verdichteten, die eine Million Jahre anzudauern schien: »Auf Sendung.«

»Und was plagt uns heute?« fragte Jack Barron, und in seinen dunklen, hohlen Augen spiegelten sich die zweifachen (Spiegelung der Schreibtischplatte) Reflexe der dunklen Kinestopmuster im Hintergrund und kündigten ominös und bedrohlich den Verlauf der kommenden Show an. »Was Sie plagt, plagt Jack Barron«, sagte er und bewunderte sein eigenes Bild auf dem Monitor, seine Augen funkelten wie noch niemals zuvor. »Und wir alle wissen, was passiert, wenn etwas Jack Barron plagt. Die Nummer ist Area Code 212, 969-6969, und wir nehmen den ersten Anruf entgegen ab ... *jetzt.*«

Nun, dachte er, während er die Vidphonverbindung herstellte, ist Itzibitzizeit, Bennie-Baby, du machst dich besser schon mal fertig, denn *jetzt* geht's los. Und schon teilte sich der Schirm in zwei Hälften, die linke Hälfte ein verwaschen-graues Bild, das eine Frau in mittleren Jahren mit faltigem Gesicht zeigte, deren tief in den Höhlen liegende Augen brannten wie die verderblichen Flammen der Sterblichkeit selbst, die rechte Hälfte zeigte vierfarbig das Ziel ihres Flehens in seinem Göttersitz.

»Hier ist *Champion Jack Barron,* und Sie sind auf Sendung. Sie sind mit mir verbunden, und ich bin verbunden mit dem ganzen Land, mit *hundert Millionen Amerikanern«* (er zerdehnte diese Worte ganz speziell für einen einzigen Zuschauer, einhundert Millionen, Bennie, zähl sie, 1000000), »und das ist Ihre Chance, sie alle wissen zu lassen, was Sie plagt, um ein Stück von der *Action* abzubekommen, denn um die große *Action* geht's, wenn man sich an *Champion Jack Barron* wendet. Also sagen Sie's uns, hier und jetzt, live, ohne Zeitverzögerung – was plagt *Sie*?«

»Mein ... mein Name ist Dolores Pulaski«, sagte die Frau, »und ich versuche schon seit drei Wochen, mit Ihnen zu sprechen, Mister Barron, aber ich weiß, es ist nicht Ihre Schuld. (Vince gab ihr drei Viertel des Schirms, verbannte Barron in die obere rechte Ecke, vierfarbige Kreuzritter, verdrängt von der gähnenden grauen Notwendigkeit. Genau richtig, dachte Barron.) Ich rufe für meinen Vater an, Harold Lopat. Er ... er kann nicht selbst sprechen.« Ihre Lippen zitterten, hart am Rand des Schluchzens.

Jesus Christus, dachte Barron, hoffentlich hat mir Vince da keine Heulsuse durchgegeben, muß dieses Weibsbild 'n bißchen aufpäppeln, sonst fahr ich Howards zu sehr an die Karre. »Nur die Ruhe, Mrs. Pulaski«, beruhigte er sie. »Sie sprechen mit Freunden. Wir sind alle auf Ihrer Seite.«

»Tut mir leid«, sagte die Frau, »es ist nur so schwer ...« Ihre Augen waren furchtsam und hoffnungslos, ihr Kiefer verhärtete sich, ihre Spannung wurde herrlich auf den Schirm übertragen, während sie sich zur Ruhe zwang. »Ich rufe aus dem Kennedy Hospital für Chronische Krankheiten in Chicago an. Mein Vater ist schon seit zehn Wochen hier... Sterben... er wird sterben... Er hat Krebs, Magenkrebs, der sich bereits auf die Lymph... die *Lymphgefäße* ausgedehnt hat, und die Ärzte sagen alle... wir hatten vier Spezialisten hier... Er stirbt! Er stirbt! Sie sagen, sie können nichts unternehmen. Mein Vater, Mister Barron, mein Vater... er wird *sterben!*«

Sie begann zu schluchzen, dann verschwand sie aus der Kamera, eine bleiche Hand glitt über das Vidphonbild, als sie ihr Vidphon nahm und in den Raum richtete. Flackernd, zitternd und desorientiert glitten Teilansichten des Krankenzimmers über den Bildschirm: Wände, welke Blumen, Transfusionsflaschen, Betten, Decken, das runzlige, vom Tod gezeichnete Gesicht eines alten Mannes und dann ihre Stimme... »Sehen Sie! Sehen Sie ihn sich doch an!«

Jesses, dachte Barron und verkleinerte ihren Anteil mit seinem Fußpedal auf ein Viertel des Schirms, doch da hatte Vince selbst schon geschaltet und den vierfarbigen Jack Barron auf drei Viertel vergrößert, während in der oberen linken Ecke immer noch verschwommene Bilder vorbeitaumelten: altes Gesicht welke Blumen Finger Vasen Bettpfanne – aufrüttelndes Bild des Todes, nun umgeben vom farbigen, teilnahmsvollen Großen Bruder Jack Barron, Dolores Pulaskis Schluchzen war nur noch ein weit entfernter, piepsender Laut, als Vince sie ausblendete und Barrons Stimme wieder die Kontrolle übernahm.

»Nur immer mit der Ruhe, Mrs. Pulaski.« Barron fing den barschen Ton seiner Stimme gerade noch ab. »Wir alle wollen Ihnen helfen, aber Sie müssen ruhig bleiben. Stellen Sie nun das Vidphon wieder direkt vor sich und vergessen Sie nicht, Sie haben alle Zeit der Welt, uns mitzuteilen, was Ihnen so sehr zu schaffen macht. Und wenn Sie die richtigen Worte nicht finden können, ich bin hier, um Ihnen zu helfen. Entspannen

Sie sich. Hundert Millionen Amerikaner sind auf Ihrer Seite und wollen Ihnen helfen.«

Das Gesicht der Frau tauchte im linken Quadranten wieder auf, ihre Augen waren stumpf, ihre Kiefer herabgesunken, sie bot ein bleichfleischenes Roboterbild dar, aber Barron wußte, sie hatte sich wieder unter Kontrolle. Nach etwas Ausheulen hat sie nichts mehr in sich, du kannst sie dazu bringen, alles zu sagen, sie wird keine Wellen mehr machen. Er gab Vince mit dem Fuß Signal, ihr wieder drei Viertel zu geben, mindestens bis zum nächsten Werbespot, solange sie sich benahm.

»Tut mir leid, daß ich so kurz angebunden zu Ihnen war, Mrs. Pulaski«, sagte Jack Barron sanft. »Wir alle verstehen, wie Ihnen zumute sein muß.«

»Mir tut es auch leid, Mister Barron«, antwortete sie mit dröhnendem Flüstern (Vince, dachte Barron, wie immer am Ball, verstärkt ihre Stimme). »Ich fühle mich nur so ... wissen Sie, so hilflos, und nun, da ich endlich etwas *tun* kann, da brach eben alles auf einmal hervor, was ich bisher zurückhalten mußte ... ich weiß nicht, was ich sagen oder machen soll, aber ich will, daß jeder mich versteht ...«

Jetzt geht's los, dachte Barron. Sitzt du schon auf der Kante deines schweißnassen Sitzfleisches, Bennie? Noch nicht, was? Ruhig bleiben, Bennie-Baby, gleich bist du dran!

»Sie haben selbstverständlich unser aller Mitgefühl, Mrs. Pulaski, aber ich bin nicht sicher, was irgend jemand tun kann. Wenn die Ärzte sagen ...« Los doch, Baby, ran an die Buletten! Laß mich dir nicht die Würmer aus der Nase ziehen.

»Die Ärzte sagen ... sie sagen, es besteht keine Hoffnung mehr für meinen Vater. Chirurgische Eingriffe, Bestrahlungen, Drogen – nichts kann ihn retten. Mein Vater stirbt, Mister Barron. Sie geben ihm nur noch ein paar Wochen. In einem Monat ... in einem Monat wird er tot sein.«

»Ich verstehe immer noch nicht ...«

»Tot!« flüsterte sie. »In wenigen Wochen wird mein Vater unwiederbringlich tot sein. Oh, er ist ein *guter* Mensch, Mister Barron. Er hat Kinder und Enkelkinder, die ihn lieben, und er hat sein ganzes Leben so hart arbeiten müssen, und er liebt uns auch. Ein besserer Mensch hat kaum je gelebt! Warum, *warum* muß ausgerechnet *er* sterben, während andere Männer, *böse* Männer, Mister Barron, Männer, die mit dem Schweiß guter Männer reich geworden sind, ewig leben dürfen, indem sie sich einen Platz in der Gefrieranstalt kaufen – mit dem Geld, das sie betrogenen Leuten wie uns gestohlen haben? Das ist ungerecht, es ist ... *verwerflich*. Ein Mann wie mein Vater, ein ehrlicher, freundlicher Mann, der sein Leben lang für seine Familie gearbeitet hat, soll begraben und vergessen sein, wenn er gestorben ist, als hätte er niemals existiert, während ein Mann wie Benedict Howards ... das ewige Leben in seinen dreckigen Pfoten hält, als wäre er Gott ...«

Doris Pulaski legte alles Gewicht in dieses eine Wort, das über ihre Lippen kam. »Ich wollte nicht ...«, stammelte sie. »Ich bitte Sie, vergeben Sie mir, daß ich einen solchen Namen in einem Atemzug mit Gott genannt habe ...«

Um Himmels willen, erspar mir das Ave Maria, dachte Barron. »Selbstverständlich war das nicht Ihre Absicht«, sagte er und stellte sich dabei Benedict Howards vor, der jetzt in irgendeinem Büro seines Gefrierkomplexes in Colorado saß, schwitzend und ohne die Möglichkeit, sich zu verstecken. Er trat zweimal mit dem Fuß auf das Pedal, womit er Vince signalisierte, ihm zwei Minuten bis zum nächsten Werbespot zu geben, wonach er eine kurze Pause einlegte, bevor er mit einschmeichelnder Freundlichkeit fortfuhr: »Aber sagen Sie mir, Mrs. Pulaski, *was* soll ich für Sie tun?« Und all das fragte er mit einer einstudierten Feierlichen-Chorknaben-Unschuld.

»Verschaffen Sie meinem Vater einen Platz im Gefrierkomplex«, schoß Dolores Pulaski zurück. (Herrlich, dachte Barron, könnte nicht besser laufen, wenn wir nach Drehbuch arbeiten würden; du lieferst wirklich 'ne tolle Show, Dolores Pulaski.)

»Ich fürchte, ich habe wenig Gewicht bei der Stiftung für Menschliche Unsterblichkeit«, sagte er ätzend, während Vince den Schirm gleichmäßig zwischen ihnen teilte. »Wie Sie ganz sicher wissen, wenn Sie die letzte Show gesehen haben.« Die Anzeige verkündigte ›90 Sekunden‹. (Aber nun nicht versagen, Mrs. Pulaski, flehte Jack Barron innerlich, wenn Sie mit den richtigen Worten rüberkommen, mache ich einen Star aus Ihnen.)

»Das weiß ich, Mister Barron. Aber Benedict Howards ... der einzige Mann auf der Welt, der meinen Vater retten kann, verkauft Unsterblichkeit, wie der Teufel Seelen kauft. Gott verzeihe mir, aber das ist mein Ernst – wie Satan! Denn wer anders als Satan und Benedict Howards sind böse genug, einen Preis auf das ewige Leben eines Menschen festzusetzen? Reden Sie mit ihm, Mister Barron, zeigen Sie der Welt, was er für einer ist. Lassen Sie ihn all den armen Leuten, die überall sterben müssen, erklären, wie er es wagen kann, einen Preis für das menschliche Leben zu verlangen. Und wenn er das nicht erklären kann, hier vor hundert Millionen Menschen, nun, dann wird er etwas bezüglich meines Vaters unternehmen müssen, nicht wahr? Er kann es sich nicht leisten, in der Öffentlichkeit wie ein Monster dazustehen. Ich meine, ein so bedeutender Mann ...?« Die Anzeige verkündete ›60 Sekunden‹.

»Da haben Sie recht, Mrs. Pulaski«, sagte Barron und unterbrach sie damit rasch, bevor sie noch mehr weihräucherische Salbadereien vom Stapel lassen konnte. (So was ist auch Showbiz, Mrs. Pulaski, kann's nicht vertragen, wenn man mir die Show stiehlt.)

Vince vergrößerte sein Bild auf drei Viertel und verkleinerte Dolores Pulaski zur dem Ausblenden vorangehenden Winzigkeit, und er stellte auch ihren Ton ab, ganz gut so, die Frau wird ein wenig hysterisch, dachte Barron, während die Anzeige ›30 Sekunden‹ verkündete.

»Ja, da hat Mrs. Pulaski nun wirklich gar nicht so unrecht, nicht wahr?« fragte Barron und sah direkt in die Kamera, damit sein vierfarbiges Abbild den ganzen Monitor erfüllte, finstere Schatten umrandeten seine Augen. »Wenn es einen Grund gibt, das ewige Leben eines Mannes auf eine bestimmte Summe festzusetzen, dann gibt es verdammt noch mal auch einen Grund, eben diesen Grund zu erfahren, unter den Augen von ganz Amerika, zumal gerade ein Gesetzesentwurf läuft, dieses Monopol zu Recht und Gesetz zu machen. Und wir werden uns direkt im Anschluß an ein Wort unseres Sponsors um die Antwort von Benedict Howards bemühen – und dann werden hundert Millionen Amerikaner den Grund erfahren.«

Was für ein Auftakt, dachte Barron, während der Werbespot lief. Dolores Pulaski, du warst wunderbar, Baby! Und wenn du nicht wieder ausflippst, solange ich mit Bennie Howards spiele ...

Er drückte die Taste seines Vidphons, Nummer eins. »He, Vince«, bat er, »laß den Finger auf der Wählscheibe. Von jetzt an nur noch Bennie und ich. Man soll Mrs. Pulaski sehen, aber nicht hören. Laß ihren Ton abgestellt, es sei denn, ich stelle ihr eine direkte Frage. Und wenn du sie abschalten mußt, dann blende sie aus, so wie bei einer schlechten Verbindung und nicht etwa die alte Axtnummer. Hast du Bennie schon in der Leitung?«

Gelardi grinste ihn hinter dem Glas der Kontrollkabine an. »Der ist schon seit drei Minuten in der Leitung, und inzwischen hat er schon Schaum vorm Mund. Er will direkt mit dir sprechen, bevor wir wieder auf Sendung sind. Du hast noch fünfundvierzig Sekunden ...?«

»Sag ihm, er soll sich gedulden«, antwortete Barron. »Er wird mehr Zeit haben, mit mir zu sprechen, als ihm lieb sein wird, wenn wir wieder auf Sendung sind. Und, Baby, wenn ich ihm die Zähne zeige, wird er nicht mehr einfach auflegen können.«

Armer Bennie, dachte Barron. Schon zwei Hiebe. Er spielt das Meisterspiel auf dem Meisterbrett, und er zittert schon wie ein Wackelpuddding. und als die Anzeigetafel ›30 Sekunden‹ verkündete, da erkannte Barron plötzlich, daß er für den Rest der Show Bennie Howards, den mächtigsten Mann der Vereinigten Staaten, direkt in seiner kleinen heißen Hand hielt und mit ihm Katz und Maus spielen konnte. Kann seinen Gesetzentwurf gleich zur Eröffnung kippen, wenn ich Lust dazu habe, brauche nur die Faust zu schließen, und dann ist's vorbei, einfach so. Katz und Maus in Gesellschaft. Und Luke und Morris sitzen jetzt dort draußen und fragen sich, was für ein Spiel ich spiele ... vielleicht ihres? Darauf sind sie doch alle scharf, oder etwa nicht? Jack Barron tritt die Stiftung mit seinem hochhackigen Stahlkappenschuhen, und ab geht die Post ...? Also dranbleiben, Heil dem Chef, die armen Bastarde können sich nicht vorstellen, daß das *größere* Spiel schon angepfiffen worden ist ...

»Auf Sendung«, sagte die Anzeige.

Barron stellte die Verbindung mit dem Vidphon Nummer zwei her, wodurch Dolores Pulaski im unteren rechten Quadranten erschien, während Howards düster aus dem linken oberen herabglomm, über das vierfarbige, große Bild von Jack Barron hinweg, der den Vermittler zwischen Ihnen spielte. *Groovy*, dachte Barron, während er sagte: »Hier ist *Champion Jack Barron*, und der Mann, der sich mit mir und Mrs. Pulaski auf dem Schirm befindet, ist Mister Benedict Howards höchstpersönlich, Präsident, Aufsichtsratsvorsitzender und Begründer der Stiftung für Menschliche Unsterblichkeit. Mister Howards, Mrs. Pulaski hat ...«

»Ich habe die Show verfolgt, *Mister Barron*«, unterbrach ihn Howards, und Barron konnte sehen, wie er um Kontrolle rang, seine Augen glühten in der verbissenen, ernsten Maske seines Gesichts. (Aber er kann trotzdem nicht anders, er versprüht Säure, dachte Barron schadenfroh.) »Sie gehört zu meinen Lieblingssendungen, die ich mir kaum entgehen lasse – sie ist sehr interessant. Sie wissen, wie man den Leuten einheizt. Zu dumm, daß Sie nichts von leichter Unterhaltung verstehen.«

Tss, tss. Obacht, Bennie, dein Kragen ist offen, und dein Ego hängt raus, dachte Barron, der gehässig in die Kamera grinste. »Das ist mein Job, Mister Howards«, sagte er unverbindlich. »Ich bin nur dazu da, Licht in finstere Machenschaften zu bringen ... als würde man feuchte Steine umdrehen, um zu sehen, was darunter klebt und krabbelt. Ich bin nicht dazu da, jedem alles zu erzählen, ich stelle nur Fragen, auf deren Antworten Amerika gespannt ist. Die Unterhaltung muß vom anderen Ende der Leitung kommen, von *Ihrem* Ende, Mister Howards.

Und da Sie ja, wie gesagt, die Show verfolgt haben, wollen wir hundert Millionen Amerikaner nicht mit Wiederholungen langweilen. Kommen wir gleich zur Itzibitzisache. Da liegt ein Mann sterbend in einem Hospital in Chicago – Tatsache. Sie haben einen Gefrierkomplex in Cicero, nicht wahr? Auch eine harte

Tatsache. Mrs. Pulaski hier und ihre Familie wollen einen Platz in diesem Komplex für diesen Mann, für Mister Lopat. Wenn er nicht einen Platz in diesem Komplex bekommt, dann stirbt er und ist unwiederbringlich tot. Wird er eingefroren, dann hat er dieselbe Chance auf das ewige Leben wie jeder andere auch, der tiefgefroren wird. Sie haben Howard Lopats Leben in Ihrer Hand, Mister Howards, Sie können sagen, ob er leben oder sterben wird. Sie erkennen sicher schon, Mister Howards, das alles führt zu einer einzigen Frage, und hundert Millionen Amerikaner wissen, Sie und nur Sie haben die Antwort darauf: Wird Mister Lopat leben oder sterben?«

Howards Kiefer sank herunter, und einen Herzschlag lang blieb die Zeit stehen; er schien nachzudenken, dann schloß er den Mund wieder. (Hab dich direkt auf Messers Schneide, Bennie – das alte Nerospiel: Daumen hoch, lebt der Vogel, Daumen runter, stirbt der Vogel. Daumen runter, dann bist du vor hundert Millionen Menschen ein Mörder. Daumen hoch, dann öffnest du die Flutschleusen, und der Damm ist offen für jeden Sterblichen, *das Volk,* Mister Howards, das ist's *das Volk*, freies Einfrieren für jeden auf Kosten von Kaiser Howards... Was immer du auch als nächstes sagen wirst, Bennielein, es wird das *Falsche* sein.)

»Weder Sie noch Mrs. Pulaski verstehen die Situation richtig«, sagte er schließlich. »Ich habe nicht die Macht zu bestimmen, wer eingefroren wird und wer nicht. Die hat niemand. Bestimmend sind dabei rein ökonomische Gesichtspunkte, wie bei der Frage, wer sich einen neuen Cadillac leisten kann und wer weiter in einem alten Ford herumfahren muß. Jeder Gefrorene muß der Stiftung fünfzigtausend Dollar überlassen. Ich versichere Ihnen, wenn Mister Lopat oder seine Angehörigen die erforderliche Summe aufbringen können, dann *wird* er seinen Platz bekommen, wenn sie das wollen.«

»Issis Pulaski?« fragte Barron und gab Vince ein Signal, den Ton zuzuschalten.

»Fünfzigtausend Dollar!« erboste sich Mrs. Pulaski. »Ein Mann wie Sie hat keine Ahnung, wieviel Geld das ist – mehr als mein Mann in acht Jahren verdienen kann, und außerdem hat der eine Familie zu versorgen! Die anfallenden Kosten, die Ärzte, die Spezialisten, die lassen sich nicht mal mit Hilfe von Medicare abdecken, und unser ganzes Erspartes, unseres, das meines Vaters und meines Bruders, ist bereits aufgebraucht. Warum machen Sie nicht einfach eine Million oder eine Milliarde draus, was spielt das schon für eine Rolle, wenn gewöhnliche Leute es sich nicht leisten können? Was ist das für ein schäbiges ...« Ihre Stimme schwappte über und versank schließlich in simulierten statischen Störgeräuschen, als Vince sie ausblendete.

»Scheint, als wäre bei Mrs. Pulaskis Verbindung der Wurm drin«, sagte Barron, während Vince die Bilder wieder korrigierte, wobei er Howards' unbehaglichem Gesicht den halben Schirm gab, zusammen mit dem Barrons, und Mrs. Pulaski zu einer winzigen schwarzweißen Bedeutungslosigkeit schrumpfte, die zu ihnen aufsah. »Aber ich glaube, sie hat alles Wesentliche gesagt. Fünfzigtausend Dollar sind eine Menge Geld, wenn man Lebenshaltungskosten und Steuern berücksichtigt. Sie wissen, ich bekomme eine Menge Kohlen für diese Show, ich verdiene damit eine Menge mehr als viele Leute im Land, und nicht mal ich kann es mir leisten, eine so große Menge Geld hinzublättern. Wenn Sie also den Preis für einen Gefriersarg auf fünfzig Riesen festlegen, dann heißt das in der Praxis, daß Sie neunzig Prozent der amerikanischen Bevölkerung zu Wurmfutter machen, wenn sie sterben, während ein paar wenige Schwerreiche die Fahrkarte in die Ewigkeit kaufen können. Scheint nicht so ganz in Ordnung zu sein, daß man mit Geld Leben kaufen kann. Vielleicht haben die Leute, die für ein Öffentliches Gefrierwesen eintreten ...«

»Kommunistenschweine!« brüllte Howards dazwischen. »Können Sie das nicht begreifen? Das sind alles die Kommunisten oder die Lackierten oder die Roten. Betrachten Sie die Sowjetunion, betrachten Sie Rotchina – haben die *überhaupt* irgendwelche Gefrierprogramme? Natürlich nicht, denn ein Gefrierprogramm kann nur von einer gesunden freien Marktwirtschaft getragen werden. Sozialistisches Einfrieren heißt überhaupt kein Einfrieren. Vielleicht hätten die Kommunisten gerne ...«

»Aber sind Sie nicht der beste Freund, den die Kommunisten in Amerika haben?« unterbrach ihn Barron und signalisierte nach einem Werbespot in drei Minuten.

»Sie nennen *mich* einen Kommunisten?« konterte Howards und zwang sein Gesicht zu einer lautlosen Parodie von Gelächter. »Das ist gut, Barron, das ganze Land kennt die Art von Leuten, mit denen *Sie* es zu tun hatten.«

»Lassen wir das Benamsen sein, ja? Ich habe Sie keinen Kommunisten genannt ... lediglich, sagen wir mal, einen unwissentlichen Helfershelfer der Roten. Ich meine, die Tatsache, daß weniger als zehn Prozent der Bevölkerung – sagen wir mal, die Arbeiterklasse, wie sie es nennen, ausgeschlossen – eine Chance auf das ewige Leben haben, während alle anderen sterben müssen ... gibt es denn ein besseres Argument gegen ein kapitalistisches System, das die Roten sich ausdenken könnten? Ist denn Ihre Stiftung nicht das beste Propagandamittel, das die Roten haben?«

»Ich glaube kaum, daß Ihre Zuschauer diesen Unsinn schlucken werden«, sagte Howards (und wußte doch verdammt gut, daß sie es doch taten, dachte Barron verschmitzt). »Dessenungeachtet, ich werde versuchen, es so zu erklären, daß sogar *Sie* es verstehen können, *Mister* Barron. Der Unterhalt der Gefrierkomplexe verschlingt gigantische Summen, und das gleiche gilt für die Forschungen über Rekonstruktion und Verlängerung des Lebens. Das sind jährlich Milliarden, soviel, daß die Sowjetregierung es sich beispielsweise nicht leisten kann – auch nicht die Regierung der Vereinigten Staaten. Aber ein Unternehmen wie das unsere muß finanziert werden, und das geht eben nur, wenn die Eingefrorenen das selbst bezahlen. Wenn die Regierung sich bemühen würde, jeden einzufrieren, der stirbt, dann wäre sie binnen kurzem bankrott, denn die Kosten würden jährlich Hunderte von Milliarden Dollar betragen. Die Stiftung hält wenigstens den Traum von der Unsterblichkeit aufrecht, indem sie die Eingefrorenen für ihre Gefrierplätze und die Forschungen zahlen läßt. Das mag nicht perfekt sein, aber es ist der einzig gangbare Weg. Sicherlich sollte doch ein Mann mit Ihrer... *überragenden Intelligenz* imstande sein, *das* zu begreifen.«

Fünf Punkte für dich, Bennie, gestand sich Barron ein. Das Dumme ist, daß der Wichser im Prinzip recht hat. Wenn man die paar wenigen, die eingefroren sind, jetzt an die Würmer verfüttert, dann bekommen alle anderen dadurch auch keinen Platz im Gefrierschrank, und wenn man Tausende von Menschen hat, die sterben... so ist das Leben eben, die Gewinner gewinnen, die Verlierer verlieren. Aber du hast zu sehr recht, als es gut für dich ist, Bennie, du läßt die Muskeln spielen, und daher wird der gute alte Jack Barron seine eben auch spielen lassen.

»Selbstverständlich verstehe ich die harten ökonomischen Realitäten, Mister Howards«, fuhr Barron fort, als die Anzeige ›2 Minuten‹ anzeigte. »Ich meine, hier sitzend, fett und gesund und achtunddreißig Jahre alt. Dollars und Sinn der Sache und all das, auf Papier sieht Ihre Stiftung natürlich sehr gut aus. Yeah, ich verstehe, Mister Howards, aber ich frage mich, ob Ihnen immer noch so verdammt nach Philosophieren zumute wäre, wenn Sie selbst sterben würden. Nun, Mister Howards? Wie wäre es für sie persönlich, wie Harold Lopat zu sterben – zerbrochen, während das Leben tröpfchenweise entweicht, während so ein Typ in einem maßgeschneiderten Zweihundertfünfzig-Dollar-Anzug Ihnen mit verdammt logischen Worten erklärt, warum es unmöglich ist, daß Sie eine Chance bekommen, eines Tages vielleicht wieder neu zu leben?«

Zu Barrons Überraschung schien Howards davon aufs Äußerste betroffen. Nebel eines schieren Wahnsinns verschleierte seine Augen, sein Kiefer zitterte, Howards murmelte etwas Unverständliches, dann erstarrte er vollends. Ist der Basilisk persönlich zu Stein geworden? Bennie Howards mit Gewissensbissen, fragte sich Barron. Wahrscheinlich hat er nur was Schlechtes gegessen. Trotzdem, zu dumm, dachte er, als die Anzeige ›90 Sekunden‹ anzeigte.

»Was ist los mit Ihnen, Mister Howards?« erkundigte Barron sich, »können Sie sich nicht mit der Situation identifizieren? Okay, Mrs. Pulaski, dann helfen wir Mister Howards eben ein bißchen auf die Sprünge. Bitte richten Sie Ihre Kamera auf Ihren Vater, und lassen Sie sie dort.«

Vince ist wirklich immer am Ball, dachte Barron, als Vince dem wirbelnden Schwarzweißbild den ganzen Schirm zur Verfügung stellte, wo nun wieder Vasen, Wände und Decken tanzten, bis schließlich das verbrauchte Gesicht des alten Mannes voll zu sehen war, groß wie unter einer Zeitungsschlagzeile, ein langer Gummischlauch ging von einem Nasenloch aus und war mit Heftpflaster an der Stirn festgeklebt, das graue Totenbettfoto war in einem seltsamen Heimvideowinkel aufgenommen, wodurch die blicklosen Augen des alten Mannes direkt auf Howards zu starren schienen, der wieder winzig in der linken unteren Ecke aufgetaucht war und verdammt an den rächenden Geist des Todes erinnerte, der auf ein Insekt herabblickt, das er unter einem feuchten Stein hervorgelockt hat. ›60 Sekunden‹ strahlte die Anzeige.

Und Jack Barron, mit einer Einst-im-Mai-Stimme von außerhalb der Kamera, verwandelte Howards Gesicht in eine Maske von Entsetzen und Wahnsinn, als er sagte: »Sehen Sie, Howards, Sie betrachten den Tod. Das sind keine 50000 Dollar auf Ihrem Kontoauszug, sondern ein lebendes, menschliches Wesen, das im Sterben liegt. Nur zu, betrachten Sie das Gesicht, die Schmerzen, sehen Sie die Krankheit, die es innerlich verzehrt, direkt hinter der Maske? Aber das ist keine Maske, Howards, es ist ein Mensch, ein menschliches Lebenslicht, das kurz davor steht, für immer ausgeblasen zu werden. Im Endeffekt läuft es bei uns allen darauf hinaus, früher oder später ringen wir alle einmal um nur noch einen weiteren Atemzug, einen weiteren Augenblick Leben, bevor das Große Nichts uns umfängt. Und so gehen wir dahin, wegen fünfzigtausend Dollar. Was ist so heilig an fünfzig Riesen, daß man damit das Leben eines Menschen kaufen kann? Wieviel Silberlinge entsprechen 50000 Dollar, Mister Howards? Tausend, zweitausend? Einstmals wurde das Leben eines Menschen für dreißig Silberlinge gehandelt, Mister Howards, nur *dreißig*, und es handelte sich um Jesus Christus. Wie viele Leben haben Sie in Ihren Gefrierkomplexen, die mehr wert sind als Seines? Glauben Sie, das Leben eines beliebigen Menschen könnte mehr Geld wert sein als das Leben von Jesus Christus?«

Und nun füllte Gelardi den Schirm mit dem Bild von Benedict Howards in einer extremen Nahaufnahme. Er war kreidebleich, und man konnte jede Pore, jedes geplatzte Äderchen der Haut sehen, das Gesicht eines eingesperrten, wahnsinnigen Fleischfressers, dachte Jack Barron, der nun verkündete: »Vielleicht bekommen wir nach diesem Wort unseres Sponsors ein paar Worte von Benedict Howards zu hören.«

Jesus H. selbst auf 'nem Fahrrad, dachte Barron freudestrahlend, als der Werbespot begann. An Tagen wie diesem fürchte ich mich *vor mir selbst.*

»Ooooh, Mann, wie *der* scharf drauf ist, mit *dir* zu sprechen!« sagte Vince Gelardis Stimme über den Interkomkreis, als der Spot begann. »Hört sich an, als litte er an vollkommener Hydrophobie.« Barron sah Gelardi grinsen, gab ihm ein Zeichen, worauf die Anzeigentafel bei ›90 Sekunden‹ zu zählen begann, dann drückte er auf den Knopf des Vidphons Nummer zwei, Benedict Howards' Gesicht erschien auf dem Schirm, und kurz danach hörte man auch seine Stimme mitten in einer Tirade:

»... bei allen verdammten Hurensöhnen! Keiner spielt *solche* Spielchen mit Benedict Howards. Sie rehabilitieren mich augenblicklich wieder, sonst habe ich Sie wegen Verleumdung binnen kürzester Zeit vom Bildschirm weg und im Gefängnis ...«

»Verpissen Sie sich, Howards!« sagte Barron. »Und bevor Sie Ihr großes Maul wieder aufreißen, möchte ich Sie daran erinnern, daß dieses Gespräch durch die Kontrollkabine geht, es ist keine Privatleitung.« (Hier warf er Howards einen beruhigenden Wir-spielen-noch-nicht-die-Flinte-ins-Korn-werfen-Blick zu). »Sie wissen genau, worauf das alles hinausläuft, und Sie haben noch genau sechzig Sekunden Zeit, bevor wir wieder auf Sendung sind, um mir Gründe zu nennen, weshalb ich Sie rehabilitieren sollte, aber nicht nur dumme Drohungen. Ich mag Drohungen überhaupt nicht. Ich werde Ihnen nur mal kurz andeuten, was in der nächsten Sequenz passieren wird: Ich werde Sie in Stücke reißen, nicht mehr und nicht weniger, aber ich werde genau soviel übriglassen, damit Sie sich in der übernächsten Runde wieder in den Kampf stürzen und von Ihrem Arsch retten können, was noch zu retten sein wird. Es sei denn, Sie sind schlau genug und gehen schon jetzt auf meine Bedingungen ein – und wie die aussehen, wissen Sie ganz genau.«

»Drohen Sie mir nicht, Sie gottverdammter Clown!« brüllte Howards. »Sie rehabilitieren mich, sonst lege ich auf, und wenn ich dann mit Ihnen fertig bin, werden Sie nicht mal mehr einen Job als Latrinenreiniger bekommen ...«

»Nur zu, legen Sie auf«, sagte Barron, als die Anzeige ›30 Sekunden‹ vermeldete. »Ich habe noch fünf Anrufe so wie diesen in Reserve – vielleicht noch etwas härter –, um den Rest der Show damit zu bestreiten. Ich brauche Sie nicht auf Sendung, um Sie fertigmachen zu können. Sie werden auf die eine oder andere Art lernen, daß es sich nicht auszahlt, mir auf der Nase herumzutanzen, denn wenn Sie nicht nach dem nächsten Werbespot rausrücken, dann ist es aus mit Ihrem Gesetzentwurf, und die ganze verdammte Stiftung wird dermaßen stinken, daß man glauben wird, Judas Ischariot sei Ihr Presseagent. Wie gefällt Ihnen das, Sie Großmaul?«

»Oh, Sie verfluchter Wich ...« Und Gelardi schaltete Howards gerade noch rechtzeitig ab, als die Tafel ›Auf Sendung‹ anzeigte.

Jack Barron grinste seinem eigenen Abbild auf dem Monitor zu – Fleischaugen sahen in Phosphorpünktchenaugen in einer Adrenalin-Feedbackreaktion – und fühlte dabei eine seltsam beschwingte Heiterkeit, eine psychische Erektion. Mehr noch als die Spannung bezüglich des weiteren Verlaufs der Show, seines Fünf-Asse-in-der-Rückhand-Spiels um Howards' Blut, das in seinen Ohren pochte, spürte Barron eine Erregung in sich aufsteigen, den heißen, freudigen Berserkergeist der alten Berkeley-Babybolschewikentage und das Jagdfieber, und verstärkte Hundert-Millionen-Zuschauer(-nach neuesten Schätzungen-)-Blitze schossen aus seinen vierfarbigen Phosphorpünktchenaugen, und zum ersten Mal überließ er die Show ganz dem Gyroskop seiner endokrinen Reaktionen und wußte nicht, was als nächstes passieren würde. Und kümmerte sich auch nicht darum.

Gelardi genehmigte Howards den Platz auf der Inquisitionsbank im linken unteren Quadranten - Doris Pulaski hatte inzwischen ihre Schuldigkeit getan -, während Barron sagte: »Okay, wir sind wieder auf Sendung, Mister Howards, und wir werden nochmals auf Ihr Lieblingsthema zu sprechen kommen. Sprechen wir über Geld. Wie viele ... ähem ... Klienten, glauben Sie, haben Sie in Ihren Gefrieranstalten?«

»Es sind inzwischen bestimmt über eine Million Menschen in den Gefrieranstalten der Stiftung«, antwortete Howards (und Barron spürte, wie er verzweifelt nach Ansatzpunkten suchte, um den Fragen zu begegnen, die, wie er *wußte*, nun unweigerlich kommen würden). »Sie sehen also, das Einfrieren beschränkt sich wirklich nicht nur auf ein paar wenige. Eine Million Menschen mit der Hoffnung auf das ewige Leben - das ist nicht gerade wenig ...«

»Hört, hört«, unterbrach ihn Barron. »Eine Million ist eine hübsche, runde Zahl. Fahren wir doch mit unserer kleinen Arithmetiklektion fort, ja? Was würde es Ihrer Meinung nach kosten, einen Körper ein Jahr lang in Tiefkühlstarre zu halten?«

»Es ist unmöglich, so mir nichts, dir nichts mit einem

verläßlichen Durchschnittswert daherzukommen«, entgegnete Howards. »Sie müssen die Kosten der Vorbereitungen für das Einfrieren hinzurechnen, die Kosten für das Einfrieren selbst, die Abnützung von Material und den Geräteverschleiß, die Kosten für zu ersetzendes Kühlmittel, Energie für die Pumpen, Personal, Steuern, Versicherungen ...«

»Yeah, wir wissen, Sie machen eine echt komplizierte Sache«, warf Barron ein. »Nehmen wir also einen großzügigen Durchschnittswert, an dem keiner etwas rütteln kann ...« Die Falle richtig auslegen, dachte er bei sich. Kann unmöglich mehr als dreitausend pro Person und Jahr sein, und das weiß er, also können wir ihm ruhig ein bißchen Spielraum lassen ... »Sagen wir, fünftausend Dollar genügen pro Klient pro Jahr, einverstanden? Klingt das vernünftig ... oder ist es zu hoch gegriffen? Ich habe wenig Geschäftssinn, wie mir mein Kontostand jedes Jahr um den fünfzehnten April verrät.«

»Ich nehme an, das könnte hinkommen«, gab Howards zähneknirschend zu, und Barron konnte die Furcht hinter seinen Augen erkennen. (Scheißt sich fast ein vor Angst, was Bennie? Weil du nicht kapierst, worauf das alles hinausläuft, denn irgendwas geht hier vor, aber Sie wissen nicht, was es ist, nicht wahr, Mister Jones?)

»Und um eingefroren zu werden, verlangen Sie ein Minimum von fünfzigtausend Dollar in flüssigen Mitteln, richtig?«

»Das haben wir doch alles schon durchgesprochen«, murmelte Howards, offensichtlich unsicher, was als nächstes passieren würde.

»Nun gutie ...«, grollte Barron und gab Vince das Signal, Howards' Ton abzudrehen. Er starrte direkt in die Kamera, beugte den Kopf nach vorne, wobei er die Schatten des Kinestophintergrundes, die von den Lehnen seines Stuhles reflektiert wurden, mit seinen tiefliegenden, unschuldigen Aus-und-vorbei-Augen einfing, worauf er ein knappes, amüsiertes, verstehendes Lächeln von sich gab. »Okay, Sie dort draußen, nun haben wir die Zahlen vor uns, und nun rechnen wir ein wenig. Rechnen Sie, am Bildschirm, nach, einverstanden? Ich bin furchtbar schlecht bei Nummern, zumindest bei denen auf dem Papier. Mal seh'n ... multiplizieren wir die Anzahl der Körper in den Gefrieranstalten mit 50000 Dollar pro Person ... das gibt ... äh ... zehn Nullen und ... Mann, das sind ja fünfzig Milliarden Dollar, stimmt das, oder nicht? Also hat die Stiftung mindestens fünfzig Milliarden Dollar Kapital. *Das* nenn ich Geld. Etwa die Hälfte des Verteidigungsetats der Vereinigten Staaten, nicht mehr und nicht weniger. Okay, Leute, und nun noch ein Multiplikationsproblem – 5000 Dollar pro Körper pro Jahr mal eine Million Körper ... in hübschen runden Zahlen kommt man dabei auf ... *fünf Milliarden Dollar.* Nun, mal sehen ... wenn ich fünfzig Milliarden Mäuse hätte, mit denen ich herumspielen kann, dann sollte ich eigentlich imstande sein, sagen wir ... zehn Prozent jährlich herauszuwirtschaften. Sie, liebe Zuschauer, etwa nicht? Das ergibt ... ha, fünf Milliarden Dollar, stimmt's? Was für ein Zufall! Deckt sich mit den Ausgaben der Stiftung – ein Zehntel. Rechnet nach, Leute, zehn Prozent des Gesamtkapitals der Stiftung. Junge, Junge, Zahlen sind lustig.«

Nachdem er den Pfad abgesteckt hatte, gab er Vince das Signal für einen zweiminütigen Countdown bis zum nächsten Werbespot, dann schaltete er Howards' Ton wieder zu.

»Was, zum Teufel, soll das?« fauchte Howards. »Für wen halten Sie sich, für die Steuerfahndung?«

»Geduld, Geduld, Mister Howards«, beschied ihm Barron mit bewußt aufreizender Langsamkeit. »Jack

Barron weiß alles, sieht alles, sagt alles. Und nun versuchen wir es mit einer simplen Subtraktion. Subtrahieren wir fünf Milliarden Ausgaben jährlich von fünf Milliarden Einnahmen durch das Kapital. Das ergibt eine runde, fette Null, nicht wahr? Genau das geht ab von den fünfzig Milliarden, die Sie den Körpern in den Gefriersärgen abgeknöpft haben, um deren Überleben zu sichern – *Null*. Überhaupt nichts. Wie hübsch. Und damit erhalten Sie sich Ihren steuerfreien Nonprofitstatus, oder etwa nicht? Das Einkommen ist im Gleichgewicht mit den Ausgaben. Und die 50000 Dollar, die jeder Klient beisteuert – nun, das ist überhaupt kein Einkommen, ja? Rein technisch gesehen gehören Sie Ihnen nicht mal, und das verhindert, daß Ihnen die Steuerprüfer in Ihren Unsummen herumstochern. Junge, Junge, Ihren Buchhalter würde ich gerne für mich haben.«

»Wovon sabbern Sie da?« fragte Howards mit einem völlig unglaubhaften Ausdruck der Verständnislosigkeit.

»Ich sabbere von der Kleinigkeit von fünfzig Milliarden Dollar«, erklärte Barron, während die Anzeige ›60 Sekunden‹ verkündete. »Fünfzig Milliarden Dollar steuerfrei, mit denen sie *ohne* Rücksicht auf anfallende Unkosten herumhantieren können. Was meinen Sie, mit wem Sie es zu tun haben, Howards? Das ist Kohle genug, um jeden Menschen in den Vereinigten Staaten einfrieren zu lassen, der stirbt, Kanada gleich noch dazugenommen, hab ich recht? Fünfzig Milliarden Dollar, während arme Teufel wie Harold Lopat und Millionen andere sterben müssen und Sie uns mit müden Worten hinhalten! Was passiert mit diesen fünfzig Milliarden, Howards? Sie müssen verdammt große Löcher in den Taschen haben, ansonsten ...«

»Forschung!« krächzte Howards wie von Sinnen. »Ohne Forschung ...«

Gelardi, der Barrons Fußsignal mal wieder vorausgeahnt hatte, schaltete Howards den Ton ab. Die Tafel meldete ›30 Sekunden‹.

»Forschung!« spottete Barron, dessen Gesicht nun den ganzen Schirm ausfüllte, eine Maske rechtschaffener Empörung, die in (nach neuesten Schätzungen) hundert Millionen Augenpaare starrte.

»Yeah, sicher Forschung, aber Forschung *wofür*? Forschung dafür, wie man sich Stimmen im Kongreß kaufen kann, um seine eigene Altersversorgung zum geschriebenen Gesetz werden zu lassen? Forschung, wie man Senatoren und Gouverneure kaufen kann und... wer weiß, vielleicht Ihren eigenen, privaten Präsidentschaftskandidaten! Ich mag es gar nicht gerne, abfällig über die Toten zu sprechen – die definitiv *dauernd* Toten –, aber Sie standen in seltsam engen Beziehungen zu einem bestimmten Senator, der eine ausgesprochen gutfinanzierte Kampagne für die Präsidentschaftskandidatur der Demokratischen Partei durchzog, nicht wahr? Läuft das auch unter ›Forschung‹? Fünfzig Milliarden für Forschungen, wo dort draußen jeden Tag Menschen wie Harold Lopat sterben müssen! Wir werden noch genügend Zeit haben, über fünfzig Milliarden Dollar für Forschungen zu sprechen – wissenschaftliche oder *politische* Forschungen –, wenn wir dieses Wort von unserem dagegen relativ bedeutungslosen Sponsor gehört haben.«

Während der letzte Werbespot ablief, durchrieselte Barron ein seltsam manisches Gefühl der Euphorie, denn er wußte, er hatte nun einen Kräftefokus geschaffen, in dem er die Fünfzig-Milliarden-Dollar-Stiftung in den nächsten Minuten zertreten konnte wie eine Wanze, sollte Howards dumm genug sein, keine Kooperationsbereitschaft zu zeigen. »Mannomann.« Fünfzig Milliarden Kohlen! Hab noch nie darüber nachgedacht, überlegte Barron. Was, zum Teufel, macht er *wirklich* mit dem Haufen Geld? Scheiße, er könnte damit den gesamten Kongreß, den Präsidenten und den kompletten Obersten Gerichtshof kaufen, wenn's drauf ankommt. Riesengroße *Action*! Bennie Howards ist größer als das ganze abgewichste Land!

Yeah, aber direkt hier, live, ohne Zeitverzögerung, ist er nicht mehr als ein mieser kleiner Punk, mit dem ich dribbeln kann wie mit einem Basketball. Und wozu macht mich das? Luke und Morris sind vielleicht doch nicht so verrückt, wie es sich anhörte ...?

Er stellte die Verbindung am Vidphon Nummer zwei her, und Howards, dessen Augen nun reptilienkalten Juwelen glichen, sah von dem ach so kleinen Vidphonschirm zu ihm auf wie eine winzige gefangene Wanze.

»Na gut, Barron«, sagte Howards mit tonloser Geldstimme, »Sie haben Ihr Spielchen gehabt. Wir haben beide Ihr Spielchen mitgespielt und wissen nun, darin bin ich kein Gegner für Sie. Sie haben mir einen Schlag versetzt, und zwar einen schweren. Vielleicht können Sie mir doch mehr schaden, als ich anfänglich dachte, aber ich warne Sie, nun bringen Sie mich aus diesem Schlamassel auch wieder raus, sonst mache ich Sie fertig, und zwar verdammt schnell. Und kommen Sie mir nicht mit Tricks, Sie wissen verdammt gut, daß ich das schaffen kann. Machen Sie weiter so, dann werden Sie bald merken, wieviel Muskeln fünfzig Milliarden Dollar sind – und ich werde jeden Pfennig davon ins Feld werfen, um Sie abzuservieren. Sie werden mehr als nur die Show verlieren. Ich kann Ihre Steuererklärungen der letzten zehn Jahre untersuchen lassen und den Richter bestechen, und das ist erst der Anfang. Spielen Sie mit – vergessen Sie nicht, was Sie zu verlieren haben ... *und was zu gewinnen.*«

Und das brachte Barron wie eine eiskalte Dusche

wieder auf den Boden zurück. Klar, dachte er, ich kann ihn weiter schlachten, aber dann adieu *Champion Jack Barron* und adieu kostenloses Einfrieren und was mir der Bastard sonst noch alles antun kann – das Spiel heißt Kamikaze. Ein alter Dylan-Vers ging ihm durch den Kopf:

»I wish I could give Brother Bill his big thrill;
I would tie him in chains at the top of the hill,
Then send out for some pillars and Cecil B.
*DeMille...«**

Yeah, ich kann ihn fertigmachen, und er kann mich fertigmachen, wenn wir beide das Samsonspiel weiterspielen. Aber das echte Spiel heißt Bluff.

Die Anzeige zeigte ihm, daß er noch sechzig Sekunden Zeit hatte, sich zu entscheiden.

»Passen Sie auf, Howards«, sagte er, »wir können einander fertigmachen oder Ball spielen und kühl bleiben. *Sie* haben die Wahl, Bennie-Baby. Sie wissen, was ich will, das Vereinbarte *plus das andere*. Ich ändere meine Meinung nicht – Prinzipien. Vielleicht bluffe ich nur, dann belassen Sie's eben dabei, mir Wurscht. Aber bevor Sie das tun, überlegen Sie sich, was Sie davon haben und ob es sich lohnt, den Verlust dessen zu riskieren, was *Sie* zu verlieren haben. Ich bin ein gefährlicher Irrer, Howards, ich habe keine Angst vor Ihnen. Sind *Sie* so sicher, daß Sie keine Angst vor mir haben?«

Howards war lange Sekunden still, biß sich auf die

---

* »Ich wünschte, ich könnte Bruder Bill den großen Kitzel verschaffen,
Ich würde ihn am Gipfel des Hügels in Ketten legen,
Und dann ein paar Säulen und Cecil B. DeMille bringen lassen ...«
Vers aus dem Dylan-Stück *Tombstone Blues* von der LP *Highway 61 Revisited* (CBS S 62 572). – *Anm. d. Übers.*

Lippen, sagte schließlich: »Na gut, Sie haben gewonnen. Man kann über alles verhandeln. Sie holen mich wieder da raus, dann reden wir noch mal über Ihre Bedingungen. Einverstanden?«

Die Anzeige strahlte ›30 Sekunden‹ herüber, die Zeit, die ihm für eine rasche Entscheidung blieb, was den restlichen Verlauf der Show und alles danach anbelangte. Aber mehr wurde er vorerst nicht aus Bennie Howards rauskriegen, das wußte Barron. Würde jetzt alles versprechen, nur um wieder aus der Chose rauszukommen, und dann später alles rumdrehen mit seinen Fünfzig-Milliarden-Dollar-Stiftungsassen, aber er kennt nicht alle Asse, die ich habe – Lukes und Morris' Angebote, mit denen kann ich ihn zum Teufel komm raus bluffen, wenn's nötig sein sollte, ganz gleich, was er anfährt. Na gut, Bennie, woll'n mal nicht so sein, ich verzichte auf das *descabello* und lasse dich blutend, aber nicht tot zurück.

»Einverstanden, Howards, heute nacht werde ich Sie noch schonen, aber erwarten Sie auch nichts Weltbewegendes in den nächsten zehn Minuten. Ich werde alles nur ein wenig verwirren, damit die hundert Millionen Köpfe dort draußen nicht mehr so genau durchblicken.«

»Aber Sie haben mich in die Ecke gedrängt«, winselte Howards. »Wie wollen Sie mich da mit heiler Haut rausbringen?«

»Das ist mein Spielchen, Bennie«, sagte Barron. Er schenkte Howards ein ironisches Alles-unter-Kontrolle-Lächeln. »Was ist los, Bennie, haben Sie kein Vertrauen zu mir?«

Dann verkündete die Anzeige »Auf Sendung«, und Gelardi genehmigte Howards wieder den Inquisitionssitz links unten, wie zuvor auch.

»Nun, worüber haben wir eben gesprochen?« fragte Barron. (Muß mich wirklich sachte zurückziehen –

und vor allem, nicht allzu weit.) »Ah, ja, *Forschung*. Forschung für fünfzig Milliarden Dollar. Und da die Stiftung durch einen kleinen Kunstgriff von Steuern befreit ist, hat das amerikanische Volk, glaube ich, ein Recht darauf, zu erfahren, *wonach* mit diesem Geld eigentlich geforscht wird. Nun, wir können jederzeit die Jungs vom Finanzamt anrufen, Mister Howards, also beantworten Sie die Frage bitte wahrheitsgemäß: Wie hoch ist Ihr Forschungsbudget?«

»Eine Summe zwischen drei und vier Milliarden Dollar«, sagte Howards, und Barron gab Vince das Signal, ihm den halben Schirm zu genehmigen, um ihn aus dem Verhöreckchen herauszuholen.

»Bleibt ein verdammter Rest bis zu fünfzig Milliarden Dollar, nicht wahr?« fragte Barron, doch der scharfe Unterton war aus seiner Stimme gewichen (komm schon, Schmuck, telepathierte er, du kannst nicht von mir erwarten, daß ich deine Sache vertrete, geh darauf ein). »Was geschieht mit diesen fünfzig Milliarden?«

Howards entspannte sich ein wenig, als er erkannte, daß das Messer von seiner Brust genommen wurde. »Sie spielen hier verdammt großzügig mit Zahlen herum«, sagte er, »wissen aber offensichtlich nicht, daß die 50000 Dollar eines Klienten *kein* Honorar sind, das der Stiftung vorbehaltslos überschrieben wird. Nach dem klinischen Tod seines Patienten geht das Geld einer Treuhandstiftung zu und wird von dieser Stiftung verwaltet, solange der Patient klinisch und rechtlich tot ist. Bei der Wiedererweckung fallen sämtliche eingebrachten Güter wieder an den Besitzer zurück, und nur die tatsächlich während seines Tiefschlafs aufgebrauchten Gelder werden berechnet. Zugegeben, es ist eine enorme Menge Geld, aber wir *verwahren* sie lediglich bis zu dem Zeitpunkt, an dem wir unsere Klienten wieder zum Leben erwecken können – dann bekommen sie alles zurück. Der Fonds funktioniert im wesentlichen so, wie eine Bank auch funktioniert, und eine Bank kann auch nicht hergehen und ihr Kapital ausgeben – daher können wir auf dieses Geld nicht zurückgreifen, es gehört uns nicht.«

Ich darf aber auch nicht zu blöd dastehen, dachte Barron nun. Darf's ihm nicht zu leicht machen, muß langsamer zurückweichen. »Aber eine so riesige Menge Kapital vermehrt sich doch außerordentlich schnell, wenn man nicht gerade ein Idiot ist oder es zum Schornstein hinausbläst. Und Sie haben eben selbst zugegeben, daß alle Einnahmen durch das ursprüngliche Kapital der Stiftung zufließen, also müssen Sie doch noch über Milliarden verfügen, die klipp und klar Ihnen gehören. Wie sieht es damit aus?«

Howards antwortete wie aus der Pistole geschossen. (Jetzt sieht er wieder Land, dachte Barron.) »Das stimmt. Aber unsere Ausgaben sind enorm ... etwa fünf Milliarden jährlich, und das frißt alle Einnahmen aus dem Kapital auf. Die vier Milliarden für die Forschung müssen wir also aus den Profiten der Investition unseres Eigenkapitals erbringen. Würden wir anfangen, Kapital auszugeben, dann würden wir sehr bald bankrott sein.«

Plötzlich, fast widerstrebend, erkannte Barron, daß Howards ihm damit eine Waffe in die Hand gegeben hatte, durch die der Rest der Show wie ein Liebeswinseln aussehen konnte. Scheiße, dachte er, Bennie hat doch ein vitales Interesse daran, daß all die Steifgefrorenen auch tot bleiben! Wenn er sie alle auftaut, dann muß er ihnen ja das Geld zurückgeben und verliert seine fünfzig Milliarden. Schlag ihm *das* um die Ohren, Baby, damit wirst du ihn in den Staub treten. Halt... ruhig! Cool bleiben, mahnte er sich selbst. Du mußt den Schlappschwanz ja aus seinem Loch herausziehen und nicht noch tiefer reintrampeln.

»Also läuft alles auf die *Forschung* hinaus«, sagte Barron und lenkte widerstrebend von dem heißen Eisen ab. »Vier Milliarden Mäuse sind immer noch ein höllisches Forschungsbudget, mehr als genug, um zu verbergen, was ... alle möglichen interessanten Sachen lassen sich damit verschleiern. Würde vorschlagen, Sie erklären uns mal, für welche Forschungen Sie das Geld ausgeben.«

Howards warf ihm einen finsteren Blick zu.

Jesses, was hast du erwartet, Bennie, dachte Barron. Muß schließlich auch weiterhin wie der alte Tritt-sie-in-den-Arsch Jack Barron aussehen, oder etwa nicht?

»Zunächst einmal müssen Sie wissen, daß alle ›Insassen‹ unserer Gefrierkomplexe *tot* sind. So tot wie jeder Begrabene auf einem Friedhof auch. Das kryonische Einfrieren verhindert lediglich den Verfall der Körper – ansonsten handelt es sich um Leichen. Die Probleme, einen Toten wieder ins Leben zurückzurufen, sind enorm. Ich bin kein Wissenschaftler und Sie auch nicht, Barron, aber wir beide können uns wohl vorstellen, wie viele Forschungen und Experimente nötig sind, bevor wir einen Toten tatsächlich wieder zum Leben erwecken können – und das alles ist sehr teuer. Und selbst dann müssen auch noch Heilmethoden entwickelt werden, und zwar gegen alle Krankheiten, an denen unsere Klienten gestorben sind – in den meisten Fällen war es das hohe Alter. Das ist die härteste Nuß, die wir knacken müssen, eine Heilmethode gegen das Altern. Ich meine, was nützt es, einen neunzigjährigen Klienten zu erwecken, wenn er kurze Zeit später ohnehin wieder sterben müßte. Was resultiert daraus? All das wird Milliarden jährlich kosten, und das jahrzehnte-, möglicherweise jahrhundertelang. Männer in meiner Position müssen alles langfristig sehen ... wirklich langfristig ...« Und einen Augenblick lang schienen Howards' Augen tatsächlich in eine unvorstellbare Zukunft zu schauen.

Barron aber hatte eine plötzliche Erleuchtung: Konnte es sein, daß das gesamte Gefrierspiel ein Fake ist? Nur dazu da, Geld für etwas anderes aufzubringen? Luftschloß zur Tarnung? Das gesamte Gefrierprogramm ist nutzlos, solange der Alterungsprozeß nicht unter Kontrolle ist. (Und wieviel ist dieses kostenlose Einfrieren *wirklich* wert? Vielleicht verkaufe ich mich entsetzlich billig...) Aber was Bennie in meinem Büro über das ewige Leben brabbelte, das war kein Schmant, er war wirklich total *zonkig* davon! Yeah, das paßt alles zusammen... er will das Alterungsproblem gar nicht lösen, denn das kostet ihn seine fünfzig Milliarden Mäuse. Aber er ist wirklich scharf auf das ewige Leben. Zehn zu eins, daß die Wissenschaftler nur als Tarnung an der Altersforschung herumfummeln, die große Show findet hinter den Kulissen statt. Und wenn das wirklich stimmt wie viele Geier werden dann über den fünfzigtausend kreisen, die sie aufbringen müssen? Bennie-Baby, wir werden eine verdammt lange Unterhaltung führen müssen. Mal sehen, ob ich nicht ein klein wenig den Nerv anbohren kann, nur ein kleines – wie nennt man es gleich? – Erkundungsunternehmen. Die Anzeige sagte ›3 Minuten‹.

»Eines Tages werden alle Menschen durch die Stiftung ewig leben können«, sagte Barron.

»Was?« grunzte Howards und seine Augen zoomten in einen scharfen Fokus zurück, wie die eines Mannes, den man eben aus tiefer Trance zurückgeholt hat.

»Ich habe nur einen gängigen Slogan der Stiftung zitiert«, antwortete Barron. »Geht es nicht im Grunde genommen darum? Ich meine, dieses ganze Geld für die Forschung ist doch zum Fenster rausgeworfen, wenn es nicht irgendwann einmal zur Unsterblichkeit führt, richtig? Ein alter Mann übergibt Ihnen fünfzig

Lappen, Sie frieren ihn ein, erwecken ihn hundert Jahre später wieder, nur damit er dann zwei oder drei Jahre später wieder sterben kann. Das erscheint mir wenig sinnvoll. Das Gefrierprogramm ist eine Methode, ein paar Leute vor dem Sterben zu bewahren, damit sie in der Zukunft ewig leben können, wann immer Sie das erreicht haben. Ich meine, Jungvolk wie ich, das Land im allgemeinen, wir lassen die Stiftung ihre Geschäftchen machen, wie das der Slogan sagt, damit eines Tages *alle* Menschen durch die Stiftung unsterblich werden können, richtig? Also – entweder Sie machen sich mit Feuereifer an die Unsterblichkeitsforschung, oder das ganze Ding ist ein Flopp. Können Sie mir folgen, Mister Howards?«

»Wa ... wa ... was? – natürlich tun wir das!« stammelte Howards, dessen Augen kalt wie die einer Schlange wurden. »Schließlich heißt es ja ›Stiftung für Menschliche Unsterblichkeit‹ und nicht ›Gefrierstiftung‹. Unser Ziel ist die Unsterblichkeit, und zu dessen Erreichung geben wir Milliarden aus, tatsächlich ...«

Als die Anzeige ›2 Minuten‹ verkündete, zögerte Howards. Das hat tatsächlich den Nerv getroffen, überlegte Barron, aber *welchen* Nerv? Scheint nahe dran zu sein, etwas zu offenbaren, das er unter allen Umständen verbergen will ... 120 Sekunden, um herauszufinden, was es ist.

»Mir will scheinen«, fuhr Barron daher fort, »als würden Sie dem amerikanischen Volk einen Fortschrittsbericht schulden. Schließlich arbeiten Sie steuerfrei und mit einer großen Menge öffentlicher Gelder. Wie geht diese teure Forschung vonstatten?«

Howards warf ihm einen Blick zu, aus dem pures Gift troff. Hör auf damit! schrien seine Augen. »Die Wissenschaftler folgen meinen Pfaden zur Unsterblichkeit«, sagte Howards langsam. (Er scheint auch auf die Uhr zu achten, dachte Barron.) »Davon sind einige natürlich erfolgversprechender als andere ... Nichtsdestotrotz sind wir der Meinung, wir sollten uns *allen* Möglichkeiten widmen ...«

Barron tippte dreimal mit dem linken Fuß, worauf Vince ihn auf drei Viertel des Schirm schaltete und Howards wieder in die linke untere Ecke verbannte. ›90 Sekunden‹ vermeldete die Anzeigetafel. »Könnten Sie das ein wenig spezifizieren? Erzählen Sie uns, wie der erfolgversprechendste Zweig aussieht und wie weit Sie fortgeschritten sind.«

»Ich halte es nicht für richtig, in diesem Stadium verfrüht falsche Hoffnungen zu erwecken«, sagte Howards liebenswürdig, aber Barron spürte etwas – Angespanntes? Furchtsames? Drohendes? – dahinter. »Spezifizierung wäre in diesem Stadium ein Fehler ...« Aber falsche Hoffnungen sind doch dein Geschäft, dachte Barron. Warum willst du dich nicht auf ein nettes kleines Hinhaltespielchen einlassen, Bennie ...? Es sei denn ...

»Sie meinen, Sie haben bisher Milliarden über Milliarden ausgegeben und sind immer noch dort, wo Sie angefangen haben?« fragte Barron mit zynischem Unglauben. »Das kann nur an zweierlei liegen: Entweder Ihre Wissenschaftler sind alle Idioten oder Stümper, oder ... oder das Geld für die Unsterblichkeitsforschung fließt in Wahrheit in ganz andere Quellen – etwa, um Ihren Gesetzentwurf durch den Kongreß zu bringen oder politische Kampagnen ...«

»Das ist eine Lüge!« kreischte Howards, und plötzlich schien er sich wieder in diesem seltsamen Trancestadium zu befinden. »Sie wissen nicht, wovon Sie sprechen!« (Die Anzeige verkündete ›30 Sekunden‹.) »Wir *haben* Fortschritte gemacht. Mehr Fortschritte, als jeder sich hätte träu ...« Howards erschauerte plötzlich, als hätte er plötzlich erkannt, daß er die Beherrschung verloren hatte, und besann sich nun wieder.

Barron gab Gelardi das Signal, ihm den ganzen Schirm zuzubilligen. Etwas geht hier vor, dachte er. Etwas Größeres als... Größeres als...? Jedenfalls zu groß, als daß man es über die Bildschirme hinausblasen sollte. Gutes Timing, wie immer.

»Nun, Leute, das war's mal wieder, unsere Sendezeit geht zu Ende. Das war eine Stunde, was? Und wenn Ihnen das Problem immer noch auf den Nägeln brennt, dann wählen Sie kommenden Mittwoch ganz einfach Area Code 212, 969-6969, und dann geht die Post wieder ab mit einer weiteren Stunde mit *Champion Jack Barron*.«

Und dann blendeten sie den abschließenden Werbespot ein, und Barron war nicht mehr auf Sendung.

»Er will...«

»Nein!« sagte Jack Barron zur Stimme Gelardis, die über Interkom zu sprechen begonnen hatte. »Ich spreche jetzt nicht mit Bennie Howards, unter keinen Umständen und aus keinem Grund.«

Gelardi gestikulierte hilflos hinter dem Glas der Kontrollkabine. »Ich habe noch nie eines deiner Opfer so von den Socken erlebt«, sagte er. »Du mußt diesen Vogel aus der Leitung nehmen, bevor er jeden Stromkreis im Haus durchgeschmolzen hat. Was für eine Ausdrucksweise!«

Barron spürte, wie ihn die altvertraute, zufriedene Müdigkeit überkam, während er sich aus dem Sendestuhl erhob und, wie üblich, darüber nachdachte, irgendwo hinzugehen und sich eine Maus aufzulesen und ihr dann das Hirn aus dem Kopf zu ficken... und dann – wie ein neuer Ausbruch von Energie – fiel ihm ein, daß diese Zeiten endgültig vorbei waren! Heim zu Sara, und Sara wird da sein! Veränderungen, Veränderungen, aber nur zum Guten.

»Komm schon, Jack, um Himmels willen, kühl Howards ein wenig ab!« winselte Gelardi.

Wer, zum Teufel, will ihn denn abgekühlt haben, dachte Barron. Etwas ist in den letzten paar Minuten passiert, ich habe ihn wirklich hart getroffen, und er hätte beinahe einige verdammt heiße Brocken ausgespuckt – aber ganz bestimmt nicht, weil er kühl geblieben ist. Soll ruhig noch eine gewisse Zeit schmoren. Ich will ihn kochend heiß, wenn's ans Itzibitzi geht – und keine Zeugen, Vince, Baby.

»Gib ihm meine Telefonnummer«, sagte Barron. »Und wenn ihn das nicht abkühlt, sag ihm, er soll sich verpissen. Warum gibst du ihm nicht meine Nummer *und* sagst ihm, er soll sich verpissen? Sag ihm... sag ihm, der Prophet kann verdammt gut zum Berge kommen.«

»Aber Mann, wir brauchen doch nur Howards...«

»Überlaß mir das Denken, Vince. Wunderknabe Jack Barron hat immer noch alles im Griff.«

Was der VIP Howards verdammt bald herausfinden wird.

9

JACK ... JACK, VIELLEICHT HABE ich dich wirklich nie verstanden, dachte Sara Westerfeld, die auf dem Frühstücksdeck stand und ihren Blick über das Wohnzimmer des Penthouse schweifen ließ, während sie auf das Prasseln des Maischauers auf den Facetten des Glasdaches und das Summen des Fahrstuhls hörte, der zum Eingangsfoyer hochgefahren kam. Wie lange ist das schon so, fragte sie sich. Das hat er doch gewiß nicht mit *Champion Jack Barron* gemacht, als er mich rausgeworfen hat ... oder ich gegangen bin. Vielleicht hat er ja recht, vielleicht habe ich ihn *tatsächlich* verlassen und bin ausgeklinkt, weil ich nicht verstehen wollte, was er wirklich vorhatte?

Als sie hörte, wie sich die Fahrstuhltür öffnete, seine Schritte den Korridor entlangkamen und die Präsenz seines Wesens sich wie eine Druckwelle in der engen Passage ausbreitete, was sie mit ihren kinästhetischen Sinnen wahrnehmen konnte, befand sich Sara an der Schwelle eines neuen Bewußtseins über den Kontrast zwischen Mann und Frau, der weitaus schwerwiegender war als der, der offensichtlich wurde, wenn die Hosen runtergelassen wurden.

Macht ist Männersache, erkannte sie. Jede Frau, die die Macht kapiert, die wirklich weiß, was es damit auf sich hat, entpuppt sich am Ende als eine Art Lesbe. Macht ist immer irgendwie schwanzverbunden; Frauen kapieren die Macht nicht, weil sie keinen Schwanz haben. Und die, die doch mit der Macht spielen, tun immer so, als hätten sie einen. Macht hat sogar ihren eigenen, männlichen Zeitsinn: Ein Mann kann warten, planen, sich auf Jahre dauernde Spiele einstellen, Macht ansammeln und horten, um sie dann zum Guten einzusetzen – wenn der Mann in seinem Innersten gut ist, so wie Jack –, so wie ein guter Ficker auch ein frigides Mädchen dazu bringen kann zu kommen, indem er sich zurückhält, wenn's drauf ankommt, bis er sie endlich soweit hat, daß sie kommen kann. Männerart der Liebe, Männerart verzögerten Timings, kalkuliertes Quantum an Emotionen nur dann, wenn die Zeit reif ist, und nicht wie eine Frau, die alles in dem Augenblick fühlen muß, wenn es passiert – Gut, Böse, Liebe, Haß, den Schwanz in ihr. Wie ein Mann kapiert, eine Frau zu ficken, kapiert die Frau, *gefickt zu werden*. Ist das alles, was zwischen uns stand, Jack? Ich dachte wie eine Immer-nur-den-Augenblick-sehende-Frau, du wie ein Die-Zukunft-planender-Mann?

Und dann stand er vor ihr, nasse Locken umrahmten immer noch vor anhaltender Müdigkeit schimmernde Augen, die sich an hundert Kämpfe in Berkeley, Los Angeles und nun endlich *New York* erinnerten, die Linien seines Gesichts glichen Zeitlinien von vergangenen Träumen zur gegenwartsplanenden Realität, Mosaik der Liebe in vierdimensionalem Raum/Zeit-Männerfleisch, aber sie sah auch den Jungen, der immer noch hinter dem Gesicht des Mannes lebte, sah mit dem Auge der Erinnerung, wie der Mann hinter der weichfleischernen schimmernden Rüstung des Jungen gewachsen war, den sie in *action*wirbelnden Straßen und Schlafzimmern kennengelernt hatte, sie liebte den Jungen mit seinen Träumen und den Mann mit seiner Vergangenheit, wie auch den JACK BARRON (in flammenden Buchstaben) vergangener-gegenwärtiger-zukünftiger Sterblicher-Liebhaber-gegen-die-Macht-der-Finsternis-Kämpfe – oh, das ist ein *Mann!*

Sie küßte ihn flüchtig, aber tief mit ihrer Zunge, dann zog sie sich von seinem Mund zurück, immer noch in vertraulicher Arm-auf-der-Schulter-Umarmung, und sagte: »Jack, Jack, ich habe dich im Fernsehen gesehen, ich meine *wirklich* gesehen, zum ersten Mal, was du wirklich tust. Du warst großartig, du warst all das, was ich mir seit den Tagen von Berkeley in dir vorgestellt habe, aber besser ... besser als alles, was ich mir vorstellen konnte – denn damals war ich ein Mädchen, und du warst ein Junge, aber heute bis du ein Mann und ich ... Nun, vielleicht bin ich im fortgeschrittenen Alter von fünfunddreißig Jahren imstande, die Kinderschuhe abzulegen und dich so zu lieben, wie eine *Frau* einen Mann lieben sollte.«

»Das ist ... äh ... irre«, sagte er, und nun erbebte sie unter der Art, wie geistesabwesend er war, die alte Berkeley-Weitwinkelabwesenheit, er dachte durch sie, über sie, warme Männergedanken umgaben sie wie in den Augenblicken, in denen sie ihn immer am meisten geliebt hatte.

»Irre, und ich kapiere auch, was du über uns sagst. Aber die Show ... paß auf, Sara, ich muß dir noch was sagen. Ich meine, glaub nicht, ich wäre wieder wie damals, in den dummen, alten Babybolschewikentagen. Ich glaube, für viele Leute hat es so ausgesehen, und es gab auch Augenblicke, da dachte ich selbst ... aber ich tue nichts ohne Grund, und da gehen Dinge vor sich ...«

»Ich weiß, Jack«, sagte sie. »Du brauchst mir nichts zu erklären. Das merkt man deutlich. Du bist in etwas Großes verstrickt, etwas Bedeutendes, wie es immer schon deine Bestimmung war. Etwas wirklich so wie damals ...«

»Nicht was du denkst oder was sonst jemand denkt«, murmelte er, und seine Brauen sträubten sich, als hinge er einer geheimnisvollen Gedankenkette nach. »Ich kenne selbst nicht die ganze Geschichte. Aber ich spüre etwas, rieche etwas ... etwas so Großes, so ... es macht mir Angst, auch nur daran zu denken, bevor ich ...«

Das Klingeln des Vidphons unterbrach ihn. »Schon ...?« murmelte Jack und schlurfte die Treppe hinunter, über den Teppich und zur Wandkonsole, wo er die Vidphonverbindung herstellte, dann breitete er sich flach auf dem Boden aus. Sie folgte ihm hinterher.

»Was liegt an, Rastus?« fragte er, während sie sich neben ihn setzte und sah, daß das Gesicht auf dem Schirm dem guten alten Luke Greene gehörte. Sie erinnerte sich an die guten alten Zeiten, wo sie immer ein wenig mit Luke herumgealbert hatte, bevor sie sich mit Jack getroffen hatte.

»Um mich geht's nicht, Huey«, sagte Luke, »viele Leute werden sich jetzt fragen, was bei dir anliegt.«

Jack nahm das Vidphon hoch und schwenkte die Kamera auf Sara. »Hallo, Luke«, sagte sie. »Ist schon lange her.«

Er lächelte ihr ebenfalls zu, aufrichtiges, freundschaftliches Ohne-Doppeldeutigkeiten-Lächeln aus alten Zeiten. »Hallo, Sara«, sagte er. »Du und Jack ...?«

»Das weißt du doch, Kingfisch«, sagte Jack und richtete die Kamera wieder auf sich. »Wir sind wieder zusammen, aber dieses Mal auf Dauer.«

Der Kitzel, endlich zu ihrem angestammten Mann zu gehören, durchrieselte Sara, als Jack die Kamera abwandte.

»Nun denn, meinen Glückwunsch, ihr Glücklichen«, sagte Luke. »Sara, vielleicht kannst du diesen Schmuck etwas ans Gängelband nehmen, damit er wieder etwas von dem alten Gefühl mitkriegt, würde ihm guttun, und dem K.S.G. auch.«

Sara sah flüchtig Zorn über Jacks Gesicht huschen und fragte sich nach dem Grund, als er sagte: »Ich werde das verdammte Gefühl nicht los, der eigentliche Grund dieses Anrufs ist die Babybolschewiken GmbH, ja? Oder verschwendest du die Steuergelder der guten Bürger von Mississippi einfach nur so? Was geht in diesem deinem Zerrbild eines Verstandes vor sich?«

»*Dein* Kopf ist es, der sich zu verändern scheint«, konterte Luke. »Du bist wieder bei Sara, und nach der heutigen Nacht sieht es verdammt so aus, als wärst du wieder bei uns. Willkommen bei den menschlichen Rassen, Jack.«

»Öh ... was erzählst du mir da von Rassen? Rassen wie die Ratten etwa? Striktemang von hier zum Vergessen? Rasse, Scheiße, auf *das* Gleis wirst du mich nicht bringen!«

»Laß den Unfug, verdammter Bleicharsch«, polterte Luke. »Du machst keine Mensch-ärgere-dich-nicht-Spielchen mit Bennie Howards, Claude. Du hast die Kurve gekriegt, wußte ich immer schon. Als du mit Bennie auf Sendung warst, konntest du einfach nicht anders, was? Nun, du hast deine Ansichten dargelegt, für mich und eine ganze Reihe anderer, auch für diese fetten republikanischen Dinosaurier.«

»Wovon, zum Teufel, laberst du?« fragte Jack, und Sara spürte, es war ihm ernst damit. Sie war verwirrt über Lukes Worte und auch über die von Jack, und sie fragte sich, ob sie nicht auch bereits die Schatten gewaltiger kommender Ereignisse sehen konnte.

»Ich spreche von der Show gerade eben, wovon sonst?« sagte Luke. »Ich habe noch nie einen VIP gesehen, der so auseinandergenommen worden ist; Bennie muß eine Blutspur von hier bis zu seiner Niederlassung in Colorado hinterlassen haben. Scheiße, Mann, du weißt genau, wovon ich spreche, du hast alles gesagt, und du hast es perfekt gesagt. Etwas für alle. Morris flippte über den ökonomischen Gesichtspunkt, das ist ein Ansatzpunkt für ihre ganze verdammte Adam-Smith-Plattform – Bonzen, die auch ihren Teil von der Gefrier*action* haben wollen, sind bereit, verdammt teuer einzukaufen. O Mann, wie ich schon immer gesagt habe, ein Mann mit politischem Instinkt kann alles ins Wanken bringen. Am Ende hast du Benedict Howards vielleicht etwas zu leicht davonkommen lassen, aber ich glaube inzwischen, daß das genau die richtige Strategie war. Wie Morris sagte, wir müssen unsere Position langsam und sachte aufbauen, bevor du nächstes Jahr an die Öffentlichkeit trittst.«

»Bitte mit einfacheren Worten für uns analphabetische Bleichärsche«, hörte Sara, immer noch ein Bündel geballter Verwirrung, Jack sagen. Aber jetzt machst du doch Spaß, Jack, oder, dachte sie. Nimmst Luke hoch ... Mann, was geht hier vor? Und sie fühlte sich genau so wie damals, als sie elf Jahre alt war und zwischen hölzernen Zäunen hindurchgespäht hatte, um nackte Jungs zu beobachten, die herrlich schmutzige Jungendinge taten. Wie der alte Jack im Bett neben ihr, der über ihr geduldiges Fleisch hinweg große Politik mit Luke besprach, wie gut, oh, wie gut es doch tat, wieder Sara *Barron* zu sein und ihrem Mann zuzusehen, wie er seinen Männergeschäften nachging ...

»Wie wär's ganz einfach mit einem *Ja* deinerseits, ist das einfach genug?« fragte Luke. »Ich habe gerade mit Morris gesprochen, und, Baby, das Wort kann nur ja heißen. Du hast es geschafft, du hast bei den Republikanerjungs alles wieder ins rechte Lot gebracht, was du dir durch das Anschnauzen von Morris versaut hattest. So wie du Howards heute nacht niedergemacht hast – und es hat ihnen ausgezeichnet gefallen, wie du ihn so leicht mit Hennering in Verbindung gebracht hast –, sind sie ganz wild nach deinem Fleisch. Du weißt doch selbst, was das für ein Haufen ist – wenn also Morris mir sein Ehrenwort gibt, daß du zum Kandidaten gekürt wirst, wenn ich mit der K.S.G. rüberkomme, dann kannst du Gift drauf nehmen, daß alle Großkopfeten zugestimmt haben. Und mit dieser Zusage in der Tasche des guten Luke werde ich nicht zögern, mit der K.S.G. umzuschwenken.

Weißt du, was das heißt, Clive? Kapierst du? Wir schaffen es! Wir werden es wirklich schaffen, nicht nur so'n alter Berkeley-Pfeifentraum und nicht die winzige Rolle, die ich hier unten spiele, sondern der ganze Schmuddel, Jack, rein alles, eine K.S.G.-Nationalregierung, genauso, wie du es uns auf dem dreckigen alten Speicher gesagt hast. Es hat verdammt lange gedauert, bis du dich daran erinnert hast, wer du bist, Claude, aber das Warten hat sich gelohnt, denn nachdem du zurückgekommen bist, gerade noch rechtzeitig, da hast du mehr als nur den Speck mitgebracht, mit dem man Mäuse fangen kann, du hast sogar noch die ganze verdammte Falle dazu mitgebracht.«

»Um Himmels willen, Jack«, sagte Sara entzückt, »sag mir doch, was das alles zu bedeuten hat.«

Jack schnitt eine Grimasse und reichte ihr das Vidphon. »Nun mach schon, Machiavelli«, sagte er müde, »sag du's ihr. Du wirst wenigstens ein ernstes Gesicht dabei machen können. Sag der kleinen Lady, was los ist.«

»Du meinst, du hast es ihr noch nicht ge ...?« begann Luke ungläubig. »Sara, wir Macher und Sager werden aus diesem verdammten Kretin, den du vögelst, den nächsten Präsidenten der Vereinigten Staaten machen, nicht mehr und nicht weniger.«

Jack schnappte sich wieder das Vidphon, bevor sie antworten konnte, bevor sie mehr tun konnte als ihn anstarren, als sei er ein mystisches Avatar, dessen ganze Glorie plötzlich von einem grellen Schein psychedelischen Lichtes enthüllt worden ist. Ja! Ja! dachte sie, wo auf der Welt gibt es einen größeren Mann als meinen Jack, und wer kann vor ihm standhalten, dem

Berkeleyritter in der weichfleischernen Rüstung JACK BARRON vor den hundert Millionen Menschen? Sie wollen ihn alle, und er muß nichts weiter tun als dasein und der Welt *Jack* zeigen.

»Ich habe auch ein einfaches Wort für dich, Luke, und das ist nur unwesentlich länger«, sagte Jack. »Das Wort heißt *nein*. Wenn ich nominiert werde, komme ich nicht, wenn ich gewählt werde, trete ich das Amt nicht an. Okay, mal angenommen, du kannst mir die Nominierung der K.S.G. und der Republikaner verschaffen. Sagen wir, der Anwärter schaltet sich selbst aus, wie Hennering, und ich trete gegen eine offensichtliche Marionette von Howards an, und am Wahltag ist jeder stoned, und ich gewinne tatsächlich. Was dann? Ich habe keine Ahnung, was man als Präsident machen muß, und was noch schwerer wiegt, ich habe auch keine Augen um zu lernen. Ist einfach nicht meine Sache.«

»Keine Panik«, sagte Luke beruhigend. »Du wirst viele politische Genies haben, die dir ...«

»Paß auf, Svengali, ich bin kein Aushängeschild, nicht mal deines, und das werde ich auch niemals sein, also vergiß es! Glaubst du, ich bin wirklich so dumm, daß ich nicht merken würde, was gespielt wird? Ihr und Morris wollt einen Imagekandidaten wie Eisenhower oder wie Reagan, ein verdammtes, hirnloses Mundstück, jemand, den ihr abpacken und wie Seife verkaufen könnt. Und meine Antwort ist *nein*. Wenn du schon so eng mit Morris zusammen bist, warum machst du's dann nicht selbst?«

»Das ist ein Vidphon, oder nicht?« fragte Luke bitter. »Schau dir mein Gesicht genau an, du Bleicharsch, und dann sag das noch mal.«

»Tut mir leid, Luke, tut mir wirklich leid«, sagte Jack mit der augenblicklichen Körper-Radar-Reflexreaktion, die ihm immer zu sagen schien, wann er eine Wunde geschlagen hatte, bewußt oder unbewußt, und zu der eine verwundete Kleinjungenmiene gehörte, die Sara hinter dem Tritt-sie-in-den-Arsch-Äußeren immer geliebt hatte.

»Du kennst mich, Mann«, sagte Jack aufrichtig. »Mir ist deine Hautfarbe wirklich scheißegal. Ich erzähl dir kein dummes Zeug. Es ist mein vollster Ernst – du solltest Präsident werden, nicht ich. Deine Sache, nicht meine. Du hast all die Jahre in diese Richtung gekämpft, obwohl ... *obwohl du gewußt hast, wogegen du ankämpfst,* aber ich war auf 'nem völlig anderen Dampfer, dem Showbiz ... Und das ist ein weiterer Grund für meine Absage. Wer bin ich, daß ich in dein Gehege gehen und alles auf den Kopf stellen könnte? Und wenn du versuchst, eine Show für dich zu organisieren, dann bin ich am anderen Ende der Leitung und trample dich tot. Laß uns Freunde bleiben, aber laß jeden seine eigenen Wege gehen.«

Sara erhaschte einen Blick auf den armen, verletzten Luke. (Hat ihm sogar schon damals in Berkeley zu schaffen gemacht, dachte sie. Nummer-eins-Typ, der immer Nummer zwei bleiben wird, ist schwarz und trotzdem zu *hip*, nicht zu wissen, wo's immer langgehen wird.) Er lächelte (wie mutig, schwarz und trotzdem ein Mann zu sein, dachte sie und erinnerte sich daran, wie hingebungsvoll und schroff er sogar im Bett gewesen war) und sagte mit seiner kühlsten Kühler-Luke-Stimme:

»Du weißt, du hast recht Clyde. Ich wußte schon immer, daß ich der Bessere bin, hätte aber nie gedacht, daß du's noch zugeben würdest.« (Und Sara erkannte mit erinnernden Körpersinnen die dreifache Ebene – Realität-über-Realität – von Lukes Sarkasmus.) »Aber es ist eine verdammt harte Tatsache, daß du's schaffen kannst, denn du bist ein Bleicharsch, und ich bin ein Nigger – so einfach ist das, aber daraus mache ich *dir* keinen Vorwurf. Deswegen müssen wir es über dich machen, wir alle. Was ist denn die K.S.G. schon anderes als ein Haufen von Hippies, Blumenkindern, Babybolschewiken und Ausgeflippten, glaubst du, ich mache mir diesbezüglich etwas vor? Du bist der einzige echt große Bleiche, den wir haben, der einzige, der sich den republikanischen Brocken an Land ziehen und damit umgehen kann. Du könntest ein verdammter Schimpanse sein, und wir würden dir alle folgen, weil du der einzige Affe bist, der überhaupt gewinnen kann.«

Sara fühlte einen Anflug des alten Gefühls für Luke mit dem Mut, alles zu sagen, und dem Grips, es richtig zu sagen, und obwohl gegen Jack jeder andere verblaßte, spürte sie doch eine wohligwarme Zufriedenheit darüber, Luke einst ein wenig Balsam auf die ewig offene schwarze Wunde geträufelt zu haben.

»Tut mir leid, Luke«, sagte Jack, »aber die Antwort lautet immer noch nein. Und du kannst Morris auch sagen, er kann's vergessen. Sinnlos, noch weiter darüber nachzudenken. EN.E.I.EN. – Nein!«

»Okay, du falscher Hase, heute will ich dich noch nicht in die Pfanne hauen«, sagte Luke. »Heute nicht. Aber eines kann ich dir jetzt schon verraten, ich werde Morris so lange hinhalten, bis du deine Meinung geändert hast.«

»Niemals«, sagte er bestimmt.

»Sara«, sagte Luke, »sag diesem Schlappschwanz, wo's lang geht. Ich bin müde, ich werd jetzt losziehen und'n paar Spießer lynchen, entspannen, weißt du. Hör deiner Frau zu, Jack. Sie kennt dich besser als du dich selbst, kennt deine besten Teile, die sogar dir selbst fremd zu sein scheinen. Hör ihr gut zu, Dummkopf, ja? Bis dann.«

Damit unterbrach er die Verbindung, und Jack stellte das Vidphon beiseite, woraufhin sie sich stumm fixierten – das altbekannte Schweigespiel: Wer würde zuerst etwas sagen?

»Jack, ich ...«

»Muß ich es mir nun von dir auch noch anhören, Sara? Muß mir denn jeder sagen, was für ein verdammter abgewichster Typ ich bin? Gottverdammich! Du und Luke ... glaubst du, Luke weiß *wirklich*, was auf uns zukommt? Bist du da ganz sicher?«

»Aber, Jack, *Präsident* ...« Das Wort entpuppte sich in ihrem Mund als gewaltig, es verdrängte alle unmöglichen Gedanken, die damit verknüpft waren.

»Präsident! Scheiß drauf! Ein verdammter Traum! Du hast die Show gesehen. Howards verfügt über einen Fundus von fünfzig Milliarden Dollar, und dieser Muskel ist da, ob er sie nun rechtmäßig ausgeben darf oder nicht. Bennie Howards wird den nächsten Präsidenten aussuchen, darauf kannst du Gift nehmen. Wenn ich mich zu diesem Schwachsinn beschwatzen lasse, verliere ich nicht nur die Präsidentschaftswahl, sondern auch noch die Show ... und vielleicht eine ganze Menge mehr. Wofür? Für die Chance, mir das Maul zu verbrennen! Ich werde *bezahlt* für das, was ich jede Woche hier tue.«

»Aber Jack« (Kann er sich selbst denn nicht so sehen, wie ich ihn sehe?), »du *könntest* es schaffen. Du ...«

»Komisch zu sehen, daß dein Hühnchen dich für einen Götzen hält. Was sollen wir denn machen, wenn ich alles über Bord kippe, indem ich mich kamikazemäßig auf Howards stürze? Sollen wir ein Bordell aufmachen, mit dir als Hauptattraktion?«

»Aber ...«

Wieder unterbrach ihn das Klingeln des Vidphons. »Wenn das Morris ist, dann werde ich ihm sagen, er soll sich ...«

Dann sah sie, wie sein Gesicht augenblicklich zu einer Maske kalter Berechnung wurde, und ein kalter

Schauer durchrieselte sie, als sie über die Schulter den Vidphonschirm betrachtete und die graue Echsenmaske, die Furchtmaske der Macht des Lebens über den Tod, betrachtete, das Gesicht des Mannes, der sie aus eigenen Gründen wieder zusammengebracht hatte, das schreckliche, fensterlose Gesicht von Benedict Howards.

»Sie Miststück! Sie gottverdammter, hinterlistiger Klugscheißer...«, brüllte Howards; Sara spürte heiße, ledrigriechende Reptilienausdünstungen von Furcht, Zorn, Haß, Giftzähne schienen fast aus dem Schirm herauszuragen, glatte glänzende weiße Zähne, zwischen denen eine spitze Zunge Gift auf Jack versprühte. Der Anblick eines Mannes mit einer solchen Anhäufung böser Macht, eines Mannes, der sie zerstören konnte, der das Geheimnis kannte, das Jack und Sara *Barron* für immer zerstören konnte, in einem so selbstvergessenen Stadium der Wut, entsetzte sie, und sie kam sich tatsächlich wie eine Maus vor einer Kobra vor.

Doch in dem Augenblick, als Jack sprach, war der Bann gebrochen. »Hören Sie, Bennie«, sagte er, und Sara erkannte seinen aufgesetzten, indifferenten Lässigstil, genau berechnet, um diejenigen aus der Fassung zu bringen, die tatsächlich Macht hatten, indem er eine Kühler-als-du-Ruhe vorgab, »ich habe einen schweren Tag hinter mir und bin nicht in der Stimmung, mir Ihren Seich anzuhören. Aus offensichtlichen Gründen ist das hier eine Geheimnummer, und ich ließ sie Ihnen nicht durch Vince übermitteln, damit Sie hier anrufen wie ein rotärschiger Pavian mit blutenden Pfoten. Wenn Sie mir etwas zu sagen haben, dann atmen Sie tief durch, zählen bis zehn, zünden sich eine Acapulco Gold an und fangen sachlich noch mal von vorne an, sonst werde ich auflegen und die Besetzttaste drücken, kapiert?«

Im langen Augenblick der Stille, der nun folgte, spürte Sara eine schwere Last auf sich ruhen. *Bennie?* Jack nannte ihn *Bennie*! Hinterhältig? Howards hatte *hinterhältig* gesagt. Sie spürte den elektrischen Konflikt der Willenskräfte zwischen Jack und Howards summen und knistern, erkannte die Stille als vielschichtige Waffe im Kampf der Mächtigen, konnte am winzigen Bild von Howards – reptilienhafte Wut schien sich unter einer zusammengeflickten Fassade eiserner Kontrolle zu stauen – ersehen, daß Jack irgendwie der Stärkere war, was sie auch beide wußten.

»Na gut, Barron«, sagte Howards schließlich mit stahlharter Stimme, »ich nehme an, ich unterhalte mich mit einem rationalen menschlichen Wesen und nicht mit einem geifernden Wahnsinnigen. Ein rationales menschliches Wesen sollte aber wissen, was passiert, wenn man Benedict Howards hintergeht. Ich hatte geglaubt, wir verstünden uns. Sie wollten mich aus dem Schlamassel herausholen und dann ...«

»He, was soll das ganze Geschwätz von wegen hinterhältig und hintergehen?« fragte Jack (und Sara erkannte, *das* war nicht so dahergesagt. Aber was ging vor zwischen Jack und Howards?). »Ich wollte Sie nirgendwo rausholen, ich wollte das Messer nur nicht noch tiefer bohren, was ich im letzten Segment leicht hätte tun können. Ich gab Ihnen die Chance, über Ihre Forschungen zu erzählen und wieder Punkte gutzumachen, oder etwa nicht? Ist nicht meine Schuld, wenn Sie darauf nicht eingehen. Ich gab Ihnen die perfekte Einleitung, der Welt zu sagen, was für großartige Fortschritte Ihre Forschungen machen, und Sie haben die Chance verspielt, im Showbiz groß rauszukommen. Wenn ich jetzt so dran denke, kommt's mir vor, als hätten Sie sich verdammt komisch benommen – fast so, als hätten Sie etwas zu verbergen ...«

»Vergessen Sie das«, sagte Howards barsch. »Wir

haben uns über ein paar Geschäfte zu unterhalten, erinnern Sie sich? Sie haben mich bereits Gott weiß wie viele Stimmen im Kongreß gekostet und nach diesem letzten Desaster ist es an der Zeit ...«

»Nicht am Telefon«, unterbrach ihn Jack. »In meinem Büro. Morgen zwei Uhr.«

»Hören Sie, Barron, Sie haben lange genug den Hampelmann aus mir gemacht. Niemand spielt mit Benedict Howards ...«

Jack lachte, was Sara als kalkuliertes Lachen erkannte. »Wenn Sie darauf bestehen, Bennie, aber ich will Ihnen gleich sagen, ich bin nicht allein.«

Jack starrte sie an, und sie sah ganze Welten hinter seinen Augen, fremde Welten der Macht, Jack-und-Howards-Kampfstätten-Welten. Und mit plötzlicher Furcht fragte sie sich, ob Jack auch hinter *ihren* Augen Welten sah – Howards, der an ihr arbeitete, sie formte und sie aus seinen Gründen zu ihm schickte (war *das* das Geschäft, von dem sie sprachen? Ausverkauf an Benedict Howards? Bin ich nur eine Rückversicherung für den Echsenmann?), und ihr eigener Plan hinter seinem Plan ...

»Was?« kreischte Howards. »Sind Sie verrückt? Wollen Sie uns beide ans Messer liefern? Wer ...«

»Ruhig, Bennie«, besänftigte ihn Jack. »Nur meine einstige-und-künftige Frau, Sara ... Westerfeld, geschiedene Barron, geborene Westerfeld. Vor seiner Frau kann man sowieso nichts auf Dauer verbergen.« Er lachte gehässig. »Nicht so lange, wie die eigene Frau etwas vor einem selbst verbergen kann«, sagte er.

Einen Augenblick verspürte Sara pure Panik.

Weiß Jack alles? Über mich und Howards? Hat es ihm der Echsenmann gesagt? Oder wird er es ihm jetzt sagen, um mich gegen Jack auszuspielen? Soll ich Jack alles erzählen, ist der Zeitpunkt gekommen? Zu früh! Zu früh!

Aber Howards lachte ein kaltes Reptilienlachen, und sie wußte, das galt nur ihr, er konnte jeden ihrer Gedanken lesen. »Gott bewahre mich davor, mich in Ihr Liebesleben einzumischen, Barron«, sagte Howards, und Sara spürte kribbelnden Sarkasmus über ihren Körper wogen, während Howards mit ihrer Angst spielte und sie an seine Macht erinnerte, sie durch Jack zu vernichten – und Jack durch sie.

»Okay, morgen in Ihrem Büro. Ich fliege noch heute nacht. Und ... und meine Empfehlung an Sara Westerfeld.« Damit unterbrach Howards die Verbindung.

Jack wandte sich ihr zu, und sie fühlte das Zögern hinter seinen Augen wie ihr eigenes. Sie spürte, wie die Schuld sich in ihr aufbaute, um jeden Augenblick unartikuliert aus ihr herauszubrechen. Sag's ihm! Sag ihm alles! Aber ... ist die Zeit reif? Wird er *unser* Spiel spielen, wenn ...? Oder wird es das Ende von allem bedeuten, was seit Ewigkeiten zwischen uns existierte? Ewigkeiten – ein gewaltiges Wort und ein gewaltiger Preis.

Sie beschloß, daß die Entscheidung bei Jack lag, nicht bei ihr. Wenn er ihr beichtete, wenn er ihr nun erzählen würde, daß Howards ihn einen Platz im Gefrierkomplex angeboten hatte, dann wüßte sie, er wäre bereit, dann würde sie ihm sagen, was Howards wirklich war, und sie würden ihn gemeinsam vernichten ...

»Was sollte das alles?« fragte sie unschuldig, während der Schatten seiner Worte wie ein Fluch über ihrer beider Leben hing, über allem was war und sein würde ... in Ewigkeit.

Jack zögerte, und sie erkannte den Entscheidungskampf hinter seinen Augen, aber als er sprach, spürte sie, wie der entscheidende Augenblick beiseite geschoben wurde, während der Schirm hinter seinen Augen wieder heruntergeklappt wurde und die Universen der Gefahr vom unausweichlichen Augenblick der Wahrheit separiert wurden, der, wie sie beide wußten, irgendwann einmal zwangsläufig kommen mußte.

»Ich weiß es noch nicht«, sagte er. »Aber morgen werde ich es herausfinden. Und ... hab bis dahin Vertrauen zu mir, Sara, ich kann es dir jetzt noch nicht sagen.«

Tief in ihrem Innersten seufzte sie erleichtert, während sie das Muster der Lügen, Halbwahrheiten und Geheimnisse wie eine Art ironisches Band zwischen sich und ihm fühlte. Aber sie wußte auch, dieses Band der Verlogenheit würde nicht länger als bis morgen halten – wenn Jack sich mit Howards getroffen hatte, würde entweder Wahrheit sie verbinden ... oder gar nichts mehr.

»Ja Sör, Mister Barron, nein Sör, Mister Barron, Sie stinken Sör, Mister Barron«, murmelte Jack Barron, der mit einer Packung Acapulco Gold spielte, eine sardonische Einladung im Chaos seines Schreibtischs, seines Kopfes und des Tages überhaupt. Gottverdammte Carrie, dachte er. Hätte es verstanden, wenn sie ihren Job gekündigt oder bei der Sendeanstalt um Versetzung ersucht hätte, wer hätte ihr einen Vorwurf machen können? Nicht meine Schuld, aber auch nicht ihre. Aber nein, dieses Miststück macht einfach weiter mit der Show, Baby, sitzt dort draußen mit ihrem Ja-Sör-nein-Sör-Mist und dem offiziellen Fick-dich-doch-ins-Knie-Bürolächeln. Immer noch scharf auf mich oder einfach nur eine Sadistin ...? Vielleicht ist aber auch nur Spielzeit, dachte er, vielleicht soll ich sie feuern, bevor sie »ich kündige« sagt. Nun, Pech gehabt, Carrie, von mir aus kannst du in deinem eigenen Saft schmoren, bis du schwarz wirst, bevor ich dein Spiel mitspiele.

Barron nahm eine Zigarette aus der Packung, steckte sie in den Mund zündete sie an und spielte dann Entspannungsspielchen mit dem Rauch sog ihn bis zur Kehle ein, stieß ihn wieder aus, ohne inhaliert zu haben und fragte sich dabei: Ist es vernünftig, das große Treffen mit Howards bekifft zu beginnen?

Der kitzelnde Rauch versprach einen Weg von den Lukes und Saras und Carries, die alle ihre dummen kleinen Spielchen um dumme kleine Einsätze spielten und die alle erwarteten, daß Jack Barron seinen ganzen Körper einsetzte, um ihre kleinen Narreteien abzudecken.

Aber *etwas* hielt ihn zurück, und die Tatsache, daß er nur ein schwaches Aroma von diesem *Etwas* wahrnehmen konnte (wie das eines seit Wochen toten Fisches über die Straße), machte ihn erst richtig fertig. Was ist größer als die Präsidentschaft der Vereinigten Staaten, fragte er sich, und was ist größer als fünfzig Milliarden Dollar? Was, zum Teufel, konnte *so groß* sein? Es gibt so etwas, das spüre ich, wie ein Junkie den Schuß spürt, der im fünfzig Blocks entfernten Auto auf ihn zukommt. Mann, es muß etwas geben, was immer es auch sein mag, denn sonst wäre Bennie Howards nämlich nur ein ausgeflippter Irrer, so wie der sich benimmt. Und da wir gerade dabei sind, mit den Trümpfen, die ich in Händen habe, könnte es verdammt interessant werden.

Aber er fragte sich gleichzeitig, ob die Karten, die er hatte, wirklich so unschlagbar waren, wie es den Anschein hatte. Ist Bennie wirklich so schlecht dran? Und ich so gut? Gottverdammich, Bennie weiß etwas, das ich nicht weiß, deswegen spiele ich doch in erster Linie dieses Spiel. Was auch immer dieses *Etwas* sein mag, es ist das As von irgend jemandem, aber woher soll ich wissen, wessen As, solange ich nicht mal weiß, was es *überhaupt* ist?

Und vor allem, was es auch ist, es ist verdammt groß, sonst hätte Howards nicht derartig rumgestammelt, als er die Gelegenheit hatte, im Verlauf der Show wieder aufzuholen; groß genug, daß er sich vor Angst fast einschiß, nachdem er es fast verraten hätte – und in erster Linie groß genug, daß er seinen kühlen Kopf deswegen verloren hat, und bei einer Echse wie Howards ist das schon *verdammt groß*.

Barron schnippte den Joint in den Aschenbecher. Keinen Joint heute, mahnte er sich. Heute ist Riverboat Jack im großen Rennen um den Pokal, also lieber versichern, einen klaren Kopf zu haben, wenn Bennie ...

»*Mister* Barron, *Mister* Benedict Howards ist hier, um mit Ihnen zu sprechen«, sagte Carries dünne, trokkene Stimme über den Interkom.

»Bitten Sie Howards herein, *Miss* Donaldson. Vielen Dank, *Miss* Donaldson. Ficken Sie sich ins Knie, *Miss* Donaldson«, sagte Barron und brach den Rhythmus erst, als er den Interkom wieder abgeschaltet hatte.

Während Howards halb durch die Tür stürmte, halb hereinsank, mit einem dumpfen *Plopp* eine schwarze Aktentasche auf den Tisch warf, in der er zweifellos zahlreiche Dokumente hatte, und sich unverzüglich setzte, ohne ein Wort zu sagen, wie ein russischer Diplomat bei der hundertwievielten Sitzung der Genfer Abrüstungskonferenz, wurde Barron von einem Blitz durchzuckt, und er sah Benedict Howards, wie er ihn noch niemals zuvor gesehen hatte – ein steinhartergrimmigerundverschlagener texanischer Spekulant, der mit Löchern in den Taschen zum Panhandle gekommen war und der sich von dort bis zur Fünfzig-Milliarden-Dollar-Position hochgearbeitet hatte, in der er nun Macht über Leben und Tod von zweihundertunddreißig Millionen Menschen innehatte, wo er den nächsten Präsidenten der Vereinigten Staaten kaufen konnte wie einen verblödeten Landrichter. Er war der ganz große Macher, und Barron wußte es.

Aber Bennie weiß es auch, dachte er, während Howards ihn anstarrte wie einen Steinbasilisken und darauf wartete, daß jemand den ersten Zug tat. Als er Howards so sah, den großen Mr. *Action* höchstpersönlich, der ihn ohne Zorn und ohne Furcht ansah, aus Augen, die kalt waren und – zum ersten Mal – Bewunderung enthielten, da kapierte Barron auch zum ersten Mal das Bild der Macht, das unverhohlene Beinahe-Furcht vor seinem eigenen vierfarbigen Bild widerspiegelte – und Howards' Augen sprachen ihm das emotionslose Kompliment aus, auch ein geschickter Akteur mit der Macht zu sein.

»Na gut, Howards«, sagte er mit einer eiskalten Stimme, die, wie er erkennen konnte, Howards etwas aus dem Gleichgewicht zu bringen schien. »Keine Tricks, keine Fisimatenten. Sie sind geschäftlich hier, ich bin geschäftlich hier. Wir beide wissen das. Sie geben. Machen Sie ihr Angebot mit einfachen Worten.«

Howards öffnete seine Aktentasche, dann legte er drei Kopien eines Vertrags auf den Tisch. »Hier, Barron. Ein Standardgefriervertrag in dreifacher Ausfertigung, von mir unterzeichnet, in der Finanzierungsklausel steht ›bezahlt von anonymem Gönner‹, das Ganze ist auf Jack Barron ausgestellt. Das werfen Sie weg, wenn Sie nicht mitspielen, klipp und klar, das kostenlose Einfrieren. Sonst kann es Ihnen keiner mehr wegnehmen.«

»Und selbstverständlich würde dieser ›anonyme Spender‹ sich als Benedict Howards zu erkennen geben, sollte ich unterzeichnen und dann trotzdem nicht mitspielen«, sagte Barron, der spürte, wie das Kalkül der Macht wie ein schaler Leichengeruch das Zimmer erfüllte.

Howards lächelte professionell. »*Eine* Rückversicherung brauche ich ja schließlich. Gut, Barron, unterschreiben Sie einfach auf der punktierten Linie, dann können wir zum Geschäftlichen kommen und den Schaden reparieren, den Sie mit Ihrer großen Klappe angerichtet haben.«

»Das ist nicht der Handel, den wir abgeschlossen hatten, vergessen Sie das nicht«, erinnerte ihn Barron. »Sie haben es nicht mit einem Penner zu tun, Sie beanspruchen meine speziellen Dienstleistungen als, sagen wir, öffentlicher Mieter? Das ist eine freiberufliche Tätigkeit, daher muß ich alles über das Produkt erfahren, das ich an den Mann bringen soll. *Alles*, Howards. Und gleich zu Beginn, ich will genau wissen, *warum* Sie so scharf auf meinen Körper sind.«

»Nach gestern abend können Sie das noch fragen?« schnarrte Howards. (Aber Barron erkannte, dieses Schnarren war berechnet.) »Dank Ihnen ist der Gesetzentwurf in echten Schwierigkeiten. Ich brauche dieses Gesetz aber, was bedeutet, ich brauche Stimmen im Kongreß, was bedeutet, ich brauche den Druck der Öffentlichkeit auf *meiner* Seite, was bedeutet, ich brauche eine Pipeline zu hundert Millionen Wählern, was, unglücklicherweise, bedeutet, ich brauche Sie. Aber verstehen Sie mich nicht falsch, wenn Sie nein zu mir sagen, dann brauche ich Ihren ans Scheunentor genagelten Skalp – und den werde ich bekommen. Sie sind zu tief drinnen, Barron. Entweder spielen Sie mein Spiel mit, oder Sie spielen überhaupt kein Spiel mehr.«

»Sie lügen«, sagte Barron neutral. »Ihr Gefriergesetzentwurf war koscher, bis ich anfing, Wellen zu machen, aber ich fing erst an damit, Wellen zu machen, als Sie anfingen, Itzibitzi mit mir zu spielen. Es kann also nicht in erster Linie an dem Gesetzentwurf liegen, daß Sie so scharf auf meinen Arsch sind. Das hat mit etwas anderem zu tun, etwas viel Größerem, und ich spiele nicht mit so großen Dingen herum, wenn ich nicht ganz genau weiß, worum es sich handelt.«

»Ich habe die Schnauze voll von Ihnen!« tobte Howards, und nun wußte Barron, daß er Bennies kühlen Kopf endlich erhitzt hatte. »Sie haben verdammt viel Zeit aufgewendet, um mir zu zeigen, wie gefährlich Sie sind. Gut, gut, ich bin überzeugt, und wissen Sie, was Ihnen das eingebracht hat? Ihnen sind die Hände gebunden, sonst werde ich Sie wie einen Skorpion zertreten, wenn Sie nicht mitspielen. Ein Skorpion ist tödlich, das stimmt, er könnte mich umbringen, wenn ich ihm dazu Gelegenheit gebe, aber das bedeutet noch lange nicht, daß ich ihn nicht einfach vernichten kann, sollte er zu gefährlich werden. Dasselbe gilt auch für Sie.«

»Drohen Sie mir nicht«, sagte Barron halb berechnend und halb seinen Adrenalinsignalen folgend. »Erwecken Sie in mir nicht den Eindruck, ich würde mit dem Rücken zur Wand stehen. Denn wenn ich das Gefühl habe, daß mein Rücken kratzt, dann werde ich eine Show über die Stiftung machen, verglichen mit der die letzte wie eine Stiftungswerbung aussehen wird. Und die nächste wird noch schlimmer werden, und noch schlimmer, mit jeder Woche, so lange, bis Sie mich um meinen Job gebracht haben. Und dann, Bennie, wird es viel zu spät sein.«

»Sie bluffen, Barron«, sagte Howards darauf. »Sie werden nicht Ihre ganze Karriere aufs Spiel setzen, nur um mich zu bekommen. Und Sie sind auch nicht dumm genug, sich selbst vor die Tür zu setzen, eine kaputte Existenz ohne Heimat.«

Jack Barron grinste. Bennie, dachte er, du bist mir direkt auf den Leim gegangen. Aus und vorbei mit der Großkotzigkeit, Bennie, und jetzt kommen noch die vier Asse in der Rückhand. »Seltsam, daß Sie das sagen, Bennie«, polterte er, »denn hier laufen andauernd Leute rum, die mir erzählen, daß ich eben *doch* eine neue Heimat finden könnte.«

»*Das* kann ich mir gut vorstellen«, kommentierte Howards trocken.

»Schön, daß Sie sich noch einen Sinn für Humor behalten haben, denn den werden Sie auch brauchen. Denn wenn ich die Show aufgeben muß, um die Stiftung fertigzumachen, dann wird das nicht einfach eine aberwitzige Racheaktion sein. Wissen Sie, ich hab Leute hier, die sich auch die Finger nach mir lekken, *mächtige* Leute wie Gregory Morris oder Lukas Greene, die mich bitten *ihr* Spiel mitzuspielen, und zum Teufel mit *Champion Jack Barron*. Und die bieten mir etwas Größeres als alles, was Sie mir bisher auf den Tisch geblättert haben«, sagte Barron und wartete auf eine Reaktion.

»Sie bluffen schon wieder«, sagte Howards, »und dieses Mal ist es wirklich offensichtlich. Was könnte Ihnen schon irgend jemand anbieten, das größer ist als ein Platz in einer Gefrierkammer, eine Chance auf das ewige Leben?«

Du bist wunderbar, Bennie, durch und durch Showbiz, dachte Barron, während er bereits zum nächsten Schlag ausholte.

»Ob Sie's glauben oder nicht, das Amt des Präsidenten der Vereinigten Staaten.«

»Ob ich das glaube oder nicht!« wieherte Howards, und ihm schien schon etwas Unflätiges auf der Zunge zu liegen, doch dann fing er sich wieder, zählte im Kopf eins und eins zusammen und kam auf zweieinhalb ohne so recht zu wissen, wie er reagieren sollte, ob es sich um einen reinen Bluff oder einen seltsamen neuen Winkelzug der Macht handelte. Er spürte, wie Howards darauf wartete, daß er etwas sagte – und spürte auch eine Statusbeziehung in dem Strom der Unsicherheit.

»Nun, würden Sie an eine Präsidentschaftsnominierung glauben?« fragte Barron, der es immer noch nicht über sich bringen konnte, den ganzen blöden Schmant ernst vorzubringen. »Sie wissen, wie eng ich immer mit der K.S.G. verbunden war, Gründungsmitglied und das alles; nun, als Luke mitbekam, wie ich meine Krallen in Ihr Fleisch schlug, da roch er Blut und kam auf die Idee, daß ich die Show dazu benützen könnte, mich als Der Volksheld zu profilieren, und zwar auf *Ihre* Kosten, damit ich mich nächstes Jahr als Präsidentschaftskandidat der K.S.G. aufstellen lassen kann. Er hat ohne mein Wissen bereits herumgehorcht und meint, er könnte mir diese Nominierung hundertprozentig zusagen.« Und das letzte As halten wir uns in petto, dachte er. Soll Bennie ruhig mit offenen Augen darauf zustolpern.

»*Das* meinen Sie also mit Präsidentschaftsnominierung«, sagte Howards und lächelte erleichtert. »Die Nominierung der K.S.G. und eine Fahrkarte, die Sie nach Washington bringen *könnte*, aber nur mit ordentlichem Rückenwind, das wissen Sie. Kapier' ich nicht, Barron – sind Sie wirklich dumm genug, mein Angebot aufgrund der Chance auszuschlagen, Ihre Show zu verlieren und einen öffentlichen Narren aus sich zu machen? Das war nicht mal ein überzeugender Bluff. Sie verlieren an Boden Barron, Sie verlieren an Boden.«

Barron lächelte. Jetzt haben wir es, dachte er. Jetzt schlag ich dir auch noch den Rest um die Ohren, Howards. »Wissen Sie, Bennie«, sagte er, »das hatte ich Luke damals auch gesagt.« (Er sah, wie Howards sich etwas entspannte und beeilte sich, sofort in die entstandene Bresche zu hauen.) »Yeah, ich sagte ihm, mein Spiel heißt nicht Kamikaze ... aber das war selbstverständlich, bevor Greg Morris mir die *republikanische* Nominierung anbot.«

Howards fuhr auf und wurde etwas blasser. »Das ist eine Lüge«, sagte er ohne große Überzeugung. »Sie ein Republikaner? Mit *Ihrer* Vergangenheit? Wer soll Ihnen denn zur Seite stehen, Josef Stalin? Sie müssen stoned sein zu denken, ich würde das schlucken.«

Barron schob sein Vidphon über den Schreibtisch. »Sie müssen gar nichts schlucken«, erklärte er. »Rufen Sie Greene an, rufen Sie Morris an. Sie sind ein großer Junge, Bennie, es überrascht mich, daß Ihnen noch niemand die harten Fakten präsentiert hat. Zählen Sie eins und eins zusammen. Die Republikaner befinden sich seit Herbert Hoover auf dem absteigenden Ast, sie sind verzweifelt, sie müssen gewinnen, und, wie Morris das so leichthin gesagt hat, sie würden Adolf Hitler nominieren, wenn sie damit eine Chance hätten. Sie haben nur eine einzige Chance, die Wahl zu gewinnen, und zwar in Koalition mit der K.S.G., und der einzige Mann, der diese Verbindung bewerkstelligen könnte, ist der echte und einzige Champion Jack Barron.«

»Lächerlich«, kommentierte Howards mit dünner, wenig überzeugter Stimme. »Die Republikaner und die K.S.G. hassen einander mehr als jeder einzelne die Demokraten haßt. Sie haben überhaupt nichts Gemeinsames. Sie würden es niemals zusammen in einem Boot aushalten.«

»O doch, sie stimmen in einem wesentlichen Punkt überein«, widersprach Barron. »Sie sind beide gegen den Gefriergesetzentwurf und die Stiftung für Menschliche Unsterblichkeit – und damit haben Sie die Fusionsplattform. Sie lassen mich nicht gegen den Anwärter oder einen anderen Heini antreten, den Sie wahrscheinlich ohnehin mit dem gierigen Maul der Demokraten auffressen könnten. Ich würde gegen *Sie* antreten, Howards. Ich würde *Champion Jack Barron* dazu verwenden, Sie jedem möglichen demokratischen Kandidaten um den Hals zu hängen wie einen verwesenden Fisch, der von Küste zu Küste stinkt, und *dagegen* würde ich mich als Alternative anbieten. Kapiert? Egal ob ich gewinne oder verliere, die Stiftung wird dabei in die Binsen gehen. Und Sie können mir auch nicht die Sendung vorher nehmen, denn, gewinnen hin oder gewinnen her, auch wenn die Republikaner kaum mehr Stimmen bekommen, haben sie doch noch die meisten Großkopfeten im Land hinter sich. Üben Sie Druck auf meine Sponsoren aus, dann wird die G.O.P. mit zehn neuen ankommen. Immer noch werden zwei von vier Sendeanstalten mit Republikanergeld finanziert, und das bedeutet, sie haben ebensoviel Einfluß bei der F.C.C. wie Sie auch.«

»Das ... das ist absurd«, keuchte Howards schwach. »Sie würden niemals gewinnen. Die Demokraten können gar nicht verlieren, das wissen Sie.«

»Wahrscheinlich haben Sie recht«, gab Barron zu. »Aber darum geht es eigentlich gar nicht. Ich habe nicht das Zeug zum Präsidenten. Das Wesentliche ist, *Sie* würden verlieren, egal wer gewinnt. Wenn ich mit Ihnen fertig bin, dann wird der Kandidat der Demokraten – auch wenn er Ihr Handlanger ist – auf Ihrem blutenden Körper herumtrampeln müssen, wenn er die Wahl gewinnen will. Abgesehen davon ... wer weiß? Tom Dewey sah anno '48 auch wie ein sicherer Sieger aus ...«

»Sie kotzen mich an«, sagte Howards. »Ein dreckiger Kommunist wie Sie! Allein die Vorstellung eines solchen Präsidenten!«

Barron zuckte die Achseln. »Genügen Sie also Ihrer patriotischen Pflicht und retten Sie Ihre Haut, solange noch Zeit dazu ist. Ich will vom Weißen Haus nichts wissen. Kaufen Sie mich. Ich sitze hier und warte darauf. Meine Karten liegen alle auf dem Tisch. Und nun lassen Sie mal *Ihre* sehen. Und die sind hoffentlich gut genug, denn wenn Sie jetzt mit nichts Anständigem rüberkommen, werden Sie keine weitere Chance mehr erhalten.«

Barron fühlte, wie der Augenblick hoch und kühl in der Luft zwischen ihnen hing – als wäre man von hartem Stoff *high*, dachte er, während er beobachtete, wie sich hinter Howards Augen gewichtige Entscheidungen abspielten. Er hat's gekauft, dachte er, zumindest aber lacht er nicht darüber. Scheiße, das ganze Spiel ist ja auch *real*! Schau dir den Sack an wie er mich abschätzt und abwägt, wie er fünfzig Milliarden und Macht über Leben und Tod abwägt gegen ein großes Nichts. Baby, jetzt hast du ihm deine heißen kleinen Hände um die Kehle gelegt. Was ist das für ein Gefühl, Bennie, endlich jemanden getroffen zu haben, der dir ebenbürtig zu sein scheint?

Ach was, überlegte Barron mit einem Mal, das ist kein Schtuß, ich *bin* ihm ebenbürtig – klüger, trickreicher, listiger als er, Jack Barron ist jedem ebenbürtig. Wer ist der bessere Mann – Luke, Morris, Teddy, Howards ...? Nur größere Muskeln, mehr nicht. Muß man sich wirklich in einem Kampf vor denen fürchten? Sind auch nur Menschen, nicht mehr und nicht weniger, und wahrscheinlich nicht mal so ausgekocht. Verrückt, mich als Präsidenten zu sehen. Weiß verdammt gut, daß der Job zu groß ist ... aber vielleicht ist er für *jeden* zu groß, und jeder, der mal über den Rubikon geschaut hat, wird tief im Innersten glauben, er flippt. Alles nur ein Spiel mit Geld, Bluff, Macht – und wer sollte sich darin besser auskennen als der gute alte Jack Barron? Jeder kann mit der entsprechenden Ausgangssituation in jedem Spiel gewinnen. Ist es *das*, was Sara sieht?

Er hoffte fast, Howards würde ihn zum Teufel schicken, ihn wegscheuchen, ihn von der Klippe in unbekannte Gewässer stoßen, er fühlte sie wie ein Machtjunkie, der auf dem Gipfel der Welt saß, der letzte Ganz Große auf seinem Thron, und wer konnte schon sagen, wo alles enden würde, wer? Puuh, dachte er verschlagen, hoffentlich sind deine Karten wirklich gut, Bennie!

»Sehen Sie mich an, Barron«, sagte er schließlich. »Was sehen Sie?«

»Wir wollen doch jetzt nicht ...«, knurrte Barron, verstummte dann aber, als er den seltsamen, manischen Junkieblick von Howards bemerkte, der wie eine gefährliche Krankheit in seine Augen trat.

»Yeah, Barron«, sagte Howards mit einem eiskalten Reptilienblick. »Sehen Sie genau hin. Sie sehen einen Mann Mitte Fünfzig, verdammt gut in Schuß, was? Sehen Sie mich in zehn Jahren wieder an, in zwanzig, in einem Jahrhundert oder in einer Million Jahren, was glauben Sie, sehen Sie dann? Sie werden einen Mann Mitte Fünfzig sehen, verdammt gut in Schuß, das werden Sie sehen. Ein Jahrzehnt, ein Jahrhundert, ein Jahrtausend ... in Ewigkeit, Barron, *in Ewigkeit*.

Ich bin kein einfacher Mensch mehr, ich bin mehr. Wie Sie selbst schon sagten, vier Milliarden Dollar jährlich sind eine gewaltige Summe für die Unsterblichkeitsforschung. Meine Jungs *haben* Resultate erzielt, und die sitzen direkt vor Ihnen. Ich bin unsterblich, Barron, *unsterblich*! Wissen Sie, was das bedeutet? Ich werde nie älter, ich werde nie sterben. Können Sie das fühlen? Spüren Sie es? Jeden Morgen aufzuwachen, die Luft zu atmen und zu wissen, so wird es jeden Morgen sein, eine Million Jahre lang, vielleicht für alle Ewigkeit. Dummer Scherz der Ärzte – sie werden nie erfahren, ob ich ewig lebe, bis ich ewig gelebt habe. Keine Daten, verstehen Sie? Aber Benedict Howards wird ihnen ihre Daten verschaffen, wird ewig leben, *ewig* ... Sehen Sie jetzt, wogegen Sie antreten, Barron? Gegen einen Unsterblichen – wie Gott! Meinen Sie, ich würde es zulassen, daß irgend etwas sich zwischen mich und das stellt? Meinen Sie wirklich?«

»Nein ...«, flüsterte Barron, doch der Blick aus Howards Augen verriet ihm mit kilometerhohen, flammenden Buchstaben, es entsprach der Wahrheit! Der Wahrheit!

Unsterblichkeit! dachte er. Nicht mal das Wort klingt real. *Ewigkeit!* Wirklich ewig leben. Niemals sterben zu müssen, Millionen Jahre jung und stark und gesund zu sein. Das erklärt natürlich, was Bennie anstrebt, Scheiße, dafür würde dieser Mann alles riskieren. *Alles ...?* Allein der Gedanke, daß dieser verrottende Scheißkerl es erreicht hat! Unsterblichkeit! Dieser Wichser lebt die nächste Million Jahre lang und wird dabei immer wie der Scheißhaufen stinken, der er auch ist, während ich unter dem Boden verfaule, wie Millionen andere auch, und er lacht und lebt weiter und lebt weiter ...

»Ich werde Sie kaufen, Barron«, sagte Howards und griff in seine Aktentasche. »Bis zu den Schuhsohlen, hier und jetzt.« Er griff in die Tasche und schob Barron einen weiteren Vertrag in dreifacher Ausfertigung zu. »Das ist ein sehr spezieller Vertrag«, sagte er. »Der erste seiner Art. Wie der andere, allerdings mit einem bedeutenden Unterschied. Er enthält eine Klausel, nach der Ihnen jede Unsterblichkeitsbehandlung gewährt wird, die die Stiftung entwickeln wird, Diskretion Ehrensache. Und wir *haben* eine Unsterblichkeitsbehandlung. Ewig, Barron, *ewig!* Sie überschreiben mir ein paar lausige Jahre Ihres Lebens, damit ich meinen Gesetzesentwurf durchbekomme und meinen Präsidentschaftskandidaten ... und ein paar andere Dinge ins Lot bringen kann, und dafür verspreche ich Ihnen die nächste Million Jahre. Nehmen Sie das als Wort eines Mannes, der als einziger auf der Welt weiß, daß acht Jahre nicht der Rede wert sind; von meiner Warte aus betrachtet ist das weniger als ein Augenblick. Und das kann für *Sie* auch so werden ...«

»Für wen halten Sie sich eigentlich, für den Teufel, Howards?« Und kaum hatte er das ausgesprochen, da erfüllten die Worte ihn mit einem sterblichen Entsetzen, das er niemals für möglich gehalten hatte. Komisches Wort, *Teufel*, dachte er. Bursche mit langem Schwanz, kennt das Geheimnis, *das* Geheimnis, jedermanns Geheimnis, und hat auch den Schotter, allem entgegenzutreten, und was du ihm als Gegenleistung verkaufst ist das, was man eine Seele nennt, unsterbliche Seele, und ist das nicht das Schwerwiegendste, was ein Mann geben kann? Unsterbliche Seele, das bedeutet ewig jung und stark und gesund im Paradies – aber der Preis, den der Teufel *verlangt*, ist der, den Howards *bietet*. Teufel, scheiß drauf, er ist nur ein Dealer, den Bennie jederzeit überbieten kann. Satan paß auf die Stiftung auf, damit du nicht den kürzeren ziehst!

»Ich nehm das zurück, Howards«, sagte er. »Neben Ihnen ist der Teufel ein Wohltäter. Nur mein Name mit Tinte auf einer punktierten Linie? Muß ich nicht mit Blut unterzeichnen? Kopien für mich, die ich an einem sicheren Ort aufbewahren kann? Kein Vorbehalt gegen Bannsprüche oder Exorzismus?«

»Tausend Kopien, wenn Sie sie haben wollen, ein todsicherer Vertrag, den nicht mal *ich* brechen kann. Auf ewig der Ihre. Sie müssen nur unterschreiben.«

Sara! dachte Barron plötzlich. »Sara?« sagte er dann. »Meine Frau ... gilt der Handel auch für sie?«

Benedict Howards lächelte ein schwefliges Lächeln. »Warum nicht? Ich kann es mir leisten, großzügig zu sein. Im Grunde genommen kann ich mir alles leisten. Das ist das Geheimnis meines Erfolgs, Barron: Ich kann es mir leisten, einen Gegner zu zerstören, und ich kann es mir leisten, einem Mann, den ich kaufen will, alles zu geben, was er sich wünscht, einschließlich – wenn er diesen hohen Preis wert ist – des ewigen Lebens. Kommen Sie, Barron, wir beide wissen, daß Sie es tun werden. Unterschreiben Sie.«

Barron nahm die Verträge in die Hand, seine Augen glitten zu dem Federhalter auf seinem Schreibtisch. Er hat recht, dachte er, Unsterblichkeit mit Sara, ewig. Ich wäre ein Idiot, nicht zu unterschreiben. Er griff nach dem Füller, dann sah er auf, und sein Blick traf sich mit dem von Benedict Howards. Und er sah, daß Howards ihn gierig anstarrte, wie eine monströse, giftige Kröte. Aber hinter dem egomanischen Wahnsinn sah er Furcht – Furcht, die so real war wie Howards Megalomanie, eine unabschätzbare Angst, die seinen Wahnsinn nährte und ihm Kraft gab, und da erkannte er, daß Howards' ganzes wahnsinniges und aberwitziges Machtstreben sich auf Furcht gründete. Und Benedict Howards fürchtete sich vor *ihm*.

Etwas stinkt in Colorado, das wußte Barron nun mit Bestimmtheit. Mit dem in der Tasche und fünfzig Milliarden Dollar im Rücken könnte Bennie Howards jeden kaufen. Warum braucht er dann ausgerechnet mich so dringend, um einen lausigen Gesetzesentwurf verabschiedet zu bekommen, wo er doch den ganzen Kongreß kaufen könnte? Und wie er mich braucht, man betrachte nur diese Gier in seinen Augen! Er ist hinter meinem Körper her, denn irgendwie braucht er ihn wirklich verdammt dringend, um das zu bekämpfen, hinter dem er her ist, was auch immer das sein mag. Und wenn *er* sich davor fürchtet und mich als eine Art Frontsoldaten braucht, in welche Position bringt *mich* das?

»Bevor ich unterschreibe«, sagte Barron (genau wissend, daß er es tun würde), »könnten Sie mir vielleicht sagen, aus welchem Grund Sie gerade mich brauchen, mit der *Action*, die Sie anleiern können?«

»Ich brauche öffentliche Unterstützung«, sagte Howards todernst. »Das ist etwas, das ich nicht direkt kaufen kann. Darum brauche ich Sie, damit Sie die Unsterblichkeit an Ihr verdammtes Publikum verkaufen können.«

»Um die Unsterblichkeit zu verkaufen? Sind Sie verrückt? Sie brauchen einen Händler für Unsterblichkeit, wie Sie auch einen für Geld brauchen?«

»So ist es«, sagte Howards. »Verstehen Sie, wir ... wir haben eine Unsterblichkeitsbehandlung, aber die ist *außerordentlich* teuer, etwa eine Viertelmillion Dollar. Wir könnten vielleicht tausend Menschen jährlich behandeln, aber dabei bliebe es, und dabei wird es auch in den kommenden Jahrzehnten und Jahrhunderten bleiben, vielleicht immer. Das sollen Sie verkaufen, Barron, nicht Unsterblichkeit für alle, sondern Unsterblichkeit für einige wenige, einige auserwählte wenige, die *ich* auswählen werde.«

Barrons erste Reaktion war Abscheu – über Howards, über sich selbst –, gleichzeitig aber kam die zweite Reaktion – alle Karten waren aufgedeckt, und das Spiel lohnte den Einsatz. Doch die dritte Reaktion war Vorsicht – das war das Größte seit der H-Bombe, nur wesentlich gefährlicher ... sollte er sich wirklich darauf einlassen?

»Diese Behandlung?« fragte er. »Wie sieht die aus?«

»Das geht Sie nichts an, und das ist mein letztes Wort. Es ist ein Geheimnis der Stiftung, und das wird es auch bleiben, komme, was da wolle«, erklärte Howards ihm, und Barron wurde klar, daß damit die letzte Grenze erreicht war. Weiter würde Howards auf keinen Fall gehen. »Wenn ... wenn *das* herauskäme ...«, murmelte Howards, doch dann bemerkte er Barrons gespannten Blick und verstummte.

Aber, man kann Jack Barron nicht so einfach hinhalten, Bennie! Scheiße, er will diese Unsterblichkeit nur ein paar Fettsäcken zukommen lassen, und er glaubt, ich könnte das den Leuten klarmachen, aber er hat

Angst davor, irgend jemand könnte hinter das Geheimnis dieser Behandlung kommen. Das muß eine Behandlung sein! Davor hat er Angst, und wenn sogar *er* schon Angst hat ... Was, zum Teufel, könnte es sein, enden seine Unsterblichen alle als transsylvanische Vampire? Teufel ... vielleicht ist das gar nicht so komisch. Unsterblichkeit, schön und gut, aber wohin führt mich das? Aber gibt es etwas so Scheußliches, daß man es nicht einmal um der Unsterblichkeit willen tun kann?

»Ich brauche Zeit, Howards«, sagte er. »Sie müssen das verstehen ...«

»Jack Barron hat Schiß?« spottete Howards. »Ich geben Ihnen Zeit. Ich geben Ihnen vierundzwanzig Stunden und keine Minute länger. Ich habe das Reden satt, ich werde nun nur noch zwei Worte von Ihnen zur Kenntnis nehmen, entweder ›ja‹ oder ›nein‹, klar?«

Und da wußte Jack Barron, das Spiel war vorbei, die Zeit der Verhandlungen vorüber. Und er hatte keine Ahnung, für welche Antwort er sich entscheiden sollte.

10

WIEDER KLINGELTE DAS VIDPHON. Sara Westerfeld ging barfuß zu der Wandkonsole hinüber, griff nach dem Phon, zögerte, dann ließ sie es wieder weiterklingeln und schließlich verstummen, ohne geantwortet zu haben.

Kommt mir immer noch so vor, als wäre das allein Jacks Sache, während ich nur hier rumhänge, im Grunde genommen ist das nicht *unser* Heim, in dem ich ebenso viele Rechte habe wie er auch, etwas zu bewegen oder das Vidphon zu beantworten. Das Phon klingelt dauernd, aber würde Jack wollen, daß ich abnehme? Wer weiß, könnte noch mehr wegen dieser Präsidentensache sein... vielleicht sogar Howards. (Nein, Jack spricht gerade persönlich mit Howards.)

Wahrheit ist, dachte sie, ich kann es immer noch nicht über mich bringen, wieder wie Sara Barron zu denken, Sara *Barron* hätte den Anruf auf jeden Fall beantwortet, wenn Jack nicht hier ist, denn sie hätte gewußt, wer sie ist, wo sie steht, wo Jack steht, sie wäre imstande gewesen, auf alles zu reagieren. Aber Sara Westerfeld war immer noch etwas aus der Vergangenheit, ohne zu wissen, wo sie in Jacks neuer Welt stand, ohne überhaupt die Formen und Grenzen dieser Welt zu kennen, und wenn das einst der Fall war, blieb immer noch die Frage, ob es ihr gelingen würde, den Quantensprung auszuführen, der sie wieder zu Sara *Barron* machen würde.

Und wer weiß, ob sie imstande war, sich mit Jack zu einigen oder nicht. Es war einfach, mich vom Echsenmann zu Jack zurücktreiben zu lassen, obwohl ich glaubte, ihn zu hassen – ich begann als nichts anderes denn als Howards' hochbezahlte Hure, hatte nichts zu verlieren, konnte entweder den Jack zurückbringen, den ich einst liebte, oder ohne Bedauern den ausgeklinkten *Champion Jack Barron*-Jack wieder verlassen.

Aber woher hätte ich wissen sollen, daß ich wieder den wahren Jack sehen würde, ohne nur vorgeben zu müssen, ihn zu sehen? Ist es wahr? Ist der alte Jack wirklich wieder da, *mein* Berkeleyjunge-Jack, jetzt ein Mann, der seine Männerspiele spielt, um die alten Jungenträume wahr werden zu lassen, um Howards zu zerstören und ein Sozialer-Gerechtigkeits-Präsident zu werden, wodurch sich unsere alten Speicherträume in einer Art und Weise erfüllen, an die wir selbst nie geglaubt hatten? Und würde Jack mich dann nicht hassen, weil ich so wenig von ihm gehalten habe, ihn zu benützen, damit wir beide eingefroren werden? Ich spiele Spielchen wie der kaltblütige fensterlose weiße Echsenmann – könnte ich ihn damit zu dem gemacht haben, was er die ganze Zeit war? Und wenn Jack wirklich in ein schmutziges Geschäft mit Howards verwickelt ist – würde es dem Echsenmann nicht helfen, Jack auch noch zu der Drecksarbeit zu treiben, für die er ihn bestimmt hat, wüßte er, daß Howards imstande war, sogar mich zu kaufen? Könnte ... könnte es sein daß Howards schon alles so eingefädelt hatte? Sah er durch mich ihn und ließ mich in dem Glauben, ich würde alles arrangieren, während er mich als Geheimwaffe gegen Jack in petto hielt? *Wollte* er sogar, daß ich Jack alles sage?

Ist aber eigentlich nichts Halbes und nichts Ganzes, Pläne im Konflikt weder Jack noch Howards unter Kontrolle und Jack auf Messers Schneide, wieder der alte Berkeley-Jack zu sein oder der größte Aussteiger von allen. Also muß *ich* es ihm erzählen. An mir liegt es ...

Die unwägbare Entscheidung lastete schwer auf ihr: die existentielle Wahl hielt Vergangenheit und Zukunft in tödlicher Balance, sie wußte es und trotzdem fiel es ihr schwer, von ihr selbst nicht als *Mädchen* zu denken, das hilflos in einer überlebensgroßen Männerwelt verloren war.

Wieder klingelte das Vidphon.

Vielleicht ist es Jack, überlegte sie. Das könnte erklären, warum es dauernd klingelt; jeder andere würde denken, es ist niemand zu Hause, aber Jack weiß, daß ich hier bin, er weiß, ich würde antworten, wenn ich genau wüßte, daß er es ist...

Wütend über sich selbst, über ihre Unfähigkeit, sogar eine so unbedeutende Entscheidung zu treffen, zwang sie sich dazu, zum Vidphon zu gehen und die Verbindung herzustellen.

Und fühlte gleich darauf heftigstes Bedauern, blankes Entsetzen in ihr als das fensterlose weiße Gesicht von Benedict Howards sie anstarrte; seine gefühllosen, wissenden Augen brannten vom Schirm herab.

»Wurde auch Zeit, daß Sie sich entschlossen, den Anruf zu beantworten«, sagte er. »Ich versuche es schon seit einer halben Stunde. Was ist los mit Ihnen?«

»Sie... Sie wollten *mich* anrufen?« stammelte Sara, die fühlte, wie kalte Schlangenhaut sich spiralförmig um sie herum zusammenzog.

»Barron doch sicher nicht, oder – wo ich doch eben mit ihm von Angesicht zu Angesicht gesprochen habe. Natürlich wollte ich Sie sprechen. Wir sind... *Geschäftspartner*. Erinnern Sie sich?« Howards lächelte ein ekelerregendes Du-gehörst-mir-Krokodilslächeln.

»Jetzt hören Sie zu, und hören Sie gut zu«, sagte er. »Soweit ich weiß, ist Barron unterwegs nach Hause. Ich habe ihm mein letztes Angebot gemacht, und er hat noch etwa dreiundzwanzig Stunden Zeit, es zu akzeptieren. Was bedeutet, daß Sie ebenfalls noch etwa dreiundzwanzig Stunden haben, um Ihren Teil der Abmachung zu erfüllen – oder keine Einfrierung, für keinen von Ihnen. Bearbeiten Sie ihn also von dem Augenblick an, wo er die Tür aufmacht, und machen Sie es gut.«

Die größere Furcht, den Jack wieder zu verlieren, den sie gerade wiedergewonnen hatte, verlieh Sara den Mut, dem kleineren Übel ins Auge zu schauen. Daher nahm sie sich zusammen und sagte mit hocherhobenem Kopf: »Das interessiert mich nicht mehr. Ich habe meinen Jack wieder, für mich gibt es nichts Wichtigeres. Sie haben uns aus Ihren eigenen schmutzigen Gründen wieder vereint, aber Sie haben nicht verstanden, daß wir einander lieben, uns immer geliebt haben und uns immer lieben werden. Mehr zählt im Augenblick nicht.«

»Ganz wie Sie wollen«, murrte Howards, »aber vergessen Sie nicht, ich muß Barron nur erzählen, daß Sie meine Hure sind, Miss Westerfeld – und was wird dann aus Ihrer großen Liebe?«

»Jack wird verstehen ...«

»Tatsächlich? Wird er verstehen *wollen*? Wird er Ihnen oder mir glauben? Er wird *mir* glauben, denn nach allem, was ich ihm angeboten habe, wird er mir glauben wollen.«

»Sie halten sich für so klug«, sagte Sara, »aber Sie sind ein Narr. Sie haben keine Ahnung, was Liebe ist. Sie ist stärker als alles, was Sie aufwenden könnten, um Leute zu kaufen ...«

Howards grinste sie an und sie erkannte, daß er in den Echsenwindungen seines Gehirns jede ihrer Reaktionen vorhergesehen hatte. »Glauben Sie?« sagte er. »Aber es gibt doch etwas Stärkeres als jede *sterbliche* Liebe – die unsterbliche Liebe. Barron liebt Sie also, hä? Würde ein Mann, der Sie liebt, bereit sein, Sie sterben zu lassen, obwohl er Ihnen das wertvollste Geschenk machen kann, das ein Mann einer Frau je hat machen können? Das wertvollste Geschenk, das ein Mann sich selbst machen kann?«

Sara spürte etwas unglaublich Schlechtes hinter Howards' Worten, er sprach von Dingen, von denen sie nichts wissen wollte, von Dingen, die tatsächlich noch stärker als die Liebe sein konnten, monströse Dschungelwahrheiten, die mit geifernden Fängen aus lippenlosen Reptilienmäulern ragten, und doch war sie auf seltsame Weise von Howards Leichengeruch fasziniert und angezogen, der sogar vom Vidphonschirm übermittelt zu werden schien.

»Was ... was könnte stärker als die Liebe sein?« fragte sie.

»*Leben*«, antwortete Benedict Howards. »Ohne Leben kann nichts existieren – keine Liebe, kein Geschmack guten Essens in Ihrem Mund, nichts. Was auch immer man sich am sehnlichsten wünscht, im Tod verliert man alles. Und damit kaufe ich Barron – mit dem Leben selbst.«

»Das nennen Sie Leben – ein Körper, der steifgefroren in einem Sarg liegt? Meinen Sie wirklich, Jack würde dafür alles aufgeben?«

»Vielleicht«, sagte Howards. »Vielleicht. Aber darüber spreche ich nicht. Ich spreche vom Tatsächlichen, von der *Unsterblichkeit*. Sehen Sie mich an. Ich bin unsterblich, meine Wissenschaftler haben den Durchbruch geschafft! Unsterblich! Ich werde niemals älter, sterbe niemals. Worte, für Sie sind das nur Worte, was sonst, Sie kennen nicht das Gefühl, morgens aufzuwachen und zu wissen, man wird jahrhundertelang leben – *ewig!*

Das habe ich Barron angeboten, Unsterblichkeit für die nächste Million Jahre. Glauben Sie, er würde das gegen *Sie* eintauschen? Würden Sie das an seiner Stelle tun? Unsterblichkeit, Miss Westerfeld. Können Sie sich vorstellen, wie das ist zu wissen, nicht wie gewöhnliche Menschen zu sein, nicht sterben zu müssen? Können Sie sich vorstellen, daß dem jemand den Rücken kehrt? Können Sie sich etwas vorstellen, das Barron nicht tun würde, um ewig zu leben? Können Sie sich etwas vorstellen, das *Sie* nicht tun würden? *Liebe?* Was ist die Liebe wert, wenn man tot ist?«

»Das ist nicht wahr!« schrie sie. »Das können Sie nicht vollbringen, *Sie* ...« Du nicht, du blutleeres Reptil, nicht mit deinem ganzen Geld, du kannst es nicht kaufen wie alles und jeden, nicht Benedict Howards mit der ewigen Macht über den Tod und so weiter und so weiter, Haß- und Machtmuster, immer weiter und weiter gesponnen aus deiner knochenweißen Schlangengrube – das ist nicht *richtig*.

Aber Howards' kalte Augen starrten durch sie hindurch, seine Lippen teilten sich zu einem dünnen Lächeln, und sie spürte, wie er an ihren Gedanken nagte, ihren Haß aufsog, ihre Furcht absorbierte wie auch ihr Gefühl für das Schlechte, er ließ sie wissen, daß er die Abscheu kannte, die sie empfand. Und er ließ sie wissen, daß er sie recht amüsant fand.

»Es stimmt, nicht wahr?« fragte sie ganz leise. »Sie können Jack wirklich unsterblich machen ...?« Und nun stellte sie sich Jack vor, der wußte, was er erlangen konnte, sie liebte, aber eben Jack Barron war und ... und *was?* Liebt er mich so sehr, daß er in vierzig oder fünfzig Jahren mit mir sterben würde, wo ihm das ewige Leben offensteht? Und ich habe geglaubt, *ich* hätte eine unmögliche Entscheidung zu treffen! Aber Jack ... zwischen Liebe und Unsterblichkeit wählen zu müssen ... Und dann traf es sie wie ein Hammerschlag: Howards muß mich in die Mangel nehmen, weil er sich eben noch nicht entschieden hat. Er will *durch mich* erreichen, daß Jack die Unsterblichkeit wählt. Und ... vielleicht hat er recht, wie könnte ich etwas anders wollen als Unsterblichkeit für Jack ... auch wenn ich sterben und Jack allein weiterleben muß, bis in alle Ewigkeit ...?

Du miserabler Scheißkerl, Howards! Warum ist ein Bastard wie du nur so verdammt schlau?

»Nicht nur Barron«, sagte Howards. »Jeder, den ich auswähle. Sie, zum Beispiel. Mit einem haben Sie recht: Barron liebt Sie. Als ich mein Angebot unterbreitete, fragte er als erstes nach der Unsterblichkeit auch für Sie. Und ...«

Der gräßliche Blick in Howards' Augen vergewaltigte sie, doch er grinste und wartete voll boshafter Freude darauf, daß sie die eine Frage stellen würde.

»Und?«

Howards lachte. »Warum nicht?« sagte er. »Ich kann es mir leisten. So ist es sogar noch eine hübsche Kette: Ich kaufe Barron mit der Unsterblichkeit für Sie beide, ich kaufe Sie mit demselben Ding, und ich kaufe Ihre Hilfe, um sicherzustellen, daß er auch verkauft. Drei für den Preis von einem. Sie können Liebe und Leben haben, beides ewig. Denken Sie darüber nach, Sie und Barron – ewig. Und wenn Sie nicht mitmachen, dann werde ich Barron alles erzählen, und Sie sind fertig mit ihm – mit ihm und der Unsterblichkeit. Keine schwere Wahl, nicht wahr, Miss Westerfeld? Sie haben dreiundzwanzig Stunden. Ich werde Ihnen nichts mehr sagen. Es ist auch nicht nötig, oder?«

Damit unterbrach er die Verbindung.

Sara wußte, wie recht er hatte, wie recht er die ganze Zeit schon gehabt hatte. Ewiges Leben mit Jack... oder nichts. Sie dachte an Jack, jung und stark an ihrer Seite, eine Million Jahre lang, während sie beide in der unschuldigen Stärke der Jugend wuchsen – der Stärke, die aus dem Wissen erwächst, nicht sterben zu müssen –, aber nun auf Wahrheit gebaut, nicht Selbstillusion, mit dem Mut, alles zu tun, alles zu wagen mit dem weichfleischenen Ritter in der Rüstung der Unsterblichkeit, in einer Welt, die sie sich selbst schaffen konnten für immer und ewig... Wachsen, ohne älter zu werden, wie dieser ozeanische Sonnenfisch, der größer und größer wird und dabei niemals altert, niemals stirbt... Jack so – und ich ewig an seiner Seite!

Und Benedict Howards ewig, erinnerte sie eine mahnende, leise Stimme. Der sich ewig nährte an Macht und Furcht und Tod, mit Jack als seinem Handlanger, der ihm in seinem knochenweißen Tempel dient, während Äonen vergehen und Millionen Menschen sterben und vergehen müssen wie Rauch, aber diejenigen, die Howards verehren wie einen schrecklichen Todesgott, um den Preis ihrer Seelen ewig leben dürfen... Mit plötzlicher Verzweiflung erkannte sie: Das war die zukünftige Welt, ob mit oder ohne Jack, mit oder ohne seine Hilfe, so unausweichlich wie das Jüngste Gericht, und niemand konnte etwas dagegen tun, gegen die Macht der Stiftung über Leben und Tod. Benedict Howards hatte recht. Er war schon fast ein Gott, der Gott über Leben und Tod. Gott auf der Seite des Bösen und Nichtigen, der Schwarze Christus, und niemand von seiner Größe, der sich ihm entgegenstellen konnte.

Niemand außer... Jack Barron, dachte sie. O ja! Ja! Jack ist schlauer als Howards, stärker als ich. Wenn Howards uns unsterblich macht, welche Macht hat er dann noch über Jack? Wenn Jack bereits alles hat, was Howards ihm bieten kann, und wenn er Howards so sehr haßt wie ich... Nicht mal Benedict Howards könnte gegen Jack Barron standhalten – den echten, wahren Jack Barron, der für mich und für sich und für den Haß und für alles, woran wir je geglaubt haben, kämpft, gepanzert durch die Unsterblichkeit!

Sie fühlte sowohl Stolz als auch Furcht, als sie erkannte, was in ihren Händen lag, und nur in ihren ganz allein. Milliarden unsterblicher Leben, ihres und Jacks eingeschlossen. Jack war stark und klug, er würde wissen, wie er die Unsterblichkeit behalten und Howards trotzdem zerstören könnte. Vielleicht konnte er sogar der ganzen Welt die Unsterblichkeit bringen. Präsident, vielleicht ...? Luke glaubt daran ... Was könnte Howards dann *tun* ...? Ja! Ja! Alles war in ihrer Hand, sie konnte Jack unsterblich machen, ihn zum Haß ermuntern, ihn anstacheln, ihn zu dem erwecken, was er schon immer hatte sein sollen. Sie konnte es schaffen. Sie mußte nur einen Augenblick lang mutig sein in einem Leben, das endlos währen konnte.

Und das werde ich sein, schwor sie sich. Während sie auf Jacks Ankunft wartete, dachte sie darüber nach, wie es war, endlich von sich als Frau zu denken – als Sara *Barron*.

Abwesend und gedankenverloren, empfand er das Gefühl der Übelkeit beim Start des Fahrstuhls wie einen unvorbereiteten Schlag in den Magen, ein weiterer Schlag für Jack Barron am Tag der Schläge. Er drückte die Kippe seiner Acapulco Gold im Aschenbecher des Fahrstuhls aus und gab sich Mühe, seinen Magen zu beruhigen, wie er auch seinen Kopf zu beruhigen hatte, während die versiegelte Kabine ihn zu seinem Kalifornien brachte, dreiundzwanzig Stockwerke von New York und seinen stinkenden, paranoiden Rinnsteinen entfernt. Er bekam nun eine flüchtige Vorstellung davon, was ihm dieses Penthouse (mit der neuinstallierten, authentischen Sara Westerfeld) wirklich bedeutete.

Eine Zeitmaschine, nicht mehr und nicht weniger, dachte er. Kalifornische Science Fiction-Zeitmaschine in eine Vergangenheit, die nie existierte, in ein Pottraum-Kalifornien des Geistes, das es niemals geben konnte, ein großangelegtes *Action*bild durch die Augen eines Babybolschewistenkindes gesehen, das keine Ahnung hatte, wo die *Action* wirklich abgeht, ein Traum, den *Champion Jack Barron* verwirklicht hatte – aber seine Verwirklichung hatte den Träumer verändert. Das kann

Sara einfach nicht verstehen, dachte er. Einmal hat man die Möglichkeit, seine Träume zu verwirklichen, aber das *muß* den Träumer zwangsläufig verändern, denn mit einem Mal träumt er nicht mehr, er ist von wirklichen Dingen umgeben und muß gegen wirkliche Feinde kämpfen, und wenn er verwundet wird, blutet er wirklich, wirkliches Blut, kein Ektoplasma. Darum gehöre ich zu den Gewinnern und die anderen alten Babybolschewiken, ausgenommen vielleicht Luke, zu den Verlierern. Zu sehr von riesigen, wunderschönen Acidträumen eingenommen, als daß sie die selbst aufs Spiel setzen würden, sie würden ja ihr Peter-Pan-Selbst verlieren, würden sie sich die Hände schmutzig machen, um sie zu verwirklichen. Bleib ein Träumer, dann wirst du deinen Traum niemals Wirklichkeit werden sehen, oder laß dich aufs Itzibitzi ein, dann wirst du sehen, was für ein Scheißdreck dein Traum war, wenn du ihn erst bekommen hast.

Das Spiel des Lebens wird von einem Machthai bestimmt, dachte er düster, als der Fahrstuhl hielt und die Tür sich öffnete. Die Karten sind gezogen, die Würfel gefallen, und nun kannst du nur noch heimgehen, indem du dich auch an die Spielregeln hältst, sonst verlierst du und kommst in einem Faß nach Hause.

Er durchquerte das Foyer, betrat den dunklen Korridor, hörte die Klänge einer Beatles-Platte und spürte die unterschwellige Präsenz Saras. Das erinnerte ihn daran, daß er auch für sie die Entscheidung treffen mußte, auch ihre Unsterblichkeit stand auf dem Spiel. Er spürte ihre Gegenwart, die die Wohnung mit ihrer Sarahaftigkeit erfüllte, wodurch sie noch mehr zu einem Zuhause wurde, und es war ihm unmöglich, sich vorzustellen, daß diese Sara einmal aufhören könnte zu existieren, daß sie zu nichts weiter werden würde als zu einer Handvoll elendem Wurmfutter.

Könnte aber, dachte er. Nicht jetzt gleich, aber es

könnte passieren, und der einzige, der es bewerkstelligen kann, ist Jack Barron. Sag nein zu Howards, dann spielst du nicht nur das alte Kamikazespiel, sondern du bringst damit auch noch die einzige Frau um, die du je geliebt hast und wenn bis dahin auch noch vierzig Jahre vergehen, na und? Und wenn sie es nie erfährt, na und? Es ist und bleibt Mord, nicht mehr und nicht weniger. Das häßlichste Wort, das es gibt, *Mord*. Nicht einschüchtern lassen, heißt das Spiel, aber übernimm dich nicht, Barron. Bei Mord beginnt sogar für dich die Grenze. Das einzige Verbrechen, das immer falsch ist, ganz gleich, unter welchen Umständen. Bennie das Hirn aus dem Kopf zu blasen, das wäre nur Totschlag, aber Sara zu ermorden, wo man sie doch retten kann, indem man einfach seinen Namen schreibt, das wäre Mord.

Yeah, klar, woher sollst du wissen, wo du reingerätst, *wenn* du unterschreibst? Könnte noch schlimmer werden als Mord. Massenmord. Und ist das nicht eigentlich Bennies Ansinnen – die Sieger zu retten und die Verlierer sterben lassen, und wäre Sara nicht auch unter den Verlierern, wenn Howards nicht *mich* so dringend wollte? Auch nur ein Verlierer unter den anderen Untermenschenverlierern ...? Wählen Sie eines aus Spalte A oder eines aus Spalte B (Frühlingsrolle und Won-Ton sind im Menü inbegriffen): Massenmord oder einfachen Mord.

Er wußte, das war eine Entscheidung, die er unmöglich allein treffen konnte. Es geht auch um Saras Leben, nicht nur um meines. Ich muß ihr alles erzählen, denn dafür ist eine Frau ja schließlich da, jemand in der ganzen beschissenen Welt, dem man sich anvertrauen konnte, friß oder stirb. Hab schon genug Ärger am Hals, mit Howards herumzuspielen, soll wenigstens zwischen mir und Sara die Wahrheit auf den Tisch kommen.

Sie war draußen im Dachgarten und beugte sich

über die Brüstung, sie sah über den East River nach Brooklyn, lange Schatten der Dämmerung ließen den Feierabendverkehr weit unten im Zwielicht versinken.

»Jack ...«, sagte sie und wandte sich um, als er in den Dachgarten hinaustrat. Er sah eine seltsame, manische Verzweiflung in ihren Augen, die bodenlosen Seen glichen, und etwas Grimmiges und Zerbrechliches in den Linien ihres Gesichtes, sie schien in ihn zu sehen und gleichzeitig durch ihn hindurch. Auf seltsame Weise kannte er diesen Blick ... ja, es war der Blick eines VIPs in der Show, der gleich damit beginnen will, ein vorbereitetes Spiel zu beginnen.

»Ich muß dir etwas sagen«, begann Barron, überquerte die Terrasse und lehnte sich auch an die Brüstung, nahe genug, um ihren Atem zu spüren, aber er brachte es nicht über sich, sie zu berühren.

»Und ich muß dir auch etwas sagen«, sagte sie, und ihr Kiefer wurde kantig, ihre Halsmuskeln zuckten.

»Später, Baby«, sagte Barron, denn er wußte, jetzt oder nie. Was auch immer dich beschäftigt, es kann warten, Sara, dachte er. Entweder du vergißt es wieder, wenn ich dir alles gesagt habe, oder aber es belastet dich wirklich außerordentlich.

»Es geht um mich und Howards«, begann er. »Ich nehme an, du weißt mittlerweile, daß etwas zwischen uns vorgeht, und ich bin es dir schuldig, dich in alles einzuweihen. Große Dinge, größer als du dir je vorstellen konntest, größer als diese ganze Präsidentenscheiße, größer als ... größer als alles, was je existiert hat, größer als alles, was du dir vorstellen kannst. Bennie Howards ist scharf auf meine Person, Sara. Er braucht mich. Er braucht *Champion Jack Barron,* um seinen Gesetzesentwurf durchzubringen ... um etwas durchzusetzen ... nun, etwas, das die Leute einfach nicht schlucken würden. Er ist verzweifelt, er ist viel schärfer auf mich als Luke oder Morris oder ...«

»Ich weiß«, sagte sie mit dünner Stimme, die beinahe vom Verkehrslärm überlagert wurde, und er spürte eine gewaltige, elektrisierende Spannung, die sich zwischen ihnen aufbaute. Er nahm ihre Hand, mit der sie den kalten Stein der Brüstung umklammerte, um das Summen der elektrischen Ladungen zwischen ihnen abzubauen, und ihre Hand war rauh, kalt und trocken, als wäre sie tausend Meilen entfernt und würde über ein Vidphon zu ihm sprechen. Er stellte mit einer Art Erleichterung fest, daß er wieder abglitt in das kontrollierte, kühle Mittwochnacht-*Champion Jack Barron*-Feedback-Spiel, er haßte sich selbst dafür, haßte sich nur um so mehr, da er auch noch dankbar dafür war. Und was, zum Teufel, meinte sie eigentlich damit, sie wußte es?

»Yeah«, sagte er, »ich nehme an, das war verdammt offensichtlich.« (*War es das wirklich?* fragte er sich und fühlte Gefahrensignale einer Zukunftsschockpräkognition über Zeitkanäle auf sich einstürmen.) »Aber bevor du nun wieder deine Ausflippnummer anfängst, hörst du dir lieber mal an, was er zu sagen hat und was er bietet. Unsterblichkeit, Sara, *Unsterblichkeit!* Bennies Jungs haben das Altern besiegt. Er bewahrt natürlich Stillschweigen darüber, denn das ist ein großer Fisch, und die Sache ist verdammt teuer, er sagte was von einer Viertelmillion Piepen pro Behandlung, und selbst damit kann er höchstens tausend Leute jährlich behandeln. Aber es ist kein Scheiß, es stimmt. Er sagt, er selbst ist schon behandelt, und wenn du ihn reden hörst, dann weißt du, der lügt nicht. Dabei bleibt es, Unsterblichkeit für etwa tausend Menschen pro Jahr, Leute, die eine Viertelmillion aufbringen können und die Bennie aussucht, und alle anderen gucken in den Mond, so sieht's aus. Und genau darum ist er so scharf auf mich – ich soll ihm dabei helfen, dafür zu sorgen, daß *das* von der breiten Masse geschluckt wird: Unsterblichkeit für wenige und Tod für die meisten. Ist viel härter zu verkaufen als Chevys oder Dope. Aber ...«

Er starrte in das unlesbare Vakuum ihrer Augen, die ihn zu verspotten schienen, die ihn anklagten, und er spürte, wie seine Worte durch sie hindurchgingen wie ein Werbespot durch ganz Brooklyn und darüber hinaus, sie schien auf etwas zu warten, während er darauf wartete, daß sie sprach, weinte, schrie, auf und ab sprang, oder sonstwie reagierte. Aber sie stand einfach nur da, und nicht mal der Druck ihrer Hand in seiner veränderte sich, und da fühlte sich Barron kalt und ängstlich und wußte nicht einmal, warum.

»Zweihundertundfünfzigtausend Dollar«, sagte er. »Aber für uns umsonst. Das ist das Angebot, Sara. Wenn ich zustimme und mit Howards gemeinsame Sache mache, dann bekommen wir beide bombensichere Verträge. Das ist die Entscheidung, die ich bis morgen treffen muß – die Verträge unterzeichnen, dann bekommen wir beide die Unsterblichkeit, oder Howards zum Teufel schicken und alles über Bord werfen. Aber nicht nur die Unsterblichkeit – er wird mich fertigmachen, er wird versuchen, mir die Show nehmen zu lassen, und dann muß ich auf das Angebot von Greg Morris und Co. eingehen, nur um uns über Wasser zu halten. Das ist eine Alternative! Aber *wir* müssen diese Wahl treffen, nicht nur ich.«

»Ich weiß, Jack«, sagte Sara. »Ich weiß alles.«

»Komm schon, Sara«, sagte er, zornig über ihre undeutbaren Augen (verdammte große seelenvolle Augen, der Herr allein mag wissen, was wirklich hinter ihnen vorgeht, und der allein weiß, ob überhaupt etwas dahinter vorgeht außer Peter-Pan-Acidscheiße – wo hast du deinen Verstand, Sara?). »Okay, das ist schwer zu verdauen, aber steh hier nicht einfach so rum und schau mich an. Und was, zum Teufel, meinst du damit, du weißt alles?«

Sie entzog ihm ihre Hand, berührte seine Wange, dann ließ sie die Hand sinken, und als sie schließlich sprach, sah sie ihn nicht an, sondern hinab auf die überfüllten Straßen Manhattans, und am Klang ihrer Stimme und der Art, wie ihr Kiefer bebte, erkannte Barron, daß sie hinabsah in eine private, verteufelte Schlangengrube.

»Du bist nicht die einzige Person, die Benedict Howards benutzt hat«, sagte sie, »dieses ... dieses Monster kann jeden kaufen, *jeden*, Jack. Er ist der allerböseste Mensch der Welt, und nun kann er weiterhin Leute benutzen und Leute kaufen und die Macht über Leben und Tod der Menschen behalten, ewig ... Er ist böse und klug und durch und durch amoralisch, und er kann jedem alles geben, was er haben will. Jeder hat seinen Preis, und Howards kann es sich leisten, jeden zu bezahlen, das hat er mir gesagt, und ich wollte es nicht glauben. Aber jetzt ... jetzt ... O Jack, ist es falsch, ewig leben zu wollen? Jeder will ewig leben, und ich will eben, daß du ewig lebst – bin ich deswegen schlecht ...? *Jack!*«

Damit wirbelte sie herum und fiel ihm in die Arme, sie weinte nicht, zog ihn aber mit der Kraft der Verzweiflung an sich. Doch kaum hatten seine Reflexe die Hände dazu gebracht, beruhigend über ihren Rücken zu streichen, da erstarrte Barron zu einer Salzsäule, als er über ihre Worte nachdachte, sie zurückwies und doch spürte, wie sie an ihm kleben blieben wie Trockeneis.

Er stieß sie von sich, hielt sie auf Armeslänge an den Schultern, starrte in ihr verzerrtes Gesicht und murmelte: »Du ...? Howards ...?«

»Du mußt es tun, Jack ...«, sagte sie. (Ihre Lippen begannen zu zittern, ihre Augen wurden feucht, sie bebte in seinen großen Händen.) »Verstehst du denn nicht? Wenn du die Verträge unterschreibst, dann sind wir unsterblich, wir haben alles, was Howards uns bieten kann, und keiner kann es uns mehr wegnehmen. Verstehst du denn nicht? Du bist der einzige Mensch auf der Welt, der ihn zerstören kann. Du bist der einzige Mann, der über die Größe verfügt, sich gegen Bennie Howards stellen zu können, samt seiner abscheulichen Stiftung. Du *mußt* es tun! Es gibt keinen anderen! Aber ich will nicht sterben, ich will nicht, daß du sterben mußt... Unterschreib die Verträge, und dann... und dann... dann können wir ihn gemeinsam bekämpfen, und er kann uns nichts mehr antun...«

Barron schüttelte sie, er selbst zitterte am ganzen Körper. »Was, zum Teufel, ist das? Hör auf zu flennen, Sara, verdammt, und sag mir, was das alles zu bedeuten hat.« Aber er wußte schmerzlich genau, was es zu bedeuten hatte. Bennie hat sie sich geschnappt, dachte er. Irgendwie, irgendwann fand der schleimige Wichser eine Methode... Der...

»Ich liebe dich«, schluchzte sie. »Das mußt du mir glauben, ich liebe dich. Ich hab's getan, weil ich dich liebe. Ich liebe dich, Jack, ich habe dich immer geliebt, ich werde dich immer...«

Barron schleuderte sie gegen die Brüstung. »Laß den Blödsinn«, fuhr er sie an und spürte die Grausamkeit in sich, die auf sie übergriff, das grimmige Skalpell der Realität, und weit unter sich hörte er die Geräusche von Metall und Gummi und Beton und Asphalt, die ganze vernichtende synthetische Welt von dort unten schien auf ihn einzudringen. »Mit klaren und einfachen Worten – was ist los zwischen dir und Benedict Howards?« Plötzlich kam er sich vor wie der vierfarbige Jack Barron, der einen VIP in die Ecke drängte. Aber er wußte keinen anderen Weg, wie er sonst hätte reagieren sollen.

Er sah Sara an, die ihm mit tränennassen Augen benommen in die Augen starrte, wobei ihre denen eines willen- und hirnlosen Kaninchens glichen, während sie es ausspie, während sie alles ausspie wie verdorbenes Fleisch.

»Er ... er hat mich zu seinem Gefrierkomplex in Long Island bringen lassen. Er versprach mir einen kostenlosen Gefriervertrag, wenn ich dich dazu brächte, einen zu unterschreiben. Ich sagte ihm, er solle sich zum Teufel scheren. Aber ... aber dieser Mann sieht direkt in dein Innerstes, er sieht, was er sehen will, und er weiß, wie er es sich zunutze machen kann, er weiß mehr über dein schmutziges Selbst als du selbst weißt. Er wußte ... er wußte, daß ich dich tief im Innern immer noch liebte ... noch bevor ich es wußte, und als er mir eine Chance zum ewigen Leben bot, nur unter der Bedingung, zu dir zurückzukehren ... Verstehst du denn nicht? Ich wollte dich, ich wollte dich schon immer ... ich hatte es nur *vergessen*, und als Howards mir die Entschuldigung bot, zu dir zurückzugehen, eine gute Entschuldigung ... Er nasführte mich dazu, mich selbst naszuführen, ich könnte dich nasführen. Ich glaubte dich zu hassen, aber ich dachte, vielleicht könnte ich wieder den Jack aus dir machen, den ich kannte, wenn ich zu dir zurückging und du die Verträge unterschrieben hattest, und dann ... dann wollte ich genau das machen, was ich jetzt auch mache, dir alles erzählen, dir zeigen, was für ein Schwein Bennie Howards ist, daß ihn niemand aufhalten kann und wie er jeden dazu bringen kann, ihm in sein Rattenloch zu folgen ... O Jack, wie sehr mußt du mich nun hassen!«

Barron ließ sie los und lächelte verzerrt, als er ihre großen Krokodilstränen sah, die sie weinte, wie ein Cockerspaniel, der gerade eben auf den Teppich geschissen hat und nun auf den Tritt dafür wartet. Dich hassen, dachte er. Nur weil du Howards' Spiel mitgemacht hast? Und was ist mit meiner Wenigkeit? Ich hege keinen Haß mehr auf dich, nur auf diesen verdammten Schwanzlutscher Howards, der meiner kleinen, dummen Frau den Kopf verdreht hat – Frau ohne Verteidigungsmöglichkeiten gegen die große *Action* der Stiftung. Scheiße, wer würde denn nicht mitspielen, um der Chance des ewigen Lebens willen, du etwa nicht? Hast du es nicht auch getan? Tust du es nicht immer noch? Nur darum geht's doch!

Er sah an ihr vorbei und betrachtete Brooklyn im Dämmerlicht, jenseits des East River und jenseits des dröhnenden New Yorker Stadtverkehrs, Stahldschungelfleischfressergeräusche, die vierundzwanzig Stunden täglich andauerten, und nicht einmal in seinem kleinen Kalifornien im dreiundzwanzigsten Stock konnte er der stinkenden Wirklichkeit entkommen, der Machtrealität, durch die die Welt sich drehte und dauernd selbst hinter ihrem Schwanz und ihrem Arschloch herjagte – nicht für Sara oder Luke oder die (nach neuesten Schätzungen) hundert Millionen Menschen.

Oder Jack Barron.

Entweder man läßt sich Krallen wachsen, oder man wird den Löwen zum Fraß vorgeworfen.

»Ich bin zu elend, dich zu hassen«, sagte er. »Vielleicht schulde ich Howards sogar einen Gefallen dafür, daß er eine Erwachsene aus dir gemacht hat, was ich niemals konnte. Vielleicht wirst du nun nicht mehr so laut vom Aussteigen erzählen, denn Bennie hat recht, wir alle haben unseren Preis. Und wer denkt, er nicht, dem ist eben noch nicht der richtige Preis angeboten worden. Dich hassen, ich sollte mich selbst hassen, und ich kapier das Masochistenspiel einfach nicht. Du haßtest mich also, als du zu mir zurückgekommen bist, das hast du getan wegen der Chance auf das ewige Leben, deswegen hast du Babybolschewikenspiele mit mir gespielt. Auf seltsame, komische Weise respektiere ich das, denn ich hätte an deiner Stelle nicht anders gehandelt, die Frage ist nur, liebst du mich jetzt wirklich?«

»Ich habe dich in meinem ganzen Leben nie mehr geliebt«, antwortete sie, und er sah den versponnenen Verehrungsblick in ihren Augen, Wärme durchströmte ihn, von den Zehenspitzen angefangen, strömte durch seine Ohren, während er die heiße Liebe sah, die sie für ihn empfand, für *ihn*, nicht für das vierfarbige Abbild von Jack Barron, nicht für den babybolschewikischen, billigen, großspurigen Galahad-Helden ... *Mich*, dachte er. Vielleicht kapiert sie endlich, was ich wirklich bin – was auch immer das sein mag!

»Gleichfalls«, sagte er und küßte sie sanft und zärtlich, ihre offenen Münder kosteten einander wie beim ersten Mal, aber auch ohne das Zungenspiel war es ein Kuß der Liebe ohne Lust, und er konnte sich nicht daran erinnern, sie jemals zuvor so geküßt zu haben.

»Wirst du es tun?« fragte sie ihn, noch immer die Arme um seine Hüften geschlungen und mit ernstem Kleinmädchenverschwörergesicht, sogar jetzt spielt sie noch, aber wie kann ich ihr daraus einen Vorwurf machen, wo es mir doch genauso geht?

»Was tun?« lautete seine Gegenfrage, die von einem aufgesetzten Das-Spiel-geht-los-Vidphonlächeln begleitet wurde.

»Die Verträge unterschreiben.«

»Ich wäre ein Depp, es nicht zu tun, oder?« sagte Jack Barron. Und das ist das Wesentliche, nicht wahr. Welcher Depp wäre dumm genug den Tod zu wählen? Du weißt wirklich Bescheid, nicht wahr, Bennie?

»Aber du wirst ... du wirst das Spiel dieses scheußlichen Reptils nicht mitspielen, oder?« fragte sie (und hier sah er wieder den verdammten Berkeleyblick in ihren Augen, den Jack-und-Sara-gegen-die-Mächte-des-Bösen-Blick. Wird sie eigentlich niemals erwachsen werden? Willst du selbst eigentlich, daß sie es wird?). »Die ganzen Leute dort draußen, die dir vertrauen, ob du willst oder nicht ... Du *kannst* diese ganzen Leute nicht verkaufen, die an dich glauben, und sie sterben lassen, nur weil du deinen Anteil bekommen hast. Ich meine, wenn wir erst die Unsterblichkeit haben, dann mußt du Howards vernichten. Du bist der einzige, der ihn aufhalten kann, der Mann, an den hundert Millionen glauben, der einzige Mann, vor dem Howards sich fürchtet, du bist... du bist *Jack Barron*, und manchmal glaube ich, du bist der einzige, der nicht weiß, wer oder was Jack Barron ist. Du kannst nicht Benedict Howards Handlanger und Speichellecker sein... du bist *Jack Barron*.«

Barron zog sie an sich, sah hinaus über das Straßennetz, die Lichter von Brooklyn, die sich von Küste zu Küste erstreckten, während sie ihr Gesicht an seiner Schulter begrub, hundert Millionen Fernsehantennen-Mittwochnachtaugen, die alle ihn ansahen, und was würden *die* sagen, diese Imagevampire, wüßten sie alles?

Spiel *unser* Spiel, das würden sie sagen, er wußte es. Riskier deinen Arsch für uns, Junge, das bist du uns schuldig. Kein Unterschied zu Luke oder Morris oder Bennie – alle sind der Meinung, ich gehörte ihnen –, dabei haben sie gar nicht das Zeug, *mein* Spiel zu spielen.

Yeah, grad wie der alte Bennie. Jeder will den armen alten Jack Barron besitzen, aber keiner will glauben, daß eben der Jack Barron nur *sich selbst* gehört und keinem anderen.

Jack Barron zog seine Frau an sich. »Keine Sorge, Sara«, sagte er, »ich werde Howards' Spiel nicht mitspielen.« (Und auch kein anderes.)

Verpiß dich, Bennie! Verpißt euch alle! Keiner von euch, nicht Luke, nicht Morris, nicht Bennie und auch nicht die große Menge der Verlierer dort unten, nicht mal du, Sara, keiner wird Jack Barron besitzen!

11

GEH LIEBER DRAUF EIN, sonst werde ich dich ohne zu zögern den Löwen zum Fraß vorwerfen, ich hab genug, Barron, soll ich mir noch länger auf der Nase herumtanzen lassen, dachte Benedict Howards, während er sich auf ein seltsames Ungetüm von einem Sessel aus Stahl und Leder setzte, hinüberstarrte zu Jack Barron, der wie ein öliger arabischer Kamelhändler auf seinem Sattel saß, eingerahmt von einer offenen Terrasse mit Palmen, oder wie auch immer man diese billigen Hotelplastikpflanzen nannte, unter denen die Nutten in Tulsa oder San José oder manch anderen Städten mit viel Geld und wenig Klasse promenierten, – yeah, das paßt haargenau, daß Jack Barron auf diese Art von kalifornischer Scheiße abfährt.

Howards öffnete seine Aktentasche, nahm zwei Verträge in dreifacher Ausfertigung heraus und reichte sie Barron zusammen mit seinem altmodischen Füllfederhalter aus vierzehnkarätigem Gold. »Hier sind sie, Barron«, sagte er. »Ein Vertrag für Sie und ein Vertrag für Sara Westerfeld oder Barron oder wie auch immer ihr Zuname lauten mag. Hier ist Sara Westerfeld angegeben, weil das im Augenblick ihr rechtlicher Name ist. Alles von mir unterschrieben, ›bezahlt von unbekanntem Spender‹, ein Standardgefriervertrag, ergänzt um die Behandlungsklausel. Unterschreiben Sie einfach, dann können wir zu Ihrem Teil der Abmachung kommen.«

Barron überflog eine der Kopien, sah auf, dann schätzte er Howards mit diesen seinen verdammten verschlagenen Augen ab, sagte: »Um es klar und deutlich auszudrücken, Bennie, wenn ich diese Verträge unterschrieben habe, dann werde ich einen meiner Durchschläge an einen sicheren Ort senden, zusammen mit der Instruktion, ihn an die Presse weiterzuleiten, falls mir etwas zustoßen sollte, kapiert?«

Howards lächelte. Du bist so klug, Barron, glaubst, du wärst Benedict Howards zwei Schritte voraus – Jack Barron hat *seine* Versicherung, wo ist deine, Howards, alles etwas zu einfach, was? Du verfolgst deinen eigenen Schwanz, Barron, und bis du herausgefunden hast, daß deine Versicherung eigentlich meine ist, wird es zu spät sein, dann gehörst du schon von Kopf bis Fuß mir, und du wirst viel zu tief drinhängen, als daß du noch zurückweichen könntest, dann hast du dasselbe ewige Leben wie ich mit starken jungen Frauen mit kühler Haut in vollklimatisierten Arenen der Macht wie ich auch, und dann bist du ohne Vorbehalte mein Mann, wie Senatoren, Gouverneure, selbst der Präsident, Mister Howards, auch ohne den gottverdammten Idioten Hennering.

»Sie müssen mir nicht mal soweit vertrauen«, sagte Howards mit sorgfältig einstudierter Vorsicht. »Sie und Ihre Frau können die Unsterblichkeitsbehandlung bereits in dem Augenblick genießen, in dem Sie unterschrieben haben. Sie können noch heute nacht mit mir nach Colorado zurückfliegen, sich der Behandlung unterziehen und sind bis zur nächsten Show so gut wie neu zurück. Mit einer Tiefschlafgenesungskur ist in zwei Tagen alles überstanden. Sie müssen mir überhaupt nicht vertrauen, Sie können Ihren Lohn haben, bevor Sie etwas dafür getan haben.«

Barron zog die Augen zusammen, und da begann Howards, seinen Argwohn zu erkennen. »Riecht verdammt nach totem Fisch, Howards«, sagte Barron. »Sie sind doch sonst nicht der Gottvertrauen-Typ – sieht aber so aus, als würden Sie mir vertrauen, aber *ich* vertraue Ihnen überhaupt nicht.«

Mach nur weiter so, Affe, dachte Howards. Du wirst in einem Faß nach Hause kommen und immer noch denken, du hättest gegen Benedict Howards gewonnen.

»Wer vertraut Ihnen denn?« fragte Howards aalglatt. »So wie ich die Dinge arrangiert habe, braucht keiner dem anderen zu vertrauen, darauf können Sie Gift nehmen. Ich könnte das Veröffentlichungsspiel auch spielen, und was würde dann aus Ihnen, Mister Champion der Unterprivilegierten? In aller Öffentlichkeit an die Stiftung verkauft zu haben, was meinen Sie, wie lange würden Sie *dann* noch Ihre Show behalten? Man kann vieles von Ihnen sagen, aber Sie sind bestimmt nicht so dumm, alles über Bord zu werfen, nur um mich zu hintergehen. Wir haben beide unsere Namen auf ein gefährliches Dokument geschrieben, keiner von uns kann es sich leisten, das an die Öffentlichkeit gelangen zu lassen. Das nennt man Politik der Doppelversicherung, Barron«, schloß er. Und wenn du erst deine Behandlung gehabt hast, dann wird es mehr sein als nur deine dumme Karriere, dann habe ich dein millionenjähriges Leben in meiner Hand, wenn du krumme Touren versuchen willst.

Howards fühlte, wie Barron ihn abschätzte, und versuchte Löcher in seiner Position zu entdecken, die er niemals finden würde, weil es einfach nur ein Loch gibt, und das gibt mir den großen Trumpf in die Hand, Barron, und das wirst du erst dann entdecken, wenn alles vorüber ist. Na mach schon, Klugscheißer, versuch Benedict Howards übers Ohr zu hauen, wärst nicht der erste, der das versucht und in einem Faß heimgeht, Senatoren Gouverneure Doktoren Krankenschwestern Röhren hoch Nase hinab Kehle verblassender schwarzer Kreis, und alle sind übertölpelt genasführt überlistet gekauft vernichtet und gehören dir *wirklich*, glaubt ihr denn, ihr könntet dem einzigen Mann was vormachen, der größer ist als der Tod? Dem Sieger über die geballte Macht des verblassenden schwarzen Kreises?

Barron sah ihn lange ausdruckslos an, kein Zentimeter bewegte sich an ihm, aber hinter seinen Augen veränderte sich etwas, wie Howards aufgrund langer Erfahrung feststellen konnte, die er mit mächtigen Männern in vollklimatisierten Arenen der Macht gewonnen hatte, die uneingeschränkt nachgaben, Handlanger, Mister Howards, und da wußte Howards, er hatte ihn gekauft, noch bevor Barron dann auch sagen konnte: »Okay, Howards. Abgemacht.« Dann unterzeichnete er seinen Vertrag in dreifacher Ausfertigung.

»Das war wirklich schlau«, sagte Howards. »Und jetzt bekommen Sie auch Sara Westerfeld fest in die Hand, lassen Sie sie unterzeichnen, und dann fliege ich sofort mit Ihnen nach Colorado, damit Sie sich der Behandlung unterziehen können. Das wird Ihnen zeigen, daß alles wirklich viel einfacher abläuft, wenn man mit Benedict Howards gemeinsame Sache macht.«

Barron lächelte ein häßliches *Champion Jack Barron*-Lächeln, das Howards nicht deuten konnte, wodurch er sich ein wenig unbehaglich fühlte – der spielt immer noch, aber worum, Barron? Bleib ruhig, mahnte er sich selbst, wenn er erst die Behandlung hinter sich hat, dann hast du ihn ganz sicher in der Tasche.

»He, Sara!« schrie Barron. »Komm mal her, hier ist was zu unterschreiben.«

Barron lächelte so blendend, als Sara Westerfeld hereinkam, durch das Wohnzimmer ging und sie mit einem nervösen Blick bedachte, so langsam, so gottverdammt langsam, daß Howards tatsächlich einen Augenblick Furcht empfand, die Wahrscheinlichkeit verspürte, die Kontrolle über die Situation könnte ihm entgleiten. Er sah sich mit der irrationalen Furcht konfrontiert, Barron könnte Katz und Maus mit ihm spielen – hat diese gottverdammte verrückte Hure etwa alles ausgespuckt? Er sah, daß Barron alle sechs Verträge in einer Hand hielt... wollte er sie etwa zerreißen? Verdammt sei er, wieviel weiß er? Hat dieses blöde Miststück ihm alles erzählt und die Sache versaut?

Jack Barron spielte mit den Verträgen, während Sara Westerfeld neben dem Kamelsattel stand, auf dem er wie ein fetter arabischer Sklavenhändler saß. Howards fühlte sich, als würde man ihm die Schlinge um den Hals legen, als sie ihm einen Blick einstudierter Mißachtung zuwarf, dann Barron mit krank machenden Verehrungsblicken bedachte, als wollte sie Howards auf diese Art klarmachen, wenn sie schon jemandes Hure war, dann die Barrons. Aber wieviel weiß er, fragte sich Howards wie von Sinnen, während er darum kämpfte, den ausdruckslosen Gesichtsausdruck beizubehalten. Hat sie genug Verstand, jetzt die Klappe zu halten?

Barron sah ihn mit gesenktem Blick an, um die Schatten unter den tiefliegenden Augen zu betonen, was Howards als kalkulierten *Champion Jack Barron*-Trick erkannte, und doch schien Barron damit das kleinste Detail seines Innern lesen zu können. Der Schlappschwanz könnte gefährlich werden, erkannte Howards, gefährlicher, als ich dachte, er ist schlau, echt schlau, und außerdem ist er total verrückt, und das ist eine gefährliche Kombination, ich muß ihn unbedingt vollkommen kaufen. Ich *muß* ihn dazu bringen, daß er noch heute mit mir zurückfliegt und die Behandlung über sich ergehen läßt.

Jack Barron lachte ein Lachen, das die Spannung noch steigerte, dann sagte er: »Flippen Sie nicht aus, Bennie. Sara weiß bereits alles. Schließlich gehört sie zu mir.« Er machte eine Pause (oder bilde ich mir das alles nur ein?), dachte Howards, um die Worte zu seinen Gunsten wirken zu lassen (oder des Mädchens?). »Wir haben keine Geheimnisse.«

Barron gab Sara Westerfeld die drei Vertragskopien und den Füller. »Unterschreib, Sara«, sagte er. »Du weißt doch, was du unterschreibst, oder?«

Sara Westerfeld sah Howards unverwandt an, während sie die Verträge unterschrieb, wobei sie ein dünnes Lächeln lächelte, das sowohl Zufriedenheit über den endgültigen Vertragsabschluß ausdrücken konnte, das aber durchaus auch Zeichen einer geheimen Übereinstimmung zwischen ihr und Barron sein konnte. Sie sagte: »Klar weiß ich das. Ich weiß, was wir bekommen. Unsterblichkeit. Jack hat mir alles gesagt, Mister Howards. Wie er schon sagte, wir haben keine Geheimnisse voreinander.«

Spielt dieses verdammte Miststück auch mit mir, fragte sich Howards. Aber das macht nichts, sagte er sich selbst, als sie die unterschriebenen Verträge an Barron gab, der sie sortierte und Howards je eine Kopie gab. Unterschrieben, besiegelt und überreicht. Jetzt hab ich sie beide, hier in meiner Hand, schwarz auf weiß. Und wenn du wieder auf Sendung gehst, Barron, dann auch in Fleisch und Blut, ihrem und deinem, und wer scheißt dann noch drauf, ob ich sie benutzt habe oder nicht? So oder so, sie hat den Job erledigt, das zählt, und nun habe ich dich, Jack Barron, mit Haut und Haaren.

Howards verstaute die Verträge sorgsam in seiner Aktentasche. »Okay«, sagte er, »ich nehme an, ich kann offen vor ihr sprechen.« (Zeit, gehorchen zu lernen, Barron, wirst dich ohnehin daran gewöhnen müssen, und deine Frau kann's auch gleich von Anfang an mitkriegen, wer der Boss ist, na, wie schmeckt dir das, Klugscheißer?) »Ich werde Ihnen heute abend gegen sieben ein Auto schicken lassen, das Sie zum Flughafen bringen wird. Auf dem Weg nach Colorado haben wir Zeit genug, uns über den Verlauf Ihrer nächsten Show zu unterhalten.

Ich meine, erstes Ansinnen muß es sein, die verlorenen Stimmen im Kongreß zurückzugewinnen, die Ihr großes Maul gekostet hat. Ich würde sagen, Sie suchen sich was mit diesen windigen Konkurrenzunternehmen, vielleicht den Verwandten eines Insassen, dessen Körper verfaulen mußte, als sie bankrott gingen. Und keine Bange, ich werde bis Mittwochabend jemanden gefunden haben, und wenn nicht, dann kaufe ich mir einen, der diese Rolle übernimmt. Dann holen Sie ein paar der Verantwortlichen in den Zeugenstand – ich habe eine komplette Liste der übelsten Burschen – und zeigen, was das für Nieten sind, klar? Sicherheit ist die Sache, und nur die Stiftung garantiert Sicherheit, und deshalb muß der Kongreß ...«

»Das reicht, Howards«, fuhr Barron dazwischen. »Zuerst einmal, Sie brauchen mir nichts von meinem Geschäft zu erzählen. Ich würde stinken wie ein offener Gully, wenn ich jetzt beginnen würde, der Stiftung Honig ums Maul zu schmieren, nach den beiden letzten Shows. Wir müssen zuerst die Gemüter wieder beruhigen. Ich werde ein paar Shows machen, die überhaupt nichts mit der Stiftung zu tun haben, um den Hitzestau abzuführen. Dann, nach drei oder vier Wochen, werde ich vielleicht zehn Minuten mit einem der Opfer Ihrer sogenannten Konkurrenz sprechen, das wird die Szene dafür bereiten, ein paar von den wirklich üblen Schmuddlern abzukochen – aber erst die kommende Woche. *Champion Jack Barron* soll spontan sein, unberechenbar und nur von der Masse kontrolliert, erinnern Sie sich? Wenn ich Ihnen wirklich nützen soll, dann muß es so und nicht anders ablaufen.«

»Wie Sie schon sagten, das ist Ihr Geschäft«, stimmte Howards zu.

Der Schlappschwanz ist *wirklich* nützlich, dachte er. Versteht sein Geschäft genau, ist subtil genug, Barron weiß Bescheid. Laß ihn ruhig seinen eigenen Karren fahren. Sag ihm nur, *was* zu machen ist und überlaß ihm das *Wie*.

Das ist schließlich die beste Art von Handlanger – mit genug Hirn, um Befehle entgegenzunehmen und sie besser auszuführen, als man selbst das könnte. Nennt man einen Spezialisten – aufziehen und arbeiten lassen.

»Wie Sie sagen«, willigte Howards ein. »Sie sind schon lange im Geschäft und sollten eigentlich wissen, was Sie tun.« Er stand auf mit dem Gefühl, sein Tagewerk optimal erledigt zu haben. »Carl wird Sie also um sieben abholen, und in zwei Tagen werden Sie die große Bezahlung erhalten haben. Denken Sie darüber nach, jeden Morgen aufzustehen, die nächste Million Jahre ...«

»Nicht so rasch«, sagte Barron. »Ich würde sagen, wir lassen das mit der Behandlung vorerst mal und kümmern uns um etwas anderes. Wir sind beide jung, wir haben es nicht eilig; der Vertrag regelt, daß wir uns der Behandlung jederzeit unterziehen können.«

»Was ist los mit Ihnen?« fragte Howards schrill. Dann, als er erkannte, wie Barrons Augen ihn abschätzten, fiel ihm der schrille Klang seiner Stimme selbst auf; er schritt auf äußerst dünnem Eis dahin (muß dafür sorgen, daß er sich der Behandlung recht bald unterzieht, darf ihn nicht erschrecken und noch argwöhnischer machen, als er schon ist), daher senkte er die Stimme und heuchelte Unberührtheit: »Wollen Sie denn nicht unsterblich werden?«

»Dann hätte ich ja nicht den Vertrag unterschrieben, oder?« entgegnete Barron. (Howards spürte die elektrisierende, wachsame Gefahr in seiner arglistigen Stimme. Paß auf! Paß auf! Er spielt wieder dieses beschissene *Champion Jack Barron*-Spiel!) »Die Frage ist, warum sind Sie so scharf drauf, mich so verdammt schnell unsterblich zu machen?«

Benedict Howards fühlte, wie das Skalpell der Frage nach dem forschte, nach dem Barron selbst auch schon die ganze Zeit forschte – dem Geheimnis der Behandlung. Aber das wirst du nicht herausfinden, Barron, erst wenn's zu spät ist! Kann ihn jetzt nicht zwingen, verdammt, muß vorläufig nachgeben, bis... *Er darf hinsichtlich der Behandlung nicht argwöhnisch werden!*

»Das will ich Ihnen sagen, Barron«, polterte er. »Es ging mit mir durch. Allein der Gedanke daran erinnerte mich daran, daß ich selbst bereits unsterblich bin, wirklich unsterblich, und ich kann einfach nicht verstehen, warum jemand auch nur fünf Minuten länger als nötig darauf warten möchte. Schätze, das ist Ihnen jetzt noch nicht bewußt, aber warten Sie mal, bis Sie an meiner Stelle sind, dann werden Sie es verstehen. Aber wie Sie wollen. Mir scheißegal. Es ist Ihr Leben, Barron, Ihr ewiges Leben. Ich hab meines schon, das genügt mir.«

»Hab Sie eigentlich nie für einen Wahren Gläubigen gehalten, Bennie«, sagte Barron lächelnd. (Aber das Lächeln wirkte unecht, aufgesetzt, Verarschung?) »Keine Sorge, ich werde bereit sein abzusahnen, wenn es mir paßt.«

Und ich werde bei dir sein, um bei dir abzusahnen, Klugscheißerbastard, dachte Howards während er sich zum Gehen wandte. Heb dir deine Scheißtricks für Mittwochabend auf, Barron, wir werden sie beide brauchen. Du gehst nach Colorado, und du gehst bald hin, sonst... Niemand macht Benedict Howards zum Narren!

»Zum letzten Mal, Sara, wir spielen das auf meine Art – nicht auf deine«, sagte Jack Barron, während er ihren nackten Körper ansah, der verkrampft und steif, halbfötal und etwa so sexy wie ein Backstein verbraucht und bleich im Mondschein lag, der vom Schlafzimmerfenster gefiltert wurde und sie beide berührte, wie sie dalagen, zusammengerollt, Gesicht an Gesicht, ohne einander zu berühren, wie bleiche Kaulquappen auf dem elektrisch geheizten Bett, wie im Rampenlicht einer drittklassigen Off-off-Broadway-Theaterspelunke.

»Aber wie, zum Teufel, sieht deine Art aus?« fragte sie mit dem alten Sechs-Jahre-toten Winseln in ihrer Stimme, Geist der Tage des Auseinandergehens, ihre Augen waren Glasspiegel in der Dunkelheit, in denen sich Tiefe über Tiefe spiegelte – oder handelte es sich nur um eine Illusion, die nicht tiefer ging als das Phosphorpünktchen eines Fernsehschirms?

Manchmal glaube ich, ich kenne diese Frau durch die Orte, an denen sie lebt, dachte er, während ich meine restliche Zeit damit verbringe, mich zu fragen, ob sie *überhaupt* irgendwo lebt oder ob ich nur Illusionen der Tiefe sehe, meine selbstprojizierte Sara des Geistes auf dem Vidphonschirm ihres Gesichts. Und dieser ihr nackter Körper erweckt gegenwärtig den Eindruck eines Klumpen rohen Fleisches, der nur über notdürftigste Sinneskanäle mit ihrem Gehirn verbunden ist.

»Warum sind wir nicht mit Howards nach Colorado gegangen?« sagte sie wieder. »Warum unterziehen wir uns der Behandlung nicht gleich? Dann hat der schleimige Howards keinerlei Handhabe mehr gegen uns, und du könntest direkt am nächsten Mittwoch beginnen, ihn fertigzumachen. Und warum wolltest du dieses dumme Spiel mit ihm spielen und ihn im Zweifel darüber halten, ob ich dir alles erzählt habe oder nicht? Warum ...?«

Warum? Warum? Warum? dachte Jack Barron. Jesus

H. Christus auf 'nem Fahrrad! Erklär's ihr doch, du kannst es ja nicht mal dir selbst erklären. Nur 'ne Magenbotschaft, schlechtes Gefühl, Geruch von Gefahr überall, Realität hinter Realität hinter Realität, schlüpfriges Gefühl der Unsicherheit, wie durch den Regen zu fahren, bei Nebel stoned und auf Acid zugleich; unmöglich zu sagen, wo die backsteinharte Realität anfängt, aber erfüllt von dem sicheren Gefühl, daß man nichts sieht, daß man sich vortasten muß, wenn man nicht über Howards Lügen stolpern und auf die Schnauze fallen will...

»Weil Bennie wollte, daß ich genau das tue«, sagte er, und wenn es auch nur darum geschah, den nörgelnden Unterton aus ihrer Stimme zu verbannen. »Er wollte, daß wir die Behandlung sofort beginnen, und das wollte er verdammt schnell, er wurde richtig fickrig, als ich ihn unsere Ablehnung spüren ließ und wich sofort zurück. Und das entspricht ganz einfach nicht Bennies Art, das ist das, was mir wirklich zu schaffen macht...«

Paßt einfach nicht zusammen, dachte Barron. Bennie ist zu paranoid um mir einfach so zu vertrauen. Ergibt keinen Sinn, Unsterblichkeit ist die einzige Handhabe, die er gegen mich hat, ich an seiner Stelle würde mit der Behandlung warten, bis alles erledigt ist, bis der Gesetzesentwurf verabschiedet ist, eine andere Rückversicherung hat Bennie nämlich nicht. Und *das* ist wirklich schwer zu schlucken! Vergibt das einzige As, das er noch im Ärmel stecken hat, und überläßt es mir. Irgendwie muß doch diese Behandlung eine Rückversicherung sein – aber *seine* Rückversicherung, nicht meine. Aber wie? Das paßt einfach nicht zusammen. Und bevor das der Fall ist, nähert sich Jack Barron diesem verdammten Rocky Mountain Gefrierkomplex nicht auf tausend Kilometer.

Sara berührte die Innenseite seines Oberschenkels.

Barron spürte es mechanisch und weit entfernt, er war einfach nicht in der richtigen Stimmung und sie wahrscheinlich auch nicht. »Woran denkst du?« fragte sie. »Du bist Millionen Meilen entfernt.«

»Wenn ich das verdammt nochmal nur selber wüßte«, sagte Barron. »Ich hab einfach nur das Gefühl, mich zu sehr in etwas verrannt zu haben, darum will ich die Behandlung jetzt noch nicht, ich habe das Gefühl, sie stürzt mich zu tief in etwas hinein, das ich nicht kapiere. Alles, was passiert ist, seit ich mich mit Howards eingelassen habe, scheint irgendwie unwirklich zu sein – diese Präsidentenscheiße ... Unsterblichkeit ... alles nur Worte, Sara, Worte aus einem Comic-Heft oder einem Science Fiction-Roman, kann sie nicht riechen, fühlen und zu etwas Sinnvollem zusammenfügen. Aber Howards, dieser Wichser, der ist real, zweifellos ist er das, verdammt real. Und er verströmt etwas, das auch real ist, etwas Großes und Schreckliches, es ist direkt vor meinen Augen, und ich kann es einfach nicht sehen ...«

»Ich glaube, ich verstehe«, sagte Sara, und der Druck ihrer Hand auf seinem Schenkel verstärkte sich. Sie rückte auf dem Bett näher zu ihm heran, und fast ungewollt spürte er, wie er von ihrer Wärme angezogen wurde.

»Aber liegt das nicht einfach daran, daß du Dinge passieren läßt und nicht selbst der Auslöser bist? Du siehst es von hinten an, solltest du zu dir selbst sagen: Ich *muß* Benedict Howards stoppen, und ich *muß* die Unsterblichkeit erlangen, und ich *muß* alles tun, was ich zu tun habe. Du kannst nicht darauf warten, bis Howards dir den Startschuß gibt, und auch nicht, bis ein anderer es tut, und du solltest dir keine Sorgen darüber machen, was Howards uns antun könnte. Du mußt an dich selbst glauben, Jack. Du kannst Howards schlagen, was er auch tut, ich glaube daran, und es geht auch um *mein* Leben. O Jack, es ist einfach zu gewaltig... Unsterblichkeit für die ganze Welt, oder diese Echse Howards macht weiter und weiter und weiter... Du *kannst* jetzt nicht aussteigen!«

»Aussteigen?« schnarrte Barron in einer instinktiven Defensivreaktion. »Wer, glaubst du, bist ausgerechnet *du*, mir Lektionen im Aussteigen erteilen zu wollen? Und das nach dem Spiel, das du mit Howards über meinen Kopf hinweg gespielt hast!« Und augenblicklich tat es ihm wieder leid.

Denn auf ihre eigene dumme Weise hat sie ja recht, dachte Barron. Dieser Schwanzlutscher Howards! Sara ist nicht in seiner Größenordnungsklasse; er benützt die Leute, und dann wirft er sie weg wie vollgesogenes Kleenex, hat er mit Sara gemacht, wird er mit mir machen, wenn er die Gelegenheit bekommt, wird er auch mit dem ganzen verdammten Land machen. Darum geht's doch nur: Howards verkauft dem Land einen Knaller, und der alte Jack Barron ist sein Händler, der den Machtjunk an vierfarbigen Hochschulstraßenecken für ihn verkauft. Genau das ist es, Barron, und du brauchst dir keinerlei Illusionen zu machen.

»Ich hab's verdient...«

»Nein, das hast du nicht, Sara«, sagte Barron und zog sie asexuell zu sich, umschlang sie eng und absorbierte ihre menschliche Wärme, wobei er hoffte, ihr dasselbe geben zu können, denn, weiß Gott, sie konnte es brauchen ich kann es brauchen wir alle können es brauchen, das kleine bißchen menschliche Wärme, das bißchen Fleischrealität, während ein Freakmonster wie Howards Amok läuft und die Welt mit seinem lausigen paranoiden abgewichsten Samen vergiftet. »Du hast mich nur ein wenig zu tief getroffen, das ist alles. Von Mut sprichst du, von Courage, und das ist augenblicklich auch nur so ein Wort...«

Yeah, Courage, billige Ware, wenn man ein punkiger babybolschewikischer klugscheißerischer Bursche ist und nichts zu verlieren hat, dann kann man sich schon freiwillig auf die Schlachtbank legen und hoffen. Aber mit so einem Polster, vierhunderttausend pro Jahr und Unsterblichkeit und Gott weiß was noch alles... all das wegzuwerfen für ein paar abgewichste Worte, *Worte*, nicht mehr und nicht weniger, und das alles für zweihundertunddreißig Millionen Verlierer, die keine zehn Cent für Jack Barron riskieren würden. Mein Leben steht auf dem Spiel, mein ewiges Leben, und Howards hat was weiß ich was in der Rückhand, um mich in den Staub zu stampfen, und wofür, für die fragwürdige Chance, mir einen Blechorden an die Brust heften zu dürfen und ein schäbiges Kamikazebegräbnis zu bekommen? Du verlangst zuviel, Sara, ich bin kein Held, nur ein einfacher Typ, der dummerweise in einer Position ist, wo ihm alles auf dem Rücken liegt, irrer Kismet-Witz, mehr nicht, und ich kann nur versuchen, wieder aus diesem Trip rauszukommen mit soviel ich nur tragen kann und ohne mehr Menschen zu verletzen als nötig ist, das ist das Spiel, das Spiel des Lebens, nicht mehr und nicht weniger.

»Ich will dir eines versprechen, Sara«, sagte er. »Ich werde weder Bennies noch sonst jemandes Spiel mitspielen, nur mein eigenes. Wir werden unsere Unsterblichkeit bekommen, und wir werden sie mit heiler Haut bekommen – das ist oberste Geschäftsregel. Aber wenn ich die Chance bekomme, Howards eins auszuwischen, ohne meinen eigenen Hals zu riskieren, dann werde ich sie beim Schopf packen. Darauf kannst du deinen süßen Arsch verwetten! Ich hasse diesen Wichser mehr als du – er versucht mich zu benutzen, und mehr noch, er besitzt die Unverschämtheit, meine Frau gegen mich zu benutzen. Wir werden

den Kopf oben behalten, das kannst du mir glauben, und wenn wir Bennie schlagen können, dann werden wir es versuchen. Aber mehr nicht.«

»Jack ...«

Er hörte wieder Wärme in ihrer Stimme, aber auch immer noch die alte verrückte Babybolschewikenberserkerdetermination, und aus irgendeinem Grund kapierte er sie dieses Mal, kapierte seine einfache, gutherzige Frau mit ihren schwarzweißen, dummen Idealen, die beschützt werden sollten und nicht vernichtet, und in einer gerechten Welt mochte das wohl so geschehen. Aber wir sind alle hier in *dieser* Welt gefangen, Sara, Baby, umgeben von Tigern.

»Willst du noch etwas wissen?« fragte er und spürte, wie sich die Kreise von seinem Kopf zum Körper öffneten und alle seine Säfte in die Kanäle der Denken/Fühlen-Integration flossen, die sich auf die warme Haut-an-Haut-Realität der Frau an seiner Seite konzentrierte. »In etwa fünf Minuten werde ich dich so besinnungslos vögeln, wie du deiner Lebtage noch nicht gefickt worden bist. Was auch immer sonst sein mag, tief in deinem Innern bist du gut, Mädchen, und du hast es verdient.«

Wir alle haben es verdient.

Gongingonging – gong! gong! gong!

»Hmmmmph ...«, grunzte Jack Barron und wachte in desorientierter Dunkelheit auf, ein schweres Gewicht lag auf seiner Brust. »Was, zum ...«

Gong! Gong! Gong!

Uuuh, dachte er benommen, das gottverdammte Vidphon. Er richtete sich auf dem Bett auf, so gut es ging, Saras Kopf glitt an seinem bloßen Bauch hinab, in den Schoß, stellte die Verbindung her, stoppte das Gongen, das in seinen Ohren dröhnte wie eine kopfschmerzverursachende Werbung. Wie spät mag es, verdammt noch mal, sein? fragte er sich. Was für ein hirnloser Bastard wagt es, mich zu dieser nächtlichen Stunde zu stören?

Grummelnd und immer noch bemüht, den Schlaf aus seinem Kopf zu schütteln, sah Barron, daß Sara immer noch schlief, daher stellte er das Vidphon auf den Boden neben dem Bett, drehte die Lautstärke soweit es ging herunter und blinzelte dem Gesicht, das ihn mit ernsten Augen vom Schirm ansah, mit Mordlust in den Augen zu: langes, dunkles Haar über dem knochigen Gesicht eines Mannes, alles phosphoreszierte leicht in der Finsternis. (Hat etwas Vertrautes, dieser blöde Schmuddelkopf, der mich mitten in der Nacht anruft, woher, zum Teufel, hat der meine Geheimnummer...?)

»Hallo, Jack«, flüsterte eine ernste Stimme aus dem Vidphon, während Barron sich immer noch schläfrig bemühte, das Gesicht einzuordnen. (Ich kenn den Burschen, aber wer, zum Teufel, ist er?) »Brad Donner, erinnerst du dich?« fragte das Gesicht vom Vidschirm.

Donner... Brad Donner..., überlegte Barron. Berkeley oder Los Angeles oder sonstwo, alter Babybolschewikentyp, den ich seit Jahren nicht mehr gesehen habe... Yeah, L.A., kurz bevor ich die Show bekam, Freund von Harold Spence, 'ne Art naseweiser Anwalt, der dauernd rumrannte und was vom Kongreß oder so was faselte... Jesus Christus, jeder Schlappschwanz, mit dem ich je ein Wort gewechselt habe, glaubt, er könnte mich zu jeder Tages- und Nachtzeit anrufen, wenn ihm danach ist...

»Weißt du, wie spät es ist, Donner?« schnarrte Baron, dann dämpfte er aber die Stimme als er an Sara dachte, die immer noch in seinem Schoß schlief, und Mann, was für eine Nacht! »Muß vier oder fünf Uhr morgens sein. Wo hat man dir Manieren beigebracht, bei der Gestapo?«

»Yeah, Jack«, sagte Donner. (Hör auf, mich Jack zu nennen, verdammt naseweiser Heini!) »Ich weiß, der Zeitpunkt ist etwas ungünstig aber ich mußte dich unbedingt sofort erreichen. Hab deine Nummer von Spence in L. A., erinnerst du dich, Harry war ein guter Kumpel von dir ... damals?«

»Um diese Zeit ist *niemand* mein Kumpel«, sagte Barron. »Wenn du mich um einen Gefallen bitten willst, dann hast du dir einen verdammt ungünstigen Zeitpunkt ausgesucht, Donner!«

»Keinen Gefallen, Jack«, sagte Donner. »Ich arbeite hier in Washington als Public-Relations-Mann von Hennering, seit drei Jahren, bis zu seinem Tod ...«

»Dumm für dich, Donner«, grummelte Barron. Hab ich mir schon gedacht, daß dieser Geck mit seinen K.S.G.-Spinnereien mal als Stiefelknecht eines Narren wie Hennering enden würde! Und jetzt, wo Hennering tot ist, soll ich ihm einen anderen Job vermitteln – um vier Uhr morgens? Jesus ...

»Ich wurde auch eben erst geweckt«, erklärte Donner. »Von Teds Frau Madge. Sie ist wie von Sinnen, Jack, sie stirbt vor Angst seit Teds Tod. Sie kam rüber zu mir, weckte mich auf und sagte, sie müßte unbedingt sofort mit dir sprechen, und ich würde sagen, du hörst ihr besser mal zu, nach der Hölle, die du kürzlich über Benedict Howards entfesselt hast. Mrs. Hennering?«

Donners Gesicht wurde von dem einer Frau ersetzt, die einst eine altmodische ›stattliche Matrone‹ in den Fünfzigern gewesen sein mußte dichtes graues Haar, halb wirr und gelöst, wilde, gehetzte Augen starrten ihn vom Vidphonschirm an. Was ist los? fragte sich Barron, der plötzlich hellwach war. *Madge Hennering?*

»Mister Barron ...«, sagte Madge Hennering mit einer Stimme, die normalerweise wahrscheinlich beruhigend-sanft-zurückhaltend klang, nun aber schrill und verzerrt war. »Gott sei Dank! Gott sei Dank! Ich hatte ja keine Ahnung, an wen ich mich wenden sollte, wohin ich mich wenden sollte wem ich vertrauen konnte, nachdem sie... nachdem Ted... Und dann habe ich Ihre Show gesehen und was Sie mit Benedict Howards angestellt haben, und da wußte ich, Sie sind der Mann, dem ich vertrauen kann, ein Mann, der nichts mit dem Mord zu tun haben *konnte*... Sie glauben mir doch, nicht wahr, Mister Barron? Sie müssen mir glauben, Sie müssen dem Land erzählen, wie mein Mann ums Leben kam...«

»Beruhigen Sie sich, Mrs. Hennering«, sagte Barron besänftigend und glitt damit halbbewußt in das kühle *Champion Jack Barron*-Vidphonkreisbewußtsein. »Ich weiß, wie Ihnen nach diesem schrecklichen Unfall zumute sein muß, aber versuchen Sie...«

»Unfall!« kreischte Madge Hennering so laut, daß Sara sich sogar bei minimaler Vidphonlautstärke unruhig in seinem Schoß bewegte. »Das war kein Unfall. *Mein Mann wurde ermordet*. Ich bin ganz sicher, daß er ermordet wurde. Es muß eine Bombe in seinem Flugzeug gewesen sein. Benedict Howards hat ihn umgebracht.«

»Was?« grunzte Barron. Weiß nicht, was sie sagt, dachte er. Hennering war schließlich Bennies Handlanger, niemand hat durch seinen Tod einen größeren Verlust erlitten als Howards. Diese arme alte Irre hat den Verstand verloren, und ich bin auch nicht mehr ganz klar, mir morgens um vier so was anzuhören.

»Meinen Sie nicht, daß das eine Angelegenheit der Polizei ist?« fragte er. »Natürlich immer vorausgesetzt, es stimmt.« Lassen Sie mich, um Himmels willen, in Ruhe, Lady!

»Aber ich kann nicht zur Polizei gehen«, sagte sie. »Ich habe keine Beweise. Howards hat es so geplant. Nichts ist von Ted oder seinem Flugzeug übriggeblieben... nichts...«

Danach begann sie unbeherrscht zu schluchzen, und Barron konnte nicht anders, er mußte ihre Bemühungen bewundern, schließlich faßte sie sich wieder und sagte eiskalt: »Tut mir leid, aber ich bin der einzige Zeuge, und ich habe keinerlei Beweismittel, um alles offenzulegen, und ich weiß einfach nicht mehr, was ich tun soll.«

»Hören Sie«, sagte Barron müde, »es ist wahrscheinlich so ungünstig wie nichts mehr sonst, um diese Zeit über Politik zu reden, aber ich fürchte, ich muß es tun. Howards hatte absolut keinen Grund, Ihren Mann zu ermorden, Mrs. Hennering. Ihr Mann galt als einer der Unterstützer des Gesetzesentwurfes, und zudem war es ein offenes Geheimnis, daß Howards ihn zum Präsidentenanwärter machen wollte. Um es offen zu sagen, Ihr Mann war Howards Hand ... äh ... *Verbündeter*. Howards konnte nichts gewinnen, indem er ihn tötete, nur verlieren. Das wissen Sie doch auch.«

»Ich bin keine Närrin, Mister Barron. Aber am Tag bevor mein Ted starb hatte er eine lange telefonische Unterredung mit Benedict Howards. Ich habe sie nur teilweise gehört, aber sie haben gestritten und sich scheußliche Sachen an den Kopf geworfen ... *scheußliche* Sachen. Ted sagte Howards, er sei mit ihm fertig, er wolle nichts mehr mit der Stiftung zu tun haben, und er bezeichnete Howards als schäbiges Monster. Ich habe Ted nie zuvor so wütend gesehen.

Er sagte Howards, er wolle seine Unterstützung für den Gesetzesentwurf öffentlich zurückziehen und eine Presseerklärung über etwas Schreckliches abgeben, das er über die Stiftung herausgefunden hatte. Und Howards sagte: ›So springt man nicht mit Benedict Howards um. Wenn Sie das tun, zertrete ich Sie wie eine Wanze.‹ Das waren seine Worte. Und dann sagte Ted etwas schrecklich Obszönes und legte auf. Als ich Ted fragte, was das alles zu bedeuten hatte, ging er wie eine Furie auf mich los, aber er hatte wirklich Angst – ich habe meinen Mann noch niemals so verängstigt gesehen, Ted weigerte sich, mir irgend etwas zu sagen, er meinte, es sei zu gefährlich für mich, es zu wissen, er wollte ... er wollte mein Leben nicht in Gefahr bringen. Und dann flog er zurück nach Hause, um sich mit dem Gouverneur zu unterhalten, aber ... aber er kam niemals an. Howards hat ihn umgebracht – ich *weiß*, daß er ihn umgebracht hat.«

Verrückte paranoide Scheiße! dachte Barron. Ich könnte meinen Arsch verwetten, daß Hennering in siebenundvierzig zwielichtige Geschäfte mit der Stiftung verwickelt war, er wurde mit Bennies Geld vom State Senator zum Kongreßabgeordneten und dann zum Senator, jeder mit genug Grips, die Zeitungen zu lesen, weiß das. Geht mir wirklich ans Herz, Lady, der alte Collegetrick: zu versuchen, aus dem toten Mann einen Helden zu machen, und nicht Bennies letzten Handlanger, den demokratischen Vorreiter der Stiftung. Reue auf dem Totenbett, und das bevor er ins ewige Himmelreich hinüberging. Ted Hennering, der noble Märtyrer. Yeah, klar, nachdem hundert Millionen Menschen ihn vor zwei Wochen zittern sahen wie ... wie ...

Jesus H. Christus! War Hennering *deswegen* so aus dem Häuschen? Scheiße, das *paßt zusammen!* Hennering wurde Donnerstagabend getötet, was bedeutet, er könnte tatsächlich mittwochs oder schon dienstags mit der Stiftung gebrochen haben, wie sie sagt, er wußte alles schon, weswegen er sich von der Stiftung trennen wollte, bevor er in *Champion Jack Barron* auf Sendung kam. Das erklärte ganz sicher, weshalb er so daneben war ...

»Sie glauben mir doch, nicht wahr, Mister Barron?« fragte Madge Hennering. »Jeder in Washington sagt, Sie sind ein Feind von Benedict Howards. Sie werden mich bestimmt in Ihr Programm aufnehmen und das hier gegen ihn verwenden wollen und mir damit helfen, dem Land zu erzählen, wie mein Mann gestorben ist, nicht wahr? Und nicht nur, um Teds guten Ruf zu wahren, Mister Barron. Ich war einundzwanzig Jahre lang mit Ted verheiratet. Ich kannte ihn wirklich, ich weiß, er war kein großer Mann, und er hat mit Howards Geschäfte gemacht, aber er war auch kein böser Mensch und kein Feigling. Er fand etwas über die Stiftung für Menschliche Unsterblichkeit heraus, das ihn in den Wahnsinn trieb, etwas so Schreckliches, daß er für sein Leben fürchtete und auch für meines, nur weil er es wußte.

Ich kenne mich in der Politik nicht besonders gut aus, aber der Mord an einem amerikanischen Senator ist etwas, das nicht mal Benedict Howards riskieren würde, es sei denn ... es sei denn, er sei der Meinung, daß es unvermeidlich wäre. Ich weiß nicht, womit das alles zusammenhängt, aber es scheint entsetzlich für Howards zu sein, wenn er dafür einen politischen Mord wagt. Ein Irrer mit einem Gewehr, das ist eine Sache ... aber das hier, das ist etwas aus europäischen Geschichtsbüchern ... die Borgias ... Ted, o Ted!« Und sie begann zu zittern und konvulsivisch zu schluchzen, was für Barron den Beweis ergab, daß die Frau ihn unmöglich auf den Arm nehmen konnte.

Aber ein kaltblütiger politischer Mord, dachte er, das ist pure Paranoia. Also hat Hennering vielleicht *tatsächlich* etwas Abscheuliches herausgefunden, das ihn dazu bewegte, sich von der Stiftung abzuwenden (aber was konnte so abscheulich sein, daß eine Niete wie Hennering plötzlich den Religiösen bekam und sich von Howards abkehrte, womit er sogar das Amt des Präsidenten sausen ließ?), vielleicht hatte er tatsächlich einen Kampf mit Howards gehabt, und vielleicht hat Howards ihm tatsächlich gedroht (wie oft hat er denn schon mit mir dieses Zertrete-Sie-wie-eine-

Wanze-Spiel gespielt?). Aber Flugzeuge in die Luft zu sprengen, diese ganzen Borgiamethoden ... reiner Zufall, mehr nicht. Dieses hysterische Weib zählt eins und eins zusammen und erhält drei, so sieht's aus.

Donner löste Madge Hennering wieder auf dem Vidphonschirm ab. »Nun, Jack, was hast du nun vor?« fragte er. »Soll sie am Mittwoch anrufen? Das ist groß und beängstigend.«

»Yeah, es ist wirklich beängstigend«, stimmte Barron zu. »Was mich ängstigt, ist die Vorstellung des Prozesses, den Howards allen anhängen kann, wenn diese Frau ihn über den Fernsehschirm des Mordes anklagt, ohne auch nur die Spur eines Beweises. Du bist doch Anwalt? Erkennst du denn die Tatsachen nicht mal, wenn sie dir förmlich ins Auge springen? Howards könnte uns nicht nur verklagen, sondern die F.C.C. würde mich schneller hinausbefördern als du ›Lügenjournalismus‹ sagen könntest. Vergiß es, Donner!«

»Aber Jack ...«

»Und nenn mich nicht immer Jack!« sagte Barron laut. »Du brauchst dir überhaupt nicht mehr die Mühe machen, hier anzurufen.« Damit unterbrach er die Verbindung, während Sara endlich mit halboffenen Augen blinzelte.

»Uh ... was'n los ...?« grunzte sie.

»Schlaf weiter, Baby«, sagte Barron. »Nur dummes Zeug, mehr nicht. Yeah, nur'n paar Labersäcke.«

Yeah, dachte er, arme Irre. Bennie mag zwar ein kleiner Schurke sein, aber er spaziert nicht herum und murkst Leute ab. Er hat zuviel zu verlieren ... sein wertvolles ewiges Leben auf dem elektrischen Stuhl ...

Trotzdem begann an seinem Rücken auf dem Bett etwas zu jucken.

12

JESSES, MANN, WAS IST DENN nur los mit dir, dachte Jack Barron, während sie den letzten Werbespot ablaufen ließen. Echt stinkero heut abend. Okay, Acid ist legal unter der Strip City K.S.G.-Jurisdiktion, aber möglicherweise illegal unter Greg Morris' Kalifornischem Staatsgesetz, also läßt Morris seinen Generalbundesanwalt Klage gegen die Filiale des Strip City Narcotics Licensing Bureau erheben, um Woody Kaplan entweder wie einen Kriminellen oder wie eine Marionette erscheinen zu lassen, und der Bürgermeister von Freakoutsville sagt »Njet«. Abgewichstes Geschäft. Hätte vorschlagen sollen, daß die Staatspolypen in das Büro in Strip City eindringen, die Unterlagen per Haftbefehl mitnehmen, dann könnten die Hippiecops sie anmachen von wegen Einmischung und Einbruch, Verstöße gegen lokale Gesetze, und die Stapo könnte dann die lokalen Bullen anmachen, von wegen Einmischung in die inneren Angelegenheiten der Staatspolizei, und plötzlich wären alle Bullen von Los Angeles County an Straßenecken hintereinander her und würden sich gegenseitig verhaften, zumindest gut für 'nen Lachschlager. Und mehr sind die letzten fünfundvierzig Minuten auch nicht gewesen.

Aber sogar das hab ich versägt, kann mich einfach nich' auf so'n Schwafel konzentrieren, während im Hintergrund die *echte Action* abläuft. Madge Hennering von einem Lastwagen überfahren! Überfahren von einem Hertz-Mietwagen, Nummernschilder bis zur Unlesbarkeit zerkratzt, Fahrer unbekannt und unmöglich, eine Spur zu verfolgen. Wenn das keine Profiarbeit war! Versuch ruhig weiter, dir vorzumachen, du wüßtest nicht, wer der Auftraggeber des Fahrerflüchtigen war, Barron ... Mann, o Mann, jetzt hätt ich gerne Bennie Howards im Stuhl und würde ihm *das* vor den Latz knallen! Yeah, und was würde *mir* dann vor den Latz geknallt werden, ein sicherer Sturz vom Empire State Building oder eine Verleumdungsklage oder ein Rausschmiß vom Sender, der mich zu einem Ende in der Gosse verdammen würde ...?

Könnte natürlich Koinzidenz sein, oder der Hennering-Clan hat Feinde, von denen sie mir nichts erzählt hat. Yeah, klar, die Marsexpedition wird rausfinden, daß der Mars aus rotem Käse gemacht ist ...

Laß das jetzt, Mann, du mußt deine Show zu Ende bringen, versuch wenigstens *etwas* aus dem Fiasko von heute abend herauszuholen. Und die Anzeige verkündete ›60 Sekunden‹.

»He, Vince«, sagte Barron über den Interkomkreis, »haben wir keine echt abgefahrenen Anrufe heute abend?«

Gelardis Gesicht war säuerlich und besorgt hinter der Kontrollkabinenglaswand (Vince schmeckt das faule Ei auch, das wir heute abend legen), aber trotzdem grinste er dünn, als er sagte: »Soll das'n Witz sein? Das ist immer noch *Champion Jack Barron,* wenn auch nur ein Abklatsch, aber trotzdem ruft jeder Freako im Land hier an.« Und die Anzeige verkündete ›30 Sekunden‹.

»Okay«, sagte Barron, »gib mir den ausgeflipptesten durch, den du hast, sag mir nicht mal, was es für einer ist. Ich bin heute abend einfach nicht bei der Sache, ich brauch' jetzt was, was mir wirklich das Hirn durchpustet, damit'n bißchen *Action* abgeht. Aber keine Politik, um Himmels willen, ich will den Typ Kleine Alte

Lady aus Pasadena, gut, sauber, all-amerikanisch-bürgerlich.«

»Hab icch doch da'n schennen Schpießer fir dich«, sagte Vince mit schwer jiddischem Akzent, während die Anzeige ›Auf Sendung‹ verkündete.

Scheint's ernst zu meinen, dachte Barron, während der Monitorschirm sich zur Hälfte teilte, auf der linken das Grau-in-Grau-Abbild eines verbrauchten Negergesichtes, ungekämmtes, strähniges Haar, schwarzer Kieferstoppelschatten, eine abgewetzte Fünfzig-Dollar-Jacke entblößte halbgeöffnet ein zerrissenes altes Hemd, halbfokussierte wäßrige Augen sahen über den Monitor auf sein vierfarbiges Bild, offensichtlich schon im fortgeschrittenen Stadium alkoholisierter Verblödung.

»Hier ist *Champion Jack Barron*, und Sie sind auf Sendung«, begann Barron, der mit der altbekannten altmodischen Freakshowattitüde wieder zum Leben erwachte, und er erinnerte sich an die Los-Angeles-Birch-Grill-Peeping-Tom-Show, als alles angefangen hatte, als er den alten Joe Swyne mit seinem überstrahlenden Licht und der alten Gummihose übertroffen hatte – und Joe, Baby, wo auch immer du jetzt bist, das sieht verdammt nach einem aus, der so richtig von Herzen nach deinem Geschmack gewesen wäre.

»Heiße Henry George Franklin«, verkündete eine volle Baßstimme, und hinter seinem Kopf zeigte der Schirm die vagen Umrisse der Rokokoform der gigantischsten pseudoarabischen Fernsehstereokonsole, die die Welt je gesehen hatte. »Kannst'me Frank nenn'n, judda Jack Barron, einfach nu' Frank.«

»Okay, Frank«, sagte Barron, »und du kannst mich Jack nennen. Und da wir nun schon auf Vornamensbasis sind, würdest du uns erzählen, was dich plagt?« Komm schon, komm schon, flipp doch schon aus, hast noch etwa zwölf Minuten, um aus der Kritzelei von heut abend einen Salvador Dali zu machen. Und Vince, mitdenkend, teilte den Schirm irrsinnig gezackt diagonal, Henry George Franklin oben und Jack Barron in die Ecke geklatscht unten, wie kurz vor dem endgültigen Kippen.

»Nu', Jack, sieht so aus«, begann Henry George Franklin und bewegte einen hornigen Finger vor seinen feuchten Lippen. »Yeah, 'xakt so isses. Bursch wie'er olle Frank hier unten in Mississippi, rackert sich mitter ollen kleenen Baumwollfarm ab, muß schließlich auch 'ne Frau ham' oda nich? Ich mein, arm oda nich arm, Mäuler su stopf'n oda nich, Frau kommt gut zustatten. Macht Essen un' Frühstück und verschafft'm Mann dazwischen noch'n bißchen Spaß. Ich mein' ob de'se der leisten kannst oda nich' is' egal, egal wie arm de bist, Frau muß sein.«

»Offensichtlich hast du eine bessere Art von Frau kennengelernt als ich«, kommentierte Barron trocken. »Sollt vielleicht mal runterkommen und mich umsehen. Aber ich hoffe, du hast nicht nur angerufen, um dein Liebesleben hier zu erzählen. Wird, glaub ich, schon interessant sein, aber wir beide kommen in große Schwierigkeiten, wenn es *zu* interessant ist.«

»Hatte keen Liebesleben meah – aussa na Nacht in Evers jede Woche, seit siem Jahr'n oda so, Jack, seit de olla Lady abgehauen is' und hat mich mit 'ner Tochta hiea sitzen lass'n. Das mein ich, kapierste? Kein sehr gerechter Handel, Frau gegen Tochter? Tochter ißt fast soviel wie Frau, is' aber wie einna vonnen verdammten Parazitten hiea, ißt un' sabbert un' macht sonst nix. Heißt, man kann sich nich mal ne andere Frau leisten, nich' dauernd zumindest. Is' also doch nua sinnvoll, hatte'n nutzloses Maul zu stopf'n, gibst es weg wenn da jemand'n echt gutes Angebot macht, wenn'n gefühlvolla Mann kommt und'se mitnimmt un' kauft.«

»Hä?« grunzte Barron. »Ich glaub, einer von uns hat einen zuviel in der Krone. Hört sich an, als hätten Sie was gesagt, Sie hätten Ihre Tochter verkauft.«

»Na klar. Das isses doch, warum ich dich in ersta Linie angerufen hab, Jack...!« sagte Franklin nuschelnd. »Hab ich da nich alles erzählt? Vielleicht nich. Das macht ma momentan zu schaffen, ich mein, auch wenn ich nu'n reicher Pinkel bin, fehlt ma doch das kleine Wurm, jetzt, wo ich'se ma leisten kann. Ich will, daß'se alle ma helfen, se zurückzubekommen. Scheint ma, als wär's doch nich so ganz legal, anderer Leute Kinda zu kauf'n. Vielleicht kann ma se find'n und se vonner Polizei zurückbringen lassen. Hatte vorher noch nie was mit der Polizei zu tun... nicht von *der* Position jedenfalls, wenn'se wissen, was ich meine. Dachte, der olle Jack Barron wär der Mann, der ma helfen kann.«

»Sie... äh... haben Ihre Tochter verkauft?« fragte Barron, während die Anzeige ›8 Minuten‹ verkündete. Vince kehrte den Schirm um und zeigte den listigen, zynischen Jack Barron nun zuoberst. Junge, der Bursche hat Nerven! Jetzt hat er Geld, aber keine Tochter mehr. Aber was soll das, warum hat Vince mir diese Lusche durchgestellt?

»He, stell'n se mich nich' so hin!« maulte Henry George Franklin indigniert. »Ich hab se nich' annen Zuhälter oder so was verkauft. Der komische weiße Vochel, er sagte, se würd'n sich echt gut um se kümmern, ihr nur das Beste zu essen geben, se hübsch und nett anziehen und ihr 'ne Collegeausbildung zukommen lassen. Ich wär ja'n echter Rabenvater gewesen, wenn ich ihr die ganzen Vorzüge nich hätte zukommen lassen – und außerdem gab mir der bleiche Kumpel fünfzig Riesen in echt'm amerikanischem Geld.«

Könnte da was hinterstecken, fragte sich Barron. Eine dieser illegalen Adoptionsaffären? Aber nehmen die nicht normalerweise Kleinkinder? Keine Siebenjährigen, besonders keine siebenjährigen *Neger*. Was hat er gesagt, fünfhundert Dollar? Normaler Preis für ein nettes kleines W.A.S.P.-Baby* auf dem Schwarzmarkt, viel mehr kann's nicht sein, aber wie kann ein Adoptionsring denn Profite machen, indem er fünfhundert Piepen für ein siebenjähriges Negerkind zahlt – und was war das mit der Collegeausbildung?

»Fünfhundert Dollar *ist* eine Menge Geld«, gab Barron zu. »Aber ich ...«

»Fünfhundert?« tobte Franklin. »He, für was hältste mich denn – mein eigen Fleisch und Blut für fünfhundert Dollar zu verkaufen? Ich sagte fünfzig Riesen, Jack. Fünfzigtausend Dollar.«

»Sie ... Sie versuchen uns weiszumachen, jemand habe Ihre Tochter für *fünfzigtausend Dollar* gekauft?« fragte Barron ätzend, während die Anzeigetafel ›5 Minuten‹ verkündete. »Nichts für ungut, Mister Franklin aber warum sollte jemand *Ihre* Tochter so dringend wollen, daß er Ihnen fünfzigtausend Dollar für sie bezahlt?«

»Warum fragst du mich das?« entgegnete Franklin. »Du bist der große, teure und kluge Bleiche, Jack, mußt du mir erzählen. Woher soll ich wissen, warum'n Bleicher verrückt genug is', mir fünfzigtausend Dollar in Hundertern zu geben, 'n ganzen Sack voll Geld für meine wertlose Tochter? Du mußt versteh'n, damals war ich bettelarm. Ich hab soviel Geld meiner Lebtage noch nich geseh'n gehabt und erwarte auch nich, jemals wieda soviel zu seh'n. Klar, dachte auch, der Bleiche is' voll übergeschnappt, aber wenn dir'n Verrückter 'n ganzen Sack voll Geld gibt, dann sagste doch nich: ›He, Mann, du bist ja verrückt, mir das ganze

* W.A.S.P.: White Anglo Saxon Protestant. Bezeichnung für den amerikanischen Spießbürger. – *Anm. d. Übers.*

Geld zu geben.‹ Du hoffst eben, daß er lange genug verrückt bleibt, bis er dir das Geld gegeben und deine Adresse vergessen hat.«

Etwas (zu bekloppt, um sich so eine Story ausdenken zu können, zu defensiv, konnte sämtliche Sperrschaltungen passieren, man betrachte nur dessen Sportjacke, und die Stereoanlage im Hintergrund muß mindestens tausend Dollar gekostet haben) sagte Barron, daß Henry George Franklin, so unbeholfen er auch war, nicht log. Ein Irrer hat die Tochter dieses Burschen gekauft, und zwar für einen ganzen Sack voll Kohlen, und ob es nun genau fünfzigtausend waren oder nicht, dieser Scheißkerl war damals heruntergekommen genug, das Geld zu nehmen. Eine Art Tennessee-Williams-Verrückter-Millionär-Typ-Colonel rennt in seinen Langen Grauen Konföderiertenhosen rum... und wer weiß, vielleicht hat er die Antisklavereigesetze nie anerkannt und kaufte die Tochter dieses Irren, um sie mit immensem Verlust an einen Sklavenring weiterzuverscherbeln, nur um sicherzustellen, daß der schwarze Sklavenhandel weiterlebt. Und dieser Franklin hier hat jetzt Schotter, und nun versucht er den Irren Könnell übers Ohr zu hauen und beides zu behalten. Echt amerikanisch-gotisch; der alte Joe würde sich seinetwegen in die Hosen scheißen, genau seine Kragenweite.

»Dieser Typ, der Ihre Tochter gekauft hat«, sagte Barron und Vince gab Franklin ein Viertel des Schirms. »Was war das für einer?«

»Was...? Nun, er war einfach so'n komisch gekleideter Bleicher mit 'nem Sack voll Geld, und überhaupt, weißt'de, alle Bleichen sehen gleich aus... nee, wart mal'n Augenblick, Jack, weißt'de, der war echt reich angezogen, ich hatte das Gefühl er war so einer von den Wie-nennt-man-sie, einer von den englischen Butlern...?«

»Sie meinen einen Handlanger?« schlug Barron vor, während die Anzeige auf ›3 Minuten‹ sprang.

»Yeah, das isses, 'n Handlanger. Ich meine, er gab mir diesen Sack voll nich', als wär's sein eigenes Geld... Mir egal, ob man der olle Rockefeller persönlich ist, man muß doch was fühlen, ein Zeichen geben, wenn man fünfzigtausend von seinem eigenen weggibt... Nee, ich nehm an, er war nur'n komisch angezogener Botenjunge.«

»Die Frage ist, für *wen*«, sagte Jack Barron, der sich selbst fragte, wer so etwas tun konnte, und vor allem, wozu. Direkt wie aus alten Comics oder Fernsehserien, scheint der alte Fu Manchu oder Dr. Mabuse persönlich dahinterzustecken... Oder, wahrscheinlicher, ein schleimiger alter Perversling mit einer Vorliebe für junges Fleisch... *herrje!* Was soll ich aus so einem Anruf machen? Wie kann man einen Irren dazu bringen, den Verstand zu verlieren?

»Wozu wollte denn der Mann Ihre Tochter, was sagte er?« Und die Anzeige verkündete gnädigerweise ›2 Minuten‹.

»Für etwas, das er *soziales Experiment* nannte«, sagte Franklin. »Gebrauchte 'ne Menge Zehndollarworte, die ich einfach nich verstanden hab, Jack. So was wie *Genik* oder so. Was über Medizin und Umwelt und gelegentliche Stichproben... nehmen arme schwatte Kinder und zieh'n se mit reichen weißen auf, als wär'n se auch reich geboren worden, weist'de, senden se zu'n selben Schulen und zum College und gem'n beiden, was se gleiche Kindheitsumwelt nennen, um nachzusehen, was dabei rauskommt.

Dieser Bleiche, der sagte mir, er wolle beweisen, daß schwarze Kinder so intelligent sind wie weiße. Daher überlegte ich mir, wie könnt ich ablehnen, wo ich damit so was Schönes für Tessie tun kann – das is' meine Tochter – un' auch mein' Teil für de schwarze Bevölkerung, wie Gouverneur Greene hier unten immer sagt, und dazu noch'n Sack voll Geld, weißt'de...«

Barron tippte dreimal mit dem linken Fuß auf, worauf Vince ihm den Vorbereitung-für-den-Abgang-Dreiviertelschirm gewährte, während die Anzeige stur und beharrlich weitertickte und ›90 Sekunden‹ zu vermelden wußte. Vielleicht doch kein Irrer Könnell, dachte er. Vielleicht nur ein irrer schwarzer Vogel, der irgendwie an viel Geld gekommen ist und nun unbedingt beweisen muß, daß Schwarze so gut sind wie Weiße? Diesmal hat Vince echt Scheiße gebaut, etwas Verrücktes geht hier vor, aber immer strikter Boulevardpressewahnsinn, *National Enquirer*-Stoff und Zeug aus lausigen Fernsehserien. Nun, schätze, man kann nicht jede Woche brillant sein.

»Und mehr wissen Sie nicht, Mister Franklin?« fragte Barron. »Sie haben Ihre Tochter für 50000 Dollar an einen Handlanger veräußert, der für einen gesichtslosen Mäzen arbeitet, den Sie nie gesehen haben, um wahrscheinlich in einem zwielichtigen sozialen Experiment teilzunehmen?« Barron legte eine Pause ein, um auf das Signal ›60 Sekunden‹ zu warten, bei dem Vince ihm den ganzen Schirm geben würde, und dann...

»He, wart mal 'ne Minute!« tobte Franklin. »He, ich will sie zurückhaben, du mußt sie mir zurückbringen! Paß auf, Jack, ich weiß, ich hab'n Fehler gemacht, un' ich will se zurückham'n.« (›60 Sekunden‹ strahlte die Tafel, aber Vince konnte ihn ja nicht mitten beim Ausflippen abschalten, das würde einen schlechten Eindruck machen. Barron wußte, er mußte ihn irgendwie unterbrechen.) »Darum hab' ich nämlich angeruf'n, dieser Bleiche muß verrückt gewesen sein – ich will nich, daß meine Tochter bei 'nem verbiesterten Wahnsinnigen ist, jetzt, wo ich das Geld hab', se zu füttern. He, du mußt...«

»Ich fürchte, Ihre Zeit ist um«, warf Barron schließlich ein und gab Vince das Signal, Franklins Ton abzustellen.

»Yeah, aber was ist mit Tessie, Jack?« fragte Franklins warnende Stimme, während die Anzeige nun nur noch ›30 Sekunden‹ sagen konnte, und Barron sah, daß der Betrunkene nun von ›leicht besorgt‹ zu ›zutiefst schuldig‹ hinüberkippte, und dankte allen möglichen Göttern dafür, daß das Timing so perfekt war. »Ich wollt's nich tun, Tatsache is', ich hatte wohl 'nen kleinen über den Durst getrunken damals, wußte nich mehr, was ich tat, yeah. Das ist es, ich war geistig verwirrt... und 'nen geistig Verwirrten kann man nich beim Wort nehmen...«

Vince, der sich wohl vorstellte, daß Franklin kurz davor war, Das Wort hervorzustoßen, stellte seinen Ton völlig ab und gab Barron den vollen Schirm.

»Unsere Zeit ist um, Mister Franklin«, sagte Barron (Gott sei Dank!), »aber nächste Woche werden wir wieder hier sein, selbe Zeit, selber Ort, Area Code 212, 969-6969, und dann können Sie wieder anrufen und haben dieselben Chancen wie jeder Mann, jede Frau, jedes Kind in den Vereinigten Staaten (für'n Arsch!), mit Ihren Problemen rüberzukommen zu... *Champion Jack Barron.*«

Und nun endlich verkündete die Anzeige gnädigerweise ›Nicht mehr auf Sendung‹.

Barron legte den Interkomschalter um, und sein erster Impuls war es, den blöden Vince anzuschreien, der hinter dem Glas der Regiekammer winselte wie ein Cockerspaniel – hat gerade auf den Teppich geschissen und weiß es ganz genau.

Aber Gelardi kam ihm zuvor. »He, Jack, tut mir leid. Er war die ganze Zeit echt komisch, bis er auf Sendung war. Hörte sich an wie'n armer Irrer, der was vom Wiederaufleben des Sklavenmarktes sabberte –

letztes Mal, als ich dir 'nen Besoffenen durchgab, war's echt Spitze. He ... du glaubst doch nicht, daß der auf der Höhe war, oder?«

Ach, zum Teufel, dachte Barron, hat Vince eben mal einen Bock geschossen. Mein Fehler genauso wie seiner, war diese Woche einfach nicht mit dem Kopf dabei. »Wen juckt's?« sagte er müde. »Sollen der *National Enquirer* und die Polypen von Mississippi sich doch den Kopf darüber zerbrechen. Vergiß es, Vince, geh'n wir alle heim und werden stoned. Lausige Show, mehr nicht, aber wir haben auch das Recht, mal eine Lusche zu senden.«

Yeah, Stinker auf der ganzen Linie, dachte Barron. Und du weißt auch verdammt genau, warum; sechzig Minuten echtes Itzibitzi nach zwei brandheißen Shows über die Stiftung, und gerade da geht augenblicklich die ganz große *Action* ab. Und dieses Thema darfst du nun nicht mal auch nur aus der Ferne streifen.

Als er aufstand, war sein Hosenboden schweißnaß, und Jack Barron verspürte einen seltsamen Verlust, als er sich an den Adrenalinstoß bei seinem Duell mit Howards erinnerte, die Trivialshow dieser Woche ließ eine seltsame Nostalgie nach dem großen Spiel um den großen Einsatz in ihm wach werden, ein Spiel, das bereits ausgespielt war.

Bei solchen Anlässen, dachte Barron, überlege ich mir immer, warum ich dieses Geschäft so intensiv betreibe? Vielleicht gibt es irgendwo doch was Größeres, als nur ein Star zu sein?

»Sag es nicht, Sara, um Himmels willen, sag es nicht. Ich weiß, ich weiß, ich habe heute abend ein Dinosaurierei gelegt«, sagte Jack Barron, der seine Sportjacke öffnete, worauf er sich schlaff auf den Boden neben Saras Stuhl fallen ließ, in seiner Tasche herumfummelte und eine Packung Acapulco Gold herausholte. Er steckte den Joint in den Mund, zündete ihn an, sog den Rauch ein, inhalierte, das alles, während Sara ihn ausdruckslos ansah. »Ein tausend Jahre altes stinkendes chinesisches Dinosaurierei und überdies auch noch schimmlig, so sieht's aus.«

»Ich fand das Strip City-Thema recht interessant«, sagte sie, was er als dumme, unmaskierte Freundlichkeit erkannte. »Aber den Spinner, den du am Schluß hattest...«

»Erinnere mich bloß nicht an den«, sagte Barron. »Ich weiß, was du sagen willst, und ich will es nicht hören, die Show heute nacht war so richtig nach Joe Sw...«

»He, ich wollte überhaupt nichts sagen. Was ist los mit dir, Jack?«

Yeah, was *ist* los mit dir, Mann? dachte Barron. Sie versucht nur dich wieder aufzupäppeln, und du trampelst mit genagelten Paranoiastiefeln auf ihr rum. Komm schon, Mann, du hast schon zuvor schlechte Shows gemacht, Dutzende, und hast dich auch nie so darüber aufgeregt. Hör auf, um Himmels willen!

Er kniete hin, zog Saras Gesicht mit den Händen zu seinem, küßte sie Zunge an Zunge, beließ es einen Pro-forma-Moment dabei, konnte aber kein Interesse entwickeln, daher ließ er es wieder. Scheiße, dachte er. Mein Kopf ist dauernd anderswo, seit ich herausgefunden habe, daß jemand Madge Hennering ermordet hat. Jemand... *yeah, klar*. Jemand, der Benedict Howards heißt und meinen Namen auf einem hübschen Stück Papier hat, der glaubt, ich gehöre ihm, und vielleicht hat er sogar recht. Tötete Hennering, weil der Schwachkopf ein stinkendes Stiftungsgeheimnis herausgefunden hat, das ihn zu Tode ängstigte, das Howards zu Tode ängstigte... und was könnte Howards schon zu Tode ängstigen...?

Jesus H. Christus! Starrt mir die ganze Zeit ins Gesicht! Das einzige, wovor Bennie Angst hatte, war, ich könnte etwas über die Unsterblichkeitsbehandlung herausfinden... Das muß Hennering herausgefunden haben, deswegen ließ er ihn töten! Und dieser Schwanzlutscher Howards dreht mir praktisch schon den Arm rum, daß ich mich ja dieser Behandlung unterziehe!

Barron ließ sich wieder auf den Boden fallen, nahm einen neuen Zug. Da haben wir's, dachte er. Alle Wege führen nach Rom. Howards ist bereit, einen Senator dafür zu töten, so sehr fürchtet er sich, jemand könnte es herausbekommen. Andererseits... warum soll ich dann die Behandlung so schnell wie möglich bekommen? Ergibt keinen Sinn, wenn er das Geheimnis für sich behalten will. Warum? Warum? Was, zum Teufel, geht hier vor?

»Was ist los, Jack?« fragte Sara. »Du siehst aus, als würdest du gleich aus den Latschen kippen. Und der Kuß eben war etwa so sexy wie ein Beutel mit tiefgefrorener Hühnerleber.«

»Ich weiß es nicht, Baby« (kann ihr nicht sagen, daß Howards rumläuft und Leute umbringt, würde sie zu sehr belasten), »es liegt einfach nur was Schlechtes in der Luft, nichts Persönliches.«

»Könnte es nicht sein, daß du wegen dir selbst ein wenig zornig bist, weil du nur rumgemacht hast, obwohl du eigentlich wieder Howards an die Kehle wolltest?« fragte sie, halb wissend, halb hoffend.

»Das auch«, murmelte Barron. »Aber nicht aus deinen Zack-bumm-Bolschewikengründen. Bennie zu zerfleischen war eine gute Werbung, die Einschaltquote letzte Woche war die beste seit drei Jahren, verdammmich. Und danach Woody Kaplans Irrsinn und irgendein betrunkener Wahnsinniger, das war derselbe Scheiß, der den alten Joe Swyne den Kopf gekostet hat. Langeweile ist tödlich, und wenn man die große Welt durchgehechelt hat, dann ist es ziemlich langweilig, der Held kleiner Leute zu sein. Yeah, das ist alles, ein Durchhänger nach zwei Supershows ...«

»Bist du sicher, daß das dein Ernst ist?« fragte sie, und er sah, wonach sie fischte; Scheiße, das fehlt mir noch, eine neue Runde mit diesem Aussteigermist, zu allem, was ...

Das Vidphon begann zu klingeln.

Barron erhob sich langsam und ließ es klingeln – erfüllt von der bösen Vorahnung, es könnte Luke mit noch mehr Mist sein, mehr Jack-du-verdammter-Aussteiger, mehr Schwenken der blutigen Babybolschewiken-laß-uns-sie-gemeinsam-bekämpfen-Flagge –, griff schließlich doch nach dem Vidphon, stellte die Verbindung her und spürte sofort den aufgeilenden Adrenalinstoß durch seine Blutbahnen pulsieren, denn vom Schirm her sah ihn das altvertraute schwarzweiße Gesicht von Bennie Howards an, aus dem zwei paranoide Augen funkelten.

»Lassen Sie das, Barron! Aufhören damit, ich warne Sie!« sagte Howards mit schriller, drohender Stimme.

»Aufhören ...« (*Womit?* wollte Barron antworten, schwieg dann aber, als er erkannte, daß Bennie etwas wirklich zu schaffen machte, sagte sich, der beste Weg herauszufinden, was das ist, besteht darin vorzugeben, man wüßte bereits alles, er scheint zu denken, ich weiß alles, weiß er, daß das nicht so ist, wird er vielleicht nichts mehr ausspucken) »... damit? Warum, was meinen Sie nur damit? Soweit ich weiß, gibt es nichts, das ich lassen müßte.« Und dann gab er ihm das Dreckige Grinsen Nummer eins.

»Keine Spielchen mehr«, sagte Howards. »Kein Rumhampeln, Sie arbeiten jetzt für mich, und Sie werden tanzen, wie ich pfeife, und vergessen Sie das nicht. Sonst ...«

»Was sonst, Bennie?« grollte Barron, der mit einem Mal wußte, daß es in dem Spiel, das Bennie spielte, das große *Sonst* war, nicht mehr und nicht weniger, andererseits aber auch unfähig war, die ganze Nichts-geht-mehr-und-den-Wilden-Mann-markieren-Szene ernst zu nehmen. »Was glauben Sie, können *Sie* tun? Ich habe *Ihren* Namen auch auf dem Papier, erinnern Sie sich? Und Morris und Greene warten nur darauf, mir Beistand zu leisten, sollten Sie mir zuviel Zähne zeigen. Ich habe *Champion Jack Barron,* und ich habe die Unsterblichkeit, frei und garantiert, wann immer ich sie haben will. Sie können es sich nicht leisten, daß ich Sie wegen Vertragsbruch an die Öffentlichkeit zerre, besonders nicht bei *dem* Vertrag, das wissen wir beide. Wird Zeit, daß Ihrem kleinen, fetten Kopf klar wird, daß *niemand* Jack Barron *besitzen* kann ... sonst wird es Ihnen dreckig gehen, Howards, echt dreckig.«

Und Barron sah Benedict (Fünfzig-Milliarden-Dollar-Macht über Leben und Tod Senatorenmörder Unsterblicher) Howards um seine Selbstkontrolle kämpfen und schaffte sogar ein verzerrtes Grinsen, das fast ein Lächeln war.

»Passen Sie auf, Barron, wir mögen einander nicht. Wissen Sie auch warum? Weil wir einander zu ähnlich sind, darum. Zwei starke Männer, und keiner von uns war bisher die Nummer zwei. Wir wollen beide alles, und wir wollen es beide zu unseren Bedingungen – genauso ist es. Nun, wir können nicht beide die Nummer eins sein, so ist das nun mal, aber genau darum kämpfen wir beide. Und das ist dumm, Barron, starrköpfig und dumm. Auf lange Sicht stehen wir beide auf derselben Seite, richtig? Ich meine die *wirklich* lange Sicht, die Millionen-Jahre-Sicht, wir haben beide dasselbe zu verlieren.

Ich will es Ihnen zeigen. Fliegen Sie mit Ihrer Frau nach Colorado, damit ich Sie unsterblich machen kann wie mich. Dann werden Sie mit jedem Atemzug spüren, wieviel wir beide zu verlieren haben. Ich mache einen anderen Menschen aus Ihnen, Barron, mehr als einen Menschen, lassen Sie sich das von dem einzigen Menschen gesagt sein, der es aus erster Hand weiß. Der Unsterbliche Jack Barron wird schon einsehen, daß er auf derselben Seite wie der Unsterbliche Benedict Howards steht – wir gegen sie, ewiges Leben gegen den verblassenden schwarzen Kreis, und, glauben Sie mir, das allein zählt, alles andere ist dagegen einen Scheißdreck wert.«

Das meint er echt ernst, erkannte Jack Barron, und vielleicht hat er sogar recht. Aber aus irgendeinem Grund weiß er, daß er bei der ganzen Sache die Nummer eins ist... und Ted Hennering starb, weil er herausfand, wie die Unsterblichkeitsbehandlung aussieht. Fand es heraus und hatte die Wahl, entweder Bennies Handlanger, vielleicht sogar Präsident, zu sein, oder sein Leben zu riskieren – und ein billiger Versager wie Hennering sagt zu Howards, er soll verduften. Und Bennie tötete ihn. Und genau mich will er nun auch in dieser Position haben, glaubt, indem er mich unsterblich macht, könnte er mich irgendwie auch dorthin bringen...

»Ich bin immer noch am Überlegen«, sagte Barron. »Ich vertraue Ihnen nicht.« Und er spürte den Adrenalinstoß der Vorahnung von Gefahr, sog ihn rasch mit einem Mundvoll Pot wieder hinunter, erkannte, nun war er wieder mittendrin im großen Spiel auf Leben und Tod, und sagte: »Und ich weiß ein paar Sachen, von denen Sie nicht wissen, daß ich sie weiß, Howards. Aber ich werde Ihnen nicht sagen, was für Sachen, ich werde Sie schwitzen lassen, das ist gut für die Seele.«

Er sah, wie sich Furcht und Zorn in Howards' Augen bekämpften, und wußte, er hatte ins Herz getroffen, sich umwendend sah er Sara, die ihn mit aufgerissenen, flammenden Berkeleyaugen verschlang, er spürte die pure Mein-Mann-mein-Held-Hitze, die sie abstrahlte und die sie sich in Speichern und Meridianstraßen aufgespart hatte, seine Frau an seiner Seite, plötzlich fühlte er sich zehn Jahre jünger als bei der lausigen Show an diesem Abend, voller Wut und Kampfeslust und gutem Pot, und eine Zeile aus einem alten Kinderbuch (war es nicht *Die sterbende Erde gewesen?*) kam ihm in den Sinn: ›Die Gefahr begleitet mich.‹

»Ich warne Sie, Barron«, sagte Howards, dessen Augen nun so kalt wie die eines Krokodils waren, »wenn Sie diesen Irren Franklin noch mal auf Sendung nehmen, dann ist es aus und vorbei – *wirklich* aus und vorbei, dann wird Benedict Howards seine Murmeln wieder einsammeln – das ist mein Ernst.«

Franklin? Diesen verrückten Narren? Das machte ihm so zu schaffen? Aber das ergibt doch keinen Sinn, was hat denn der Säufer mit Howards zu tun?

»Erzählen Sie mir nicht, wie ich meine Show durchziehen muß«, sagte Barron. »Vielleicht mache ich noch eine Show mit Franklin oder den Teil einer Show, das kommt auf die nächste Zuschauerbefragung an« (wenn ich noch den Mut aufbringe, mir die nach dem Fiasko dieser Woche überhaupt anzusehen).

»Ich sage es Ihnen jetzt, und ich sage es zum letzten Mal: Ich will Franklin nicht mehr im Fernsehen sehen!« brüllte Howards.

Was hab *ich* gesagt, triumphierte Barron. Vielleicht hatte ich unrecht? Vielleicht rankt sich die heißeste Stiftungsshow um einen armen Irren wie Franklin. Bennie scheint dieser Meinung zu sein. Aber wieso?

»Sie können es auch zu weit treiben«, sagte Howards. »Zu weit, und dann werden Sie an die Fische verfüttert, wer Sie auch sein mögen. Sogar ...«

»Sogar einem Senator der Vereinigten Staaten kann

so was passieren, was?« fuhr Barron ihm in die Parade. »Sogar jemandem wie ... oh, sagen wir mal, Ted Hennering ...«

Selbst auf dem Vidphonschirm konnte Bennie sehen, wie Howards erbleichte. Scheißspiel! Wie ist's denn so, Backe-backe Kuchen mit einem Mörder zu spielen? Ein Klacks, mehr nicht! Er befingerte die Acapulco Gold in seiner Hand. Was mischen sie denn heutzutage in die Dinger rein?

»Sie ...«, stammelte Howards. »Ich warne Sie zum letzten Mal, Barron, lassen Sie die Finger von Franklin, sonst wird Sie nie mehr jemand warnen!«

Jack Barron fühlte, wie etwas in ihm einrastete. Niemand bedroht Jack Barron dermaßen und kommt ungeschoren davon! Meinst du, ich habe dem Tod noch nie ins Antlitz geschaut, hä, Bennie! Hättest in Meridian sein sollen, der ganze verdammte Mob mit Mordgier in den Augen, und ich und Luke und Sara und eine Handvoll anderer gegen tausend Spießer, der Tod läuft hinterher, und ich konnte ihnen standhalten, weil ich ein Geheimnis kenne, das dir verwehrt bleibt – Mord ist Sache von Feiglingen, nicht mehr und nicht weniger, und das weiß jeder Mörder tief in seinem Innersten, du mußt sie nur wissen lassen, daß du das weißt, niemals vor einem wilden Tier davonlaufen. Aussteiger, vielleicht, schlechter Künstler, vielleicht, aber Jack Barron wird gewiß vor keinem Menschen davonlaufen!

»Sparen Sie sich Ihre geistlosen Drohungen«, sagte Barron, die Worte troffen wie heiße Lava aus seiner Kehle, »die können Sie auf Colaflaschen schreiben und sie sich in den Arsch schieben! Drohen Sie mir ruhig weiter, dann brauchen Sie sich bald nicht mehr um Ihr wertvolles ewiges Leben zu sorgen, dann werden Sie nämlich viel mehr mit dem Wunsch beschäftigt sein, Sie wären nie geboren worden. Wissen Sie, was ich tun werde, Bennie? Ich werde runterfliegen nach Mississippi und mich lange von Mann zu Mann mit Henry George Franklin unterhalten, und, wer weiß, wenn ich mit ihm fertig bin, vielleicht mache ich dann sogar zwei Shows mit ihm ... oder zehn ... oder hundert – und Sie werden kein verdammtes Ding daran ändern können! Ich habe Sie satt, Howards! Ich habe es endgültig satt, mir Ihr Geschwätz vom großen Mann anhören zu müssen, denn Sie sind kein großer Mann, Sie sind die Art von elender Kreatur, die unter feuchten Steinen hervorgekrochen kommt, wenn man sie anhebt, ein Feigling, das ist es, ein erbärmlicher Feigling, den ich zum Frühstück mit Haut und Haaren verputzen könnte, mehr nicht, und wenn ich mit Ihnen anfange, Schlitten zu fahren, dann werden Sie sich vollpissen und vor Angst einscheißen, bis ans Ende Ihrer Tage, und wenn es Millionen Jahre dauern sollte. Sie gehen mir auf den Wecker, Bennie, und Sie gehen mir *verdammt auf den Wecker*. Und Sie haben noch nicht die leiseste Ahnung davon, wie es ist, wenn man dem *Champion Jack Barron zu sehr* auf den Wecker geht.«

»Ich werde Sie umbringen ...«

»Ach, erschrecken Sie doch kleine Kinder!« brüllte Barron. »Vielleicht haben Sie bei denen mehr Glück, denn ich fürchte mich nicht vor Ihnen, Howards. Und außerdem habe ich Ihr häßliches Gesicht gründlich satt!« Damit unterbrach er die Verbindung.

Und fragte sich schon im nächsten Augenblick, wo ihn sein großes Maul dieses Mal wieder hingeführt hatte – und warum.

»Meinst du es diesmal wirklich ernst?« fragte Sara mit Augen so groß wie Untertassen.

»Darauf kannst du deinen süßen Arsch verwetten!« schrie Barron sie an, überrascht, daß sein Zorn noch zunahm, anstatt abzukühlen. »Ich habe es satt, mir die Drohungen dieses Wichsers anzuhören und mich wie ein verdammter Handlanger behandeln zu lassen! Wer glaubt der eigentlich, wer er ist, fünfzig Milliarden hin, fünfzig Milliarden her, Unsterblichkeit oder nicht, daß er mir Vorschriften machen will, wie ich meine Show und mein Leben zu gestalten habe? Vielleicht sollte ich dir das nicht sagen, aber du hängst auch mit drin und hast ein Recht darauf zu erfahren, mit wem ich mich da eingelassen habe. Ich bin verdammt sicher, daß Howards Ted Hennering hat ermorden lassen, denn der gute Senator hat versucht, ihn ans Messer zu liefern. *Das* ist der Mann, auf den du mich ansetzen wolltest – und du willst doch ganz sicher kein hübsches kleines Aussteigen, direkt hier in deinem Bett?«

»Hast *du* denn Angst vor ihm?« fragte Sara leise.

Wer weiß? dachte Barron. So wie ich mich jetzt fühle, bin ich zu sehr in Rage, um so was wie Angst zu spüren. Und er spürte, wie sein Blut das Berserker-Berkeley-Jack-und-Sara-Kampflied sang, und der Gesang hinter seinen Ohren, Mannomann, der fühlte sich verdammt gut an!

»Nein, ich habe keine Angst vor ihm. Er riskiert die dicke Lippe, klar, aber er ist nichts weiter als ein *Punk*. Ja, ein Fünfzig-Milliarden-Dollar-Unsterblichkeitspunk. Vielleicht sollte ich Schiß haben, verdammt, vielleicht habe ich auch Schiß, aber ich werde mich ganz bestimmt nicht benehmen, als *hätte* ich Schiß!«

»Dann habe ich auch keine Angst«, sagte sie mit einem reinen Kleinmädchengrinsen, und er zog sie an sich. Er küßte sie, heiß, feucht, Zunge an Zunge, fühlte den Blutstau in sich. Jesses, fühlt sich gut an, dachte er. Meine Frau in meinen Armen in der Nacht vor der Schlacht, so habe ich mich seit zehntausend Jahren nicht mehr gefühlt.

»Iß und trink und liebe«, flüsterte er in ihr Ohr, »denn morgen müssen wir sterben ...« *Gar nicht so verdammt komisch.*

»Was willst du nun tun?« fragte sie und zog sich halb verspielt auf Armeslänge von ihm zurück.

»Ich werde Arpeggien auf unseren bebenden Körpern spielen«, sagte er. »Aber zuerst rufe ich Luke an, damit er Mister Henry George Franklin für mich ausfindig macht, und dann hüpf ich sofort ins Flugzeug nach Mississippi, wie ich Howards gesagt habe. Ich werde nur einen oder zwei Tage weg sein, und wenn dich jemand fragt, dann weißt du nicht, wer ich bin. Das muß alles strikt zwischen dir und mir und Luke und dem alten Henry George bleiben.«

»Und Benedict Howards«, sagte Sara. »Sei vorsichtig, Jack, bitte sei vorsichtig.«

»Ich bin froh, daß der Bastard weiß, wohin ich gehe«, sagte Barron. »Ich werd ihm zeigen, daß ich genau weiß, er blufft. Komm schon, Baby, mach dir keine Sorgen um mich, spielt sich alles auf Lukes Boden ab, erinnerst du dich? Ich bin der ›Schwarze Bleicharsch‹ dort unten, so sagt man jedenfalls. Ich werde mich von dunklen Seitenstraßen fernhalten. Bennie wird es nicht wagen, dem Gast des Gouverneurs etwas anzutun.«

13

EVERS, MISSISSIPPI, dachte Jack Barron, als das Flugzeug auf der Landebahn aufsetzte. Jesses, ist schon lange her, seit ich das letzte Mal hier war, bei Lukes Vereidigung zum Gouverneur (das war's doch, oder?), die ganzen vertrauten Gesichter von Berkeley und New York und Los Angeles – jeder Babybolschewik mit der Eintrittskarte Schwarze Haut kam hergesaust nach Evers wie ein Suchti zum Stoff, als Mississippi endlich schwarz wurde. Aber da gab's noch kein Evers, das stimmt. Teil von Lukes Wahlkampf: »Eine neue Hauptstadt für das neue Mississippi!«

Yeah, wie in jeder anderen Bananenrepublik auch, hundert Millionen Mäuse, um eine nette neue Hauptstadt zu bauen, und fünf Jahre später bettelt Luke um Bundesunterstützung für den Staatshaushalt, so ist Mississippi am Boden, was für eine *Schande*! Brot und Spiele – so konnte die K.S.G. Mississippi übernehmen –, viel Spiele, heißt das, aber wenig Brot. Und so wird's auch bleiben, es sei denn ...

Paß auf, mahnte Barron sich selbst, während das Flugzeug auf den funkelnagelneuen Flughafen zurollte (alles in Evers, was nicht aus alten Blechdosen, Colaflaschendeckeln und Müll zusammengestückelt war, bestand ausschließlich aus Weltausstellungsmaterial). Hier unten darfst du so was nicht mal denken, wo Luke nahe genug ist, um mit deinem Live-in-person-Kopf zu spielen. Hab schon genug mit Howards und Co. am Hals, auch ohne Napoleon zu spielen.

Während das Flugzeug weiter auf das Abfertigungsgebäude zurollte, sah Barron eine freudestrahlende Menge zwischen den Maschinen versammelt, vielleicht ein paar tausend heruntergekommene abgerissene ausgeblutete Neger vom Evers-Slum-Typ, die Dutzende von Schildern schwenkten, die er noch nicht erkennen konnte, Fernsehkameras hatten sich um eine ältere Cad-Limousine versammelt, dazu ein Rudel Fotografen und Reporter... Das Seltsame an der ganzen Sache war, daß jeder in der Menge dunkle Sonnenbrillen zu tragen schien.

Das Flugzeug kam zum Stillstand, aus irgendeinem Grund wurde eine altmodische Landetreppe herangerollt, dann erfolgte eine gedämpfte Unterhaltung zwischen der Stewardess an der Tür und jemandem außerhalb. Zwei Polizisten der Mississippi State Police, gekleidet wie jeder andere gottverdammte Spießerbulle auch, den Barron bisher gesehen hatte, aber schwarz wie das sprichwörtliche Pik-As, kamen in das Flugzeug und stapften mit schweren Schritten den Korridor herunter; sie genossen offensichtlich den beunruhigenden Effekt, den ihr Erscheinen auf die weißen Passagiere hatte. Vor seinem Sitz blieben sie stehen.

»Mister Barron«, sagte der größere in aller Form, »bitte kommen Sie mit uns.«

»He, was soll das?« fragte Barron. »Ein Witz? Seid ihr verrückt? Wissen Sie denn nicht, wer ich bin? Warten Sie, bis Gouverneur Greene...«

Der kleinere Cop lachte unbändig. »Keine Aufregung, Mann« (offensichtlich ein hohes Tier), sagte er. »Der Boss weiß Bescheid. Keine Verhaftung, nur die altbekannte Rote-Teppich-Geschichte für den Schwarzen Bleichen.«

O nein, dachte Barron während er aufstand und mit ihnen den Korridor hinunterstapfte, vorbei an scheltenden Passagieren, die offensichtlich hierbleiben mußten, bis er ausgestiegen war. Das konnte er nicht geschafft haben! Nicht mit nur zwölf Stunden Zeit! Nicht mal Luke konnte etwas so rasch einfädeln... wenn er nicht schon wartend bereitstand – für alle Fälle. Rastus, du gottverdammter Hurensohn, das kann doch nicht sein! Limousine, Bullen, Menschenmengen, Fernsehkameras... Nein, nein, das kann nicht sein! Jesus H. Christus!

Aber in diesem Augenblick, als er in der kühlen Brise auf die Rampe hinaustrat, wußte er, es konnte doch sein, Scheinwerfer blendeten ihn, und die Menge begann mit lauter Stimme einen Sprechgesang:

»Champion Jack Barron! Champion Jack Barron! Champion Jack Barron!«

Immer noch in das grelle Licht blinzelnd, konnte Barron jetzt lesen, was auf den Schildern geschrieben stand: Es waren vierfarbige Poster von ihm selbst mit dem schwarzverwaschenen Kinestop-Hintergrund, den er für seine Show verwendete, und eine flammend rote Schrift ›Champion Jack Barron‹; dann gab es noch Schwarzweißposter mit seinem Bild, auf denen oben mit weißen Buchstaben ›Jack Barron‹ stand und unten, tiefschwarz ›Der Schwarze Bleiche‹, und dazu noch weiße Plakate mit einem konturlosen Gesicht und einer riesigen schwarzen Sonnenbrille, auf denen konnte er keine Schrift erkennen.

»Champion Jack Barron! Champion Jack Barron!«

Als er die Treppe hinunterwankte, sah er Luke, der unten in einer Gruppe von Handlangern auf ihn wartete. Luke trug an jedem Kragen einen großen Button – und er hatte auch eine dunkle Sonnenbrille auf, eine schwarze...

»Schei-ße«, stöhnte Jack Barron, als er die unterste

Stufe erreicht hatte. *Schwarze Sonnenbrillen!* Für den *Schwarzen Bleichen!** Der dreckige Wichser!

»Willkommen im Neuen Mississippi«, sagte Luke mit einem breiten, beschissenen Grinsen, als Barron Nase an Nase mit ihm stand und in das Scheinwerfermeer blickte, jeder trug rote Buttons mit der Aufschrift ›*Champion Jack Barron*‹ als Kinestopmuster (von hier kommen also diese Buttons im Village!) am linken Revers, am rechten dagegen einen weißen Button mit dem Schriftzug ›Der Schwarze Bleiche‹.

»Du Wich ...«

»Ruhig, Mann, du bist auf Sendung«, flüsterte Luke, der in die Tasche griff, dort eine ... Sonnenbrille herausholte, die er ihm, noch bevor Barron ihn daran hindern konnte, auf die Nase setzte, grinste, dann legte er ihm einen Arm um die Schultern, plötzlich blitzten überall die Blitzlichter der Fotografen wie übergeschnappte Glühwürmchen auf, ganze Batterien von Fernsehscheinwerfern erleuchteten die Szenerie. Und gleichzeitig begann die Menge zu singen: »Der *Schwarze* Bleiche! Der *Schwarze* Bleiche!«

Dann schob jemand ein Mikrofon zwischen ihn und Luke, und Barron sah sich gezwungen, zurückzulächeln und zu murmeln: »Es freut mich, hier zu sein«, während er den Drang verspürte, Luke mit Schmackes in die Eier zu treten. Klugscheißerischer schwarzer Ba-

---

* Ein unübersetzbarer Scherz des Autors. Was hier als ›Schwarzer Bleicher‹ bzw. ›Schwarzer Bleicharsch‹ aufscheint – je nachdem, ob die Verwendung eher neutral oder eher zynisch ist, heißt im Original ›Black Shade‹. Der Ausdruck bezeichnet auch ›Sonnenbrille‹. Die amerikanische Sprache ist sehr reich an solchen Worten mit mehreren Bedeutungen, mit denen viele Autoren zum Teil recht komische Effekte erreichen (John Sladek oder John Shirley etwa), die aber im Deutschen entweder gar nicht oder nur unzureichend nachvollziehbar sind, weil das Deutsche über wesentlich weniger Worte mit Doppelsinn verfügt. – *Anm. d. Übers.*

stard! Warum mußte ich ihm auch vorher erzählen, daß ich kommen würde, ich hätte mich mit einem falschen Bart in sein verfluchtes Irrenhausland wagen sollen. Dieser Unfug wird sich über das ganze Land verbreiten, ohne daß ich etwas dagegen tun könnte, mit solchen Freunden, wer braucht da noch Feinde?

Und jetzt hielt Luke auch noch eine verdammte Rede, immer noch mit dem Arm um seine Schulter: »Es kommt nicht oft vor, daß wir hier unten einen Bleichen wie einen leiblichen Bruder begrüßen können, der schwarze Mann in diesem Land hat nicht viele weiße Brüder. Aber der Bursche, der hier neben mir steht, ist eigentlich überhaupt kein Weißer, auch wenn er eine bleiche Hautfarbe hat. Er ist Gründungsmitglied der Koalition für Soziale Gerechtigkeit, er hat sich in den gefährlichsten Kämpfen der Bürgerrechtsbewegung verdient gemacht, er ist mein ältester und bester persönlicher Freund, der Mann, dem ganz Amerika, schwarz oder weiß, jeden Mittwochabend zusieht, wenn er denen eine Stimme gibt, die sonst keine Stimme haben, denen ein Freund ist, die keine Freunde haben, ein wahrer Bruder. Er ist nicht schwarz, aber er ist auch nicht weiß. Er ist ein Zebra – schwarz mit weißen Streifen, weiß mit schwarzen Streifen, wie's euch gefällt. Meine lieben Mitbürger von Mississippi – der Schwarze Bleiche ... *Jack Barron!*«

»Immer nur Showbiz, was, Luke?« flüsterte Barron hinter vorgehaltener Hand.

Greene trat ihm gegen das Schienbein. »Los doch, Schmuck, laß mich nicht hängen«, flüsterte er unter dem Brüllen der Menge. »Wann hast du das letzte Mal so einen Empfang gehabt? Mach ein nettes Gesicht, Claude, komm schon, sonst stehen wir beide als Idioten da. Du kannst mich später in den Arsch treten.«

Was nun, fragte sich Jack Barron. Soll ich ihnen sagen, sie sollen sich alle zum Teufel scheren und alles vergessen, noch bevor es begonnen hat? Aber dann spürte er das freundschaftliche Gewicht von Lukes Arm auf der Schulter. (Kann meinem alten Kumpel Luke keine reinhauen, auch wenn er's verdient hätte. Du bist mir so ein Kumpel, Luke!) Er ließ seinen Blick über die Menge schweifen, geisterhafte Umrisse hinter schwarzen Brillen verborgen, sah alle Münder geöffnet, um den Schmerz darüber hinauszuschreien, ein Schwarzer im Land der Weißen zu sein, sah *déjà vu*-Mengen in Meridian, Selma und hundert anderen heruntergekommenen Südstaatenstädten, die zornig schrien, von Spießern umgeben, von Spießern Bullen Hunden Schlagstöcken Wasserwerfern, Luke hinter ihm, Saras bewundernde Augen auf ihm, Straßen der Gefahr, er erinnerte sich an die Gefahren der blutigen Babybolschewikentage, Schwarz und Weiß vereint und all das, Märsche, bei denen er ausnahmslos immer sein Leben riskiert hatte, wenn er auch nur das Maul aufgerissen hatte, er spürte die Hitze des lebensechten Gouverneursarms in sich eindringen, und die Menge war so dicht, daß man sie hätte schneiden können, schrie unaufhörlich zornig aufgesetzte Madison-Avenue-Hoffnungen hinaus, ausverkaufte schwarze Verlierer, immer ausverkauft, übertölpelt, betrogen, verlacht, benützt, an die Fische verfüttert, und was auch immer Luke, der Arsch, denen hier angetan hat ... ach, Scheiße, denen ist es ernst damit, für diese armen Wichser ist das kein Spiel, für sie ist es das echte Itzibitzi, und wie kann ich ihnen auch noch in die Eier treten, wo *sogar* Luke sie benützt?

»Der *Schwarze* Bleiche! Der *Schwarze* Bleiche!«

»Danke ... danke ...«, sagte Barron in das Mikrofon, das ihm eine schwarze Hand hinhielt, hörte die leise Rückkopplung seiner Stimme, sein Gesicht war schützend hinter der Brille verborgen, fast wie in einer *Champion Jack Barron*-Sendung.

»Ich weiß gar nicht, was ich sagen soll. Ich hatte nie mit so etwas gerechnet (hier trat er Luke echt fest gegen seinen klugscheißerischen Knöchel), und ich verstehe es auch nicht ganz. Ich meine, ich bin kein Kandidat für nichts, wie verschiedene andere Burschen, die mir den Arm um die Schulter legen.«

Er lächelte sein bestes Einer-von-den-Jungs-Lächeln. »Ich kann nur eines sagen, diese Schilder mit der Aufschrift ›Der Schwarze Bleiche‹, das ist das Netteste, was je jemand über mich gesagt hat. Und auch wenn es nicht so ganz stimmt, ist es doch schön anzuhören, nicht nur für mich, es muß auch für das ganze Land etwas Erstrebenswertes sein. So sollte es *überall* in den Vereinigten Staaten sein: schwarze Weiße und weiße Neger, denn wir sind alle Amerikaner, und keiner von uns, ob nun schwarz oder weiß, sollte das je vergessen. Das ist das Amerika, das wir uns alle wünschen, aber ich schätze, bis zu seiner Verwirklichung müssen wir uns eben noch mit dem Schwarzen Bleichen begnügen, so lange, bis dieses Land erwachsen geworden ist und alle zu Zebras geworden sind – und ich hasse es, hier den Gouverneur korrigieren zu müssen, aber das Zebra ist ein farb*loses* Tier mit schwarzen *und* weißen Streifen.«

»Laß das Phrasendreschen!« flüsterte ihm Luke ins Ohr, als die Menge in Jubelrufe ausbrach. »Immer noch der alte Jack Barron. Ich wußte, ich kann mich auf dich verlassen.«

Hurensohn, dachte Barron, hätte ihnen allen erzählen sollen, was *wirklich* abgeht. Hätte ihnen sagen sollen, wie sie eigentlich benutzt werden, wie ich benutzt werde, um sie zu beeinflussen, Luke. Yeah (während die Menge unaufhörlich weitertobte, mit Schildern winkte, Blitzlichter blitzten Kinestopbuttons vorgehalten wurden heiße Suchscheinwerfer der National TV über ihn hinwegglitten und er den Klang seines Namens auf verzweifelten Lippen hörte, was ihn ungeachtet aller Vorbehalte antörnte, wurde der alte Berkeleybabybolschewik in ihm wach, mit Erinnerungen an Jack-und-Sara an andere Mengen an Blut, sein fleischgewordenes Wort – und wie wird das die Zuschauerzahlen wieder hochtreiben), und vor allem, wie sie dazu benützt wurden, *ihn* zu bearbeiten.

»Du kannst dich darauf verlassen, daß du einen deftigen Tritt in den Sack bekommst, hier vor der Kamera, wenn du mich nicht ganz flott hier rausholst«, sagte Barron drohend, nur halb bewußt (gib's zu, Mann, es packt dich doch!), daß es ihm auch gefiel.

Luke lachte ein aufreizendes Ich-weiß-Bescheid-Lachen, wie zwei alte Kumpel, die sich beide auf der Straße wieder begegnen, nachdem sie einen Ausflug in denselben billigen Puff hinter sich haben. Immer noch den Arm um seine Schulter gelegt, führte er Barron zu der Limousine, pfiff »Heil dem Führer« dabei, entsetzlich falsch, und schüttelte unaufhörlich den Kopf.

Ach, laß den Scheiß, Mann, dachte Barron, als der Handlanger ihm die Wagentür öffnete. Aber aus einem donquischottschen Grund nahm er die Brille erst ab, als er im Wagen saß.

»Na gut, Lothar, was soll das alles?« fragte Jack Barron, als der Wagen anfuhr. Er saß hinten im abgeschlossenen, vollklimatisierten Innern mit Luke, wie in einer Art rollendem *Champion Jack Barron*-Fernsehstudio, und rollte durch die Straßen von Evers, Mississippi – bunt zusammengestückelte, heruntergekommene und halbverfallene Slums, kaum daß man das tolle Flughafengebäude hinter sich gelassen hatte, wie ein irreales Rio in den Hügeln, TV-dokumentarisches *favella,* antiseptisch und sicher hinter den elektrisch isolierten Monitorschirmen der verschlossenen Fenster des Wagens.

Luke betrachtete ihn mit seinen abschätzenden, kühlen, schnippischen Augen. »Nur die *ganz große* Sache«, erklärte er. »Ich sagte es dir doch schon bereits, oder etwa nicht? Ich werde solange mit deinem Kopf spielen, bis du der Präsidentschaftskandidatur zustimmst, nicht mehr und nicht weniger, Clive. Wir brauchen dich, und wir werden dich auch bekommen.«

»Einfach so?« fragte Barron aufgebracht, gleichzeitig aber auch voller Bewunderung für Lukes offene amoralische Aufrichtigkeit. »Die Tatsache, daß ich keinerlei Qualifikationen für das Amt des Präsidenten habe, das ist dir egal?«

»Ich sagte, wir brauchen dich als Kandidaten«, fuhr Luke fort, während der Wagen durch die elendsten Slums fuhr, die Barron je gesehen hatte: aberwitzig gebaute Schuppen aus grauem, altem Holz und Cola-Dosenblech, Fenster hier und da dalimäßig verstreut, ganze Berge von Müll in den Seitenstraßen, in den Straßen mit den blindäugigen, uralten Veteranen des Zweiten Weltkriegs mit den Bettlern mit den nutzlos offen ausgelegten Hüten den hoffnungslosen vierzehnjährigen Huren und den Junkies auf Haufen verrotteten und rostenden Altmetalls, wie Harlem, Watts, Bedford-Stuyvesant, sieht aus wie Scarsdale. *Scarsville*, dachte Barron. Wucherndes, riesiges Krebsgeschwür am verborgenen Arsch der Vereinigten Staaten. Stummfilm von Verzweiflung-Pornographie auf den Fernsehschirmautofenstern, vierfarbiges Dokumentarbild von Verlierern.

»Wir brauchen einen Kandidaten, einen Mann, der gewinnen kann«, sagte Luke zu ihm, und Jack Barron hörte mit halbem Ohr zu, während er weiter die Gesichter beobachtete und die dürren grauen Hände, die winkten, während das VIP-Auto vorüberfuhr, Buttons mit ›Champion Jack Barron‹ und ›Der Schwarze Bleiche‹ waren an dreckigen Lumpen angesteckt und stachen ihm durch die Fenster ins Auge und mitten in den Verstand. »Und das bist du, Mann. Erzähl mir bloß nicht, du hättest nicht den Mut dazu. Ich sah dich da draußen, sah, wie du es in dich aufgenommen hast, genau wie in alten Zeiten, derselbe alte Jack Barron. Du bekommst langsam wieder was davon zurück, was, Jack?« Luke sah ihn mit wissenden, lachenden, sardonischen Dealeraugen an.

Genau das bist du, Luke, dachte Barron. Ein Dealer, Dealer von Machtjunk, ein Dealer, der seine eigene Großmutter auf den Strich schicken würde, wenn es ihm was nützt. Du hast einen riesigen Machtalp auf dem Rücken, Luke, der ist sogar noch größer als du selbst.

»Nur einen ganz kleinen Hauch, Luke«, sagte Jack Barron. »Niemand riecht Junk besser als eine ehemaliger Junkie, aber du wirst mich nicht mehr auf den Geschmack bringen, jetzt nicht und auch in Zukunft nicht. Komm schon, Mann, laß uns einfach'n bißchen freundschaftlich kooperieren, um der alten Zeiten willen. Du hast nichts zu verlieren, und das hier eben war umsonst. Ich habe zu viele Jahre damit verbracht, den politischen Junksack auszuleeren. Klar, das ist eine echte Show, wenn man Tausende von Leuten sieht, die alle den eigenen Namen anstecken haben, echt klasse, aber das ist niemals genug, man muß mehr und mehr haben, und der Machtjunkalp auf deinem Rükken wird größer und größer, bis von *dir* nichts mehr übrigbleibt. Und dann vergißt du, warum du eigentlich angefangen hast. Du kümmerst dich nicht mehr darum, fühlst nichts mehr, hörst auf damit, den Leuten zu helfen und benutzt sie nur noch... Ich stelle das Showbiz jederzeit über die Politik – hübscher, sauberer Job, bei dem man sich nicht die Hände schmutzig machen muß.«

Nun fuhr das Auto auf eine breitere Straße: Lenox Avenue – Pulsader der Slums von Evers größtes Desaster der Welt Tandläden offene Metzgerläden Fleisch voller Fliegen im elektrischgrünen Kleid verbrauchte zornige Männer die sich aus endlosen Reihen von Nachtlokalen ergießen und dauernd gewaltige Menschenmengen die auf die von Langeweile geplagte Straße drängen während der Wagen vorbeifährt, schreiend, mit Brillen winkend, Kinestopblitze von *Champion Jack Barron*-Buttons, und überall gutturale Tierlaute gedämpft durch die Scheiben des Wagens: »Der *Schwarze* Bleiche! Der *Schwarze* Bleiche!« – die hinter dem Wagen wieder zu tödlicher Langeweile verstummten, wenn der große Cadillac sie zurückgelassen hatte.

»Schau hier raus«, sagte Luke. »Schau dir diese Leute an, die deinen Namen brüllen. Sie wollen dich, Jack, *dich*. Tausende, Millionen, sie alle blicken dich an, sie alle wollen dich als ihren Anführer, und du brauchst nur ein Wort zu sagen.«

Doch Barron entging die Mutlosigkeit hinter seinen Worten nicht. *Sein* Volk, dachte er, aber er weiß genau, daß das nicht ausreicht, es sind nicht genug, sie sind nicht mächtig genug, um aus eigener Kraft das Goldene Zeitalter erreichen zu können. Sie haben ihn soweit gebracht, wie ein schwarzer Mann nur kommen kann. Der Alpdruck wird größer und größer, aber es gibt nicht mehr Junk, um ihm das Maul zu stopfen, nicht wahr, Luke? Du brauchst weiße Verbindungen, du brauchst Jack Barron, den Freund der Machtjunkies.

Vor dem Wagen, wie hinter einer unsichtbaren Gardolkrone gegen Zahnverfall, hörten die Slums auf, und weit hinter einem trennenden Rasen sah Barron einige wirkliche Gebäude des Raumfahrtzeitalters aufragen – das Regierungsgebäude, das Gouverneursgebäude, Bürogebäude für teppichklopfende schwarze Babybolschewikenparasiten –, die sauberen, scharfen Umrisse von Wir-haben's-geschafft: ein polyäthylenverkleidetes Gelobtes Land, das verheißend hinter dem unsichtbaren Jordan schimmerte, ein Jordan, der zehntausend Meilen breit war und doppelt so tief wie die Zeit selbst.

Tief aus seinem Innern brachen plötzlich die Worte aus ihm hervor, emporgetrieben vom Bild der Straßen in tausend Städten des Südens, Jack-und-Sara-nahe-beiden-blutigen-Straßen-Berkeley-Träume selbsternannter Ritterschaft, und Wunderknabe Jack sprach mit der Verstärkung von zehnjähriger Isolation in elektrischen Stromkreisen von Fernsehstudios, mit der Stimme eines Mannes:

»Nein, *du* hörst mal zu und schaust dir das alles an, Luke! Schau dir alles ganz genau an. Schau vor dich und betrachte dir diese ganzen läppischen Gebäude, die Gott weiß wieviel gekostet haben, allein nur der Sitz des Gouverneurs, Palast der Winde, und den ganzen Tand drumherum. Befühl mal diesen Zweihundert-Dollar-Anzug, den du da trägst, Massah Luke, koste den Geschmack des Wortes ›Gouverneur‹ im Mund aus, nimm diesen Wagen und deine sämtlichen uniformierten Handlanger, und jeder nennt dich ›Gouverneur‹ oder vielleicht ›Bwana‹, wo du auch hingehst. Hast es geschafft, was, du und deine Jungs. König der Berge, Kingfisch, so ist es!«

Er zerrte Gouverneur Greene halb herum und zwang ihn, sich die verfallenen neoafrikanischen Slums durch die Heckscheibe zu betrachten, die rasch hinter ihnen zurückblieben.

»Wann bist du zum letzten Mal ohne Leibwächter durch diese Straßen gegangen?« fragte Barron. »*Ich* bin also derjenige, der vergessen hat, was er mal war? Du warst auch mit mir dort draußen, Luke, erinnerst du dich noch? Oder hast du nicht mehr genug Schneid, dich heute noch daran zu erinnern? Daher kommen diese ganzen lausigen Gebäude, große, glänzende Spielzeuge, die auf einem riesigen Berg Scheiße erbaut wurden! Aber du mußt diese Scheiße ja nicht mehr riechen, nicht wahr? Nimm ein paar hübsche Tabletten von diesem Machtjunk, und du mußt dich nicht mal mehr dran erinnern, daß es sie überhaupt noch gibt. Aber sie *ist* da, Luke, sie wird immer da sein, und Scheiße wird immer wie Scheiße stinken. Schau dir die Gebäude vor dir und diesen Hexenkessel hinter dir an, und, Baby, dann kapierst du ganz genau, wozu die ganze verfluchte Politik da ist - hübsche, teure, gutaussehende Luftschlößchen, die auf nichts weiter gebaut sind als auf einem riesigen Scheißhaufen. Manchmal, wenn der Wind dreht, merkt man's vielleicht noch - du sitzt nur deshalb fett und zufrieden in deiner Gouverneurswohnung, weil die armen Bastarde dort draußen in ihrem eigenen Misthaufen feststecken. *Politik!* Man kann vielleicht alles hinter buntschillernden Fassaden verbergen, aber der Geruch bleibt!«

Greene wandte sich ihm zu, und Barron spürte Reue und Scham und die Jahre unverdauten Zorns hinter all dem Zuckerguß versteckt, er ging hin zu diesem Mann, diesem *Schwarzen*, darum geht's, sein Freund, der in den Tagen der Gefahr auf der Straße neben ihm gestanden und der Sara zuerst gevögelt hatte, noch vor ihm, und der mit seinem Kopf gegen hübsche weiße Wände anrannte, die zehntausend Lichtjahre dick waren, immer mit dem Wissen, daß er ein *Nigger* war, immer mit dem Wissen, daß es eine Grenze gab, die er niemals - *niemals* - würde überschreiten können, immer mit dem Wissen, daß er ein Machtjunkie war, immer mit dem Wissen, was er war, warum er es war und wie man es ihm angetan hatte, und dabei immer noch ein Mann, und Lukas Greene lächelte ein bitteres bitter-aber-triumphierendes Lächeln und sagte: »Und das aus dem Munde des Mannes, der einst sagte, der übelste Moment ist der, wenn man sich zum Ausverkauf entschließt, und niemand kauft etwas?«

»Was soll das heißen?«

»Was das heißen soll?« erwiderte Greene heftig. »Das soll heißen, daß du genauso voller Scheiße steckst, und das wissen wir auch beide! Jeder Mann könnte da sitzen mit dem Wissen, er hat nichts mehr zu gewinnen oder zu verlieren, und so was zu einem Freund sagen, und du weißt verdammt gut, ich weiß, daß du mit allem recht hast, alles, was ich hier unten getan habe, war, als hätte ich in einen Hurrikan gepißt... das ist ein Mann, dem ich folgen würde, dem ich einst gefolgt bin, ein Mann, dem jeder schwarze Einwohner Amerikas gefolgt ist, und das wissen wir auch beide. Verdammt Jack, du kommst wirklich einem Schwarzen Bleichen am nächsten. Gottverdammt, warum willst du das nicht zugeben? Du bist dort unten ein Held, im Village, in Harlem, in Strip City, in jedem verdammten Getto im Lande, weil du der Bursche bist, der aus der Gosse bis zum höchsten Gipfel geklettert ist, ohne dabei auszusteigen, du hast deine fünf Sinne noch beisammen, und auch dein großes Maul hast du noch, aber du bist nicht auf einem ganzen Berg von Leichen die Erfolgsleiter hochgeklettert. *Das* ist dein Image, Mann, du selbst hast es gemacht, und ob es nun stimmt oder nicht, ist scheißegal, weil deine Anhänger es glauben wollen, und du kapierst, wie du es machen mußt, daß sie es tatsächlich glauben – und *dieses* Spiel, Claude, heißt auch Politik!«

Da er an seinen Namen in dreifacher Ausfertigung auf Howards' Vertrag dachte, sagte er: »Das, Rastus, lasse ich nicht gelten. Wenn ich der Volksheld bin, sage ich gewiß verdammt wenig für das Volk... Verdammt, ich habe das alles satt. Ich bin hergekommen, um mit diesem Burschen Franklin zu sprechen, und nicht um eine Diskussion über die ethische Struktur des Universums abzuhalten. Hast du ihn gefunden?«

»Ich habe seine Adresse und Telefonnummer. Ich werde ihn mit einem Wagen abholen lassen. Er wohnt verdammt nahe bei der Stadt. Du wirst bei mir bleiben, dort kannst du dich in aller Ruhe mit ihm unterhalten.«

Barron besah sich die schimmernden Regierungspaläste, die vor ihm aufragten, dann blickte er zurück durch das Heckfenster zu den heruntergekommenen Elendsvierteln von Evers, die von hier aus kaum noch zu sehen waren.

Ich muß wieder auf diesen Straßen gehen, dachte er. Weiß nicht warum, aber ich muß es tun. Muß Luke und Sara und Howards und Franklin zeigen, was los ist. Da geht die echte Show ab, dort in dem Rattenloch, dort beim Publikum, beim Itzibitzi, nach neuesten Schätzungen hundert Millionen Publikum dort draußen in der Gosse... Jack Barron kehrt zum Volk zurück. Sara würde sich in die Hosen machen, und warum nicht?

»Nein, Mann«, sagte er. »Ich bin nicht in Stimmung, dieses Bwanaspiel mitzuspielen. Ich muß den Burschen auf seinem eigenen Grund und Boden sehen. Ich muß ihn dort *draußen* treffen.«

14

NÄCHTLICHE STRASSEN. Yeah, nächtliche Straßen von Harlem, Watts, Fulton, Bedford-Stuyvesant, Ost-East Village, Evers, überall dasselbe, heiß und überfüllt und erfüllt vom Gestank billiger Lebensmittel Dreck Pißpötte Junk und billiges Hurenparfüm; Öl-auf-Stahl-Geräusche der Stille, zu still in Schäbigstadts Seitenstraßen, das hohle Getue einer Samstagnacht (es ist immer Samstagnacht) auf der King Street, Evers' Pulsader. Die Straße, Die Straße, die von der Lenox Avenue zur Bedford zur Fulton zur King Street führt, die Nacht auf Der Straße ist dieselbe wie in jeder anderen Stadt, mit auswechselbaren Teilen der in Massen produzierten Schwarzen Amerikas, wie Billigkopien der echten Ware aus japanischen Billigläden; Huren Junkies Bars Lenox Avenue Stripkneipen Fulton Jazzkeller Bedford Absteigen grelle Straßenlichter Dealer Penner. King Street Miasma; eine Desolation Row* der Gänseblümchenkettenerinnerungen von Küste zu Küste gab Barron das Gefühl eines bleichen weißen Jägers, der den schwarzen Dschungel der King Street durchwandert – der Bleiche, der Mann, Jäger und Gejagter.

Kannst deinen Arsch verwetten, daß es dort drüben keine ›Schwarzen Bleichen‹ gibt, dachte Barron, der tausend wäßrige Negeraugen in seinem Nacken spürte, die den einsamen Bleichen begafften, der durch *ihre* Straßen schritt, auf *ihrem* Boden – he, was macht dieser Bleiche denn hier, he, der Mann? (Jeder

---

* Anspielung auf das gleichnamige Dylan-Stück. – *Anm. d. Übers.*

Bleiche in den Straßen von Bedford, Lenox, Fulton, King, in Der Straße, wird automatisch mit Der Mann tituliert, Außenseiter durch die Farbe seiner Haut.) Aber legst du es nicht im Grunde genommen genau darauf an, Barron, dein vierfarbiger Arsch hier draußen im Itzibitzi, im *schwarzen* Itzibitzi, wo die eigentliche Welt ihren Ursprung hat?

He, was macht'n hier 'n Weißer Knabe, schienen Verkehrsschilder Junkies schlitzäugige schwarze Frauen wie Panther schleichende Typen die ihren kühlen Blick polieren wie New Yorker PRs die ihre Messer wetzen zu fragen. Geh diese Straßen entlang, und dann rede dir ein, Amerika hätte kein Rassenproblem – Bürgerrechte, nicht mehr und nicht weniger, Kriege und Huren aus Armut, nicht mehr und nicht weniger, hatten *hier* noch nie'n Rassenproblem, Mann, nich' in den guten ollen USA, Sklaverei vielleicht, Lynchjustiz vielleicht, Unruhen vielleicht, Revolutionen in kleinstem Rahmen vielleicht, degenerierte schwarze Wichser vielleicht, wollte ja nicht, daß einer meine Tochter heiratet, vielleicht, schicken sie alle wieder in den Dschungel zurück, vielleicht, aber alles nur *soziale* Probleme, kapiert, Mann, Rassenprobleme haben wir hier keine im Land der Freiheit, der Heimat der Mutigen und Tapferen.

Schickt sie alle wieder in den Dschungel zurück, yeah, dachte Barron zynisch. Jemand sagt was von *zurück*schicken? Geh durch Harlem, Fulton, Evers, Mann, dann wirst du aufhören, dir darüber Gedanken zu machen, die Leute zurückzuschicken in den Dschungel, hier kannst du beobachten, wie der Dschungel wieder zu den Leuten kommt.

Denn etwas muß über den Dschungel gesagt werden, überlegte Barron weiter, wenn man all die lebenden, verzweifelten Gesichter betrachtet, Jazz der Straßen, ein leichter, eingängiger Rhythmus, sichtliche Erleichterung eines Junkies, der den Stoff gefunden hat, kicherndes, tänzelnd-hüpfendes Paarungsritual zwischen einem dünnen Burschen und einer A-Head-äugigen Hure. Ist itzi und ist bitzi und ist alles hier, wenn man schwarz ist, in Strip City, dem Village, H-A, wenn du nur *cool* genug bist. Aber wenn du ein stiernackiger Bleicher bist ohne ein Gespür für den Dschungel, wenn du niemals um fünf Uhr morgens MacDougals runtergegangen bist, niemals von Tür zu Eastside-Puertoricaner-Tür, wenn du niemals die Hitze gespürt hast, wenn du niemals gesehen hast, wie Der Mann draußen wartet – dann, Baby, ist es besser, Tür und Tor zu vernageln, sich nicht rauszuwagen und sich ganz ruhig zu verhalten, wenn man das Tom-tom der Kriegstrommeln aus Evers Harlem East Village vernimmt, denn dann, dann sind die Eingeborenen ruhelos.

Darum schlenderst du diesen Dschungelpfad hier runter zu Franklin, um ihn bei *Der Lichtung* zu treffen, anstatt das Großer-Bwana-Spiel zu spielen und den Burschen zum Gouverneurswohnsitz zu beordern, wo Gin und Tonic in sorgfältig abgemessenen Mengen von loyalen Askaris gereicht werden. Hast keine Lust dazu, Bwana zu spielen – Tarzan aus dem Dschungel heißt das Spiel.

Yeah, vielleicht. Vielleicht ist alles nur eingebildete Scheiße, aber vielleicht mußt du dem Dschungel in dir hin und wieder wirklich mal eine Transfusion verabreichen, Händel an einer Straßenecke, Schlägerei in einer Bar, das andere Ende des Messers sehen, damit die alten Gelenke nicht einrosten. Die ganzen Bwanas dort draußen, die machen das höchstens alle zehn Jahre mal – und dann nennen sie es Krieg.

Am Ende des Blocks sah er eine schimmernde Fensterfront, grüne Farbe auf schmutzigen Scheiben grüne Palmen unter einem Alufolienmond am toten schwarzen Himmel, ein grünblitzendes Neonlicht verkündet schreiend *›Die Lichtung‹*, und außerhalb hängen schon zwanzig Penner rum und saufen billigsten Fusel, zu abgewichst, um auch nur eingelassen zu werden. Direkt hier, wie eine Ehrenwache aus Junkies – Eingeborenen-Kraal, aber Mr. Henry George Franklin wartet drinnen auf ihn.

Mußt gefährlich aussehen, Mann, sagte Barron zu sich, alte Instinkte erwachten in ihm zu neuem Leben, ließen ihn in leicht gebückte Haltung in seiner schwarzen Glanzjacke sinken, Neonblitze funkelten in seinen harten, kalten Augen. So mußt du hier auf diesem Grund und Boden agieren, hier gibt's keine Schwarzen Bleichen, nur Wir und Der Mann.

Er fühlte die Spannung vor sich, die sich zu der Gruppe schwarzer Männer im Innern ausbeulte, hielt dabei die Augen aber immer starr geradeaus gerichtet, um ja nicht auf die unausgesprochene Frage der Augen einzugehen – He, was machst'n du hier, du Bleicher? –, und ging direkt durch sie hindurch, weder nachgebend noch herausfordernd. Und dann war er durch wie ein Tropfen, der auf öliges Tropenwasser fällt.

Ein großer, stallähnlicher Raum (Kanten und Schnittstellen, wie Wunden, durchzogen die ölfarbenbemalte Decke, wo die Bar, amöbenhaft, Läden oder Wohnungen in sich aufgenommen hatte, indem einfach die Wände herausgeschlagen worden waren), der etwas unterhalb der Eingangstür lag, etwa drei Stufen tiefer, riesige grüne Poster hingen kreuz und quer an den weißgekalkten Wänden wie Chartreuseflammen in dem junkie-funky Neonlicht, das das Meer der schwarzen Gesichter in ein Meer verwaschen grauer Gesichter verwandelte.

Am gegenüberliegenden Ende der Bar befand sich eine lange Theke mit einer schwarzen Plastikplatte über billigstem Holzersatz, keine Barhocker, und nur ein paar Bierhähne waren zu erkennen, hinter der Bar weder Flaschen noch ein Spiegel, nur ein schäbiges, phallisches Kriegerbildnis mit Schwarzen, die um die Rauchsäule eines Lagerfeuers saßen. Im ganzen Raum kein einziger Spiegel.

Der Boden der Bar unter ihm erinnerte Barron an das Gebäude der New York Stock Exchange: ein Meer von Tischen, keiner mit mehr als drei oder vier Stühlen, mehr Leute lungerten in den Korridoren dazwischen herum, als tatsächlich auf den Stühlen saßen, schwarze Säufer mit Bierflaschen und hohen Gläsern in Händen zitierten die letzten Marktdurchschnittspreise von Mann zu Mann: Schmeck* etwas billiger, aber 'ne Nummer ist teurer geworden, Getränke unverändert, überall nur Verzweiflung über die Marktlage.

Barron stand oben auf der Treppe und versuchte, Franklin auszumachen, bevor er endgültig in *Die Lichtung* hinabschritt, auf deren Boden sich die schwarzen Körper drängelten, denn er wußte instinktiv, er hatte gute Non-Mann-Gründe, so schnell wie möglich zu ihm hinzukommen. Müde Augen sahen auf, musterten ihn, während er dastand wie ein großes Stück Fleisch – ein Bleicher? Hartgesottener Junkie? Ausgeklinkter Schwuler, der hinter 'nem schwarzen Schwanz her ist? *Der Mann?* Ist dieser elende Bleichling *Der Mann?* Hier unten, im Land des Schwarzen Mannes, wo *Der Mann* ein Nigger ist? Föderale Hitze? Barron fühlte Paranoia in sich aufsteigen, tausend Augen wetzten die Messer ... muß mich rasch bewegen!

»He, Jack Barron ...«, wurde plötzlich ein heiserer Barschrei aus einer weit entfernten Ecke laut, wo die Theke sich mit der Wand traf. Barron sah Henry

---

* Jiddisch: Heroin

George Franklin dort, allein mit einer Flasche und zwei Gläsern, der ihn durch den dichten blauen Dunst ansah und mit einer undeutlichen Hand in einem blauen Sportjackenärmel winkte. »He, Jackieboy, hierher!«

Barron fühlte einen elektrisierenden Kitzel, als er spürte, wie sein Name wie eine Maus durch die Menge rannte. Keine Rufe, kein Murmeln, nur ein paar spontane Tropfen im Meer der Geräusche, die umhersprangen wie Geister, worauf Knäuel schwarzer Männer und Frauen zu seiner herausgehobenen Position aufsahen, dann ein allgemeines Sich-ihm-Zuwenden, ein paar Rufe, ein kurzer Augenblick der Spannung, in dem sich keiner bewegte und der so schnell verging, wie er entstanden war. Dann bedachte ihn ein nahestehender New-Yorker-Straßengesichtsneger mit einem ironischen Hippie-Bruder-Lächeln, holte eine Sonnenbrille aus der Tasche und setzte sie auf. Und der Mann neben ihm tat das gleiche. Und der Mann neben dem.

Wie Wellen. In ausbreitenden Kreisen. Dann ein Rascheln von Kleidern und Plastik, ein Klirren von Gläsern, und plötzlich hatten drei Viertel aller Anwesenden schwarze Sonnenbrillen auf und betrachteten ihn mit verborgenen schwarzen plastikumrahmten sichtlosen Augen, als warteten sie auf ein Gegenzeichen, während der Augenblick sich immer weiter ausdehnte.

Noch mehr von Lukes Hirnfickspielchen, fragte sich Barron. Ist der Bursche, der das begonnen hat, gekauft? Ließ Luke mich verfolgen? Oder ... oder könnte es echt sein?

Er griff in seine Jackentasche (habe ich sie absichtlich da gelassen?), holte die schwarze Brille heraus, die Luke ihm gegeben hatte, setzte sie auf und trat die drei Stufen in den Barraum hinunter.

Und plötzlich ging das Flüstern und Tuscheln weiter und es war, als wäre Jack Barron überhaupt nicht mehr da, als wäre er unsichtbar, als wäre er so schwarz wie sie – das höchste Kompliment, aber kühl und entfernt wie auf dem Mount Everest. Als wäre er tatsächlich... ein Schwarzer Bleicher. Und nun wußte er verdammt genau, daß Luke das nicht hatte arrangieren können; war zu cool, zu choreographiert, zu spontan, zu *yeah*, um mehr zu sein als eine plötzlich eingegebene Reaktion. Der Schwarze Bleiche...

Barron drängte sich durch die überfüllte Bar – nicht mehr als ein oder zwei Nicker in seine Richtung, hier und da auch ein Lächeln (kühl, echt kühl, direkt aus der Gefriertruhe) – bis zum Tisch von Henry George Franklin, dem er zunickte, worauf dieser ihm, noch bevor er sich gesetzt hatte, einen Jack Daniels eingoß.

Barron nahm den Drink in die Hand, schließlich nippte er daran, wobei er Franklins altes, dunkles Gesicht betrachtete, Stoppeln hart an der Grenze zum Bart, gelb-braune, blutunterlaufene Augen, gelbe Zähne in einem nassen, runden Mund, und das alles stank wie ein räudiger Köter: das Gesicht von (nach neuesten Schätzungen) hundert Millionen Verlierern hinter der Glasverkleidung schwarzer Sonnenbrillen.

»Du bis' gekommen, Kumpel Jack Barron«, sagte Franklin halb überrascht. »Na wenn das nix is'! Berühmter Fernsehstar und Bleicher an so 'nem Ort!«

»Ich bin schon aus schäbigeren Klitschen rausgeworfen worden«, sagte Barron nach Einer-von-den-Bossen-Art und kippte den halben Drink in einem Zug, halb aus Angabe, halb um der bloßen Geste willen.

Franklin sah ihn nachdenklich an, seine Augen waren kaum durchsichtiger als Barrons Sonnenbrille, die er immer noch trug, schließlich sagte er: »Vielleicht biste das wirklich« und schenkte ihm nach.

»Ja Sör«, sagte er, »guter alter Jack Daniels. Kein billcher Korn aus Hinterhofbrennereien mehr für'n guten ollen Henry George... Nein, Sör, nur das Beste vom

Besten für mich und mein'n bleichen Gast. Yeah, Jack, fünfzigtausend Dollar, damit kann man sich 'ne Menge guten Whiskey und schlechte Frauen kaufen ...« Damit kippte er ein weiteres Glas hinunter.

»Sprechen wir über dieses Geld, Henry«, sagte Barron, dem die feindlichen Blicke auffielen, die ihrem Tisch zugeworfen wurden, schmutzige Blicke, die Franklin, dem Schwarzen, zu gelten schienen, und nicht Barron, dem Weißen. »Der Mann, der es überbracht hat, muß Ihnen doch seinen Namen genannt haben, oder?«

»Schätze schon, dasser das hat«, murmelte Franklin, der sich bereits den nächsten Drink einschenkte. »Kann mich aber nich erinnern, Jack, und außerdem, wen juckt's? Wie ich schon sagte, er war nur'n Handlanger von so 'nem verrückten reichen Bleichen, hätte bestimmt nich sein' richtig'n Namen angegeben, oda? Nich wenner rumläuft un' anderer Leute Kinda kauft. Das is' doch'n Verbrechen, oda?«

»Ist es Ihnen noch nie in den Sinn gekommen, daß es ein Verbrechen war, Ihre Tochter zu *verkaufen*?« fragte Barron.

»Paß auf, Jack, laß uns von Mann zu Mann reden, ja?« sagte Franklin und fuchtelte mit einem dicken Daumen vor Barrons Gesicht herum. »'s gibt nur zwei Arten von Menschen, 'ne Menge verschiedener Namen vielleicht, aber nur zwei Arten – solche, die was zu verlieren ham'n und solche, die nix zu verlieren ham'n. Und'n Bleicher, der rumgeh'n kann un' säckeweise Geld verteilen, der hat was zu verlier'n, legal oder nich', denn der spielt echt *cool* un' Der Mann is' auf seina Seite, wenner nich' grad was echt Dummes macht. Aber'n armer alter Nigger mit nich' mehr als'm halbverfallen'n Schuppen und'n paar Parzellen schlechtem Land dassem nich mal selba gehört, und 'ne sieben Jahre alte Tochta zu füttern, der hat nun nix, aber auch wirklich gar nix zu verlier'n, warum sollte der sich Gedanken über legal oder nich' legal mach'n? Das Gesetz ist gegen ihn von sein' Geburtstag bis zu sein' Todestag, weil er schwarz is' un' weil er arm is' un' weil er'n paarmal im Kittchen war, weil er zuviel gesoffen hat un' in'n paar Schlägereien verwickelt war un' weil er gestohl'n hat, hier un' da mal'n bißchen, daß sein Magen nich' mehr so knurrt... Wenn man so tief unt'n is', ergreift man jede Chance.«

»Also hast du einfach so dein eigen Fleisch und Blut verkauft«, stellte Barron fest. »Als wärst du ein abgewichster Sklavenhändler, nicht mehr und nicht weniger! Ich verstehe dich nicht, und ich weiß auch nicht, ob ich dich verstehen will!«

Franklin kippte seinen Drink hinunter und goß sich gleich einen neuen ein. Er starrte in die braune Flüssigkeit, dann sagte er: »Schwarzer Bleicher nennen'se dich ... das is'n Guter ... weil's so was gar nich gibt. *Einfach so,* sagt der Mann. Einfach so gibt's aber auch nich'. Versuch mal schwarz zu sein, nix zu haben, dreiun'vierzig Jahre lang von Lebensmittelkarten un' ranziger Erdnußbutter zu leben, nur genug Geld spar'n, um einmal im Monat davon betrunken zu werden, um eine Nacht zu vergessen, daß man nix is' und nix hat, und zu wissen, daß das kleine Mädchen die Hälfte von dem Geld frißt, was man sparen kann un' auch nix Besseres sein wird als man selbst, 'n dreckiger armer Nigger, vielleicht innen paar Jahren mit 'nem anderen dreckigen armen Nigger verheiratet, dann liegt'se einem nich mehr auf der Tasche, und dann kommt so'n verrückter Bleicher un' läßt dich mit bestem Whiskey vollaufen, wo de grad mit 'nem kleinen Korn zum Anwärmen begonnen hast, dann wirft er dir'n Sack voll Hundertdollarscheine hin, und dafür will er nur ...« Franklin begann zu zittern, schluchzte einmal, kippte den Drink, schenkte einen neuen ein und leerte den auch noch.

»Sehen Sie, Mister Barron«, nuschelte er dann. »Ich hab Ihnen alles gesagt, was ich weiß. Vielleicht bin ich kein guter Mann, vielleicht'n schlechter Mann – manchmal denk ich, einfach nur'n Scheißkerl. Aber ich will sie wiederhaben! Ich will nich, daß so'n verrückter Bleicharsch sie hat! Schon gut, schon gut, ich hab'n Fehler gemacht, 'n echten Fehler, konnte nich anders. Ich will'se zurückham'n! Du mußt mir helfen, Mann. Ich geb das Geld zurück, wenn ich muß, aber ich will'se wiederhaben ... Ich hab nix, aber ich bin ihr Vatter. Sie is' auch nich viel, aber sie is' alles, was ich hab. Du mußt 'ma helfen, se zurückzukriegen.«

»Okay, okay«, sagte Barron, als Franklins wäßrige Augen ihn festnagelten, die Augen eines Mannes, der falsch gehandelt hat und es weiß, der aber nicht genau weiß, warum, die Augen eines Mannes, der sich selbst nicht als Verbrecher oder Kotzbrocken sieht, sondern als Verlierer, als schwarzhäutiger-prädestinierter Verlierer, dumm, unwissend in ein Scheißspiel verstrickt, verzweifelt wie sie alle, sich des Unterschieds zwischen Schwarz und Weiß voll bewußt, Augen, die Barron anklagten, seine Tochter, den Kinderkäufer, das Universum an sich, und die auszudrücken schienen: »Ist nicht meine Schuld, daß ich ein Scheißkerl bin, *ihr* habt mich dazu gemacht, schon seit dem Tag meiner Geburt.«

»Ich bin auf Ihrer Seite«, sagte Barron. »Yeah, in Itzibitzizeiten bin ich immer auf eurer Seite, kann machen, was ich will. Ich weiß nicht, was ich tun kann, aber was es auch ist, ich werde es sofort tun, heute nacht noch. Okay? Ich werde Ihnen zeigen, was passiert, wenn man sich mit Jack Barron anlegt. Wir gehen jetzt augenblicklich zum Wohnsitz des Gouverneurs, da werde ich dafür sorgen, daß Luke Greene jeden Polypen im Lande auf den Fall ansetzt, wir gehen die Unterlagen jeden Spinners durch. Kommen Sie, gehen wir.«

Henry George Franklin starrte ihn mit verblödetem Unglauben an. »Is' das dein Ernst, Mann? Is' das echt dein Ernst? Jack, du nimmst mich doch nich auf'n Arm, oda, du nimmst mich mit zum Gouverneur, dem Topnigger, der'n ganzen Staat verwaltet? Du wirst *ihm* sagen, was zu tun is'?«

»Da kannste Gift drauf nehmen, daß ich ihm das sagen werde!« versicherte ihm Jack Barron. (Wichser Luke schuldet mir verdammt viel dafür, daß ich ihm heute seine Show nicht versaut habe, soll ruhig mal machen, wofür er bezahlt wird, und nicht immer nur mit meinem Kopf spielen.) »Größere Männer als der Gouverneur werden auch machen, was ich sage, wenn ich wieder in New York bin.«

Plötzlich fiel ihm wieder ein, daß das, was ihn wirklich nach Mississippi gezogen hatte, nichts mit Franklin zu tun hatte, sondern nur mit Benedict Howards. Zum ersten Mal seit einem Monat habe ich einen ganzen Tag verbracht, ohne an diesen Wichser zu denken. Aber der Gestank von Bennie weht sogar hier rüber, er hat ja angedroht, mit mir Schlitten zu fahren, scheißt sich ein vor Angst, ich könnte von dem Burschen hier was rauskriegen. Aber was? Das ist doch nur ein blöder Wichser, der seinen Arsch nicht von seinem Ellbogen unterscheiden kann. Ergibt keinen Sinn. Es sei denn ...

»Bist okay, Mann«, sagte Franklin, der sich von seinem Stuhl erhob. »Weißt'de das, du bist verdammt in Ordnung für 'nen bleichen Fernsehstar ... Wer weiß, vielleicht hast irgendwo schwarzes Blut, vielleicht biste wirklich'n Schwarzer Bleicher?«

Außerhalb der Bar hatte die King Street die Mitternachtsgrenze bereits überschritten: es gingen mehr

Leute als kamen, die Junkies lagen bereits nach vollzogenem Schuß in den Betten oder bekamen jetzt gerade den großen Suchttatterich, der Hauptandrang bei den Schnellfick-Puffs ebbte ab, die Penner hatten sich auf ihre Bänke zurückgezogen oder schliefen in ihrer eigenen Kotze, die Grüne Minna transportierte die umgekippten Säufer ab, ein Londoner Nebel aus Potrauch ranzigem Fett gekotztem Bier und Säuferpisse lag schwer auf den Gebäuden, den Gossen und den Alleen wie ein schmieriger Film.

Henry George Franklin an seiner Seite war stockstill, wie ein vornübergebeugter Penner, der seinen Preis gezahlt hat, den Flash hinter sich hat und nun entweder abgefüllt war bis zum Rand oder sich in einer abgelegenen Seitenstraße in die Hose pißte, er hatte seine nächtliche Show abgezogen und überließ sein Schicksal bis zum Morgengrauen den Göttern allein. Und Barron, angesteckt von dieser abgeschlafften, verbrauchten Endzeitstimmung, dachte: Überlaß das ganze verdammte Geschäft Luke und vergiß es. Was kann man sonst auch tun?

Er starrte die Straße auf und ab und hielt nach einer Taxe Ausschau. Nichts zu sehen außer einer Grünen Minna, ein paar Lastwagen und zwei schrottreifen '70er Wagen. New Yorker Reflexen folgend, begann Barron, die Straße entlangzugehen, erfüllt von dem Gefühl, am Arsch der *Action* doch kein Taxi mehr zu bekommen, und außerdem, auf so einer Straße ist es ohnehin besser, immer in Bewegung zu sein. Franklin trottete wie ein Zombie mit gläsernen Augen hinter ihm her.

Einen halben Block weiter wurde Barron plötzlich von einem Blitz durchzuckt. Etwas stimmte nicht, war aus den Fugen, ein kalter Wind blies über seinen Nacken. Er unterbrach seinen Schritt und blieb stehen, wobei er den Kopf drehte, um hinter sich zu sehen...

Wie ein gewaltiger Peitschenschlag knallte plötzlich ein unwirkliches Feuer-Donner-Geräusch durch die Nacht, eine harte, metallene Biene zischte heulend an seinem Ohr vorbei, gefolgt von Blechkreischen, als eine Mülltonne zwischen ihm und der Straße plötzlich zerrissen wurde und in einem Regen aus Metallteilen, grauem Müll und feuchten Orangenschalen explodierte.

Barron warf sich augenblicklich, Kopf voran, auf den Gehweg und verbarg den Kopf in den Händen, schnellte hinter ein parkendes Auto, während schon der zweite Schuß die Luft zerriß, vernahm einen leisen, unterdrückten Schmerzensschrei und sah Henry George Franklin zusammenklappen und die Hände gegen den Magen pressen, dann zerschmetterte ein dritter Schuß seinen Kopf und schleuderte ihn wie eine zerbrochene, blutige Puppe zu Boden.

Auf der anderen Straßenseite schrien Leute und stoben in alle Richtungen davon, und Barron sah einen Mann, der den Lauf eines Gewehres auf einer Mülltonne abstützte, hinter der er sich zusammengekauert hatte.

Blitz und Rauch aus der Mündung, dann zerschmetterte eine weitere Kugel zwei Autoscheiben, prallte hinter ihm an der Wand ab und zerfetzte den Reifen neben seinem Kopf, Luft strömte zischend aus, und Glasscherben regneten auf ihn herab. Ein weiterer Schuß, der Wagen wurde zweimal durchgeschüttelt, als die Kugel durch das doppelte Metall der gegenüberliegenden Tür schlug und dann in der steckenblieb, an der er seinen Kopf hatte.

Weiter unten rannten zwei Bullen aus der Grünen Minna auf ihn zu; während der Wagen umdrehte und die King Street wieder herauffuhr, begann die Sirene zu plärren.

Dann hörte er noch das Scheppern von Metall, als der Schütze die Tonne umwarf und in eine Seitenstraße flüchtete.

Barron stand auf, seine Hose war an den Knien zerrissen, die Haut darunter war aufgeschürft und blutete leicht. Er zitterte. Fünf Schuß in fünf Sekunden – die ersten Schüsse, die je in seinem Leben auf ihn abgefeuert worden waren.

Wenige Meter entfernt lag Henry George Franklin, Blut sprudelte aus seinem Magen, sein zerschmettertes Gesicht war gnädigerweise unter einer amorphen roten Masse verborgen. Barron würgte, wandte sich dann ab, sah einen der Bullen über die Straße auf ihn zulaufen, und mit einem plötzlichen Adrenalinstoß wurde ihm die Wirklichkeit des eben Geschehenen mit einer gewissen Zeitverzögerung bewußt.

Der erste Schuß galt mir! *Déjà vu* Gewehrschüsse Cowboys Indianer jagen einen Hügel hoch nach Iwo Jima Eliot Ness Zapruder Film Knarren marschierende Soldaten Oswald entfaltet Vietnamspruchband Kriegsechos hallten in seinem Geist wider ... aber das Blut, das literweise über den Gehweg floß, war derselbe Stoff wie der, der tröpfchenweise über sein Gesicht rann, derselbe wie der, der aus seinen Knien sickerte, Teile von Henry George Franklin, weiße Knochensplitter und Schädelstücke in übelkeitserregender Röte war derselbe Stoff wie in ihm auch, derselbe verwundbare pulsierende Sack voller schleimiger Organe, das, was ihn am Leben hielt.

Tot ... ich könnte jetzt tot sein, auch dort liegen, ein Klumpen verfallenden Fleisches, kein Unterschied, aber er hat mich verfehlt. Aber er wollte mich nicht verfehlen, der erste Schuß war auf meinen Kopf gezielt, und nachdem er Franklin erledigt hatte, kümmerte er sich wieder um mich, der Arschficker versuchte, mich zu ermorden, *er versuchte tatsächlich, mich totzumachen*. Irgendein Hurensohn *wollte meinen Tod*!

Soviel also zu deiner itzibitzi Straßenrealität, Klugscheißer! So ein Ruby-Oswald-Sirhan-Irrer will...

Das Bild des Mannes mit der auf der Mülltonne aufgelegten Knarre blitzte über den Playbackschirm seines Verstandes, der Zoom fuhr voll auf die Waffe: kaltes, zweckdienliches, höchst effizientes Stück Metall. Schnellfeuer, keine per Post bestellte Versandhaus-22er, keine Manila-Carcano. Eine Profiwaffe.

Und eine Profiarbeit.

Peng! Peng! Peng! Peng! Peng! Fünf Schüsse, einfach nur so, der erste gleich mitten rein in die Rübe, wenn ich nicht stehengeblieben wäre, die beiden nächsten in Franklin und dann noch zwei in den Wagen. Bestimmt ein Vertragsjob!

»Alles in Ordnung?« Der Bulle war bei ihm angekommen, warf der Leiche einen flüchtigen Blick zu, dann ignorierte er sie wie auch den Rest des unappetitlichen Sammelsuriums auf dem Boden. Das Gesicht des Bullen glich eben dem jedes anderen Bullen auch, er bemerkte kaum, daß es schwarz war.

»Nichts gebrochen...«, murmelte Barron, dessen Gedanken ganz woanders waren, nämlich wieder in seinem Appartement, Benedict Howards sagte: »Lassen Sie die Finger von Franklin, sonst... Howards scheißt sich ein vor Angst, Hennerings Flugzeug explodierte, seine Witwe stirbt unter den Reifen eines gemieteten Lastwagens... Sonst... sonst...«

Nur drei Leute wußten, daß ich hierherkommen würde und hatten Zeit genug, das hier zu arrangieren, erkannte er. Sara. Luke. Und Howards. Sonst keiner. Howards tötete Franklin, wie er auch Hennering tötete, und versuchte, mich zu töten. Kann nur Howards gewesen sein!

Die Stiftung hat Tessie Franklin gekauft. Dieser Geistesblitz schien ohne Motivation zu kommen, aber im Nach*image* der Inspiration konnte er die Logik dahinter klar und deutlich ausmachen:

Howards ist der einzige Mann auf der Welt, der einen Killer in so kurzer Zeit hatte anheuern können. Howards wollte meinen Tod, wollte Franklins Tod, nun hab ich nichts mehr, mit dem ich live auf Sendung gehen könnte ...

»He«, sagte der Bulle, »sind Sie nicht Jack Barron? Klar, ich sehe Ihre Show jede Woche.«

»Öh ...«, grunzte Barron, der immer noch von der Konvulsion seiner Logikkette gefesselt war, er erinnerte sich an die erste, direkt auf seinen Kopf gezielte Kugel, an die beiden weiteren Versuche, nachdem Franklin tot war ... Kein Zweifel, der Schwanzlutscher Howards wollte meinen Tod, Franklin oder nicht Franklin, und das ergibt keinen Sinn, denn der einzige Bursche, mit dem ich die Show hätte machen können, ist ja jetzt tot. Es sei denn ...

Es sei denn, es gibt noch andere Leute, die ihre Kinder an die Stiftung verkauft haben und die noch frei rumlaufen.

»Yeah, ich bin Jack Barron«, sagte er, sich gewaltsam davon losreißend. »Ich bin Gast von Gouverneur Greene. Könnten Sie mir vielleicht *muy pronto* einen Wagen zum Gouverneurswohnsitz holen? Ich hab viel zu überprüfen.«

»Haben Sie eine Ahnung, wer Sie ermorden wollte, Mister Barron?« fragte der Bulle.

Barron zögerte. Nein danke, dachte er, das muß zwischen Bennie und mir bleiben. Zu viele Verwicklungen, häng selber schon zu tief drin – Unsterblichkeit, drei Morde und mein Name damit in Zusammenhang, die Show, nationale Politik, und weiß Gott was noch alles, alles zusammengeballt und verschnürt wie eine Mobszene bei einer Versammlung spastischer

Kraken, zu viele Wellen, als daß man es riskieren könnte, einen blöden Bullen einzuweihen.

Yeah, und noch was, gib's ruhig zu, Barron, etwas, das vielleicht nur der Sizilianer Vince verstehen würde. Vendetta heißt das Spiel, Bennie, nur ein Zwei-Mann-Spiel um alle Murmeln zwischen dir und mir. Dein Bursche hat deinen Zug versaut, und nun ist es wieder an mir, Howards, wag dich lieber nicht in dunkle Alleen. Ich nagle deinen fetten Arsch an der Wand fest, und du kennst den Grund! Niemand feuert Schüsse auf Jack Baron ab und kommt ungeschoren davon!

»Ich habe nicht die leiseste Ahnung, Officer«, sagte er. »Soweit ich weiß, habe ich keinen wirklichen Feind auf der ganzen Welt.«

15

WUNDER MODERNER TECHNIK, dachte Jack Barron, als er den Mietwagen aus der Seitenstraße heraus und wieder auf den Highway nach Evers steuerte. Während der Wagen an Geschwindigkeit gewann, betrachtete er den dünnen Pappendeckelordner auf dem Beifahrersitz.

Nimm Schuleinschreibungsunterlagen und Geburtsurkunden der letzten fünfzehn Jahre und füttere sie dem ollen Computer, und dann bekommst du die Karten aller Kinder, die eigentlich in der Schule sein sollten, es aber nicht sind. Mit diesem kleineren Stapel füttert man wieder den Computer, läßt ihn Sterbefälle, Umzugsmeldungen und dergleichen, wieder für den Fünfzehnjahreszeitraum, aussortieren, dann bekommt man eine Liste von ein paar tausend Kindern, die am Leben und mehr als einen Monat im Staat sind; die läßt man wieder nach Krankenhausfällen und sonstigen Institutionen durchforsten, unter gleichzeitiger Berücksichtigung der Situation im Elternhaus, und sortiert aus, was nicht in einem Umkreis von fünfzig Meilen um Evers liegt – und dann erhält man eine Liste mit vier Namen und Adressen, vier kleine Besuche, vier Itzibitzis aus dem ganzen verdammten Staat. So einfach ist das.

Vier Namen, vier Negerkinder, im Alter von sieben bis zehn Jahren, die Eltern entweder Asoziale oder Wohlfahrtsabhängige. Vier Kinder, die vom Antlitz der Erde verschwunden sind.

Vier Besuche in verfallenen Schuppen. Vier neue Wagen vor den traditionellen Südstaaten-Niggerstadt-

Rattenlöchern, die Reichweite vom Buick bis hin zum wahrhaftigen Rolls. Vier verrückte Märchen: ›Ausbildungsstiftung‹, ein Kind besucht schon seit sechs Monaten reiche Verwandte, einmal Geht-Sie-verdammt-nichts-an, und der eine Blödmann glaubte tatsächlich, sein Kind sei heute vom Königshaus eines überhaupt nicht existierenden schwarzafrikanischen Staates adoptiert worden. Alle vier für einen Sack voll Geld an vier verschiedene hochstehende Weiße verkauft, deren Spuren sich nicht verfolgen lassen, ebensowenig wie die Herkunft des Geldes.

Kein Zweifel, dachte Barron, während er auf die linke Fahrspur überwechselte, wer auch immer dahintersteckt, ist höllisch vorsichtig. Und schwerreich. Jede Menge Geld und verdammt kluges Taktieren, fünf Versuche und fünf Käufe, und alle in Situationen, die sorgsam darauf untersucht wurden, möglichst wenig Wellen bei der Regierung zu verursachen. Das läßt auf eine Privatperson mit Zugang zu einem verdammt teuren Computer schließen, reich genug, um einen Experten des Amtes der Mississippi State Records kaufen zu können – wenigstens aber einen der Hauptverantwortlichen davon. Bei einem Durchschnitt von fünfzigtausend pro Kind ergibt das eine runde Viertelmillion, ganz zu schweigen davon, was es kostet, den Computer zu kaufen, oder die Computerzeit, mindestens fünf Handlanger, um an Regierungsunterlagen ranzukommen ... Millionensummen, nur um fünf Kinder zu bekommen!

Wer sonst könnte dahinterstecken als der wahnsinnige Wichser Howards?

Und warum tötete er Hennering, der hiervon keine Ahnung hatte? Hat er das wirklich? Hennering fand heraus, daß die Stiftung Kinder kaufte, also hat Howards ihn beseitigen lassen ...? Millionen von Dollars und gefährliche Morde, nur um *supercool* an Kinder ranzukommen? Bennie ist einfach nicht der Frustrierter-Vater-Typ! Nur eines könnte Bennie veranlassen, sich wie ein paranoider Spender zu verhalten – Unsterblichkeit, sein Leben, das Wissen, daß sonst sein Schiff sinken würde. Aber warum riskiert er sein wertvolles Leben wegen ...?

»Schmuck«, grunzte Barron laut. Klar, das mußte es sein – nur eines kann Bennie das Risiko so vieler neuer Morde eingehen lassen – das Decken früherer Morde, und der einzige Grund für ihn, so viele Morde zu riskieren, ist die gottverdammte Unsterblichkeit. Jesses, das paßt ... er muß diese Kinder benützt haben wie Versuchskaninchen, um die Unsterblichkeitsbehandlung zu entwickeln, wie auch immer sie aussehen mag, und *darum* gerät er immer so aus der Fassung, wenn sich jemand mit diesem Kapitel näher auseinandersetzt. Und darum war es ihm drei Morde wert, das geheimzuhalten.

Zum ersten Mal seit Jahren, soweit Barron sich erinnern konnte, verspürte er nackten Zorn, einen Zorn, der selbstlos und unberechenbar war und nur seinem eigenen Selbstzweck diente. Kinder zu ermorden, um die eigene verfluchte Unsterblichkeit zu erlangen! Und dann Hennering und dessen Frau und Franklin zu ermorden, nur um Stillschweigen zu bewahren! Einen Kongreß und vielleicht auch bald einen Präsidenten zu kaufen, nur um das Geheimnis zu wahren, um auf einem Stapel Leichen dem ganzen Land Millionen Jahre lang im Nacken zu sitzen! Yeah, und dann *mich* zu kaufen, damit ich es ihnen verständlich machen soll – ich soll es ihnen verkaufen, Leben in Frankensteinlabors auszuhauchen, damit ein paar Fettsäcke das ewige Leben bekommen, das soll ich (nach neuesten Schätzungen) hundert Millionen Leuten verklausulieren!

»Und bist du nicht willig, Barron, dann heure ich einfach einen Killer an, der dich beseitigt ...!«

Barron trat wütend das Gaspedal bis zum Anschlag

durch, dann ließ er den Fuß in dieser Position und kämpfte *mano a mano* mit dem Wagen, der heulend wie eine getretene Katze den Highway hinabdonnerte.

Jeder hat seinen Preis, dachte er, und mit der Unsterblichkeit kann man jeden kaufen, was, Bennie? Du glaubst, du weißt alles? Dabei bist du nur ein Stück Scheiße, Howards, reine, unverdünnte Scheiße. Kapierst nicht, daß es Männer gibt, die nicht so wie du sind, Männer, die du auch ein klein wenig zu weit treiben kannst. Nun, du hast mich getrieben, du elender Wichser, und du wirst verdammt bald auf unerfreuliche Weise herausfinden, was es heißt, Jack Barron zu weit zu stoßen. Unsterblichkeit... klar, was geschehen ist, ist geschehen, niemand kann diese armen Kinder wieder zurückbringen, die mit ihrem Leben dafür bezahlt haben. Aber nun geht's auf meine Weise, Bennie, nicht auf deine, nur über deine Leiche. Du hast versucht, aus mir einen Mörder zu machen, wie du selbst einer bist. Okay, Bennie, du hast es so gewollt, jetzt bin ich ein Killer, aber das Opfer wirst *du* sein!

Seine Hände am Lenkrad schienen jede Unebenheit des Straßenbelags zu spüren, während der Wagen den Highway entlangpreschte, Barron spürte eine seltsame *Déjà-vu*-Berkeley-Jack-und-Sara-Unbefangenheit und erkannte plötzlich, es war nur Haß gewesen, der das alte Babybolschewikenrad gedreht hatte. Yeah, so war's, wir haßten alles, was nicht so war, wie wir es haben wollten. Unsere Stärke und unsere Schwäche – wir wußten einfach, wie wir zu reagieren hatten, schwarz gegen weiß, auf alles. Alles, was nicht vollkommen richtig war, war falsch, und das konnten wir hassen, da wir wußten, die Aussteiger der US waren auf der Seite der Engel und jeder, der gegen uns war, stand auf der falschen Seite. Wer nicht haßte, den nannten *wir* Aussteiger. Trau keinem über dreißig – denn wenn aus einem Jungen ein Mann geworden ist, dann hört er auf, diese scharfe Trennlinie zwischen richtig und falsch zu sehen, und wenn man dann noch in der Bewegung bleibt, dann bist du ein opportunistischer Scheinheiliger, ein verdammter *Politiker*, ein ... machtgieriger Lukas Greene.

Das ist die Definition von Politik, erwachsene Männer, die Kinderspiele spielen, Haßspiele, um genau dasselbe zu bekommen, was mir *Champion Jack Barron* bringt, vierfarbiges, undurchsichtiges Selbstimage, nicht mehr und nicht weniger. Das ist der einzige Unterschied zwischen Showbiz und Politik: Haß. Glaubst du, du kannst das verstehen, Luke? Du bist der Aussteiger, nicht ich. Du spielst das Politik-Haß-Spiel, das tote Berkeleyspiel, und du merkst es nicht einmal.

Yeah, aber auch am Haß ist etwas, das daherkommt wie Junk – wenn man genau darüber nachdenkt, dann weiß man, daß es etwas Lausiges ist, aber oh, wie gut man sich bei dem Drecksgeschäft fühlt! Gibt einem was, um das man bestimmt seinen ganzen Schmuddel aufbauen kann – geh, hol dir, was du willst, und genieß das Gefühl! Armselige verdammte Befriedigung, Benedict Howards' Kopf ans Scheunentor zu nageln ...

Das Auto mit halsbrecherischer Geschwindigkeit fahrend, die vollste physische Aufmerksamkeit erforderte, das Lenkrad lebend und tödlich in seiner Hand, während das flache Land draußen vorbeiraste, flippte Barron schier über dem Gefühl von Leben-und-Tod aus, das seine Reflexe kontrollierte, sein Bewußtsein war nicht in einem Punkt hinter seinen Augen gefangen, sondern diffus in seinen Händen und durch diese auch mit dem künstlichen Metall des Autos verbunden.

Durch Elektrische-Stromkreis-Feedbackschlaufen erfuhr er den parallelen Kick *totaler* Verantwortung, hinausgreifend über Satelliten-Netzwerk-Vidphonsinne von Küste zu Küste zu (nach neuesten Schätzungen) hundert Millionen Menschen, zu Luke, Morris, der

K.S.G., den Republikanern, die scharf auf ihn waren, alle integriert von verstärkten Stromkreisen in sein elektronisch-ausgedehntes *Champion Jack Barron*-Wesen, auf eine völlig neue Weise am Leben, Auge in Auge mit dem Tod (mit Howards wie auch mit der Straße), im totalen Krieg totaler Verantwortung und totaler Rache, und für die Unsterblichkeit, den höchsten aller Preise.

Ich werde dir eine Show verpassen, Howards, daß du deinen Augen und Ohren nicht trauen wirst. Ich werde dich in Stücke reißen und leben und unsterblich sein, wenn du nicht mehr bist als ein ekliger Nachgeschmack im Mund von hundert Millionen Zuschauern, schön braungebraten auf dem elektrischen Stuhl, du Frankenstein-Kindermörder, du!

Als die Hitze des Augenblicks verging, nahm er den Fuß ein wenig vom Gas. Zurück blieb nur die Nachwärme des Adrenalinstoßes. Du hast den Verstand verloren, Mann, weißt du das? Nur Schmucks und Sizilianer können so hassen ...

Yeah, dachte er, und klammerte sich an die Erinnerung des totalen Hasses, aber ein kühler Kopf sollte wissen, wie er seine eigenen Drüsen handhaben muß.

»Meine Mammi hat mir oft von diesen rauchigen Räumen erzählt, aber das hier ist einfach unglaublich«, sagte Lukas Greene. Der Rauchausstoß in dem Konferenzzimmer, trotz Klimaanlage, wurde fast unerträglich, als Sherwood Kaplan sich eine weitere seiner scheußlichen Mentholzigaretten anzündete (»Sie bringen dich hoch, und sie lassen dich kühl«) und Deke Masterson zu einer neuen Bull Durham griff (wo, um alles in der Welt, stellen sie nur diese Dinger her, fragte sich Luke), während Morris' Zigarre unaufhörlich im Aschenbecher vor sich hinstänkerte wie der verwesende grüne Pimmel eines verfaulten Leichnams, der auf dem großen, eckigen Konferenztisch zu liegen schien.

Das also, dachte Lukas Greene, ist das, was wir gemeinhin die G.O.P. nennen, und das ist tatsächlich ein langsam verfaulender Leichnam, und, ob nun grün oder nicht, Morris ist auch ganz gewiß ein verwesender Schwanz. Aber wenigstens ein verwesender Schwanz, den ich in der Tasche habe.

»Ich vermute Zie wundern zich alle, warum ich Zie heut aamd hier hergebeten haabe«, begann Greene mit einem breiten Lugosi-Akzent. Morris funkelte ihn angeekelt an, aber der zählte im Augenblick nicht – heute abend waren die eigentlichen Ziele Kaplan und Masterson –, doch Woodys feingeschnittenes, alterndes Engelsgesichtchen verzog sich zu einem falschen Lächeln. Nur Deke glich immer noch einer unberührten, undurchsichtigen schwarzen Sphinx.

»Laß den Mist, Luke«, sagte Masterson mit seiner gewohnt kultiviert-ernsten Stimme. »Du hast uns herbeischaffen lassen, um uns an Jack Barron zu verkaufen, das ist es. Wo, zum Teufel, ist dein sogenannter Schwarzer Bleicher?«

»Jack wird jede Minute hier sein«, sagte Greene, »aber du hast das Problem vom Schwanz her aufgezäumt. Das Problem ist nicht, euch an Jack zu verkaufen, sondern Jack erst mal zum Funktionieren zu bringen. Vergeßt das nicht, wenn er kommt.«

»Was soll der Scheiß?« fragte Kaplan mit unverhohlener Eifersucht. »Jack als Präsidentschaftskandidat aufzustellen ist ja schon wahnsinnig genug, aber mit *dem* da (hier deutete er mit der Zigarette auf Morris und rümpfte ostentativ die Nase, aber Morris, ganz Profi, machte ihn auf die beste Art und Weise nieder, wie man Woody nur niedermachen konnte, nämlich indem er ihn ignorierte) auch noch zusammenzuarbeiten, das erhebt den Wahnsinn ins Quadrat, und jetzt willst du uns auch noch sagen, der gottverdammte Windbeutel soll behandelt werden wie eine abgewichste jungfräuliche Primadonna?«

»Kommen wir gleich zum Wesentlichen«, sagte Greene, »damit wir unsere dreckige Wäsche nicht waschen müssen, wenn Jack dabei ist. Präsident oder nicht Präsident, du und Deke, ihr habt einen guten Grund, mein Spiel mitzumachen, und Gouverneur Morris hier weiß auch schon genau, *wer* dieser Grund ist...«

»Russ Deacon«, sagte Masterson, als wäre es ein Schimpfwort.

Kaplan zog eine Grimasse. Und Greene dachte, yeah, armer alter Russ muß derjenige sein, der Prügel bezieht. Deke und Russ liegen sich schon seit sie im Kongreß sind darüber in den Haaren, ob der K.S.G.-Vorsitzende des Staates schwarz oder weiß sein sollte, Dekes Knabe oder der von Russ, ob Harlem oder das Village die New Yorker K.S.G.-Show durchziehen sollen, und bisher, wo alle unsere bleichen New Yorker Geldmänner in Russ' Ecke sitzen, hatte Deke noch keine Möglichkeit, Russ rauszuschmeißen, und oh, wie ihn das wurmte.

»Das stimmt, unser Bruder im Geiste, der Abgeordnete Russel Deacon«, sagte Greene. »Ihr müßt wissen, rein persönlich habe ich überhaupt nichts gegen Russ, aber ich will Barron als Präsidentschaftskandidaten haben, und ihr beide, zusammen mit dem, was ich schon habe, könnt alle Stimmen absahnen, die ich im Nationalrat brauche, und wenn ich das erreichen kann, indem ich Russ' Kopf auf dem silbernen Tablett serviere, dann bitte.«

»Ich bin ganz Ohr«, sagte Kaplan. »Aber wie willst du es anstellen, Deacon aus dem Weg zu schaffen?«

»Das kann ich nicht«, gab Luke zu. »Genau das ist das Entscheidende: Ich kann es nicht, aber Jack Barron kann es. Paß auf, Woody, Deacon hat das Village und damit, wie die Dinge augenblicklich liegen, auch die New Yorker K.S.G. Du hast Strip City und damit, abgesehen von ein paar Außenseitern, die kalifornische K.S.G. Wenn Deacon aus dem Weg ist, dann wärst du der Große High Poobah der Hipster, wie du es immer wolltest. Du könntest die Ostküsten-Hippieaktionen kontrollieren, ganz zu schweigen von Kalifornien.«

»Was soll das?« fragte Masterson. »Das ist eine lausige Show. Warum zerfleischen wir uns hier selbst, noch dazu vor den Augen des guten Gouverneurs von Kalifornien.«

Greene lächelte, während Morris stumm und mit heimlicher Freude in seinem kantigen Gesicht dasaß. Echt *cool*, dachte Greene.

»Okay, mit einfachen Worten«, fuhr Greene fort, »wir alle drei wollen verschiedene Dinge. Wenn jeder mitspielt, können wir sie alle bekommen. Deke, wenn Woody das Village kontrollierte und nicht Deacon, wäre die New Yorker K.S.G. deine Sache, weil er in Strip City die Show aufzieht. Außerdem könnten wir mit einer schwarzen K.S.G. Malcolm Shabazz den Boden unter den Füßen wegziehen. Der und seine Zurück-nach-Afrika-Spinnereien! Du kannst dir Woody als Hippieanführer leisten, weil er dreitausend Meilen entfernt ist und keine Augen für New York hat. Lieber er als Deacon, richtig? Und Woody wird sich nicht querlegen wegen New York, solange es nur einen Großen High Poobah der Hipsters gibt. Und ich ... nun, ihr alle wißt, wie ich mit Jack stehe – wenn er gewinnt, dann werde ich die Black Power, die Macht der Schwarzen im weißen Haus sein. (Morris grinste. *Cool*, dachte Greene, laß ihn doch.) Das sind die Fakten. Und nun überlegt mal, wer hat im Village einen besseren Namen als Russ Deacon?«

»Jack Barron ...«, sagte Kaplan langsam. »In seiner typischen halbärschigen Art ...«

»Yeah, aber du betrachtest die falsche Hälfte seines Arsches«, sagte Greene und lächelte verschmitzt. »In dem Kampf, den ich gerade mit ihm führe, könnte Jack sich kaum weniger für Parteipolitik interessieren. Und unser Freund Gouverneur Morris hier könnte sich kaum weniger dafür interessieren, was innerhalb der K.S.G. vor sich geht. Es dürfte eigentlich kein Problem sein, Jack dazu zu benutzen, Deacon hinauszudrängen, wenn er erst mal dem Titel gemäß Kopf der Koalition ist. Kapiert?«

Masterson grinste. »Da ist schon was dran«, sagte er. »Okay, sagen wir, ich mache mit, wenn Barron sich dazu bringen läßt mitzuspielen.«

»Dasselbe gilt auch für mich«, sagte Kaplan. »He... du glaubst doch nicht, daß Jack *tatsächlich* gewinnen könnte?«

Paß auf, dachte Greene. Das ist der Kicker. Sie wissen, wer die K.S.G. führen würde, wenn Jack tatsächlich gewinnt, also spiel den Dummen und laß sie in dem Glauben, du bist nur der Kamikazeschmuck, den sie brauchen. »Wer weiß?« sagte er. »Ich halte es für einen Versuch wert, wenn die Republikaner noch auf unserer Seite stehen... Klar, ist ein großes Ziel, aber es ist die größte Chance, die wir Brüder jemals bekommen werden. Wir sollten es versuchen. Sehen Sie es nicht auch so, Gouverneur Morris?«

»Sie wissen, was ich von Ihnen und Ihrer Sorte halte«, sagte Morris, »und Sie wissen auch, wie scharf ich auf Barron bin. Entweder Barron oder eine demokratische Marionette, die Howards auswählt. Wenn die Stiftung gegen ihn steht, hat Teddy der Anwärter keine Chance. Nennen wir es ein Bündnis, Herrschaften, bis wir die Demokraten abgesägt haben. Danach... da bin ich sicher... wird die beste Partei gewinnen.«

»Das ist das Itzibitzi«, sagte Greene. »Darum brauchen wir Barron, denn nur seine Kandidatur kann über Sieg oder Niederlage entscheiden, und wenn nicht, dann werden wir damit wenigstens die Demokraten-Stiftung-Verschwörung zerschlagen. Aber um Himmels willen, vergeßt nicht, Jack spielt immer noch den Unentschlossenen, und man weiß bei ihm nie, wo man dran ist. Bleibt *cool*, wenn er kommt, und vergeßt nicht, *wir* müssen *ihn* verkaufen.«

Das war's dann, dachte Greene, alles ist bereit und wartet. Alles wartet auf den abgewichsten Jack, der damals auf dem Dachboden alles begonnen hat, und jetzt kommt das Hähnchen endlich wieder zum Grill zurück.

Greene spürte zwei verschiedene *Pengs!* in der Stille: Bitterkeit und Hoffnung. Was auch immer jetzt passierte, es würde der Höhepunkt seiner Karriere werden, der Augenblick der Wahrheit. Er hatte die K.S.G. soweit geführt, wie es ihm möglich gewesen war.

Soweit eben ein *Nigger* gehen kann, dachte er. Nun mußt du dir deinen eigenen bleichen Frontmann raussuchen, deinen eigenen Busenfreund, deinen *bleichen* Freund, natürlich. Wenn Jack gewinnt, bist du der eigentliche Präsident; Jack hat den Geschmack für die Itzibitzipolitik verloren. Ein nettes, sauberes, *weißes* Kandidatenimage, das ich vor mir herschieben kann, dachte er. Nicht, daß du ihn benutzen würdest, Mann, mußt du nicht, er will sich nur seine ... *schneeweißen* Hände nicht dreckig machen, und außerdem, er *ist* auf unserer Seite; Gründungsmitglied und all das. Wenn er gewinnt, dann wird er nur zu froh sein, sich im Ruhm zu sonnen und mich die Dreckarbeit tun zu lassen.

Der eigentliche Präsident, schwarze Macht hinter dem schneeweißen Thron – stell dich drauf ein, Nigger, weiter kann ein Schwarzer unmöglich gehen. Und hättest du dir träumen lassen, daß alles mal davon abhängen würde, einen Burschen wie Jack Barron davon zu überzeugen, daß er alles in sich vereint und nur zugreifen muß? So ist eben die Welt, der Nummer-eins-Nigger im Land muß sich immer noch hinter dem Rücken eines Bleichen verbergen. Auch wenn es ein ›Schwarzer Bleicher‹ ist. (Ist das nicht zum Heulen?) Alles hängt nur davon ab, was der irre Jack in den nächsten paar Minuten macht.

Und mach dir nichts vor, Mann, nicht mal du kannst genau sagen, was er tun wird.

Also spielen wir mal wieder *dieses* Spiel, dachte Jack Barron, als er den Konferenzraum betrat und die drei Männer erkannte, die mit Luke am Tisch saßen, und ihm dabei aufging, worüber sie sich unterhielten und was sie von ihm wollten. Obwohl er stinksauer auf Luke war, mahnte er sich doch, ruhig zu bleiben, spiel mit ihren Köpfen, nun wurde das ganze verrückte Präsidentenspiel plötzlich eine potentielle Komponente im elektrischen Kreis der Machtkonfrontation, zusammen mit gekauften Kindern, Unsterblichkeitsmacht des Lebens über den Tod, der Macht von (nach neuesten Schätzungen) hundert Millionen Menschen, mit dem er gerade begann, Benedict Howards zu umgarnen. Und die Burschen, die man am einfachsten benutzen kann, sind die, die glauben, sie würden *dich* benutzen!

Bevor Luke mit seinem Spiel beginnen konnte, durchmaß Barron den Raum mit drei großen Schritten, noch im Gehen steckte er eine Acapulco Gold zwischen die Lippen, beim Hinsetzen zündete er sie an, blies eine angenehm beschwingt machende Rauchwolke in die allgemeine Richtung von Greg Morris, dann sagte er mit ätzendem, wissenden Zynismus: »Yeah, Kumpel, eine Überraschungsparty für mich? Hatte ganz vergessen, daß heute mein Geburtstag ist. Andererseits, wer weiß, vielleicht habe auch *ich* diese kleine Rauchrunde für *euch* geschmissen?« Und wegen der anderen warf er Luke einen flüchtigen, wissenden Blick zu.

Lukes Gesicht wurde einen Augenblick lang vollkommen ausdruckslos, Masterson erstarrte, und der psychopathische Schlappschwanz Kaplan lachte fast, als er seinen jüngsten Erzfeind Gregory Morris sah, der wild mit den Augen rollte, als wollte er sagen: »Verdammter Klugscheißer Jack Barron«, und Barron wußte nun, unter welchem Vorzeichen dieses seltsame Treffen auch stehen mochte, er war wieder ganz im altvertrauten Linker-oberer-Quadrant-*Champion Jack Barron*-Inquisitionsstuhl, das hier war nun seine Show, alles nur Showbiz, und die Vögel da drüben sind auch nicht viel näher und fleischiger als auf dem Monitorschirm.

»Sollen wir den traditionellen Scheißdreck wegfallen lassen und gleich zum Itzibitzi kommen, meine Herren?« fragte Barron. »Sie sind gekommen, um mich zum gemeinsamen Kandidaten der K.S.G. und der Republikanischen Partei zu machen. Das weiß ich und weiß, Sie wissen, daß ich es weiß, also machen Sie Ihr Angebot, ohne erst mit der Kirche ums Dorf zu kutschieren, denn ich habe eine schwere Nacht hinter mir.«

Armer Wichser Luke, dachte er, als er spürte, wie Luke sich bemühte, mit ihm Schritt zu halten. Und er betrachtete Gouverneur Gregory Morris von Kalifornien, Bürgermeister Sherwood Kaplan von Strip City, den US-Abgeordneten Deke Masterson, die sogenannten Former und Macher, alle vollkommen aus dem Gleichgewicht, ohne die leiseste Ahnung, was als nächstes kommen würde, und plötzlich wurde ihm erst bewußt, wie beschissen komisch das ganze Großer Mann-Gequake doch war.

Man stelle sich vor: Vier Burschen sitzen in einem rauchverhangenen Zimmer mit großem Fernsehstar und beknien Jack Barron, ihr Präsidentschaftskandidat zu werden, aber wenn sie nur ein Wort sagen würden, könnte Bennie Howards sie kaufen und bar ausbezahlen, aber Bennie ist nichts weiter als ein Schlappschwanz mit fünfzig Millionen Dollar, den ich auch dann noch fertigmachen könnte, wenn man mir den Kopf auf den Rücken binden würde. Alles ist nur Showbiz, Politik ist auch nicht mehr als Showbiz, ohne jede Klasse, und diese ach so mächtigen VIPs sind auch nur Männer wie ich, nur ein wenig dümmer. Alles nur ein *Champion Jack Barron*-Spiel, aber auch ohne Anzeigentafel haben sie keine Chance, denn sie sind allesamt verdammt ernst, während ich das hier nur um der Show willen mache.

Kaplan, vielleicht wegen seiner Neidgeschichte, die schon so so lange zurücklag, erholte sich zuerst wieder. »Hast dich überhaupt nicht verändert, was, Jack? Aber, mach dir nichts vor, das Spiel ist nicht mehr dasselbe. Diesmal geht es um alle Murmeln.«

»Alle eure Murmeln vielleicht«, sagte Barron, »aber nicht um meine, und das kauft ihr mir besser alle ab, denn ihr vergeudet eure Zeit, wenn ihr denkt, ich springe einfach so durch einen Reifen und sage ›Ja, Massah‹, nur um der Chance willen, euer Frontmann zu sein. Ihr habt *euer* Süppchen zu kochen und ich meines. Wir können dasselbe Feuer dazu benutzen, das ist fein, aber ansonsten ... später.«

»Schon gut, wir spielen also nach deinen Regeln«, sagte Masterson. »Decken wir alle Karten auf. Ich weiß nicht, was du willst, aber ich will Russ Deacons Kopf auf dem silbernen Tablett. Und Woody will dasselbe. Wenn du das arrangieren kannst, dann haben wir genügend Stimmen im Nationalrat, um dich drüberzuhieven.«

Das ist es also, dachte Barron. Na klar. Armer Russ. Yeah, armer Russ, der jetzt auch hier wäre, um dasselbe dreckige Spiel mitzuspielen, wenn Luke der Meinung wäre, daß *er* die richtigen Karten hat. Nicht die Macht an sich korrumpiert, sondern die Veränderungen, die man durchmacht, um sie auch zu bekommen. Woody, Masterson, Morris, Luke, Howards – das sind fünf verschiedene Typen, aber das spielt keine Rolle, denn sie alle werden vom selben Alp beherrscht. Reine Machtjunkies, das sind sie.

Barron zog kräftig an der Acapulco Gold. »Ihr wollt mir also weismachen, ihr seid nicht wirklich eine Gruppe von Patrioten, die sich zu einer Heiligen Allianz zusammengeschlossen haben, um einen Moses zu erwählen, der die Kinder Israels aus der Wüste führen soll? Kommt schon, Kumpels, zerstört mir meine unschuldigen, kindlichen Illusionen nicht.«

»Bevor Sie so *high* werden, daß Sie anfangen zu lallen«, wandte Morris ein, der damit erstmals wie die Weise Alte Kröte aus dem Märchen sprach, »sollten Sie vielleicht mal Ihr großes Mundwerk halten und zuhören. Nichts könnte mir gleichgültiger sein als das dumme Zeug, das innerhalb der K.S.G. vor sich geht – das alles hat den Charme und die Grazie eins Sitzung des Zentralkomitees der Kommunistischen Partei Chinas –, und es spielt auch keine Rolle, daß Sie ein neobolschewikischer Punk sind, denn ich glaube, wir verstehen einander sehr gut, Barron. Wir mögen einander nicht leiden, aber was zählt, ist die Tatsache, daß wir gemeinsame Feinde haben wie etwa Benedict Howards oder, wer weiß, sogar Teddy den Anwärter. Wir vergeuden unsere Zeit mit dem Versuch, uns gegenseitig auszustechen. Sind Sie an dem Geschäft interessiert oder nicht?«

Eines muß man dem Vogel schon lassen, der eigentlich ein Schwein ist und sich einen Dreck darum schert, ob andere das merken: Lieber ein unselbstbewußter G.O.P.-Bonze als diese drei abgewichsten ausgeklinkten Helden der Underdogs. Allein der Gedanke, daß die K.S.G. *meine* Schöpfung war!

»Klar bin ich an dem Handel interessiert«, antwortete er. »Die Frage ist nur, an welchem Handel. Was springt dabei für Sie raus und was für mich?«

»Du kannst dich wirklich verändern wie ein Chamäleon, Jack«, sagte Luke, der sich verzweifelt bemühte, wieder die Kontrolle an sich zu reißen. »Und solange du heute abend den großen Boss spielen willst, wollen wir hier alles mit klaren Worten sagen. Wir können alle hier rausgehen mit der Übereinkunft, daß du der Präsident der Koalition sein wirst, der auf einer gemeinsamen Anti-Howards-Plattform operiert, wenn du Deke und Woody davon überzeugen kannst, mitzuspielen. Morris und ich sind bereit, alle Stimmen für dich mobil zu machen, die Republikanischen VIPs werden voll einsteigen, wenn sie alle Stimmen der K.S.G. hinter sich haben. Woody und Deke *werden* mitmachen, wenn sie Gewißheit haben, daß Jack Barron, als Kopf der Koalition, Russ Deacon mit einem Bannspruch belegen wird, und das ist das Itzibitzi, Claude – wenn du einverstanden bist, daß wir deinen Fanclub im Village gegen Deacon verwenden, dann kannst du Präsident der Vereinigten Staaten werden.«

»Mit dir als Vizepräsidenten«, sagte Barron aus einem plötzlichen Impuls heraus und sah im selben Augenblick Morris erbleichen, als dieser daran dachte, daß ein dreckiger Babybolschewikennigger mit seiner wertvollen Republikanerstimme in eine solche Position gehievt werden könnte. (Woll'n doch mal sehen, wie weit du gehen willst, Morris!) »Was ist, Morris, sind Sie wirklich so scharf auf mich? Ich denke nicht im Traum daran, ohne Luke als Vize zu fahren. Werden Sie das Ihrer Partei klarmachen können?«

»He, Augenblick mal ...«, begann Luke.

»Sei still!« schnarrte Barron. »Du hast mich in diese

Sache hineingezogen, und nun werde ich dich auch mit hineinziehen, ob dir das paßt oder nicht, Luke. Was ist, Morris, spielen Sie immer noch mit?«

»Wenn ich Greene akzeptiere«, sagte Morris und befingerte seine Zigarre, »dann bekommen wir das Innenministerium, das Verteidigungs- und das Verkehrsministerium. Dazu die Ministerposten für Arbeit und Handel, eine Majorität bei der F.T.C.*, der N.L.R.B.** und der F.C.C., wenn die Pöstchen verteilt werden, außerdem die beiden Vorsitzenden des Obersten Gerichtshofs, den Chef des Etatbüros, den Vorsitzenden der Korpskommandanten der Streitkräfte und den Generalbundesanwalt. Keine Abstriche. Und nun fragen Sie Ihre K.S.G.-Freunde, ob sie immer noch mitspielen.«

Barron wandte Luke den Kopf zu, war nicht überrascht, als er Luke sagen hörte, ›gemacht‹, und wünschte doch, er hätte überrascht sein können. Masterson und Kaplan nickten übereinstimmend. Politik! Politiker! Wo ist der Unterschied zwischen meinen Jungs und Morris? Die Junkies würden ihre eigenen Großmütter an saudiarabische Sklavenhändler verscherbeln, wenn man ihnen nur genügend mit Stoff unter der Nase herumwedeln würde ...

»Und was ist mit Deacon?« fragte Masterson kalt.

»Was, zum Teufel, schert mich Deacon?« fragte Barron mit genau berechneter Liebenswürdigkeit. »Ihr wollt einen Kandidaten, richtig, keinen anderen Politiker. Ihr kennt euch doch selbst in der Politik aus, und das ist nur was für Verlierer. Also überlasse ich euch Vögeln die Politik, und wenn ihr meinen Namen gegen Deacon einsetzen wollt, na fein, aber erwartet nicht von mir, daß ich eure Dreckarbeit mache.«

---

* F.T.C. = Federal Trade Commission (Bundeshandelskommission)

** N.L.R.B. = National Labor Relations Board (Ausschuß für Arbeitsfragen)

»Meine Herren«, sagte Luke mit einem breiten, beschissenen Grinsen, »ich glaube, wir kommen ins Geschäft. Die Frage scheint mir nun zu sein, wann und wie wir bekanntgeben ...«

»Nicht so hastig«, sagte Barron. »Da wir uns jetzt darüber geeinigt haben, was ich für *euch* tun kann, bleibt nur noch eine Frage, nämlich die, was ihr für *mich* tun könnt.«

»Flippst du?« fragte Luke. »Wir machen dich zum Präsidenten der Vereinigten Staaten!«

»Du wirst entschuldigen, wenn ich nicht in Ekstase gerate«, sagte Barron trocken. »Aber zuerst einmal, ihr macht mich nur zum Präsidentschafts*kandidaten*, mehr nicht, und nur unter uns, ich glaube nicht, daß ich auch nur die geringste Chance habe zu gewinnen. Ich glaube überhaupt nicht, daß ein anderer als der von Howards ausgewählte demokratische Hansel eine Chance hat, wenn Teddy nicht gerade eine Monsterschau beim Konvent der Demokraten abzieht: Und wenn Teddy die Nominierung bekommt, dann ist es gelaufen. Wir können *ihn* nicht mit Howards in Verbindung bringen, denn er kann nur über Bennies Leiche an die Nominierung kommen. Aber auch das ist nicht die Hauptsache. Ich habe keine Lust, mich aufstellen zu lassen, und ich habe noch viel weniger Lust, Präsident zu *sein*. Ich halte das ganze Spektakel für eine überzogene Posse, meine Herren. Ob ihr's glauben wollt oder nicht, ich bin in eine größere Sache verwickelt, und ich denke nur deshalb überhaupt an eine Kandidatur, weil ich *eure* Unterstützung in dem Spiel brauche, besonders die von Morris. Ich brauche Sie, damit Sie mir Bennie Howards vom Hals halten. Das ist *mein* Preis.«

»Und was ist diese ›größere Sache‹, von der Sie sprachen?« wollte Morris wissen, den seine Augen verrieten, verrieten die hinterfotzige Zuversicht, daß er einen Jack Barron würde kontrollieren können, der nicht Präsident sein wollte, und war das nicht wirklich das letzte? Und Luke und die Jungs bekamen denselben glücklichen Gesichtsausdruck.

»Das geht Sie im Augenblick noch nichts an«, sagte Barron. »Augenblicklich ist noch alles in der Schwebe. Wenn ich Ihre Mithilfe doch nicht brauchen werde, dann werden mich keine zehn Pferde dazu bringen zu kandidieren, und wenn ich Sie doch brauche, keine Sorge, dann wird das ganze Land den Grund dafür kennen. Alles hängt von der nächsten Show ab. Sagen wir mal so, wenn ich einen Krieg mit Howards beginne, dann müssen Ihre Bonzen dafür sorgen, daß daraus kein Nachteil für unsere Sponsoren entsteht, daß Bennie nicht genug Druck auf den Sender ausüben kann, um meine Entlassung zu erreichen, und daß die Situation in der F.C.C. gleichermaßen abgekühlt wird.

Sie sehen, ich spiele nur mit, weil ich meine eigene Haut retten will, denn ich glaube nicht, daß ich gewinnen werde, und das bedeutet, ich muß zusehen, daß ich *Champion Jack Barron* nicht selbst abschieße. Ich will eine Versicherung, denn, Ladies und Gentlemen, ob Sie das kapieren oder nicht, diese Show ist es, der mein alleiniges Sinnen gilt, die ich machen möchte und die ich um nichts in der Welt verlieren möchte. Das ist Showbiz, Jungs.«

»Showbiz!« knurrte Luke. »Wir reden vom Präsidenten der Vereinigten Staaten, und du erzählst uns was vom *Showbiz*!«

Barron lächelte wölfisch. »Ich habe nur euer Bier getrunken. Ich bin froh, mich auf diese Weise reden zu hören.« (Kann's auch gleich deutlich loslassen und es für diese Schlappschwänze schwarz auf weiß präsentieren.) »Ich meine, warum seid ihr alle in erster Linie so scharf auf mich? Weil ich Showbiz bin, darum.

Denn: Präsident *sein* und sich darum bewerben, das sind zwei Paar Stiefel. Derjenige, der den besten Präsidenten abgeben würde, würde wahrscheinlich als Kandidat den dümmsten Eindruck machen. Oder habe ich unrecht, und Stevenson hat Eisenhower geschlagen? Ihr wißt alle, daß ich recht habe, sonst würde Morris mich nicht mal aus der Ferne ansehen. Ich habe keine Lust, Präsident zu sein, und ich habe auch keinerlei Qualifikationen, das ist Politik, und das ist einfach nicht meine Sache. Wie toll für euch alle, sollte ich gewählt werden – denn nach dem Wahltag wäre dann alles eure Show, und ihr könnt euch gerne untereinander streiten, wer was macht, in meinen Augen ist das alles Scheiße. Aber wenn ich die Muskeln der G.O.P. brauche, um im Showbiz zu bleiben, dann werde ich mich zusammennehmen und der beste Kandidat sein, den ihr euch vorstellen könnt. Sich um das höchste Amt der USA zu bewerben ist einzig und allein Showbiz. Erinnert ihr euch an Ike? An JFK? An Reagan? Sprecht nicht so abfällig vom Showbiz, Freunde, ob's euch gefällt oder nicht, es ist durch und durch eure Sache. Nun, wie sieht's aus mit uns, Morris? Decken Sie mein Spiel, wenn ich Ihres decke?«

Sehen alle aus, als wären sie gerade in ein Kaninchenloch gefallen, dachte Barron, der sich nicht die Mühe machte, seine gehässige Böser-Bube-Befriedigung zu verbergen. Eines macht die Machtjunkies immer fertig – wenn man sich direkt mit dem Alp unterhält, ohne sie als Mittelsmänner; unter sich selbst geben sie nicht zu, was sie sind, daher sind sie so von den Socken, wenn jemand von außerhalb kommt und ihnen erzählt daß der Imperator nicht andauernd im Allerheiligsten schwebt.

Und daran liegt es, erkannte er plötzlich, daß ein Schwein wie Howards, der keine besondere Leuchte in der Klugenriege ist, sie kaufen und verkaufen kann wie Autos. Er ist nicht klüger als sie, er ist nur das größere Schwein und muß sich deswegen weniger Sorgen machen. Er ist auch ein Machtjunkie, aber er ist gleichzeitig der größte Dealer in der Stadt. Und jeder andere Junkie in der Stadt weiß, er tanzt besser, wenn der Mann pfeift. Und darum treibe ich Bennie fast in den Wahnsinn: Ich bin einer, der sich nicht die Finger nach dem Mist leckt, den er verhökert.

»Nun gut«, sagte Morris schließlich. »Ich halte Sie für einen Irren, aber warum nicht? Wenn Sie kandidieren, dann müssen wir Ihre Sendung ohnehin retten – und Sie müssen Howards die Zähne zeigen. Abgemacht, Barron.«

Neben sich hörte Barron Luke erleichtert und triumphierend seufzen. Tut mir leid, Chef, dachte er und sagte: »Noch kein Handel. Ihr Jungs habt ein paar recht interessante Angebote gemacht – wie Benedict Howards. Ich kenne jetzt eure Position, aber bevor ich zusage, möchte ich gerne wissen, was Bennie mir anzubieten hat.«

»Was könnte Ihnen Howards schon Größeres als die Präsidentschaft anbieten?« fragte Morris.

Barron lachte. »Glauben Sie mir«, sagte er, »das würden Sie nicht glauben, wenn ich es Ihnen erzählen würde. Ich bin noch nicht sicher, ob ich es selbst glaube. Schalten Sie nächsten Mittwoch den Fernseher ein, dann werden Sie es erfahren. Ich versichere Ihnen, sollte ich mich entscheiden, Ihr Spiel mitzuspielen, dann werden alle Ihre Fragen beantwortet werden. Dann werden Sie die heißeste Liveshow erleben, seit Ruby Oswald erschossen hat.«

16

»UND NUN SAGEN SIE UNS BITTE mit möglichst wenigen Worten, was Sie in Ihren Ferien getan haben, Miss Westerfeld«, sagte Jack Barron, zog Sportjacke und Hemd aus, kickte seine Schuhe beiseite und drückte einen Knopf an der Wandkonsole, der die Glastüren zum Dachgarten aufgleiten ließ. Die kühle New Yorker Morgenluft, klar und sauber im dreiundzwanzigsten Stock (wenigstens um diese Zeit), begann, ihn aus seinem dösigen Flugzeughalbschlaf zu wecken, nacktbrüstig ging er hinaus in den Dachgarten, Sara, in einem hastig übergeworfenen Bademantel, folgte ihm zitternd.

»Ich wollte doch nur wissen, was in Evers passiert ist«, beklagte sie sich in nicht zu Unrecht verletztem Ton.

Barron zuckte die Achseln, zog eine Grimasse, dann zog er sie an sich, um sowohl sie als auch sich selbst zu wärmen. »Aus dem ganzen Ding könnte man wahrscheinlich einen Dreistundenfilm drehen«, sagte er, »aber ich will dir wenigstens einen kurzen Überblick geben. Ich lande am Flughafen. Luke hat einen ganzen verdammten Zirkus meinetwegen arrangiert, das Unseroller-Präsident-kommt-Spiel, hauptsächlich, um mich und die Presse zu beeindrucken. Nachdem ich das hinter mir habe, unterhalte ich mich mit diesem Franklin und finde heraus, daß wirklich jemand sein Kind gekauft hat, dazu noch mindestens vier andere, ich zähle eins und eins zusammen und komme auf Bennie Howards, dann wieder zurück zu Luke, wo der Kaplan,

Morris und Deke Masterson versammelt hat, alle spielen die Rauchiges-Zimmer-Nummer. Ich habe eine Weile mit ihnen gespielt, dann wieder ab ins Flugzeug, und hier bin ich, live in Person. Zufrieden?«

»Du verheimlichst mir etwas«, sagte sie überzeugt. »Du siehst aus ... als wäre etwas Schreckliches passiert. Als ... Jack, um Himmels willen, sag mir die Wahrheit!«

Barron ließ seinen Blick über die morgendlich klare Kulisse von East Brooklyn schweifen, die sich wie auf einer verdammten Touristenpostkarte gegen den technicolorblauen Himmel abhob. In etwa zwei Stunden, dachte er, wird wieder eine Trillion Tonnen Schmant und Dreck die Luft erfüllen, der Fluß wird stinken wie ein Gully, die ganzen Kamine dort drüben werden anfangen zu qualmen – ich frage mich, was sie in den ganzen verfluchten Fabriken überhaupt herstellen, wahrscheinlich nur Scheiße, mehr nicht. Und was hat dieser Vogel gesagt: ›Es ist ganz offensichtlich, warum der Mensch erschaffen wurde. Menschliche Wesen sind die effizientesten Organismen, die die irdische Evolution hervorgebracht hat, weil sie aus Nahrung Scheiße machen können.‹ O Mann, bin ich drauf! Also sag der kleinen Lady alles, wenn sie's wieder versuchen, könnte sie im Fadenkreuz des Zielfernrohr sein.

»Benedict Howards hat versucht, mich ermorden zu lassen«, sagte er leise. Er spürte, wie sich ihre Armmuskeln enger um seinen Rücken schlossen, sie preßte ihre Wange gegen die nackte, gänsehäutige Brust. »Kam aber nicht sehr nahe ran«, log er weiter. »Vielleicht hatte er mich nur erschrecken sollen. Ballerei in der Straßenschlucht, wie in Dodge City. Aber den armen Bastard Franklin hat er erwischt. Den wollte Howards wirklich mundtot machen.«

»Aber warum?« fragte Sara. »Nach dem ganzen Ärger, den er hinter sich brachte, um dich auf seine Seite zu bekommen?«

»Das ist die große Preisfrage. Ich glaube, ich habe den Grund teilweise herausgefunden. Howards ließ Hennering ermorden, weil er etwas über die Stiftung und das Unsterblichkeitspiel herausgefunden hatte, und Howards wurde kopflos genug, ihn umzunieten. Howards tötete Franklin, weil er Angst davor hatte, ich könnte herausfinden, daß die Stiftung Kinder kauft, und er wollte auch mich töten oder mich wenigstens einschüchtern, weil er Angst hatte, ich könnte es in der Show enthüllen. Das kann nur bedeuten, daß Howards' Jungs die Kinder als menschliche Versuchskaninchen benutzt haben, um die Unsterblichkeitsbehandlung zu entwickeln, und einige von ihnen müssen dabei in den Labs gestorben sein, denn Bennie würde das Risiko eines Mordes nur deshalb eingehen, um einen anderen Mord damit zu decken, und in erster Linie würde er diese Morde wahrscheinlich nur um der Unsterblichkeit willen riskieren.«

»Was machen wir nun?« fragte sie, und ihre Augen, die zu ihm aufsahen, glichen grundlosen dunklen Schächten in sein eigenes Inneres zum Zorn der Vergangenheit zur harten metallenen Biene die an seinem Ohr vorbeizischt zu Franklin in einer Blutlache vom Berkeleyspeicher bis zur Straße von Evers und zu vier *(fünf)* Ausgeklinkten die in einem netten vollklimatisierten Raum im Gouverneurswohnsitz beisammensaßen und Machtjunkiespielchen miteinander spielten ›Niemand haut Benedict Howards übers Ohr‹ und die kalte professionelle Waffe auf der Mülltonne spie Orangenschalen wie Bruchstücke eines Schädels über ihn, und eine harte Metallbiene summte an seinem Ohr vorbei »Der *Schwarze* Bleiche! Der *Schwarze* Bleiche!« – und du weißt verdammt gut, was du tun willst, Barron!

Er bedachte sie mit einem ungezogenen Böser-Bube-Lächeln und fragte, insgeheim rhetorisch, wußte fast Wort für Wort, was er zu hören bekommen würde, wollte es aber doch ausgesprochen hören, und zwar von Saras Lippen. Er fragte: »Was meinst *du*, sollen wir tun?«

»Brauchst du denn noch mehr?« fragte sie ihn. »Howards ist ein Mörder, und auch wenn du das nicht beweisen kannst, kannst du immer noch die Eltern dieser Kinder in die Sendung nehmen, um damit Howards fertigzumachen ... aber das ist deine Sache, du weißt genau, wie du die Stiftung vernichten kannst, du hast es zweimal beinahe getan. Und wir können vorsichtig sein, damit uns niemand ... niemand ... Ich habe keine Angst.«

»Ich frage mich, ob Madge Hennering das auch gesagt hat«, sagte Barron, aber es war nur *pro forma* ein Ausklinken, und das wußte er, kaum daß er es ausgesprochen hatte. Jetzt steht Bennie Howards wirklich mit dem Rücken zur Wand, dachte er, aber dieses Mal hampelt er nicht mit Ted Hennering herum, sondern er legt sich mit Jack Barron an. Du hast doch deine Rückversicherung bereits in der Tasche, oder? Was, zum Teufel, kann Bennie tun? Kann dir nicht die Sendung nehmen, nicht, wenn alle G.O.P.-Großkopfeten unter Morris' Diktion die große *Action* vom Zaun brechen ... und von den Meuchlern, die gewiß da sind, sollte ich mich eigentlich fernhalten können. Der Wichser hat versucht, dich umlegen zu lassen, willst du ihm das etwa verzeihen?

»Nein, gottverdammich, Sara, da hast du recht. *Das* werde ich Bennie nicht durchgehen lassen. Keinen Mord. Kein Mensch darf auf einem Stapel Leichen dem Land die nächste Million Jahre im Nacken sitzen, niemand versucht Jack Barron umzulegen und kommt mit heiler Haut davon! Dürfte kein Problem sein, seinen Gefriergesetzentwurf zu kippen, und mit dem Gestank, den ich ihm anhängen werde, wird er niemals imstande sein, genug Demokraten um sich zu scharen, um den Anwärter abzublocken ... Klar, ich kann ihn fertigmachen. Und das werde ich auch. Nur ...«

Nur sind die Preise vielleicht zu hoch für dich, als daß du dir eine Rache leisten könntest, dachte er. Am anderen Ufer des Flusses griffen Rauchfinger in den Himmel, die höher und höher stiegen, bis sie zu einem einheitlichen schwarzen Nichts verschmolzen, das sich in alle Richtungen erstreckte, weiter und weiter. bis in alle Ewigkeit. Und das ist schon ein großer Preis, den du da ablehnst, *Unsterblichkeit, die Ewigkeit!* Das ist mehr als sich ein vernünftiger Mann vorstellen kann. Jesus H. selbst würd sich's wahrscheinlich zweimal überlegen. Große Sache, er starb, um uns zu retten, aber er hatte einen Trost, ihm stand die Ewigkeit offen (›doch bist du schwarz, hast du kein Glück – wenn du gehst, dann kommst du nie zurück‹). Was für ein Babybolschewik wäre aus ihm geworden, hätte er gewußt, daß er das Große Alles aufs Spiel setzte, dort, an seinem dreckigen Kreuz?

»Klar«, sagte Barron, »klingt irre, wenn man sich das alles so zurechtlegt. Läßt einen den großen Trumpf Bennies vergessen – machen wir ihn fertig, dann ist die Unsterblichkeit für uns gelaufen. Bist du dir darüber wirklich im klaren, Sara?«

Dieses Mal drückten ihre Augen nur eine Frage aus, auf die niemand eine Antwort geben konnte. Aber, dachte er, dieses Blatt Papier *existiert* doch.

»Sara«, sagte er, »bist du bereit, noch heute das große Spiel um alle Murmeln zu wagen?«

»Was meinst du damit?«

»Ich meine, ich könnte Bennie direkt hier und jetzt anrufen und ihm sagen, daß wir unterwegs nach Colorado sind, daß wir die Unsterblichkeitsbehandlung jetzt wollen, und wenn wir die erstmal haben – dann haben wir's geschafft! Yeah! Das ist sein einziger Angelpunkt, und wenn wir den erst mal selbst haben, dann haben wir ihn auch. Bist du bereit? Bist du bereit für die Unsterblichkeit? *Jetzt?*«

»Aber... aber, woher willst du wissen, daß er uns nicht tötet?«

»Wunder moderner Technik plus ein klein wenig Ungezogenheit«, sagte Barron darauf. »Ich nehme ein Miniphon mit und bringe ihn soweit, daß er alles ausspuckt, und dann ...«

»Was ist das, ein... Miniphon?«

»Hä...? Oh, das ist ein neues Spielzeug der Bell Labors, ein persönliches, transportables Phon, noch nicht im Handel, nur für VIPs. Übermittelt direkt ins Satellitennetz der Vidphons, das heißt, man kann es überall verwenden, als würde man von einem ganz gewöhnlichen Vidphon anrufen.

Ich kann eine Vidphonkonferenzschaltung beantragen, ein oder zwei Phons hier, ein paar im Büro, und dann das Miniphon dazu benützen, um mit allen Geräten aufzuzeichnen, was Bennie zu vermelden weiß, auf Bändern, die Tausende von Meilen entfernt sind, und ich kann Vince instruieren, Kopien an Luke, das FBI, Morris und vielleicht sogar die A.P.* zu schikken, sollte mir etwas zustoßen. Ich muß Bennie nur dazu bringen sich selbst anzuklagen, wenn wir unter vier Augen sind, und dann kann er uns nichts mehr tun, ganz egal, was auch geschehen mag.«

»Dieses Mal ist es wirklich dein Ernst, ja?« fragte sie. »Jetzt höre ich den wahren Jack Barron sprechen...« Ihre Arme umfingen ihn, ihre Lippen waren halb offen, ihre Augen waren spiegelnde Seen reinster Freude und fraßen ihn auf in Berkeleybettlaken in den Straßen von Meridian acapulco-tropische Nachtgeräusche grundlos tiefer Verehrungshunger sog auch ihn selbst

* A.P.: Associated Press (Amerikanische Nachrichtenagentur)

wieder hin zu blitzenden Bildern von Berkeley K.S.G. Speicher Straßen-der-Gefahr dem Gefühl seines eigenen Blutes in seinen Arterien und Sara an seiner Seite, immer an seiner Seite mit diesem manischen Anmachhunger schreiend: »Go! Go! Go!«

Yeah, ein fetter Klotz für jeden Machtjunk-Schlag, und ein Machtjunk-Schlag für jeden fetten Klotz, alles nur Babybolschewikenscheiße und das weißt du genau, aber, o Mann, den dreckigen alten Drang noch einmal spüren! Yeah, wir fühlten alles, damals, in jenen Zeiten, nur wir Kinder gegen alles Böse in der Welt, und war das nicht irre, und Scheiße, mehr oder weniger hatten wir ja auch recht. Und dann plötzlich kam das magische Alter dreißig, und wir alle bekamen Hunger nach einem Stück von der *Action*, und noch ehe wir's uns versahen, war alles Benutz-mich-dann-benutz-ich-dich-Politik, und die, die geblieben sind, hatten den Alp auf dem Rücken, wie Luke ... *wollte* den Alp nicht, kapierte einfach nicht, daß der Machtjunk jeden zur Nutte macht, der damit zu tun hat, früher oder später, gewollt oder ungewollt. Und das habe ich gesehen, als ich ausgestiegen bin. Ich war nicht der Aussteiger, das waren sie, mindestens genauso wie ich, und das Showbiz war die einzige Möglichkeit, mir den Alp vom Rücken zu halten. Yeah, früher oder später verkauft jeder jeden, ich hatte Glück und kam zum Showbiz, sonst würde ich's heute vielleicht auch noch so machen. Und wenn ich Bennie jetzt abkühle, dann verkaufe ich jeden, größter Verkaufsschlager der Welt, der größte Ausverkauf aller Zeiten ...

»Ich habe wohl keine andere Wahl«, sagte Jack Barron.

Wie Münzen vor einem Spielautomaten sah er plötzlich wieder die vertrauten Pawlowschen Reflexe hinter ihren Augen blitzen wie Heldenverehrungsfunken, sie glitt mit ihrem Mund an seiner Brust hinab, leckte und biß, hinterließ eine feuchte Speichelspur, während ihre Hände seine Hose aufknöpften und sie mit der bekannten maskulinen Effizienz herabzogen. Sie sank auf die Knie, ihr loses Haar wallte, ihr Mund näherte sich ihm, ihre Zunge umkreiste ihn einmal angenehm und feucht, dann sogen ihre Lippen und ihr warmer, pulsierender Mund ihn ein ...

Nur einmal hörte sie kurz auf und starrte mit großen Augen über das Fleisch seines Bauches zu ihm auf, als wäre er der Marmor einer famosen Statue, dann schlossen ihre Augen sich dankbar, ihre Nägel gruben sich in seine Arschbacken, während sie sich ihn mit einer Hand in den Mund schob wie ein süßes Stück einer Melone. Sie grunzte einmal leise, während sie das Tempo ihrer Bewegung koordinierte, schneller und schneller und schneller in einem asymptotischen Rhythmus, sie leckte und krallte sich fest und saugte schneller und schneller und schneller ...

Schneller, schneller-schneller-schneller-schneller-schneller-schneller-schneller – und er taumelte einen Schritt vor und wäre fast unter dem Ansturm der Lustwogen zusammengebrochen, die in ihm pulsierten und pulsierten-pulsierten-pulsierten-pulsierten-pulsierten-pulsierten-pulsierten-pulsierten-pulsierten, in ständig steigerndem Rhythmus, eine explosive Serie, die sich schließlich überlagerte und unaufhaltsam einem Höhepunkt zustrebte, der dann wie ein unaufhörlicher, zeitloser Blitz kam ... da stieß er einen langen und erleichterten Seufzer aus und explodierte in ihrem Mund, die Spannung fiel von ihm ab, er verharrte einen Augenblick, dann umfing er ihr Gesicht mit beiden Händen und küßte sie sanft auf die weichen, noch samenfeuchten Lippen.

Plötzlich war die Brise vom Fluß warm und beruhigend, und sie erfüllte ihn mit einer großen inneren Ruhe und Zuversicht. Ah, das ist alles so ein Schock, wie ein verdammter Hurrikan, wenn man im Zentrum steht, scheint nichts real zu sein. Und jeder kann im Zentrum sein, der sich nur die Mühe macht aufzublicken. Ich hab verdammt viele Eisen im Feuer. Ich werde den größten VIP ausziehen, bis er splitterfasernackt ist... aber was erhält man dabei? Einen Mann, der tief in seinem Innersten nicht weiß, was er ist. *Mano a mano,* du hast soviel Eisen im Feuer, daß du gegen jeden antreten kannst, du siehst von dort oben runter, von wo aus alle großen Politiker runtersehen, und kein Wunder, daß die nicht darüber sprechen, alles ist Schmant, keiner von den Schlappschwänzen hat ein größeres Anrecht darauf, dem Land zu sagen, wo's langgeht, als du auch. Du weißt das, aber sie nicht, und das macht den Unterschied. Das ist Showbiz – die einzige Möglichkeit, den alten Drang zu spüren, ohne zum Sklaven des Junk zu werden und ohne dabei dauernd jemanden zu bescheißen. Politik! Staatsmänner! Scheiße! Wenn du ins große Spiel kommen willst, dann brauchst du nur Muskeln und viel Bluff.

Und einen verdammt starken Magen.

Nein, nein, zu einfach, dachte Benedict Howards, ein zu einfacher Sieg über die Kräfte des verblassenden schwarzen Kreises Jack Barron Klugscheißer hoch-Nase-hinab-Kehle Diener des Todes.

Howards wirbelte seinen Drehstuhl herum wie eine spastische Marionette, während sich vor ihm die Berge vor dem nordwestlichen Quadranten des Rocky Mountain Gefrierkomplexes ausbreiteten wie eine Hintergrundwildnis Hollywoods, ein Bild, das unberührt von jeglicher Zivilisation war. Aber das war kein Hintergrund, das waren Tausende Quadratmeilen der Rocky Mountains, ein amöboides Gelände, gelegen zwischen unbewohnten, unzugänglichen Bergen. Und nächste Woche, wenn alle Käufe abgeschlossen waren, dann würden die wenigen Straßen, die von der Außenwelt herführten, abgeriegelt werden, ich werde dann sicher sein in der Mitte von tausend Quadratmeilen unzugänglicher Wildnis, der einzige Flughafen gehört mir, dachte er, keiner hat die Möglichkeit, gegen meinen Willen näher als fünfzig Meilen an den Komplex heranzukommen. Ich werde sicher hier drinnen sein, die nächsten Millionen Jahre sicher.

Zwanzig Millionen Dollar. Der Schlappschwanz Yarborough hält mich für verrückt, zwanzig Millionen Dollar für dieses Land am Arsch der Welt zu bezahlen. Neunmalkluger Narr! Eine gepanzerte Festung für Millionen Jahre, macht zwanzig Kröten pro Jahr, und das ist eine verdammt billige Lebensversicherung, wenn man sich den längerfristigen Blick leisten kann.

Alles sieht anders aus im Blickfeld von einer Million Jahren. Fünfzig Millionen, um den Gefriergesetzentwurf durch den Kongreß zu bekommen, hundert Millionen, um alle vier Jahre einen Präsidenten zu wählen, und wenn der sich nicht kaufen läßt, dann kann man immer noch für zehn Millionen einen Profi kaufen, der *jeden* aus dem Weg schafft... Teddy Hennering, und, ja, auch Teddy den Anwärter, wenn es hart auf hart gehen sollte.

Man kann buchstäblich *alles* tun, wenn man arbeitendes Kapital hat und die Kosten über Jahrmillionen verteilen kann. Und unbedingt Geld bei diesen verdammten, klugscheißerischen Steueranwälten sparen, lieber einen neuen Gesetzesentwurf kaufen, wenn es darum geht, ihn auf eine Million Jahre festzulegen.

Also schleich dich, Jack Barron, was dir auch immer für ein Mist im Hirn herumspuken mag, kommst einfach so daher, willst einfach so die Behandlung, nachdem ich dich einen Monat lang verfolge und du genau weißt, daß ich den verdammten Schlappschwanz, der dich verfehlt hat, angeheuert habe. Ist auch egal, was du vorhast und was du weißt, was zählt, ist, du bist *hier*. Yeah, Klugscheißer, du und deine Frau, ihr seid genau hier, wo ich euch haben wollte, und wenn ich es nicht ausdrücklich sage, dann kommt ihr hier nie mehr raus. Und ihr kommt hier erst wieder raus, wenn ihr die Behandlung hinter euch habt, und wenn das erst mal passiert ist, dann gehört ihr mir – gehört mir, wie ihr es euch nie zu träumen gewagt hättet... Es steht mehr als nur euer Leben auf dem Spiel, nämlich die nächste Million Jahre.

Yeah, keine Möglichkeit, jemals dem neunmalklugen Jack Barron zu vertrauen, aber der unsterbliche Jack Barron, der gehört hundertprozentig dir. Ganz sicher, *tot*sicher, tot wie verrottet unter einem Meter achtzig Erde verblassende schwarze Geier lachen zehntausend Jahre über deinem Fleisch mit Röhre hoch Nase hinab Kehle Leben rinnt weg in geiergierigen Plastikflaschen Krankenschwestern Bettpfannen Erde Schlamm Schmutz Dröhnen von Metall lachende Bilder von übers Ohr gehauenen Niggern schmerzerfüllte Augen schauen aus blutigem Krebsgeschwulstbettuchleinen verblassen verblassen verblassen mit zerstörten Eiern die verschrumpeln und verfaulen...

»Mister Barron ist hier«, sagte die Plastiksekretärinnenstimme über Interkom.

Howards wirbelte mit dem Stuhl herum, blinzelte einmal, und schon war er wieder im Hier und Jetzt. Paß gut auf, mahnte er sich, noch ein paar Tage, dann wird alles vorbei sein, Barron in meiner Hand und alles in Sicherheit vor flehenden, schmerzerfüllten Augen in verblassenden schwarzen Gesichtern in...

Die Tür ging auf und Jack Barron kam hereinspaziert. Etwas Hartes Kaltes, Drohendes war hinter seinen großen, elektrisch-gefährlichen Augen, wie ein schwarzer verblassender Kreis-Mahlstrom, der ihm vorausgriff, während er den Raum durchquerte. Ohne den Blick jemals von Howards abzuwenden, setzte er sich in den Stuhl beim Schreibtisch, stellte die Füße darauf, zündete sich eine von diesen verdammten Acapulco Gold Schädlichen Dopezigaretten an, und sagte: »Sparen Sie sich den Herzanfall, Bennie, das hier ist Schmuddel gradheraus, nur zwischen Ihnen und mir. Ich weiß alles, Bennie, *alles*. Ich habe Sie festgenagelt, und ich habe verdammt guten Grund dazu, den besten Grund der Welt, und Sie wissen das verdammt gut.«

Er weiß es, dachte Howards. Er weiß vom schwarzen verblassenden Kreis von Augen, wie Tiere ausgeweidet... nein, unmöglich, *das* kann er nicht wissen. Muß ein anderer klugscheißerischer Schachzug sein.

»Ich habe keine Ahnung, was Sie nun wieder für ein Spiel spielen, Barron«, sagte er, »aber was es auch ist und was Sie auch wollen, es wird nicht funktionieren. Sie sind jetzt auf meinem Grund und Boden, und das eben wird das letzte Mal sein, daß Sie das vergessen haben.«

»Sie wollen mir doch nicht etwa drohen, oder doch?« fragte Barron mit seiner beschissenen Unschuldsmiene. »Es zahlt sich nicht aus, mich zu bedrohen. Ist Ihnen das noch nicht klargeworden? Offensichtlich nicht. Sie dachten, Sie könnten mein Problem auf die gleiche Art lösen wie das Hennerings, was? Aber wie Sie sehen, es funktioniert nicht.«

Er hat also alles über den Feigling Hennering herausgefunden, und er weiß, das war ich, der diesen verdammten Idioten aus Mississippi angeheuert hatte – und er glaubt, das könnte er gegen mich einsetzen. Könnte sein, daß das alles ist, nicht verblassende, krebszerfressene Klumpen auf blutigem Leinen und der Schlachtkreis der Mörder und Plastikgeierklauen hoch Nase hinab... Laß dich nicht so gehen, Mann! Er kann es unmöglich wissen. Und selbst wenn, er ist hier, und damit hast du ihn. Und er beruhigte sich damit, daß er mit dem unter der Tischplatte verborgenen Knopf, der die Wachen herbeirufen würde, spielte.

»Warum sind Sie hergekommen?« fragte Howards.

»Wie ich schon am Phon sagte, Sara wartet draußen, und wir wollen beide die Unsterblichkeitsbehandlung. Wir verlangen die Erfüllung einer Klausel unseres Vertrages, und zwar so schnell wie möglich. Einwände?«

Howards lachte fast laut los. Der Idiot ist hier, um mich irgendwie zu dem zu zwingen, was ich exakt von ihm will – und das, nachdem er sich erst geweigert hatte. Aber das ergibt keinen Sinn!

»Keine Einwände«, versicherte Howards etwas unsicher. »Wenn Sie Howards' Spiel mitspielen, dann werden Sie sehen, abgemacht ist abgemacht.«

»Irre. Ich habe jetzt keine Einwände mehr, weil ich das große Geheimnis kenne. Ich habe es in Mississippi erfahren. Fünf Kinder, die für eine Viertelmillion gekauft wurden, und dann versucht jemand, mich zu ermorden, damit ich es nicht herausfinden und ausplaudern soll, und dazu gibt es nur eine einzige logische Schlußfolgerung, weil Sie der einzige Mann sind, der lange genug wußte, daß ich da unten sein würde, um etwas Entsprechendes arrangieren zu können.«

Er weiß es! Er weiß es! Jemand hat geredet! Palacci? Einer der Ärzte? Yarborough, Bruce, Hennering (nein, Hennering ist tot!)? Ein Hurensohn hat geredet und uns an den verblassenden schwarzen Kreis der geschlachteten Todesmaden verkauft... hoch Nase hinab Kehle... ein verdammter Schwanzlutscher hat eine Million Jahre verkauft... oder blufft er wieder nur? Weiß er alles, oder tut er nur so? Muß es herausfinden...

»So dumm können Sie nicht sein, Barron«, sagte

Howards. »Sie sagen, Sie wüßten, daß ich Hennering umgebracht habe.« (Gib es zu, gesteh's ihm, mal sehen ob er reagiert... Nein! Nein! dachte Howards angesichts von Barrons ungerührtem Lächeln, er hat keinen Muskel bewegt, *das* hat er also wirklich gewußt). »Also warum sind Sie dann hergekommen? Sie wissen, daß ich den Mut hätte, Sie zu erledigen, nachdem ich Hennering erledigt habe, einen gottverdammten *Senator*. Warum glauben Sie, ich würde Sie jetzt zum Unsterblichen machen, wo ich Sie viel einfacher töten könnte als diesen Schlappschwanz Hennering, und auch viel billiger?« Und nun streichelte er den Knopf unter dem Tisch fester.

Barron griff in die Tasche seiner Sportjacke. Eine Waffe? dachte Howards einen einzigen, panischen Augenblick lang. Doch er brachte nur etwas hervor, das aussah wie ein winziges Transistorradio und das er auf den Schreibtisch legte. Eines von diesen Miniphons von Bell, dachte Howards.

»Darum«, sagte Barron. »Erkennen Sie es? Eines dieser neuen Miniphone, die sich direkt ins Satellitennetz einschalten, und es hat jedes Ihrer Worte aufgezeichnet und direkt nach New York zu drei verschiedenen Vidphonen übermittelt. Und noch bevor Sie eine Bewegung machen können, wird man fünf Kopien herstellen und an fünf verschiedene Institutionen senden, und zwar an Luke Greene, Gregory Morris, das FBI, die A.P., die Bullen von Colorado – wenn ich nicht am Dienstag wieder in New York bin, um das zu verhindern. *Mord*, Howards, Sie haben gerade einen Mord zugegeben, und alles ist auf Band aufgezeichnet, damit es die Spatzen mit Ihrer Stimme von den Dächern pfeifen können, sollte mir etwas zustoßen... oder sollte mir Ihr Lächeln nicht gefallen.«

Benedict Howards stieß ein Seufzen reinster Erleichterung aus. Du Schlappschwanz, du hast dich selbst gefangen, dachte er, weil du dachtest, so was könnte eine Rolle spielen, wenn du erst mal hier bist. *Mord!* Ein Witz, Mord! Glaubst, du kannst mir mit dem elektrischen Stuhl drohen, Waffe des Unsterblichen Jack Barron, um mich zur Räson zu bringen wenn's nötig sein sollte! Er weiß es *nicht,* das einzige, was wirklich eine Rolle spielt. Morgen werde ich dieselbe Waffe haben, elektrischer Stuhl für den Unsterblichen Jack Barron, sollte er mich übers Ohr hauen wollen! *Mord!* Haste gedacht, Barron, bist auch mit drinnen, und du glaubtest, nun hättest du mich, aber der verblassende schwarze Kreis geschlachteter Nigger schließt auch dich ein und fesselt dich an mich, bald sind wir beide unsterbliche Mörder, die eine Million Jahre zu verlieren haben... und er tappt mit offenen Augen hinein. Sein ganzes klugscheißerisches Nachdenken führt ihn direkt her zu mir!

»Nun, Howards, das Spiel ist aus, geben Sie auf!« sagte Barron. »Lassen Sie mal schön alle schlüpfrigen Details Ihrer Unsterblichkeitsbehandlung aus dem Sack, und machen Sie sich keine Mühe, mir dabei die Labortechniken zu verschweigen, die ich bereits kenne.«

Howards lächelte, dann drückte er endgültig den Knopf unter dem Tisch. Das also ist es, er weiß von verblassenden geschlachteten schwarzen Niggerkindern des Abschaums aus den Slums die ihr eigen Fleisch verkauft haben haben kein Recht zu leben und glaubt nun wir hätten sie als übergroße Versuchskaninchen verwendet. Sinnlos, ihm nun zu erzählen, daß er sich irrt. Warte bis nach der Operation. Laß ihn spüren, wie sehr er mir verschrieben ist, wenn er unsterblich ist. Dann werd ich ihm nicht mehr sagen müssen, wer der Boss ist, dann wird er das selbst wissen.

»Keine Sorge, Barron«, sagte er, »Sie werden Ihre Antwort noch früh genug bekommen. Aber erst dann, wenn Sie verstehen können, was es wirklich bedeutet.«

»Ich warne Sie, Howards, Sie sagen mir jetzt alles, oder ich ...«

Und dann stürzten zwei uniformierte Wachen mit gezogenen Pistolen herein.

Barron sprang herumwirbelnd auf die Beine und erbleichte erst einmal, als er in die Mündungen der Waffen blickte. Doch als sein Kopf wieder zu Howards herumschnellte, zeigte das Gesicht den altvertrauten Klugscheißerausdruck mit dem dreckigen Grinsen. Doch der Witz ging auf seine Kosten.

»Zwecklos, Bennie. Ich weiß, daß Sie nur bluffen. Nur zu, gut. Lassen Sie Ihre dressierten Affen doch schießen. Knallen Sie mich ab. Dann werden die Bänder direkt ...«

»Sie erschießen, Barron?« Benedict Howards lächelte triumphierend. »Warum sollte ich. Sie sind lebend und unsterblich unvergleichlich wertvoller. Diese Gentlemen hier werden Sie einfach nur zum Hospital eskortieren, damit Sie mir nicht verlorengehen. Und nehmt auch gleich die Frau draußen mit. Sie werden sich beide der Operation unterziehen und am Dienstag wieder sicher und wohlbehalten in New York sein, wie geplant, aber mit einem kleinen Unterschied – dann werden Sie mehr als bereit sein, von *mir* Befehle anzunehmen.«

»Sie sind verrückt«, sagte Barron. »Aber wen kümmert das? Ich habe Sie genau dort, wo ich Sie haben wollte, egal, was Sie darüber denken. Also spielen wir Ihr Spiel mit, bis wir hier weg sind. Warum nicht, ich habe nichts zu verlieren und alles zu gewinnen. Aber warum die Waffen? Sie können Ihren Deppen sagen, sie können sie wegstecken, sie werden sie nicht brauchen.«

»Nur eine Vorsichtsmaßnahme«, sagte Howards.

»Wenn man eine Million Jahre bewacht, dann ist es notwendig, Vorsichtsmaßnahmen zu ergreifen. Aber keine Sorge, wenn Sie als Unsterblicher aufwachen, werden Sie verstehen, was ich meine.«

Wissen, was es heißt, jeden Morgen aufzuwachen und die Luft zu atmen und sich zu vergegenwärtigen, es ist für immer und ewig, solange man tausend Quadratmeilen völliger Sicherheit besitzt, dazu Kongreßmänner, Präsidenten, Gefriergesetzesentwurf, um den verblassenden schwarzen Kreis zurückzuhalten, sicher, sicher hinter undurchdringlichen Wällen der Macht, ewig sicher in kühlen Schlafzimmern in unzugänglichen Bergen, wissen, was auf dem Spiel steht, wenn man unsterblich ist, wissen, was du verlierst und was ich verliere, wenn du nicht mitspielst...

Wissen, wie es ist, durch und durch mein Handlanger zu sein, Barron: Macht meiner Welt ewiges Leben gegen eine Ewigkeit einsachtzig unter dem Boden geschlachtete ausgeweidete Nigger weiße Plastikröhren hoch Nase hinab Kehle und eine Million Jahre lachend und nur meine Aussage zwischen dir und dem verblassenden schwarzen Kreis, wie auch nur deine Aussage zwischen mir und dem Tod, und der wird ewig stumm sein, der elektrische Stuhl für dich und mich totes Fleisch verschrumpelte Eier tot und begraben, gemeinsam drin für die nächste Million Jahre – nur du und ich.

Und der verblassende schwarze Kreis geschlachteter Arme hält uns umschlungen, immerzu da, um alles zurückzuhalten, wie auch tausend Quadratmeilen unzugängliches Gebirge, Kongreß, Präsident, Stille... Aber immer wartend da, mit Plastikröhren und madengefüllten Bettpfannen und Lebenssäfte rinnen davon... Aber ihr werdet mich nie bekommen, keiner von euch – nicht Benedict Howards, keine verblassenden schwarzen Kreise elektrische Stühle Meuchelmörder augenrollende Nigger, ihr werdet niemals stark genug sein, es mir wegzunehmen, niemals, niemals ... niemals ... Niemals! Niemals! Ich halte den verblassenden schwarzen Kreis mit der Macht des Lebens über den Tod zurück! Niemals! Niemals! Niemals lasse ich mir die Ewigkeit wieder wegnehmen!

Er sah, daß Barron ihn verlegen ansah, aber dahinter verbarg sich Verwirrung, Angst und Ekel. Christus, wie sehe ich aus? Ich muß die Kontrolle behalten, es leichtnehmen, längerfristig sehen, ich habe den Panzer für millionenjährigen Schutz! Yeah, yeah, fasse dich wieder, alles in Ordnung, kein verblassender schwarzer Kreis von krebszerfressenen Geschlachteten und elektrischen Stühlen und Todesurteilen wird dir jemals etwas antun können ...

Aber er hörte seine eigene Stimme, die wie ein völlig fremdes Ding klang, als er kreischte: »Bringt ihn ins Hospital! Bringt ihn weg! Bringt ihn weg!«

Niemals! Niemals! *Mich* werden sie *niemals* umbringen können! Verblassender schwarzer Kreis! Du wirst immer verlieren und niemals gewinnen ... Ich töte dich! Ich töte dich! Ich werde niemals sterben!

17

GEWEHRE UND EIN LANGER WEISSER KORRIDOR ... grüne Berge, die über nach Äther riechenden Laken aufragen... eine zitronengelbe Decke ... schwache Schatten im Sonnenlicht werden zu opalisierenden Flecken ... warm und sanft auf einem weichen Kissen liegend ... die Waffen der Wächter weisen die Richtung zur Streckbank ... Pentatholnadel schläfriger Gleichgültigkeit ... der Tisch wird an aufragenden, kühlen Bergen vorbeigerollt ... kalte weiße Roben kalter weißer Doktoren ... Krankenschwestern und murmelnde Maschinen ... unpersönlicher Stahl von Skalpellen, der im harten Fluoreszenzlicht gleißt ... Baumwolldecken in dem warmen Bett, das Abbild der Berge an der Decke ... der Geruch des Hospitals vermengt sich mit dem Geruch von Bäumen ... die Nadel träufelt Schlaf in seine Armbeuge ... Und hinter sich spürte er die Vibrationen eines zweiten Wagens, der in den Operationssaal gekarrt wird (Sara?), hart an der Grenze zum Meer der Bewußtlosigkeit, nicht fähig und auch nicht wünschend aufzustehen ... die weißen Roben ... blaue Skalpellmaschinerie des Operationstheaters wird zum Weiß der Laken, zur zitronengelben Decke, zum Grün der Berge ... Anästhesie-Euphorie von Schwäche und Erwachen ... der Geruch von Äther und von Piniennadeln, zitronenfarbene Ärzte ...

Dann (wann?) wurde das verschwommene Gedankenmuster zu einer Erinnerung an die Vergangenheit – und Jack Barron war wach, bei Bewußtsein, und in der Retrospektive wurde er sich eines bedeutenden Ereignisses an der Grenze zwischen Wachsein und Einschlafen bewußt. Bilder der präoperativen Vergangenheit vermischten sich mit der postoperativen, undefinierten Gegenwart, als läge der unerinnerte Augenblick des Ereignisses schon zehntausend Jahre zurück. Aber nun war er endlich wieder wach und er...

Lag auf einem Bett, den Kopf auf einem warmen Kissen, seine Augen starrten verschwommen zu einer zitronengelben Decke empor, zu seiner Rechten zog sich eine Fensterfront über die ganze Wand, durch die er, hinter Gebäuden, die Rocky Mountains sehen konnte, Pinienduft strömte durch den flimmernden Hitzevorhang herein, der die kühle Gebirgsbrise fernhielt.

Jesses, dachte er, was für ein Datum haben wir heute? Wie lange war ich weg? In dem schmucklosen weißen Raum gab es keinen Kalender, nur das Bett und einen kleinen Nachttisch, nicht mal eine Uhr, und wenn sie Tiefschlafgenesung durchführten, was sehr wahrscheinlich war, dann war es unmöglich abzuschätzen, wieviel Zeit verstrichen war.

Verwirrende Erinnerungen schwammen in seinem Verstand. Diese Burschen mit den Gewehren brachten mich in den Operationssaal... Nein, halt, sie brachten mich in *dieses* Zimmer und legten mich auf einen Operationstisch. Sie verpaßten mir eine Spritze, und ich war schon fast ganz weg, als ich in den OP gekarrt wurde, und dann rollten sie hinter mir noch jemanden rein, das muß Sara gewesen sein – das letzte, an das ich mich erinnere. Sara muß jetzt ebenfalls unsterblich sein...

Unsterblich...? Ich merk keinen Unterschied zu vorher, ich glaube es wenigstens nicht. Als er sich auf seinen Körper konzentrierte, verspürte Barron ein leichtes Säuregefühl im Magen, einen kaum merklichen Schmerz im Rücken, ansonsten fühlte er sich müde und schläfrig, als läge er am Morgen nach einer anstrengenden Nacht im Bett. Echt kein Unterschied, ich fühle mich wie *ich*, nicht mehr und nicht weniger.

Gibt es denn einen Unterschied?

Barron strengte seinen Geist an, um nachzudenken, wie sein Körper sich ansonsten immer angefühlt hatte, etwas, das man ansonsten gar nicht bemerkt, wenn man nicht gerade todmüde oder krank ist. Ist es meine Einbildungskraft, oder spüre ich *wirklich* einen Unterschied? Schwer zu sagen. Jedenfalls ist mir nicht schlecht. Vielleicht etwas schwach von der Operation, was auch immer, jedenfalls keine Röntgen-Supermannkräfte, das ist sicher. Schwach, yeah, aber eine komische Art von Schwäche, fast zu gut, als könnte ich eine Meile laufen, wenn ich aufstehe... oder spielt der Gedanke an die Unsterblichkeit meinem Verstand einen Streich?

Unsterblich... Scheiße, woher weiß man, daß man unsterblich ist, wenn man nicht ein paar Jahrhunderte gelebt hat? Kein Grund, sich plötzlich anders zu fühlen. Schätze, man fühlt einfach immer dasselbe, sich jung und gesund und stark wie immer, wenn man vierzig wird, fünfzig, siebzig, hundert... Der Unterschied ist wahrscheinlich, daß man nie einen Unterschied spürt, vierzig, hundert, zweihundert Jahre, und man fühlt immer noch dasselbe, und das kann sich nicht anders anfühlen, als bis es *nicht* geschehen ist.

Unsterblichkeit... keine Ursache, sich anders zu fühlen, sie könnten dir jetzt sagen, sie haben dir einfach den Blinddarm rausgenommen, und du könntest es nicht feststellen.

He, ich *bin* unsterblich, oder sollte das Ganze ein Schwindel sein? Woher, zum Teufel, soll ich das wissen, ich habe nur Bennies Wort! Könnte er es tatsächlich gefälscht haben, um mich kaltzustellen? Werde ich nie erfahren, denn ich kann Bennie nicht vertrauen, *das* ist sicher. Nun, spielt auch keine Rolle, gewonnen oder verloren, das Spiel ist vorbei. Entweder oder. Wenn ich wieder in New York bin, dann ist es aus mit Bennie. In der nächsten Show werde ich ihn *wirklich* fertigmachen ... ich hab die Bänder als Rückversicherung, heil und gesund hier rauszukommen, unsterblich oder nicht, und vielleicht ...

Warum nicht? Auch wenn Bennie spurt, kann ich das Band in der Sendung zeigen ... Was kann er schon machen? Mich der Verleumdung bezichtigen, wo es seine eigene Stimme ist, die verleumdet? Verdammich, lieber erst mit den Anwälten beratschlagen, Bänder kann man fälschen, gelten vor Gericht nicht als Beweismittel. Bedeutet das, ich muß auf andere Weise beweisen, daß er ein Mörder ist, weil ich sonst eine Verleumdungsklage an den Hals bekomme? Es sei denn, ich könnte ihn mit den Bändern dazu bringen, während der Sendung ein Geständnis abzulegen ... Sollte nicht allzu schwer sein. Scheint sowieso ausgeflippt zu sein, wie dessen Augen immer aussehen ... vielleicht *kann* ich es schaffen. Könnte ganz schön kitzlig und interessant werden, aber auch verdammt gefährlich, wenn er sich nicht bluffen läßt. Lieber mal drüber nachdenken und eine gute Rechtsberatung aufsuchen ... vielleicht G.O.P.-Anwälte?

Die Tür ging auf, und ein dunkler Mann in einer halben Tunika schaute herein, wahrscheinlich einer der Ärzte, er sagte: »Ah, Mister Howards, er ist wach. Er hat es überstanden.«

Benedict Howards folgte dem Doktor auf den Fuß, als dieser eintrat.

»Nun, Palacci«, befahl Howards, »untersuchen Sie ihn. Sagen Sie mir, ob es hingehauen hat.«

»Unnötig, Mister Howards«, entgegnete der Arzt, »wenn er jetzt wach und am Leben ist, dann hat es hingehauen. Die einzige Gefahr bestand darin, daß die

Antikörperunterdrückung nicht funktioniert und sein Körper die Drüsen abstößt, weil er eine allergische Reaktion entwickelt. Das *kann* vorkommen, bei etwa zwei von einhundert Fällen. Aber wenn es stattgefunden hätte, dann hätte er jetzt hohes Fieber und läge möglicherweise im Koma. Eigentlich wäre er dann bereits tot. Schon in Ordnung, er ist wohlauf und unsterblich, wie die Frau.«

»Sara!« jaulte Barron, plötzlich übermannt von einer Flut von Schuldgefühlen, die er schon fast vergessen gehabt hatte. »Geht es ihr gut?«

»Besser als gut«, sagte Howards, dessen Augen immer noch so irrsinnig wie damals in seinem Büro funkelten ... vor wie vielen Tagen? »Sie ist jetzt unsterblich, wie Sie auch. Und wie ich. Wie fühlt man sich dabei, Barron? Wie fühlt man sich, wenn man unsterblich erwacht, den Geruch der Pinien wahrnimmt und weiß, daß man niemals sterben muß? Natürlich nur, solange Sie kooperieren.«

»Ich fühle überhaupt nichts, Howards«, sagte Barron kalt. »Ich kann überhaupt keinen Unterschied feststellen. Woher weiß ich, daß Sie mich nicht einfach aufgeschnitten und dann so wieder zugenäht haben, um mich dann in die Tiefschlafgenesung zu stecken, für ... Wie lange war es? Was ist heute für ein Tag?«

»Montag«, sagte der Arzt. »Sie waren ...«

Benedict Howards hob eine Hand und brachte den Arzt damit zum Schweigen. »Ich rede hier«, sagte er. »Wann kann er aufstehen, Palacci? Es gibt ein paar Dinge, die ich Mister Barron gerne zeigen würde. Wird Zeit, daß er *tod*sicher weiß, wer hier der Boss ist.«

»Nach vierzig Stunden Tiefschlafgenesung sollte er eigentlich bereits aufstehen können«, sagte der Arzt. »Es handelt sich schließlich nicht um eine bedeutende Operation. Wir müssen die Drüsen nicht sehr tief implantieren.«

»Gut, dann bringen Sie ihm seine Kleider«, sagte Howards. »Mister Barron und ich haben einige private Dinge zu bereden.«

Als der Doktor sich entfernte, setzte Barron sich auf und lehnte sich gegen das Bett. Er fühlte sich überraschend stark und war viel mehr Herr der Lage, als er erwartet hatte.

»Nun gut, Howards«, sagte er, »beweisen Sie mir, daß ich unsterblich bin. Ich gebe zu, ich habe keine Ahnung, wie ich mich fühlen sollte, aber es scheint mir, ich habe nur Ihr Wort, und für Ihr Wort und dreißig Cents kann ich einmal mit der U-Bahn fahren. Vergessen Sie nicht diese Bänder. Sie müssen mich zufrieden stimmen, um mich kühl zu stimmen, und Sie müssen dafür sorgen, daß ich auch kühl bleibe, wenn Sie überleben wollen. Vergessen Sie das niemals.«

»Klar, Sie und Ihre Klugscheißerbänder ...«, schmunzelte Howards. »Wenn Sie wieder in New York sind, werden Sie mir alle Kopien zusenden, damit wir ein nettes kleines Feuerchen machen können.«

Barron lächelte. Tatsächlich ausgeflippt. »Von welchem Planeten stammen Sie, Howards? Wenn Sie mir beweisen können, daß Sie Ihr Versprechen eingelöst haben, dann werde ich es gut sein lassen – kommt drauf an, wie ich gerade Lust habe. Aber diese Bänder sind gewiß mein Schlüssel für Sie, und ich glaube, ich werde sie aufheben, damit ich eine Rückversicherung gegen Sie habe und Sie mir – wenn Sie den Ausdruck entschuldigen wollen – schön ehrlich bleiben. Die Strafe für Mord ist Tod durch den elektrischen Stuhl, vergessen Sie das nicht.«

»Ich werde es nicht vergessen, Barron«, sagte Howards. (Aber dabei lachten die Augen dieses paranoiden Irren. Sie lachten!) »Und ich glaube, Sie werden es auch nicht vergessen. Und Sie *sind* unsterblich, und das *werde* ich Ihnen beweisen. Ich werde Ihnen alles zeigen, ich werde Ihnen ein Führer durch den ganzen Prozeß sein. Sie werden herausfinden, *wie* Sie unsterblich gemacht wurden, und glauben Sie mir, *das* wird Ihnen beweisen, daß ich mein Versprechen eingelöst habe.«

»Sie lallen, Howards, was soll das für ein Beweis sein?«

Howards lachte, und in der eiskalten Sicherheit hinter seinen paranoiden Augen sah Barron einen Blitz tödlicher Verachtung, und da wußte Barron, daß Howards nun sicher war, wirklich sicher, alles im Griff zu haben.

»Alles zu seiner Zeit«, fuhr Howards fort. »Sie werden sehen. Sie werden sehen, daß es die ganze Zeit schon mein letzter Trumpf war, Sie unsterblich zu machen. Vielleicht liegt durch diese Bänder mein Leben in Ihrer Hand, aber durch Ihre Unsterblichkeit gehören Sie mit noch tödlicherer Sicherheit *mir*. Durch und durch, Barron, jetzt gehören Sie mir, Sie sind mein Handlanger, und Sie werden niemals mehr in der Lage sein, das zu vergessen. Aber warten Sie, bis man Ihnen Ihre Kleidung gebracht hat, dann werden Sie es erleben. O Mann, Sie werden es sehen!«

»Wissen Sie, Barron, man hat mir gesagt, alles ist eine Sache der Drüsen«, sagte Benedict Howards, als der Fahrstuhl endlich zum Stillstand kam. Nach Barrons Ansicht mußten sie sich im tiefsten Subkeller des Hospitals befinden.

Würde mich nicht überraschen, ein Frankenstein-Schleimige-Monster-Gewölbe hier zu finden, dachte er, als die Fahrstuhltür beiseite glitt und als Antiklimax einen gewöhnlichen, weißen und fensterlosen Hospitalkorridor enthüllte.

»Endokrine Balance, so nennen sie das, endokrine Balance ...« Howards brabbelte unaufhörlich weiter, während die beiden Wachen sie mit lockeren, aber noch im Halfter befindlichen Waffen aus dem Fahrstuhl und in den Flur führten. Offensichtlich folgten die Männer zuvor erteilten Anweisungen, da Howards kein Wort zu ihnen gesagt hatte, nachdem sie das Krankenzimmer verlassen hatten, er laberte nur andauernd ungereimtes Zeug über Hormone und Drüsen.

Barron hörte ihm kaum zu. Howards' abstrakte, glasige Augen, die Art, wie er unaufhörlich redete, den Kopf hierhin und dorthin wandte, wie ein ängstlicher Vogel, überzeugte ihn davon, daß Howards nun endgültig übergeschnappt war. Und, dachte er, dann dieser verdammte Medizinerjargon, den er offensichtlich nur halb kapiert hat...

Aber, erkannte Barron plötzlich, das ist der Kicker. Wenn das alles Beschiß wäre, dann würde er das ganze Zeug nicht kennen, es sei denn, er hätte alles nur haarklein inszeniert, um mich in die Irre zu führen, aber dann wäre er viel ruhiger, Bennie ist kein so guter Schauspieler, eine Schmierenkomödie so überzeugend zu bringen. Was bedeutet...

Es stimmt; es ist zumindest wahrscheinlich: *Unsterblichkeit*. Vielleicht bin ich es wirklich, und er macht mir kein X für ein U vor. Unsterblich! Ich spüre keinen Unterschied, aber warum sollte ich, ich bin jung und ich bin gesund, und wenn es stimmt, dann wird es immer so sein, und ich werde mich *niemals* anders fühlen, nicht in einer Million Jahren...

Wirklich, fragte er sich. Bennie hat sich gewißlich verändert, er wird mit jeder Minute paranoider, seit das alles angefangen hat. Aber vielleicht war das ganze Stiftungsspiel schon von Anfang an eine paranoide Sache, und je mehr Geld Bennie hat, desto länger kann er leben, und desto länger kann er vor Angst darüber in die Hosen scheißen, alles wieder zu verlieren. Und damit ist er genau dort, wo ich ihn haben will.

Aber warum ist er dann so verflucht sicher, daß er mich nun endgültig in der Tasche hat?

Dieses dauernde Hin und Her... Und dann durchzuckte es ihn wie kaltes Feuer: Howards ist fast gestorben, um mich möglichst schnell unsterblich zu machen. Und jetzt bin ich ihm ausgeliefert? Aber wieso? Er kann mir nichts tun, aber ich kann ihn jederzeit niedermachen. Die Behandlung... yeah, die verfluchte Behandlung, wann immer ich versuchte herauszufinden, wie sie aussieht, wurde er fast verrückt, und jetzt erzählt er es mir, und ich höre ihm nicht mal zu. Was auch immer es sein mag, eines ist verdammt sicher, nämlich, daß es auch mit mir gemacht worden ist. Hör zu, du Arsch, hör gut zu, denn schließlich hast du ja alles nur unternommen, um das herauszubekommen.

»Ein Mann ist immer so alt wie seine Drüsen«, sagte Howards gerade. »Wenn man das Hormongleichgewicht behalten könnte, das man als Kind hatte, dann würde man nie mit Wachsen aufhören... Nein, das ist falsch, ich glaube... oder... ist auch nicht so wichtig. Wichtig ist: Man ist nie älter als die Drüsen. Bis zu einem gewissen Punkt bewahren die Drüsen ein Kind vor dem Altern, etwa der Art: Anabolismus kontrolliert Katabolismus, was auch immer das heißen mag. Wie auch immer, in dem Augenblick, wenn es sich umkehrt, beginnt man zu altern, zu sterben, verblassender schwarzer... So hat man's mir erklärt, normalerweise wächst ein Mensch, oder aber er altert, dazwischen gibt es nichts, und das hängt *einzig* von der Balance der Drüse ab. Wie bei einer Uhr um Mitternacht, zwischen einem Schlag und dem nächsten liegt ein neuer Tag, ein Schlag, und man wächst, der nächste Schlag, und man altert. Wenn man immer weiter wächst, dann bringt einen das früher oder später um, haben sie mir gesagt, aber ich verstehe nicht ganz, warum... Aber egal, jedenfalls sagen sie, in dem Augenblick, wo die Drüsen diese Trennlinie passieren, im Alter zwischen zehn und zwanzig, dann beginnt man zu altern. Verstehen Sie, Barron, verstehen Sie? Unsterblichkeit ist nur ein kleiner Trick.«

»Trick, Schnick«, sagte Barron schließlich. »Was sabbern Sie da zusammen?«

»Sie sind verdammt blöd, Barron, kapieren Sie es denn nicht? Wenn es in der Dienstagnacht genau zwölf Uhr ist und Sie die Uhr genau in dem Augenblick anhalten, wenn es aufhört, Dienstag zu sein, es aber auch noch nicht Mittwoch ist, dann hängen Sie mittendrin. Nicht mehr wachsen, nicht mehr altern. Der Klugscheißer Palacci nennt das ›Homöostatische Endokrine Balance‹. Man muß die Drüsenuhr genau zwischen den Schlägen anhalten und sie dort im Gleichgewicht halten, zwischen Wachsen und Altern, und das ist Unsterblichkeit. Das haben wir erreicht, wir können alle Drüsen ewig in der homöostatischen Balance halten. Ewig! Wir haben Drüsen, die ewig jung bleiben, Barron. Darum müssen wir niemals sterben.«

Ergibt sogar einen verdrehten Sinn, gab Barron zu, der in seiner Erinnerung nach einigen Begriffen aus den Biologievorlesungen in Berkeley fischte: »Anabolismus und Katabolismus gleich Metabolismus«, fiel ihm da eine alte und bedeutungslose Phrase wieder ein. Aber was, zum Teufel, bedeutete das? Mal sehen: Metabolismus ist wie ein biologisches Konto, Anabolismus bedeutet Wachstum, Katabolismus Verfall – oder andersrum? Wie auch immer, im Kind überwiegt das Wachstum gegenüber dem Verfall, das Konto ist ausgeglichen, während es beim Erwachsenen umgekehrt ist, das Konto ist nicht mehr ausgeglichen, und daher beginnt man zu altern. Yeah, aber wenn man immer einen Gleichstand hätte und den auch behalten könnte, dann würde man unsterblich sein, wie Howards sagte. Ist das alles, was die Unsterblichkeit ausmacht? Daß man seine alten Drüsen auswechseln läßt, wie Motorteile eines Autos? Aber wie funktioniert das?

»Ich glaube, ich verstehe jetzt, Bennie«, sagte er. »Aber aus reiner Neugier, wie schaffen Ihre Jungs das, ich meine, mit all diesen Drüsen herumzuspielen?«

Howards starrte ihn an, und die kalten Worte, die er hervorstieß, klangen irgendwie völlig obszön: »Harte Strahlung, und zwar eine ganze Menge. Eine Überdosis Strahlung, die zwei Tage lang verabreicht wird.«

Barron fühlte Kälte in sich aufsteigen. Strahlung – ein Zauberwort, wie Krebs. Überdosis Strahlung, zwei Tage lang! Aber das bedeutet ...

Howards lachte. »Keine Sorge, Barron, Sie werden nicht sterben. *Ich* bin doch auch nicht tot, und wir hatten beide dieselbe Behandlung. Meine Jungs fanden etwas über eine ganz spezielle Strahlenart heraus – in großen, tödlichen Dosen friert sie das Gleichgewicht der Drüsen zu dieser Homöostatischen Endokrinen Balance ein, wenn man sie jung genug erwischt ...«

»Aber welchen Einfluß hat diese Strahlung auf den Körper?«

Howards verzog das Gesicht, seine Augen schienen ins Leere zu starren, als würde er einen ziemlich schmutzigen Film auf der Leinwand seines Geistes betrachten; dann schien er sich aber wieder davon loszureißen, als die Wachen vor einer massiven Stahltür stehenblieben.

»Ich habe es selbst nie gesehen, aber sie sagen, es sieht verdammt scheußlich aus«, sagte Howards. »Das Fleisch beginnt zu verfaulen und abzufallen, der ganze Körper verwandelt sich in Millionen kleine Krebsgeschwüre ... aber die Drüsen sind okay, wenn die Jungs den richtigen Zeitpunkt nicht verpassen. Besser als ...«

»Sie verrückter Wichser!« heulte Barron und wäre

um ein Haar auf Howards losgesprungen, hätten die Wachen nicht deutlich mit ihren Pistolen gewinkt.

»Sparen Sie sich den Schaum vorm Mund, Barron, keiner hat gesagt, daß Sie bestrahlt wurden«, sagte Howards und streichelte den Knauf der Stahltür. Er lachte. »Ich zeige Ihnen, warum wir beide okay sind und es auch immer sein werden und warum ich Sie dort habe, wo ich Sie haben wollte. Ich sagte doch, Sie haben Drüsen, die jung sind und die auch ewig jung bleiben werden...« Howards' Augen glichen tiefen Seen paranoiden Irrsinns, als er den Knauf drehte und fortfuhr: »... aber wann habe ich gesagt, daß das *Ihre* Drüsen sind?« Dann öffnete er die Tür.

Dahinter lag, was auf den ersten Blick wie ein ganz gewöhnliches Krankenhauszimmer aussah: Ein langer, schmaler Raum, ein zentraler Korridor führte zwischen zwei Reihen mit je etwa einem Dutzend Betten hindurch, an jeder Wand waren Diagramme angebracht. An der gegenüberliegenden Wand befanden sich eine große Konsole und ein schmales Pult, hinter dem ein weißgekleideter Mann saß, der dort offensichtlich Instrumente bediente. Rechts neben dem Schreibtisch war eine zweite Tür.

Doch die Gestalten in den Betten waren es, die dem Raum etwas Groteskes verliehen und Barron mit einem unwirklichen Gefühl der Übelkeit erfüllten.

Zwei Dutzend Betten, in jedem lag ein Kind, keines jünger als sechs, keines älter als zehn Jahre, mehr als die Hälfte davon war schwarz. Alle wurden intravenös ernährt, aber die Kanülen in den Ellbogenbeugen führten nicht etwa zu Tropfflaschen, sondern zu einer Hauptröhre, die an jeder Wand verlief und in dem Konsolenkomplex endete. Eine vergleichbare Einrichtung leerte die Katheder, die unter jedem Bettuch hervorragten. Jedes Kind hatte an der Brust und am Kopf befestigte Elektroden, deren Drähte in dicken Kabeln endeten, die ebenfalls an der Monitorkonsole endeten. Kein Laut war zu hören, als sie eintraten, kein Gesicht wandte sich ihnen zu, kein Muskel zuckte; alle Kinder lagen im tiefen Koma.

Das Alter... die Mehrzahl Neger... Christus auf 'ner Harley, dachte Barron. Das müssen die armen Kinder sein, die die Stiftung gekauft hat!

»Hübsch, was?« sagte Howards. »Ich meine, wenn man sich vorstellt, was das hier für ein Tohuwabohu sein könnte, ein ganzes Zimmer voller brüllender und kreischender Bälger, und dann erst das Personal, das sich um sie kümmern müßte... Kurzfristig ist die ganze Ausrüstung hier verdammt teuer, aber wenn man bedenkt, was man dadurch an Unterhaltskosten und Essen und Pflegepersonal einspart, und das gegeneinander aufrechnet... nun, dann spart man mittelfristig doch eine ganze Menge Geld.«

»Was, zum Teufel, tun Sie diesen armen Kindern an?« fragte Barron. »Was stimmt nicht mit ihnen? Warum sind sie alle weggetreten?«

»Was nicht mit ihnen stimmt?« fragte Howards neutral, aber mit einer entsetzlichen Manie, die seine Augen versprühten. »Nichts stimmt mit ihnen nicht, es sind alles physisch perfekte Exemplare, sonst würden wir nicht das Geld aufwenden, das uns ihr Hiersein kostet, da können Sie Gift drauf nehmen. Hier tun wir ihnen gar nichts an, das ist lediglich unsere Kinderanstalt. Der ganze Prozeß ist für die Kinder völlig frei von Schmerzen. Sie spüren überhaupt nichts. Wofür halten Sie mich, für einen Sadisten? Wir halten sie hier lediglich bereit und ruhig und füttern sie mit Glukose, bis der Prozeß beginnt. Spart Zeit und Ärger und Geld – ein Mann an den Instrumenten kann alles regeln.«

Das kann doch nicht wahr sein, dachte Barron, während Howards ihn den Korridor hinabführte. Die Wachen folgten immer noch. Aber er wußte verdammt gut, daß es so war. Der Leichengeruch des Wahnsinns hing so schwer in der Luft, daß man ihn fast hätte schneiden können, während sie an den Bettenreihen vorüberschritten, in denen die Kinder mit Drähten und Röhren verbunden waren – und so sieht er das: als verdammtes Fließband. Aber ein Fließband wohin, Bennie? Howards ist vollkommen übergeschnappt, und wenn ich ihn in der Show habe, werde ich ihn in Stücke reißen und dann die Stücke wieder in Stücke reißen ... Der Kerl ist vollkommen verrückt!

Und doch hörte er ihm mit gebannter Faszination zu, unfähig, Howards' Worten vorauszudenken, während Bennie weiter wie ein verdammter Produktionschef laberte, der Besucher durch seine Fabrik führen darf:

»Natürlich ist das nur ein Pilotprojekt ... wenn wir das Problem des gefahrlosen Auftauchens unserer Tiefgefrorenen lösen könnten, dann würden wir diesen Unfug hier gar nicht benötigen, dann könnten wir sie einfach bestrahlen und dann einfrieren und sie wieder rausholen, wenn wir sie benötigen, würde noch mehr Geld sparen. Wir arbeiten daran, aber meine Leute sagen, das liegt noch Jahre in der Zukunft, also bleibt vorerst alles beim alten. Mit Strahlenkrankheiten und Krebs kann keiner länger als ein paar Wochen haltbar gemacht werden. Die Zeitabstimmung ist also eine verdammt kitzlige Sache, wenn man dauernd ein Dutzend oder so parat haben muß. Verdammt, wenn sie nur endlich herausfinden würden, wie man die Drüsen in den Gefrierkammern lagern und wieder auftauen kann, dann könnten wir uns den ganzen Unfug hier sparen.«

Als sie bei der anderen Tür angekommen waren, sah der Mann hinter dem Pult kurz von seinen Anzeigen auf, doch Howards sagte: »Kümmern Sie sich nicht um uns, ich führe nur unserem allerersten Klienten unsere Anlage vor.«

Dann wandte er sich wieder an Barron, und seine Augen glichen unerträglichen Flammen des Wahnsinns. »Trotzdem, für ein Pilotprojekt sieht es doch verdammt gut aus, oder nicht?« fragte er.

Und nun endlich spürte Barron, wie die unaufhörlich einströmende Datenflut endlich bis zu seinem Innersten durchdrang: *Mord*. Eine Art aberwitziger Massenmord! Er bringt diese Kinder um, er tötet sie langsam. Muß vollkommen verrückt geworden sein, mir das alles zu zeigen. Für wen hält er mich, er muß doch wissen, daß ich ihm daraus einen Strick drehen werde...

»Was, zum Teufel, soll das?« brüllte Barron. (Und dann sah er das Fenster in der Tür vor ihm, gerillt wie das Fenster einer Toilette, und ging schnurstracks darauf zu.) »Und was, verdammt noch mal, ist hinter dieser Tür?«

Geschmeidig wie eine Katze schlüpfte Howards zwischen ihn und die Tür, seine Augen waren geweitet vor Entsetzen. »Das wollen Sie bestimmt nicht sehen«, kreischte er mit schriller, sich überschlagender Stimme. »Glauben Sie mir, das werden Sie nicht sehen wollen. Das ist die Kammer für die Körper nach der Bestrahlung – Krebs, verfaultes Fleisch... alles verfällt... es ist häßlich, Barron, sie sagen mir, daß es wirklich häßlich ist. Ich war noch nie da drinnen, und ich will auch niemals hinein. Ärzte, die sind an so was gewöhnt... Aber uns beide würde es wahrscheinlich umbringen, würden Sie die Tür öffnen.«

»Was tun Sie? WAS, ZUM TEUFEL, TUN SIE HIER?«

»Hören Sie auf zu plärren, Barron, haben Sie das noch nicht erraten? Mit der ausreichenden Strahlendosis können die Drüsen von Kindern in der Homöostatischen Endokrinen Balance gehalten werden, und dann erhalten sie den Körper so, wie er ist, er altert nie, bleibt ewig bestehen. Unsterblichkeit, aber mit zwei großen Nachteilen. Zuerst einmal, es funktioniert nur mit Kindern unter zwölf Jahren, und das bedeutet, keine Unsterblichkeit für erwachsene Menschen – für uns. Aber es würde ohnehin nicht funktionieren, denn die Strahlendosis, die erforderlich ist, ist absolut tödlich. Großartiger Witz, was? Wir haben eine Methode, Kinder unsterblich zu machen, aber diese Methode tötet sie – Operation erfolgreich, Patient tot.

Aber die *Drüsen*, die sterben nicht, Barron. Nachdem sie bestrahlt wurden, arbeiten sie immer noch perfekt und einwandfrei und können einen Menschen ewig am Leben erhalten. Nur eine einfache Transplantation – und bei dem heutigen Stand der Medizin gelingen solche Operationen fast immer. Sie müssen die Drüsen nicht mal an die normalen Stellen tun, wo sie hingehören, einfach nur eine in die Bauchhöhle und eine in den Rücken – Kleinigkeit für meine Quacksalber. Kapiert, was ich meine? Wir haben Drüsen, die uns ewig am Leben erhalten, aber das bedeutet noch lange nicht, daß es *unsere* sind.«

Barron fühlte sich, als würden kalte, schleimige Schlangen sich über seinen ganzen Körper winden, und verspürte den Drang, sein eigenes Fleisch mit den Fingernägeln aufzureißen, um die weichen grünen pulsierenden Klumpen herauszuholen, deren Säfte ewig in ihm tropfen würden, Todesjunk, der sich ewig in seinen Venen ergießen würde ... Bilder schlafender Gesichter, von den Bergen um Evers, von Slumkindern, von Franklins zerschmettertem Gesicht und von harten metallenen Bienen, die an seinem Ohr vorbeisummten, fielen ihm ein. Bilder explodierender Körper schleimiger Blutströme dicker schleimiger Schmant in dem er ertrank! ertrank! im Schleim in Körpern von Niggern die madengleich in seinem eigenen wuselten – all das brannte feurige Spuren der Wut durch sein Gehirn.

»Sie verdammter verrückter Mörder!« schrie er. »Sie Monster! Sie haben kein Recht, am Leben zu sein! Und das werden Sie auch nicht, Bennie, das schwöre ich Ihnen, ich werde Sie töten, so oder so! Ich habe diese Bänder ... ich bekomme Sie sogar dann, wenn Sie mich hier und jetzt umlegen lassen! Los doch, töten Sie mich! Töten Sie mich! Ich werde Sie auch töten! Sie verdammter ...«

Dann warf er sich mit einem irrsinnigen Aufschrei auf Howards, spürte gerade die trockene Haut von Howards' Kehle unter seinen Fingerspitzen – da packten ihn die Wachen, jeder an einem Arm, und drehten sie ihm auf den Rücken, ein unentrinnbarer Klammergriff.

»Mörder?« winselte Howards. »Was soll das heißen, Mörder? Zwei von uns sind am Leben, und zwei von denen sind tot ... Wie lange hätten sie denn schon gelebt? Nicht mal ein Jahrhundert, und dann wären diese Kinder genau das, was sie jetzt auch sind, nämlich tot. Es kostet also zwei Lebensspannen, um uns zwei Millionen Lebensspannen einzubringen, kapieren Sie das denn nicht – wir gewinnen Leben im Verhältnis eins zu einer Million. Das ist kein Mord, das ist genau das Gegenteil, wir stoßen den verblassenden schwarzen Kreis zurück, wir stoßen ihn eine Million Jahre zurück, wir öffnen den verblassenden schwarzen Kreis des Todes, wir schließen ihn nicht. Was meinen Sie damit, Mord? Das ist Leben, Mann, *Leben!* Es nicht zu tun, *das* wäre Mord ... Mord an einem Selbst, sich selbst dem verblassenden schwarzen Kreis übergeben, einsachtzig tief mit geschlachteten Niggermaden zehn Millionen Jahre lachende Geier mit Röhre hoch Nase hinab Kehle, verblassender schwarzer Kreis und Mord ...«

Während Howards ihn so ankreischte, seine vor nacktem Entsetzen rollenden Augen nur Zentimeter entfernt, Gesicht an Gesicht, Haß gegen Haß, da fühlte

Barron, wie er eiskalt wurde, die kalte Logik lichtjahreweiter Elektrischer-Stromkreis-Isolierungslogik-Entfernung, der kinästhetische Schrecken der Dinge, die man ihm eingepflanzt hatte, wurde zu Phosphorpünktchenbildern des Todes auf dem Bildschirm seines Verstandes. Er suchte nach einem Halt, den er in der spiegelnden Satelliten-Netzwerk-Oberfläche fand, die sich zwischen seinem Bewußtsein und dem Phosphorpünktchenbild des Wahnsinns in Benedict Howards' Augen bildete.

Kühl bleiben, mahnte er sich. Du bist Tritt-sie-in-den-Arsch Jack Barron, und du lebst. Und mit diesem Wissen beruhigte er sich selbst und sog die Vidphon-TV-Schirm-Realität ein, die ihn abkühlte wie ein kalter Guß.

Muß ihn stoppen, umbringen, fertigmachen, so ist es. Hab die Muskeln, das zu tun, hab seine Mordbänder, die *Champion Jack Barron*-Pipeline zu (nach neuesten Schätzungen) hundert Millionen Amerikanern, die G.O.P.-Rückversicherung, und damit ist er geliefert.

Aber die Drüsen in deinem Körper versprühen wie schleimige Krokodile das Blut ermordeter Babies, um dich am Leben zu erhalten.

Er sah, daß auch Howards sich wieder auf einer erträglicheren Realitätsebene gefangen hatte. »Sie sehen also«, sagte er, »ich habe Sie genau da, wo ich Sie haben wollte. Mord, yeah, rechtlich gesehen ist es Mord, und es wird einiges kosten, bis ich das Gesetz ändern kann. Bevor *wir* das Gesetz ändern können, denn Sie hängen so tief mit drinnen wie ich, Barron. Ihr Vertrag... ich wette, Sie haben nicht alles von dem Kleingedruckten gelesen, besonders nicht den Teil, wo Sie alle rechtlichen Konsequenzen der Behandlung selbst tragen. Hielten Sie das nur für eine Rückversicherung unsererseits, falls Sie sterben sollten?

Dieser Vertrag wurde von einem verdammt teuren

Anwalt ausgearbeitet. Er ist absolut wasserdicht, und er ist das rechtlich vor jedem Gericht gültige Eingeständnis des Mordes. Er ist ein Geständnis, und sollten Sie mir eins auswischen wollen, dann werde ich zwanzig Zeugen kaufen, die beschwören können, daß Sie schon vor der Behandlung alles wußten. Wir sitzen beide im selben Boot, Barron. Wenn Sie am Leben bleiben wollen, dann müssen Sie meine Befehle ausführen.«

Blinde Berserkerwut wallte in Barron auf: Verrottete Körper weiche schleimige Drüsen tröpfelten schmatzend und ewig ihren Vampirschleim in seine Venen das Blut geschlachteter Kinder der Krokodilsrachen von Howards' Wahnsinn erzeugte bewußt Krebs solange er lebte solange Howards von Gewehren umgeben war und von fünfzig Milliarden Dollar und von Gefriergesetz und vom Präsidenten (den er *womit* gekauft hat?) und vom Kongreß ewig sicher unsterbliches Vampirmonster das immer weiter und weiter und weiter gehen kann ...

»Glauben Sie wirklich, das spielt eine Rolle, Howards?« heulte er. »Glauben Sie, das wird Sie retten? Mit ... mit ... (er krümmte seinen Körper zornig) diesen *Dingern* in mir, sind Sie ganz sicher, daß ich damit leben will? Ich krieg Sie Howards, und daran können Sie nichts ändern. Ich krieg Sie, und wenn es mein eigenes Leben kosten sollte.«

»Nicht nur *Ihr* Leben«, sagte Benedict Howards. »Sie wollen die Unsterblichkeit nicht, okay, Sie haben ein Recht darauf, verrückt zu sein. Wen kümmert das? Sie fühlen sich verdorben und wollen sterben, das ist Ihre Sache. Aber wenn *Sie* sich schon so fühlen, nachdem Sie es herausgefunden haben, wie wird es dann erst Ihrer Frau gehen?«

»Sara ...«

»Sie haben ein kurzes Gedächtnis, Barron. Ihre Frau

hat denselben Vertrag unterschrieben – und damit ist sie auch des Mordes schuldig. Wenn es zu einer Mordverhandlung kommen wird, dann wird es drei Angeklagte geben, sie gehört auch zu uns. Und dabei hatte sie keine Ahnung, was sie erwartet, oder? *Sie* haben sie da mit hineingezogen, und wenn Sie nicht spuren, dann werden *Sie* sie töten. Erzählen Sie mir nichts von Mord, Barron, Sie sind auch ein Mörder, wie man es dreht und wendet.«

»Sie ... Sie haben es ihr erzählt ...?«

»Halten Sie mich für blöd?« fragte Howards. »Sie sind ein Irrer, wer weiß, was Sie tun könnten, auch wenn Ihr eigenes Leben auf dem Spiel steht. Aber Miss Sara Westerfeld – oder Mrs. Jack Barron, was auch immer –, nun, wir wissen beide, wie *sie* ist, nicht wahr? Natürlich habe ich es ihr nicht erzählt. Warum sollte ich, das ist meine allerletzte Rückversicherung. Ich werde ihr kein Wort verraten, solange Sie mitspielen. Nun weiß ich sicher, ich habe Sie in der Tasche. Und das stimmt auch, ja? Los, Barron, geben Sie es zu, ich will hören, wie Sie es zugeben.«

Scheiße, dachte Barron, er hat mich *wirklich* in der Hand. Er weiß es, er weiß, ich weiß es ... ich bin gefangen! Kann es Sara nicht erzählen ... schlimmer als mich verlassen, sie würde total überschnappen. Muß ... muß ... *was!* Was, zum Teufel, kann ich tun?

»Okay, Howards, vorerst spielen wir nach Ihren Regeln.«

»Vorerst! Das ist gut, Barron, das ist wirklich gut. *Vorerst.* Die nächste Million Jahre! Und wissen Sie was, mein Freund? Früher oder später werden Sie mir danken, wenn Sie verstehen, was ich meine. Sie wollen weiterleben, dagegen können Sie nichts machen, richtig? Unsterblich ... noch fünfzig Jahre oder so, dann werden Sie erkennen, daß es *alles* wert ist, unsterblich zu sein, alles ... geschlachtete Niggerkinder, ganze Haufen von ...

Sie werden es mir danken, Barron. Sie sind unsterblich, Sie sind mehr als ein Mann, Ihr Leben – das ist eine Million von denen wert. Lassen Sie etwas Zeit vergehen. Sie werden lernen, es zu genießen, darauf gebe ich Ihnen mein Wort.«

Und Barron sog die Furcht aus Howards' irren Augen, eine Sterbensangst, wie er sie noch niemals zuvor gespürt hatte: Angst, daß Howards recht behalten könnte, Angst, daß die Dinge in ihm ihn in fünfzig oder hundert oder tausend Jahren zu einem verrotteten Häuflein Elend gemacht haben würden, Angst, daß er eines schönen Tages in diese paranoiden, monströsen Augen blicken würde, um einen gräßlichen Anblick zu sehen – *sich selbst*.

18

KEIN AUSWEG, SO EINE GOTTVERDAMMTE KLEINE FALLE, dachte Jack Barron, der unter dem grauen, wolkenverhangenen New Yorker Himmel in seinem Dachgarten spazierenging. Er spürte die klamme Kälte durch den hochgeschlossenen Kragen seiner Sportjacke. Die untergehende Sonne überzog die grauen Wolken mit häßlichen, purpurroten Schlieren, und die zermürbenden Verkehrsgeräusche der Rush-hour schienen durch den feuchten schwarzen Schmant (bestehend aus Regen und gutem, alten New Yorker Dreck und Ruß) nur noch lauter zu werden, der die Gehwege, Straßen, Menschen und Autos bedeckte, die wie Wanzen dreiundzwanzig Stockwerke tiefer in der Dämmerung dahineilten.

Dienstagnacht. Yeah, bald wird es Nacht werden und dann Morgen, dann wieder Dämmerung, und dann 8:00 Uhr. Und dann ... Mann, was dann? Was, zum Teufel, kannst du tun? Was kannst du nur tun?

Drinnen spielte Sara eine ihrer alten, verkratzten Dylan-Platten ab, die sie mitgebracht hatte, und die näselnde, schnarrende Ächzkrächzstimme aus einer einfachen, lockeren Vergangenheit verspottete ihn mit ihrer ausgeleierten Ironie:

»I wish I could give Brother Bill his big thrill,
I would tie him in chains at the top of the hill,
Then send out some pillars and Cecil B. De Mille ...«

Der arme alte Dylan sollte jetzt noch leben, nur um zu sehen, wie nahe er heute ans Itzibitzi rankommt, zwanzig Jahre später. Der arme paranoide Bastard war einfach ein wenig zu früh dran für das *echte* Paranoiaville, das ist es. Wußte damals schon, wie es heute aussehen würde, und wäre nicht so *cool*, wenn es so einfach wäre, das gute alte Samson-Zerschmettern-Spiel, geh ins Studio, das an das Satellitensystem angekettet ist, und erzähl deinem Publikum von dem ganzen Schmuddel.

Und du könntest es einfach dadurch tun, indem du die Bänder abspielen läßt, Bennie ranholst und dem ganzen verdammten (nach neuesten Schätzungen) Hundert-Millionen-Publikum die ganze Geschichte von schleimigen, tropfenden grünen Drüsen erzählst, aus denen immer und ewig das Blut geschlachteter kleiner Babies tropft, wie sie dahin gekommen sind, wer sie dahin brachte, und dann könntest du sie tropfend und schleimig blutend herausreißen und sie ins Gesicht von hundert Millionen schleudern, damit jeder erkennt, was für einer der Tritt-sie-in-den-Arsch Schwarze Bleiche Jack Barron wirklich ist, der dann mit Schaum vorm Mund Howards und die Stiftung vernichten würde, indem er den Boss und seine sämtlichen Handlanger zu winzigkleinen Stücken zerhackt... Du mußt nur den richtigen Knopf drücken, und dann werden sämtliche Wände einstürzen, wenn du den Mut hast, dich selbst ans Messer zu liefern, und Sara...

Barron winselte, als ihm einfiel, daß das Stück, das Sara gerade hörte, *Tombstone Blues* hieß. Und ganz genauso ist es auch!

Howards mag verrückt sein, aber er weiß ganz bestimmt über *eines* Bescheid, und vielleicht hat er recht, vielleicht ist das wirklich das einzige, was zählt, nämlich das Leben, nicht mehr und nicht weniger, einfach nur, am Leben zu bleiben. Wenn der Itzibitzizeitpunkt gekommen ist, dann wird kein Mann den Schneid haben, das Kamikazespiel zu spielen. Sara... yeah,

Sara dort drinnen, stoned vom Adrenalin, seit wir von Colorado zurück sind, glaubt, nun haben wir es endgültig geschafft, unsterblich und auf ewig zusammen, und morgen abend ist das Jüngste Gericht für Bennie Howards, der Babybolschewik Zurück-zum-Volk Jack Barron ist bereit, die Apokalypse zu entfesseln, und hinterher gehen wir dann Hand in Hand dem Sonnenuntergang entgegen. Kampfeshymne der Heil-dem-Führer-Republik ertönt im Hintergrund, während wir in die Ewigkeit spazieren.

Sara ... klar, mach dir nur weiter was vor, es wäre alles nur wegen Sara; wenn Sara nicht wäre, dann würdest du ohne zu zögern einen Kamikazeangriff auf Howards anberaumen, Mordanklage und Strafe für den Mörder, live und tausend Jahre lang.

Sicher würdest du das. Tausend Jahre ... eine Million Jahre, wirf alles über Bord. Sicher würdest du das! Wäre Sara nicht, dann würdest du Howards kaltmachen, und dich mit ihm. Sicher würdest du das. Scheiße würdest du!

Tot ... tot ... Barron ließ das Wort durch seinen Verstand rollen und preßte es aus wie eine Zitrone, um den sauren Geschmack der Wirklichkeit darin auszukosten. *Tod ... Tod ...* Niemand kam je zurück, um authentisch darüber zu berichten, wie sich das anfühlt. Vielleicht tauen sie eines Tages ein paar von den Eingefrorenen auf, dann wirst du wissen, wie es ist, tot zu sein, bevor man stirbt. Aber für Mörder ist kein Platz in der Tiefkühltruhe, kein Blitzeinfrieren direkt vom elektrischen Stuhl herunter – »Doch bist du schwarz, hast du kein Glück – wenn du gehst, dann kommst du nie zurück.« Der Schwarze Bleiche ... Der Schwarze Bleiche ... Yeah, Lukes Madison-Avenue-Micky-Maus-Slogan hat auch noch eine andere Seite, wie der Tod, wie eine Million Jahre ins Nichts zerstoben, wie weggeworfen. *Sicher würdest du.* Alles nur wegen Sara. Der alte Jack Barron hat keine Angst vor dem Sterben. Scheiße hat er!

Tombstone Blues ...

Yeah, du hast Klasse, Jack Barron, du machst die Heldenszene, und du machst sie gut: Wirfst vierzig Jahre weg, wirfst eine Million Jahre weg, und, wer weiß, vielleicht sitzen in hundert Jahren wieder ein paar Verlierer auf einem staubigen Dachboden und denken daran, was für ein klasse Kerl Jack Barron doch war (erinnert ihr euch an ihn?), und das wird dir verdammt viel nützen, wenn du tot bist. Der abgewichste Schwarze Bleiche ...

»Doch bist du schwarz, hast du kein Glück – wenn du gehst, dann kommst du nie zurück.«

So sehen die das, wenn sie einen Weißen sehen? Bleiche weiße Pappmachemaske über der schwarzen Wirklichkeit und der schwarzen Farbe des Todes und der schwarzen Farbe der Ewigkeit und der schwarzen Farbe der Leere und der schwarzen Farbe der Verlierer und der schwarzen Farbe des Dschungels im Innern, und schwarze Babies ernähren mit ihrem schwarzen Blut auf immer und ewig einen weißen Vampir.

Das ist die Itzibitzialternative – schwarz oder weiß, Gewinner oder Verlierer, lebend oder tot, und nichts dazwischen. Ewig leben auf einem Berg von Leichen – oder selbst eine dieser Leichen zu sein, das ist die ganze Sache.

Wäre Sara nicht, dann wärst du auf der Seite der Verlierer, auf der Seite der ewig toten Leichen und du bei ihnen – du bist doch der abgewichste Schwarze Bleicharsch, oder nicht? Klar bist du das! Sicher würdest du!

Und wie grauer Blutschmant aus einem Rinnstein, begann es wieder zu regnen, ein schmutzig-grauer New Yorker Regen, genau richtig eingesetzter Spezialeffekt.

Die Stadt vor ihm war ein schmutziges Gemälde, grau in grau, während Sara im Zimmer hinter ihm die Lichtorgel angeschaltet hatte, die den Raum in Musik und Licht badete... der anheimelnde Schein der künstlichen Feuerstelle über dem dicken roten Teppich und den holzverkleideten Wänden... Sara ging drinnen auf und ab, lebend und unschuldig und unsterblich... Das vierfarbige Science Fiction-Kalifornien des Geistes, das *er* dreiundzwanzig Stockwerke über New York erschaffen hatte, über dem Schmutz, und nun stand er im Regen, naß und fett und schmutztriefend, bevor er Manns genug war, sich ins Innere zu wagen.

Der Geruch der Ewigkeit lastete schwer im Wohnzimmer. Er roch ihn im stickigen Geruch des Teppichs, der Ersatzphoenixflamme der Feuerstelle, dem Scheppern der Stahlgitarre über dem Harmonikawinseln über der nasalen Quängelstimme Dylans (des *toten* Dylans), dem Pochen des Regens auf den Facetten der Dachkuppel, die im Farbenorkan der Lichtorgel funkelten, dem süßen Nachgeschmack von Potrauch in der Luft, der Wand elektronischer Dingelinge im vierfarbenen Satellitennetz des Wirklichkeitskontaktes mit dem ganzen Universum, hör auf die dröhnende Glocke der Ewigkeit! Leben!

Leben... Leben war orangefarbenes Feuerholz Flammen brutzelnde Steaks kitzelnder Potrauch Musik Farbe blaue Farbe rote Farbe Saphirfunkeln der Dachfacetten oben Harmonikariffs die in der Nacht verhallten, war das Spannungsgefühl jeden Muskels während er über den Teppich schritt, der unter seinen Füßen nachgab, war die aus- und einströmende Luft vermischt mit dem Geruch von Regen von Feuer von Pot vom Frauenaroma Saras, war der Geschmack seiner Zunge im Mund, war alles, was in jedem Augenblick im elektrisierenden Universum geschah, war das Pulsieren des Blutes in seinen Adern – und auch Sara war das Leben.

Weiße Haut, die er mit seinen Augen sehen und mit seiner Nase riechen konnte, runde Nacktheit, eingehüllt von einer offenen schwarzen Robe, lag sie mit verräterisch gespreizten Beinen auf der Couch, streichelte ihr blondes Haar etwas verspätet im Rhythmus der Musik, ihre Hand hielt eine halbgerauchte Acapulco Gold (schnippt schon wieder Asche auf den Teppich, verdammt!), die strahlenden Blitze der Lichtorgel wurden widergespiegelt von den Facetten des Dachs und liebkosten ihren Körper mit tausend szintillierenden Fingern lieblich-obszönen Lichts, ein Lächeln lag auf ihrem Gesicht, ein Lächeln unverhohlener kindlicher Zufriedenheit und Unschuld, während die Drüsen auseinandergerissener Kinder schleimig hinter großen braunen Brustwarzen tropften – Freudenschreie und Schreie sterbender schwarzer Gesichter – aufhören, Mann, aufhören!

Wie die beste Image-Sara seit eh und je, Identifikationszentrum des immerfickenden sechsundzwanzigjährigen Image-Jack Barron, lag sie einfach nur da, immer noch perfekt, straffe Brüste, glatte Haut von Berkeley-Acapulco-L.A.-Nächten, ihr Haar wallte in seiner kontrollierten Kalifornien-feuchter-Traum-Realität, und so würde sie immer da sein, jung, sanft, ewig, ewig lebend, ewig sein, ewig Sara... Und unter der sanften Nacktheit des Fleisches schleimig-grüne Tropfspuren von Babyblut, tropf tropf tropf tropf tropf...

»Jack! Du triefst ja.«

Sie sprang auf, ihre Brüste bewegten sich hübsch wie Hundeschnauzen unter dem schwarzen Stoff, während sie barfuß auf ihn zukam, und er ging auch auf sie zu, wobei er nasse Schuhe wegkickte (zum Teufel mit dem Teppich!), die Sportjacke auszog und dann ihre verspielten Finger sein Hemd ausziehen ließ, während er geschickt die Hose auszog, auch sie wegkickte, und dann standen sie voreinander und berührten sich leicht – sie in ihrer Robe, er in Unterhosen.

Auge in Auge, bodenlose Augen der Berkeleyvergangenheit-New York-Gegenwart verschmolzen zu einer ewigen Zukunft, Augen, die gewonnen hatten, die ihn gewonnen hatten, nach ihren eigenen Wieder-wie-damals-in-alten-Berkeley-Zeiten-Regeln, die die Unsterblichkeit gewonnen hatten wie einen kostenlosen Lutscher, um ewig daran zu lecken, ewig ihr Eigentum, ewig frei, ohne was dafür bezahlen zu müssen, glänzende Frauenaugen, die jeden feuchten Traum des Mädchens gewonnen hatten, alles in diesen hungrigen Nimm-mich-Augen – und alles war erstunken und erlogen.

Alles Beschiß, und morgen abend wird sie es wissen, wird sie ganz sicher wissen, wer ihr Held wirklich ist, wenn ich damit anfange, für Bennies Gesetzentwurf Stimmen sammeln zu gehen, anstatt ihm das Messer an die Brust zu setzen, wie sie es erwartet. Das kann ich ihr unmöglich ersparen, aber wenigstens wird sie nie etwas über die schleimigen Babydrüsen erfahren müssen, die in ihrem Inneren tropfen.

Er wandte den Blick von ihren unschuldig-anklagenden Augen ab und konzentrierte sich auf den Umriß ihres neutralen Körpers, die Brüste hingen unbedeckt aus der schwarzen Robe hervor, über der Wölbung ihres Bauches mit dem Muttermal, dem zweiten Nabel, der seinen Blick weiterleitete zu dem haarigen Dreieck mit dem sanften Fleisch der Ganz-Frau, alles so verdammt hyperreal, wie die massive Skulpturenrealität eines Michelangelo, realer-als-reale, lebende Marmorstatue, für, wenn er Bennies Spiel mitspielte, immer und ewig.

»Jack ...« Sie lächelte, seufzte, interpretierte den Ausdruck seiner Augen falsch und ließ ihren schwarzen

Fummel herabgleiten, ihre Brüste baumelten, dann ließ sie sich halb gegen ihn sinken, halb stürzte sie sich auf ihn, weiche Brüste gegen seine selbstempfundene Härte, Imagekontrast, Mann-Frau-Unterschied, auf dessen Trennlinie sein Bewußtsein gerade balancierte, er spürte die volle Kraft ihrer Frauenarme um seinen Brustkasten, starke, junge, feurig-sanfte Frauenarme, jung und stark und glatt wie ... wie ein gesundes weibliches Tier, jung – stark – gesund – ewig.

Sie kicherte an seiner Brust, stellte ihr nacktes Bein hinter sein Knie, zog, während sie gleichzeitig das Körpergewicht verlagerte, und dann purzelten sie beide kopfüber auf den weichen Teppich, dessen dichter Flaum einen elektrisierenden erotischen Kontrast zum glatten Stoff ihrer Kleidung bildete. Er bremste den Fall leicht ab, dann zerrte er sie mit spöttischer Gewalt auf sich und genoß das Gefühl der realen Frauenmuskeln der Schultern unter seinen suchenden Fingern, während sie sich Körper an Körper mit ihm bewegte.

Sie zog seine Unterhosen aus, und nun waren sie beide nackt, unverfälschter reiner Sarafleischgeruch runder Formen, während sie sich mit langsamem Rhythmus an ihn schmiegte, und er griff mit beiden Händen nach den realen Rundungen ihres Arsches, ihre Beine umklammerten seinen Körper wie die eines Frosches, sie öffnete sich, bot sich ihm dar, sog ihn in sich ein, Haar auf Haar, während ihr Mund eine quecksilberne Spur beißender Küsse an seiner Brust entlang hinterließ, schließlich knabberte sie an seinem Nakken, seinem Kiefer, er erhaschte einen kurzen Blick auf weiße, spitze Zähne und eine rosige Zungenspitze, schloß die Augen und paßte seine Hüftstöße ihrem langsamen Rhythmus an, als ihre Münder sich trafen.

Mund auf offenem Mund, genoß er ihren Atem in der warmen, feuchten, tiefen Öffnung, und ihre Zunge bohrte sich massiv und wie eine Eruption feuchten Fleisches in seinen Mund, überflutete ihn mit naßfeuchtem Mann/Frau-Rollentauschgenuß, erfüllte seinen ganzen Körper wie ein feuchter Organismus mit eigenem Willen, eine amorphe, feuchte und klamme Kreatur, wie ein pulsierendes feuchtes Ding aus dem Körper, wie eine Drüse aus dem Innersten des Körpers, feucht und schleimtriefend und tropfend tropfend und fremden Schleim in seinen Mund ergießend, spottend und suchend füllte sie seine Wangen mit pulsierender Fleischrealität aus, dicker Sirup, der sich schleimig über ihn ergoß, grüne schlurchig-schleimige warmblütige Zungen-Drüsen Realitätsfeuchtigkeit krebszerfressener Babies, bis er schließlich hustete und verbotene Lebenssäfte hinunterschluckte, klebriger süßer Unsterblichkeitshonig von schwarzen Kindern, die den langen Schlaf für die Ewigkeit schliefen, Katheter und Glukosenadeln mündeten in einer obszönen dicken Todesröhre, die seine Kehle hinabgestoßen wurde, ihre schwere riesige bohrende Drüsenzunge ließ ihn ersticken, gegen seinen Willen erfüllten ihn Würgreflexe angesichts geschlachteter schwarzer Kinder und feuchter Drüsenzungen, lebenswarme blutdurchströmte blinde Organismen, gestohlene Lebenssäfte stiegen in einem schrecklichen Lendenrhythmus in seiner Kehle empor...

Mit einer gedankenlos-spastischen Reaktion stieß er ihren Mund von sich, während ein lang anhaltendes Würgen gnädigerweise wie eine lösende Antiklimax durch ihn hallte, sie lag verwirrt und bewegungslos auf ihm, ihre konfusen Augen schienen zu bluten, während er sie wie ein gefangenes Tier ansah, gefangen und hilflos.

»Jack...? Was...? Du...«

Sie sah mit verletzten, unverstehenden Augen zu ihm herab, und die Membranen seiner Wangen zogen sich wie bei einer Alaun-Kotzreaktion zusammen, seine Zunge lag wie ein Stück totes Schuhleder in seinem Mund.

Ich kann es einfach nicht vergessen, dachte er. Kann nicht mit dem Geschmack meiner Frau leben, wenn ich jedesmal an die gestohlenen Lebenssäfte in ihr denken muß, wenn ich sie auch nur anrühre. Ich muß es ihr sagen, sonst sind wir ewig Klumpen verrotteten Fleisches füreinander, leben ewig in einer Lüge, sind ewig füreinander verloren. Ich muß es ihr erzählen, was auch geschehen mag.

»Wahrheit zwischen uns, Sara«, sagte er. »Ich ... ich muß dir etwas erzählen.«

Sie streckte sich ihm entgegen und umfing seine Wangen mit Händen, die sich wie feuchtes Leder anfühlten. »Was ist los mit dir? So habe ich dich noch nie gesehen ... Als ich dich küßte, da war es, als küßte ich ein ...« (Ihr Körper wand sich auf ihm.) »Und dir wurde ... übel dabei, nicht wahr? Ich fühlte es.«

»Das liegt nicht an *dir*, Sara. Ich schwöre es, das liegt nicht an dir, Baby. Nur an mir, an der ganzen verfluchten Welt, an Benedict Howards ...«

»*Benedict Howards?* Was, zum Teufel, hat mich zu lieben denn mit Benedict Howards zu tun?«

Barron verzog das Gesicht. Wie sag ich's ihr nur: Paß auf, Baby, es ist nur, du bist ein Mörder, kapiert? Hast gestohlene Drüsen in dir, wie ich auch, Lebenssäfte ermordeter Kinder, die so zäh herabtropfen, daß ich es immer spüren werde, wenn ich dich küsse?

»Sara – oh, zum Teufel!« jammerte er und spürte sinnlose Zuckungen der Vergeblichkeit, eine Schaff-dir's-vom-Hals-spuck-es-aus Würgreaktion. »Es fällt mir nicht leicht, dir das zu erzählen. Wir sind Mörder, Sara, wir sind beide *Mörder*. Yeah, wir haben die Unsterblichkeit in uns, aber weißt du, wie die aussieht? Wie schleimige grüne Drüsen – hast du je eine Drüse gesehen? –, ganz grün und tropfend und schleimig, aber sie hält einen am Leben, und uns hält sie sogar ewig am Leben, *Drüsen*, mehr nicht, und damit kann man ewig leben. Aber es sind nicht *unsere* Drüsen, Sara, wir haben sie von Kindern gestohlen, toten, geschlachteten Kindern ...«

Sein Körper wurde von Spasmen geschüttelt, er bekam eine Gänsehaut.

Ihre Augen schienen sich auf eine lichtjahreweite Entfernung zurückzuziehen; er spürte, wie ihr Körper schlaff wurde, ihre Hände fielen wie tote Flundern auf seine Brust, als sie fragte: »Wovon sprichst du?«

»Von dem, was Howards uns angetan hat«, sagte er, »von der Unsterblichkeitsbehandlung. Eine Drüsentransplantation ist das, nicht mehr und nicht weniger Sie bestrahlen Drüsen, um sie in perfektem Gleichgewicht zu halten, und dann bewahren sie den Körper vor dem Altern, ewig, etwas, das man Homöostatische Endokrine Balance nennt. Aber es sind nicht unsere Drüsen, kapiert? Die Drüsen von *Kindern*. Es funktioniert nur mit den Drüsen von Kindern. Darum hat Howards Hennering ermordet – er fand heraus, daß die Stiftung Kinder kauft, sie harter Strahlung aussetzt, um ihre Drüsen in dieses Gleichgewicht zu bekommen, und dann verpflanzen sie diese Drüsen, um Erwachsene damit unsterblich zu machen.«

»Aber ... die Kinder ... was macht das den Kindern schon aus, wenn sie ihre Drüsen verlieren?«

»Was, zum Teufel, ist mit dir los?« rief Barron, und die Vibration ließ ihre Brüste gegen seine Brust schlenkern. »Hast du mir denn nicht zugehört? Es *tötet* sie, Sara, es *tötet* sie! Wenn die Strahlung sie noch nicht umgebracht hat, dann tut es die Transplantation, und dann werfen sie die Körper einfach weg wie Müll. Weil wir beide leben und unsterblich sind, mußten zwei Kinder, die Howards für diesen Zweck gekauft hat, sterben. Das ist *Mord*, das versuche ich dir begreiflich zu machen, kaltblütiger Mord!«

Er fühlte/sah sie sich in fötalen Spasmen zusammenkrümmen, ihre Schultern lösten sich von seiner Brust, ihre Knie glitten an seinen Schenkeln abwärts wie Papier, das von Feuer gefaltet wird. Ihr Kiefer sackte herab, die Tiefe in ihren Augen schien einen blitzschnellen Sprung in noch tiefere Tiefen zu machen wie das Zoom einer Kamera. »Mord ... Mord ... Mord ...«, stieß sie wieder und immer wieder hervor, bis es nur noch zu unverständlichen, zusammenhangslosen Silben zerkaut war.

Barron umfaßte ihre Wangen mit seinen Händen und schüttelte sie. Ihr Körper entspannte sich, aber ihre Augen waren immer noch dort draußen, Lichtjahre entfernt, begraben in der elektrischen Isolierung, und als sie sprach, klang es wie die Botschaft eines Raumkommandanten von nördlich des Pluto, kalt und unpersönlich.

»In uns? Drüsen von Kindern? Kindern? Er schneidet Kinder auseinander? Er schneidet lebende Kinder auf und reißt ihnen lebendes Fleisch heraus, das er mir einsetzt! Kinder?«

»Bitte, Sara, um Himmels willen, raste jetzt nicht aus«, sagte Barron hilflos, spürte die Hilflosigkeit, kaum daß er es ausgesprochen hatte, wußte aber nicht, was er sagen, was er tun sollte. »Stell dir mal vor, wie mir zumute ist – ich weiß, wie Bennie mich ausgetrickst hat, wie er mich hinters Licht geführt hat, wie er *mich* dazu brachte, um die Unsterblichkeit zu bitten, darum zu kämpfen, ich machte ein Dutzend Veränderungen durch, um schließlich, nachdem ich endlich gewonnen hatte, aus der Behandlung zu erwachen und zu erfahren, daß ... daß in meinem Innern ...«

»Du hast es nicht gewußt?« fragte sie klagend wie eine getretene Katze. »Er hat dich überlistet? Du hast nicht gewußt, was du tust, und als du erwachtest, hat er es dir gesagt?«

»Wofür hältst du mich, verdammt noch mal?« brüllte er. »Meinst du, ich hätte zugestimmt, wenn ich es gewußt hätte? Meinst du, ich hätte sie so ein armes Würmchen zerschneiden lassen, damit ich ewig leben kann? Wofür hältst du mich, für ein gottverdammtes Monster?«

»*Er* hat uns das angetan«, flüsterte Sara schrill, und ihre Augen wurden matt. »*Er* hat es getan, dieses Monster Howards, mit seinem Geld und seinen eingefrorenen Körpern und seinen dreckigen Echsenaugen, die durch dich hindurchsehen und deinen Preis festlegen wie den eines Stücks Fleisch ... Wir hatten niemals eine Chance, keiner hat eine Chance, Howards kann jeden dazu bringen, alles zu tun, ihn austricksen oder zwingen, ihm zu gehorchen, oder ihn töten. Niemand kann ihn aufhalten. Er wird immer so weiter und weiter machen, Kinder kaufen, sie ausweiden wie Vieh, sie werden ihm gehören, wie wir ihm gehören, wie ihm jeder gehört, ewig, diese verdammte Echse mit seinem kalten, weißen ...«

»Sara! Um Himmels willen!«

Plötzlich krallte sie sich im Fleisch seiner Brust fest, ihre Finger waren zu Klauen gekrümmt und bohrten sich schmerzhaft in ihn. »Du mußt ihn stoppen, Jack! Du mußt ihn aufhalten! Wir können nicht mehr miteinander leben, wir können es nicht ertragen, mit ermordeten Dingen in unseren Körpern zu leben, wenn du ihn nicht aufhältst! Du mußt ihn doch einfach aufhalten können!«

Obwohl er ja! ja! ja! schreien wollte, sah sich Barron wieder mit der kalten Realität konfrontiert. Kamikaze ist die einzige Methode, Bennie aufzuhalten, wenn er auf den elektrischen Stuhl kommt, kommen wir mit ihm. Tot zu sein, verfault und von Maden angenagt, nichts schmecken, nichts hören, nichts fühlen, nichts sehen, nichts sein ... Jugend und Gesundheit, eine Million Jahre lang, einfach wegwerfen. Eine Million Jahre mit den tropfenden schleimigen Drüsen ermordeter Kinder in uns ...

»Ich kann nicht! Ich kann nicht!« heulte er. »Bennie war zu gerissen für mich. Diese Verträge, die wir unterschrieben haben, beweisen, daß wir Mörder sind, ein Beweis, den jedes Gericht anerkennen wird. Verstehst du, was das bedeutet? Es bedeutet, wir *sind* Mörder, nicht mehr und nicht weniger. Wenn ich Bennie verpfeife, dann verpfeift er uns, und dann marschieren wir alle gemeinsam auf den elektrischen Stuhl. *Tot.* Wenn ich Bennie etwas tue, sterben wir. Weißt du, was Sterben bedeutet? Weißt du, was wir wegwerfen?«

»Das ist nicht fair!« jammerte sie. »Wir haben nichts getan! Wir sind keine Mörder, wir sind Opfer, wie die Kinder auch. Wir wußten von nichts.«

»*Nazis?*« fragte Barron mit bitter spottendem preußisch-deutschen Akzent. »Wia wah'n keene Nazis, wia wah'n alle im Wiedastand, wia alle, achtzick Milliohnen Teutsche. Wia hatten ja keene Ahnunk, wia führten nua Befehle aus. Jawoll, mein Herr, nur Befehle! Yeah, Baby, erzähl das dem Richter – mal sehen, wie weit du kommst, wenn Howards zwanzig gekaufte Zeugen auffährt, die sagen, wir wußten alle ganz genau, wie die Behandlung aussah, als wir einwilligten. Er hat uns in der Hand, Sara, wir können nicht das geringste daran ändern.«

»Aber du *mußt* etwas tun. Wir können ihn nicht einfach so weitermachen lassen! Es muß doch eine Möglichkeit geben, ihn aufzuhalten!«

»Nur eine einzige Möglichkeit, das alte Kamikazespiel. Bist du bereit zu sterben – jetzt, wo wir eine Million Jahre leben können? Hast du den Mut, dich selbst zu opfern?«

»Nein«, sagte sie einfach, doch ihre Augen verrieten ihre innere Folter.

»Nun, ich auch nicht«, sagte er und spürte gleichzeitig, wie sein Bewußtsein sich auf die sichere Distanz der Phosphorpünktchenersatzrealität zurückzog.

»Es ist einfach nicht richtig... es ist ungerecht...«, murmelte sie, und er spürte, wie ihre Haut zusammenschrumpfte, und ihre Augen waren so kalt und so unlesbar wie Stahlspiegel.

»Richtig, schmichtig«, sagte er. Ihr Körper war jetzt ein Gewicht kalten, unrealen Fleisches, das sich obszön an ihn preßte. »Darauf läuft alles hinaus. Aber wir stekken mitten drin.«

Und plötzlich war die Luft im Zimmer kalt, er spürte eine Gänsehaut auf seinem nackten Körper. Sie standen auf und kleideten sich an, ohne ein weiteres Wort zu wechseln. Wie Fremde.

19

SARA WESTERFELD SCHLUCKTE DIE KAPSEL, dann setzte sie sich auf die Couch und betrachtete die Dämmerung über Brooklyn, während sie darauf wartete, daß das Acid zu wirken begann. Sollten angeblich siebenhundert Miks sein, aber es liegt schon rum, seit ich wieder bei Jack bin, ich hätte auch nie im Leben daran gedacht, es zu nehmen, bis ... bis ...

Ihr Körper zitterte, obwohl es warm war wie im Juni. Tatsächlich war es zu warm, stickig und feuchtwarm wie träge blubbernde Molasse unter ihrer Haut, wie krabbelnde feuchte Dinge in ihrem Körper ...

Sie stand auf, ging zur nächsten Wandkonsole, legte einen Schalter um, woraufhin sich die Glastür zum Dachgarten öffnete. Sie stellte den Thermostat auf ›21°‹ und die Luftfeuchtigkeitskontrolle auf mitteltrocken, dann begann das Pumpensystem damit, kühle und trockene Luft hereinzupumpen, die durch die überall an der Decke verteilten Ventile einströmte.

Sie ging zur Wand mit dem Kommunikationskomplex, stellte das Surf-Band auf Endlosbetrieb und schaltete die Lichtorgel nur auf Grün und Blau herunter, danach nahm sie wieder auf der Couch Platz und betrachtete von neuem die Dämmerung jenseits des Flusses. Sie glich nun einer gemalten Landschaft, die von der Glasscheibe des Dachgartens, von der wirbelnden blaugrünen Surfmusik-Big-Sur-Realität im Innern getrennt wurde.

Sara kämpfte gegen ihren eigenen Verstand an, sie erprobte den verschwimmenden Wirbel von Musik und Farben, sie versuchte, das LSD schneller wirken zu lassen. Gute Methode, einen Horrortrip zu bekommen, dachte sie, wenn man so darauf versessen ist, daß es reinhaut... Warum habe ich eigentlich Acid geschluckt, wo Jack bald auf Sendung geht und der Echsenmann Howards sicher in seiner knochenweißen Wurmhöhle hockt und ich blutende Dinge von ermordeten Kindern in mir habe...

Eine schwärzliche Kälte durchströmte sie (fängt das Acid an zu wirken?), als sie sich daran erinnerte, wie gedankenlos sie das LSD genommen hatte, fast, als hätte das Acid *sie* genommen und nicht umgekehrt, wie ein Ding, das in ihrem Innern darauf wartet, geboren zu werden oder zu sterben, ein Ding, mit dem ihr bewußter Verstand keinen Kontakt hatte, das mittels der Reflexe ihrer Arme hinausgriff, direkt, unter völliger Umgehung der Willenskraft, um die Kapsel zu ergreifen, den Schlüssel zu seiner Freisetzung, ein Ding mit eigenen Gründen und Zielen, das dem entsprechen konnte, was sie selbst als Sara kannte, oder auch nicht, ein blinder Kapitän, der das Schiff des Selbst auf die unbekannte Reise auf dem finsteren Meer des Innern führte, und sie wußte, das Acid begann tatsächlich zu wirken.

Blinde Angst begann sie zu überfluten, als die Sara in ihrem Innern sie verspottete, sie daran erinnerte, daß es zu jeder Zeit Gründe gab, Acid zu nehmen, und daß manche davon bösartiger Natur sein konnten...

Bösartig... das Wort hatte eine archaische, ketzerische Klang-Form, wie wirbelnde schwarze Bischofsroben. Marquis De Sade finstere Dinge aus europäischen Geschichtsbüchern... Bösartig... etwas Ominöses und Schlangenglattes im bösesten Sinne des Wortes, gräßlich und schleimig, aber irgendwie überholt... Bösartig... ein Wort mit knochenweißen Krokodilszähnen, wie das Lächeln von Benedict Howards in seinem knochenweißen Tempel der Todesgottmacht... Bösartig... nasse grüne Dinge unter feuchten Steinen im blaugrünen Mondlicht, die Leichen die Lebenssäfte aussaugten, den Leichen von geschlachteten Kindern, blutend und zerfetzt... Bösartig...

Bösartig... das Wort hatte etwas merkwürdig Altmodisches, unausweichlich und ewig wie die klamme Dämmerung über endlosen Sümpfen... Bösartig...

Bösartig... wie Reptilienschuppen waberten Blau und Grün über die Facetten der Dachkuppel, wie die Fänge eines Kraken, und das Dröhnen der Surfmusik war das Seufzen aus den Tiefen eines namenlosen schwarzen Ozeans... Von draußen, jenseits der Kuppel drängte die Dunkelheit herein... Bösartig... Im Zimmer war es kühl und trocken, wie Echsenhaut... Bösartig...

Auch Benedict Howards hat etwas Altmodisches, dachte sie, etwas obszön und bösartig Altmodisches, als würde er sein Leben rückwärts leben, als hätte der Schatten einer millionenjährigen stinkenden Zukunft mit Macht-Furcht-Schweiß ihn bereits in etwas Unmenschliches verwandelt, tot auf eine Weise, wie zuvor noch kein Mann tot gewesen war, tot durch eine Million Jahre angehäuften, fermentierten Alters, ein blutgieriger Vampir, der vom Blut lebte wie ein schrecklicher Krebs, tot, aber unsterblich.

Unsterblichkeit.

»Küß mich, dann wirst du ewig leben. Du wirst zum Frosch werden, aber du wirst ewig leben.« Eine groteske Vision grünen Plastiks verschwamm vor ihren Augen, das Modell eines Drachen, den sie in einem Apartment in Berkeley gesehen hatte, doch das lag schon geologische Zeitalter zurück – ein bedrohliches, schleimtropfendes schielendes komisches Desaster aus grünem Plastik, ein gigantischer Frosch, der auf einer Plastikseerose aus einem Walt-Disney-Sumpf saß, und daneben saßen winzige kleine Froschmonster, die wie emsige Kaulquappen auf das Blatt des großen Monsters zuschwammen, das sagte: »Küß mich, dann wirst du ewig leben. Du wirst zum Frosch werden, aber du wirst ewig leben.«

Dann begann das Froschgesicht sich zu verändern, als die Wogen der Surfmusik wie eine große Flut der Bösartigkeit darüber hinwegströmten. Aus den komischen Schielaugen wurden Echsenaugen, kalt, schwarz und reptilienhaft, die Augen von Benedict Howards; und aus dem blöden Grinsen wurde ein Reptilienrachen, ein scharfes, knochenweißes Echsenmannlachen, hungrig, vollkommen ruchlos und vollkommen wissend. Die Gestalten, die verehrend aufsahen, waren Plastikmenschen in unermeßlich großer Zahl, ein Berg lebender, zuckender Körper, der zum Himmel aufragte, die sich ständig bekämpften, um zwischen die Kiefer des Krokodils springen zu dürfen, die sie zu winzigen Plastikstückchen zerkauten, grüner Plastikschleim troff von den knochenweißen Zähnen, und über allem, weit über allem, ein Plakat wie ein Zepter in den Himmel gereckt, thronte Benedict Howards, dessen schwarze Echsenaugen wie Löcher in eine unentrinnbare Dunkelheit starrten, sein Krokodilsmaul war wie eine riesige Höhle, in die sich ein ewiger Menschenstrom ergoß, sie lechzten wie Flammen nach dem riesigen Plakat, das sie alle verehrten: »Küß mich, dann wirst du ewig leben. Du wirst zum Frosch werden, aber du wirst ewig leben.«

Das Zeichen der Unsterblichkeit.

Das, dachte sie, das ist Howards' Unsterblichkeit. Und oh, oh, wir haben die feuchten Lippen des Frosches geküßt, die grün und pulsierend sind wie Drüsen; Echsenlippen, die ihren ganzen Körper gekostet hatten, wie ein alter Perversling, innen, außen, küssen, saugen, geifern, Babyblut vergießen, das grüne, schleimige Monster der Unsterblichkeit...

Sie zitterte, als sie versuchte, die Vision abzuschütteln, starrte durch die Glasscheibe hinaus auf den sich rasch verdunkelnden Himmel über der Stadt, während die Surfklänge um sie herum hallten wie das ewige Stöhnen von Allem Überall, das sich in grimmigem, sterblichem Zorn abmühte, blau-grüne Schatten der Lichtorgel spielten in den Rändern ihres Gesichtsfeldes wie ein Meer froschgrüner Tentakel – und plötzlich kehrten sich die Bilder der grünen Sumpfrealität des miasmatischen Bösen, das sie umgab, und das Bild der klaren Realität der Stadt vor dem Fenster, um, und sie war nicht mehr drinnen und schaute nach draußen, sondern sie war draußen und schaute nach drinnen.

Das wabernde blau-grüne Licht, das hinter ihr flammte, wie ein ganzer Wald von Tentakeln, sowie das Röhren der Surfmusik, das dem Stöhnen eines großen, erschöpften und sterbenden Seeungeheuers glich, schien sie gegen die Glaswand zu pressen wie eine Blase, die durch den Druck von Faulgasen aus der Tiefe ölig-grüner Sümpfe emporgezwängt wird. Sie spürte ihr Gewicht, die Masse des ganzen Zimmers hinter ihr schien plötzlich auf ihr zu lasten, als würden alle blinden und grünen Monstren, die in ihr unbekannten Tiefen ihres eigenen Geistes lauerten, plötzlich mit Macht an die Oberfläche drängen, um ihr Bewußtsein aus dem Gehirn zu verdrängen.

Sie stöhnte, preßte sich gegen das Glas, legte den Öffnungsmechanismus wild um, doch als die Tür schließlich beiseite glitt, sah sie sich in der Realitätsüberlagerung selbst gefangen: Die giftgrünen Nebel des Wahnsinns und der hämmernde Surfsound hinter ihr wurden zu einem unrealen Alptraum, den sie voll und ganz dem Horrortrip zuschreiben konnte; doch vor ihr schien der feuchte Wind der Millionen-Lichter-

Stadt von einem dampfenden Uferdschungel hereinzuwehen, der kein Ende nehmen wollte.

Es war ein Vakuum dort draußen, realer als real, ein Loch in der Unendlichkeit, in das sie fallen und fallen konnte, immer weiter und weiter, bis sie schließlich in das Meer ihres Selbst stürzen und ewig verschwunden sein würde.

Und doch hörte sie den Sirenengesang dieses grundlosen Nichts, das sie rief, rief und lockte... und sie *mußte* es herausfinden, sie mußte am Ufer dieses unendlichen schwarzen Meeres gehen – und dann trat sie hinaus auf den Dachgarten.

Wieder durchlief die Realität eine Veränderung.

Es war, als würde sie in den Hof eines tibetischen Klosters hinaustreten, das am Gipfel eines asketischen Berges lag. Sie fühlte die Wechselwirkung zwischen ihrer Persönlichkeit und dem Universum einen Quantensprung nach draußen ausführen, als hätte ein inneres Teleskop plötzlich auf höhere Energiezufuhr geschaltet. Als sie durch die Tür schritt, spürte sie, wie die Decke in Millionen Trümmern explodierte und sie nackt und bloß den schwarzen Marschen der Unendlichkeit aussetzten, die an den Rändern ihres Wesens begannen und sich unmeßbar weit nach außerhalb aufblähten.

Weit unter ihr, ein schimmernder Arabeskenteppich aus Licht und Straßenlärm, kräuselte sich die elektrische Stadt wie ein nicht enden wollender Strom gallertartigen Protoplasmas, der sich in Kinestopmuster von Brooklyn heranwälzte, das am Fuße des Betonberges, auf dem sie stand, glomm und starrte, wie der Ausläufer des Auges einer Amöbe von der Größe des ganzen Kontinents, die sich über ihre eigene Größe klarzuwerden bemüht.

Immer noch den Klang der Surfmusik in den Ohren, trat Sara an die Brüstung, beugte sich hinüber, und nun schien es, als stünde sie an der Grenze, an der Grenze zwischen dem lebenden, aufwärts greifenden Organismus des Lichts und den schwarzen Tiefen der Unendlichkeit, die über ihr gähnten.

Unsterblichkeit – das war elektrisch-scheinender Schleim, der nach den Sternen griff, und sie stand vergiftet am Rande des Abgrunds, balancierte auf Messers Schneide zwischen Leben und Tod, dem Vergänglichen und dem Ewigen, dem Menschlichen und dem Unsterblichen, der geistigen Gesundheit und dem Wahnsinn, der realer als die Gesundheit war, einfacher, ein Pfad zum Einswerden mit der zeitlosen Unendlichkeit, die zur ihren werden konnte, wenn sie den Mut aufbrachte, die Moore bis zu den Ufern des Selbst zu durchqueren und ihr Schicksal in die Hände der allesvergessenden See zu legen.

Sie wandte sich um und blickte in das blau-grüne Flackern des Zimmers. Es erinnerte sie hämisch an die grünen und schleimtriefenden Dinge, die in ihrem Innern die gestohlenen Sekrete gemordeter Kinder versprühten und die sie an diesen Ort der Finsternis geführt hatten.

Und plötzlich schien die Surfmusik von unten zu ihr heraufzudringen, wie eine große, unsichtbare See, deren Wogen an das Betongestade der Balustrade rollten, gegen die sie sich nun lehnte, und die sie zu rufen schienen mit der lautlosen Stimme der Ewigkeit, sich ihnen zu überlassen und sich ihnen hinzugeben, um von den tosenden Wassern weggetragen zu werden... fort... fort...

Fort vom spöttischen Echsengesicht von Benedict Howards, mit seinen kalten Reptilienaugen, die sie aus seiner knochenweißen Wurmhöhle anzustarren schienen... Fort, so versprach das Meer, von den monströsen, tropfenden Dingen in ihr... fort... fort... fort...

Auf einer Steinsäule, nicht weit entfernt, stand ein

Vidphonzweitanschluß, der tote, graue Schirm schien auf sie zuzuspringen. Jack! Jack! O Jack!

JACK JACK JACK ... Der Klang seines Namens war ein hart konturierter Schatten vor ihr, und plötzlich ertappte sie ihre Hand beim Wählen seiner Bürovidphonnummer. Jack Jack Jack ...

»Sara ...« Jacks Gesicht war ein kleiner Mond aus knochenweißem Phosphor auf dem Vidphonschirm. »Was, zum Teufel, ist los? Ich gehe in einer halben Stunde auf Sendung.«

Obwohl er nur auf dem winzigen, schlecht fokussierten Schirm erschien, konnten sein wild gelocktes Haar und seine unergründlichen Augen doch die Dunkelheit um sie herum ein wenig erhellen.

»Was wirst du heute abend in der Show bringen?« fragte sie. Doch das Sie, das diese Frage gestellt hatte, schien ihr in der Zeit einige Augenblicke voraus zu sein, Sara selbst wußte erst, was sie gefragt hatte, nachdem die Worte bereits ausgesprochen waren.

»Komm schon, Baby, du weißt verdammt genau, was die Stunde geschlagen hat«, sagte Jack. »Bennie Howards wird heute abend seinen großen Auftritt haben.«

»Das kannst du nicht tun«, hörte sie sich selbst sagen, als würde ein innerer Druck ihre Lippen und ihre Zunge zu genau dieser Wortkonfiguration zwingen – sie sagte sie nicht, sie sagten sich selbst:

»Du mußt Howards aufhalten, was es auch kosten mag. Du mußt ihn aufhalten.«

Jacks Gesicht verzerrte sich zu einem bösen Stirnrunzeln. »Um Himmels willen, es ist auch so schon beschissen genug!« sagte er. »Laß mich in Ruhe, bitte, Sara!«

Laß mich in Ruhe ... laß mich in Ruhe ... Die Worte enthielten eine erneute Anklage. Ja, ich bin es, die ihn belastet, dachte sie. Er macht alles nur, um mich zu schützen.

»Ich werde es nicht zulassen«, hörte sie die seltsam verzerrten Worte ihrer eigenen Stimme. »Du tust das für mich, und ich werde es nicht zulassen. Es ist nicht richtig. Ich will nicht, daß du ganz Benedict Howards gehörst, nur damit ich leben kann. Das werde ich dir nicht antun.«

»Erspar mir den Märtyrerscheiß, die Lage ist auch so schon beschissen genug«, sagte er, und sie spürte, er war nahe daran, sie wie einen VIP in *Champion Jack Barron* abzukanzeln. »Mach dich nicht selbst fertig, es wäre genau dasselbe, wenn ich allein wäre. Ich will nicht sterben, das ist alles. Warum fällt es dir nur so verdammt schwer, das einzusehen?«

Er lügt, dachte sie. Er lügt für mich, und ich liebe ihn dafür. *Aber ich kann es nicht zulassen.*

»Du tust es für mich«, beharrte ihre mechanische innere Stimme. »Ich weiß das genau, und ich weiß auch, du lügst für mich. Und ich werde nicht zulassen, daß du das tust, Jack, ich werde das ganz einfach nicht zulassen.«

»Was, zum Teufel, soll das?« fragte er, und seine Stimme klang dünn und unreal und doch wieder, verstärkt durch den Vidphonkanal, auch realer als real.

»Heroische Illusionen? Paß auf, Baby, du weißt doch genau, wie mir zumute ist und was ich für dich empfinde, aber komm mir deswegen nicht auf dumme Gedanken ... niemand kann mir den Kopf waschen, nicht mal du.«

»Nicht mal Benedict Howards?«

Sogar auf dem winzigen Schirm des Vidphons konnte sie sehen, welchen Eindruck die häßlichen Worte, die sie selbst eigentlich gar nicht hatte aussprechen wollen, auf Jack hatten. »Nicht mal Howards – die Umstände, an denen liegt's. Aber das bedeutet nicht, daß Bennie mich umkrempeln kann, ich sehe nur die Realitäten. Solltest du auch mal versuchen, Sara.«

Sara ließ ihren Blick über den lebenden Lichterteppich der Stadt gleiten, diesem großen Körper der Menschheit, von dem auch sie ein unbekanntes Teilchen war, und die Schwärze darüber und darunter schien sie mit den Surfklängen des zeitlosen Meeres zu rufen, direkt aus den Tiefen der Ewigkeit... sie rief und versprach Vergessen und einen Ausweg... den einzigen Ausweg...

»Hast du noch nie daran gedacht«, fragte sie, »daß es bessere Dinge gibt als die Wirklichkeit, klarer, reiner, wo niemand einen mit dem Tod oder dem Blut von Kindern, das in einem tropft, besudeln kann, oder mit sonstwas, das verrottet und schmutzig und bösartig ist...«

»Gottverdammt!« schnarrte Jack, »du bist stoned bis zum Rand! Du bist auf Acid ausgeflippt! Faß dich wieder, Sara, komm zu dir, Baby... Jesus H. Christus, wie konntest du nur so dumm sein, ausgerechnet jetzt Acid zu schlucken! Wo diese ganze Scheiße hier abläuft, du wußtest doch, daß es einen Horrortrip geben mußte. Warum, zum Teufel, hast du das getan?«

Hier stehend, mit Jacks Bild in Schwarzweiß, ein Millionen Meilen entfernter Geist, schon seit Jahrtausenden auf dem Vidphonschirm, fragte sie sich nun ebenfalls, warum. Horrortrip, klar, tief in ihrem Innersten hatte sie auch gewußt, daß es einen Horrortrip geben würde. Aber *was* konnte schon schrecklicher sein als die Wirklichkeit? Schrecklicher als die Teile ermordeter Kinder in ihr, in Jack, während Benedict Howards weiter und weiter gehen konnte?

Mit oder ohne Acid, alles war ein Horrortrip, der niemals mehr enden würde, ohne auch nur die Möglichkeit, diesen Teufelskreis zu durchbrechen, ein Ausflippen, das sie niemals wieder würde loswerden können... es sei denn...

Sie nahm das Vidphon von dem Sockel und stellte

es auf die Brüstung, der Bildschirm war nun auf Brusthöhe, Jacks Gesicht war ein bleiches, schattenhaftes Geisterbild, das sie mit blinden, unverstehenden Augen ansah. Ich muß ihn dazu bringen, daß er es versteht, er muß es einfach verstehen.

»Bitte, Jack, du *mußt* es verstehen...« Die Worte ergossen sich wie ein Sturzbach aus ihrem Inneren. »Es gibt keinen Ausweg aus dem, was du Realität nennst, wir sind in einer Falle, und es gibt für keinen von uns einen Ausweg, außer... außer dem Tod... Wenn wir uns selbst dem großen Schlaf übergeben, um unschuldige Träume zu träumen, ewig... Wirklichkeit... Siehst du es denn nicht, der einzige Ausweg ist etwas Größeres als die Wirklichkeit, reiner, klarer, unendlicher, etwas, dem man sich hingeben kann, etwas, das alles abwaschen kann, etwas, mit dem man eins werden kann...«

»Erspar mir deinen Buddhismusverschnitt, ja?« sagte Jack. »Ich wollte, du könntest dich selbst hören, ich meine, ich wollte, *du* könntest dich hören, denn du bist gerade nicht in deinem Kopf. Du lallst, und du fängst an, mir Angst zu machen. Nimm's nicht so schwer, Sara, und, um Himmels willen, tu, was ich dir jetzt sage. Geh rein, setz dich auf die Couch und leg eine nette Platte auf, und dann mußt du warten. Du bist stoned. *Vergiß* das nicht, du bist *stoned*. Es ist nur ein Horrortrip, mehr nicht. Du wirst wieder in Ordnung sein, wenn die Wirkung des Acids nachläßt. Was auch immer in deinem Kopf vor sich geht, vergiß nicht, es wird nicht von Dauer sein, es wird wieder vergehen. *Glaub mir, du kommst wieder runter!*«

»Vergehen!« hörte sie sich ihn anschreien. »Es wird niemals aufhören! Es liegt nicht am Acid, sondern an mir! Die Drüsen toter Kinder in mir, das ist nicht das Acid, und Benedict Howards, der ist auch nicht das Acid, was ich dir antue, auch das liegt nicht am Acid... es liegt an mir, an *mir*, und es stinkt!«

»Sara! Du hast mir überhaupt nichts angetan, sondern ich dir ...«

Sie studierte sein Gesicht, und sogar auf der schwarzweißen Unrealität des Vidphonschirms sprang ihr der Mann, die Essenz, die Jack, JACK BARRON, war, ins Gesicht, hervor aus Lage um Lage der Finsternis und der phosphoreszierenden Realität, pulsierende *Image*wogen auf dem Kissen, blau und stoppelig, Luke nackt neben ihr, ihr Ritter in weichfleischener Rüstung neben ihr der Schwarze Bleiche nennen sie ihn seine Zunge in ihrem Mund der Geruch seines Körpers, Woge und Woge von Jack Barrons Image flammte vom Vidphonschirm herunter und hüpfte und tanzte auf dem Bildschirm ihres Verstandes. Überlappend, strahlend, sich umkehrend, kontrahierend, ein auf und ab wellendes Wogenmuster, und die Summe der Bilder formte eine Essenz, die wie eine stehende Welle aus dem Strom herausragte, eine Essenz, die in ungetrübtem Licht erstrahlte – eine Essenz, die den *reinen* Jack bildete.

Doch der Jack, den sie geschrumpft auf dem winzigen Vidphonschirm sah, schien nur eine lächerliche Verneinung des großen, des wahren Jack zu sein, den sie auf dem Schirm ihres Verstandes sehen konnte. Das war der wahre Jack Barron, ein Jack, der niemals ausflippen oder aussteigen konnte, weil er eben Jack Barron war.

Egal, was er auch tat, der Jack war immer noch JACK BARRON (in flammenden Großbuchstaben). Und wie oft war ich schon der Überzeugung, Jack würde falsch handeln, und er hatte im Endeffekt doch recht? JACK BARRON ... ein Geschöpf, das sie in allen Belangen an Größe überragte ... Und hatte sie das nicht schon immer gewußt, und liebte sie ihn nicht genauso deswegen? Größer als sie ... größer als jeder, nicht ihr Jack, aber wie konnte sie jemals etwas anderes sein als *Jacks Sara*? Oder etwas anderes sein wollen.

Und genau das nehme ich ihm weg, weil er mich liebt und nicht zulassen will, daß ich sterbe – ich nehme ihm den JACK. Und wenn er Jack verliert, dann verliere ich den Jack auch, und die Welt verliert Jack – weil ich ihn liebe und er mich liebt. Das ist nicht richtig!

»Jack... Jack... ich liebe dich, tut mir leid, ich kann nichts dafür, ich liebe dich!«

»Ich liebe dich auch, Sara«, sagte er leise und beruhigend, und dafür liebte sie ihn und haßte sich selbst, ihn zu lieben. Ich zerstöre ihn...

»Das weiß ich, und es tut mir leid... es tut mir leid, daß du mich liebst und ich dich. Es zerstört dich, Jack, es macht dich zu weniger, als du sein müßtest. Ich kann das nicht zulassen, und ich *werde* es nicht zulassen!«

Nicht zulassen! Der Gedanke erfüllte ihren ganzen Verstand. Ich *kann* es nicht zulassen. Ich muß Jack retten... muß ihn vor dem Echsenmann retten... tote Dinge in meinem Körper... muß ihn vor *mir* retten. Vor mir!

Und während sie über die endlosen Lichter der amöboiden Stadt hinaussah, die sich unter ihr ausbreitete wie eine Ebene vor einem Berg, da wußte sie, wer wirklich am Gipfel dieses Berges stand, zu wem alle aufblickten, wer alles vollbringen konnte, wer die Stiftung vernichten konnte, wer Schwarzer Bleicher Sozialer Gerechtigkeits-Präsident der Vereinigten Staaten werden konnte. Luke hatte recht – das war Jack – durch und durch Jack, und eine ganze Nation wartete auf ihn, aber *ich* halte ihn zurück.

Nur ich halte ihn davon ab, ganz JACK zu sein, der Jack, den jeder braucht...

Er liebt mich, er wird mich immer lieben, er wird mich nie verlassen, und solange ich lebe, werde ich niemals imstande sein, ihn zu verlassen, wir hängen zu sehr aneinander. So lange ich lebe ...

Nach einem kurzen, gedankenlosen Sprung fand sie sich auf der hohen Brüstung zusammengekauert und betrachtete sein Bild, nun nur noch wenige Zentimeter von ihrem Gesicht entfernt, sie hatte die Muskeln angespannt wie eine Katze, die zum Sprung bereit ist.

»Sara! Was, zum Teufel, tust du da?« brüllte Jack, und sie spürte, wie er um Kontrolle über seine Furcht rang, und sie wußte nun, dieses Mal würde er gewinnen. Er würde immer gewinnen. »Du bist stoned!« rief er, und die Rauheit seiner Stimme war ein vorsätzlicher Schlag ins Gesicht. »Vergiß nicht, du bist stoned, mach, verdammt noch mal, schnell, daß du von dort fortkommst ... aber steig langsam und vorsichtig herunter, nicht zittern, steig zuerst mit einem Bein auf den Boden, dann verlagerst du das Gewicht auf dieses Bein und ziehst das andere nach ... Sara! Los, komm! Du mußt es abschütteln!«

»Ich liebe dich, Jack«, sagte sie zu seinem winzigen Bild. »Ich liebe dich, und ich weiß, auch du wirst mich immer lieben. Darum muß ich es tun. Du mußt frei sein, frei sein von mir, damit du wirklich Jack Barron sein kannst, frei zu sehen, was du bist und immer warst und du zu tun hast ...

... du mußt frei sein! Und solange ich am Leben bin, wirst du nie frei sein! Ich tue es, weil ich dich liebe, weil du mich liebst. Leb wohl, Jack, und vergiß nicht, nur weil ich dich liebe ...«

Sie streckte konvulsivisch die Beine aus, bis sie aufrecht und zitternd auf der Balustrade stand, und das Vidphon zu ihren Füßen schrie: »Tu es nicht, Sara, großer Gott, tu's nicht! Du weißt nicht, was du tust! Um Himmels willen, nicht springen, nicht springen!«

Doch die Stimme, die sie rief, war mechanisch und dünn und schien aus einer anderen Welt zu kommen, einer schwarzweißen, unrealen Vidphonwelt, eingeschlossen in dem bedeutungslosen Ding zu ihren Füßen, wo sie es noch nicht einmal sehen konnte, eine Stimme, die vom Surfdröhnen übertönt wurde, das sich mit schleimigen, grünen Tentakeln um ihre Schultern legte, grünes Licht krabbelte ihren Rücken empor und stieß sie vorwärts mit der Kraft toter Kinder, eine Million Maden wuselten unter ihrer Haut. Und vor ihr, über ihr, um sie herum, überall war dieses zärtliche, schwarze Nichts des unendlichen Ozeans, der wie ein Kissen für den ewigen, endlosen Schlaf ausgebreitet zu sein schien, einen traumlosen, klaren und reinen Schlaf, ewig sicher vor Schmerz und Verzweiflung und toten Körpern geschlachteter Kinder, die riefen und riefen und riefen: »Komm doch zu uns.«

»Sara!«

Jacks Stimme war ein verhallender Schrei aus einer bereits zurückgelassenen Welt, eine verblassende Erinnerung, eine unreale Alptraumwelt froschgrüner Tentakel gemordeter Kinder die Schleim unter ihre Haut troffen des knochenweißen Krokodilslächelns von Benedict Howards auf seiner grünen Plastikseerose aus Leichen, immer und ewig, und Jack war durch tausend Kettenglieder mit ihm verbunden, jedes einzelne war ihr eigener Körper...

Für ihn! Für ihn!

Die Vorstellung vom endlich freien Jack, dem wahren Jack, glich der Empfindung eines Orgasmus, die ihre Beinmuskeln durchzuckte (»Sara! Sara!« hörte sie ihn rufen), und nun war auch sie frei – frei wie ein Vogel in der Luft, die heulend durch ihr Haar pfiff, sie war schwerelos, ihr Bewußtsein expandierte in wogenden Wellen, die sich nebelsprühend mit der Schwärze vereinten, bis nur noch ein verschmelzender Wort-

Form-Geruch-Geschmack von ihr übrigblieb, der durch jede sensorische Synapse pulsierte:

JACK und Sterne tanzten hinter ihren
Netzhäutchen JACK und die
Haut ihres Gesichts war gespannt wie ein Trommelfell
JACK freier Fall Übelkeit JACK eine Menschen-
menge läuft zusammen JACK sie schreien
unten JACK Angst JACK Acid-Aus-
flippen JACK will nicht
JACK nein JACK nein
JACK entsetzli-
cher Schmerz
JAC-
.

20

Sara
Nein! Das
kann nicht sein.
Sara du bist nicht tot!
Nicht tot! Sara nein! Nicht da
unten auf dem Gehweg als zerschmetter-
ter Klumpen ... Sara! Sara! Nein! Nein! Nein!
Du kannst doch nicht tot sein. Nein! Nein! O Sara!
Sara, du verrücktes Weib, wie konntest du
mir das nur antun!

Wie konntest du mir das nur antun ... Der Gestank, der völlige Egoismus dieses Gedankens brachte Jack Barrons Verstand wieder in die Wirklichkeit zurück, weg von dem Punkt der anästhetischen Ohnmacht, in die er sich wie ein heulender, getretener Hund zurückgezogen hatte.

Der Vidphonschirm vor ihm zeigte einen irren Ausschnitt des schwarzen Himmels über der Betonbrüstung, von der ...

Er schaltete das Vidphon ab und holte mit derselben Bewegung eine Acapulco Gold aus der Tasche. Er steckte sie zwischen die Lippen, zündete sie mit dem Tischfeuerzeug an, dann sog er den Rauch mit wilden Zügen ein-aus, ein-aus, ein-aus.

Wie konntest du mir das nur antun – o Barron, du Scheißkerl du, wie konntest du *ihr* das antun? Du Bastard! Du herzloser Wichser! Sara! Sara! Du ... du ...

Er flagellierte sich selbst mit Bildern ihrer Augen: unergründlich tiefe Augen bevor sie ihm einen geblasen hatte große und schimmernde Mein Held Kleinmädchenaugen nackt neben ihm auf Dachböden in Berkeley kalte Augen die ihn durchbohrten und Aussteiger! schrien Augen die zu kalten Stahlspiegeln wurden als sie sich getrennt hatten als ihre Körper sich das letzte Mal voneinander getrennt hatten in der letzten Nacht (die letzte Nacht! die letzte Nacht gemeinsam, und sie hatten sie verbracht wie Fremde!) arme verlorene Phosphorpünktchenaugen wie Fenster zu einem blinden grau-in-grauen Aciddschungel wabernd und flakkernd in ihrem Innern, und ich selbst konnte sehen, wie er sich aufbaute wie eine Krebsgeschwulst, und dabei konnte ich nur in das verdammte Phon stammeln, während ihre Augen irrer und irrer blickten, als sie sich immer tiefer in den Acidalptraum verstrickte, Augen der Nirgendwo-Nichtrealität des LSD-Wahnsinns, und ich konnte nur über Vidphon zusehen, wie sie sprang; arme verlorene irre Augen, und ich konnte, verdammt noch mal, nichts tun, nur zusehen, wie sie sprang!

SaraSaraSara ... Keine Sara mehr, niemals, keine Sara Sara Sara Sara saraförmiges Loch am Himmel, das sich niemals wieder füllen würde, nicht in einer Million Jahren, und er *hatte* eine Million Jahre vor sich, aber ohne sie, eine Million Jahre Zeit, sie springen zu sehen, Millionen Jahre mit dem Wissen, sie getötet zu haben ...

Scheiße, Mann, dachte er. Hör auf damit, dir selbst was vorzumachen ... Vielleicht solltest du dich schuldig fühlen, aber das tust du nicht. Du hast sie nicht umgebracht, verdammt, das war das Acid, hättest nichts tun können, Sara flippte wieder in ihre eigene verrückte Scheinwelt aus, sie tat es, um mich zu retten, um mir die Freiheit zu geben, der verfickte Babybolschewikenheld zu sein, der ich noch nie gewesen bin ... um mich zu retten ... Wovor? Vor dem Leben?

Vor dem Mich-darum-kümmern? Vor dem Einen-Scheiß-drauf-geben, was als nächstes passiert? Sara... Sara... Ich habe dich nicht umgebracht, du hast mich umgebracht!... du hast das Beste in mir getötet, so ist es. Du hast meine Eingeweide aus Fleisch und Blut herausgerissen und durch elektronische Stromkreise ersetzt, kann nicht mal mehr weinen über das Wissen, daß du tot bist. Nichts von dem, was ich *tat*, hat dich getötet, sondern das, was ich *war*. Mord... vampiermäßiges Töten von Babies, nicht mal das, nicht wahr, Sara?

Abgewichstes Ausflippen und Aussteigen, nicht mehr und nicht weniger. Zu sehen, daß der Wichser Howards Macht über mich hatte, über meinen Körper, der nun nicht mal mehr mein eigener ist, schleimiggrüne Unsterblichkeit tropfende Teile sind darin, zu sehen, wie ich an Bennie ausverkaufte... Du hast mich nicht getötet, und ich habe dich nicht getötet, wir waren beide bereits tot, wir starben, als wir es heute nacht nicht über uns bringen konnten, einander zu berühren, dieser Arschficker Howards hat uns umgebracht. Er hat uns getötet, indem er uns unsterblich machte, ist das nicht ein elender Pisser?

Sara... ich kann nicht um dich weinen, ich habe keine Tränen mehr. Aber... ich kann für dich töten, Baby, ich kann diesen Wichser Howards töten! O yeah, ich werde für dich töten! Ich kann hassen. Gut! Vielleicht hast du auf deine eigene, dumme Weise recht gehabt, denn nun wirst du bekommen, was du dir gewünscht hast, du und diese hundert Millionen dummen Bastarde dort draußen.

Yeah, ich werde eine Show liefern, wie sie noch keiner gesehen hat! Sie wollen ihren verdammten Helden, ich werde ihn ihnen auf einem silbernen Tablett servieren, mal sehen, wie ihnen das gefallen wird. Sollen die dummen Bastarde dort draußen wenigstens einmal in ihrem Leben sehen, was wirklich abgeht – was wird *das* für eine Fernsehpremiere sein!

Das Vidphon begann zu klingeln. Barron stellte die Verbindung her, das Gesicht von Vince Gelardi erschien auf dem Schirm, äschern, betroffen, und Barron wußte, er wußte es, noch bevor Vince einen Ton gesagt hatte. »Jack ... die Polizei hat eben angerufen ... Sara ...«

»Ich habe alles gesehen, Vince«, sagte er rasch, um Vince den Schmerz zu ersparen, ihm alles zu erzählen. »Sag nichts. Nicht mal, wie leid es dir tut. Ich weiß ... ich weiß ...«

»Jack ... ich sage dir das nur ungern, aber wir gehen in neun Minuten auf Sendung. ich versuche, zu den Sendergroßkopfeten durchzukommen, damit wir ein altes Band laufen lassen können und du nicht gezwungen bist ...«

»Vergiß es!« knurrte Barron. »Ich werde die Show heute abend machen – für Sara! Showbiz, Baby ... die Show muß weitergehen, und da wir grade dabei sind ...«

»Jack, du mußt nicht ...«

»Doch, Mann! Mehr als jede andere Show in diesem ganzen verdammten Geschäft muß gerade die heute abend weitergehen. Wir seh'n uns im Studio, Vince. Und ... vielen Dank.«

»Jack«, sagte Vince Gelardi über den Interkomkreis, sein Gesicht war grau und leblos, zu real, um hinter der Glaswand der Kontrollkabine, in der Sender-Realitätswelt, noch real wirken zu können. »Paß auf, du mußt die Sendung nicht machen. Ich habe Rücksprache mit den Bossen gehalten, und ich habe grünes Licht, eines der Bänder der letzten Monate abzuspielen, wenn du ... ich meine ...«

Jack Barron nahm in dem weißen Stuhl vor dem schwarzverwaschenen Kinestophintergrund Platz, sah den Kameramann (den Kameramann, den er während der Show nie bemerkte), der ihn mit aschfahlem Gesicht anstarrte, sah die Anzeigetafel, die leuchtete und ›3 Minuten‹ verkündete, und irgendwo konnte er die Aura des Desasters spüren, die bis zur Regiekammer reichte.

Und das erzürnte ihn. Verdammte Senderärsche, kommen daher, als würden sie sich wirklich darum kümmern, was ich für Sara empfunden habe, Sara Sara... Yeah, das einzige, was sie interessiert, ist, ob es ein Fiasko bedeutet, wenn ich jetzt auf Sendung gehe. Saras Leichnam ist noch nicht kalt, und was geht dabei im Kopf des wahnsinnigen Barron vor? Gelardi, meinen Sie, er kann die Sendung machen? Jesses, wenn wir jetzt eine unangekündigte Wiederholung bringen, nach dem, was er in den letzten Wochen getan hat, oh, die Zuschauerzahlen!

Aber das, dachte Barron, ist Showbiz. *The Show must go on! There's no business like show business,* und so weiter. Aber *warum* muß die Show weitergehen? Kein großes Geheimnis, wenn sie nicht weitergeht, dann könnte die breite Masse dort draußen den Eindruck bekommen, daß eigentlich nur ein menschliches Wesen wie sie hinter diesem Image ist, und das würde die Zuschauerzahlen durcheinanderwirbeln. Und in dem Geschäft reicht das als Begründung für *alles* aus.

Und doch stank es Barron erheblich, daß die ganze schäbige Mannschaft ihre beschissenen Magengeschwüre auf das Desaster vorbereitete. *The Show must go on!* Scheiße, klar, das ist nur ein gottverdammtes Spiel, aber was ist das nicht? Die Show wird weitergehen, und die Ermittler der Zuschauerzahlen werden ihren Augen nicht trauen, denn heute ist Kamikazenacht, und sie werden das Große Alles bekommen, den Knaller, um alle Knaller zu beenden, die größte

Show der Welt: zwei lebende Artisten auf der Bühne, zwei Gossenpolitiker, die einander nach dem Leben trachten.

»Laß das endlich, Vince!« rief Barron mit einer Stimme wie ein Peitschenknall, um Kontrolle über die Situation zu bekommen. »Ich werde die Sendung machen, und das wird eine Show werden, wie sie die Welt noch nicht gesehen hat. Halt zu mir, Baby, und laß mich auf Sendung, egal, was ich auch tue, glaub mir, ich weiß, was ich tue, und wenn du mich abschaltest und der Sender dir keine Rückendeckung gibt, glaub mir, dann wirst du gefeuert.«

»He, Mann«, winselte Vince mit verletzter Stimme, während die Anzeige ›2 Minuten‹ verkündete. »Es ist *deine* Show, Jack ...«

»Tut mir leid, Vince, ich wollte dir nicht drohen. Ich muß nur sicher sein, daß du auf meiner Seite bist und ich auf Sendung bleibe, was auch geschieht, und zum Teufel mit dem Sender und der F.C.C.«, sagte Barron. »Ich muß heute etwas tun, das größer als die Show ist, und ich muß wissen, daß du mir nichts in den Weg legen wirst. 's ist Itzibitzizeit, Kumpel: Für wen arbeitest du, für den Sender oder für mich?«

»Wo war ich vor acht Jahren?« fragte Vince, immer noch verletzt. »Du bist der Beste im Geschäft, du *bist* diese Show. Es ist dein Kind, nicht das des Senders und auch nicht meines. Die Frage hättest du dir sparen können – du weißt genau, für wen ich arbeite.«

»Okay, dann bleib am Ball! Hol mir Bennie Howards an den Apparat – und keine Sorge, er wird kommen, das garantiere ich dir«, sagte Barron, als die Anzeige ›90 Sekunden‹ verkündete.

»Wir rufen *zuerst* an?«

»So läuft's heute abend. Wir rufen an – heute werde ich mit meinen Problemen auf Sendung gehen.«

Gelardi zuckte die Achseln, und ein Geist des alten,

irren Itakerlächelns kam zurück. »Wen möchtest du zur Sicherheit im Wartesaal haben?« fragte der alte Gelardi. Der gute, alte, einsichtige Vince!

»Niemanden, heute nacht nicht, nur ich und Howards – *mano a mano*.«

Gelardi bedachte ihn mit einem komischen, argwöhnischen Blick, schließlich grinste er müde und ging zum Vidphon. Die Anzeige vermeldete ›30 Sekunden‹.

Während er wartete, betrachtete Barron das graugrüne Glasgesicht des Monitors. Er hatte etwas Hypnotisches, besonders durch die Leere in Barron – eine kahle Höhle, die von unrealen Geistern heimgesucht wurde; er spürte, wie das Vakuum in seinem Innern zögernd nach dem Vakuum in der Kathodenröhre tastete, um einen Wirklichkeit-zu-Wirklichkeit-Tunnel durch den Nichtraum des Studios zu formen, als gäbe es im ganzen Universum nichts Reales, nur ihn und den Schirm und die sie verbindenden Stromkreise. Nicht einmal die Sendeanstalt, die ihn, wie ihn die Logik erinnerte, mit den hundert Millionen Menschen dort draußen verband, schien zu existieren. Nur er und die Röhre.

Der Monitorschirm erwachte zu vierfarbigem Leben, ein Phosphorpünktchenbild, das direkt hinter seine Augen abgestrahlt wurde: Sein eigener Name ›CHAMPION JACK BARRON‹ mit roten Amisraus-Buchstaben, mit der rauchigen Barkeeperstimme im Hintergrund.

»Probleme?«

Und dann die Toncollage, und wieder die Stimme:

»Dann kommen Sie zu Champion Jack Barron!«

Und dann sah er in sein eigenes Gesicht, eine vierfarbige Spiegelrealität, die sich bewegte, wann immer er sich bewegte, seine Augen lagen in den Höhlen, sein Mund war grimmig verkniffen. Er wich ein wenig vor dem zurück, was er fühlte, sah, wie die Spannung ein wenig aus dem Gesicht auf dem Schirm wich, wie es weniger wild wirkte, es gehorchte seinem Verstand wie eine ferngesteuerte Puppe.

Als sie den ersten Werbespot von Acapulco Gold abrollten, entzog er sich dem vertiginösen Rapport des Schirms, sah, daß die Anzeige ›Howards in der Leitung‹ verkündete – und das war, als würde ihm einer seiner Körpernerven melden, daß seine Faust bereit war. Tatsächlich fiel es ihm schwer, seinen eigenen Körper zu spüren – sein Bewußtsein schien ebensosehr in der Anzeige und dem Monitor zu sein wie in seinem Fleisch. Er war der Raum, das Studio, die Vidphonkonsolen-Regiekabinen-Studio-Gestalt. Sie war Teil von ihm und er von ihr.

Und alles andere – Erinnerungen an Sara, schleimige Dinge in ihm, alles, was er je gewesen war – war verschlossen, reflexumschlossen, unreal. Trotzdem spürte er den aktivierten Mechanismus und erkannte ihn – elektrische Stromkreisanästhesie – und war dankbar dafür, denn nun wußte er, sein Körper würde nicht für das büßen müssen, was nun geschah. Der vierfarbige Tritt-sie-in-den-Arsch Jack Barron war wieder auf Pirsch, und der wußte, was zu tun war.

Sein Gesicht erschien wieder auf dem Monitorschirm. »Hier ist *Champion Jack Barron*«, sagte er, fühlend, wie sich das Fleisch seiner Lippen bewegte, sehend, wie das von dem Bild vor ihm nachgeahmt wurde, Zelle für Phosphorpünktchenzelle, »und heute abend werden wir eine Show machen, die ein klein wenig anders ist. Ihr da draußen, Leute, kommt schon jahrelang mit euren Problemen zu mir, ihr benutzt mich als eure Stimme, um an die VIPs ranzukommen. Nun, heute ist Ringelrein-Nacht, Leute, heute werden wir den ollen Spieß mal umdrehen. Heute plagt mich etwas. Heute ist mein Abend. Ich spüre heute selbst Blutdurst.«

Und in einem plötzlichen und seltsamen Schwung der Perspektive schien er die Lippen auf dem Bildschirm selbst zu bewegen, ein Gehirn-zu-Phosphorpünktchen elektronischer Reflexkreis, während er sagte: »Heute abend hilft Jack Barron sich selbst.«

Er verzerrte das Gesicht auf dem Schirm zu einer undeutbaren Teufelsfratze (soll Bennie ruhig schwitzen, nur keinen Hinweis geben, bis es viel zu spät ist) und sagte: »Heute abend werden wir einige Kleinigkeiten über das kryonische Einfrieren herausfinden, die noch keiner weiß. Scheint so, als hätten wir keine zwei Shows hintereinander machen können, ohne auf die Stiftung für Menschliche Unsterblichkeit zu stoßen, und diejenigen von Ihnen, die das für puren Zufall halten, denen werden heute einige Schocks ins Haus stehen. Manche Leute werden ein paar Schocks bekommen. Also bleibt am Ball, Leute, Spiel und Spaß – ihr werdet erleben, wie die Fetzen fliegen, wenn Jack Barron mal selber Probleme hat.«

Er senkte den Kopf, um seine Augen zu beschatten, in denen sich das Kinestopmuster des Hintergrundes spiegelte, und verlieh dem Gesicht einen verschlagenen und drohenden Ausdruck, als er sagte: »Und wir werden auch nicht lange warten, bis wir zum Itzibitzi kommen, Freunde. Ich habe Mister Benedict Howards schon in der Leitung.«

Er signalisierte Vince, ihm drei Viertel des Schirms zu gewähren, dann stellte er am Vidphon Nummer eins die Verbindung her, und Benedict Howards' Gesicht erschien im linken unteren Quadranten des Monitorschirms, ein bleiches, graues Vidphonphantom, das von Barrons vierfarbigem Bild umschlossen wurde. Heute abend befindest du dich auf meinem Grund und Boden, Bennie, dachte er, und ich ebenfalls, durch und durch, und heute wirst du zu spüren bekommen, wie Paranoia wirklich sein kann ...

»Hier ist *Champion Jack Barron,* Mister Howards, und heute abend werden wir direkt zum Thema kommen, wir unterhalten uns über ...« (Er legte bewußt eine Pause ein, und grinste ein privates, bedrohliches Lächeln, wobei er sah, wie Howards vor Entsetzen erstarrte, dann erst verschaffte er ihm die Beruhigung) »... den Gefriergesetzesentwurf.«

Er sah, wie Howards' Gesicht zu Gallert zerschmolz, jeder angespannte Muskel erschlaffte bei der momentanen Erleichterung, bereiten wir Bennie für den alten Versteckspielpfad vor, er wird denken, ich spiele sein Spiel, bis ich aus meinem Versteck hervorkomme, und dann wird es bereits zu spät für ihn sein aufzulegen.

»Gut«, sagte Howards verlegen. »Wurde auch Zeit, daß der ganze Unsinn um die Stiftung für Menschliche Unsterblichkeit endlich geklärt wird.«

Barron lächelte und trat zweimal mit dem Fuß auf, worauf Vince Howards den halben Schirm gab. »Machen Sie sich deswegen keine Sorgen, Mister Howards«, sagte er, »am Ende dieser Show wird *alles* ... geklärt sein.« Und wieder erstarrte Howards, während er der Emphase der letzten Worte nachlauschte. Schwitz ruhig, du Bastard du, dachte Barron. Und dabei ist das erst der Anfang ...

»Sprechen wir also von diesem Gefriergesetzesentwurf«, begann Barron, der registrierte, daß er Howards durch Veränderungen – Spannen-Entspannen-Spannen-Entspannen – jagte wie einen Tischtennisball. »Im Grunde genommen würde dieses Gesetz der Stiftung für Menschliche Unsterblichkeit doch ein Gefriermonopol sichern, nicht wahr? Keine andere Institution könnte rechtmäßig Leute einfrieren, die Stiftung könnte den ganzen Markt kontrollieren ... mit ihrem eigenen Gesetz ...«

»Schwerlich«, fuhr Howards dazwischen, der eifrig auf den Strohhalm zuschwamm, den er in Colorado ausgelegt hatte. »Das kryonische Einfrieren würde zu einer öffentlichen Einrichtung werden wie das Vidphonsystem oder die Elektrizität – sicher, ein Monopol, weil einige Dienstleistungen zwangsläufig monopolisiert werden müssen, um funktionieren zu können, aber ein Monopol, das strikt von der Regierung kontrolliert werden könnte, im öffentlichen Interesse.« Herrlich, genau wie wir es abgesprochen hatten, denkst du, Bennie – aber langsam wird's Zeit für einen neuen Umschwung.

»Nun, für mich klingt das verdammt plausibel, und für euch doch sicher auch, Leute?« sagte Barron, und Howards' Gesicht auf dem Schirm lächelte ein innerliches Ich-hab-dich-gekauft-Lächeln. Barron ließ die elektronische Puppe ein ernstes Handlangerlächeln lächeln, einen verdrehten Augenblick lang sah er sein Bewußtsein in den Bildschirm überwechseln, und es war fast, als würde er Howards persönlich gegenübersitzen.

»Ich sehe nicht, wie jemand dagegen etwas einzuwenden haben könnte«, bekräftigte Barron. »Aber mir will scheinen, das könnten Sie auch einfacher haben. Warum ist dann aber Ihr Gesetzesentwurf in so großen Schwierigkeiten, Mister Howards, weshalb das ganze Getue im Kongreß? Wissen Sie, was ich von Ihren Schwierigkeiten zu wissen glaube, Mister Howards?«

»Ich nehme an, Sie werden es mir gleich sagen, Barron«, sagte Howards, auf der Lauer. Yeah, das schien ein harmloser Beginn zu sein, Bennie, aber du weißt, das war nicht in deinem kleinen Drehbuch. Und er bat Vince durch Fußsignal um einen Werbespot in fünf Minuten. Die Zeitabstimmung mußte heute abend haargenau hinhauen.

»Nun, ich halte es nur für etwas quergelegte Semantik«, sagte Barron so zuckersüß, daß Howards genau erkennen konnte, er war sarkastisch, und Furcht blitzte in seinen Imageaugen, aber noch war alles zu subtil, Stoff im Innern, als daß das Publikum jetzt schon hätte Lunte riechen können. Das wußte Barron. Was ihn abrupt daran erinnerte, daß dort draußen ein (nach neuesten Schätzungen) Hundert-Millionen-Publikum die ganze Szene mitverfolgte, am anderen Ende der Leitung.

»Was meinen Sie damit?« fragte Howards, und Barron erkannte, wie ihm die Kontrolle entglitt.

Er lächelte unverbindlich. »Ihr Gesetzentwurf ist in Schwierigkeiten, weil er schlecht geschrieben ist, das ist alles. So lang und kompliziert für etwas, das sich so einfach anhört... all die komischen kleinen Klauseln, verdreht und kaum zu fassen, wie eine Schlange. Verdammt schwer herauszufinden, was das alles bedeutet.«

Er zog ein leeres Blatt Papier aus einer Tasche (das alte Joe McCarthy-Spiel). »Soll ich Ihnen mal was sagen«, fuhr er fort und winkte Howards über den Monitorschirm mit dem Papier zu, »warum klären wir hier nicht alles, von der Wurzel an. Sie können hundert Millionen Amerikanern die verwirrenden Stellen erläutern, hier und jetzt, Mister Howards, und, wer weiß, vielleicht wird Ihr einfaches kleines Gesetz dann verabschiedet werden? Sobald wir das ganze verwirrende Unterholz herausgehackt haben.«

Mit dem letzten Wort setzte er das Messer bereits an und signalisierte Vince, ihm drei Viertel des Schirms zu gewähren, und *zong* war Howards nur noch ein verängstigter kleiner Zwerg auf dem Inquisitionsstuhl in der unteren Ecke. Plötzlich erkannte er, daß das, was die hundert Millionen Zuschauer am anderen Ende sahen, *Realität* war, eine Wirklichkeit, realer als real, denn das ganze Land nahm an der sensorischen Erfahrung teil; hier fand Geschichte direkt vor ihren Augen statt, eine Nichtereignisgeschichte, die nur auf dem Bildschirm existierte. Ein kalter Schauer durchlief ihn, als er sich zum ersten Mal der unermeßlichen Macht bewußt wurde, die sein Bild im Fernsehgerät hatte.

Und wie ein interner, neuraler Zeitsinn teilte ihm die Anzeige mit: ›4 Minuten‹.

Er verhärtete seine Züge zur eisernen Maske eines Inquisitors, sprach aber dessenungeachtet unverbindlich und unschuldig weiter, um dadurch die Gestalt der unterschwelligen Drohung noch zusätzlich zu betonen. »Nun, mal sehen... nach diesem Gesetz muß eine fünfköpfige Wachkommission aufgestellt werden, zur ›Freude des Präsidenten‹. Das ist wirklich lustig, scheint, als hätte der Präsident völlige Macht über diese Kommission, wenn er ihre Mitglieder anheuern und feuern könnte, wie es ihm beliebt...«

»Das Einfrieren ist ein sehr delikates Problem«, sagte Howards defensiv, wie ein Junge, den man gerade mit der Hand im Bonbonglas erwischt hat. »Wenn die Räte fixe Vorschriften hätten, dann könnten sie Fehler machen, die sich auf Jahre hinaus nicht mehr korrigieren ließen. Und in diesem Fall ist Zeit ein Menschenleben.«

»Und, selbstverständlich, ist die Stiftung für Menschliche Unsterblichkeit sehr besorgt um... *Menschenleben*«, sagte Barron, als die Anzeige ›3 Minuten‹ verkündete. »Aber es ist noch ein sprachlich komischer Abschnitt enthalten. Nämlich der Teil, der dem Rat die Möglichkeit verschafft, Einfluß zu nehmen auf alle laufenden Operationen der Stiftung für Menschliche Unsterblichkeit sowie auf alle weiteren Operationen, die sie im Laufe ihres Bestehens unternehmen könnte. Wenn man das ins Englische übersetzt, dann scheint das zu bedeuten, daß die Kommission unabhängig vom Kongreß operieren kann, ja, mehr noch, daß sie ihre eigenen Gesetze im Bereich der... Lebensverlängerung schaffen kann.«

»Nun... äh... beantwortet das nicht ihre erste Frage?« sagte Howards bekümmert und versuchte, Land zu gewinnen. »Der Kongreß reagiert einfach zu langsam. Sagen wir... sagen wir, wir entwickeln eine Unsterblichkeitsbehandlung – es könnte Jahre dauern, bevor der Kongreß sie genehmigen könnte, und in der Zwischenzeit würden Leute sterben, die nicht sterben müssen. Eine Kommission dagegen könnte unverzüglich handeln. Klar, man müßte den offiziellen Beauftragten eine immense Machtfülle überlassen, aber eben deswegen muß der Präsident imstande sein, Angehörige zu entlassen oder neu einzustellen, damit die Kommission der... öffentlichen Meinung gegenüber loyal bleibt. Das mag sich kompliziert anhören, aber es ist zwingend notwendig.«

So notwendig wie Scheiße, dachte Barron. Darauf läuft der ganze Schmuddel hinaus – auf eine Lizenz für die Stiftung, alles tun zu können, solange der Präsident mitspielt. Und Bennie verläßt sich darauf, daß ihm der nächste Präsident gehört, und er hat auch guten Grund dazu, wenn jetzt nicht, dann eben beim nächsten Mal. Denn er hat verdammt viel *Zeit.* Wenn er dieses Gesetz durchbringt und seinen Handlanger im Weißen Haus hat... dann kann er es irgendwie rechtmäßig machen, Kinder zu ermorden, oder seine zahme Kommission wird darauf beharren, daß er nichts dergleichen tut. Wird Zeit, dem Wichser das Messer an die Kehle zu setzen.

»Mit anderen Worten, Howards, Sie und der Präsident würden die ganze Show allein durchziehen. Die Stiftung wird das Einfrieren kontrollieren und... die *Lebensverlängerung,* und sollte es zum Itzibitzi kommen, dann kann Ihnen nur der Präsident allein befehlen, was Sie zu tun und zu lassen haben.«

Howards starrte ihn an wie eine Ratte in der Falle, die Paranoia in seinem Innern bahnte sich durch die Augen einen Weg ins Freie.

»Der Präsident...«, stammelte Howards. »Was soll daran falsch sein? Können Sie nicht...«

»Ich frage mich, ob es klug ist, so blind einem einzigen Mann zu vertrauen«, sagte Barron, als die Anzeige auf ›2 Minuten‹ umsprang. »Ich meine, einen Mann, auch einen Präsidenten, kann man kaufen. Etwa mit Ihrem ganzen Geld und vielleicht mit... *etwas mehr*?«

»Sie sind verrückt, Barron!« heulte Howards, der seine ganze Selbstbeherrschung über Bord kippte. »Sie verleumden den Präsidenten der Vereinigten Staaten!«

»Wer, ich?« fragte Barron und gab Vince das Signal Howards' Ton abzustellen und ihn auf drei Viertel des Schirms zu vergrößern. »Ich bin ein aufrechter Bürger, ich würde niemals jemanden verleumden. Ich spreche von einem hypothetischen Präsidenten in einer hypothetischen Situation, also muß ich mir auch nur um eine hypothetische Klage Sorgen machen, richtig?« Howards' Gesicht glich einer Maske der Paranoia, das sein eigenes Gesicht auf dem Monitorschirm umrahmte.

»Also, nehmen wir nur mal eine weit hergeholte, völlig hypothetische Situation an«, sagte er und gab Vince das Signal, Howards den ganzen Schirm zu überlassen. »Sagen wir, der Stiftung für Menschliche Unsterblichkeit gelingt es letztlich, eine Unsterblichkeitsbehandlung zu entwickeln...«

Howards' Gesicht wurde von nacktem Entsetzen verzerrt, was (nach neuesten Schätzungen) hundert Millionen Zuschauer miterleben konnten, während Barron für sich den ganzen Schirm verlangte und die Anzeige ›90 Sekunden‹ verkündete.

»Sagen wir mal, unsere kleine Geschichte findet nach der nächsten Präsidentenwahl statt, und sagen wir weiterhin, der Präsident wäre ein Mann der Stiftung, ohne Namen zu nennen. Wenn Ihnen dort draußen das allzu unwahrscheinlich klingt, dann vergessen Sie bitte nicht, die Stiftung hat *nur* fünfzig Milliarden Mäuse, mit denen sie operieren kann, und wenn man dann noch mit der Unsterblichkeit locken kann ... nun, das ist ein verdammt anziehendes Schmiergeld ...«

Sein Gesicht auf dem Schirm brannte Pünktchen vierfarbigen Phosphors in einer Rückkopplung der Macht in ihn, er fühlte die direkte Satellitenverbindung mit hundert Millionen Gehirnen, die alle an seinen Worten hingen, sein Image von der Röhre sogen und wußten, er stand im Begriff, etwas unglaublich Gefährliches und Großes zu enthüllen. Jamessieurs, Leute, kommt alle her und seht die größte Peep-Show der Welt, seht die Peep-Show, die Geschichte machen wird, live, ohne Zeitverzögerung, und wie macht sich *das* im Showbiz?

»Sagen wir mal ... natürlich nur ausschließlich um der Argumentation willen«, sagte Barron langsam, als die Anzeige auf ›60 Sekunden‹ umsprang, »daß mit unserer hypothetischen Unsterblichkeitsbehandlung ein kleines Mißgeschick verbunden ist. Sagen wir mal ... nun, jeder weiß, was ich für eine schmutzige Phantasie habe, sagen wir mal, sie erfordert eine spezielle Art von Organtransplantation, die den Empfänger unsterblich macht, aber unglücklicherweise den Spender tötet. Sehr trickreich und teuer, verstehen Sie, denn irgendwie muß man ja an Opfer kommen. Mit anderen Worten, um einen Gewinner unsterblich zu machen, muß die Stiftung einen Verlierer töten. Ich glaube, in der Rechtsprechung gibt es dafür einen bestimmten Ausdruck ... ich glaube, man nennt es *Mord*.«

Gerade genug Zeit, um Bennie ordentlich aufzuwühlen, dachte Barron, als die Anzeige ›30 Sekunden‹ vermeldete. Er ließ den Haß, den er in sich spürte, in seinem Gesicht deutlich werden, ein Hinweis für (nach neuesten Schätzungen) hundert Millionen Schlurche, daß vielleicht doch nicht alles nur heiße Luft war.

»Jetzt mal sehen, was das bringt. Nur eine *hypothetische* Situation, Leute«, sagte er und schürzte die *Image*-lippen andeutungsweise, um dem Wort *hypothetisch* einen sardonischen Klang zu geben. »Aber, *hypothetisch*, sollte der Gefriergesetzesentwurf so durchgehen, wie er ist, wenn die Stiftung für Menschliche Unsterblichkeit sich ihren eigenen Präsidenten wählen kann und wenn sie eine *hypothetische* Unsterblichkeitsbehandlung entwickeln würde, die Mord notwendig macht, dann könnte die Stiftung für Menschliche Unsterblichkeit *hypothetisch* sehr wohl Mord durchführen, um ihre Ziele zu erreichen ...«

Er legte eine Pause ein und ließ drei wertvolle Sekunden Sendezeit totenstill verstreichen, bis er sich verdammt sicher war, daß alle wußten, was er nun sagen würde (ganz besonders Bennie Howards).

»Hypothetisch«, grollte er, und das Wort enthielt den leisen Schatten einer Anklage. »Natürlich ist die Stiftung scharf darauf, diesen Gesetzentwurf verabschieden zu lassen, und das ist *nicht hypothetisch,* und viele Leute, die es wissen müßten, sagen, es gab Flicki-flacki-Beziehungen zwischen der Stiftung und einem bestimmten Präsidentschaftskandidaten, der unter ... *fragwürdigen* Umständen ums Leben kam, und das ist *auch nicht hypothetisch,* und wenn man eins und eins zusammenzählt, dann erhält man bekanntlich zwei. Und wir werden sehen, wie *hypothetisch* der Rest ist – wenn Mister Benedict Howards den Mut hat, in der Leitung zu bleiben, bis dieses Wort von unserem zweifellos nicht hypothetischen Sponsor vorüber ist.«

»Was, zum Teufel, treibst du da?« fragte Vince

Gelardi über den Interkomkreis, als der Werbespot begonnen hatte, sein Gesicht war gespannt und weiß, aber eine Art von manischer Hingebung flammte hinter seinen Augen. »Die Phone spielen verrückt, und Howards *stammelt,* ich meine buchstäblich stammeln, Mann! Zeug über geschlachtete Nigger und daß er dich töten will und von schwarzen Kreisen ... völlig sinnlos. Er ist ausgeflippt, um nicht zu sagen, vollkommen übergeschnappt, Jack. Jesus Christus allein mag wissen, was er von sich gibt, wenn ich ihn wieder auf Sendung gehen lasse.«

Angestachelt von der alten Kampfeslust, hörte Barron sich mit dem altbekannten *Champion Jack Barron*-Trotz sagen: »Das ist nicht *Champion Jesus Christus,* Vince, sondern *Champion Jack Barron,* und Christus muß auch nicht wissen, was Howards sagen wird, solange *ich* das weiß, kapiert? Halt ihn warm und gib ihn mir wieder auf den Schirm, wenn wir auf Sendung sind.«

Vince jammerte hinter dem Glas der Kontrollkabine, während die Anzeige ›60 Sekunden‹ verkündete. »Du bist hart an der Grenze«, sagte er. »Wenn du einen Irren via Fernsehschirm stammeln läßt, einen Irren wie Benedict Howards, wer weiß, wo dann der Hund begraben liegt, wir könnten in eine Klage verwickelt werden ...«

»Es ist meine Show«, sagte Barron scharf. »Aber ... vielleicht hast du recht.« (Kann ich verhindern, daß Bennie mir dazwischenfunkt, wenn ich ihn abstellen lasse?) »Paß auf, wenn ich rede, dann gibt's für mich drei Viertel des Schirms, während Howards Ton abgestellt wird. Wenn ich ihn reden lassen will, dann bekommt er drei Viertel, aber nur kurz, dann bin ich wieder dran. So machen wir das hin und her, damit er nie mehr als ein paar Worte sagen kann, kapiert?«

»Ah, das ist der dreckige alte Jack Barron, den wir

alle kennen und lieben«, sagte Gelardi. ›30 Sekunden‹ meldete die Anzeige.

Als die letzten Sekunden des Chevy-Werbespots wegtickten, bekam Barron einen erneuten Eindruck von der unglaublichen Machtfülle, die er über den Fernsehschirm hatte, die Macht eines künstlichen Phosphorpünktchenmusters, das direkt von seinem Verstand ins Satellitennetz und zu hundert Millionen Gehirnen abgestrahlt wurde, die Macht einer Realitätsillusion, die in sich nicht mehr real war. Leben und Tod, dachte er, nur Bennie und ich, und der arme Bastard hat keine Chance. Ganz egal, wie gut die Karten sind, die er hält, auf meinem Grund und Boden hat er trotzdem keine Chance, weil er auf hundert Millionen Fernsehschirmen nur das sagt, was ich ihn sagen lasse, und er nur das *ist*, was ich ihn sein lasse, es ist *meine* Realität, als wäre er in meinem Kopf gefangen.

Und plötzlich verstand er vollkommen, worum es Luke und Morris ging. Es spielte keine Rolle, ob er als Präsident eine lächerliche Figur abgab, wie auch der Mann aus Fleisch und Blut, der im Studio saß, überhaupt keine Rolle spielte – was eine Rolle spielt, ist nur das, was hundert Millionen Schmucks auf den Fernsehschirmen sehen, *das* ist wirklich real, *Image*, nicht mehr und nicht weniger, denn wenn es darum geht, was in Der Großen Welt Dort Draußen abgeht, dann ist das Image das einzige, was diese armen Wichser dort draußen jemals zu sehen bekommen werden.

Oh, was für ein Schlamassel, dachte er, als die Anzeige ›Auf Sendung‹ meldete und er wieder in sein eigenes elektrisches Gesicht starrte, dessen Augen sinistre Seen der Macht waren, dunkel und unergründlich, wobei er den Kopf noch gesenkt hielt, um Kinestopblitze des Hintergrunds damit einzufangen. Ich kann *alles* auf diesem verdammten Schirm machen – in diesem Abschnitt der Realität kann mir keiner dumm kommen, wer er auch in der Fleisch-und-Blut-Welt privat sein mag, was ohnehin keiner sieht. Was auf dem Schirm passiert, das ist meine eigene, Fleisch gewordene Welt, ich stelle die Regeln auf, ich kontrolliere jedes verdammte Phosphorpünktchen im Lande. Warum sollte mich das nicht zum Präsidenten machen oder was sonst noch – Scheiße, seit Truman wurde kein Mensch mehr zum Präsidenten gewählt, lediglich ein *Image*, und wer ist denn schon größer im *Image*geschäft als ich?

Das unreale, schwarzweiße Gesicht von Benedict Howards im linken unteren Quadranten war nichts weiter als traurig; Howards hatte nicht mal den Bruchteil einer Chance, denn was das ganze Land zu sehen bekam, das war nicht etwa Benedict Howards, sondern der Benedict Howards, den Jack Barron umgekrempelt und bearbeitet hatte.

»Nun gut«, sagte Barron, der sich unfair und obszön selbstsicher fühlte, »zurück zu unserem Märchen, mal sehen, wie *hypothetisch* es wirklich ist. Vor kurzer Zeit haben wir uns in dieser Sendung über Unsterblichkeitsforschung unterhalten, erinnern Sie sich, Mister Howards?« (Howards begann, lautlose Rufe auszustoßen, und Barron dachte an Sara und bezog eine grimmige Befriedigung aus der paranoiden Frustration, die Howards gerade erfahren mußte, denn er erkannte genau, sein Leben ging langsam die Gosse runter, und er konnte nicht das geringste daran ändern, nicht mal schreien.) »Sie sagten damals, Sie hätten noch keine Unsterblichkeitsbehandlung... Was ist, wenn ich behaupte, Sie haben doch eine? Und was, wenn ich sage, ich habe Beweise?« (Immer auf diese Verleumdungsgesetze achten, Mann!) »Was sagen Sie *dazu*, Benedict Howards. Nur zu, ich fordere Sie auf, bestreiten Sie, daß Sie eine solche Behandlung haben, direkt hier, vor hundert Millionen Zuschauern!«

Barrons Gesicht war ein dreifach großes vierfarbiges Monster, das das bleiche Gesicht von Benedict Howards umklammerte. Als die Bilder sich umkehrten, erkannte Barron genau, was passieren würde, noch bevor ...

Howards' Augen funkelten, irre Spannungslinien von jeder groben, geöffneten, schwarzweißen Pore schienen paranoiden Wahnsinn zu versprühen, als die Teufelsmaske seines Gesichts drei Viertel des Schirms erfüllte, und als Vince seinen Ton zuschaltete, da schrie er:

»... Sie, Barron! Ich töte Sie! Sie ...« Howards brach plötzlich ab, als die Tatsache, auf Sendung zu sein, den roten Nebel seiner Wut klärte.

»Das ist eine Lüge!« konnte er irgendwie weniger schrill ausrufen. »Das ist eine gottverdammte Lüge!« Aber jede Furchtlinie seines Gesichts verriet, daß es keine war. »Es gibt keine Unsterblichkeitsbehandlung, das schwöre ich, es gibt keine, nur der verblassende schwarze Kreis ist dagegen, wir sind gegen ihn auf der Seite des Lebens, wir schlachten keine Nigger ...« Howards Gesicht zitterte, als er erkannte, was er hatte sagen wollen, er verstummte in dem Augenblick, als Vince ihm ohnehin den Ton wieder abstellte und Barron den Dreiviertelschirm zurückgab.

Jesses, ist ganz egal, was er sagt, erkannte Barron, ich muß lediglich meine Geschichte erzählen und die Zuschauer beobachten lassen, was sie für einen Eindruck bei ihm hinterläßt ...

»Lassen Sie das Stammeln, Howards«, sagte er kalt. »Wenn es Ihnen lieber ist, dann können wir uns ja gerne mal über die Kehrseite unserer netten kleinen Hypothese unterhalten. Nehmen wir einfach mal *hypothetisch* an, es *gibt* eine Unsterblichkeitsbehandlung, die, oh, sagen wir mal, eine Drüsentransplantation erfordert, die aber nur mit den Drüsen kleiner Kinder funktioniert, die man wegen ihrer Drüsen auseinanderschneiden und ausweiden muß wie Tiere ...« Er verstummte. Wieder kreischte Howards vergeblich auf seinem winzigen Schirmausschnitt, er glich einem wehrlosen Käfer, der von einer Nadel aufgespießt ist. Zapple nur, du Bastard, zapple! Wenn du ein wenig Grips hättest, dann würdest du einfach das Phon auflegen, aber du kannst nicht, nicht wahr? Ich habe dich schon zu tief hineingezogen.

»Kapiert?« fragte Barron. »Wenn es eine solche Behandlung gäbe und wenn Mord dazu nötig wäre, das würde doch eine ganze Menge komischer Vorfälle erläutern, nicht wahr, Leute? Das würde erklären, warum Mister Howards so scharf drauf ist, seinen Gefriergesetzesentwurf durchzukriegen, damit er eine nette Kommission ins Leben rufen kann, der die Stiftung verantwortlich ist und die ausschließlich vom Präsidenten kontrolliert wird ... Besonders wenn der Präsident, den wir wählen, von *ihm* abhängig ist. Wie sieht es damit aus, Mister Howards, ist das nicht einleuchtend?«

Gelardi kehrte das Verhältnis um, und wieder erfüllte Howards verkrampftes Gesicht den Schirm. »Sie ...«, begann er. Und dann sah Barron, wie hinter seinen Augen ein Schatten niedersank, der einzige Schatten, in den er sich noch zurückziehen konnte, das Schweigen.

»Okay«, fuhr Barron fort, als das Verhältnis sich wieder wandelte. »Mister Howards kümmert sich also nicht um hypothetische Situationen. Sprechen wir also von harten Tatsachen. Sprechen wir von Präsidentschaftskandidaten« (Paß auf die Verleumdungsgesetze auf!). »Jetzt wiederhole ich nur das, was ich in den Zeitungen gelesen habe – aber eine Menge von Leuten dachte, daß der Senator Ted Hennering den Draht zur Nominierung der Demokraten hatte, und das bedeutet, den Draht zur Präsidentschaft. Vor seinem ... *unglücklichen Unfall*. Sagen Sie uns, Mister Howards, waren Sie ein Hennering-Mann ... oder war Hennering ein Stiftungs-Mann?«

Als sein Ton dieses Mal zugeschaltet wurde, hatte Howards eine etwas bessere Kontrolle über sich erkämpft. »Das ist Verleumdung, Barron, und das wissen Sie!« Aber noch bevor er ein weiteres Wort sagen konnte, verbannte Vince ihn wieder in sein stummes Exil im linken unteren Bildquadranten.

»*Wen* soll ich denn verleumden?« fragte Barron. »Aber das führt zu einer ausgezeichneten Frage. Tatsache: Hennering war der Sponsor und der wegbereitende Senator für den Gefriergesetzesentwurf. Tatsache: Hennerings Präsidentschaftsnominierung hatte verdammt viel Dampf dahinter. Ich muß auf die Verleumdungsgesetze achten, Leute, daher müßt ihr eben selbst eins und eins addieren ... und eins plus eins ergibt ... Alles klar, Leute? Denn hier kommt noch mehr *hypothetischer* Stoff.

Sagen wir mal, eine Stiftung, wobei die Verleumdungsgesetze mir verbieten, ihren Namen zu nennen, hat sich einen Präsidentschaftskandidaten gekauft, und die Verleumdungsgesetze verbieten mir ebenfalls, den Namen dessen zu nennen, der sich sehr stark für einen bestimmten Gesetzentwurf macht, den ich aufgrund der Verleumdungsgesetze nicht nennen darf, weil sie eine piep! piep! Behandlung gefunden haben, die Mord erfordert, und sagen wir weiterhin, unser namenloser Senator aus Illinois weiß davon nichts. Könnt ihr da draußen mir soweit noch folgen? Ist es nicht herrlich, in einem *freien* Land zu leben, wo man sich *hypothetisch* alles vorstellen kann, solange man die Dinge nicht beim Namen nennt? Sogar dann, wenn man genau weiß, welche Namen man in die freien Stellen setzen muß.«

Er verstummte kurz, um sich Howards' Gesicht anzusehen, das einer Wachsmaske glich. Er schien nicht einmal mehr zuzuhören, denn er wußte bereits, daß nun alles gelaufen war.

»Gehen wir noch einen Schritt weiter. Sagen wir, unser namenloser Senator findet etwas über diese *Behandlung* heraus. Und nehmen wir weiter an, was er herausfindet, gefällt ihm nicht. Also ruft er den namenlosen Vorsitzenden der namenlosen Stiftung an und sagt ihm ganz genau, wo er sich seine namenlose Behandlung reinschieben kann. Sagen wir, unser Senator teilt ihm mit, er wird gegen den Gesetzentwurf opponieren und unsere hypothetische Stiftung verpfeifen. Das bedeutet, man wird den Boss unserer Stiftung wegen Mordes belangen, es sei denn ... es sei denn, es passiert etwas, das unserem lieben Senator das Maul stopft. Sagen Sie uns, Mister Howards, selbstverständlich nur rein *hypothetisch*, was würden Sie tun, wenn *Sie* der Boss dieser hypothetischen Stiftung wären und die Aussage des Senators Ihre Fahrkarte zum elektrischen Stuhl wäre?«

»... klage Sie!« brüllte Howards' Stimme, als Vince ihm den Ton hinzuschaltete und die Bilder verkehrte. »Ich verklage Sie wegen Verleumdung! Ich kriege Sie, Barron! Ich kriege Sie auf den elektrischen Stuhl! Ich ...«

Gelardi verbannte ihn eiligst wieder in den linken unteren Quadranten, und Barron zerdehnte den nachfolgenden Augenblick in der Luft. Itzibitzizeit, dachte er. Jetzt muß ich nur noch den Abzug durchziehen, ich habe ihn für das Kill-in vorbereitet. Vielleicht springe ich mit ihm über die Klinge, da der Vertrag als Beweismittel gilt, gegen mich und SaraSaraSara Sara! Sara-keine-Sara-mehr ... Er spürte gestohlene schleimige Dinge Lebenssäfte in ihn träufeln, und mit einem plötzlichen Anfall berserkerhafter Wut erkannte er, er mußte zuerst Bennie bekommen und später versuchen, seine eigene Haut zu retten.

»Und jetzt kommen wir auf das, was lächerlicherweise als die reale Welt bekannt ist«, sagte Barron. »Tatsache: Senator Theodore Hennering wurde bei einer Explosion in der Luft getötet, die restlos jeden Beweis für einen Mord vernichtete, hypothetisch oder sonstwie. Tatsache: Nur wenige Wochen später wird seine Witwe von einem gemieteten Lastwagen überfahren. Was sagen Sie dazu, Mister Howards?«

Vince blitzte Howards gerade lange genug auf dreifache Größe, bis er gemurmelt hatte: »Woher soll ich das wissen? Zufall ...«, dann schaltete er wieder ab, und Barron war auf dem Schirm in Großaufnahme zu sehen.

Jetzt kommt der kitzlige Teil, dachte Barron. Wenn ich ihn dazu bringen kann, alles zuzugeben, dann bin ich wenigstens die Verleumdungsklage los.

»Und hier ist noch eine Tatsache, die keinem bekannt ist: Madge Hennering rief mich an, bevor sie getötet wurde, und erzählte mir, Benedict Howards habe ihrem Mann kurz vor seinem Tod angedroht, ihn zu ermorden, weil Hennering etwas über die Stiftung herausgefunden hatte, das schrecklich genug war, ihn die Fronten wechseln zu lassen. Und das ist auch keine Verleumdung, Freunde«, log Barron, »weil ich das mit einem Band beweisen kann.«

»Das ist eine Lüge!« kreischte Howards, als Vince ihm rasch den Ton zuschaltete. »Eine gottverdammte Verblassender-schwarzer-Kreis-Lüge! Lüge!«

»Obacht, Bennie«, sagte Barron und verzog seine Puppenmaske auf dem Schirm zu einem ironischen Lächeln. »Sie bezeichnen mich als Lügner, und das *ist* Verleumdung, ich habe das Band als Beweis.«

Barron verstummte, obwohl er genau wußte, welches Glied der Kette er als nächstes schmieden mußte.

Ich muß rausrücken und ihn direkt des Mordes an Hennering anklagen, und *das* ist Verleumdung, wie man es auch dreht und wendet, weil ich keinen rechtsgültigen Beweis habe, und den kann ich nur bekommen, indem er ihn mir gibt – aber das wird er nicht tun, wenn ich das Thema nicht noch breiter trete. Okay, Klugscheißer, jetzt kommt das echte Itzibitzi, das Rasiermesser in den Eingeweiden ... los! los! los!

»Letzte Woche flog ich nach Mississippi, um mit einem Mann zu sprechen, der behauptete – ihr alle, liebe Leute, habt das live damals hier miterlebt –, jemand habe seine Tochter für 50000 Dollar gekauft«, verkündete Barron, der immer noch Katz und Maus mit den Verleumdungsgesetzen spielte. »Nun, wenn eine Stiftung Kinder für eine Unsterblichkeitsbehandlung benötigen würde ... na, tickt's schon, Leute? Drei Leute, aber wirklich nur drei Leute, wußten, daß ich nach Mississippi kommen würde: Gouverneur Lukas Greene, ein alter Freund von mir; die Frau, die ich liebte, und ... Mister Benedict Howards. Jemand hat den Mann erschossen, mit dem ich mich unterhalten wollte, echte Profiarbeit, und er hätte um ein Haar auch mich erwischt. Eine dieser drei Personen hat Henry George Franklin ermorden lassen und versuchte, auch mich zu beseitigen. Was meinen Sie, war es mein Freund, meine Frau oder ...?«

Wieder schwieg Barron, halb um des Effektes willen, aber halb auch, weil er am Ufer eines bodenlosen Rubikon stand und die tödliche Bedrohung der nächsten Worte erkannte. Howards' Gesicht auf dem Schirm war aschfahl, aber seltsam ruhig, denn auch er wußte, was kommen würde, daß er sich nicht selbst retten konnte, wußte er auch, die Macht zu vernichten war doppelseitig, sie gehörte auch ihm. Fick dich ins Knie, Bennie! dachte Barron. Banzai für den Imperator, leb tausend Jahre! Yeah, *tausend Jahre* ...

»... oder Benedict Howards, der das Kind dieses Mannes kaufte, um es in seinen Labors in Colorado kaltblütig sezieren zu lassen, der mit den Drüsen eines geschlachteten, ermordeten Kindes unsterblich geworden ist. Benedict Howards, der Ted Hennering und seine Frau Madge ebenso hat ermorden lassen wie Henry George Franklin. Benedict Howards, der auch versuchte, mich zu ermorden. Aber schließlich, Mister Howards, ist Mord ja auch im Dutzend billiger, nicht wahr? Man kann immer nur einmal gehenkt werden.«

Und er gab Vince das Fußsignal, Howards hinzuzuschalten und ihm die Ganzschirmbehandlung zu verpassen. Der Augenblick der Wahrheit, dachte er, während das Bild von Benedict Howards sich auf dem Schirm wie ein Ballon aufblähte. Ich bin mehr als reif für eine Verleumdungsklage, wenn Bennie meine Behauptungen nicht von selbst beweist. Er ließ Howards Gesicht drei Sekunden Sendezeit lang stumm auf dem Schirm, Sekunden, in deren Verlauf Barron in seinen Augen den Kampf zwischen nackter Paranoia und der verkommenen, amoralischen Kälte sehen konnte, die die Stiftung errichtet hatte, die diesen ruchlosen Wichser unsterblich gemacht hatte, mit der er Kinder ausgeweidet hatte, um dann noch über die Kosten zu lamentieren.

Zwei Seiten einer Medaille, erkannte Barron. Beides Paranoia. Ein berechnender Paranoiker benutzt seinen Kopf, um alle und jeden kaltblütig niederzumachen, weil er genau weiß, jeder ist hinter ihm her, und wenn so einer dann ausflippt, dann wird er alles im Umfeld anschreien. Und genau über diese Grenze muß ich ihn noch stoßen!

»Wie fühlt man sich, Howards?« fragte er aus dem Verborgenen und überflutete Howards' Bild mit den Worten, wie die schwarzverwaschenen Muster im Hintergrund seinen eigenen Kopf überfluteten. »Wie fühlt es sich an, die gestohlenen Drüsen ermordeter Kinder in sich zu haben, die unter Ihrer Haut herumkrabbeln wie Maden, die Schleim versprühen und sich in Ihrem Körper winden und schlängeln – fühlen Sie sie? Als würden Sie langsam von ihnen aufgefressen werden, dauernd nagen und nagen und nagen sie, und sie werden niemals aufhören zu nagen, nicht in einer Million ...«

»Aufhören! Aufhören!« schrie Howards, dessen Gesicht den ganzen Bildschirm wie eine verzerrte Maske des Entsetzens ausfüllte, seine Augen rollten wie Derwische, sein Mund war schlaff und naß wie der eines Mannes in Trance. »Sie dürfen mich nicht töten! Verblassender schwarzer Kreis geschlachteter Nigger Röhren meine Nase hoch meine Kehle hinab würgen mich ... sie dürfen mich nicht töten! Niemand tötet Benedict Howards! Kauf sie besitze sie töte sie, Senatoren, Präsidenten, verblassender schwarzer Kreis ... Ich will nicht sterben! Bitte! Bitte! Sie dürfen mich nicht ...«

Zingo! Endlich hatte Vince ihn ausgeblendet. Howards' Gesicht war ganz vom Schirm verbannt, sein Ton abgeschaltet, Barrons Gesicht war zu sehen.

Verfickt noch mal, murmelte Barron fast laut. Ausgerechnet jetzt auszuflippen! Was ... Plötzlich schlug ein Blitz in seinem Gehirn ein, der Barron fast aus dem Sessel haute: Bennie ist vollkommen übergeschnappt! Weiß nicht mehr, was er sagt. Ich kann vielleicht noch mehr erreichen als nur das Geständnis, daß er Hennering ermordet hat. Vielleicht kann ich ihn auf Sendung dazu bringen, einzugestehen, daß er mich übertölpelt hat, daß ich keine Ahnung von der Art der Behandlung hatte. Die Wahrheit! Vielleicht ist er wirklich so verrückt, daß er die Wahrheit zugibt. Aber dazu muß ich *alles* auf den Tisch legen, ich muß ihm sogar seine Weltuntergangsmaschine wegnehmen, ich muß alle Register ziehen und ihnen alles in ihre fetten kleinen

Gesichter dort draußen schleudern, mein Leben, alles. Premiere: zum ersten Mal im Fernsehen – die ganze *verfickte Wahrheit*!

»Sagen Sie's ihnen, Howards«, forderte er, »erzählen Sie dem ganzen Land, was Sie vorhaben. Erzählen Sie ihnen etwas über Teddy Hennering und die Stiftung für Menschliche Unsterblichkeit, erzählen Sie von der Unsterblichkeit im Innern. Sagen Sie frei heraus wie das ist, ein Mörder zu sein.«

Er pausierte kurz, dann tippte er das Fußpedal zweimal – nichts geschah. Gelardi schüttelte hinter dem Glas der Kontrollkabine den Kopf. »Nein.« Barron trat wieder auf das Fußpedal – wieder schüttelte Vince den Kopf. Barron trat mit aller Wucht mit dem Fuß auf. Vince stöhnte lautlos, dann gab er nach, und kurz darauf nahm Howards' Gesicht drei Viertel des Schirms ein.

»Sagen Sie es ihnen, sonst werde ich es tun«, sagte Barron, und gab mit dem Fuß das Signal für einen Werbespot in zwei Minuten. Er grinste fast, als Vince die Hände spöttisch zu einem dankbaren Stoßgebet faltete.

»Hören Sie, Barron, es ist noch nicht zu spät«, winselte Howards, aus dessen Gesicht die Wut gewichen war und das nun nur noch kalkweiß und angstverzerrt aussah. »Noch nicht zu spät, den verblassenden schwarzen Kreis aufzuhalten, der sich unaufhörlich schließt ... ich werde nichts sagen, Barron, das schwöre ich Ihnen. Wir beide, wir können ewig leben, Barron, wir können jung sein und stark sein und morgens die Luft riechen, es ist nicht zu spät, ich schwöre es, ich und Sie und Ihre Frau ...«

Barron gab Vince ein Signal, den Schirm zweigeteilt zu belassen, und sagte leise, abgewogen, wobei etwas Härteres als Schmerz, aber etwas Weicheres als Zorn in seinen Augen funkelte: »Meine Frau ist tot, Howards. Sie sprang aus dem dreiundzwanzigsten Stock, aus dem *dreiundzwanzigsten Stock*. Selbstmord ... aber nicht aus meiner Sicht. Aus meiner Sicht haben Sie sie getötet, als hätten Sie sie gestoßen. Haben Sie jetzt Angst, Bennie? Können Sie sich vorstellen, was in meinem Kopf vor sich geht?«

Unglaublicherweise führte die vollkommene Angst in Benedict Howards' Gesicht noch einen Quantensprung nach vorne aus. Jetzt war es mehr als Terror, es war abgrundtiefe, paranoide Verzweiflung. Und er konnte nur noch murmeln: »Nein ... nein ... nein ... nein ... nein ...«, wie ein obszönes, Millionen Jahre altes Kind, zitternde, nasse Lippen sabberten wie ein unglaublich altes Baby. Er wußte es. Er konnte es sich vorstellen.

Als die Anzeige ›90 Sekunden‹ verkündete, verlangte Barron nach dem ganzen Schirm, den er auch bekam. »Sprechen wir davon, warum meine Frau sterben mußte«, sagte er mit einer Stimme, die er sorgfältig zu einer künstlichen, kaum beherrschten Ersatzruhe komponierte, was wesentlich wirkungsvoller war als jeder hysterische Ausbruch, was an dieser Stelle hätte sein können.

»Meine Frau starb, weil Benedict Howards sie unsterblich machte«, sagte er. »Er machte sie unsterblich, und das hat sie umgebracht, ist das nicht ein Witz? Sie konnte nicht mehr leben, nachdem sie herausgefunden hatte ... Sara war nicht die einzige, die von ihrer Unsterblichkeit umgebracht wurde – ein armes Kind, dessen Körper von der Stiftung bestrahlt worden war, bis es zu einer einzigen riesigen Krebsgeschwulst wurde, damit sie seine speziellen Drüsen herausnehmen und meiner Frau einpflanzen konnten, mußte ebenfalls sterben. Damit sie ewig leben konnte.

Aber sie wird nicht ewig leben, sie ist tot. Sie hat sich selbst umgebracht, weil sie nicht mit dem Wissen dessen fertig werden konnte, was man ihr angetan hatte. Ich liebte diese Frau, daher werden Sie wohl entschuldigen, daß ich mehr als nur die Schuld als Ursache vermute. Sie erzählte mir, weshalb, nur wenige Augenblicke, bevor sie sprang. Sie wußte, daß er ewig so weitermachen würde, ewig leben, ewig morden, jeden kaufen, der ihm im Weg stand – oder ihn ermorden, bis... bis jemand verzweifelt genug oder dumm genug oder rechtschaffen genug sein würde, daß er sich einen Dreck um das ewige Leben scherte und es vom höchsten Berg herabschreien würde, was er tut. Sara Westerfeld starb, um mich zu dem zu überreden, was ich hier gerade tue. Sie starb für Sie alle! Wie gefällt euch das, ihr Wichser?«

Barron sah sich selbst im milchigen Kristall der Legende eingeschlossen: das Studio, der Monitor, die Gestalten hinter der Kontrollkabine waren Dinge, die nicht existieren konnten. Was er gesagt hatte, war noch niemals in der Öffentlichkeit gesagt worden, nicht vor hundert Millionen Zuschauern. Was hier passierte, passierte normalerweise nicht einmal vor Kameras, man konnte sein Leben lang in die Röhre sehen, ohne jemals so etwas zu sehen zu bekommen.

Aber es passierte *doch*, und er war derjenige, der es passieren ließ, und es war das einfachste Ding von der Welt. Geschichte, dachte er. Ich mache hier verdammte Geschichte – und es ist nichts weiter als Showbiz, nicht mehr und nicht weniger. Bilder hin und her schieben und Mythen machen...

Er gab ein Fußsignal und gab Howards damit wieder den Viertelschirm, doch Howards war so erstarrt und still wie ein Foto, obwohl Vince auch seinen Ton wieder zugeschaltet hatte.

»Nur zu, Howards«, sagte er, »Ihre große Chance ist gekommen, den Rest zu erzählen. Sagen Sie allen, *warum* Sie Sara Westerfeld unsterblich gemacht haben, und sagen Sie ihnen auch, wen Sie sonst noch unsterblich machten. Nur zu, die Zeit des Zurückschlagens ist gekommen, nicht wahr?«

Howards blieb stumm, er schien nicht mal mehr zuzuhören. ›30 Sekunden‹ war auf der Anzeige zu sehen. Seine leeren Augen überblickten die öde Landschaft seines Innern. Barron wußte, er hatte ihn vorbereitet, und er blutete bereits – und nach dem Werbespot würde er ihn vollends abmurksen.

»Na gut«, verkündete Barron mit einer Stimme, so scharf wie eine Rasierklinge, »dann werd ich es ihnen eben erzählen!« Er griff in seine Tasche und holte wieder dasselbe leere Papier hervor.

»Seht ihr das, Leute? Das ist ein Gefriervertrag, aber ein ganz besonderer Gefriervertrag. Er besagt, daß der Klient von der Stiftung für Menschliche Unsterblichkeit unsterblich gemacht werden wird ...«

Er verstummte und schwenkte das Papier wie ein blutiges Banner vor der Kamera.

»Das ist *mein* Vertrag«, sagte er.

Und die Anzeige verkündete ›Nicht mehr auf Sendung‹.

Der Werbespot begann, und Barron konnte hinter dem Fenster der Kontrollkabine die Verwirrung sehen, den Hauch des Todes, Vinces Gesicht schien zehn Jahre gealtert, als er heraussah, um dann über den Interkomkreis zu sagen:

»Jack, was machst du ...«

»Laß mich auf Sendung, Vince«, sagte Barron.

»Was, zum Teufel, geht hier vor? Bist du dir eigentlich im klaren darüber, was du *tust?*«

Ob mir klar ist, was ich tue! dachte Barron. War mir vor heute abend auch nur ein einziges Mal klar, was ich tat?

»Laß mich nur auf Sendung, Vince«, wiederholte

Barron. »Und sieh verdammt noch mal zu, daß Howards in der Leitung bleibt.«

Gelardi zögerte, und Barron konnte den Schmerz in seinem Gesicht sehen, als er sagte: »Die Bosse der Sendeanstalt laufen Amok. Du hast ihnen die größte Verleumdungsklage der Geschichte an den Hals gehängt. Sie befahlen mir, dich abzuschalten. Tut mir leid ...«

»Das ist *meine* Show, Vince!« brüllte Barron. »Und diesen Wichsern kannst du sagen, sie sollen verduften! Und du kannst ihnen auch sagen, daß jedes Wort, das ich gesagt habe, stimmt, und der einzige Weg, eine Verleumdungsklage zu *vermeiden*, ist es, mich auf Sendung zu lassen, damit ich es beweisen kann.«

»Das ist ein verdammt schmutziges Geschäft«, meinte Gelardi, als die Anzeige auf ›60 Sekunden‹ umsprang.

»Es ist eine verdammt schmutzige Welt«, korrigierte Barron und unterbrach die Interkomverbindung.

Wie macht sich das für den alten Machtjunkie, dachte Barron. Benedict Howards hat völlig den Verstand verloren, und ich habe ihn auf meinem Grund und Boden gefangen, wo ich die Regeln mache, die ich jederzeit auch wieder verändern kann. Howards, mit all seiner Macht, mit seinen Dreckpfoten in jeder Angelegenheit der Demokraten – und jetzt kann ich mehr tun als nur meine eigene Haut retten, das ist kein Problem mehr, ich kann den ganzen Apparat, der das Land regiert, zertrümmern und die nächsten Wahlen so über den Haufen werfen, daß *jeder* gewinnen könnte. Jetzt, hier, live.

Ein Traum, yeah, ein Jack-und-Sara-Traum, nur ich stehe im Fokus von allem und kann den ganzen verrotteten Schmuddel zerreißen. Ein Traum wurde Wirklichkeit – ich habe das Monster, das weiß, wo der Hund begraben liegt (Scheiße, was meinst du, wer den in erster Linie begraben hat?) genau dort, wo ich es haben wollte, bereit, es auseinanderzunehmen ...

Sara! Sara! Wenn du nur noch diese Show sehen könntest, Baby! *Champion Jack Barron* geht den Bach runter, aber er geht mit einem Knall den Bach runter, der den ganzen verkommenen Saftladen mitreißen wird. Sara ... Sara ... es ist meine einzige Möglichkeit, um dich zu trauern.

Er betrachtete den unbedeutenden Werbespot auf dem Schirm, und die Anzeige meldete ›30 Sekunden‹, und er wußte, in einer halben Minute würde sein *Image*, eine Realität, die realer als real war, in hundert Millionen Augen brennen, als wären sie mit ihm in einem Raum.

Nein, sie würden tiefer als das eingesogen werden, sie würden in seinem Kopf sein, hinter seinen Augen, und sie würden nur das sehen und hören, was er ihnen genehmigte, nicht mehr und kein Phosphorpünktchen weniger.

Mit einem seltsamen Wechsel der Perspektive sah er plötzlich, wenn sie Teil von ihm waren, dann war auch der *Image*-Jack ein Teil von ihnen. Er hatte es stets gemieden, aber nun hatte es ihn von irgendwoher eingeholt, dort, wo er es zuletzt erwartet hatte – *Champion Jack Barron,* ob ihm das gefiel oder nicht, war Macht, schreckliche, unkalkulierbare Macht, und sie brachte die große Gewissensfrage mit sich, die jeden Machtjunkie schon seit Anbeginn der Zeit quälte: Sollte man den ganzen Stoff dazu benützen, um über sich selbst hinauszuwachsen und größer als ein einzelner Mensch zu werden, oder aussteigen und die Millionen betrügen, die ihren winzigen Anteil zu eben dieser Machtfülle gutgläubig beigesteuert hatten?

Als die Anzeige ›Auf Sendung‹ vermeldete, wußte Jack Barron, es gab nur eine einzige Methode, das

Spiel zu Ende zu führen. Man hat mir schon viele häßliche Namen gegeben, dachte er, aber *Stümper* war noch nie darunter.

Auf dem Schirm verblaßt das Bild der Acapulco Gold und wird ersetzt von einem Gesicht, einem vergrößerten Vidphonbild, grau, verwaschen, etwas unscharf. Die Augen haben etwas Unmenschliches, eine zu tiefe, häßliche Leere, die Lippen zittern und sabbern Speichel.

Hinter dieser Nahaufnahme von Benedict Howards spricht eine kontrollierte, straffe Stimme mit einem Unterton unterdrückten Schmerzes, der ihr totale Überzeugungskraft verleiht. Es ist die Stimme von Jack Barron:

»Überraschung! Überraschung! Wir sind wieder auf Sendung, und, falls Sie später zugeschaltet haben, der Mann, den Sie gerade sehen, ist Benedict Howards. Der Mann, den Sie gerade sehen, glaubt jeden in den Vereinigten Staaten kaufen zu können – mich eingeschlossen –, und wenn Sie es genau wissen wollen: Er hat *recht.*«

Das schwarzweiße Gesicht auf dem Schirm scheint darauf etwas zu erwidern, doch man hört keinen Ton, und plötzlich ist es verschwunden, und das Gesicht von Jack Barron füllt den Schirm in einer Nahaufnahme aus. Sein sandfarbenes Haar ist wirr, als hätte die Bedeutung des Augenblicks ihm nicht gestattet, es rasch zu kämmen; seine Augen gleichen riesigen, aus dem Bildschirm herausgreifenden Gruben, und irgendwie sieht er gleichzeitig älter und jünger aus.

»Glauben Sie, *Sie* dort draußen könnte man nicht kaufen?« fragt er, und die Worte sind bitter, aber auch irgendwie ironisch vergebend. »Sie sind sich dessen verdammt sicher, nicht wahr? Das war ich auch, Mann das war ich auch. Aber wenn der Käufer Benedict Howards heißt und die Münze, mit der er bezahlt, das ewige Leben ist? Sind Sie immer noch so sicher? Wirklich? Dann denken Sie einmal darüber nach, wie es ist, tot zu sein. Sie sagen, das können Sie nicht? Selbstverständlich können Sie das nicht, weil Sie *nichts* mehr können, wenn Sie tot sind. Denken Sie darüber nach, denn Sie werden *alle* einmal sterben. Es sei denn, Benedict Howards hat einen guten Grund, Ihnen das ewige Leben zu gewähren. Er hatte gute Gründe, mich zu kaufen – also hat er mich gekauft, und ich habe verkauft. Keine Entschuldigung, Freunde, ich wollte ganz einfach nicht sterben. Ich bin jetzt unsterblich, weil ich die Drüsen ermordeter Kinder in mir habe. Wie gefällt Ihnen das? Sie hassen mich – oder ist dieses Ziehen in Ihren Eingeweiden etwa nur Neid? Aber bevor Sie Ihre endgültige Meinung bilden ...«

Jetzt erfüllt das Gesicht von Benedict Howards die rechte Hälfte des Schirms, ein grauer Geist drohenden Irrsinns, den Jack Barron mit seinen Augen festnagelt, als er sagt: »Nur zu, Howards, erzählen Sie ihnen den Rest.«

»Rest ...?« murmelt Benedict Howards wie ein verirrter kleiner Junge. »Was für einen Rest? Es gibt keinen Rest mehr, nur den verblassenden schwarzen Kreis und das Leben geschlachtete Nigger das wegtropft in Plastikröhren ... Sie töten mich, Barron, Sie übergeben mich dem verblassenden schwarzen Kreis des Todes der sich schließt und mich erwürgt mich erwürgt ... Sie töten mich! Rest ...? Rest ...?«

Jack Barrons himmelblaue Sportjacke und sein gelbes Hemd, das sandfarbene Haar und seine verwundeten Augen erscheinen wie eine Oase der Menschlichkeit neben dem geballten Wahnsinn, der von der rechten Seite des Schirms ausgestrahlt wird, die so unreal und widernatürlich wirkt wie ein alter Filmausschnitt mit Adolf Hitler.

»Sie haben Ihren kleinen Trick vergessen, oder nicht, Bennie?« fragte Barron. »Damals in Colorado, Leute, da sagte mir Bennie, ich würde nie den Schn... pardon, den Mut aufbringen, das zu tun, was ich jetzt gerade tue. Erinnern Sie sich, Bennie? Erinnern Sie sich an den Vertrag? Erinnern Sie sich an die spezielle Klausel, die Sie eigens für diesen Zweck mit aufgenommen haben? Erinnern Sie sich, was Sie tun wollten?«

Howards' Gesicht scheint sich aufzublähen wie ein Ballon, und plötzlich füllt es den ganzen Schirm aus, und er beginnt zu stammeln, seine Stimme wird immer höher und schriller, je rascher er die Worte hervorstößt: »Ich krieg Sie, Barron, das schwöre ich Ihnen, ich krieg Sie dafür, Sie Mörder, Sie Killer auf der Seite des verblassenden schwarzen Kreises, der sich immer weiter schließt, Sie haben mich getötet, Barron, und ich werde Sie dafür ebenfalls töten ...«

Jack Barrons vierfarbiges Gesicht erscheint im linken unteren Quadranten, ein zerbrechlicher, bunter Klecks verwundbarer Menschlichkeit, der von etwas Schrecklicherem als nur dem riesigen schwarzweißverwaschenen Bild bedroht wird, das ihn umgibt. Ein Kontrast, der einen darauf stolz sein läßt, ein Mann zu sein.

»Ich hab Ihren Namen schwarz auf weiß auf dem Vertrag«, stammelt Howards schrill, »ein rechtskräftiger Beweis vor jedem Gericht im Lande. Mord! Yeah, er ist ein Mörder, ein wissentlicher Mörder, ein wissentlicher Mörder, das kann ich beweisen, ich habe seinen Namen auf dem Vertrag mit dem er die rechtliche Verantwortung für alle Folgen der Behandlung übernimmt – wenn es Mord ist und Sie mich auf den elektrischen Stuhl schicken, dann werden Sie mit mir gebraten, Barron; Sie sind auch ein Mörder!« Von dem gewaltigen grauen Monster ausgestoßen, wirken die Worte unreal, und die Spannung läßt gnädigerweise nach, als die Größenverhältnisse sich umkehren und Howards' schwarzweißes Fotogesicht in den unteren linken Bildrand verbannt wird, während der vierfarbige Jack Barron wieder drei Viertel einnimmt, als wäre endlich wieder eine natürlichere Ordnung hergestellt worden.

»*Auch?* Ich bin *auch* ein Mörder?« fragt Barron, und aus jeder Silbe spricht völlige Überzeugung, als hätte ein *Mensch* die Worte ausgesprochen und nicht ein *Image*.

»Das sind Sie! Sie wissen es, und ich kann es beweisen. Sie sind auch ein Mörder!« sagt die winzige Gestalt.

Jack Barron wendet sich von dem Winzling unter sich ab und sieht in den Bildschirm. Schmerz und Wut spiegeln sich in seinen großen, grünen Augen. Seinen *verwundeten* Augen.

»Ich bin auch ein Mörder«, sagte er. »Sie haben den Mann gehört, *auch*. Ich bin *auch* ein Mörder. Habe ich Ihnen nicht gesagt, ich habe mich an Howards verkauft? Er machte mich unsterblich, und um das zu erreichen, unterschrieb ich einen Vertrag, der mich rechtlich des Mordes schuldig macht, weil ich für jede Folge der Behandlung die Verantwortung trage, auch für einen Mord. Yeah, Mord, denn die Stiftung kauft Kinder, tötet sie und verpflanzt ihre Drüsen. Und ich habe Körperteile eines armen, ermordeten Kindes in mir, also bin ich auch ein Mörder.«

Das Bild von Benedict Howards wird ausgeblendet, und das Gesicht von Jack Barron füllt plötzlich den ganzen Schirm aus. Und gleichzeitig gehen einige Veränderungen mit dem verkniffenen Gesicht vor sich. Es wird weicher, verwundbarer, die großen Augen werden feucht und schimmernd, schuldig, selbstanklagend – ein Gesicht, bei dessen Anblick man die verwundete Seele beruhigen möchte, die sich dahinter verbirgt, ein Gesicht, hinter dessen Schmerz man die lautere Wahrheit erkennen kann.

Und als Barron spricht, ist seine Stimme leise, gefühlsbetont und ohne ein Jota Tücke:

»Ich werde Sie nun um etwas bitten, um das ich Sie noch niemals gebeten habe. Ich habe kein Recht dazu, aber ich werde Sie bitten, mir etwas zu glauben, einfach nur, weil ich es sage. Ich wußte es nicht. Ich wußte wirklich nicht, daß meine Unsterblichkeit den Mord an einem Kind bedeutet, bis ich im Sanatorium von Benedict Howards erwachte und er es mir erzählte.

Sehen Sie, ich bin kein Heiliger, das wissen wir alle. Ich gebe zu, ich wollte das ewige Leben so sehr, daß ich mich an Benedict Howards verkaufte, und Sie haben alle das Recht, mich dafür zu hassen. Aber Kindermord ist etwas, das ich niemals in Kauf nehmen würde, unter gar keinen Umständen, und genau das bitte ich Sie, mir zu glauben. Beweise? Howards hat alle Beweise auf *seiner* Seite, er hat den unterschriebenen Vertrag und genügend Geld, um Zeugen zu kaufen, die aussagen, ich hätte es schon vorher gewußt.

Den einzigen Beweis, den ich habe, die Wahrheit zu sagen, ist die Tatsache, daß ich hier vor Ihnen sitze und mein Leben in Ihre Hände gebe. Und ich habe Ihnen die reine Wahrheit gesagt, denn andernfalls könnte ich mit mir selbst nicht mehr weiterleben – also zum Teufel, was mit mir passiert. Nun liegt alles bei Ihnen dort draußen. Ich bitte Sie, mir zu glauben, daß ich die Wahrheit gesagt habe.«

Ein unerträglicher Augenblick der Wahrheit menschlicher Realität scheint sich auf dem Phosphorpünktchenmuster des Schirms auszudehnen ...

Und dann ist der Augenblick plötzlich vorüber, und eine gewisse Härte macht sich wieder in Barrons Gesicht breit (aber eine Härte, die gemildert wird durch das Wissen der Verwundbarkeit, die sich dahinter verbirgt), und in seinen Augen leuchtet Zweckdienlichkeit auf.

»Nun gibt es nur noch eines zu sagen, Freunde«, schließt er, »und dann werden Sie die ganze häßliche Wahrheit kennen. Sie wissen jetzt, was Bennie für mich getan hat – bleibt die Frage, was *ich* für *ihn* tun sollte.«

Das leere, graue Gesicht von Benedict Howards erscheint im unteren linken Quadranten des Schirms, und nun ist Barron nicht mehr Opfer, sondern wieder Inquisitor, während er auf Howards herunterstarrt.

»Wie steht's, Howards?« fragt Barron. »Soll ich es ihnen erzählen, oder wollen Sie es tun? Nur zu, sagen Sie es ihnen. Erzählen Sie ihnen, wie Sie Kinder kaufen, erzählen Sie ihnen, wie viele Kongreßabgeordnete Sie in Ihrer Tasche haben, erzählen Sie ihnen Ihre Pläne für die nächste Vollversammlung der Demokraten. Und erzählen Sie ihnen auch, was ich für Sie tun sollte, warum Sie ausgerechnet auf mich so scharf waren!«

Howards' Gesicht dehnt sich auf dem Schirm aus, bis es drei Viertel davon einnimmt und Barron nur noch in der oberen rechten Ecke verbleibt und seine Augen den grauen Geist wie Peitschenhiebe bedrohen.

»Nein! Nein!« schreit Howards. »Sie sind im Irrtum, Sie verstehen nicht, niemand versteht, ich muß den verblassenden schwarzen Kreis in alle Ewigkeit zurückstoßen... Ich will nur das Leben, ich bin auf der Seite des Lebens im Kampf gegen den Tod! Senatoren, Kongreßabgeordnete, Gouverneure, Präsident – müssen auf der Seite des Lebens sein, nicht auf der Seite des verblassenden schwarzen Kreises der sich schließt geschlachtete Nigger Geier Röhren hoch Nase hinab Kehle würgen mich würgen Leben davonrinnt in Kanülen und Flaschen...«

Plötzlich wird Howards zurückgestoßen in den linken unteren Quadranten, wo er lautlos weiterschreit, während Jack Barron, der ihn ignoriert, direkt aus dem Schirm heraussieht und sagt:

»Genauso ist es, Leute. Ich sollte euch nur anlügen. Ich sollte genug Lügen erzählen, damit der Gefriergesetzesentwurf durchgeht, und ich sollte Bennie dabei helfen, seinen zahmen Präsidenten zu wählen – und raten Sie mal, welche Partei er gekauft hat! Ich mag vielleicht zum Himmel stinken, mit meiner Stiftungsunsterblichkeit, aber die Hälfte der Demokraten im Kongreß stinkt noch wesentlich übler. Ich kann leider keine Namen nennen, aber vielleicht bringen einige im Gedenken an den armen Ted Hennering genug Mut zusammen, um sich zu erheben. Und wenn nicht... nun, dann lest eben einfach die Liste der Kongreßabgeordneten, die den Gesetzentwurf befürworteten. Die Kongreßunterlagen kann man ja wohl kaum der Verleumdung anklagen!«

Jetzt gehört der ganze Schirm wieder Howards' Gesicht, dessen Augen wild rollen, Speicheltropfen spritzen von seinen sabbernden Lippen, wozu Barrons Stimme fast singt: »Sie sind ein toter Mann, Bennie. Tot... tot... tot... Sie werden geröstet werden, bis Sie sterben... Bis Sie endgültig tot sind. Tot... tot... tot...«

»Neeeeeeiiiiin!« kreischt Howards.

»Ich krieg euch alle töte euch besitze euch kaufe euch zerstöre euch Kräfte des verblassenden schwarzen Kreises niemand tötet Benedict Howards, Senatoren Gouverneure, Kongreßabgeordnete, töte sie alle besitze sie alle, töte... Niemand tötet Benedict Howards! Niemand, jung und stark und...«

Howards' irre Augen starren direkt aus dem Schirm, sein Kreischen wird zu einem abgehackten, wilden Schreien. »Barron! Barron! Ich krieg Sie, Barron! Töte Sie! Töte Sie! Töte...«

Plötzlich rammt von nirgendwo eine riesige Faust ins Bild und füllt den ganzen Schirm aus – und dann wird der Schirm plötzlich weiß, szintillierende grauweiße Statikpünktchen flackern noch darüber, wobei man ein elektrisches Zischen und Knistern hören kann.

Einen Herzschlag lang nur das Zischen und der tote Bildschirm, dann wird das leere graue Feld in den oberen rechten Quadranten gestoßen, fast wie von Jack Barrons Hand persönlich, der den restlichen Schirm mit Kopf und Hals und Brustansatz ausfüllt und mit seinen Augen auf das zischelnde Nichts (wie das endgültige Nichtsein des Grabes) blickt.

»Ihr da draußen, ihr Wichser ihr!« ruft er. »Schaut her, was ihr getan habt! Wir alle haben Benedict Howards gemacht, wir machen unsere Benedict Howards' immer selbst, denn es wird immer Männer geben, die das Große Geheimnis kennen: *Wir lassen uns alle kaufen*. Wer möchte schon sterben? Wer möchte in einer Rattenfalle leben? Wer will Müll fressen? Sie wissen es, und sie leben davon – Politiker! Machtjunkies, die euch gerade genug geben, damit ihr ihnen gehört, mit der Wohlfahrt, mit Medicare und Niggercare und nett klingenden Lügen; Krümel vom Tisch sind das, nicht mehr und nicht weniger! Genau abgemessen, um euch ruhig zu halten, und kein Krümel mehr! Haltet eure Nasen in den Wind und seht euch um – wir haben Tausende kleiner Benedict Howardse, die sich selbst Kongreßabgeordnete, Senatoren und Präsidenten nennen. Der einzige Unterschied zwischen denen und Howards ist, daß keiner von ihnen Howards' Größe hat, sie sind allesamt nur Winzlinge und kleine Wichte. Und was wollt ihr dort draußen dagegen tun? Wollt ihr weiter auf euren fetten Ärschen sitzen? Oder wollt ihr nun vielleicht sogar losstürzen und euch auch noch euren Teil vom Kuchen holen?

Na los, jeder, der ein Kind hat, ist mit dabei im großen Rennen, und jeder kann für sich selbst eine große Veränderung herausschlagen. Ihr könnt viel mehr bekommen als nur dreißig Silberlinge. Nun, Leute, habt ihr endlich genug? Oder wollt ihr, daß es ewig und ewig so weitergeht, bis ihr alle gestorben seid? Vergeßt eines nicht: Wenn du *jetzt* stirbst, Baby, dann stirbst du *alleine*.«

Barron verstummt einen Augenblick, dann lacht er fast das altbekannte Insiderwitzlächeln, während er mit dem altbekannten Böser-Bube-Achselzucken die nächsten Worte hervorstößt: »Ich fürchte, ihr werdet euch noch ein paar Augenblicke gedulden müssen, bevor die große Sause abgehen kann – bis nach diesem Wort unseres großzügigen Sponsors.«

EPILOG

NIEMALS ... NIEMALS ... NIEMALS ... niemals werden sie mich töten! Nein, Barron! Niemand niemand niemand niemand niemand niemand tötet Benedict Howards, Euer Ehren! Kaufe Sie, Euer Ehren, töte Sie besitze Sie mit der Macht des Lebens über den Tod, Euer Ehren ... mache Sie unsterblich, Euer Ehren ... Barron ist auf der Seite des verblassenden schwarzen Kreises, Euer Ehren ... ich bin unschuldig auf der Seite des Lebens, Euer Ehren ... Niemand tötet Benedict Howards, Euer Ehren! Niemand! Jung und stark und gesund sanfthäutige Frauen in vollklimatisierten Arenen der Macht Los Angeles, Dallas, Vegas, New York, Washington, in Ewigkeit, Euer Ehren ...

Benedict Howards ging ständig in dem kleinen Zimmer auf und ab, er plante, grübelte und murmelte Drohungen vor sich hin. Es war ein kahler Raum, nicht gerade das, woran er gewöhnt war, aber er glich auch nur schwerlich einer Gefängniszelle. Yeah, dachte er, vielleicht wußten diese verdammten Anwälte doch, was sie taten.

»Mein Klient ist offensichtlich geistig im Augenblick nicht imstande, einer Gerichtsverhandlung beizuwohnen.«

Siehst du, Barron, nicht mal du konntest es schaffen! Niemand kann es, niemand tötet Benedict Howards! Jung und stark und gesund, die nächste Million Jahre lang. In Ewigkeit! Kein elektrischer Stuhl, kein Gefängnis, nur ein nettes kleines Sanatorium, bis diese verdammt teuren Anwälte eine Methode gefunden haben, mich straffrei hier rauszuholen. Und das werden sie, sie haben es mir versprochen! Sie haben alle Zeit der Welt, mich hier herauszuholen, eine Million Jahre (»... paranoide Wahnvorstellungen ...«), sie haben genug Zeit, neue Anwälte heranzuziehen (»... semihalluzinatorischer Zustand ...«), yeah, sie können ganze neue Rassen von Anwälten züchten (»... nicht imstande, einer Gerichtsverhandlung beizuwohnen ... sollte in einem Hospital für geistesgestörte Kriminelle verwahrt werden, bis er in der geistigen Verfassung ist, dem Gericht standzuhalten ...«), kontrollierte Mutation, ganze neue Anwaltsrassen, die der Mordanklage das Wasser abdrehen können, damit ich hier raus kann, wenn es sicher genug ist.

Benedict Howards verrückt! Was für ein Witz! Witz von Jack Barron, Senatoren, Kongreßabgeordneten, Euer Ehren. Sie Schlappschwanz, Euer Ehren, ich mußte Sie nicht mal kaufen, Euer Ehren, Sie hätten ewig leben können, Euer Ehren, aber, Sie Kretin, Sie taten genau das, was meine Anwälte von Ihnen wollten, Sie ließen mich hierherbringen, wo der Verblassender-schwarzer-Kreis-Stuhl mich nicht erreichen kann, mich niemals erreichen wird, weil meine Anwälte ihn zurückhalten, ihn zurückstoßen, eine Million Jahre lang.

Sie müssen lediglich diese Mordanklage zerschlagen, und schon am nächsten Tag werde ich hier herausgehen, weil ich nicht verrückt bin, Benedict Howards ist der normalste Mensch auf der Welt, normaler als ein Mensch, besser als ein Mensch, unsterblich wie ein Gott ...

Howards schritt im Raum auf und ab und dachte: Ich habe teures Geld für schlechtere Zimmer als das hier bezahlt, damals, in den trockenen, kalten Panhandletagen, als ich mir keine besseren leisten konnte, kein schlechter Tausch, die verdammte blöde Regierung zahlt hierfür die Miete, bis ich wieder hier rauskomme, während sie die Anklage zu Fall bringen ... Dann kann ich aufhören, mich zu verstellen, und mich wieder für geistig gesund erklären lassen, einfachste Sache der Welt, weil ich der normalste Mann der Welt bin ... niemand war jemals vernünftiger als ich ...

Yeah, kein so schlechtes Zimmer, schöne Aussichten, das Bett ist nicht schlecht, und sie bringen mir sogar meine Mahlzeiten, Frühstück, Mittagessen, Abendessen, wann ich es will. Habe sogar ... habe sogar ... habe sogar ...

Howards erstarrte. Darf nicht daran denken! Kann nicht daran denken! Denk daran, dann schaltet es sich von selbst ein! Barron! Der Wichser Barron kann es selbst von innen einschalten, der Bastard! Wann er will, kann er es von innen anstellen, immer dann, wenn ich vergesse, daran zu denken, kann er es anstellen ... von innen ... denk nicht daran ... denk nicht ...

Aber Benedict Howards wußte, es war zu spät. Er *hatte* daran gedacht. Er hatte an den in die Wand eingebauten Fernsehset gedacht, weit oben, wo er ihn nicht erreichen konnte, wo er den klugscheißerischen, starrenden verblassenden schwarzen Kreis Barrons nicht zerschmettern konnte, der ihn beobachtete, der ihn immerzu beobachtete, unsterblich wie er, wird immer da sein, in Ewigkeit, immer beobachten. Beobachten! Beobachten! Beobachten!

Sein Blick glitt nach oben, um das Gesicht auf dem Fernsehschirm zu beobachten; er mußte hochsehen, er mußte wachsam sein, dieser Wichser Barron beobachtete ihn immerzu! Und Barron ist unsterblich, ich habe ihn unsterblich gemacht, kann ihn nicht mehr loswerden, dabei ist er auf der Seite des verblassenden schwarzen Kreises, muß ihn beobachten, darf ihm nicht den Rücken zukehren ...

Benedict Howards schüttelte drohend die Faust in

Richtung des Fernsehschirms. Sie hatten geschworen, sie würden ihn vom Übertragungskreis des Hospitals lösen, als er das erste Mal an der Wand hochgeklettert war, um ihn zu zerschmettern. Aber sie hatten gelogen! Sie hatten gelogen!

»Zum Teufel mit Ihnen, Barron! Ich krieg Sie kaufe Sie töte Sie! Haben Sie das gehört, Barron, Sie gehören mir! Von Kopf bis Fuß gehören Sie mir!«

Doch das grinsende phosphoreszierende Gesicht, das sich vom Schirm direkt hinter seine Augen brannte, sagte nichts, es lächelte einfach nur dieses klugscheißerische Lächeln, diese tiefen, schattigen Augenhöhlen, schwarz, schwarz, schwarz, schimmernd, kreisrund, das Gesicht des verblassenden schwarzen Kreises, der näher und näher kam, der verblassende Kreis des Todes ...

Howards taumelte zurück, spürte die Bettkante in seinen Rücken schneiden, fiel darauf, fühlte Röhren hoch Nase hinab Kehle die ihn würgten sein Leben rann weg in Phosphorpünktchenplastikflaschen, und Jack Barrons Gesicht lachte Klugscheißer Doktoren Krankenschwestern verblassender schwarzer Kreis Leben rinnt weg in Röhren hoch Nase hinab Kehle in Ewigkeit ...

»Neeeeeeiiiiin!« schrie Howards und schrie und schrie. »Ich sterbe ich sterbe ich sterbe ...«

Schritte draußen, schon wieder der Mann mit der Nadel, der Nadel des Schlafes, der Schwärze, der Träume vom verblassenden schwarzen Kreis, der sich schließt, der Finsternis, die immer dichter wird, des Gesichts von Jack Barron, des Lebens, das wegtropft in Ewigkeit ... in Ewigkeit ...

»Ich bin nicht verrückt!« schrie Benedict Howards. »Bin ich nicht! *Bin ich nicht!* Ich sterbe ... ich will nicht sterben, will nicht *will nicht* ... Laßt nicht zu, daß sie mich töten! Laßt es nicht zu!«

Lukas Greene schob das Vidphon über den Schreibtisch und rieb sich die Augen. Malcolm kandidiert auch, dachte er. Das macht dann vier... oder fünf? Jeder will mitmischen! Wie die Chinesen immer sagen, wenn die Kacke am Dampfen ist: »Wir leben in interessanten Zeiten.«

Schwer zu sagen, was nächstes Frühjahr sein wird. Als Barron Howards fertiggemacht hat, da war die ganze Kacke des Landes am Dampfen. Teddy der Anwärter sicherte sich die reguläre ›Demokratische Nominierung‹, falls es so was überhaupt noch gibt... und die alten ›Basisdemokraten‹ sagten sich von der Partei los und stellten ihren eigenen Kandidaten auf... Die Demokraten sprangen auf die K.S.G. los... unzufriedene Republikaner kritisierten die Koalition und stellten ihrerseits ihren eigenen Kandidaten auf... jetzt kandidiert auch noch Malcolm Shabazz, und sogar der alte Withers regt sich wieder. Trotzdem haben wir wahrscheinlich noch die größten Chancen, mit Jack und der K.S.G.-Republikaner-Koalition.

Wird aber ganz bestimmt ein Alptraum werden, wie er im Buche steht! Yeah, wir leben in interessanten Zeiten. Aber wenigstens haben wir dieselben Chancen wie alle andern auch, wenn die Breite Masse schließlich wieder das Kuddelmuddel zusammenfügt.

Greene seufzte. Präsident Jack Barron, dachte er. Und Vizepräsident Lukas Greene... Jetzt hör auf zu flennen, Nigger, du wußtest genau, das war die einzige Möglichkeit. Jack im Vordergrund und du die Nummer zwei mit deiner scheißebraunen Hautfarbe, schwarz wäre vielleicht der bessere Ausdruck, jedenfalls hast du es soweit gebracht, wie du es nur irgend bringen konntest.

Der Schwarze Bleiche, oh, was für ein Lachschlager, du weißer Neger du, als ob es einen Schwarzen Bleichen geben könnte oder einen weißen Nigger! Wer weiß, dachte Greene, vielleicht habe ich das alles deswegen in erster Linie begonnen. Wenn es wirklich einen Schwarzen Bleichen geben konnte, dann konnte es vielleicht auch irgendwie einen weißen Nigger geben ... eines Tages vielleicht, in einem Weißen Haus, irgendwie ... Kannst dich jetzt nicht mehr anschmieren, Baby, jetzt ist Itzibitzizeit, und wenn die K.S.G. ihren Präsidenten bekommt, dann muß es Jack sein, und nicht du, weiß, nicht schwarz.

Komm schon, maßregelte er sich, laß das wieder, Mann! Vergiß nicht, warum du in erster Linie in diesem Geschäft bist, du hast es in deinen Eingeweiden gespürt! Hast dieses Gefühl erst verloren, als du deinen Teil von der *Action* abbekommen hast. Nun, das ist jetzt vorbei, du hast völlig neue Karten auf der Hand, und, wer weiß, vielleicht sind nun sogar ein paar Asse dabei.

Aber ohne Jack wären wir immer noch ein Nichts. Was auch immer Jack bekommt, er hat es verdient, er hat dafür bezahlt mit seiner Unsterblichkeit, der arme Wichser, und Sara ist tot, der einzige Unsterbliche außer Howards, und der spinnt irgendwo in einer Klapsmühle rum. Sei nicht neidisch auf Jack Barron, Mann! Vielleicht *ist* er jetzt ein Schwarzer Bleicher, und das zählt, denn als Schwarzer ist man ein Fremder im Land eines anderen ... Allein ... Und wer ist jetzt einsamer als Jack?

Greene zitterte beim Gedanken an den Mann, der sein Freund gewesen war, der immer noch am Leben sein konnte, wenn er schon eine Million Jahre zu Staub zerfallen war, wenn nicht rechtzeitig ein neuer Weg zur Unsterblichkeit geebnet wurde. Aber bis dahin, wer kann einsamer sein als Jack, wer kann sehen, was er sieht, fühlen, was er fühlt ...?

Schau ihm in die Augen und nenne ihn einen Freund ...!

Jack Barron befingerte die Acapulco Gold, dann zögerte er an der Tür seines Büros. Komm schon, Mann, du mußt mit der Grübelei aufhören, einmal am Tag ist genug. Kann dieses Weltschmerzspiel nicht die nächsten zehntausend Jahre spielen...

Aber ich möchte so viele Dinge vergessen, die niemals mehr vergessen werden sollten. Sara... ich werde Sara nie vergessen...

O yeah? *Niemals*... das Wort hatte eine völlig neue Bedeutung, wie alles andere auch, wenn man es mit anderen Augen betrachtete. Mit Augen, die immer jung bleiben würden, junge Augen, die jeden Morgen Veränderungen durchmachten, wie ein Junge, der aufsteht und weiß, daß sein ganzes Leben noch vor ihm liegt... und wie werde ich in tausend Jahren sein?

Tausend Jahre allein...

Nein, das ist altmodisches Denken, der kurzfristige Blickwinkel. Eines Tages werden sie die Unsterblichkeit für jeden möglich machen, auch ohne Mord, und dann können die Lumpen es alle spüren, wo der Gesetzentwurf für Öffentliches Einfrieren bereits auf dem Schreibtisch des Präsidenten liegt und es Harakiri von ihm wäre, ihn nicht zu unterschreiben, und mit dem ganzen öffentlichen Druck... Auf lange Sicht wird es jeder dahin bringen, wo ich jetzt bin, und in der Zwischenzeit kann ich auch allein warten, ich habe alle Zeit der Welt. In der Zwischenzeit...

In der Zwischenzeit sieht es aus, als ob ich die Politik mindestens noch bis nach der Wahl am Hals habe – ich mußte mich mit Morris arrangieren, um die Show behalten zu können. Und außerdem, Mann, das muß ich zugeben, macht es einen Mordsspaß.

Siebenundvierzig verschiedene Präsidentschaftskandidaten, die alle herumrennen wie Hühner mit abgeschlagenen Köpfen, das wirbelt die Dinge verdammt durcheinander, und genau das braucht das

Land. Und, wer weiß, vielleicht gewinne ich sogar – und dann werden die guten alten V. S. von A. wirklich einen Stiefeltritt in den Arsch bekommen. Aber nicht den, auf den Luke und seine Freunde warten...

Was für ein Spaß für Luke, der wird sich in die Hosen pissen! ›Soziale Gerechtigkeit‹ – ich hoffe, daß ich gewinne, nur um diesem blöden Wichser Morris zu zeigen, was *ich* mir unter sozialer Gerechtigkeit vorstelle. Itzibitzi soziale Gerechtigkeit, nicht mehr und nicht weniger, wenn wir erst einmal einen Neger im Weißen Haus haben, und sei es auch nur durch die Hintertür, dann wird nichts mehr sein wie zuvor.

Politik! Politiker! Diese Schmucks, haben überhaupt keinen Sinn für Humor. Glauben, sie haben ein *Image*, mit dem sie gewinnen können, und hinterher eine Marionette, mit der sie nach der Wahl hinter den Kulissen machen können, was sie wollen.

Junge, wenn ich gewinne, dann werden sie nach der Amtseinführung Backsteine scheißen! Wenn der gute alte Jack Barron die Präsidentschaft zugunsten des Vizepräsidenten Lukas Greene abgibt. Des *schwarzen* Vizepräsidenten Lukas Greene!

Das wird die Ärsche lehren, das *Image*spiel mit dem Champion der Welt zu spielen. Ein hübscher Schlag ins Gesicht der ganzen Nation, genau das, was sie braucht, vier Jahre lang einen schwarzen Präsidenten, und, wer weiß, vielleicht gefällt es ihnen am Ende sogar, und sie machen acht Jahre daraus.

In der Zwischenzeit...

Er öffnete die Tür, ging hinaus ins Vorzimmer und blieb vor Carrie Donaldsons Schreibtisch stehen. Carrie sah mit kalten Augen zu ihm auf. »Mister Barron?« sagte sie.

Warum eigentlich nicht, überlegte Jack Barron. Du hast Wunden davongetragen, aber die werden heilen, und außerdem, du schuldest diesem Mädchen was.

Außerdem ist sie verdammt gut im Bett, erinnerst du dich?

»Gehen wir etwas essen, Carrie«, sagte er. »Ich werde diesen Nachmittag freinehmen, also haben Sie auch frei. Möchtest... du ihn mit mir verbringen?«

»Bedeutet das *das*, was ich glaube... Jack?«

Barron lachte. Er fühlte sich großartig. »Das tut es, solange du mich Jack nennst«, sagte er.

»Jack...«, sagte sie und nahm seine Hand. Und dann verließen sie gemeinsam das Büro.

Nur ein weiteres Mädchen, fragte sich Jack Barron. Oder mehr? Ach was, wer kümmert sich schon darum, was werden wird, wie es in einer Woche oder in einem Jahr oder in hundert Jahren aussehen wird?

Plötzlich war es für ihn überhaupt nicht mehr so wichtig zu wissen, wie die Dinge sich entwickeln würden und was in der nächsten Minute oder im nächsten Jahr oder gar im nächsten Jahrhundert sein würde. Es war nicht einmal mehr so schlimm, es immer noch nicht gelernt zu haben, sich an Sara zu erinnern, ohne daß es weh tat. Endlich war ihm klargeworden daß er verdammt viel Zeit hatte, um auch seine allertiefsten Wunden zu heilen. Er konnte jedes Spiel spielen, das er spielen wollte, und vor allem so oft er es wollte, er konnte alles bekommen und alles sein, nur um dann wieder seine Meinung zu ändern. Er hatte Zeit genug für alles...

Alle Zeit der Welt.